LE CLUB DES GENTLEMEN: L'INTÉGRALE

ERIKA RHYS

Traduction par
SARAH MOREL

À mes amis et ma famille.
Merci de remplir ma vie de joies, de rires et de bons moments.

Première édition du livre électronique © 2017.

LE CLUB DES GENTLEMEN, 1ÈRE PARTIE

1

CHAPITRE UN

Août
New York, New York

— Je ne peux pas croire que tu essaies encore de me convaincre.

— Et pourquoi pas ? dit Bianca.

Elle s'assit à mes côtés sur le canapé et essuya un voile de transpiration sur son front. Après la mort de notre climatisation la nuit dernière, notre appartement était étouffant.

— Tu es une femme moderne, Ilana. Sexuellement libérée et tout… même si tu n'as pas eu de sexe depuis plus d'un an.

— Ne commence pas avec ma vie sexuelle. C'est ma vie professionnelle qui pose problème. J'ai passé des entretiens partout, je n'ai pas d'emploi et mes économies sont pratiquement à sec. Si les choses ne changent pas rapidement, je devrai retourner chez moi, dans le Vermont.

Ma meilleure amie secoua sa tête blonde. Ses yeux verts se plissèrent et sa voix se fit tranchante.

— Tu ne vas *pas* partir. Nous sommes une équipe, tu t'en

souviens ? Je m'occupe des frais jusqu'à ce que tu te remettes sur pieds. Comme tu l'as fait pour moi lorsque nous sommes arrivées ici et que j'ai eu besoin d'un moment pour me trouver un emploi.

— C'est différent.

— Ah, bon ?

— Tu as postulé à des dizaines d'emplois et, en un mois, tu avais trouvé. J'ai postulé à des centaines d'emplois depuis que j'ai été virée en mai. Ça fait presque quatre mois maintenant et je n'ai toujours rien. L'univers essaie peut-être de me dire quelque chose.

— Comme ?

— Comme, ce déménagement à New York était une erreur. Comme, je ne devrais pas être ici. Comme, je devrais retourner dans le Vermont et tout recommencer.

Je repoussai ma longue chevelure noire et observai le minuscule appartement de l'East Village que Bianca et moi partagions depuis trois ans. Je fus envahie de regret. J'étais arrivée à New York avec tant d'espoir et, au début, tout s'était mis en place : l'appartement élimé, mais joli, le poste de premier niveau dans une nouvelle entreprise technologique et mon admission à temps partiel en Master Administration des Entreprises à l'Université de New York.

J'avais alors été en voie d'atteindre la vie que je désirais, avant que l'entreprise ne vire la moitié de ses employés, moi comprise, lorsque des fonds de capital-risque plus que nécessaires ne s'étaient pas matérialisés. Avant que des mois à postuler sans cesse ne donnent rien. Avant que la blessure au dos de ma mère ne la laisse dans le besoin financier pour la première fois de sa vie.

Je ne voulais pas abandonner mes rêves new-yorkais, mais à ce stade, je ne voyais pas d'autres options.

— Que ferais-tu si tu retournais dans le Vermont ? demanda Bianca.

— Je pourrais reprendre mon ancien boulot de serveuse. La paye est médiocre, mais je pourrais aider maman à ne pas perdre la maison... si j'habite avec elle. Sa pension d'invalidité n'est pas suffisante. Et maintenant, son chirurgien dit qu'il y a peu de chances qu'elle marche à nouveau sans une autre opération de la colonne.

— L'opération expérimentale dont tu m'as parlé ?

— Oui. Celle que son assureur ne couvrira pas. À moins que je gagne à la loterie ou que je trouve un moyen de réunir cent vingt mille dollars, ma mère est prise dans ce fauteuil pour toujours.

— Et ton master ? Tu en as fait la moitié, tu ne peux pas laisser tomber maintenant.

— En ce moment, terminer mon MAE est le dernier de mes soucis. Je peux peut-être transférer mes crédits à l'Université du Vermont et terminer mon master là-bas, dans un an ou deux.

Bianca se pencha vers moi.

— Ilana, écoute-moi.

— Je t'écoute.

— Tu es découragée. Tu te sens vaincue. Je comprends. Mais tu dois y réfléchir sérieusement.

— À quoi bon ? Je suis totalement foutue.

J'attrapai un magazine sur la table basse et m'éventai avec ce dernier.

— Et cette humidité est mortelle. Un bon point pour Burlington, au moins là-bas, je n'aurai pas besoin d'air conditionné pour survivre.

Bianca se leva du canapé, traversa la pièce à vivre jusqu'au coin cuisine et prit une bouteille d'Absolut dans le réfrigérateur.

— La situation demande un bon remontant et une nouvelle approche. Que dirais-tu d'un martini bien froid ?

— Bordel, oui. Sers-m'en un.

Elle versa de la vodka dans un shaker, ajouta un peu de vermouth et y laissa tomber plusieurs glaçons. Puis, elle referma le shaker et le secoua avec force.

— Commençons par les faits, dit-elle, tout en versant le contenu du shaker dans deux verres à martini. Tu es fauchée. Tu es frustrée. Et tu ne penses pas clairement.

— Comment *devrais*-je penser ?

Elle s'approcha de moi avec les verres et m'en tendit un.

— Comme la femme d'affaires que tu es. Écoute, tu me connais mieux que quiconque. Est-ce que le fait d'enlever mes vêtements pour de l'argent a fait de moi une pute ?

— Tu sais bien que non. Tu as pris cet emploi au club pour ramasser assez d'argent et lancer ta propre collection de vêtements.

— Exactement, dit Bianca.

Elle s'assit à mes côtés.

— Danser n'est qu'une partie de mon projet professionnel. Dis-moi, avec mes compétences actuelles, que pourrais-je faire d'autre dans cette ville qui me rapporte même le quart de l'argent que je gagne au club ? Absolument rien. D'ici dix-huit mois, j'aurai assez d'économies pour quitter le club et continuer ma vie.

Elle sirota son martini, puis croisa mon regard.

— Si je peux le faire, toi aussi.

Je sirotai mon verre.

— Merci pour le martini, et pour croire en moi. Mais je ne vois pas le strip-tease comme une possibilité.

— C'est de la danse exotique. Et pourquoi pas ?

— Premièrement, je ne peux pas inscrire « danseuse exotique » sur mon curriculum vitae.

— Pas besoin. Tu peux te dire consultante indépendante. Ou bien dire que tu poursuis tes études de commerce, ce qui est le cas. Bien des gens ne travaillent pas pendant leurs études.

— Peut-être, mais faire ça pourrait avoir un impact sur ma carrière, ce que je ne peux pas me permettre, surtout maintenant que ma mère a besoin de moi. Et si je me présente à une réunion d'affaires dans deux ans et qu'un gars me reconnaît comme la fille qu'il a payée pour une danse ?

— Le gars serait probablement plus paniqué que toi, surtout s'il est marié. Et puis, les chances qu'on te reconnaisse sont minces. C'est incroyable à quel point le maquillage et une tenue peuvent transformer une personne. J'ai croisé quelques clients dans la rue et aucun ne m'a jamais reconnue.

— Vraiment ?

— Ça me prend une heure pour devenir Jade, et lorsque j'en ai fini, *tu* ne me reconnaîtrais pas.

— Comment est-ce possible ?

— Maquillage de corps complet. Un look exotique. De faux cils. Des perruques.

— Je n'ai jamais rien vu de tel. Quand tu pars et que tu reviens du travail, tu as ton apparence normale.

— Je pars quatre-vingt-dix minutes en avance pour me maquiller et m'habiller. Lorsque j'ai fini, je retire mon maquillage, j'enfile ma tenue de ville et je prends un taxi jusqu'ici.

Je soupire.

— À t'entendre, c'est si simple.

— *C'est* simple, dit Bianca. Je sépare ma vie professionnelle de ma vie personnelle. Jade, mon nom au club, n'est pas moi. Elle est un rôle, un fantasme. Elle n'existe que dans l'enceinte du club.

Depuis que Bianca avait commencé à travailler, six mois plus tôt, au Club des gentlemen, elle me régalait souvent de péripéties sur ses clients et collègues, alors j'avais une idée générale du club. Je savais que c'était un établissement privé, réservé aux membres, qui accueillait des hommes d'affaires et des célébrités prospères, des hommes qui étaient prêts à dépenser des sommes faramineuses pour être divertis par de belles femmes dans un lieu sûr et confidentiel.

Bianca m'avait rassurée maintes fois sur la sûreté de son emploi, et je la croyais. Mais je ne pouvais m'imaginer enlever mes vêtements devant une foule d'hommes, et encore moins offrir des danses ou amener quelqu'un dans l'une des pièces privées.

Ce que je pouvais imaginer parfaitement était l'humiliation de retourner dans le Vermont. L'expression sur le visage des gens que j'avais connus au lycée, arrogante ou même jubilante, lorsqu'ils apprendraient qu'une autre fille du coin n'avait pas réussi à survivre à New York.

Tu n'as pas pu t'en sortir dans la grande ville, hein ? Qu'est-ce que tu croyais ? Que tu étais mieux que nous ? Au moins, nous avons toujours su où était notre place.

Me dévêtir devant des étrangers était-il réellement pire qu'affronter ma ville natale, surtout si, comme le pensait Bianca, personne n'en saurait rien ?

Peut-être pas. Et je pourrais aider ma mère.

— Comment c'est ? demandai-je. Tu sais... être aussi proche de parfaits étrangers.

— Je ne te cacherai pas qu'au début, c'est bizarre. Ça l'est vraiment. Mais, comme tout le reste, on s'habitue. Tu sais comment fonctionnent les danses... le client n'a pas le droit de te toucher, ce qui te laisse en position de contrôle.

— Et les pièces privées ? Comment *ça* fonctionne ?

— Toutes les filles remplissent un questionnaire sur ce qu'elles acceptent, ou non, de faire. Le client dit au responsable qui il veut et ce qu'il désire, et ils voient en fonction. Rien de risqué n'est permis.

— Alors, il n'y a pas de pression ?

— Non, on ne nous demande jamais de faire quelque chose qui n'est pas coché OK sur nos formulaires personnels. Et les clients obtiennent ce qu'ils veulent aussi, certaines filles sont prêtes à pratiquement tout si c'est sans risque et si le prix est bon.

— Et la pole dance ?

— Tu travailles quatre heures, pendant lesquelles tu danses sur la scène dix minutes et te déshabilles jusqu'au string. Une fois que tu quittes la scène, tu passes le reste du temps à offrir des danses. Avec ton expérience en danse, tu préféreras peut-être ne pas utiliser le poteau, même si la plupart des danseuses le font.

Elle pencha la tête.

— Tu dois le voir comme un projet professionnel, Ilana. Travailler au club pendant un an te permettrait de payer les frais, d'aider ta mère et de finir tes études. Un an.

Elle haussa un sourcil.

— Et lorsque tu auras ton diplôme et feras ton entrée dans le monde du travail avec ton MAE, tu pourras t'offrir de véritables tenues d'affaires. Armani. Versace. Prada.

Je lui tapotai l'épaule avec affection.

— Fanatique de mode.

— Hilarant. Alors, tu es partante ? En un coup de fil, je peux te décrocher une audition.

— Et si je n'y arrive pas ? demandai-je. Si je suis affreuse ? Et si je déteste ça ?

— Bien sûr que tu peux y arriver. Et tu ne seras pas affreuse. J'y veillerai. Mais si tu détestes vraiment, tu pourras démissionner et trouver autre chose, ou retourner dans le Vermont. À ce stade de ta vie, et dans ta situation financière actuelle, c'est vraiment à toi de voir. Je t'offre uniquement une façon de t'en sortir, sans plus.

C'était le cas. Et qu'avais-je à perdre ? Si le club ne fonctionnait pas, pour quelque raison, au moins j'aurais tout essayé pour ne pas laisser mourir mes rêves.

Je terminai mon martini et déposai le verre sur la table devant moi.

— Tu te figures qu'ils m'embaucheront.

Le visage de Bianca s'illumina.

— Est-ce que ça signifie que tu vas le faire ?

— Je ferai de mon mieux et nous verrons s'ils m'embauchent. Si oui, alors oui, je le ferai. Je n'ai pas vraiment le choix, n'est-ce pas ? Le temps ne presse pas seulement pour moi, mais pour ma mère aussi.

— Écoute, Ilana… tu as le physique et le talent. Tu m'as aussi moi. J'ai des talents dingues en maquillage et en vêtements. À moins de vraiment te planter, ils vont t'embaucher. Je vais te guider tout au long du processus. Tu n'auras qu'à offrir une audition incroyable.

— Aucune pression.

— Je n'ai jamais dit que ce serait facile. Ce que j'ai dit, c'est que ce sera rentable, probablement au-delà de tes espérances les plus folles.

— Qu'est-ce qu'il me faut ? À part de faux seins, une épilation du bikini et un nom de scène ?

Bianca rigola.

— Tu n'as pas besoin de chirurgie mammaire. Pour le reste, avant de passer aux détails, il nous faut une deuxième tournée de martinis. Un peu d'inspiration liquide.

— Bien vu, dis-je. Je prépare les martinis pendant que tu élabores une stratégie pour ma transformation de fille d'affaires foutue en sirène du strip-tease.

~

Deux heures plus tard, Bianca me laissa enfin voir son chef-d'œuvre – moi – dans le miroir de plain-pied de sa chambre.

Et lorsque je me tournai vers celui-ci, je ne me reconnus pas.

Elle avait lissé ma chevelure noire rebelle jusqu'à ce qu'elle tombe en vagues fluides et brillantes dans mon dos. Elle avait coloré mes yeux d'une palette dramatique de violets et de dorés iridescents, ajouté de faux cils, souligné mes pommettes grâce à un illuminateur et à une poudre bronzante et peint mes lèvres d'un rouge audacieux.

Je la regardai dans le miroir.

— Tu avais raison. Personne ne me reconnaîtrait ainsi.

— J'ai la situation en main.

Je l'étreignis.

— En effet.

Elle me rendit mon étreinte.

— Et comme nous sommes pratiquement de la même taille, tu peux prendre mes vêtements.

— Tu es un ange. Mon compte en banque est aussi sec que le vagin de ma grand-mère.

— C'est dégueu.

— Mais c'est vrai.

— Je ne peux toujours pas croire que tu as osé.

Je me tournai vers elle.

— Pourquoi pas ? Il semblerait que je sois prête à oser à peu près n'importe quoi.

Je me penchai vers le miroir.

— Maintenant que mon déguisement est en place, j'ai besoin d'un nom. Que dirais-tu de Cobalt, comme j'ai les yeux bleus ? Tu as choisi Jade en raison de tes yeux.

— Oui, mais Cobalt n'a pas ce qu'il faut. Ça sonne masculin et dix-septième siècle, comme un gars dans une pièce de Shakespeare.

— Que dirais-tu de Saphir ?

— Il y a déjà une Saphir au club. Sympa, d'ailleurs.

— Alors, Midnight ?

— Tu veux qu'ils s'endorment ? Nous pouvons faire mieux.

— Sky ? Indigo ? Topaze ?

— Non, non et non.

— C'était rapide.

— C'est parce que je viens de trouver le nom parfait.

Elle me regarda.

— Regarde ta chevelure, c'est pratiquement noir corbeau. Tu devrais t'appeler Raven.

— Raven ?

— Oui, Raven. C'est mystérieux, c'est sexy et c'est unique, comme toi.

Je me tournai à nouveau vers le miroir. Me voir ainsi, et entendre mon nom de scène, me donnait une étrange confiance que je ne possédais pas auparavant. Tout cela était étrangement dynamisant.

— Raven, dis-je en m'observant. Ça me plaît.

— Mais, es-tu prête à le devenir ?

— Oui, dis-je. Oui, je suis prête.

2

CHAPITRE DEUX

Trois jours et un tourbillon de préparatifs plus tard, Bianca et moi prîmes un taxi pour traverser la ville jusqu'au Meatpacking District pour mon audition. L'après-midi d'août était radieux, chaud et humide, et la faible brise qui sortait du système climatisé du taxi ne faisait pas le poids contre l'atmosphère de sauna ambiante.

— Cette chaleur est dingue, dis-je. Nous ne sommes parties que depuis dix minutes et je suis déjà en sueur.

— Nous entrerons par la petite porte, dit Bianca. Le club est fermé pendant la journée, alors personne ne te verra avant que nous n'ayons terminé ta transformation en Raven. Si Stone et Max sont là, ils seront dans leur bureau.

— Après toutes les histoires que tu m'as racontées, j'ai peine à croire que je rencontrerai bientôt la terrible Isabella Stone. Elle semble être aussi tranchante qu'une hache de guerre.

— Oh, elle peut l'être. Mais Stone connaît tout sur le métier, ce qui explique pourquoi elle est aussi exigeante, et aussi pourquoi elle tire les ficelles. Max est la façade. Sa tâche est de s'assurer que les clients sont heureux. La flatterie, apparier les clients aux filles, offrir occasionnellement une bouteille de champagne pour remercier nos clients réguliers... tout ça, c'est le rôle de Max.

Notre taxi s'arrêta devant la structure en brique de trois étages qui abritait le Club des gentlemen. Tout comme les immeubles avoisinants, le club était manifestement un entrepôt rénové. Un auvent en métal industriel protégeait l'entrée à doubles portes et le trottoir alentour.

Il n'y avait aucune enseigne. Tout cela créait une ambiance discrète et exclusive.

Je fis mine de prendre mon portefeuille pour payer le chauffeur, mais Bianca m'arrêta.

— Je m'en occupe, aujourd'hui, dit-elle. Une fois que tu auras réussi l'audition et obtenu le poste, nous irons fêter ça, et je paierai aussi.

Un profond sentiment de gratitude me submergea. J'étais si chanceuse d'avoir Bianca dans ma vie. Au cours des trois derniers jours, elle avait travaillé d'arrache-pied pour m'aider à me préparer à mon audition. Nous avions sélectionné la musique, réfléchi à des chorégraphies, et rassemblé ma tenue d'audition.

Nous sortîmes du taxi et Bianca me guida vers l'entrée latérale, où elle glissa une carte-clé, puis ouvrit la lourde porte en métal qui donnait sur un escalier.

— Les loges sont un étage plus haut, dit-elle. Deux heures avant le lever du rideau.

Une heure et cinquante-cinq minutes plus tard, j'étais assise à l'une des multiples stations de maquillage, fixant mon reflet. Le visage inhabituel qui me faisait face était exotique, même beau, mais ce n'était pas moi.

Bordel, mais qu'est-ce que je fais ? Ce n'est pas moi.

Clin d'œil à mon nom de scène, Raven, Bianca et moi avions sélectionné un ensemble tout de noir pour mon audition. Je portais un corset élaboré, orné de perles, qui accentuait mes courbes, ainsi qu'un string en dentelle qui faisait office de porte-jarretelles. Une jupe chatoyante qui m'arrivait aux chevilles et qui s'ouvrait en deux longues fentes sur les côtés cachait quelque peu mes jambes tout en me laissant assez de liberté pour danser. Des bas résille, des talons de quinze centimètres et des gants remontant jusqu'aux coudes complétaient ma tenue qui avait été conçue pour être facilement retirée, un morceau à la fois. Les gants seraient les premiers à partir, puis la jupe. Je retirerais en dernier mon corset, ce qui me laisserait nue jusqu'à la taille.

J'avais peut-être l'air d'une strip-teaseuse, mais je sentais l'imposture.

Pourquoi m'embaucheraient-ils ? Je n'ai absolument aucune expérience.

À ce moment, Bianca revint de la cabine du DJ.

— J'ai donné la musique au DJ, dit-elle. C'est à toi dans cinq minutes.

Une vague de panique me frappa, mais je me repris.

Reprends-toi. Ta mère a besoin de toi. Tu dois le faire.

— Tu sembles nerveuse, dit Bianca.

— Je *suis* nerveuse.

— Sans raison. Tu es magnifique et tu vas les époustoufler avec ton talent. Quitte cette chaise et secoue-toi. Laisse tomber la tension. Étire-toi.

Je suivis son conseil et les gestes familiers atténuèrent une partie de ma tension.

— Fais rouler tes épaules d'avant en arrière, dit Bianca. C'est ça. Bâille. Un gros bâillement. Détends la mâchoire.

Elle jeta un œil à sa montre.

— C'est l'heure de passer sur scène.

Je la suivis alors qu'elle sortait par une porte qui donnait sur la droite de la scène, puis sur la scène même. Près de celle-ci, un homme et une femme étaient assis à une table. L'espace derrière eux semblait énorme, mais je ne pouvais pas me perdre dans les détails. Mon cœur cognait dans ma poitrine et la pièce se troubla autour de moi tandis que je luttais pour garder une respiration stable.

Bianca s'arrêta au bord de la scène.

— Bonjour, madame Stone. Max. J'ai le plaisir de vous présenter mon amie, Ilana Evans. Son nom professionnel est Raven.

Elle se tourna vers moi et baissa la voix.

— Bonne chance, je t'attends dans les coulisses.

Stone m'observa d'un œil critique à travers des lunettes angulaires au cadre rouge et me lança un signe de tête sec. Sa chevelure foncée était coupée au menton et elle semblait être à la fin de la quarantaine ou au début de la cinquantaine. Son tailleur noir sur mesure soulignait une silhouette élancée.

Max se leva de sa chaise, s'approcha de la scène et me lança un sourire engageant. C'était un homme séduisant, la trentaine, avec des cheveux châtains coupés courts et une carrure qui témoignait de sérieuses séances d'exercice. Comme sa collègue, il était coûteusement vêtu, et lorsque je lui serrai la main, je vis une montre Chiffre Rouge de Dior à son poignet.

— Heureux de te rencontrer, Raven, dit-il. Nous sommes impatients de te voir danser.

— Merci à vous deux de me donner la chance de passer une audition, dis-je.

Stone claqua des mains.

— Allons-y, d'accord ?

— Bien sûr, Isabella, dit Max.

Il s'assit à ses côtés, puis fit signe au DJ.

— Rad, mets son premier morceau. « Justify My Love » de Madonna.

Je m'approchai du poteau, y plaçai une main, et mon corps se tendit involontairement. L'acier du poteau était étonnamment froid, ce qui ne fit que me rappeler que visionner des vidéos de danse sur YouTube n'était pas la meilleure façon de se préparer, mais qu'aurais-je pu faire d'autre ? Tourner autour d'un balai dans mon salon ? Pas question.

La musique cracha des haut-parleurs sur la scène et je me figeai.

C'était le mauvais morceau.

J'ouvris la bouche pour dire quelque chose, mais avant de pouvoir parler, la musique s'arrêta.

— Désolé, lança le DJ. Je me suis trompé.

Une seconde plus tard, « Justify My Love » commença. Avec la tête qui tournait, je tentai de me concentrer et commençai à onduler contre le poteau et autour de celui-ci. Puisque je n'avais aucune expérience en pole dance, Bianca et moi avions décidé de garder un rythme lent et érotique. Rien de trop acrobatique.

Mais, j'avais été déconcentrée par le mauvais morceau et, maintenant, j'étais complètement déroutée. Au lieu de me laisser aller, j'étais coincée dans mes pensées et incapable de me laisser aller sur la musique. J'avais peine à travailler avec le poteau et à trouver mon rythme. Tandis que le morceau se poursuivait, mon front se couvrit de sueur et mon anxiété augmenta. C'était une satanée escroquerie d'essayer de danser devant ces gens et j'étais décalée et de moins en moins en accord avec la musique.

Lorsque je retirai mes gants et ma jupe, j'essayai d'avoir l'air sensuel, mais rien à faire. C'était peine perdue. Lorsque je sautai, agrippai le poteau glacial avec les mains et les cuisses et me laissai glisser, un geste qui aurait dû être simple pour moi, l'une de mes mains glissa, je perdis l'équilibre et tombai avec force sur les fesses.

Qu'est-ce qui m'a fait croire que je pouvais y arriver ? Deux martinis et une assiette pleine de désespoir, et voilà ! C'est une erreur. Je suis folle de m'être pointée ici.

Soudain, la musique s'arrêta.

— J'en ai assez vu, dit sèchement Stone. Tu es une belle fille, mais tu n'es pas une danseuse.

À ses mots, je sentis la colère enfler dans le creux de mon ventre.

— Je *suis* une danseuse, dis-je. Et une bonne. Je suis peut-être novice pour ce qui est du poteau, mais j'apprends vite.

Stone me lança un regard aiguisé.

— Nous ne sommes pas dans une école, il s'agit d'un club pour gentlemen. Nous offrons du divertissement aux hommes. Et ce que je viens de voir endormirait un homme.

Était-ce la fin ? Éconduite après la moitié d'un morceau ?

Je ne peux pas tout laisser tomber comme ça. Il y a trop en jeu.

Je croisai le regard de Stone.

— Laissez-moi un autre morceau, sans le poteau. Si vous n'aimez pas, je n'ajouterai rien. Quelques minutes de plus, c'est tout ce que je demande.

Stone ouvrit la bouche, sans doute pour refuser, mais Max la devança.

— Pourquoi pas ? dit-il. Nous ne sommes pas pressés aujourd'hui.

Il me fit signe.

— Un autre morceau. Montre-nous de quoi tu es faite.

Le DJ mit mon deuxième morceau, « Brand New Bitch » d'Anjulie. N'ayant plus rien à perdre, je me jetai dans ma chorégraphie.

Je commençai avec les gestes que j'avais choisis avec Bianca, mais quand le rythme atteignit son point culminant, quelque chose changea en moi. J'abandonnai les gestes répétés et commençai à improviser, à danser avec les tripes. La scène, le jeu de lumières, Stone et Max, mes pensées critiques, tout disparut et je me laissai aller au son de la musique. Même lorsque je défis mon corset, me dandinai pour le retirer et le jetai, je ne ralentis pas le rythme. Non seulement je devins la chanson, mais j'espérais devenir ce qu'ils recherchaient.

Lorsque le morceau toucha à sa fin, je me tournai vers Stone et Max. Même en ne portant que des talons, des bas résille et un string, je me sentais puissante. Cette fois-ci, j'avais réussi. J'avais tout donné et si ce n'était pas suffisant, alors je pouvais au moins me consoler en sachant que je m'étais donnée à fond.

Max parla en premier.

— C'était excellent, dit-il, puis il se tourna vers Stone. Elle avait seulement besoin de se dégourdir.

— *C'était mieux*, dit Stone. Mais il me faudra plus qu'une seule danse passable pour me convaincre.

Elle s'adossa à sa chaise.

— Que peux-tu nous montrer d'autre ?

— « I'm Addicted » de Madonna, dis-je. Ou peut-être « Booty » de J. Lo.

Elle m'observa.

— « Booty » correspond sans conteste à *tes* attributs.

Je refrénai l'envie de lever les yeux au ciel. Je savais parfaitement que j'avais un postérieur d'une bonne taille, et que mes seins n'étaient pas assez gros pour être proportionnels à mes hanches.

— « Booty », donc ?

— Oui, ma chère. Secoue-toi pour nous.

D'accord, Stone. Je vais me secouer.

Le morceau commença et mon univers se limita à son rythme. J'avançai et reculai, en suivant le rythme, ondulant des hanches, sentant mon sang vibrer dans mes veines. Un mur de miroirs se trouvait à ma droite et j'appuyai mon dos contre celui-ci. Je levai les bras, serrai les mains et me laissai tomber lentement sur le sol, tandis que la musique escaladait et que son rythme frénétique faisait claquer les haut-parleurs.

Nourrie par l'euphorie de la danse, j'ondulai contre le mur jusqu'à me relever, me retournai et commençai à me claquer les fesses en rythme avec la musique. Du coin de l'œil, je vis Max se pencher vers l'avant et Stone retirer ses lunettes.

J'avais leur attention, maintenant je ne pouvais pas la perdre.

Je me pavanai et lançai des coups de pied, arquai le dos et secouai ma chevelure comme si j'étais en feu. Lorsque le rythme tomba, je le suivis. Je m'agenouillai au sol et rebondis de haut en bas comme si je chevauchais un homme. Lorsque la chanson me dit de remuer les fesses, je remuai tout ce que j'avais, ce qui était plus que bien des femmes.

La chanson arrivant à son apogée, je retournai au mur et m'arcboutai contre lui. Puis, vite, j'ouvris grand les bras et balançai ma chevelure d'un côté et de l'autre. Je commençais à être en sueur, ce qui était un bon point. La sueur était sexy. La sueur donnait à mon corps un éclat qu'il n'aurait pas eu autrement. Je sentis la puissance de la danse m'agripper, me consumer, me submerger.

Tu voulais que je me secoue ? pensais-je lorsque je tournai mes fesses vers eux et commençai à les secouer. *Tu n'as jamais rien vu de tel.*

Lorsque la musique s'arrêta, je pris une inspiration, passai les doigts dans ma chevelure humide et m'approchai d'eux, prête à connaître leur opinion. Peu importe leur décision, j'avais au moins conquis mes peurs et montré ce dont j'étais capable. S'ils n'aimaient pas…

C'est alors que, provenant de la pénombre à l'opposé de la pièce, une voix masculine profonde lança avec certitude :

— Embauche-la.

3

CHAPITRE TROIS

Lorsque l'homme sortit de l'ombre et s'approcha de Stone et de Max, mes genoux faiblirent.

Il était sans conteste le plus bel homme que j'avais jamais vu. Grand, brun et plus que séduisant, avec des traits sculptés et des lèvres pleines et sensuelles faites pour les baisers. Il portait un complet gris acier à la coupe parfaite qui accentuait la largeur de ses épaules. Un homme séduisant en complet était comme une drogue pour moi. Peu de chose me faisait un tel effet.

Mais les paroles qui suivirent n'étaient pas nécessairement engageantes.

— Elle a un beau derrière, dit-il. Ses seins ne sont pas mal non plus, et elle sait danser.

Des seins pas mal, un beau derrière et la capacité de me trémousser. Je n'étais pas habituée à être observée et disséquée comme un objet sans vie.

Si tu as la chance d'obtenir cet emploi, alors ce sera ton nouveau milieu. Habitue-toi.

Je me préparai, me tournai vers le groupe et attendis leur décision. Tandis que les lumières s'allumaient, le regard perçant de l'homme mystérieux caressa mon corps presque nu jusqu'à mon visage. Lorsque nos regards se croisèrent, je refusai de détourner le mien, même lorsque mon malaise s'accrut. Mon sentiment initial de nudité se mua en désir… et en gêne. Un feu s'alluma dans mes entrailles et je rougis.

Le coin de ses lèvres tressaillit et ses yeux noisette me semblèrent briller d'amusement. J'avais la nette impression que cet homme savait exactement quel effet il me faisait, et qu'il s'en amusait. Son regard accrocha le mien pendant ce qui me sembla une éternité, même si quelques secondes à peine s'étaient écoulées.

Enfin, il se tourna vers Max et Stone.

— Vous devriez l'embaucher, dit l'homme.

— Je suis d'accord, dit Max. Qu'en penses-tu, Isabella ?

— C'est bon, dit Stone avec résignation. Plus novice que ça… mais je la façonnerai.

L'homme en complet leva le menton et m'observa à nouveau.

— Tu sais, Isabella, beaucoup d'hommes voudront tâter de cette novice.

Max rigola et même Stone sembla apprécier le commentaire.

— Tu as le don de ramener une conversation à l'essentiel, Nick, dit-elle.

Nick ? Bianca n'avait pas mentionné de Nick en relation avec le club. Qui était cet homme ?

— Peux-tu t'assurer que Raven remplit les documents administratifs, Isabella ? demanda Max. Notre client préféré et moi avons des points à traiter.

Les choses devenaient plus claires. Ce Nick devait être un client important, avec probablement un bon portefeuille. Son opinion comptait visiblement pour Max et Stone.

— Bien sûr, dit Stone.

Elle se leva.

— Va dans les loges et habille-toi, Raven. Puis, rejoins-moi dans mon bureau.

~

Dans les coulisses, Bianca m'accueillit avec un grand sourire et un peignoir.

— Tu as réussi ! dit-elle, en me tendant le peignoir.

Je l'enfilai, puis la serrai dans mes bras.

— Merci mille fois, dis-je. Je n'y serais jamais arrivée sans toi.

— Tu as été extraordinaire, chérie. J'ai tout vu des coulisses.

— Sauf pour le premier morceau. C'était un fiasco.

— Mais tu as fait un malheur pour « Brand New Bitch » et ce que tu as fait avec « Booty » ? Tu étais en *feu*. Tu as fait pâlir d'envie J. Lo.

Je me dirigeai vers l'une des stations de maquillage, m'y assis et commençai à me démaquiller.

— Qui est ce Nick ?

Bianca s'assit à mes côtés.

— Celui qui leur a dit de t'embaucher ? C'est Nick Santoro. L'un de nos clients privilégiés.

Santoro. Nick Santoro.

Le nom me disait quelque chose, mais je ne savais pas quoi. Non que ça ait de l'importance.

— C'est ce que je me suis dit. Il m'a donné l'impression d'être un charmeur.

— Oh, Nick est tout ça. Et bien plus.

— Que veux-tu dire ?

— Il fait toujours la même chose. Il ne jure que par une fille pendant un moment. Il la couvre d'argent, il paie pour des pièces privées, là où nous faisons le plus d'argent. Puis, il la largue, aussi rapidement. Il ne lui jette plus un regard, alors on oublie les danses.

— Un salaud, donc, dis-je, avant de me reprendre. Mais ce salaud vient de me faire embaucher, non ? Je devrais être reconnaissante.

— Oui, mais il serait sage de l'éviter. Comme la plupart des clients de moins de quarante ans, il n'apporte rien de plus que des ennuis. L'argent stable vient de la clientèle plus âgée. Les hommes prospères pris dans des mariages malheureux, terrifiés à l'idée de ce que leur coûterait un divorce. S'ils s'intéressent à toi, certains paieront une pièce privée seulement pour parler pendant une heure. Tout ce que tu as à faire, c'est les écouter et te frotter contre eux de temps en temps. Tu sais, leur donner le sentiment d'être ce que leur femme les empêche d'être.

— Quoi donc ?

— Un homme.

Lorsque je fus habillée, Bianca me fit faire le tour du club en me conduisant au bureau de Stone. Le premier étage comprenait la scène, un énorme bar en forme de L, et environ cinquante tables de tailles différentes, avec les chaises et les canapés en cuir assortis. Des rouges pourpres, des matériaux luxueux et des boiseries sombres donnaient à l'endroit une touche érotique, qui restait profondément masculin.

— On peut apercevoir une partie du deuxième étage d'ici, dit Bianca.

Elle pointa un doigt vers le haut.

— C'est là que se trouvent les zones VIP et les pièces privées, en plus du DJ.

Je regardai vers le haut et remarquai qu'une partie du deuxième étage donnait sur la scène, comme dans un théâtre.

— Combien de personnes entrent ici ? demandai-je.

— Plusieurs centaines. La capacité totale du club est d'environ cinq cents. Descendons, je veux te montrer le *lounge*, puis nous irons au bureau de Stone.

Le *lounge* ressemblait à un club pour gentlemen classique rappelant ceux que j'avais vus dans les films, avec des panneaux en acajou, des fauteuils en cuir noir et des lustres qui brillaient faiblement dans la pièce qui, pour l'instant, n'était pas éclairée. Un bar affichant un éventail impressionnant de boissons coûteuses occupait une extrémité de la pièce, et une faible odeur aromatique flottait dans l'air.

— C'est quoi, cette odeur ? demandai-je.

— La fumée de cigare. Puisque le club est privé, les membres peuvent fumer à l'intérieur. Mais le système d'aération est excellent, mieux que bien d'autres. Lorsqu'il est en marche, tu ne peux rien percevoir d'autre que la fragrance signature du club, qui est un effluve boisé avec une note d'encens. Bref, au début du moins, tu travailleras surtout ici, à servir des boissons. Tu feras moins d'argent qu'à l'étage, mais c'est tout de même beaucoup mieux que ce que tu ferais dans un bar classique. Toutes les filles qui travaillent ici commencent en passant le plus clair de leur temps au *lounge*. Une fois ta base de clients réguliers en place, Stone te laissera plus d'heures à l'étage.

— Comment dois-je m'habiller ici ?

— Stone l'appelle la tenue sexy semi-habillée.

— Qu'est-ce que ça veut dire ?

— Le genre de robe de soirée qui donne envie à un homme de te l'arracher. Servir des boissons ici est une forme de publicité. Si les hommes veulent voir ce qui se cache sous les robes, ils doivent aller à l'étage, ce qui veut dire débourser plus. Pour obtenir une table à l'étage, ils doivent payer une bouteille d'alcool hors de prix. Mais nous pourrons aborder les détails plus tard. Pour l'instant, nous devons nous dépêcher. Stone doit se demander où nous sommes.

Elle me guida hors du *lounge* et le long d'un couloir, dépassant plusieurs portes en bois massif, avant de s'arrêter devant l'une d'elles pour y frapper.

— Entre, dit Stone.

Bianca ouvrit la porte et entra. En contraste avec l'atmosphère sombre et masculine du club, le bureau de Stone était aéré et moderne, peint et meublé dans des tons blanc et taupe, avec des toiles contemporaines aux couleurs éclatantes accrochées aux murs. Stone était assise à un large bureau en verre et en acier, ressemblant davantage à une PDG de Wall Street qu'à la doyenne d'un club de strip-tease haut de gamme.

— Asseyez-vous, dit-elle vivement, désignant les deux chaises devant son bureau. Je n'ai pas beaucoup de temps.

Nous nous assîmes et elle me tendit une grande enveloppe. Lorsque je la pris, je fus surprise par son poids considérable.

— Tout ce dont tu as besoin se trouve dans cette enveloppe, dit Stone. Les formulaires d'embauche. L'assurance maladie. L'accord de confidentialité. La décharge de responsabilité. Et le plus important : le guide des politiques du club. Lis-le. Mémorise-le.

Elle regarda Bianca.

— Jade, tu as travaillé ici assez longtemps pour répondre aux questions qu'elle pourrait avoir.

— Bien sûr, répondit Bianca.

— J'ai droit à une assurance maladie ? demandai-je.

— Bien sûr, ma chère. Nous te voulons le cœur battant… et la chatte palpitante.

Je ne relevai pas et répondis simplement :

— Merci.

Stone eut un geste d'indifférence de la main.

— Nos politiques sont là pour protéger à la fois les employées et les clients et toute entorse à une règle, peu importe laquelle, mènera à un licenciement immédiat. Les postes ici sont convoités, les filles font la queue pour auditionner, et si tu fais une erreur, je remplacerai ton postérieur trémoussant en un temps record. Compris ?

— Oui, dis-je. Et merci de me permettre de travailler ici, madame Stone. Vous ne regretterez pas de m'avoir embauchée.

— Ça reste à voir.

— Quand voulez-vous que je commence ?

— Vendredi soir. Voici ton planning.

Elle me tendit une feuille.

Je la pris et la balayai du regard. Je fus immédiatement surprise de voir que les deux tiers de mes heures étaient à l'étage, y compris les vendredi et samedi soirs.

— C'est contre mon gré, dit Stone. Je préfère que les filles commencent au *lounge*. Si tu as ce planning, c'est uniquement parce que l'un de nos clients privilégiés a insisté pour que tu commences à l'étage.

Nick Santoro ?

Ça ne pouvait être que lui. Il était le seul client à m'avoir vue. Mais pourquoi avoir insisté ainsi ?

— Si vous préférez que je fasse plus d'heures au *lounge*, ça me va, dis-je. Je ne m'attends pas à un traitement de faveur de votre part ou de qui que ce soit...

Stone m'interrompit.

— Inutile. La décision a déjà été prise. Mais écoute-moi bien, jeune fille... les autres remarqueront sans peine que tu as réussi à passer devant les autres. Et elles n'aimeront pas du tout. En raison des demandes d'un certain client, tu es devenue un paria. Attends-toi à des retombées et ne pense pas devenir Miss Popularité de sitôt.

4

CHAPITRE QUATRE

Dès que nous quittâmes le club, Bianca se tourna vers moi.

— Sais-tu ce que signifie cet emploi du temps ?

J'ouvris grand les bras et soufflai un baiser vers le ciel de Manhattan.

— Non, et en ce moment, je suis trop heureuse pour m'en faire. J'ai enfin un emploi. Un véritable emploi. Grâce à toi. Et à ce Nick qui les a poussés à m'embaucher.

— Je savais que tu pourrais les impressionner avec tes talents en danse et c'était le cas. Félicitations, je suis fière de toi.

Je relevai l'inquiétude dans sa voix.

— Il y a un « mais » quelque part dans cette phrase. Quel est le problème ?

Elle fit signe à un taxi.

— Ton planning est bien meilleur que ce à quoi je m'attendais, ce qui signifie que la barre est haute. Tu seras sur scène, souvent. Je sais que tu pourras relever le défi, mais nous avons moins de deux jours pour agrandir ta garde-robe et trouver plusieurs autres chorégraphies. Mieux vaut attendre la semaine prochaine pour fêter ton nouvel emploi, après tes débuts au club, qui *seront* un succès. Nous devons simplement nous concentrer et nous y préparer.

Les paroles de Bianca me ramenèrent sur terre.

— Tu as totalement raison, dis-je. Le travail avant la fête.

— Oh, nous lèverons tout de même un verre de martini ou deux ce soir. Et nous commanderons du thaï ou du chinois. Ce sera une fête studieuse.

Le taxi s'arrêta près de nous. Nous nous y engouffrâmes et Bianca demanda au chauffeur de nous ramener à notre appartement de l'East Village.

Tandis que notre chauffeur surfait à travers le trafic dense de fin d'après-midi, une pensée me frappa. Je me tournai vers Bianca.

— Mon emploi du temps signifie-t-il que je ferai plus d'argent ?

— Beaucoup plus. Mais Stone a raison, certaines des filles seront jalouses. Je passerai le mot qu'une certaine personne est la raison de cette faveur, ce qui devrait atténuer les choses, car tout le monde là-bas sait que ce que cette personne veut, elle l'obtient. Tu devras tout de même surveiller tes arrières. Ça prend normalement six mois ou plus pour qu'une fille obtienne un emploi du temps comme le tien.

— Je peux braver la tempête. Ce que je ne peux pas accepter, c'est d'être fauchée. Grâce à toi, ce ne sera bientôt plus le cas. Si quelques filles me détestent parce que j'ai eu un coup de chance, soit. L'important maintenant est de ramasser assez d'argent pour aider ma mère.

— Et je serai là, dit Bianca. Si quelqu'un s'en prend à toi, il devra m'affronter aussi.

— Mais pourquoi Nick Santoro s'intéresserait-il à mon planning ? Je ne comprends pas.

— Ne mentionne pas son nom ici. Attends d'être à la maison. L'accord de confidentialité que tu es sur le point de signer t'interdit de discuter du club ou de ses clients en public.

~

De retour à notre appartement, Bianca nous prépara des martinis pendant que je fouillais, assise sur le canapé, dans la pile de documents que Stone m'avait laissée. J'avais rempli les formulaires d'embauche et signé l'accord de confidentialité, mais lorsque je lus la décharge de responsabilité, je ne sus qu'en penser.

— Cette décharge semble dire que je libère le club de toute responsabilité si quelque chose m'arrivait là-bas, dis-je. Je ne comprends pas. Stone n'a-t-elle pas dit que les politiques du club nous protégeaient aussi ?

— Les membres du club signent également un contrat, répondit Bianca. Ils acceptent de suivre des règles strictes, que tu trouveras dans le guide des politiques. Et il y a des gardes de sécurité et des caméras cachées partout dans le club, ce qui, d'ailleurs, n'est pas un secret pour notre clientèle.

— As-tu déjà eu un problème avec un client ? demandai-je.

— Une seule fois.

— T'a-t-il fait mal ?

— Non. En fait, c'était plutôt drôle.

— Que s'est-il passé ?

— J'étais en train de danser pour une célébrité complètement bourrée dans l'une des zones VIP, lorsqu'il m'a agrippé les seins et a essayé, avec très peu d'adresse, de m'arracher mon string. Devant une demi-douzaine de ses amis, en plus. Alors je lui ai donné un coup de genou bien placé. Il s'est plié en deux au moment même où deux énormes gardes de sécurité se pointaient, l'attrapaient et le jetaient hors du club.

— Qui était-ce ? Pourquoi ne m'en as-tu jamais parlé ?

— Je ne pouvais pas t'en parler avant, parce que j'ai signé la même clause de confidentialité que toi. Ce qui se passe au club, reste au club.

— Mais tu peux m'en parler maintenant, n'est-ce pas ?

— Oui.

— Alors, son nom ?

— Je vais te donner un indice. Un tombeur adolescent qui veut devenir rappeur.

— Non ! Pas Dustin Boober.

— Lui-même.

— Il est assez vieux pour être membre ? Je croyais qu'il avait dix-huit ans.

— Tu es nulle en culture pop, dit Bianca. Il a vingt-deux ans. Mais tu ne le croiseras pas au club. Après l'incident, Max l'a banni et a résilié son adhésion. Comme je disais, les clients aussi doivent suivre des règles. Même les clients aussi riches et connus que Dustin Boober. Si tu présentes le moindre signe que tu n'es pas à l'aise avec ce qui se passe, la sécurité s'occupera du type en quelques secondes.

Elle traversa la pièce avec nos martinis, m'en tendit un, puis s'installa près de moi.

— La plupart des gens ne le savent pas, mais travailler dans un club pour gentlemen est beaucoup plus sûr que de faire la tournée des bars. Dans un bar, un type pourrait droguer ton verre. Tu te rappelles cette fille dans les résidences universitaires ? Elle s'est réveillée un matin et a réalisé qu'elle avait été droguée, mais elle ne se souvenait pas de la nuit passée ni de l'identité du salaud qui l'avait droguée et violée.

— Je ne l'avais pas vu ainsi, mais tu as raison.

— Tout ce qui se passe au club est consenti. Si un homme veut plus qu'une danse, il va voir Max qui se charge de lui présenter une fille qui est prête, pour un prix, à lui donner ce qu'il veut.

— Mais un type pourrait tout de même droguer le verre d'une fille au club, non ? Peut-être dans un endroit plus privé, comme les zones VIP ?

Bianca secoua la tête.

— La sécurité l'attraperait et il perdrait ses droits. N'oublie pas, nous ne pouvons pas être ivres ou intoxiquées au boulot, donc si une fille trébuche, parle avec difficulté ou semble désorientée, la sécurité lui fait quitter la salle et la questionne.

Je déposai mon martini, pris mon stylo et signai la décharge de responsabilité. Puis, je pris le dernier formulaire à remplir. Il s'intitulait « Extras » et, sur plusieurs pages, énumérait des activités avec des cases à cocher « oui » et « non » à côté de chacune d'elles. Je balayais la liste du regard, sans savoir quoi faire.

— Je ne suis pas prude, dis-je. Je peux gérer le strip-tease et les danses, mais le BDSM, comme le fouet et les menottes ? Enfin, si c'est ce qui excite quelqu'un, je n'ai rien contre, mais tu me connais... je foutrais probablement tout en l'air en me mettant à rire au pire moment imaginable.

— Laisse-moi te simplifier la chose, dit Bianca. Es-tu prête à faire quoi que ce soit au-delà d'une danse érotique ? Tu sais de quoi je parle... laisser les hommes te toucher.

— Je ne préfère pas. Pas à moins que ce soit le seul moyen d'amasser assez d'argent pour ma mère.

— Qu'en est-il des fétichismes qui ne requièrent pas de contact physique ?

— Des fétichismes ? Je n'en sais rien. Regarder cette liste me laisse perplexe. Je ne sais même pas ce que la moitié de ces trucs signifie.

— Alors, contente-toi des danses pour l'instant. Vois comment ça se passe. Tu peux toujours changer les extras que tu offres après quelques semaines au club. C'est ce que beaucoup font, surtout lorsqu'elles voient tout l'argent qu'elles laissent passer en ne faisant pas les trucs faciles, comme le *sploshing*. J'en ai fait quelques-uns.

— Le *sploshing* ?

— Jeter de la nourriture et des liquides à un type nu sur une toile en plastique alors qu'il se roule dedans, en extase, se barbouillant de toute cette bouillie.

— Oh, mon Dieu.

Bianca prit une gorgée de martini.

— Adulte-bébé en est un autre intéressant.

— Adulte-bébé ? Bordel, et qu'est-ce que *ça* implique ?

— De l'argent facile. Tout ce que tu as à faire, c'est mettre une couche à un gars et lui donner des céréales pour bébé à la cuiller. Lui mettre une tétine dans la bouche. S'il essaie de te sucer le mamelon, tu dis quelque chose comme « Méchant bébé ! Maman a dit non ».

Je la regardai avec horreur pendant un moment avant que nous n'éclations toutes deux de rire.

— Alors... tout peut être un fétichisme ? demandai-je, en m'essuyant les yeux.

Bianca acquiesça.

— Tout est susceptible d'exciter quelqu'un quelque part.

— Bordel, les gens sont bizarres.

— À qui le dis-tu !

Je jetai à nouveau un œil à la liste.

— Le fétichisme des pieds… eh bien, au moins j'ai entendu parler de celui-là. Sucer quelques orteils, lécher les pieds.

— Parfois. Mais, sais-tu ce que ça peut réellement impliquer ?

— D'après le ton de ta voix, je suppose que je n'en ai aucune idée.

— Les fétichistes des pieds purs et durs aiment que leurs pieds puent. Ils attendent qu'ils soient bien pestilentiels, puis tu dois les astiquer… avec ta salive.

— C'est dégoûtant.

— Si tu décides de le faire, attends-toi à croiser du fromage d'orteils.

— Oh, j'ai envie de vomir.

Elle m'observa pendant que je cochais la case « non ».

— Bonne décision. J'ai coché « non » moi aussi.

— OK, alors je pourrais probablement gérer les adultes-bébés. Et je n'ai rien contre jeter quelques légumes pourris à quelqu'un comme Dustin Boober. En fait, ça pourrait peut-être même me plaire.

— Génial, dit Bianca. Laisse-toi quelques semaines pour te familiariser avec le boulot et voir combien tu fais avec les danses.

Elle me fit un clin d'œil.

— Si tu décides que tu as besoin de plus d'argent, tu peux toujours inscrire un ou deux autres fétichismes.

— Oui, peut-être, dis-je. Pour l'instant, je vais suivre ton conseil. Je vais me contenter des danses et réfléchir aux fétichismes dans quelques semaines.

Je cochai les dernières cases « non » de la liste des extras et rassemblai mes documents remplis en une pile. Puis, je souris à ma meilleure amie.

— Merci de m'avoir expliqué tout ce que j'ai signé, dis-je. Maintenant, dis-m'en plus au sujet de ce Nick. Pourquoi avoir insisté pour que Max et Stone non seulement m'embauchent, mais me donnent du temps à l'étage ?

— Il n'y a qu'une raison pour que Nick Santoro, ou tout client privilégié, fassent une telle chose. Il veut te baiser, et te faire travailler à l'étage simplifie les choses pour lui. Il a probablement déjà mis en branle son plan d'attaque.

— Malheureusement pour monsieur le client privilégié, ses plans sont sans importance. J'apprécie le fait que son opinion m'ait aidée à obtenir un poste, mais s'il s'attend à une baise de remerciement, il va être déçu.

— Tu devrais savoir que les filles qui t'ont précédée ont toutes dit pratiquement la même chose, dit Bianca. Et en général, elles finissent tout de même dans le lit de Santoro. Il est riche, il est séduisant, il est bien pourvu, et il sait comment charmer. Il n'est pas facile de lui dire non.

— Peut-être que ces filles n'avaient pas de buts ou de plans, dis-je. Mais je suis différente. Toi aussi. Tu économises pour lancer ta propre entreprise, et je travaille pour aider ma mère. Ne t'inquiète pas. Je suis une grande fille. Peu importe ce que Santoro a en tête, je peux lui faire face.

— Rappelle-toi juste que les hommes comme lui sont des mâles alpha, OK ? Poursuivre une femme les excite. Reste simple. Sois professionnelle et polie, mais ne te laisse pas amadouer. Parce que sinon...

Elle termina son martini en une longue gorgée.

— Sinon, tu es dans le pétrin.

5

CHAPITRE CINQ

Deux jours plus tard, Bianca et moi arrivâmes au club pour ma première soirée. En entrant dans l'immeuble et en me dirigeant vers les loges, je me sentis nerveuse, mais galvanisée. Ce soir, dans mon rôle de Raven, j'étais déterminée à casser la baraque. Je monterais sur scène, ferais mes preuves et pourrais commencer à réellement aider ma mère.

Lorsque nous arrivâmes dans les loges, deux autres filles étaient assises aux stations de maquillage, se préparant pour la soirée. L'une était une brunette à l'air exotique tout en courbes, l'autre une blonde à l'allure de mannequin.

— Salut, Jade, lança la blonde à Bianca.

D'entendre mon amie se faire appeler Jade était étrange, mais je devais m'y habituer. Utiliser nos noms de scène était une autre des nombreuses règles du club.

— Salut, Lucrezia, dit Bianca. J'aimerais te présenter mon amie Raven, qui va travailler ici. Raven, voici Lucrezia. Attends de la voir danser, elle est incroyable avec un poteau. La meilleure du club.

Elle se tourna vers la brunette.

— Et voici Valencia, la cousine de Lucrezia et une autre de nos vedettes.

Lucrezia me lança un sourire éblouissant.

— Ravie de te rencontrer, dit-elle.

Elle avait un accent slave prononcé et elle ressemblait à une princesse de glace, avec de grands yeux bleu pâle, un teint clair et une chevelure blonde.

— C'est ta première soirée ?

— Oui, répondis-je.

— Bonne chance. Ou plutôt, merde, comme on dit.

— Oui, ajouta Valencia. Bonne chance pour ta première soirée.

Sa voix rauque au léger accent était désinvolte, mais ses yeux sombres et bridés se plissèrent pour me scruter de la tête aux pieds.

Eh bien, en voilà une que je devrai amadouer.

— Merci, dis-je. Ravie de vous rencontrer toutes les deux.

Je me dirigeai vers une station libre à plusieurs mètres de Valencia et m'assis. Je sortis mon costume de mon fourre-tout, puis mes chaussures, que je déposai au sol près de moi. Un prêt de Bianca, ces talons de quinze centimètres étaient d'un noir lustré avec des semelles, des talons et des brides d'un rouge brillant.

— Jolies chaussures, commenta Valencia.

— Merci, dis-je. B—... Jade me les a prêtées.

Valencia essayait-elle d'être amicale ? La note froide de sa voix ne laissait rien paraître. Mais, il y avait aussi son regard lorsque Bianca nous avait présentées. Après l'avertissement de Stone que je devais m'attendre à être traitée comme un paria, il me semblait préférable de garder mes distances avec les autres filles pour l'instant. Avec le temps, je pourrais peut-être devenir amie avec certaines de mes collègues. Mais pour le moment, j'étais sur mes gardes.

Bianca s'installa à la station près de moi et nous commençâmes le processus de transformation. Pendant que nous nous préparions, les autres filles arrivèrent les unes après les autres et les loges devinrent une véritable ruche. Les vêtements furent retirés, remplacés par du maquillage et des costumes, et les bavardages et les rires emplirent la pièce.

Quarante-cinq minutes avant le lever du rideau, Stone arriva. Son tailleur noir à la coupe irréprochable était pratiquement identique à celui qu'elle portait lors de mon audition et la fanatique de chaussures en moi identifia rapidement ses talons comme des Prada. Pour compléter son ensemble, elle transportait un Birkin noir.

Son regard acéré fit le tour de la pièce.

— Superbe comme toujours, Valencia, dit-elle sèchement. Tu commenceras, ce soir.

L'expression de Valencia avait la suffisance du chat qui venait de tuer sa proie.

— Merci, madame Stone, dit-elle.

Stone se tourna vers une rousse voluptueuse.

— Ember, nettoie ton visage et recommence. Tes yeux ressemblent à des trous noirs. Qu'est-ce qui t'a pris ? Le look héroïnomane est passé depuis des années.

— Je voulais seulement essayer un look différent, répondit-elle, d'une voix plaintive. Quelque chose de nouveau et de créatif.

— Mauvaise idée, Ember. Tu devrais savoir depuis le temps que tes talents, quels qu'ils soient, sont ailleurs.

Elle tourna son regard vers Bianca et moi.

— Beau travail, Jade. Tu passeras après Valencia. Raven, ton mascara est un crime contre l'humanité. Fais quelque chose.

Je me penchai vers le miroir. C'était la deuxième fois seulement que j'appliquais mon maquillage de Raven sans l'aide de Bianca, et je pensais m'en être bien sortie. Mon mascara avait bien laissé quelques grumeaux, mais ce n'était pas *si* flagrant. Je pris mon mascara, dévissai la brosse et l'approchai de mes cils.

— Arrête ! lança Stone.

Ma main s'immobilisa d'un coup.

Elle désigna le tube de mascara ouvert.

— Quand as-tu acheté cette relique desséchée ? Au lycée ? Ça ressemble à du béton.

— Euh... il y a cinq ou six mois ?

— Donne-le-moi.

Je refermai le tube et le lui tendis. Elle le prit avec deux doigts, comme s'il était toxique, puis le laissa tomber dans la poubelle près de ma station, où il atterrit dans un bruit sourd. Puis, elle ouvrit son

Birkin, en sortit un tube de mascara Clinique High Impact et le déposa avec un claquement sur la table devant moi.

— Utilise ça.

— Vous me prêtez votre mascara ?

— Non, je te *donne* mon mascara de secours.

— Merci, dis-je. Je vous suis reconnaissante.

— Tu peux. Je viens de te sauver de toi-même, chose qui ne devrait pas arriver. Mais avec cette couvée d'oies ? J'aurai tout vu. À partir de maintenant, remplace ton mascara chaque mois. Et je t'en prie, prends une marque un tantinet respectable.

6

CHAPITRE SIX

Une demi-heure plus tard, j'observai des coulisses Valencia monter sur scène. Pour ma première soirée en tant que Raven, Bianca et moi avions choisi un ensemble entièrement noir, semblable à celui que j'avais choisi pour mon audition, un corset à paillettes et une jupe noire chatoyante avec de longues fentes sur les côtés, portée par-dessus un string, des jarretelles et des bas résille. Après ma chute lors de l'audition, j'avais opté pour des gants en dentelle s'arrêtant au coude plutôt que les gants en soie. J'espérais qu'ils me donneraient une meilleure prise sur le poteau. Puisque je ne monterais pas sur scène avant une bonne heure, je portais pour l'instant des chaussons. Bianca m'avait conseillé d'épargner mes pieds autant que possible.

Elle se tenait près de moi et me murmurait des explications.

— Valencia commence plus souvent que toutes les autres, dit-elle. Elle est peut-être une salope de première classe qui se croit supérieure aux autres, mais c'est un fait, elle sait comment attiser les hommes.

J'observai Valencia remuer les fesses, secouer sa chevelure et utiliser le poteau. Son rythme était parfait et ses gestes accentuaient son charme ténébreux.

— Elle est bonne.

— Oui, mais tu peux être encore meilleure. Je le sais, et la plupart des filles seraient enchantées si quelqu'un, même Lucrezia, réussissait à détrôner la reine Valencia.

— Que veux-tu dire, même Lucrezia ? N'est-elle pas la meilleure danseuse ici ?

— Si. Mais dans son dos, tout le monde la surnomme Crazia.

— Crazia ? Hilarant. Mais pourquoi ?

— Loin du poteau, cette fille est une catastrophe ambulante. Une suite sans fin de déceptions et de naïveté romantique.

— On a tous déjà eu une amie comme ça, dis-je.

— Oui, mais Crazia a la palme pour ce qui est d'attirer les salauds. Vraiment, le QI de cette fille est la somme de ses seins. Valencia fait de son mieux pour lui éviter des ennuis, mais il y a une limite à ce que même Valencia peut faire. Garder sa propre position exige pratiquement *toute* son attention.

— Eh bien, de mon côté, Valencia peut garder son trône, dis-je. Je ne suis pas là pour faire concurrence à qui que ce soit. Ce n'est pas une carrière à long terme pour moi. Du moment que je peux aider ma mère et payer mes factures, je suis heureuse.

Le morceau qui passait commença à s'estomper pour faire place au suivant.

— Je dois aller chercher mes chaussures, dit Bianca. Lorsque ce morceau prend fin, c'est mon tour.

Elle disparut dans les loges un moment, puis revint, ses talons de quinze centimètres en main. Elle quitta ses chaussons et enfila les talons, vérifia les brides, puis se redressa.

— Ces talons font des merveilles pour mes jambes, mais Dieu merci, je n'ai pas à les porter en permanence. Je préférerais mourir.

— Tu es éblouissante, dis-je. Fais-leur tourner la tête.

Dix minutes plus tard, Bianca quitta la scène sous un tonnerre d'applaudissements et revint dans les coulisses avec un sourire.

— Tu as été incroyable, dis-je lorsqu'elle arriva près de moi. La foule t'a adorée.

Elle me lança un clin d'œil.

— J'ai appris un truc ou deux sur la manière d'offrir un bon strip-tease en six mois de travail ici. Ce sera pareil pour toi. Observe les autres danseuses, vois ce qui fonctionne... et ce qui ne fonctionne pas. Apprends de tes collègues et écoute Stone. Elle a peut-être la langue acérée, mais ses commentaires sont généralement excellents.

— Merci, répondis-je. C'est ce que je vais faire.

Bianca resta à mes côtés pendant les danses suivantes, commentant à voix basse les points forts et faibles de chaque performance. Même si j'étais nerveuse pour ma propre danse, qui approchait à toute vitesse, j'écoutais avec avidité tout ce qu'elle disait. Même si je savais qu'il fallait du temps pour bien réussir toute chose, j'étais déterminée à apprendre rapidement et à bien m'en sortir dans mon nouveau boulot.

Lorsqu'Ember monta sur scène, Bianca me murmura :

— Tu es la prochaine. Je vais aller chercher tes chaussures.

— Merci, dis-je, heureuse de sa présence solidaire.

Lorsqu'elle fut partie, j'observai Ember tourner en rythme sur un morceau de Britney Spears. Bien qu'elle soit belle, elle n'avait rien d'une danseuse exceptionnelle et mon attention s'égara sur les spectateurs. De ma position dans les coulisses, l'arrière de la pièce était trop sombre pour que je puisse voir grand-chose, mais près des lumières de la scène, la première rangée de tables était bien visible. Mon regard s'arrêta sur un profil distinct.

Monsieur le client privilégié ?

Pendant que je l'observais, il se tourna pour dire quelque chose à l'homme blond qui partageait sa table, m'offrant une vue globale de son visage.

C'était bien lui.

Contrairement à la majorité des spectateurs, Nick Santoro et son compagnon étaient en tenue de soirée. Il était assis, une cheville croisée sur le genou opposé, sirotant un verre de ce qui ressemblait à du scotch, l'air complètement à l'aise.

Son smoking noir et blanc immaculé ne faisait qu'accentuer ses traits ténébreux et séduisants. De concert avec l'assurance qu'il dégageait, il avait une présence saisissante. Cet homme se serait démarqué dans n'importe quelle foule. Malgré tout ce que Bianca m'avait raconté sur lui, ou peut-être pour cette raison, j'étais curieuse.

Parce qu'il avait joué un rôle dans mon embauche, Bianca s'attendait visiblement à ce qu'il me coure après, et je devais admettre qu'une partie de moi aimait cette idée. Après tout, il n'y avait aucun risque. Ce n'est pas comme si j'allais croire tout ce qui sortirait de sa bouche. Flirter avec monsieur le client privilégié ne serait rien de plus qu'un moment de plaisir sans culpabilité.

À ce moment, Bianca réapparut avec mes chaussures que j'enfilai rapidement.

— Prête pour tes débuts ?

— Aussi prête que possible, grâce à toi.

Elle m'étreignit.

— Tu vaux plus que toutes ces filles. Ne pense pas trop. Laisse-toi aller et sois toi-même, et cette foule va t'adorer et t'acclamer. Tu peux y arriver.

Le DJ lança « Anaconda » de Nicki Minaj. Mes entrailles se nouèrent et mon cœur se mit à battre à toute allure.

C'est parti.

J'inspirai profondément, me concentrai sur la musique et me dirigeai vers les lumières éclatantes de la scène.

7

CHAPITRE SEPT

Lorsque j'émergeai sur la scène, je balançai les hanches, secouai ma chevelure et marchai jusqu'au centre de la scène. Le flash des lumières baignait mon corps de couleurs vives et je me tins devant la salle pleine d'hommes en délire, frappée par la frénésie enivrante du spectacle comme par un éclair tonitruant d'adrénaline pure. Je n'avais pas dansé devant une foule de cette taille depuis mes années de danse universitaire, et j'avais presque oublié la sensation. Cette attente, tendue, mais excitante, et tellement stimulante. L'effet électrostatique de tous ces regards... sur *moi.*

Lorsque les paroles de la chanson commencèrent, j'attrapai le poteau et virevoltai autour de lui, fouettant ma jupe dans les airs et montrant mes jambes. Puis, je tournai le dos à la foule, ondulai les hanches, détachai ma jupe et la jetai au loin. La foule réagit avec des cris et des sifflements enthousiastes.

Encouragée par l'éloge de la foule, j'écartai davantage les pieds, me courbai à la taille, les mains sur les cuisses, et remuai les fesses en rythme. Entre deux secousses, je me relevai, me retournai et me claquai les fesses. La foule se mit à rugir.

Je peux y arriver.

J'attrapai le poteau d'une main, l'entourai d'une jambe nue, rejetai la tête et l'autre bras vers l'arrière et tournoyai sur un pied. Après quelques tours, je me dirigeai vers le mur de miroirs, tout en retirant mes gants. Lorsque j'arrivai au mur, je collai le dos contre celui-ci, fis onduler mon corps jusqu'au sol, puis remontai le long du mur. Je répétai le mouvement, mais en approchant du sol, je sentis mon talon gauche osciller dangereusement.

Merde. Bordel.

Je fis passer plus de poids sur mes orteils et remontai le long du mur une nouvelle fois. Ce faisant, les pensées se bousculaient dans ma tête et mon cœur cognait contre mes côtes avec la force d'un marteau-piqueur. Le talon n'était pas totalement brisé, mais il m'était impossible de marcher, et encore moins de danser avec. Comment allais-je bien pouvoir finir ma danse sans me couvrir de ridicule ?

Puis, j'eus une idée.

Je glissai jusqu'au sol une dernière fois, détachant mon corset par la même occasion. Je plaquai les fesses contre le mur, me laissant tomber à genoux, et ondulai le torse, offrant aux spectateurs un aperçu de mes seins. En même temps, je détachai la bride de ma chaussure gauche d'une main. Puis, je fis la même chose avec ma chaussure droite.

Une fois mes pieds libérés, je laissai les talons derrière moi. Je redressai le torse, rejetai ma chevelure en arrière et avançai un genou, plantant fermement mon pied nu sur le plancher et positionnant les orteils de mon autre pied derrière moi. À la seule force des jambes, je me relevai, posai les mains sur mes hanches, secouant ma chevelure d'un côté et de l'autre, puis je retirai mon corset et le jetai au loin. Nue jusqu'à la taille, je montrai mon profil à la foule, tout en me penchant et en attrapant de chaque main une chaussure par sa bride en un seul mouvement fluide.

Alors que le morceau atteignait son dernier pic, je me dirigeai vers le centre de la scène, improvisant avec les chaussures. Je me pavanai, les balançant en un va-et-vient. Je me penchai, tournai mes fesses vers la salle, et claquai les chaussures sur celles-ci. Lorsque j'arrivai au poteau, je pris les deux chaussures dans une main et utilisai mon autre main pour attraper le poteau et tournoyer.

La chanson presque terminée, je me tournai vers la salle, pris une pose contre le poteau et soulevai les chaussures.

— Quelqu'un veut une chaussure ? lançai-je.

À ces mots, la foule devint hystérique. Les hommes sifflèrent, tapèrent de leurs pieds sur le sol. Les verres s'entrechoquèrent.

Et le regard de Nick Santoro accrocha le mien.

Je laissai les chaussures se balancer dans ma main une seconde ou deux.

Pourquoi pas ?

Puis, je lançai avec légèreté les talons vers son torse. Ses yeux brillèrent d'un éclat indéchiffrable, mais il attrapa sans peine les chaussures. Une vague d'applaudissements s'ensuivit, s'intensifiant davantage lorsque Santoro se leva, se tourna de profil vers la salle et, soulevant le talon jusqu'à ses lèvres, en baisa le bout.

Du coin de l'œil, j'aperçus Bianca dans les coulisses, me faisant signe de sortir de scène en vitesse. Stone se trouvait derrière elle, les bras croisés avec une expression lugubre. Que se passait-il ?

Avec un dernier trémoussement des hanches, je me tournai et me dirigeai vers les coulisses. Mes deux autres chansons avaient-elles été coupées ? Je pensais avoir bien géré mon problème de talon, et la foule avait certainement adoré.

Mais ce que je pensais n'avait aucune importance et je venais de lancer des talons à l'un des clients privilégiés du club.

La peur m'envahit. Allais-je être virée ?

8

CHAPITRE HUIT

Lorsque j'atteignis les coulisses, Bianca me tendit mon peignoir. Tandis que je l'enfilais, Stone me fit signe de la suivre jusqu'aux loges. Elle se tira une chaise près de ma station, s'y assit et me fixa de son regard ferme.

— C'était quoi *ça* ? demanda-t-elle.

Je m'assis à ma station et tournai la chaise vers elle.

— Au milieu de mon morceau, mon talon gauche a commencé à lâcher. Ça n'aurait pas été sûr de continuer dessus. J'ai pensé qu'improviser était mieux que de quitter la scène au milieu d'une danse.

Elle fit un geste de la main.

— Ce n'est pas le problème. Je n'ai rien contre une fille qui a les deux pieds sur terre, et c'est ton cas... littéralement. Ce que je n'aime pas, c'est le manque de professionnalisme. Vérifier ta garde-robe avant de monter sur scène fait partie de tes tâches.

Je me sentis humiliée... et frustrée.

— J'ai vérifié ma garde-robe cet après-midi, avant d'arriver au travail. J'ai tout vérifié deux fois, y compris les talons... qui étaient en parfait état.

— Manifestement, tu ne les as pas suffisamment vérifiés.

Ma colère monta et je tentai de la contenir.

— S'il y a quelque chose de plus que j'aurais pu faire, dites-le-moi. Je *veux* bien faire mon boulot, et je ne peux pas me permettre de finir avec une cheville foulée ou une autre blessure.

Stone leva les mains.

— Calme-toi, Raven. Nous sommes du même côté. Je ne veux pas qu'une de mes filles se blesse au travail. Des bris de chaussure arriveront, mais je m'attends à ce que tu fasses ton possible pour les éviter. Maintenant, problèmes de garde-robe à part, il y a autre chose que nous devons aborder.

— Quoi donc ? demandai-je.

— Une chaussure qui flanche n'apporte rien de bon, mais ce que tu en as fait ?

Elle pointa un doigt vers moi.

— Tu as pris ce qui venait, tu as fait avec ce que tu avais et tu as mis le feu à la foule.

— Merci, dis-je.

Je sentis le soulagement m'envahir, mais j'étais aussi très confuse. Où Stone voulait-elle en venir ?

— Pas besoin de me remercier, dit-elle. Mon boulot est de découvrir et de développer tes talents, qui semblent être l'improvisation et les accessoires. J'aimerais que tu travailles sur une chorégraphie spéciale. Peut-être une impro en rapport avec ton nom de scène, ou quelque chose de totalement différent si tu préfères. Sois créative. Surprends-moi.

Pendant un moment, je restai bouche bée. Qu'est-ce qui venait de se passer ? Quelques secondes après m'avoir réprimandée, Stone m'offrait une occasion de me démarquer ?

— Merci, madame Stone, dis-je aussi calmement que possible. Je m'y mets tout de suite.

— Montre-moi ce que tu as dans une semaine ou deux. Si c'est bon et si tu peux garder le contrôle de ta garde-robe d'ici là, je te laisserai peut-être commencer avec ton numéro.

À ces mots, elle se leva, se détourna et quitta la pièce.

~

Après le départ de Stone, je me levai et partis à la recherche de Bianca, mais ne la trouvai nulle part. J'avais hâte de lui raconter ce qui venait de se passer avec Stone, mais ça devrait attendre. La partie de danse érotique de mon emploi du temps allait commencer et je devais me reprendre.

Je m'assis à ma station, retouchai mon maquillage et enfilai un corset en velours et en mailles qui remontait mes seins tout en laissant une bonne surface de peau visible. Je gardai les mêmes string, porte-jarretelles et bas résille que j'avais sur scène. Puis, je sortis une nouvelle paire de chaussures noires de mon sac fourre-tout et l'inspectai avec attention pour détecter tout signe d'usure. Je jouai avec les talons et tirai sur les brides. Tout semblait solide.

Tout en finissant de m'habiller, je me préparai à rejoindre la salle et à offrir ma toute première danse. Je m'examinai dans le miroir, réarrangeai quelques mèches folles et me rappelai les paroles de Bianca.

Ce sera étrange au début, mais tu t'y feras.

À ce moment, Bianca apparut derrière mon épaule.

Je croisai son regard dans le miroir.

— Où étais-tu ? demandai-je. Je te cherchais.

Elle se pencha vers moi et murmura à mon oreille.

— Nous devons parler. Seules. Avant que tu ne commences ton tour de salle. Attends que je sorte, reste ici une minute, et rejoins-moi dans l'escalier de service.

J'acquiesçai. Elle disparut et plusieurs secondes plus tard, j'entendis la lourde porte en métal de l'escalier s'ouvrir et se refermer. Qu'est-ce qui lui prenait ? Je comptai jusqu'à soixante, me levai et me dirigeai vers la porte. Lorsque je l'atteignis, je l'ouvris, entrai dans la cage d'escalier et refermai la porte derrière moi.

En voyant l'expression de Bianca, je sus que quelque chose n'allait pas.

— Qu'est-ce qui se passe ? demandai-je. Tu vas bien ?

— Ça va. Je suis juste fichtrement furieuse, c'est tout.

— Pourquoi ?

— Pendant que Stone te parlait, j'ai vu une lime à ongles à la station de Valencia. Et, devine quoi ? Il y avait de la poussière rouge dessus. Un rouge brillant, comme les talons rouges de tes chaussures.

Je compris où elle voulait en venir.

— Tu veux dire qu'elle...

— Oui. Le talon brisé à propos duquel Stone t'a grondée ? La salope l'a saboté. Elle en a probablement coupé la moitié avant de le recoller, tout en sachant que la colle serait trop fragile pour tenir le coup.

— Je suppose que c'est possible, dis-je. Elle aurait pu s'en charger tout de suite après sa danse, pendant que nous étions toutes deux près de la scène à observer les autres filles. Mais pourquoi Valencia ferait-elle une chose pareille ?

— Parce que c'est une salope jalouse et sournoise. Voilà pourquoi.

— Quand bien même. Ça n'a pas de sens. Il n'y a aucune raison pour qu'elle s'en prenne à moi.

— Allons donc. La salope n'a pas *besoin* d'une putain de raison. Ne sois pas naïve.

— Je ne le suis pas. Tu sais que j'ai déjà fait face à la jalousie d'autres danseuses par le passé. Mais c'était toujours en rapport avec la compétition, comme deux danseuses s'affrontant pour le rôle de première danseuse. Si Valencia a une concurrente, ce n'est certainement pas moi. Je viens d'arriver, et c'est la reine du club.

— Nous en reparlerons plus tard, dit Bianca. Pour l'instant, nous devons retourner au travail avant que Stone ne parte à notre recherche. Mais avant de commencer les danses, tu dois récupérer ces chaussures auprès de Nick Santoro. Elles sont notre preuve. Si le talon brisé a des marques de lime, nous pourrons le montrer à Stone et à Max.

— Es-tu certaine que c'est la meilleure façon de gérer la situation ? Valencia est la vedette du club et la griller auprès de Stone et Max reviendrait à une déclaration de guerre. Je n'ai pas été blessée, je ne veux pas de problème, et je peux m'en occuper. Je veillerai simplement à mettre mes affaires sous clé à l'avenir.

Bianca secoua la tête.

— Tu n'as pas été blessée, mais ça aurait pu être le cas. Il n'est pas question que je laisse Valencia s'en tirer comme ça. Tu *dois* reprendre les chaussures.

Je connaissais mon amie. Elle n'était pas prête d'oublier. Et même si je n'étais pas prête à accuser Valencia sans une preuve irréfutable, je devais aussi découvrir la vérité.

— D'accord, dis-je. Je vais aller chercher les chaussures.

— Parfait. Mais attention à Santoro. Cet homme est un requin.

9

CHAPITRE NEUF

Lorsque Bianca et moi nous séparâmes, je sortis dans la salle pour trouver Santoro. Le club était plein et faiblement éclairé et, tandis que mes yeux s'ajustaient à la pénombre, je jetai un œil alentour et observai ce qui m'entourait.

Sous les lumières de la scène, Lucrezia offrait aux regards un éventail stupéfiant d'acrobaties en rythme avec le cri des guitares et le tempo effréné d'un morceau de Poison. Elle était aussi incroyable que ce que m'avait dit Bianca et j'aurais adoré pouvoir l'admirer, mais j'avais une mission à accomplir.

La récupération des chaussures.

À regret, je me détournai de la scène. Des hommes bien mis et d'allure aisée, de tous les âges, remplissaient la pièce ; il n'y avait aucune table vide en vue, et d'autres hommes entouraient le bar.

Aux tables, certains des hommes observaient la scène ou parlaient avec leurs compagnons, alors que d'autres étaient adossés à leur chaise, de magnifiques filles à peine vêtues se frottant contre eux. D'autres filles se déplaçaient entre les tables, offrant des danses ou des verres.

À travers la foule, j'aperçus Santoro au même endroit qu'il se trouvait plus tôt, assis à une table près de la scène. Son ami n'était pas en vue. Il était assis seul, sirotant son verre et observant Lucrezia. En m'approchant de sa table, j'aperçus mes chaussures sur le plancher près de sa chaise.

Lorsqu'il me vit, il désigna la chaise vide à ses côtés.

— Je suppose que tu es venue pour tes chaussures, dit-il en souriant. Mais comme j'ai eu la grâce de te les garder, j'espère que tu me remercieras en me tenant compagnie quelques minutes.

— Bien sûr, dis-je en m'asseyant près de lui, tout en essayant d'ignorer le fait qu'Ember offrait une danse à un type de Wall Street, chauve et en sueur, à la table voisine. Je suis Raven.

— Nick.

— Enchantée de te rencontrer, et merci d'avoir veillé sur mes chaussures. J'espère que tu ne m'en veux pas de te les avoir lancées.

— Pourquoi t'en vouloir ? Ces chaussures sont la raison pour laquelle tu es assise ici avec moi. Au fait, félicitations pour ta performance ce soir. La foule a adoré. Mais pourquoi avoir retiré tes chaussures ?

— Ce n'était pas par choix, dis-je. Mon talon gauche a rendu l'âme.

— Ah bon ?

— Au milieu d'« Anaconda », j'ai senti l'un de mes talons chanceler et j'ai réalisé qu'il était sur le point de se rompre.

— Lorsque tu as retiré tes chaussures, j'ai su que quelque chose n'allait pas, mais tu t'en es bien sortie. Beaucoup de danseuses se seraient effondrées, mais pas toi. Tu as continué et fini en beauté.

Il attrapa la bouteille de scotch qui se trouvait sur la table et s'en versa deux doigts.

— Puis-je t'offrir un verre ? Tu l'as sans conteste mérité.

— Merci, mais je ne bois pas de scotch ou de whisky.

— Pourquoi ?

— J'ai essayé une fois et ça m'a arraché la gorge comme si quelqu'un m'avait marquée au fer. J'avais l'impression de boire du gaz.

Il haussa les sourcils.

— Si c'est l'impression que tu as eue, alors tu n'as jamais goûté un bon single malt. Cette bouteille est un Macallan de vingt-cinq ans. Doux comme de la soie.

Il me tendit le verre.

— Tiens, ne te gêne pas. Essaie.

Je pris le verre et, pendant un instant, nos doigts se touchèrent. Je sentis alors un courant électrique me parcourir. C'était comme si son contact avait activé chaque terminaison nerveuse de mon corps. Je me sentais plus dénudée que lorsque je m'étais trouvée sur scène, pleinement consciente de mes mamelons se pressant contre le corset et du string étroit entre mes cuisses.

Bon, alors j'ai manifestement besoin d'un verre.

Je reculai tranquillement ma main, levai le verre à mes lèvres et y goûtai. La boisson submergea mes sens, puis se retira, laissant une douce chaleur derrière elle.

Ravie du goût, je pris une deuxième gorgée, et Nick s'adossa à sa chaise avant de me scruter des pieds à la tête, un sourire appréciateur sur les lèvres.

Lorsque nos regards se croisèrent, un frisson me parcourut. Pas étonnant que les femmes perdent la tête pour cet homme. Pendant mes années d'études, j'aurais probablement sauté à pieds joints dans son lit. De son regard pénétrant à son aura de contrôle, de la courbe sensuelle de ses lèvres pleines à son smoking parfaitement coupé, tout en lui irradiait le pouvoir… et le sexe.

Mais j'avais vieilli depuis l'université, j'avais appris à la dure qu'une attirance débridée n'était rien de plus que la ruée intense d'hormones qui donnait la sensation d'être ivre de vie, comme si l'amour éternel ne se trouvait pas uniquement dans l'utopie des romans à l'eau de rose. Il n'y avait rien de mieux que cette ivresse émotionnelle… du moins jusqu'à la gueule de bois.

Je déposai le verre sur la table et croisai à nouveau son regard. Cette fois-ci, je ne cillai pas. Il m'attirait, mais ce n'était rien de plus qu'une réaction purement physique, une réaction que je comprenais et que je savais gérer. Peu importe l'effet de sa présence sur mes sens, je devais garder une distance émotionnelle et maintenir un sang-froid professionnel.

— Alors, dit-il. Que penses-tu du scotch ?

— Il est bon, répondis-je. Vraiment bon. Je retire ce que j'ai dit à propos du scotch. Je n'ai jamais rien goûté de tel.

Il désigna le verre.

— Il est à toi. Déguste-le. Je vais faire signe à l'une des filles pour qu'elle m'apporte un autre verre.

— Merci, mais je ne devrais pas rester davantage. Je suis attendue dans les loges.

Bianca était la seule à attendre mon retour, mais *il* n'avait pas besoin de le savoir.

— Tu t'en vas ? Si vite ?

— Oui, mais avant, j'aimerais te remercier pour ce que tu as dit à mon audition. Je sais que c'est ta recommandation qui a convaincu la direction du club de m'embaucher.

— Un geste purement égoïste de ma part. Si tu n'avais pas été une danseuse talentueuse, je ne t'aurais jamais recommandée.

— Peu importe la raison, merci.

Il pencha la tête.

— Tu m'as l'air d'une fille bourrée de talents, et je n'ai pas encore envie de te voir partir. Avant ton départ, que dirais-tu d'une danse ?

Oh, bordel de merde.

Pourquoi ma première danse ne pouvait-elle pas être avec un homme vieux ou laid ? Gros, chauve, avec du poil dans le nez. N'importe quoi. N'importe quoi qui en ferait un acte totalement professionnel. Oh, mais non. Ce devait être avec un homme plus séduisant que Channing Tatum.

Je m'étais préparée à ce moment. J'avais imaginé ce que ça pourrait être. Mais mon imagination n'avait pas inclus la possibilité que ma toute première danse soit auprès d'un homme séduisant, de mon âge, encore moins un homme comme Nick Santoro. Si le seul fait de regarder l'homme en face de moi me donnait chaud, quel effet le fait de me frotter contre son corps aurait-il sur moi ?

Mais je me repris. La durée moyenne d'un morceau était de trois minutes. Je pouvais certainement me contrôler pendant trois minutes. Et si ce n'était pas le cas, alors je n'avais pas ma place dans ce milieu. Santoro était peut-être le premier, mais il ne serait assurément pas le dernier ni le seul client séduisant.

— Bien sûr, dis-je.

Il plongea la main dans son veston, sortit son portefeuille, retira un billet de cent dollars et me le tendit.

Je me levai, acceptai l'argent et le mis dans mon porte-jarretelles. Ce faisant, je ne pus m'empêcher de remarquer qu'Ember et une fille dont j'ignorais le nom dansaient toutes deux pour des hommes à des tables voisines et qu'à une autre table, des hommes fumant des cigares me regardaient sans gêne. L'un d'eux sourit et fit un geste avec son cigare, comme pour m'inciter à commencer.

Bianca avait raison. C'est vraiment étrange.

Nick s'adossa à sa chaise et écarta les genoux tandis que le DJ passait à une nouvelle chanson, que je reconnus immédiatement comme « Like a Virgin » de Madonna.

Très approprié. J'ai beau ne pas être vierge, bordel, c'est tout comme en ce moment.

— Applique-toi, dit-il. Tu ne le regretteras pas.

— Puis-je être franche ?

— C'est rare, ici, mais oui.

— Je n'ai jamais fait ça avant.

— Eh bien, on va s'y atteler tous les deux.

Je me plaçai entre ses jambes, passai les mains au-dessus de ses épaules, et attrapai le dossier de son lourd fauteuil en cuir de mes deux mains. Puis, j'arquai le dos et fis tourner mon torse, maintenant une position qui relevait mes fesses et lui donnait un gros plan sur mon décolleté.

Il était trop proche. En bougeant, je respirai son odeur, propre et virile avec une touche subtile du scotch qu'il avait bu. Son souffle chaud effleurait mes seins exposés ce qui, je devais l'admettre, était excitant.

Lorsqu'il laissa tomber sa tête en arrière et croisa mon regard, le temps s'arrêta. Les minuscules paillettes dorées dans son regard noisette accrochèrent la lumière de la scène et brillèrent avec une intensité qui m'enflamma. Chaque battement, chaque souffle, chaque effleurement de son corps m'excitaient un peu plus. Mon cœur battant, mes mamelons durs comme la pierre et la tension croissante entre mes cuisses m'alertèrent que ma réaction frôlait dangereusement la perte de contrôle.

Je devais m'éloigner d'une façon ou d'une autre, alors je changeai de position. Je me levai entre ses jambes et roulai des hanches d'un côté et de l'autre. Puis, je rejetai ma chevelure contre son visage, arquai le dos et laissai courir mes mains sur mes seins, mes hanches et mon ventre. Ce faisant, je ne pus ignorer l'érection impressionnante que cachait son pantalon noir.

Bianca *avait* dit qu'il était bien pourvu.

— Tu aimes ce que tu vois ? demanda-t-il.

Je me sentis rougir, mais gardai un ton léger.

— Il y a *beaucoup* à voir.

— Je pourrais te dire la même chose. Et, au fait, tu t'en sors bien.

Je me tournai, m'arrêtai au-dessus de son entrejambe et bougeai mes fesses en de lents cercles. Cette position avait l'avantage de me permettre de détourner mon visage, mais ça signifiait aussi que mon sexe, palpitant avec effronterie, était beaucoup trop près de son érection.

— Aimerais-tu continuer dans une pièce privée ? demanda-t-il.

La tête me tourna. Comment arriver à me maîtriser dans une pièce privée avec cet homme ? Malgré tous mes efforts pour prendre de la distance avec lui et avec ce que je faisais, il n'était pas le seul excité.

Tu dois te reprendre. C'est ton boulot.

Je lui jetai un coup d'œil par-dessus mon épaule.

— Si c'est ce que tu veux, tu dois en parler avec Max.

— Bien sûr.

Je continuai de me plaquer contre son entrejambe et de caresser mes hanches et mes fesses. Mes pensées se bousculaient dans ma tête. Peut-être que lorsque Max lui dirait que je n'offrais aucun type de contact, il trouverait une autre fille.

Et si c'est le cas, Dieu merci, bordel !

Les pièces privées étaient réservées par tranches de trente

minutes et une demi-heure à me frotter contre cet homme ? Ce pourrait bien être ma mort.

Non, ce *serait* ma mort. Mort par frustration sexuelle.

La fin de « Like a Virgin » se changea en un morceau de rap que je ne reconnus pas. Je m'éloignai de Nick, m'accroupis et attrapai mes chaussures près de sa chaise. Lorsque je me relevai, il étendit une main vers moi et glissa un deuxième billet de cent dollars dans mon porte-jarretelles.

— Tu m'as déjà payée, dis-je.

— Je donne toujours un bon pourboire pour un excellent spectacle.

Son regard retint le mien.

— Je vais voir Max tout de suite. Puis, je te retrouverai dans l'une des pièces privées.

Je regardai avec insistance son érection et haussai les sourcils.

— Mieux vaut attendre dix minutes, dis-je. Ce serait dommage de te blesser en chemin.

10

CHAPITRE DIX

Une fois mes chaussures sous clé dans les loges, je revins dans la salle. Inspecter les talons à la recherche de signes de sabotage devrait attendre.

J'aperçus Max debout près de l'escalier du deuxième étage. Il avait un air raffiné et séduisant dans son complet gris avant-gardiste qui accentuait la largeur de ses épaules et de son torse. Alors que je m'avançais vers lui, il me lança un sourire décontracté.

— Salut, Raven, dit-il. Ton client est à l'étage dans la salle six. Il a réservé la pièce pour une heure.

Une heure ? Ça y est, je suis morte.

— Merci, Max, répondis-je. Je monte tout de suite.

— Prends bien soin de Nick, c'est l'un de nos meilleurs clients.

— Bien sûr.

Je me détournai de Max et montai l'escalier vers le deuxième étage dans un état d'agitation croissant. Trois minutes de proximité physique avec Nick m'avaient presque fait jouir. Comment allais-je pouvoir supporter une heure ?

Je traversai le couloir bien aménagé qui menait aux pièces privées. Les murs étaient tapissés d'un tissu de couleur brique sombre à la texture veloutée. Les lourdes portes d'ébène alternaient avec les appliques en bronze, ajoutant à l'atmosphère de luxe discret.

Lorsque j'atteignis la porte numéro six, je m'immobilisai, pris une inspiration et me rappelai pourquoi j'étais ici. Si je voulais aider ma mère avec ses problèmes de santé et payer et terminer mes études, alors je devais le faire.

J'ouvris la porte et pénétrai dans la pièce. L'intérieur était dans des teintes riches et foncées de rouges, rehaussées par l'éclairage léger. Plusieurs grands miroirs aux cadres dorés pendaient aux murs et je remarquai que le plafond était lui aussi couvert d'un miroir. Nick Santoro était installé sur le long canapé en cuir qui se dressait contre le mur du fond. Une bouteille de scotch et deux verres attendaient sur la table basse devant le canapé.

— Salut, Raven, dit-il. C'était dix longues minutes.

L'une de ses longues jambes était étendue sur le canapé, alors que son autre pied était toujours au sol. Il était incroyablement séduisant et, pendant une fraction de seconde, j'oubliai presque qui j'étais. Et qui il était. Peut-être que si nous nous étions rencontrés dans d'autres circonstances…

Arrête de saliver, ma belle. Tu es une strip-teaseuse. C'est un client. Il ne sera jamais intéressé par toi. N'oublie pas ce fait et reprends-toi.

Lorsque je refermai la porte derrière moi, les bruits du club s'estompèrent, mais le tempo hypnotique des basses continua de vibrer à travers les murs.

— Je suis venue aussi vite que j'ai pu, dis-je. Désolée de t'avoir fait attendre.

Nick tapota la place à ses côtés.

— Une heure, c'est une heure. Viens t'asseoir.

Il posa les pieds au sol et attrapa la bouteille.

— Laisse-moi t'offrir un verre avant que tu ne danses pour moi.

Je traversai la pièce et m'assis à ses côtés. Il versa du scotch dans les deux verres et m'en tendit un.

— Merci, dis-je.

— Parlons quelques minutes, dit-il.

Il déposa une main sur mon genou et le frotta doucement, ce qui me surprit, puisque j'avais précisé aucun contact ou extra dans mes papiers.

Max a-t-il oublié de lui dire aucun contact ? Devrais-je dire quelque chose ?

Mais, avant même que je puisse me faire une idée, il résolut mon dilemme en retirant sa main et en se laissant aller contre le canapé.

— Parle-moi de toi, dit-il.

Je fus aussitôt sur mes gardes. Pour survivre à cette rencontre sans me ridiculiser, je devais garder une distance émotionnelle. Et raconter ma vie à Nick n'était probablement pas le meilleur moyen d'y arriver.

Mais j'étais curieuse. Il n'y avait aucun doute, cet homme m'intriguait. Bianca m'avait dit que de nombreux hommes aimaient parler. Si je réussissais à le faire parler, je pourrais peut-être ainsi voir s'écouler une partie de l'heure en conversations sans devoir danser. Je pourrais peut-être en apprendre plus sur lui sans trop en révéler à mon sujet.

De mon point de vue, chaque minute passée à parler signifiait une minute de moins à me frotter contre lui. Une minute de moins à lutter contre l'intensité de mon attirance physique.

Moins je passais de temps à danser, mieux c'était.

— Il n'y a pas grand-chose à raconter, dis-je avec légèreté. Je ne suis qu'une énième fille de province qui a décidé de venir à New York.

— Et d'où viens-tu ?

— Du Vermont.

Je sirotai mon scotch.

— Et toi ?

— Je suis plus ou moins un New-yorkais natif. J'ai grandi en banlieue et déménagé à Manhattan à dix-huit ans.

— Quelle banlieue ?

— Morristown.

— J'ai entendu parler de Morristown, mais je n'y suis jamais allée. À quoi ça ressemble ?

— Petit. Historique. Morristown aime se vanter d'être la capitale militaire de la Révolution américaine, alors les plaques et les monuments affluent.

— Ça semble charmant.

— Tu aimes ce qui est charmant ?

— Qui n'aime pas ?

— Je suppose que ça dépend de la situation. Mais je crois que tu aimerais probablement. Morristown est charmant et ennuyeux. Je préfère la ville.

— Veux-tu dire que je suis ennuyeuse ?

— Je me demande ce que tu refoules. Parce que c'est le cas, Raven. Je suis simplement curieux de voir combien de temps ça te prendra avant de te laisser aller.

— Je t'ai dit que c'était nouveau pour moi.

— Ce qui m'excite. À quel moment la bonne fille devient-elle la mauvaise fille ? À quel moment cette option est-elle activée ? C'est ce qui m'intrigue chez toi.

— Que fais-tu ici ?

— Joli changement de sujet.

— Mais je suis curieuse.

— OK, disons que tu l'es vraiment.

Il leva les mains.

— Jusqu'à récemment, je dirigeais ma propre entreprise. Mais je l'ai vendue il y a quelques mois, alors en ce moment, je suis entre deux projets.

— Tu prends le temps d'analyser ce qui suivra, dis-je.

Il me regarda et quelque chose dans son expression changea.

— En résumé, oui.

— Pendant combien de temps as-tu dirigé ton entreprise ? demandai-je.

— Huit ans.

Une image commença à se former, et j'eus l'impression de commencer à le comprendre. Ce qu'il venait de me dire me fit penser aux partenaires de l'entreprise en démarrage où j'avais travaillé jusqu'au mois de mai, lorsque des finances déclinantes les avaient forcés à mettre à pied plusieurs de mes collègues et moi-même.

Les partenaires étaient tous plutôt jeunes, dans la vingtaine et la trentaine, et travaillaient comme des dingues au bureau. L'entreprise était leur vie. Et nombre d'entre eux se défoulaient le soir en se rendant dans l'un des trop nombreux clubs ou bars qu'offrait New York. Travailler dur et profiter au max de la vie, voilà leur culture.

Nick avait peut-être vécu ce genre de vie au cours des huit dernières années. Si c'était le cas, alors sa situation actuelle devait être un énorme changement pour lui. Il avait probablement trop de temps libre, sans savoir quoi en faire, et je me demandais à quel point ça lui plaisait. Il me semblait de type A, et un type A n'appréciait jamais de se poser très longtemps.

— Alors, ta vie est à un tournant, dis-je.

— Je suppose que oui, dit-il.

Son ton était léger, mais l'expression de son visage confirma mon impression que vendre son entreprise avait été un moment décisif pour lui.

— Je peux te demander ce que tu penses faire maintenant ?

— Oh, un peu de tout. Je vais peut-être voyager un moment. J'ai toujours voulu voir le monde.

— Ça semble fabuleux. Où irais-tu ? Vers une destination nouvelle et différente ?

— En fait, j'aimerais retourner où je suis déjà allé. Mon entreprise m'a fait voir des villes à travers le monde, mais mon travail m'a toujours empêché de vraiment les visiter. Ça ne m'a pas dérangé à l'époque, mais maintenant je regrette de ne pas avoir pris une journée de temps à autre pour explorer le monde.

Il me lança un regard perplexe.

— Tu sais, je n'en ai jamais parlé à quiconque. Il est facile de te parler.

Je lui souris.

— J'ai toujours voulu voyager. Paris est le premier arrêt sur ma liste. Tu y es déjà allé ?

— Plusieurs fois.

— Est-ce aussi magnifique que dans les films ? J'adore les films français.

— Encore plus. Surtout la nuit, lorsque bien des monuments et des ponts sont illuminés. Et les restaurants sont excellents. Tu devrais vraiment y aller.

— Tu m'as convaincue, dis-je. Prochaines vacances, Paris.

— Tu es une femme décidée, dit-il d'un ton badin. Alors, à quand ton départ pour la Ville lumière ?

— Peut-être l'automne prochain.

— C'est loin.

— J'ai beaucoup à faire d'ici là.

Je pris une gorgée de scotch et changeai de sujet.

— Mmmm. C'est vraiment délicieux.

— Je suis heureux que ça te plaise. Quel est ton poison habituel ?

— Vodka martini.

— Avec citron ?

— Non. Parfois, j'ajoute un peu de Tabasco et de saumure d'olive.

Sa voix se fit basse.

— Relevé *et* dirty. Je sais que tu es relevée, Raven, mais je n'ai pas encore vu ton côté osé.

Dieu que sa voix est sexy.

— Danser est mon côté osé, dis-je. Aimerais-tu que je danse pour toi maintenant ?

Il vida le reste de son scotch, déposa le verre vide sur la table et se laissa aller contre le canapé, ce qui eut pour effet de tendre joliment le tissu sur son torse.

— Allons-y. Danse pour moi.

Je déposai mon verre sur la table, éloignai la table de quelques centimètres, puis me levai. Le DJ passait un morceau lent, « Glory Box » de Portishead. Je me plaçai entre ses cuisses, attrapai l'arrière du canapé et commençai à bouger. Je me concentrai sur la musique et me laissai envahir par celle-ci. Entrer dans ma zone de danse et y rester était le meilleur moyen de m'en sortir.

Reste détachée. Fais comme s'il n'était qu'un meuble.

Je me redressai et commençai à bouger les hanches en huit tout en laissant courir mes mains sur mon corps. Je rejetai ma tête vers l'arrière et gardai les yeux mi-clos, jusqu'à ce que tout ce qui m'entoure, Nick, le canapé, la pièce, s'embrouille. Puis, je commençai à tourner lentement entre ses jambes, lui offrant des poses et des angles variés qui, je l'espérais, lui plairaient. Plusieurs minutes plus tard, lorsque le DJ passa un morceau de trance, j'accélérai le rythme pour suivre le tempo plus rapide. Je me pliai à la taille et laissai tomber ma chevelure devant mon visage, tout en bougeant les hanches en un mouvement circulaire. Je me penchai, puis redressai les genoux, frottant mes fesses contre ses cuisses. Ce faisant, je ne croisais ses yeux que brièvement. Assez pour flirter.

Jusqu'ici, tout va bien. Je vais y arriver.

Tout en continuant de bouger, mon regard dériva vers les murs rouges et les miroirs qui m'entouraient. Avec chaque mouvement, j'observais la myriade d'images qui chatoyaient et ondulaient. Je me sentais diffuse, séparée de mon propre corps. J'étais partout… et nulle part. Mon attirance vibrait en moi, mais au moins j'avais réussi à atténuer sa puissance et elle gardait maintenant un niveau gérable.

Un troisième morceau, puis un quatrième passèrent.

J'étais perdue dans la cinquième chanson, un morceau de hip-hop, lorsque Nick prit la parole.

— Quand vas-tu me regarder ? demanda-t-il. Je veux dire, vraiment.

Je lui lançai un coup d'œil par-dessus mon épaule gauche.

— Je te *regarde*.

— Non. Tu ne fais que me jeter des coups d'œil. Tu es si loin, tu pourrais tout aussi bien être dans un autre club et pas avec moi.

Zut.

Il m'avait découvert. Et je ne pouvais pas le laisser insatisfait… et s'il se plaignait à Max ? Je jetai un œil à l'horloge au-dessus de la porte.

Encore vingt minutes.

C'était risqué, mais j'avais déjà évité de justesse un désastre ce soir. Je ne pouvais pas m'en permettre un autre.

Je me penchai davantage et pivotai les hanches, lui donnant une vue plongeante sur ma poitrine. Puis, je laissai ma cuisse droite effleurer son entrejambe. Ce faisant, je rencontrai son regard.

— Est-ce ce que tu veux ?

Il soutint mon regard.

— C'est mieux.

— Qu'est-ce qui est considéré comme trop ?

— À toi de voir. Mais pour moi, lorsqu'il est question de toi ? Trop n'est pas une possibilité.

Bordel.

Je continuais de bouger contre lui et l'énergie sexuelle qui palpitait entre nous devint un champ magnétique de désir brut qui m'enveloppa et m'aspira. J'inhalai son odeur unique et mon pouls s'accéléra. Chaque détail, la courbe sensuelle de ses lèvres pleines, les longs cils foncés qui bordaient ses yeux, l'ombre d'une barbe naissante sur sa mâchoire, tout chez cet homme m'excitait.

À mesure que mon excitation montait, mes légers effleurements contre lui se firent plus audacieux et plus pressants. Je me retournai, rejetai mes cheveux et écrasai mes fesses contre lui. Sa respiration se fit saccadée et je sentis son érection se presser contre moi, suivie par ses mains sur mon corps alors qu'il agrippait mes hanches et me pressait davantage contre lui.

Une voix lointaine dans ma tête me murmura qu'il ne devait pas me toucher. Mais, alors, ses mains se déplacèrent vers ma poitrine et mes mamelons durs comme de la pierre, et la voix s'estompa, étouffée par l'ardeur croissante qui coulait dans mes veines.

Alors que je me frottais contre lui, encore et encore, il pressa et caressa mes seins. Chaque terminaison nerveuse de mon corps était en feu et mon sexe palpitait d'un désir presque douloureux. Il pinça mes mamelons avec force, envoyant un éclair de sensation jusqu'à mes orteils, me faisant haleter.

L'une de ses mains descendit jusqu'à ma taille, m'agrippa fermement et m'attira vers lui et sur ses genoux. Son regard me transperça avant que ses lèvres ne s'emparent des miennes en un baiser si électrique qu'il aurait pu alimenter tous les vibromasseurs de Manhattan. Nos langues tournèrent et tournoyèrent, s'emmêlèrent et s'affrontèrent. Machinalement, mes mains se posèrent sur son torse et tracèrent les muscles fermes sous sa chemise blanche immaculée. Sa main glissa entre mes cuisses et se pressa contre mon entrejambe. Je m'écrasai contre sa main, le désirant, désirant son contact alors même que je me perdais davantage contre lui.

D'un mouvement fluide, il me renversa et s'étendit au-dessus de moi. Le poids de son corps se pressa contre moi et, tandis que ses mains puissantes ouvraient mon corset, je sentis son sexe imposant contre ma cuisse. Je retirai sa chemise de son pantalon, glissai ma main sous celle-ci et laissai courir mes doigts sur ses abdominaux musclés.

Ses lèvres s'écrasèrent contre les miennes, me donnant l'envie irrationnelle de me donner à lui complètement. Ses mains remontèrent vers mes seins et en taquinèrent les pointes. J'agrippai ses fesses de mes mains et me frottai contre lui.

— Qu'est-ce que tu me fais ? murmura-t-il à mon oreille.

Qu'est-ce que tu me fais ?

Je me demandai combien de fois il avait dit ces mots à d'autres femmes. Était-ce réel ? Ça me semblait réel, mais qu'en savais-je ?

Il fit déferler une pluie de baisers le long de mon cou, balayant du même coup les derniers vestiges de ma raison. Je m'arc-boutai contre lui et passai les doigts dans sa chevelure épaisse. Il prit un mamelon dans sa bouche, passa sa langue sur le petit bourgeon, puis l'aspira avec force avant de le mordiller. Je gémis d'extase et lui griffai le dos alors qu'il passait à mon autre sein.

Son souffle chaud effleura ma peau lorsqu'il déposa des baisers sur mon ventre, tout en descendant vers mon sexe. Mon cœur s'emballa. Un seul coup de sa langue habile contre mes plis humides et gonflés me ferait chavirer. Quand ses doigts forts firent descendre mon string, mon corps se mit à trembler d'anticipation.

Tandis qu'il m'ouvrait les jambes, mon pied accrocha quelque chose. Un fracas bruyant me fit tressauter.

Je levai la tête, jetai un œil par-dessus l'épaule de Nick et vis que j'avais heurté un verre sur la table et l'avais envoyé sur le sol, où il s'était brisé. Des éclats brillants parsemaient le sol autour d'une petite flaque de scotch.

En observant le verre brisé, la situation me frappa comme un raz-de-marée.

J'avais perdu le contrôle. J'avais été prête, non, *impatiente* de coucher avec cet homme que je ne connaissais même pas.

Et en dépassant les limites de ma danse, j'avais violé mon contrat avec le club. J'étais censée être une professionnelle. Si ce n'était pas sur ma liste approuvée, je n'avais pas à le faire.

Seigneur, quelle stupidité !

— Je suis désolée, dis-je. Je dois nettoyer ça.

Nick souleva son corps, se leva et s'éloigna du canapé, s'arrêtant une fois la table entre nous. Je m'assis sur le canapé, posai les pieds sur le plancher et remontai mon string. Les mains tremblantes, je rattachai mon corset, puis levai les yeux vers lui, les joues rougies par un mélange de passion, de désir, de confusion… et de gêne.

Il respirait avec force et je vis de la frustration sur ses traits, avec une trace d'une émotion plus forte. De la colère ? De la déception ? Je n'étais pas sûre.

Pendant un long moment, aucun de nous ne parla. Nous nous contentâmes de nous regarder, nous cernant, comme sous le choc.

Après un moment, je le regardai se déplacer vers l'un des miroirs pour replacer sa chemise et la rentrer avec soin dans son pantalon. Il ajusta sa cravate, sembla prendre une inspiration, puis se tourna vers moi, son érection bien visible dans son pantalon.

— Nous continuerons plus tard, hors du club, dit-il. Ma voiture t'attendra après le travail.

— Non. Je suis désolée si je t'ai donné une fausse impression. C'était ma première fois dans une pièce privée et je me suis laissée emporter.

— Pourquoi ?

— Je ne sais pas.

— Foutaise. Je crois que nous savons tous deux pourquoi, mais nous n'avons pas à en discuter maintenant.

Il déposa une pile de billets de cent dollars sur la table.

— C'était peut-être ta première fois, mais toi et moi savons que ce qui vient de se passer entre nous va au-delà des cases que tu as cochées. Je te verrai bientôt.

Sur ces mots, il sortit de la pièce et ferma la porte derrière lui.

11

CHAPITRE ONZE

Après le départ de Nick, je me pris la tête entre les mains. Pendant une ou deux minutes, je restai sur le canapé, incapable de faire le tri dans mes pensées troubles sur ce qui venait de se passer.

Quelle heure est-il ?

Je regardai l'horloge et réalisai que je devais sortir immédiatement. Je me levai, m'approchai d'un miroir, ajustai ma tenue et remis quelques mèches en place. Je pris l'argent que Nick avait laissé, l'inserai dans mon porte-jarretelles, sans le compter, sortis de la pièce et descendis l'escalier.

En atteignant le bas de l'escalier, je vis Max.

— Alors, ça s'est bien passé ? demanda-t-il.

Si tu savais, tu me virerais probablement.

— Oui, mais j'ai brisé un verre et n'ai pas eu le temps de le ramasser.

— Ne t'en fais pas, dit Max. L'équipe de nettoyage s'en occupera.

— Désolée d'avoir brisé le verre. Je ne suis normalement pas aussi maladroite.

Max me tapota le bras en un geste rassurant.

— Ce n'est rien, Raven. Des accidents, ça arrive.

Oh oui, pensai-je. *Oui, ça arrive.*

~

Le reste de la nuit sembla enveloppé d'une brume épaisse. Je souris, bavardai et offris des danses, mais je ne pouvais que penser à Nick et à ce qui s'était passé entre nous dans la pièce privée. J'avais risqué mon boulot. J'étais passée à deux doigts de coucher avec un parfait inconnu. Bordel, j'avais voulu coucher avec cet inconnu.

Si ce n'était pas assez troublant, j'avais ressenti une réelle connexion avec Nick. Il m'avait semblé direct et déterminé, des qualités que j'aimais, plutôt qu'hypocrite ou manipulateur, comme sa réputation laissait supposer. J'avais peine à rapprocher l'homme que j'avais rencontré ce soir avec le briseur de cœurs que Bianca m'avait décrit.

J'avais désespérément besoin de parler à ma meilleure amie, mais chaque fois que nous nous croisions, nous étions entourées de clients ou d'autres filles. Et je n'allais certainement pas prononcer un mot avant que Bianca et moi ayons la chance de parler seules.

À la fin de la soirée, tout en retirant mon maquillage de Raven et en enfilant ma tenue de tous les jours dans les loges, je ne pus m'empêcher de penser aux événements de la soirée. De penser à tout ce que je pouvais me reprocher. J'avais été trop sûre de moi. J'avais imaginé ne ressentir d'attirance pour aucun client. Je m'étais convaincue de pouvoir travailler dans un club pour gentlemen.

À présent, je n'en étais plus si sûre.

À ce moment, Bianca se dirigea vers ma station et jeta un œil dans mon fourre-tout. Lorsqu'elle aperçut les talons rouges, elle leva discrètement un pouce vers moi.

— Bien joué. Prête à partir ?

Je pris mon sac et me levai.

— Je suis plus que prête. Je suis aussi stupéfaite de tout ce que j'ai gagné ce soir. Tu m'avais dit que le montant serait bon, mais lorsque j'ai fait le compte, je suis restée sous le choc. Je le suis encore.

— Combien ?

— Un peu plus de neuf mille.

Son visage s'éclaira.

— Neuf mille le premier soir ?

— J'ai compté trois fois avant de le croire.

— Félicitations, dit-elle. Tu as fait une excellente première soirée, mais bientôt, tu feras encore plus.

Elle me tendit une grande enveloppe.

— Avant de partir, nous devons laisser l'argent gagné à Max. Tu n'as qu'à mettre l'argent dans l'enveloppe, la cacheter, et écrire ton nom et le nombre de danses que tu as faites ce soir.

Tandis que je suivais ses directives, Bianca me rappela le système du club, que Stone avait déjà abordé.

— N'oublie pas ce que Stone t'a dit. Tout ce que tu fais au-dessus du prix d'une danse est considéré comme un pourboire. L'argent des danses est divisé en deux avec le club, mais nous gardons la totalité des pourboires.

— Qu'en est-il des pièces privées ? demandai-je. J'ai oublié la politique.

— C'est divisé en deux. Pas besoin de l'inscrire, Max fait le suivi des pièces privées. Tu as envie de quelque chose à manger ? Je suis affamée et je meurs d'envie de tout savoir sur ta première soirée.

Elle baissa la voix.

— Là où je t'emmène, on pourra parler librement. Je n'ai jamais croisé personne du club là-bas.

— Parfait, dis-je. Allons-y.

Je jetai le sac sur mon épaule et la suivis hors de la pièce, dans l'escalier arrière et le long d'un couloir jusqu'au bureau de Max, où nous glissâmes nos enveloppes dans la fente d'une boîte en acier installée dans le mur à côté de la porte de Max. Puis, nous sortîmes par la porte latérale, où une file de taxis attendaient. Nous nous dirigeâmes vers le premier, nous y installâmes et refermâmes les portières.

— Coppelia, sur la Quatorzième rue ouest, s'il vous plaît, dit Bianca au chauffeur.

Tandis que le taxi démarrait, elle désigna une longue limousine noire arrêtée devant le club.

— C'est la voiture de tu-sais-qui, au fait. Tu vois la plaque ?

Je me penchai devant elle pour mieux voir. La plaque disait S-TORO.

— Un jeu avec son nom ? dis-je.

Elle renifla.

— Probablement, mais je l'ai toujours vu comme une publicité. Toro signifie *taureau* en italien, tu sais.

Je m'adossai au siège du taxi.

— Je l'ai croisé ce soir.

Elle leva les yeux au ciel.

— Comme prévu, non ?

— Euh… pas vraiment. Il…

Bianca me lança un regard d'avertissement et porta un doigt à ses lèvres.

— Attends. Nous serons au restaurant dans une minute.

Lorsque le taxi atteignit notre destination, elle paya le chauffeur, puis nous sortîmes de la voiture et entrâmes dans le restaurant. Le décor de Coppelia était celui d'un snack traditionnel, depuis le carrelage en damier jusqu'aux tables en formica, en passant par les banquettes en vinyle bleu et un long bar avec des tabourets chromés à l'assise ronde en vinyle. Bien qu'il fut près de cinq heures du matin, le restaurant était rempli du brouhaha des gens, des conversations et de musique latine. Cette ambiance me plut tout de suite.

J'aperçus une banquette libre au fond du restaurant, la pointai du doigt et me dirigeai vers celle-ci avec Bianca. Je lançai mon sac sur l'une des banquettes et m'y glissai à sa suite. Bianca s'assit face à moi.

— Je recommande les œufs campagnards, dit-elle. C'est ce que je prends chaque fois. Presque pas de glucides. Et puis, si je mange quoi que ce soit de plus substantiel, je ne dors pas bien.

— Après ce qui s'est passé ce soir, je ne pourrai probablement pas dormir.

— Qu'est-ce que *ça* veut dire ?

Notre serveuse arriva avec deux verres d'eau, qu'elle déposa devant nous.

— Merci, dis-je. Nous prendrons toutes les deux les œufs campagnards, s'il vous plaît.

— Pas de problème, mon cœur, dit la serveuse. Quelque chose à boire ?

— Un café pour moi, dis-je.

— La même chose, dit Bianca.

Lorsque la serveuse repartit vers le bar, Bianca se pencha au-dessus de la table.

— Alors, que s'est-il passé avec Santoro ? On peut parler ici, entre les gens et la musique, personne n'entendra un mot de notre conversation.

Je lui racontai tout. Au moment où je finissais, notre repas arriva.

— Autre chose, les filles ? demanda la serveuse.

— Merci, dis-je. Le repas a l'air délicieux. Je crois que nous avons tout ce qu'il nous faut.

Lorsque nous fûmes à nouveau seules, Bianca se tourna vers moi.

— Au moins, tu n'as pas couché avec lui. Tu comprends maintenant ? Tu comprends pourquoi je t'ai mise en garde contre cet homme.

— C'était autant ma faute que la sienne… peut-être même plus. Je lui ai sauté dessus, et c'est pour ça que je panique. Je comprends que c'est un véritable tombeur, mais j'ai ressenti une étrange connexion avec lui que je n'ai pas ressentie avec quiconque depuis bien longtemps. Ma raison me dit qu'il ne m'apportera que des ennuis, mais je dois avouer que tout le reste l'apprécie beaucoup.

— Fais confiance à ta raison, répondit Bianca entre deux bouchées. Ton sexe en a après sa queue. Rien de plus. Écoute, tu n'es même pas sortie une fois depuis que tu as quitté Caleb, il y a plus d'un an. Tu es seulement humaine et les humains ne sont pas faits pour le célibat.

— Je crois que je sais où tu veux en venir…

Elle me regarda.

— Vraiment ? J'espère. Il est temps de refaire connaissance avec Victor.

— Qui ?

— Victor. Ton vibromasseur.

Je déposai ma fourchette et la fixai sans un mot.

— Sérieusement ?

— Sérieusement.

— Tu sais que je n'ai jamais vraiment aimé ce truc.

— Eh bien, je suis sérieuse.

— Vraiment ? Je croyais que tu allais me dire de m'inscrire sur Match.com. Ce n'est pas ce que tu me répètes depuis des mois ? Ou était-ce OKCupid ?

— En fait, c'était Sparkology.

— Peu importe. J'ai rencontré Caleb en ligne et regarde ce que *ça* a donné.

— Allez, Ilana. Ils ne sont pas tous des salauds menteurs et infidèles.

— Je sais. C'est seulement qu'après Caleb, je me suis fait une promesse… une promesse que j'ai presque rompue ce soir.

— Tu veux dire ton « amis d'abord, amants plus tard » ?

— Oui. Si j'avais appris à connaître Caleb en tant que personne avant de m'impliquer, j'aurais pu m'éviter pas mal de souffrance et de drame… sans compter les dix-huit mois de ma vie perdus avec cet homme.

— Tu t'es assez fouettée au sujet de Caleb, dit Bianca. Et ton intermède de ce soir avec El Toro prouve que ça fait beaucoup trop longtemps que tu n'as pas couché avec quelqu'un. Je comprends ton manque de confiance. Bordel, c'est le cas de tout le monde à un certain degré.

— Crois-moi, je suis au fait de mon problème de confiance. Mais je connais aussi les dangers de faire confiance trop facilement. Comment pourrait-ce être autrement, après avoir été élevée par *ma* mère ? À cause de l'abandon de mon père alors que je n'avais que quelques mois, j'ai passé mon enfance à la voir lutter pour subvenir à nos besoins. Comparé à ce que mon père a fait à ma mère, Caleb ne fait pas le poids.

— Ne minimise pas à quel point ce salaud t'a blessée. J'étais là, tu t'en souviens ? Mais il est temps de lâcher le rétroviseur et de reprendre ta vie. Rencontre un bon gars, en ligne ou non. Sors quelques fois. Oublie Caleb.

— Crois-moi, j'ai oublié Caleb. Mais je suis strip-teaseuse maintenant. Les bons gars ne fréquentent pas les strip-teaseuses, et je ne pourrais pas mentir sur mon boulot. Ce ne serait pas juste et mentir serait la pire façon de commencer une relation.

— Pourquoi crois-tu que j'ai recommandé Victor ? Il a toutes les qualités essentielles requises chez un homme, et se fout de ce que tu fais comme boulot.

— Bon, j'ai peut-être été dure avec Victor. Je veux bien admettre qu'il est plus fiable que tous les hommes que j'ai rencontrés.

Bianca rigola.

— Bien d'accord. Victor est prêt lorsque tu l'es.

— Il ne ronfle pas, ne se gratte pas l'entrejambe et ne pète pas dans le lit.

— Il ne passe pas ses soirées dans un brouillard de bières, regardant sans le voir un match professionnel à la télévision.

— Il n'accapare jamais la salle de bain ou ne laisse jamais le siège relevé.

— Et il n'exige rien de toi, sauf une ou deux nouvelles Duracell.

Lorsque nous arrêtâmes de rire, l'expression de Bianca changea. Elle pointa un doigt sur sa tempe.

— Oh. Qu'est-ce qui ne va pas chez moi ? Comment ai-je pu oublier ?

— Oublier quoi ?

— Le sabotage. Est-ce que Valencia a saboté ta chaussure ou non ?

Je secouai la tête.

— Je ne sais pas. Je n'ai pas eu la chance de l'examiner au club. Mais finissons de manger avant de nous pencher sur ce sujet-*là*. Je refuse de donner à Valencia le pouvoir de gâcher mon petit-déjeuner.

— Bonne idée. Mangeons.

~

Une fois notre repas terminé, Bianca empila les assiettes d'un côté de la table.

— Voyons cette chaussure, dit-elle.

Je sortis la chaussure de mon fourre-tout et remuai le talon lâche, qui s'était décollé de la semelle sur un côté. Je le tournai vers moi et l'examinai.

— Il y a des marques où le talon est collé à la semelle, dis-je. Ça ressemble à des marques de lime selon moi.

Je lui tendis la chaussure.

— Tu avais raison. La salope s'en est prise à ma chaussure.

Bianca observa avec soin le talon, puis passa les doigts au sommet de ce dernier.

— Il y a aussi un dépôt de colle. Demain, nous en parlerons à Stone. Nous allons rendre à Valencia la monnaie de sa pièce.

— Mais qu'est-ce qui nous prouve que c'est elle, la coupable ?

— Nous avons la chaussure, sans compter la lime à ongles.

— Zut ! J'aurais dû prendre la lime à sa station, mais j'étais tellement occupée que je n'y ai pas pensé.

Bianca déposa la chaussure sur la table et sortit un sac en plastique de son sac à main. Elle remua le sac devant moi et son expression se fit triomphante.

— Mais moi, si.

À l'intérieur, je reconnus la lime à ongles de Valencia à sa poignée en fausses écailles de tortue.

— Tu es géniale, dis-je.

— Une fille doit être ingénieuse. J'ai vu ma chance et je l'ai saisie.

Elle approcha le sac de ma chaussure.

— Regarde. La poussière rouge sur la lime correspond parfaitement à ce talon. C'est la preuve que Valencia est coupable.

— C'est suffisant pour moi, mais tout ce qui relie cette lime à Valencia, c'est notre parole de l'avoir prise à sa station. L'accuser pourrait tout aussi bien nous retomber dessus. Elle pourrait dire à Stone que ce n'est pas sa lime, que quelqu'un d'autre l'aura laissée à sa station. Où elle pourrait affirmer que la poussière rouge vient de ses ongles.

Bianca sembla songeuse.

— Tu as raison, mais nous devons faire quelque chose. Tu ne

peux pas simplement l'accepter.

— Non. Surtout maintenant que Stone m'a demandé de travailler sur un numéro original. Si ce que je lui propose lui plaît, elle a dit qu'elle me laisserait peut-être commencer quelques fois.

— Oh, mon Dieu, dit Bianca. Tu ne me croiras pas.

— Qu'est-ce que je ne croirai pas ?

— Stone m'a demandé plus ou moins la même chose ce soir. Elle doit avoir l'intention de faire bouger les choses pour cet automne. C'est une occasion en or pour nous. Ça nous met aussi en compétition directe avec Valencia.

— Tu veux dire que si nous obtenons les numéros d'ouverture, elle ne pourra pas commencer aussi souvent qu'en ce moment ?

— Exactement. Si Stone nous laisse commencer, Valencia sera furieuse. C'est pourquoi nous devons lui faire savoir que nous savons pour le sabotage. Elle doit savoir que s'en prendre à l'une de nous n'est *pas* dans son intérêt.

— Et elle le saura.

Je mis la chaussure et le sac avec la lime dans mon fourre-tout.

— Demain, au travail, je vais lui montrer la lime, avant de la lui planter où je pense. Elle devrait se tenir tranquille ensuite.

— Peut-être, dit Bianca.

— Tu n'as pas l'air convaincu.

— Parce que je ne le suis pas. Ce n'est pas la première fois que Valencia s'en prend à quelqu'un. J'ai entendu des rumeurs sur une fille qui a quitté le club parce que Valencia la taraudait au point de la pousser à partir.

— Eh bien, elle ne réussira pas avec nous. Nous avons besoin de ce boulot.

— Non, mais si elle ne se tient pas tranquille après votre confrontation, nous devrons aller plus loin.

— Tu veux dire parler avec Stone ou Max ?

— Peut-être, peut-être pas. Valencia est futée... il n'y a jamais assez de preuves contre elle. Il faut faire preuve de créativité.

— Qu'est-ce que *ça* veut dire ?

— Nous devons peut-être la prendre à son propre jeu.

— Tu ne penses pas à un sabotage ?

— Rien de semblable à ta chaussure. Tu sais que je ne blesserais jamais quelqu'un volontairement, mais une belle grosse humiliation publique pourrait être la meilleure façon de la remettre à sa place.

— À quoi penses-tu ?

— Oh, j'ai quelques idées qui l'empêcheraient de se montrer au club pendant un week-end complet, ce qui lui coûterait au moins trente mille dollars.

— J'ai encore peine à croire que j'ai fait neuf mille ce soir. À mon ancien boulot, j'avais besoin de deux mois pour atteindre un tel montant.

— Bientôt, tu auras des soirées deux fois plus payantes, dit Bianca. Pas tous les soirs, bien sûr. Les week-ends rapportent plus. Le vendredi et le samedi, je pars rarement avec moins de quinze mille et j'ai déjà atteint les vingt mille.

La tête me tournait.

— Vingt ? Comment y es-tu arrivée ?

— Avec le temps, je me suis monté ma base de clients réguliers. Certains réservent une pièce privée avec moi chaque semaine maintenant. À cinq mille l'heure, en plus des pourboires, les pièces privées rapportent beaucoup. Et c'est plus facile que les danses.

— Tu veux dire les trucs de fétichisme ?

— Oui.

— Aurais-je dû cocher « oui » pour certains ?

— Peut-être, mais ça prend tout de même du temps pour obtenir des clients réguliers. Laisse-toi quelques semaines. Commence par t'habituer au club, puis apprends à connaître les fidèles.

— J'en perds la tête.

— Tu t'y feras. Bientôt, tu auras assez pour payer l'opération de ta mère, même après avoir vu ton revenu baisser de moitié à cause des impôts.

— De moitié ? Putain !

Elle me sourit.

— Félicitations, chérie. Bienvenue dans ta nouvelle catégorie fiscale.

12

CHAPITRE DOUZE

Après avoir dormi tout le matin et nous être détendues quelques heures dans notre appartement de l'East Village, Bianca et moi enfilâmes notre tenue d'entraînement et nous rendîmes au club tôt pour commencer à travailler sur les nouvelles chorégraphies que Stone nous avait demandées. Maintenant que nous travaillions toutes deux au club, nous pouvions y répéter n'importe quand hors des heures d'ouverture, et j'étais impatiente de monter sur la large scène du club. Notre petit salon n'était pas exactement l'endroit idéal pour répéter.

Nous arrivâmes au club quelques minutes avant dix-sept heures. Nous passâmes par la porte latérale et montâmes au premier étage avant d'entrer dans les loges, qui étaient vides et silencieuses.

En entrant dans la pièce, je remarquai deux boîtes sur la chaise devant ma station.

— C'est quoi ces boîtes sur ma chaise ? demandai-je. Suis-je supposée faire quelque chose ce soir que j'ignore ?

— C'est plus probablement un cadeau qu'on t'envoie, répondit Bianca. Je parie que c'est Santoro.

— Les clients nous envoient des cadeaux ?

— Nous recevons des fleurs régulièrement et j'ai vu quelques filles recevoir des bijoux. Personne ne le prend trop au sérieux... même des diamants sont de la menue monnaie pour nos clients.

Je me dirigeai vers ma station. L'un des paquets était une longue boîte étroite d'un fleuriste. Je le soulevai de ma chaise, le déposai sur ma station et l'ouvris.

Une unique rose rouge parfaite reposait dans un papier vert pâle. Je pris la fleur et la portai à mon visage, inhalant son odeur douce et fraîche.

— Il y a une carte ? demanda Bianca.

Je déposai la rose près de sa boîte, puis jetai un œil dans celle-ci.

— Je ne vois rien.

— Alors, ouvre l'autre paquet. La carte y est peut-être.

L'autre paquet était entouré d'un large ruban bleu pâle, noué en une boucle élégante. Je défis le ruban et soulevai le couvercle. Devant le contenu de la boîte, nous restâmes toutes deux surprises.

— Des chaussures ! dit Bianca. Et pas n'importe quelles chaussures. Des Louboutin.

— Regarde le style et la couleur... des talons noirs aux semelles rouges. Ils pourraient être les cousins de ceux que j'ai portés hier, mais en mieux. Ils sont magnifiques.

— Oh, et il y a une enveloppe.

Je pris l'enveloppe, l'ouvris et lus la note, écrite d'une main vive.

Félicitations pour le succès de ta première soirée au club. Ces chaussures devraient mieux te servir que la paire précédente.

Avec affection, Nick

Je tendis la note à Bianca.

— Tu avais raison. Nick a envoyé les chaussures, et probablement la rose également.

Bianca lança la note sur ma station.

— Alors, El Toro est en chasse, dit-elle. Une seule rencontre passionnée et il t'envoie déjà des cadeaux.

Je la regardai.

— Dis-moi seulement. Les chaussures sont-elles un cadeau typique ?

— Non. Des fleurs, des bijoux, de l'argent... ce sont les cadeaux habituels. Mais des chaussures ? Je n'ai jamais vu ça. À l'évidence, il voulait t'offrir quelque chose de plus personnel, et comme tu lui as lancé tes chaussures... il a manifestement saisi l'occasion de noter ta pointure.

— M'envoyer des chaussures semble presque un geste protecteur, comme s'il ne voulait pas que je me blesse. Il ne sait pas ce que Valencia a fait. Il croit probablement que mon talon a lâché parce qu'il était usé ou de piètre qualité.

— Ilana. Tu es attirée par Santoro et c'est un fait. Mais je ne me mettrais pas à lui attribuer des motivations altruistes. Au bout du compte, les hommes comme lui ne pensent qu'à eux-mêmes.

— Tu crois que je devrais lui rendre les chaussures ?

— Bordel, non. Ce serait gaspiller de magnifiques talons, et ce n'est pas comme si les lui rendre allait changer quelque chose. Tu le verras sans aucun doute ce soir, d'ailleurs.

— Comment le sais-tu ?

— Il t'a envoyé des cadeaux. Recevoir des cadeaux signifie normalement que le type qui les a envoyés sera au club le soir pour percevoir les intérêts de son investissement. Les hommes s'attendent à ce que nous leur témoignions de la reconnaissance et il est sage de le faire.

— Ai-je tort de penser qu'ils attendent plus qu'un simple « merci » ?

— Ça dépend, dit Bianca. Lorsqu'un type envoie des fleurs, un merci et un baiser sur la joue sont suffisants. Lorsqu'il envoie de l'argent ou des bijoux, tu devrais prendre un verre à sa table et lui offrir une danse gratuite. Le club appuie cette pratique.

— Quelle chance que tu saches tout ça, dis-je. Le guide des politiques ne dit rien sur les cadeaux, encore moins sur le protocole à suivre.

— Laisse-toi quelques semaines. Tu t'y feras. Mais, peu importe ce que tu fais, Santoro te poursuivra jusqu'à ce que son attention dévie vers une autre fille... ce qui, sans vouloir te dénigrer, arrivera.

Elle s'arrêta devant sa station, déposa ses effets dans le casier en dessous et en referma la porte.

— Range tes nouvelles chaussures, et tout le reste, dit-elle. Puis, allons sur la scène. J'ai hâte d'essayer certains des pas que nous avons abordés.

Une fois Bianca et moi en sueur après une longue répétition, nous nous rendîmes dans la salle de bain des loges. C'était une grande pièce aux carreaux blancs divisée en deux sections : des douches et des lavabos d'un côté, et des toilettes et d'autres lavabos de l'autre.

Je me débarrassai de mes vêtements, pris une douche rapide et enfilai mon peignoir. Lorsque je retournai à ma station et m'y assis pour me sécher les cheveux, plusieurs filles étaient là, se préparant pour la soirée. Tandis que d'autres filles arrivaient, la pièce se remplit de bavardages et de rires.

En éteignant mon sèche-cheveux, j'entendis Valencia et Lucrezia discuter derrière moi.

— Enlève-le *tout de suite*, dit Valencia.

— Non ! rétorqua Lucrezia. Je montre à madame Stone. C'est bon. Sexy. Meilleure qualité... trois mille dollars.

— Trois mille dollars ? dit Valencia. Mais qu'est-ce qui t'a pris ?

Je levai les yeux, aperçus le reflet de Lucrezia dans mon miroir et dus donner raison à Valencia.

Le décolleté plongeant en V du corset bleu vif de Lucrezia atteignait presque son nombril, faisant paraître sa petite poitrine encore plus minuscule. Dans son string bleu vif et ses bottes plate-formes montant jusqu'aux hanches, ses hanches et ses jambes élancées semblaient plus garçonnes que sexy. Elle était belle et, avec la tenue adéquate, sa taille et sa minceur étaient ses plus grands atouts, tout comme ses talents de danseuse. Mais dans cet accoutrement, tout était saboté.

Pire encore, le corset et les bottes étaient parsemés d'une profusion de paillettes iridescentes. C'était comme une collision tragique entre un spectacle de carnaval et un seau de paillettes.

Je continuai d'observer la dispute dans le miroir.

— Idiote ! dit Valencia. Combien de fois devrais-je te le dire ? N'achète. Jamais. Rien. Sans. Moi.

— Pourquoi être toujours aussi chiante avec moi ?

Lucrezia tourna sur elle-même pour montrer sa nouvelle tenue.

— C'est bon. Pourquoi tu aimes pas ?

— Les hommes aiment les *tsitsi*, siffla Valencia. Les gros *tsitsi*. Dans ce décolleté, les tiens ont l'air de noisettes.

— Des noisettes ? C'est quoi ?

— *Orekhi*, stupide *putka* paysanne. Comment as-tu pu apprendre aussi peu de la langue en deux ans ? J'aurais dû t'oublier en Bulgarie avec les chèvres de ton père.

— Les chèvres étaient gentilles, dit Lucrezia. Les chèvres aiment tout. Mangent de tout. Pas comme toi. Tu es la *kuchka* la plus méchante que je connais. Tu détestes tout ce que je fais.

Valencia pointa un doigt vers Lucrezia.

— Et tu oublies tout ce que j'ai fait pour toi. Pauvre petite cousine Bogomila, qui voulait de l'argent et de beaux vêtements. Je t'ai amenée en Amérique. Je t'ai trouvé ce boulot. Je t'ai montré tout ce que tu sais.

Lucrezia rejeta sa chevelure d'un geste de défi.

— Tu es jalouse. Tu voulais pas m'amener en Amérique. Ta maman t'a forcée. Tu es jalouse, Lucrezia danse mieux que toi.

— Moi ? Jalouse de toi ?

Valencia leva les bras au ciel.

— Si tu n'étais pas la plus stupide *kurva* de toute l'histoire de notre famille, je croirais que tu prends du crack. Maintenant, va enfiler l'une des tenues que je t'ai choisies... et dépêche-toi avant que Stone n'arrive.

Lucrezia croisa les bras.

— Non. C'est pas toi la patronne. Si madame Stone aime pas, alors je change.

À ce moment, j'entendis le claquement sec de talons dans la pièce, suivi par la voix reconnaissable de Stone.

— Lucrezia, dit-elle. J'entends mon nom sur tes lèvres, ce qui ne peut signifier qu'une seule chose. Quelle nouvelle atrocité m'infligeras-tu ce soir ?

Je me détournai juste à temps pour voir Stone s'approcher de Lucrezia. Comme toujours, Stone était vêtue d'un tailleur noir à la coupe parfaite... ce qui semblait être son uniforme. Sa chevelure foncée coupée au carré était soignée, son maquillage était impeccable et elle portait son Birkin noir à un bras. Lorsque son regard perçant se posa sur Lucrezia, ses lèvres se pincèrent de dégoût.

— Finalement, je suis désolée, le terme était mal choisi, dit-elle. « Atrocité » n'est pas à même de décrire ce que j'ai devant les yeux. Une débâcle. Un fiasco. La fin. Mon esprit voltige à travers tout le dictionnaire et pourtant, c'est stupéfiant : les mots m'échappent encore.

— Vous n'aimez pas ? demanda Lucrezia.

Stone frémit.

— Oh, chérie, c'est plus qu'affreux. Retire-le, avant de me donner un anévrisme. Ou de l'urticaire. Quelle chance de ne pas avoir de cœur, parce que sinon, il serait en état de choc.

— Mais ça a coûté trois mille dollars, dit Lucrezia.

— Aucune importance. Allez. Dépêche-toi. Enfile quelque chose qui donne à tes seins l'aide dont ils ont tant besoin. Ils sont comme deux enfants de l'assistance sociale. Des pancakes qui auraient oublié de gonfler. Oh, et un peu plus de tissu autour des hanches ne ferait pas de mal non plus. Tu as un joli cou, de belles épaules et des jambes à se damner. C'est ce que tu devrais montrer.

Lorsque Lucrezia ne fit pas mine de bouger, Stone haussa la voix.

— Vas-y !

Alors que Lucrezia s'éloignait avec une expression peinée, je jetai un œil à Valencia qui semblait inquiète. Malgré les paroles dures qu'elle avait jetées à Lucrezia, Valencia semblait réellement se faire du souci pour sa cousine. Qui l'eut cru ? À l'évidence, même la harpie fanatique de sabotage avait au moins une qualité. Elle voulait le meilleur pour sa cousine.

Stone se laissa tomber sur une chaise vide, tira l'édition d'août de *Vogue* de son Birkin et s'éventa avec le magazine.

— Vous me tuez, les filles, dit-elle. Encore dix secondes à regarder l'accoutrement horripilant de Lucrezia et même les plus séduisants ambulanciers de New York n'auraient été à même de me réanimer.

— Je lui ai dit que cette tenue ne lui allait pas, madame Stone, dit Valencia.

La suavité de son ton me donna la nausée.

— Mais elle voulait votre avis. Vous savez le profond respect que nous avons pour votre sens de la mode.

— Ne me flatte pas, dit Stone. Écoute-moi. Vous toutes, écoutez-moi. La beauté est une illusion. Ce que vous avez, utilisez-le. Ce que vous n'avez pas, simulez-le. Les cheveux, le maquillage, les vêtements ; tout ça, bien soigné, peut faire des merveilles, si vous savez comment les utiliser. Vous êtes une illusion construite sur du sable. Un coup de vent pourrait vous faire chanceler et révéler des choses qui ne devraient jamais voir le jour. Apprenez de moi… et apprenez des autres.

Elle se leva de sa chaise.

— Maintenant, au travail. Dans moins d'une heure, nous commençons.

À ces mots, elle quitta la pièce.

13

CHAPITRE TREIZE

Deux heures plus tard, je quittai la scène, les veines gonflées d'adrénaline. Mes danses s'étaient bien déroulées et les sifflements et applaudissements enthousiastes provenant de la salle comble témoignaient de mon succès.

J'entrai dans les loges, enfilai mon peignoir et m'assis à ma station. Je retouchai mon maquillage avant de commencer ma tournée des tables. La rose que Nick m'avait envoyée se trouvait près de mon miroir, dans un vase vert que Bianca m'avait prêté.

Même si je n'avais pas aperçu Nick dans la salle ce soir, ça ne signifiait pas qu'il n'était pas au club. Je m'étais trouvée sur scène pendant seulement dix minutes et avais été concentrée sur ma danse, et les lumières éclatantes de la scène m'avaient empêchée de voir plus loin que la première rangée de tables. Il pouvait être là en ce moment même, assistant au spectacle ou buvant un scotch au *lounge* du rez-de-chaussée.

Dans quelques minutes, nous pourrions nous croiser. La seule idée de le revoir me fit frémir d'excitation. Je n'avais pas été à ce point attirée par quelqu'un depuis si longtemps que j'avais presque oublié comment la présence d'un homme, ou cette seule pensée, pouvait colorer et transformer ma vie, rendant chaque moment vibrant de possibilités.

Ne t'enfle pas la tête, ma belle.

Je n'avais pas écarté les mises en garde de Bianca à propos de Nick. Ma meilleure amie était l'une des femmes les plus avisées que je connaisse et son appréciation des gens était généralement juste.

Mais je savais aussi que ce qu'elle m'avait raconté provenait surtout des ragots du club, et les ragots, surtout une fois répétés, avaient tendance à exagérer, à déformer ou même à voiler la vérité. Et, même si je n'avais pas l'intention de me jeter tête la première dans quoi que ce soit, je ne pouvais plus ignorer son intérêt pour moi.

Je le croiserai peut-être dans la salle.

En émergeant dans la salle, je jetai un œil alentour, mais ne vis pas Nick, ce qui n'était pas surprenant. Pas avec la foule enthousiaste qui remplissait la salle, bondée. J'avais peine à voir la plupart des tables.

Nick avait peut-être choisi une table près de la scène comme la nuit dernière ? Cette idée en tête, je contournai des groupes d'hommes et des filles offrant des danses, et me dirigeai vers la première rangée de tables. Sur scène, les lumières éclairaient Destiny, une magnifique fille à la peau d'ébène que Bianca m'avait présentée plus tôt, qui sautillait et tournoyait en rythme sur le tempo endiablé de « Control » de Traci Lord.

En atteignant la première rangée de tables, je ne vis pas Nick.

Mentalement, je me morigénai d'avoir permis aux cadeaux de Nick de me tenter et de me créer des attentes. Pourquoi avais-je pensé le revoir ce soir, d'ailleurs ? Le fait qu'il m'ait envoyé des chaussures et une rose n'avait probablement rien d'extraordinaire pour lui.

J'écartai ma déception et me rappelai pourquoi j'étais ici. Je devais arrêter de perdre du temps et commencer à faire de l'argent.

Avec détermination, je forçai un sourire sur mes lèvres et approchai le premier type qui me fit signe, un homme d'affaires dans la quarantaine avec des cheveux bruns coupés courts et une cravate dorée. Il me semblait plutôt inoffensif, bien que la bouteille pratiquement vide de Belvedere à sa table me fasse m'interroger sur la quantité d'alcool qu'il avait ingurgitée.

— Salut, dit-il. Je suis Brian. Et je dois te dire que tu es une danseuse fantastique. Laisse-moi t'offrir un verre.

Sa voix était pâteuse, ce qui confirmait qu'il avait amplement bu. Même si je n'avais pas envie de danser pour un ivrogne, ça résumait tout de même une bonne partie de mon boulot. Et puis, j'avais besoin de cet argent, alors je décidai d'accepter son offre et d'en profiter pour commander une bouteille d'eau. Il aurait peut-être le bon sens d'en boire.

— Merci, Brian. Je suis Raven, et j'adorerais un verre d'eau minérale.

Brian fit signe à une serveuse.

— Apporte-lui ce qu'elle veut.

— Une bouteille de Perrier, dis-je. Et deux verres.

— Du Perrier, dit la serveuse, en me lançant un clin d'œil avant de s'éclipser dans la foule.

Brian agrippa mon bras.

— Tu es belle, Raven. Dansons. Veux-tu danser avec moi ?

— Bien sûr, dis-je.

Je libérai mon bras de sa poigne et m'assis à la chaise près de lui.

— Mais nous devons respecter les règles du club, ce qui signifie aucun contact. Et j'ai vraiment besoin d'un verre d'eau avant de danser. Je meurs de soif.

Il me lança un sourire lascif.

— Tout ce que tu veux, ma belle. La soirée ne fait que commencer et nous avons tout notre temps.

La serveuse revint avec notre eau et nous versa à tous deux un verre.

— Merci, dis-je.

Je pris mon verre et bus, soulagée de voir Brian faire de même. Lorsqu'il déposa son verre d'eau vide, je le remplis.

Il repoussa le verre, ouvrit les jambes et tendit les bras vers moi.

— Viens ici. Il est temps de s'amuser. Tu veux bien danser pour moi, n'est-ce pas ?

Avec un enthousiasme que j'étais loin de ressentir, je me levai de ma chaise et dis :

— Quelle question !

Je me plaçai entre ses jambes et commençai à bouger.

Il s'adossa à sa chaise et m'observa de ses yeux plissés.

— C'est mieux.

Je me concentrai sur ma chorégraphie sans un mot, jusqu'au milieu de la deuxième danse, lorsque je sentis les mains de Brian agripper mes fesses. Je pris ses mains et les plaçai doucement sur les accoudoirs de sa chaise.

— Aucun contact, je te prie. Ce sont les règles du club.

— Au diable les règles. Sortons d'ici et allons ailleurs. Où tu voudras.

— Tu sais que je ne peux pas quitter le club avec toi.

— Tu veux dire que tu ne veux pas, à moins que je te paie. C'est bon. Quel est ton prix ? Je peux me le permettre.

Bianca m'avait donné des conseils sur la manière de gérer ce genre de situation, mais c'était la première fois que j'allais les mettre en pratique.

Je m'éloignai de Brian, pris une inspiration et le regardai dans les yeux.

— Je suis flattée, et merci pour l'invitation, mais je ne peux vraiment pas. Si le club l'apprenait, je pourrais perdre mon emploi.

— Oh, dit-il. Je ne voulais pas te causer d'ennuis ou quoi que ce soit.

— Je sais, dis-je avant de citer une phrase du guide des politiques du club. Mais le fait que je ne puisse pas quitter le club ne signifie pas que nous ne pouvons pas passer plus de temps ensemble. Aimerais-tu une autre danse ?

— J'aimerais beaucoup plus, mais je vais m'en contenter.

— Alors, une autre danse ?

Il me reluqua.

— Vas-y, ma belle.

Il est complètement ivre. Après cette danse, j'inventerai une excuse pour m'éloigner avant qu'il ne me touche encore. Je ne veux surtout pas causer de scandale.

Je recommençai à danser. Après une minute sans autre incident, j'en oubliai mes peurs. Peut-être qu'une partie du cerveau ivre mort de Brian fonctionnait toujours. Peut-être avait-il compris le message.

Mais lorsque je passai à l'autre étape de ma chorégraphie, me plaçant dos à lui, mes fesses au-dessus de son entrejambe, il agrippa mes hanches et me pressa contre son érection.

— Tu sens ça ? souffla-t-il à mon oreille.

— Il ne faut pas enfreindre les règles du club.

— Si tu savais ce que j'ai dans mon pantalon, tu saurais que peu de règles peuvent en venir à bout. Crois-moi.

Lorsqu'il me pressa davantage contre son érection, je tentai de me libérer.

— Tu ne veux pas faire une scène, dis-je.

— Est-ce que je causerais une scène si je te baisais ici ?

Ce fut la goutte de trop.

— Laisse-moi tranquille ! dis-je.

J'essayai de m'éloigner, mais sa poigne était si solide que le côté gauche de mon corset se déchira dans mes efforts pour me libérer.

Il m'attira plus près.

— Allez. Tu sais que tu en as envie.

C'est alors qu'une voix profonde résonna derrière moi.

— Lâche-la... *tout de suite.*

— Calme-toi, mon vieux, dit Brian, en me relâchant.

Je m'éloignai en trébuchant et me tournai vers mon sauveur. Lorsque je vis de qui il s'agissait, je rougis d'embarras.

Nick.

Le regard qu'il lança à Brian aurait pu transpercer de l'acier.

— Ce n'est pas une façon de traiter une dame, dit-il avant de se placer entre Brian et moi.

Impeccablement vêtu d'un complet gris foncé, Nick dominait de sa taille l'homme plus petit. Toute sa présence irradiait d'une fureur contenue et l'expression de son visage était d'une intensité effrayante.

Je me sentis soulagée, et plus qu'enchantée, par la façon dont il avait pris ma défense.

Mais mon soulagement s'évapora lorsque Brian renversa la tête et éclata d'un rire cruel.

— Fous-moi la paix, vieux, avant que je ne le prenne mal. C'est pas une dame. C'est une putain de strip-teaseuse.

À ces mots, Nick serra le poing. Mon cœur s'arrêta. Avais-je mal jugé son sang-froid ? Allait-il s'en prendre à Brian ? C'était bien la dernière chose que je voulais. Je regardai alentour frénétiquement, aperçus Max à l'autre bout de la salle et agitai le bras jusqu'à ce qu'il me remarque et commence à s'approcher de nous.

— Demande pardon à la dame, grogna Nick.

Il fit un pas vers Brian, puis un autre.

— Ou bien tu tâteras de mon poing. Alors, choisis.

Je dois calmer le jeu. Maintenant.

J'agrippai le bras de Nick et le serrai.

— Merci de m'avoir aidée, dis-je. J'apprécie beaucoup. Mais il n'est pas nécessaire de le forcer à s'excuser. Je vais bien et il est beaucoup trop bourré pour savoir ce qu'il fait. Max est en route. Il s'en occupera.

À ce moment, Max sortit de la foule, accompagné de deux des énormes videurs en complet noir. Tous deux très musclés et le crâne rasé, ils prirent place de chaque côté de la chaise de Brian.

— Il y a un problème, ici ? demanda Max.

— Ce salaud a interrompu ma danse, dit Brian.

Nick pencha la tête vers Brian.

— Il prenait ses aises avec Raven, alors je suis intervenu. Manifestement, il a trop bu.

— Trouvez un taxi pour monsieur Thomas et envoyez-le chez lui, dit Max aux videurs. Discrètement.

— Hé ! dit Brian quand les videurs le forcèrent à se lever. Ôtez vos sales pattes de moi.

Tandis que les videurs l'accompagnaient vers la sortie la plus proche, sa voix s'affaiblit dans le brouhaha du club, probablement en même temps que sa pathétique érection.

Max se tourna vers moi.

— Tout va bien, Raven ?

— Ça va, le rassurai-je. Il n'y a pas de mal, à part mon corset qui est déchiré. J'ai besoin de quelques minutes dans les loges pour me changer.

— Es-tu sûre ? demanda Max. Après un incident de ce genre, certaines filles préfèrent prendre le reste de la soirée. Tu dois comprendre que la décision de terminer la soirée ou non t'appartient entièrement.

— Je vais bien. Grâce à Nick et toi, rien ne s'est vraiment passé. Vraiment, je n'ai besoin que de quelques minutes dans les loges.

— À ton retour, aimerais-tu te joindre à moi pour un verre ? demanda Nick.

Je me tournai vers lui et croisai son regard. Quelques instants plus tôt, la soirée était un désastre, mais maintenant elle me semblait prometteuse.

Je lui souris.

— J'en serais ravie. Donne-moi quinze minutes pour me changer, d'accord ?

— Retrouve-moi en bas dans le *lounge*, dit Nick. Après ce qui vient d'arriver, l'ambiance plus tranquille nous fera du bien.

~

Dans les loges, j'enfilai un nouveau corset, argenté avec des touches rouges. J'étais sur le point de ranger mes affaires et de retourner vers la salle, et Nick, lorsque j'entendis entrer quelqu'un dans la pièce.

— Tu reçois déjà des fleurs ?

Je me tournai et vis Valencia debout à quelques mètres de moi, comme un prédateur guettant sa proie. La colère que m'inspirait ce qu'elle m'avait fait me revint avec force. Un coup d'œil dans la pièce me confirma que nous étions seules.

Je me levai et lui fis face.

— On m'a dit que beaucoup de filles recevaient des cadeaux de clients. Alors que certaines d'entre nous reçoivent des petits cadeaux empoisonnés de la part de collègues.

Elle haussa les sourcils.

— Je ne suis pas sûre de comprendre.

Je pris mon sac, en sortis la chaussure qu'elle avait sabotée et la lui lançai.

— En fait, je crois que si.

Par réflexe, Valencia attrapa la chaussure.

— Je ne sais pas pour qui tu te prends, mais tu ignores qui je suis. Lorsque je dirai à Stone que tu m'as jeté une chaussure, elle te virera.

— Vraiment ? dis-je. Je n'en serais pas si sûre, surtout si je m'explique en lui montrant ceci.

Je sortis cette fois la lime à ongles dans son sac de plastique. Puis, j'avançai d'un pas vers Valencia, étirai le bras et secouai le sac devant ses yeux.

— Tu reconnais ça ?

Elle était totalement impassible.

— Évidemment. C'est une lime à ongles.

— *Ta* lime à ongles.

— Ma lime à ongles ? Sûrement pas. Si tu crois que ça m'appartient, tu te trompes.

— Non, au contraire. Tu t'en es servi sur le talon de ma chaussure pour me mettre dans l'embarras.

Elle fit un geste dédaigneux.

— Si quelqu'un s'en est pris à ta stupide chaussure, ce n'est certainement pas moi.

— C'était toi. Comment je le sais ? Tu as oublié de la ramasser. Tu as laissé cette lime sur ta station, couverte de poussière rouge. Des résidus qui sont de la même couleur que le talon rouge de ma chaussure.

Valencia laissa tomber la chaussure dans la poubelle la plus proche, où elle atterrit avec un bruit sourd.

— Cette lime n'a jamais été à ma station. Ce n'est pas la mienne. Je ne l'ai jamais vue avant.

— Nous savons toutes deux ce que tu as fait. La seule chose que je ne comprends pas, c'est pourquoi ? Je viens de commencer ici. Tu ne me connais même pas. Pourquoi t'en prends-tu à moi ?

— As-tu pris tes pilules aujourd'hui ?

— Mes quoi ?

— Tes pilules, parce que manifestement, tu es paranoïaque. J'ai bien d'autres choses à faire que de m'en prendre à toi. Allons donc.

— Je n'en crois pas un mot.

— Je t'assure, essaie le Xanax.

Elle soupira.

— Écoute, ma jolie, si tu te sens mieux, va te plaindre à Stone à propos de ta chaussure de pacotille. Je m'en fiche. Je dirai simplement à Stone que tu es clairement perturbée, et alors, elle te mettra à la porte.

— Je n'ai pas besoin de Stone ou de qui que ce soit pour résoudre mes problèmes. Alors, mon meilleur conseil, et écoute-moi bien, parce que ce sera ta seule mise en garde.

Valencia roula des yeux.

— Oooh, une mise en garde. J'ai peur.

Je la fixai du regard.

— Tu devrais. Tu joues avec le feu, et si tu continues, c'est toi qui te brûleras. Si tu t'en prends à nouveau à moi, ou à mon amie Jade, ne pense pas t'en sortir. Tu as peut-être plus d'un tour dans ton sac, mais moi aussi.

Elle rit.

— Est-ce une menace ?

— Pas une menace, une promesse. Contrairement à toi, Valencia, je ne suis pas du genre à chercher la bagarre, mais ça ne veut pas dire que je ne sais pas comment y mettre fin.

Sur ces mots, je fourrai mes affaires dans mon casier, fermai la porte et quittai la pièce.

14

CHAPITRE QUATORZE

Une fois sortie des loges, je descendis l'escalier jusqu'au calme relatif du *lounge*. Après ma confrontation avec Valencia, l'adrénaline courait dans mes veines et je me réjouis à l'idée de prendre un verre avec Nick.

Nick...

Qui était-il vraiment ? Les ragots du club en faisaient un tombeur sans cœur, mais ce soir, il s'était comporté comme un gentleman. Il avait pris ma défense contre Brian et m'avait arrachée à une situation embarrassante.

En entrant dans le *lounge*, je l'aperçus immédiatement, assis à une table dans un coin qui offrait une certaine intimité. Un faible éclairage provenant d'une applique murale proche jetait des ombres sur son profil séduisant et réchauffait le cuir noir du fauteuil où il se trouvait. Une bouteille de scotch et deux verres étaient posés devant lui.

Dans son complet foncé et sa chemise blanche, il était si magnifique que pendant une fraction de seconde, j'oubliai qui j'étais, et où. Pendant un instant, je n'étais rien d'autre qu'une femme, et il n'était qu'un homme, un homme énigmatique et ténébreux.

En approchant de la table, je vis son visage s'éclairer.

— C'était quinze longues minutes, dit-il. Je commençais à me dire que tu ne viendrais pas.

Je m'assis à ses côtés.

— Désolée. Je voulais trouver la tenue adéquate pour l'homme qui m'a défendue.

Il me balaya du regard.

— Eh bien, c'est réussi. Tu es superbe.

— J'aimerais te remercier pour les cadeaux. La rose est ravissante et les chaussures sont à couper le souffle. Et vraiment, Nick, merci de t'être interposé entre ce client et moi. J'ai réalisé trop tard à quel point il était ivre.

Il m'observa un moment.

— Ce milieu est vraiment nouveau pour toi, n'est-ce pas ?

— On ne peut plus nouveau. Mais j'apprends.

Nick nous versa à tous deux un fond de scotch, me tendit un verre, puis fit tinter son verre contre le mien.

— À ta première leçon de repérage des ivrognes… pour mieux éviter leur compagnie.

— Je trinque volontiers, dis-je en prenant une gorgée de scotch. À partir de maintenant, lorsque j'apercevrai une bouteille de vodka pratiquement vide sur une table, je me tiendrai à distance.

— Sage décision. Puis-je te poser une question ?

— Tu peux m'en poser une autre si tu veux.

— Qu'est-ce qui s'est passé ? Comment as-tu atterri ici ?

Je gardai un ton léger.

— Comme toutes les autres filles ici. J'avais besoin d'un emploi et le club m'en a offert un et j'en suis heureuse.

— D'accord, dit-il. Mais je suis convaincu que ce n'est pas tout.

— Tu as raison. Mais c'est une longue histoire.

— Alors, donne-moi la version courte. Ou la version longue, si c'est plus facile.

Il me lança un regard interrogateur.

— À moins que tu ne souhaites pas en parler, bien sûr.

— Ça ne me dérange pas d'en parler, mais je ne veux pas que

cette conversation tourne seulement autour de moi. Je répondrai à tes questions, si tu réponds aux miennes.

Il pencha la tête vers moi.

— Une question pour une question ?

— Pourquoi pas ? C'est une bonne façon d'apprendre à se connaître.

— Je suis d'accord. Alors, comment as-tu atterri ici ?

Je pris une gorgée de scotch, puis déposai mon verre sur la table.

— En mai, j'ai perdu mon emploi et j'ai passé les quelques mois suivants à poser ma candidature un peu partout. Au début, je devais surtout remplacer le salaire de mon ancien emploi pour garder mon appartement et continuer mes études.

— Le marché du travail a été très fragile cette année, dit Nick.

— À qui le dis-tu. Passons maintenant à août. Je n'avais toujours rien trouvé, puis j'ai appris que ma mère avait besoin d'une opération du dos qui va coûter dans les centaines de milliers et qui n'est pas couverte par son assurance.

— Pourquoi n'est-elle pas couverte ?

— La procédure recommandée par ses médecins est récente. Dans deux ou trois ans, elle sera probablement couverte, mais ma mère ne peut pas se permettre d'attendre. Avec le temps, ses chances de rétablissement complet diminuent. Ma mère a besoin de cette opération dès que possible pour avoir toutes les chances de pouvoir marcher à nouveau.

— C'est là que tu as décidé de passer une audition au club ?

— Oui. Bien que ce soit vraiment l'idée de ma meilleure amie. Elle m'a convaincue d'essayer.

— Elle travaille ici aussi ?

— Oui. Son nom de scène est Jade et elle m'a complètement appuyée. Elle a planifié mon audition et m'a conseillée sur tout, de la pole dance aux règles de garde-robe.

— Jade semble être une véritable amie.

— Nous sommes comme des sœurs. Nous nous connaissons depuis la maternelle et habitons ensemble depuis l'université. Bref, elle m'a obtenu une audition et tu sais le reste… tu y étais.

— Oui, et tu étais incroyable, c'est pourquoi j'ai dit à Isabella de t'embaucher.

Je rougis.

— Merci. C'est mon tour maintenant ?

— Oui.

Il finit son scotch, déposa le verre sur la table et le remplit.

— Que veux-tu savoir ?

— La même chose que toi. Tu sais pourquoi je suis ici. Et toi ? Qu'est-ce qui t'amène ?

— Je suis membre depuis des années, dit-il. Les clubs de ce genre sont un bon endroit pour les affaires et pour conclure des accords. Les hommes peuvent boire, profiter du spectacle et des attentions de belles femmes. Ils se détendent et parlent librement. Par conséquent, beaucoup d'affaires sont conclues à ces tables. La nuit dernière, j'étais ici pour cette raison… rencontrer un vieil ami et discuter d'une éventuelle opportunité professionnelle.

— Alors, ce n'est qu'une question d'affaires pour toi, dis-je en refoulant ma déception.

Lorsque nous avions commencé cette conversation, j'avais espéré que Nick serait honnête avec moi, mais ce n'était manifestement pas le cas. Ce qu'il venait de raconter contredisait tout ce que m'avait raconté Bianca au sujet de sa réputation de tombeur.

— Exact, dit-il, confirmant ainsi le mensonge.

Mon agitation s'intensifia. Les ragots au sujet de Nick étaient peut-être exagérés, comme c'était souvent le cas, mais ils étaient clairement basés sur quelque chose. Ce soir, je m'étais ouverte à lui, et comment réagissait-il ? En esquivant et en me cachant la vérité, tout comme mon ex-copain, Caleb. Une partie de moi souhaitait lui dire que je ne le croyais pas, mais c'était un client. Relever ses mensonges mettrait mon boulot en péril.

Termine ton verre, quitte la table et oublie cet homme.

J'avalai le reste de mon scotch et alors que j'étais sur le point de me défiler, Nick parla et ce qu'il dit changea tout.

— Puisque nous faisons preuve d'honnêteté, je devrais te dire que lorsque j'ai commencé à venir ici, c'était pour de tout autres raisons.

Les raisons habituelles, je suppose. Je voulais passer un bon moment. Rencontrer de belles femmes, sans aucune attente d'un côté ou de l'autre. Mon entreprise était toute ma vie et il n'était pas question de laisser quoi que ce soit, ou quiconque, rivaliser avec celle-ci. Mais tout a changé, il y a un peu plus d'un an, lorsque j'ai eu trente ans.

J'avais la tête qui tournait. D'un côté, il venait d'admettre avoir passé des années à vivre comme un débauché, ce qui avait le mérite contestable d'expliquer sa réputation et de prouver qu'il n'était pas un menteur fini. D'un autre côté, son affirmation qu'il avait laissé tomber cette vie ne cadrait pas vraiment avec la manière dont il avait exigé une pièce privée moins d'une heure après m'avoir rencontrée la nuit dernière.

Que devais-je penser ?

Ce n'était pas mon tour de poser une question, mais je le fis tout de même.

— Qu'est-ce qui a changé à trente ans ?

— Cet anniversaire a été un moment décisif qui m'a forcé à réévaluer ma vie. Ce faisant, j'ai réalisé que le type de relations que j'avais ne me satisfaisait plus. Je voulais plus, ce qui impliquait des changements. La pièce privée d'hier ? C'était la première fois en un an que j'en réservais une. Me rendre dans cette pièce avec toi était une entorse à mes règles, mais je ne le regrette pas. C'était le meilleur moyen de passer du temps avec toi.

À ces mots, tout ce que je savais sur Nick se mit en place. Il avait admis un passé qui expliquait les ragots du club et il avait été honnête à propos du moment et de la raison de son changement de vie.

Je fus prise d'une certaine culpabilité. Nick avait voulu une chance de raconter son histoire à sa façon, et en raison des ragots et de mes propres peurs, je la lui avais presque refusé.

— Merci, dis-je doucement. C'est à toi de me poser une question, enfin si tu veux.

Il étira un bras et recouvrit ma main de la sienne. Son contact me fit frissonner. L'intensité flagrante de mon attirance m'excitait et me terrifiait.

— Oui, dit-il. Mais avant, j'aimerais dire quelque chose. Ma réaction d'hier ? Ça ne m'arrive pas chaque jour. En fait, ça ne m'est pas arrivé depuis des années. Alors, lorsque c'est le cas, j'y prête attention. Tu m'attires beaucoup, Raven. Et je sais que c'est réciproque, parce que je le sens. Je veux apprendre à mieux te connaître. Je veux passer du temps avec toi.

Pendant un instant, j'hésitai, mais cette fois-ci, je repoussai mes doutes. Nick était le premier homme qui m'attirait depuis si longtemps et je n'allais pas laisser mes peurs me gouverner.

— J'aimerais beaucoup, mais nous devons aborder quelques points avant, pour nous assurer d'être sur la même longueur d'onde.

— Comme ?

— Premièrement, malgré ce qui s'est passé entre nous dans la pièce privée, je ne suis pas du genre à me jeter tête la première dans une relation, et encore moins dans des relations sexuelles. Ne le prends pas mal, tu m'attires énormément, mais je ne veux pas me précipiter dans quoi que ce soit.

— Compris. Et j'espère que tu sais que je te traiterai toujours avec respect. Autre chose ?

— Seulement que ma vie personnelle doit rester distincte de mon travail. Si nous voulons apprendre à nous connaître, ce n'est pas le moment ni l'endroit. Nous devons passer du temps à l'extérieur du club.

La surprise se peignit sur ses traits, mais il répondit rapidement.

— Je ne pourrais être plus d'accord. Max t'a offert la soirée libre, non ? Allons quelque part pour le reste de la soirée.

— Malheureusement, j'ai déjà dit non à Max.

— Alors, change d'idée. Ma voiture est à l'extérieur. Nous pouvons aller où tu veux.

Je secouai la tête avec regret.

— Je suis nouvelle, n'oublie pas. Si je dis à Max que j'ai changé d'idée, il croira que je ne suis pas fiable. Je ne veux pas qu'il ait cette impression.

À ce moment, Stone entra dans le *lounge* et se dirigea directement vers notre table. Me cherchait-elle ? Mon cœur sauta un battement.

Était-ce en raison de la scène de ce soir avec le client ivre ? J'avais géré la situation aussi professionnellement que je le pouvais, mais qui sait ? J'avais peut-être violé une règle du club sans le savoir.

Alors que Stone s'approchait de notre table, Nick se leva.

— Isabella, dit-il avec chaleur avant de lui faire la bise. Joins-toi à nous pour un verre.

— Je n'ai pas une seconde, mon cher, dit vivement Stone. J'ai un club à gérer et des filles à rassembler. Oui, rassembler. Comme des moutons, dont l'intelligence surpasse celle de bien des humains.

Nick rigola.

— Je suis convaincu que, comme toujours, tout est sous contrôle.

— Quelqu'un doit bien garder le cap ici.

Stone tourna son regard perçant vers moi.

— Raven. Max m'a mentionné un incident avec l'un des clients. Comment vas-tu ?

— Ça va, dis-je. Grâce à Max et à Nick, la situation n'a pas trop dégénéré.

— Bien, dit Stone. Maintenant, à cause de la cheville foulée d'une danseuse, de l'enfant vomissant d'une autre, et d'un fiasco capillaire – la tignasse de l'idiote a pris feu pendant qu'elle la passait au fer à lisser – il me manque plusieurs filles ce soir. J'ai donc besoin que tu montes à nouveau sur scène.

— La chevelure de quelqu'un a pris feu ? dis-je.

— Lucrezia a dû l'éteindre avec un extincteur. La fumée dans les loges a accéléré le réchauffement planétaire d'une dizaine d'années et disons que *cette* fille portera des perruques pendant des mois. Bref, j'ai besoin que tu sois sur scène dans deux heures. Donc, vas-y doucement pour la prochaine heure. C'est un ordre. Je te conseille de faire quelques pas dehors, à moins que tu préfères rester ici à profiter de ton verre. Ou encore, profite de Nick, il ne peut rien t'arriver avec lui. À ton retour, je te veux en pleine forme, compris ?

J'acquiesçai, tentant de cacher mon enthousiasme. Elle venait de me donner le feu vert pour quitter le club avec Nick.

— C'est compris. Après mon verre, je sortirai marcher, puis je retournerai dans les loges pour me préparer.

— Parfait, dit Stone. Je te verrai donc dans une heure.

À ces mots, elle se retourna et se dirigea vers la sortie du *lounge*.

Les yeux de Nick accrochèrent les miens.

— Alors, nous avons une heure.

— Oui. Une heure.

— Nous avons ma voiture. Tu veux aller quelque part ?

J'hésitai. Dans le trafic new-yorkais, une heure équivalait à cinq minutes et je savais que je ne pouvais me permettre une fraction de seconde de retard avec Isabella Stone.

— Contentons-nous de nous asseoir dans ta voiture et de parler, d'accord ?

Il vida le reste de son verre, le reposa et me regarda.

— Allons-y.

15

CHAPITRE QUINZE

Lorsque Nick m'aida à monter dans son élégante limousine noire, ce que je vis était bien différent de ce que j'avais imaginé.

Un discret éclairage encastré illuminait les fauteuils de cuir marron à l'aspect confortable qui formaient un U le long des côtés et de l'arrière de la voiture, comme un fer à cheval dont l'ouverture pointait vers la vitre qui nous soustrayait à la vue du chauffeur. Entre les accoudoirs se trouvaient des tables, dont la surface en bois franc était assortie aux panneaux de bois couvrant la partie des murs qui n'était pas occupée par des vitres. Le plancher était recouvert d'un tapis marron foncé somptueux et une fenêtre de toit couvrait pratiquement tout le plafond. Un grand écran était fixé au mur arrière. L'effet général rappelait davantage une salle de réunion que la décadence fluorescente de style Las Vegas des quelques limousines dans lesquelles j'étais montée pour des fêtes ou des mariages.

Mais à la seconde où la porte se referma derrière nous, Nick s'empara de mes lèvres en un long baiser affamé et j'en oubliai ce qui nous entourait. Tout ce que j'avais pensé lui dire se volatilisa, embrasé par l'urgence de mon désir. Nos lèvres et nos langues se heurtèrent et s'emmêlèrent, se taquinèrent et s'explorèrent, et le temps s'arrêta alors que nous nous perdions l'un dans l'autre.

Nick mit fin au baiser et encadra doucement mon visage de ses mains.

— Aussi tentante que soit l'idée de passer la prochaine heure à t'embrasser, nous sommes venus ici pour discuter.

Je posai les mains sur ses épaules et secouai la tête d'un air taquin.

— Tu es terriblement déconcentrant, tu sais.

Il me lança ce sourire légèrement asymétrique que je trouvais irrésistible.

— Je pourrais te retourner le compliment. Alors, parle, avant que nous ne soyons à nouveau déconcentrés.

— Je veux être complètement honnête, dis-je. Ma dernière fréquentation remonte à un an et ma dernière relation a été un désastre. Je ne veux pas que l'un d'entre nous souffre, c'est pourquoi je veux m'assurer que tu es à l'aise avec le fait de prendre notre temps.

— Je comprends, dit-il.

Sa voix se fit profonde et grave.

— Lorsque je te ferai l'amour, et je vais te faire l'amour, Raven, ce sera parce que tu me l'as demandé et il n'y aura rien de précipité.

Il se pencha pour m'embrasser à nouveau, mais sans lui laisser le temps, je pris la parole.

— Une dernière chose, dis-je.

Il se recula légèrement.

— OK.

— Je veux te dire mon vrai nom. C'est Ilana. Ilana Evans.

— Ilana, dit-il. C'est un joli nom.

— Merci. C'est le deuxième prénom de ma mère.

— Il est aussi parfait que toi.

Puis, il m'attira dans ses bras et ses lèvres s'emparèrent des miennes. Je glissai les doigts dans sa chevelure épaisse et effleurai du bout des doigts sa forte mâchoire et la rugosité de sa barbe naissante. L'éclat des lampadaires alentour filtrait par les vitres teintées et éclairait les contours virils de son visage et de son corps.

Tout à coup, dans un bruit de craquement, la voiture fut

propulsée vers l'avant. Les airbags explosèrent autour de nous et nous coincèrent l'un contre l'autre.

— Bordel, mais qu'est-ce que c'était ? dit Nick. Est-ce qu'on vient juste de nous heurter ?

— Ça y ressemblait vraiment.

Doucement, il replaça une mèche qui me tombait dans les yeux.

— Eh bien, qui que ce soit, ce bâtard a mal choisi son moment.

— J'espère que ta voiture n'a rien, dis-je.

— Oublie la voiture.

Il poussa l'airbag le plus près de la portière côté trottoir qui, contrairement aux autres, n'avait pas commencé à se dégonfler.

— C'est moi ou cet airbag est défectueux ?

Bien qu'on vienne juste de percuter sa voiture, il avait une expression sereine.

— Je parie que tu en vois beaucoup dans les loges.

Je ris.

— Si tu savais.

Le chauffeur ouvrit la portière côté trottoir et jeta un œil pardessus l'airbag.

— Monsieur Santoro, tout va bien ? Un idiot a reculé sa Ferrari dans la voiture en sortant de sa place de stationnement. Il est parti à toute vitesse, mais j'ai relevé son numéro d'immatriculation.

— Tout va bien, dit Nick. Mais ce n'est manifestement pas le cas de cet airbag.

— Voulez-vous que j'use d'un peu de force brute ? demanda le chauffeur. Il devra être remplacé de toute façon.

— Ça peut attendre. Aide la demoiselle à sortir, puis je sortirai et je jetterai un œil aux dégâts.

Le chauffeur releva l'airbag d'une main, me tendit l'autre et m'aida à mettre pied sur le trottoir. Sa taille lui nuisant quelque peu, Nick passa sous l'airbag et s'extirpa de la voiture avant de me rejoindre sur le trottoir. Ensemble, nous examinâmes son pare-chocs arrière.

— Désolée, dis-je. Mais ton pare-chocs est foutu.

Nick haussa les épaules.

— Un faible prix pour le plaisir de ta compagnie. D'ailleurs, quand puis-je te revoir ?

— Que dirais-tu de cette semaine, pendant mes jours de congé ? Mon téléphone est dans les loges, mais si tu as le tien, je peux te laisser mon numéro.

Il sortit son iPhone de la poche intérieure de son veston et me le tendit. J'entrai mon numéro dans ses contacts et lui rendis le téléphone.

— Je suis libre lundi, mardi et mercredi, dis-je.

Il remit le téléphone dans sa poche.

— J'ai des engagements lundi et mardi, mais mercredi c'est parfait. Tu as dit aimer les films français... qu'en est-il de la gastronomie française ?

— Quelle question !

— Bonne réponse. Que dirais-tu d'un dîner mercredi soir ? Il y a un nouveau restaurant français que je voulais justement essayer. Je t'enverrai un texto mercredi matin pour les détails.

Je lui souris.

— C'est noté.

16

CHAPITRE SEIZE

Mais lorsque je revis Nick Santoro, il ne fut pas question de restaurants huppés, de limousines ou de gastronomie française.

Il était environ midi le mardi et, grâce au dépôt direct de ma première paye, j'avais passé le matin à l'université, où je m'étais inscrite à la session d'automne et avais acheté mon manuel pour mon cours de Finances d'entreprise. J'avais aussi posté un chèque pour ma mère. J'aurais probablement besoin de quatre ou six mois pour payer tous les frais médicaux associés à son opération, mais j'étais heureuse d'avoir envoyé le premier chèque.

La journée d'août était chaude et ensoleillée et je n'étais pas pressée de retourner chez moi. Je me dirigeai vers le Washington Square Park et la fontaine qui se trouvait en son centre et qui était en marche. Tandis que je marchais, mes pensées se tournèrent vers ma conversation téléphonique de la veille avec ma mère.

Lorsque nous avions parlé, j'avais menti à propos de mon nouvel emploi. J'avais attribué le meilleur état soudain de mes finances à un poste dans un cabinet de consultants qui m'offrait un salaire de six chiffres. J'avais détesté mentir à ma mère, mais il n'y avait pas d'autre solution. Si elle avait appris d'où me venait cet argent, elle ne l'aurait jamais accepté.

Évidemment, ma mère étant ma mère, son acceptation de l'argent avait été précédée par une série de questions.

— Je suis ravie que tu aies trouvé ce nouveau poste, avait-elle dit. Bien que je ne connaisse rien du métier de consultant, je sais que les cabinets de consultants paient bien. Mais tu es sans emploi depuis mai. Je ne comprends pas comment tu peux te permettre de m'envoyer des milliers de dollars alors que tu dois être en retard pour tes propres frais.

Je m'étais attendu à cette question et avais lancé à ma mère l'explication que j'avais préparée.

— Le cabinet m'a donné une prime de signature de trente mille. Il offre aussi des primes de fin d'année et des primes de rendement pour les projets prioritaires. Mon salaire n'est que mon revenu de base. Et avec toutes les primes, je gagnerai beaucoup plus.

— Je suis fière de toi, Ilana. Tu n'as même pas terminé ton MAE et regarde-toi. Tu travailles dans un cabinet de consultants important et tu gagnes trois fois ce que tu avais dans ton ancien emploi.

L'éloge de ma mère m'avait fait sentir encore plus coupable de lui mentir, mais j'avais repoussé ma culpabilité et m'étais concentrée sur ce qui devait être fait.

— C'est pourquoi je veux que tu planifies ton opération dès que possible. Maintenant que nous pouvons la payer, pourquoi attendre ?

Pendant un long moment, elle était restée silencieuse.

— Tu sais que je déteste prendre ton argent.

— Tu dois marcher. Tu dois retrouver ta vie. Et cet argent n'est qu'une infime partie de tout ce que tu m'as donné. Tu te souviens de toutes ces heures supplémentaires travaillées ? Et le deuxième emprunt que tu as pris sur la maison pour m'aider à payer mes études ?

— Lorsque je pourrai à nouveau marcher, je te rembourserai tout.

Je n'avais aucune intention de laisser ma mère me rembourser, mais j'avais décidé de remettre cette conversation-*là* à un autre jour.

— Lorsque tu pourras à nouveau marcher, nous en discuterons. Pour l'instant, tu dois me promettre que tu prendras rendez-vous pour ton opération. Et n'oublie pas de me donner la date dès que tu l'auras, que je puisse prévoir mes congés pour être à tes côtés.

Lorsqu'elle avait pris la parole, j'avais entendu l'émotion dans sa voix.

— T'ai-je déjà dit à quel point je suis chanceuse d'avoir une fille comme toi ?

— Pas aussi chanceuse que moi de t'avoir comme mère. Je t'aime, maman… et j'ai si hâte de te voir marcher à nouveau.

— Je t'aime aussi, Ilana. Mon plus grand regret est de ne pas t'avoir choisi un meilleur père. Si j'avais mieux choisi, peut-être que tu penserais à un plus grand appartement ou à des économies pour en acheter un, plutôt qu'à payer les frais médicaux de ta vieille mère.

— Tu n'es pas vieille, et pour mon père, ce n'était pas ta faute. Il t'a dupée et a abusé de ta confiance.

— Par chance, tu es plus intelligente que j'étais. Tu n'as jamais été du genre à donner facilement ta confiance.

— Non, avais-je répondu. Jamais.

En me remémorant la conversation de la veille, mes yeux s'emplirent de larmes. Ma mère n'avait pas même cinquante ans et, même si je détestais lui mentir, je détestais encore plus l'idée qu'elle passe le reste de ses jours dans un fauteuil roulant.

Lorsque l'opération sera derrière nous, je lui raconterai tout. Elle m'en voudra de lui avoir caché la vérité et elle détestera le fait que sa fille ait travaillé dans un club de strip-tease. Mais, je savais aussi qu'elle comprendrait. Ma mère avait fait de nombreux sacrifices, m'élevant seule et travaillant comme infirmière. C'était maintenant mon tour de l'aider. Dans un monde idéal, aurais-je choisi le strip-tease pour m'en sortir ? Bien sûr que non.

Mais ce boulot, et l'argent rapide qui allait avec, était tout ce que j'avais. Et il pourrait permettre à ma mère de marcher. Et je l'aimais tellement, j'étais prête à tout pour elle.

Je dépassai la fontaine scintillante, puis m'assis sur un banc à l'ombre d'un arbre qui faisait face au centre du parc. Autour de moi, un échantillon saisissant de New-yorkais profitait du parc. Les gens joggaient, faisaient du skate et promenaient leurs chiens. Les mères poussaient des poussettes ou surveillaient leurs enfants qui jouaient. Près de la fontaine, une musicienne de rue grattait sa guitare. Un peu plus loin, un jeune homme se tenait accroupi et terminait un dessin de trottoir avec des craies aux couleurs éclatantes.

Une légère brise faisait bruisser les feuilles au-dessus de moi et je ressentis un profond sentiment de paix. Les derniers mois avaient été difficiles, mais j'étais encore là, encore à New York, toujours à la poursuite de mes rêves. Grâce à Bianca, et à mon nouveau boulot au club, ma vie reprenait tranquillement son sens. J'avais l'intention cet après-midi de me détendre, de profiter du parc pendant une heure, puis d'aller déjeuner à l'un de mes cafés préférés.

Je sortis mon nouveau manuel de son sac plastique et le feuilletai. Quelques moments plus tard, en entendant un chien japper vivement, je relevai les yeux.

Et c'est là que j'aperçus Nick.

Il se trouvait à une dizaine de mètres de moi. Vêtu d'un t-shirt vert foncé qui moulait son torse musclé, d'un survêtement bleu marine et de chaussures de courses Nike Air, il agrippait une laisse dont l'autre extrémité était attachée à un petit Dalmatien.

Le chiot tirait sur la laisse et jappait avec force, souhaitant manifestement faire connaissance avec un Shih Tzu qui passait avec sa maîtresse âgée.

— Non, dit Nick. NON.

J'observai Nick se débattre pour tenter de maîtriser le chiot enjoué. Il tira sur la laisse, puis se pencha et caressa la tête du chiot, comme pour s'excuser de le retenir.

Je réprimai une envie de rire. Monsieur le client privilégié ne connaissait manifestement rien aux chiens. Il avait encore plus besoin d'une école de dressage que son chiot.

Mais ça ne me concernait pas et, de toute façon, je n'étais pas même sûre qu'il me reconnaisse. Dans mon débardeur et mon corsaire décontractés et avec un maquillage léger, je n'avais rien à voir avec Raven la strip-teaseuse. Et je n'étais pas sûre de vouloir qu'il me reconnaisse. Après une fin de matinée à courir en tous sens, je devais ressembler à un épouvantail. Nick me trouverait-il encore à son goût s'il me voyait telle que j'étais ? J'espérais que oui, mais je n'en étais pas sûre.

— Ilana ?

Il m'avait reconnue. Je déposai mon manuel sur le banc près de moi, j'espérais que ma chevelure n'était pas aussi atroce qu'elle l'était normalement après un matin de courses.

— C'est moi, dis-je. Comment as-tu su ?

— Disons simplement que je t'ai reconnue. Excellent timing, au fait... j'étais sur le point de t'écrire un texto pour notre dîner de demain, et en levant les yeux, je t'aperçois.

— Joli chiot, au fait.

Nick sourit. Il s'approcha du banc et s'assit près de moi.

— Il est très marrant.

— Quel âge a-t-il ?

— Un peu plus de deux mois, du moins c'est ce que les gens du refuge m'ont dit.

— Alors, c'est un chiot abandonné ?

— Oui. Je l'ai adopté hier. Aujourd'hui, je veux l'installer dans mon appartement. Il lui faut quelques jouets et ce soir j'irai chez ma sœur à Morristown pour lui présenter ma nièce et mon neveu.

Lorsque j'avais vu Nick la dernière fois, il m'avait dit être occupé lundi et mardi. Je réprimai un sourire. Monsieur le client privilégié avait réservé deux jours à l'adoption d'un chiot. À l'évidence, il était différent de ce à quoi on pouvait s'attendre au premier abord.

À ce moment, le chiot s'approcha de Nick et urina sur l'une de ses chaussures.

Nick déplaça rapidement son pied et baissa les yeux vers sa chaussure.

— Zut. J'essaie de lui apprendre les bonnes manières, mais je suppose que ça prendra un moment.

Je sortis un paquet de mouchoirs de mon sac, en pris plusieurs et les lui tendis.

— Tiens. Essaie de nettoyer ta chaussure. Quel est son nom ?

Nick se pencha et commença à éponger les dégâts.

— Je n'ai pas encore trouvé. Des idées ?

Je réfléchis un moment.

— Il est noir et blanc. Tu pourrais l'appeler Dice ou Domino.

Nick se releva et lança les mouchoirs dans la poubelle métallique près du banc.

— Dice est pas mal. Domino sonne plutôt féminin.

Le chiot renifla mes chevilles et je me penchai pour lui gratter les oreilles. Il remua la queue et me lécha la main avec enthousiasme. Avec sa tache noire autour de l'œil gauche qui lui donnait un air malicieux, il était vraiment adorable.

— Il t'aime bien, dit Nick.

— Il est adorable, et avec cette tache sur l'œil, il ressemble à un petit pirate. Pourquoi pas Pirate, ou Patch… ou Jack ?

Nick regarda attentivement le chiot, qui s'était éloigné quelque peu pour renifler le tronc d'un arbre.

— Jack va bien avec sa personnalité. Il est vraiment vif et sans peur. Lorsque je l'ai ramené chez moi hier, je pensais qu'il aurait besoin d'un jour ou deux pour s'acclimater, mais ça n'a pas été le cas.

— Les Dalmatiens sont réputés pour être plutôt énergiques.

— Il a couru à travers toutes les pièces, a reniflé tout ce qu'il pouvait, a fait basculer une poubelle de quatre fois son poids, s'est glissé à l'intérieur et a mangé les restes de mon dîner thaï.

Nick me sourit et j'en perdis presque pied.

— Tu aurais dû le voir lorsque je l'ai sorti de là. Il avait des nouilles de pad thaï partout sur le nez et les oreilles.

L'image de cet homme tirant son chiot d'une poubelle me fit sourire. Le Nick que je voyais maintenant était si différent du personnage qu'il montrait au club, ou même lorsque nous étions dans la voiture ensemble.

— Tu lui as donné un bain ? demandai-je.

— Je me suis contenté de le laver avec un gant de toilette. Chaque fois que je le prends, il se trémousse et jappe comme un fou.

Il s'assit près de moi sur le banc.

— Merci pour les noms. Jack est parfait.

— Jack, le Dalmatien. Ça me plaît.

— Alors, qu'est-ce qui t'amène par ici ? demanda-t-il.

— J'habite près d'ici. Dans l'East Village.

Il pencha la tête vers moi.

— Sans blague. Moi aussi. J'ai emménagé dans l'Est Village il y a un an. Depuis combien de temps habites-tu ici ?

— Presque trois ans. Lorsque ma colocataire et moi avons décidé d'habiter New York ensemble, nous avons visité des appartements dans de nombreux secteurs, mais le Village nous a semblé parfait pour nous. Il correspond bien à ma personnalité. J'aime l'atmosphère créative et éclectique et la diversité. Le Village est le secteur le plus diversifié de New York.

— Je suis d'accord. J'ai habité de nombreux secteurs, mais lorsqu'est venu le temps d'acheter, c'est ici que je voulais vivre.

Je ne me serais pas attendue à ce qu'un homme comme Nick apprécie la riche diversité du Village, mais je ne m'attendais pas plus à le voir débarquer au Washington Square Park avec un tout nouveau chiot.

— Alors, nous sommes voisins, dit-il. Tu viens souvent ici ?

Je regardai Jack tourner près de nous, puis s'accroupir pour faire ses besoins.

— En été, je suis toujours ici. Au fait, ton chien vient de faire ses besoins.

Nick ne bougea pas.

— Parfait, dit-il. Maintenant que Jack a fait ses besoins, je peux aller à l'animalerie avec lui. Il a détruit mon portefeuille hier, alors je me dis qu'il a besoin de quelque chose à mâchouiller.

— Euh… oui. Tu ne vas pas le ramasser ?

— Ramasser quoi ?

— Ses besoins. Tu dois le faire. C'est la loi.

— Tu te moques de moi.

— Non. Tu vois tous ces enfants et ces gens âgés ? L'un d'eux pourrait glisser dessus, tomber sur la tête et finir en fauteuil roulant.

— Tu veux que je ramasse de la merde de chien ?

— En fait, la ville de New York le veut.

— Comment ? À mains nues ?

Je levai les yeux au ciel.

— N'as-tu *jamais* eu un chien auparavant ?

— Non.

— Ça explique bien des choses. As-tu nourri Jack aujourd'hui ? Lui as-tu laissé un bol d'eau ?

Il me lança un regard contrarié.

— Évidemment.

— Eh bien, ça explique le tas.

J'attrapai le manuel sur le banc, pris le sac plastique en dessous, et le tendis à Nick.

— Tiens. Prends ça. Ramasse le tas de Jack. Tu vas y arriver.

Nick se leva du banc, prit le sac et l'utilisa pour ramasser les besoins du chien avec précaution, avant de le jeter dans la poubelle.

— Voilà, dit-il. Je suis en règle maintenant ?

— Oui, mais tu n'as manifestement aucune idée de comment t'occuper d'un chien. Tu dois t'inscrire avec Jack à une école de dressage, et tu devrais peut-être aussi lire un livre ou deux sur les chiens.

— Une école de dressage ?

— Oui, une école de dressage. Comme dans « Jack et toi avez besoin d'éducation canine ». Tu travailleras avec un entraîneur expérimenté qui enseignera les bases à ton chien. S'asseoir sur commande. Venir lorsqu'on l'appelle. Marcher en laisse sans t'arracher le bras. Ne pas mordre les chevilles d'une vieille dame. Des trucs de ce genre.

— Tu as quelque chose à faire dans l'heure qui vient ? demanda Nick.

— Rien d'urgent.

— Laisse-moi t'inviter à déjeuner.

Il me lança un sourire engageant.

— Comme tu viens de le souligner, j'ai besoin d'un conseiller en encadrement canin. Nous pourrions trouver un café avec une terrasse, tu sais, un endroit où ils acceptent les chiens.

Je jetai un œil sur Jack qui tirait maintenant sur le pantalon de Nick avec ses dents.

— Un café ? Avec ce chiot ? Tu es cinglé.

— Pourquoi ? Beaucoup de cafés acceptent les chiens sur leur terrasse.

— Regarde un peu ce qu'il est en train de faire à ton pantalon, il le mâchouille comme s'il s'agissait d'un pneu. Maintenant, imagine-le faire la même chose sur une nappe. Nous ne réussirons jamais à déjeuner sans causer une scène.

Nick se pencha et caressa la tête de Jack.

— Tu as raison. Avant de pouvoir l'amener au restaurant, il devra apprendre les bonnes manières. Entre-temps, je suppose que je mangerai souvent chez moi.

— Jack est intelligent, dis-je d'une voix rassurante. Ça ne sera pas long. Et il y a toujours les plats à emporter.

Nick se redressa et claqua des doigts.

— Voilà la solution. Tu aimes les sandwiches complets ?

— C'est pratiquement un trésor national.

— Tu es rapide.

— Me croyais-tu lente ?

— Pas du tout. Écoute, nous sommes à moins de cinq minutes de marche du snack qui fait les meilleurs sandwiches complets de New York. Nous pouvons aller les chercher et déjeuner ici même, dans le parc.

— Bonne idée, dis-je.

Je me levai, jetai mon sac sur mon épaule et pris mon manuel.

— Allons chercher ces sandwiches. Et quelque chose pour Jack, bien sûr.

17

CHAPITRE DIX-SEPT

Une demi-heure plus tard, Nick et moi étions de retour au Washington Square Park, assis sur un banc pour bavarder tout en dégustant nos sandwiches. Jack était étendu dans l'herbe près du banc, grignotant l'os que Nick avait convaincu l'employé du snack de lui vendre.

Tout en mangeant et en bavardant, je me surpris à me détendre en sa compagnie. Notre attirance pulsait entre nous, mais dans ce parc, je n'étais pas une strip-teaseuse et il n'était pas un client privilégié. Nous n'étions que deux New-yorkais profitant d'un déjeuner décontracté et spontané ensemble.

— Mmm, dis-je. Tu ne mentais pas lorsque tu as dit que ce snack avait les meilleurs sandwiches de New York.

— Je connais mes repas à emporter, dit-il. Je n'ai pas le choix. Je ne suis pas très bon en cuisine.

Il termina son sandwich et s'essuya les mains sur une serviette en papier, qu'il lança dans la poubelle près du banc. Puis, il baissa la tête vers mon manuel qui se trouvait entre nous sur le banc.

— J'ai remarqué le logo de l'Université de New York sur le sac plastique que tu m'as donné pour ramasser le tas de Jack. Tu vas là-bas ?

— Oui.

— Dans quel cursus ?

— J'ai fait les deux tiers de mon MAE.

Pendant un instant, il sembla surpris, puis son visage s'éclaira d'un large sourire.

— Je le savais. Il y *a* quelque chose de différent chez toi. Tu es trop intelligente pour faire ce que tu fais.

— C'est plutôt vexant, dis-je.

Il me lança un regard perplexe.

— Tu es vexée parce que je crois que tu es intelligente ?

— Non, je suis vexée que tu croies que les filles qui font ce que je fais sont stupides.

— Ce n'est pas ce que j'ai dit.

— Non ?

— Non. Mais tu es manifestement assez intelligente pour trouver quelque chose de mieux ?

— Mieux dans quel sens ? Certainement pas financièrement. Comme tu le sais probablement, peu d'emplois paient aussi bien.

Il ne dit rien pendant un moment, puis croisa mon regard.

— Tu réagis comme si je jugeais la façon dont tu gagnes ta vie. Ce n'est pas le cas. Je dis simplement que tu es sans conteste intelligente et que tu devrais utiliser cette intelligence pour te tailler une véritable carrière.

— Tu crois vraiment que ce que je fais en ce moment est la carrière de mes rêves ? J'ai besoin de gagner plus d'argent que je n'en ai gagné par le passé et c'est exactement ce que je fais. C'est un boulot comme un autre.

— Laisse-moi reformuler, dit Nick. Je ne te critique pas. Je suis simplement honnête avec toi. Je respecte ton objectif d'aider ta mère, mais tu dois aussi penser à ton propre avenir. Tu fais peut-être beaucoup d'argent en ce moment, mais ce n'est pas un emploi que tu peux vraiment ajouter à ton curriculum vitae.

Maintenant qu'il avait clarifié sa pensée, je n'étais pas en désaccord, mais après ses commentaires initiaux, je n'allais pas le laisser s'en sortir aussi facilement.

— Tu l'ignores peut-être, mais le marché du travail est atroce en ce moment. Je suis reconnaissante d'avoir ce travail et de pouvoir gagner de l'argent. Une fois que l'opération de ma mère sera payée et que j'aurai terminé mon master, je retournerai sur le marché du travail, mais pour l'instant, je suis heureuse où je suis.

Il sourit.

— Alors, tu es d'accord avec moi.

— Je n'en suis pas si sûre.

— Allez. Tu viens de dire que tu prévois de retourner sur le marché du travail une fois tes études terminées. Et un MAE ouvre bien des portes. Tu ne travailleras pas au club longtemps.

— Peut-être pas. Mais pouvons-nous changer de sujet ? J'aimerais vraiment éviter de parler de ça en public, même en code.

— Désolé, dit-il. Mais tu es une femme fascinante et ma curiosité a été piquée.

Il leva les mains.

— Passons à autre chose. Alors, tu étudies l'Administration des entreprises. Qu'as-tu l'intention de faire une fois tes études terminées ?

— Stratégie du marketing pour la technologie, dis-je. Idéalement, j'aimerais travailler pour une entreprise technologique en démarrage et participer à ses efforts de réussite.

— Mettre une entreprise sur pied peut être une merveilleuse expérience, dit Nick. C'est ce que mes partenaires et moi avons fait avec FlexMap.

FlexMap ?

Pas étonnant que son nom m'ait semblé familier la première fois que je l'avais entendu. Tous ceux qui s'intéressaient au monde des affaires connaissaient FlexMap.

— FlexMap était ton entreprise ?

— Oui.

— Tu étais l'un des propriétaires ?

— Je l'ai fondée, avec deux amis. Nous nous sommes rencontrés à l'école de commerce de Columbia, et avons lancé l'entreprise quelque temps après la fin de nos études. J'ai fait mon baccalauréat et mon master à Columbia et la plus grande partie de l'équipe initiale de FlexMap était composée de personnes rencontrées pendant mes années d'études.

J'étais impressionnée. Qui ne l'aurait pas été ? FlexMap était un exemple de réussite quasi légendaire qui avait vu le jour grâce à une poignée de jeunes visionnaires dans un appartement de Brooklyn. Avec l'essor des applications cartographiques pour les téléphones portables, l'entreprise avait prospéré, se propulsant à la une de magazines comme *Forbes* et *Fast Company*.

— J'ai lu des choses sur FlexMap, dis-je. Ses débuts et sa croissance, une petite entreprise devenue fournisseur principal de toutes les applications cartographiques pour téléphones portables.

Il haussa un sourcil.

— Eh bien, c'est inhabituel. Je m'assois pour déjeuner avec une belle femme et elle s'avère être une accro du monde des affaires.

Je souris. Après des mois sans emploi, suivis par mon travail au club, c'était bon d'être reconnue comme une femme d'affaires. Ou du moins comme une accro des affaires.

— Tu dois être si fier de ce que tu as accompli avec FlexMap, dis-je.

— Nous avions une idée solide et une excellente équipe, répondit-il. Et nous avons eu de la chance.

L'humilité de Nick me prit par surprise. D'après mon expérience, les hommes d'affaires saisissaient généralement toute occasion de se vanter de leurs réussites, mais il faut dire que j'avais rarement rencontré des hommes d'affaires qui avaient eu autant de succès que lui.

— De la chance ? demandai-je.

— Dans le timing. Les bonnes idées qui sont avant-gardistes échouent souvent, mais nous sommes entrés sur le marché juste au bon moment.

— C'est la raison pour laquelle vous êtes considérés comme des génies des affaires.

— Je déteste ce mot. La presse économique aime lancer des mots comme génie, mais leurs exagérations ne font que distraire les lecteurs et les empêchent de comprendre ce qui fait qu'une entreprise réussit réellement.

— Comme ?

— Les gens. L'équipe. Même une idée d'envergure mondiale ne vaut pas grand-chose sans les bonnes personnes pour l'appuyer. L'engagement et l'ardeur au travail. Et encore une fois, la chance.

Je remarquai que Jack s'était relevé et qu'il semblait bien décidé à passer au travers de sa laisse en cuir. La laisse aurait été parfaite pour un chien plus vieux et sage, mais elle ne survivrait pas longtemps aux attentions du chiot de Nick.

— Puisqu'on parle d'engagement, dis-je, Jack semble déterminé à détruire cette laisse. Tu as besoin d'une laisse qu'il ne pourra pas mâchouiller.

— J'avais l'intention de m'arrêter à l'animalerie sur Broadway en retournant chez moi, dit Nick. Puis-je te convaincre de m'accompagner ? Tu pourrais me conseiller sur l'achat d'une nouvelle laisse et de quelques jouets pour Jack.

J'avais le temps et, pour être totalement honnête avec moi-même, je ne voulais pas mettre fin à cet après-midi.

— Pourquoi pas, dis-je. Après tout, tu as besoin de quelqu'un pour te sauver de ton chien.

18

CHAPITRE DIX-HUIT

Lorsque Nick et moi arrivâmes à l'animalerie de Broadway, nous choisîmes une laisse à l'épreuve des dents et plusieurs sortes de gâteries biologiques pour chien. Puis, nous passâmes aux jouets. Les rayons de l'allée des jouets étaient remplis d'un éventail époustouflant de cordes à tirer, de jouets à mâchouiller et d'os en caoutchouc. Pendant que Nick et moi explorions la sélection de jouets, Jack se laissa tomber au pied de Nick, manifestement éreinté par la marche et la chaleur d'août.

Nick prit un jouet pelucheux qui semblait être un croisement entre un castor et un écureuil et l'observa d'un œil critique.

— L'étiquette dit qu'il est lavable, dit-il. Je suppose que c'est une bonne chose.

— Lavable est une bonne chose, mais essaie de le serrer.

Lorsqu'il le serra, le jouet lança un cri perçant et les oreilles de Jack se dressèrent avec intérêt.

— Ça lui plaît, dit Nick.

— Oui, mais imagine entendre ce bruit-*là* pendant des heures, surtout lorsque tu essaies de travailler ou de dormir. Jack dort-il près de toi ?

Nick sembla embarrassé.

— Je lui ai acheté un coussin et un tapis, mais il m'a clairement fait comprendre hier qu'il préférait dormir dans le lit près de moi.

— Eh bien, c'est un choix personnel, mais de nombreuses personnes laissent leurs animaux dormir dans leur lit. Dans le Vermont, Marie, une fille qui travaillait comme serveuse avec moi, laissait son iguane dormir avec elle.

— Elle dormait avec un iguane ?

— Iggy l'iguane.

— Je croyais que les iguanes mordaient.

— Pas Iggy. Il crachait parfois sur Marie par contre.

— C'est dégoûtant.

— Marie ne semblait pas s'en faire. Apparemment, cracher est un comportement normal pour un iguane.

— Eh bien, ils ont quand même de la glace dans les veines.

— Bon point, dis-je.

— Mais tu ne peux pas courir avec un iguane.

— Tu aimes courir ? demandai-je.

— Je cours tous les matins. Maintenant que j'ai Jack, j'ai l'intention de l'amener avec moi. Et toi ?

— Je cours normalement au moins trois fois par semaine, mais il y a un peu de laisser-aller depuis les dernières semaines. Je dois m'y remettre.

— Tu peux courir avec Jack et moi quand tu veux. Nous pourrions nous rencontrer au parc ou où tu veux.

— J'accepte ton offre, dis-je. Mais pour l'instant, je dois rentrer à la maison. Ma colocataire et moi avons des plans pour ce soir, elle part demain pour quelques jours dans le Vermont.

— Avant de partir, que dirais-tu de vingt heures demain soir pour le dîner ?

— J'adorerais dîner avec toi, mais qu'en est-il de Jack ? Il n'aimera peut-être pas être laissé seul. Tu ne l'as que depuis un peu plus d'une journée. Il s'adapte encore à son nouvel environnement.

Nick semblait pensif.

— J'avais pensé l'enfermer dans l'une des salles de bain, avec de la nourriture, de l'eau et des jouets, bien entendu.

Une idée me vint.

— J'ai une meilleure idée.

— Je t'écoute.

— Changeons nos plans pour que Jack puisse rester avec nous. Nous pourrions aller courir demain matin, puis déjeuner au parc comme aujourd'hui, ou si la soirée te convient mieux, nous pourrions rester chez toi et commander quelque chose.

— Faisons la totale, dit-il.

— Quoi ?

— Tout ce que tu viens de proposer. Je suis libre toute la journée demain et il semblerait que toi aussi. Passe la journée avec Jack et moi.

Pendant un moment, je me figeai. Un jour complet ensemble ? Une fois de plus, Nick allait plus vite que je ne m'y attendais, mais si j'étais honnête avec moi-même, je devais admettre que son caractère direct m'excitait. Aucun homme ne m'avait jamais recherchée aussi ouvertement, encore moins avec l'assurance dont Nick faisait preuve dans chacun de ses mots et gestes. Au cours de l'après-midi, j'avais commencé à réaliser que Nick Santoro n'était en rien semblable aux universitaires et aux New-yorkais dans la vingtaine que j'avais fréquentés par le passé.

Et pourquoi le serait-il ?

Même s'il n'avait que trente-et-un ans, il avait déjà fondé, fait prospérer et vendu une société extrêmement fructueuse, devenant ainsi un homme fortuné. Alors que peu pouvaient prétendre à un tel succès, Nick n'avait pas la grosse tête. Plus tôt, lorsque nous avions abordé FlexMap, il avait eu l'occasion rêvée de se vanter, mais il ne l'avait pas fait. Il avait plutôt attribué le succès de son entreprise au timing, à la chance et à une équipe solide.

— Après avoir couru, dit-il, je te promets le meilleur *smoothie* que tu aies jamais goûté pour récupérer. Nous pourrons nous détendre chez moi, peut-être regarder un film sur Netflix. Selon tes goûts pour le dîner, nous pourrons commander quelque chose ou je pourrai préparer quelque chose de simple.

— Je croyais que tu ne cuisinais pas.

— Eh bien, je sais comment mettre une pizza congelée dans le four.

— Alors, c'est décidé. Ce sera une commande.

Il rit.

— C'est bon. Ce sera une commande.

— Est-ce que dix heures trente te convient ? demandai-je. Puisque nous vivons tous deux près du parc, nous pourrions nous retrouver sous l'arcade.

— Parfait, dit-il. J'y serai.

19

CHAPITRE DIX-NEUF

Le matin suivant, je me réveillai avec un sentiment de trépidation. Par la seule fenêtre de ma minuscule chambre, le ciel dégagé promettait une journée d'été splendide, que j'avais hâte de savourer avec Nick.

Nick et son chiot Dalmatien rescapé. Le souvenir des deux ensemble me fit sourire. Je me levai, enfilai mon peignoir et me dirigeai vers la cuisine pour préparer le café.

Au moment où je terminais le café, Bianca sortit de sa chambre. Contrairement à moi, elle était déjà entièrement vêtue d'un jean et d'un débardeur bleu pâle. Elle portait un sac fourre-tout en cuir brun et tirait une valise à roulettes d'un rouge vif derrière elle, me rappelant ainsi qu'elle partait aujourd'hui pour rendre visite à ses parents à Burlington.

— Tu veux un peu de café avant ton départ ? demandai-je.

Elle jeta un œil à sa montre.

— Une petite tasse. J'en ai déjà pris trois pendant que je faisais mes bagages. Si mon taux de caféine augmente encore, je vais léviter.

Je remplis une tasse et la lui tendis.

— Ça fait des mois que tu n'as pas pris de congé, tu dois être ravie.

— Je le suis, même si j'aurais préféré que tu viennes avec moi, dit Bianca.

Elle me lança un regard.

— Huit heures d'autocar, seule. Qui sait qui, ou quoi, s'installera à côté de moi. Qui sait les horreurs qui m'attendent.

Je ris.

— C'est ta faute si je ne peux pas y aller. Tu es le génie qui m'a offert une métamorphose digne de RuPaul et qui m'a montré comment me trémousser contre un poteau. Sans toi, je serais en ce moment même en route, la tête basse, vers le Vermont.

Bianca sortit sa liseuse de son fourre-tout et me la montra.

— Je devrai survivre au trajet en bus, cachée derrière *ça*. J'ai passé une heure la nuit dernière à la remplir de nouveaux livres.

— Qu'est-ce que tu lis ?

— Comme d'habitude. Romance et suspense.

— Danger, drame et mâle alpha à tomber ?

Bianca remit la liseuse dans son sac.

— Je plaide coupable. Bordel, que faire sinon pendant huit heures dans un bus ?

— Assure-toi de t'asseoir à l'avant. Les ivrognes sont toujours au fond et c'est long, huit heures dans les odeurs nauséabondes de sueur et de bière bon marché.

Elle me fit la grimace.

— Tu sais que j'évite les sièges du fond depuis la première année de l'école primaire. Tu te souviens que Kenny Potts s'installait derrière moi dans le bus scolaire et me tirait les cheveux ?

— Kenny Potts. Le cauchemar de toute petite fille. Je n'oublierai jamais le jour où tu l'as giflé en plein cours de maths.

Bianca rigola.

— Ça valait chaque minute du sermon sur la non-violence que mes parents m'ont donné lorsque je suis revenue à la maison avec une semaine de retenue.

Elle jeta un œil à sa montre.

— Je ferais mieux d'y aller. Manquer le bus de onze heures n'est pas une option, à moins de vouloir arriver à une heure du matin à Burlington.

Je m'approchai et l'étreignis.

— Sois prudente et dis bonjour à tes parents de ma part.

Elle me rendit mon étreinte.

— À vendredi.

Sur ces mots, elle attrapa la poignée de sa valise, me souffla un baiser et sortit de l'appartement.

Tandis que la porte se refermait derrière elle et que le bruit des roulettes de sa valise s'estompait, je ressentis un petit pincement de culpabilité. Je n'avais rien dit à propos de ma décision de voir Nick hors du club ou du fait de l'avoir croisé au parc hier. C'était la première fois que je cachais quelque chose à ma meilleure amie, et ne rien lui dire me semblait étrange, mais je savais trop bien ce qu'elle me dirait.

Elle me rappellerait que Nick était un tombeur qui avait laissé une traînée de femmes blessées derrière lui. Elle me rappellerait sa richesse et sa position, et tout ce qui séparait nos deux mondes. Et elle me rappellerait que les hommes comme lui ne prenaient jamais les filles comme moi au sérieux.

Si Bianca ne se trompait pas, alors je me dirigeais droit vers une peine de cœur.

Mais si elle avait tort ? J'avais le pressentiment que c'était peut-être le cas.

Hier, j'avais vu Nick dans une situation détendue de tous les jours, et j'avais aimé ce que j'avais découvert... énormément. S'il jouait le rôle du bon gars, alors il donnait une performance extraordinaire. Croire ce qu'il m'avait raconté sur son passé était risqué, mais c'était un risque que je sentais devoir prendre.

S'il s'avérait que Bianca avait raison, alors j'assumerais mon erreur. Je ravalerais ma déception et continuerais ma vie.

Mais pour l'instant, j'avais pris ma décision et personne, pas même ma meilleure amie, n'allait me faire changer d'avis.

J'allais continuer de voir Nick.

J'allais nous donner une chance.

20

CHAPITRE VINGT

Une heure plus tard, mon café et ma douche pris, vêtue d'un corsaire en spandex noir et d'un débardeur bleu-gris qui accentuait la couleur de mes yeux, je quittai mon appartement et joggai vers Washington Square Park. Bien qu'il ne soit que dix heures, la journée était déjà chaude et d'une humidité étouffante.

En atteignant le parc et l'arcade en pierre qui marquait le terminus sud de la Cinquième avenue, j'aperçus Nick.

Il m'attendait près de l'arcade et, comme je n'étais pas en retard, je compris qu'il était arrivé plus tôt, espérant probablement me voir également arriver an avance. Son short de sport vert foncé tombait parfaitement bien sur ses hanches étroites et ses cuisses. Son t-shirt sans manche gris soulignait ses biceps musclés olivâtres, couverts d'une fine couche de sueur. Une barbe de deux jours ombrageait sa mâchoire. Il tenait Jack en laisse, celle que nous avions choisie la veille, et alors que je m'approchais, le petit Dalmatien se mit à japper et à tirer sur la laisse pour pouvoir me rejoindre.

Nick me lança un sourire à couper le souffle.

— Ilana.

— Nick, dis-je, en m'arrêtant.

Son regard noisette étincelant parcourut mon corps, centimètre par centimètre. Un frisson me parcourut l'échine et ma bouche s'asséchа.

— Tu es en beauté, dit-il.

— Merci, répondis-je, espérant que je n'étais pas aussi rouge que je le croyais. Toi aussi.

Jack sauta contre moi et me lécha la main. Je me penchai et caressai la douce fourrure de sa tête.

— Salut, Jack.

Le chiot me mordilla la main avec enthousiasme de ses petites dents aiguisées.

— Jack ! dis-je en riant. Ne me mords pas, s'il te plaît.

— Tu lui plais, dit Nick.

— C'est réciproque. Comment va la nouvelle laisse ?

— Pour l'instant, elle tient le coup. Prête à courir ?

— Allons-y.

Nous joggâmes côte à côte jusqu'au coin nord-ouest du parc. Lorsque nous atteignîmes le coin de la rue Macdougal, je me trouvais à quelques pas derrière Nick, mais je ne m'en souciais pas le moins du monde. J'étais trop occupée à profiter de la vue sur ses fesses fermes, ses cuisses robustes et ses mollets bien dessinés.

El Toro, en effet.

Bien des hommes qui aimaient courir étaient trop élancés et pas assez musclés à mon goût, mais en plus de courir, Nick passait sans conteste le temps qu'il fallait à se muscler. Ses muscles étaient bien définis, comme je les aimais.

Dans un tournant, il jeta un œil par-dessus son épaule et me lança un regard entendu.

— Tu m'admires ?

J'accélérai le pas et le rattrapai.

— Je profitais de la vue. Tu en fais partie, c'est tout.

Il me sourit.

— Tu essaies de t'en tirer en jouant sur les mots ?

Je levai les yeux au ciel.

— Il y *a* autre chose à admirer dans ce parc, tu sais.

Sa voix se fit taquine.

— Allez. Tu as été prise sur le fait, autant l'assumer.

Il ralentit quelque peu et admira mes fesses avec insistance.

— J'aime te regarder et je l'admets sans problème.

— Es-tu toujours aussi charmeur ?

— Seulement avec toi.

Je ris.

— Tu n'es pas seulement charmeur, tu es aussi flatteur.

Il me fit la grimace.

— Moi ? Je n'ai pas le temps pour du baratin. Je pense tout ce que je dis.

Les quarante minutes suivantes défilèrent. Tout en continuant à suivre le périmètre du parc, nous parlâmes et rîmes, beaucoup. Jack trottait près de nous, manifestement heureux d'être dehors, même sous cette chaleur, qui ne faisait qu'empirer.

Nous approchions du nord du parc et de la Cinquième avenue quand Nick ralentit et se tourna vers moi.

— Prête à te reposer devant un *smoothie* ? demanda-t-il. J'habite à moins d'un coin de rue sur la Cinquième.

— J'adorerais un *smoothie*, dis-je. La température commence à monter et, avec cette chaleur, je m'inquiète aussi pour Jack. Il n'y est pas habitué et nous devons penser à lui.

Nous ralentîmes jusqu'à marcher. En tournant sur la Cinquième avenue, Nick me montra un immeuble en briques marron et en calcaire.

— Tu vois l'auvent vert avec le portier devant et les drapeaux de chaque côté ? C'est mon immeuble.

En arrivant à l'entrée, le portier ouvrit l'une des portes doubles en acier brossé.

— Bonjour, monsieur Santoro, dit-il.

— Bonjour, Russ, répondit Nick avant de se tourner vers moi. Après toi.

L'intérieur du hall me renversa. La façade de l'immeuble était discrète, mais le hall était décoré dans le style Art déco classique, impeccablement restauré à son lustre d'antan. Une rangée de lustres illuminait le plafond et les moulures en relief couvertes de feuilles d'or, et le plancher de marbre présentait un motif élaboré de formes géométriques.

Un deuxième homme en uniforme était assis derrière un bureau en bois fuselé. De chaque côté du bureau, des couloirs assortis contenaient les ascenseurs.

— Bonjour, monsieur Santoro, dit l'homme.

— Bonjour, Steve, dit Nick avant de me désigner d'un geste. Voici mon amie Ilana Evans. Peux-tu l'ajouter à ma liste autorisée ?

Steve entra quelque chose dans l'iPad qui se trouvait devant lui.

— C'est fait, monsieur Santoro.

— Merci, dit Nick.

Nous nous dirigeâmes vers les ascenseurs de gauche et Nick appuya sur la touche du haut. Lorsque l'une des portes s'ouvrit, nous entrâmes dans l'ascenseur. Nick glissa sa carte-clé, appuya sur le bouton du dix-huitième étage et me regarda.

— As-tu aussi soif que moi ? demanda-t-il.

— Je suis aussi assoiffée que le Sahara, dis-je. Je ne rêve plus que de ce *smoothie* exquis dont tu m'as parlé.

Il essuya la sueur sur son front avec le bas de son t-shirt, me donnant un aperçu alléchant des muscles à la peau olivâtre qui formaient ses abdominaux bien définis. À l'évidence, les dieux de la génétique avaient fait don à Nick Santoro d'un visage séduisant et d'une belle stature, mais avec des abdominaux comme les siens, il devait sans conteste suivre un entraînement strict avec poids et haltères.

Avant de me faire prendre une nouvelle fois à admirer son corps, je reportai mon regard sur les portes de l'ascenseur. Il m'avait déjà vue admirer ses fesses lorsque nous joggions dans le parc et je n'allais pas lui donner une autre occasion de me prendre sur le fait.

Les portes de l'ascenseur s'ouvrirent sur un large couloir recouvert de moquette.

— Mon appartement est au bout du couloir à droite, dit Nick.

Nous traversâmes le couloir ensemble, Jack trottinant derrière nous. Nick s'arrêta devant une porte en bois massif et glissa sa carte-clé dans le lecteur à droite de la porte. J'entendis le cliquetis du verrou, puis il ouvrit la porte.

— Entre, dit-il. Je vais enlever la laisse de Jack, puis nous pourrons passer à la cuisine.

Je le suivis le long d'un petit couloir qui s'ouvrait sur un plus grand vestibule, où il se pencha pour détacher la laisse de Jack. Le chiot s'éloigna en courant, Nick se releva, déposa la laisse sur une petite table et me sourit.

— Que dirais-tu d'un *smoothie*, maintenant ?

— Je te suis.

Je le suivis à travers un espace de dix mètres sous plafond et aux murs blancs, avec des planchers en bois franc foncé et des fenêtres allant jusqu'au plafond qui s'ouvraient sur Midtown. En observant les fenêtres et la pièce à vivre, un salon à gauche, une salle à manger à droite avec des portes vitrées donnant sur une grande terrasse extérieure, je réalisai que l'appartement de Nick avait été entièrement rénové depuis l'ère d'avant-guerre pendant laquelle l'immeuble avait été construit.

En atteignant la cuisine, Nick désigna une rangée de tabourets d'un côté de l'îlot.

— Assieds-toi. Les *smoothies* seront prêts dans un moment.

Je m'installai sur l'un des tabourets et continuai à admirer l'endroit. Ce n'était pas seulement la grandeur de l'endroit qui me coupait le souffle. Je m'étais attendu à ce que l'appartement de Nick soit traditionnel et ultra-masculin. La réalité, avec son espace ensoleillé, éclectique et coloré et ses murs habillés d'art contemporain, était une agréable surprise.

— Ton appartement est magnifique, dis-je. Tu vis ici depuis longtemps ?

Il disparut dans le garde-manger et revint avec un mixeur Vitamix.

— Presque un an. J'ai acheté l'appartement au début de l'été dernier, mais je n'ai emménagé qu'en septembre, lorsque les rénovations ont été terminées.

— Tu t'es occupé de la décoration intérieure toi-même ? demandai-je.

— J'ai pris les décisions finales, mais ma sœur Jana s'est occupée de la décoration. Elle est architecte d'intérieur et mes frères et moi lui demandons toujours son avis lorsqu'il est question de décoration. As-tu des frères ou des sœurs ?

— Non, je suis enfant unique, mais ma meilleure amie et colocataire est comme une sœur pour moi.

— Tu parles de Jade, c'est ça ? La blonde qui t'a aidée à avoir le poste au club ?

— C'est elle. Son vrai nom est Bianca et nous nous connaissons depuis toujours. Combien êtes-vous chez vous ?

Nick ouvrit le réfrigérateur et sortit un pot de yaourt à la vanille, dont il versa une partie dans le mixeur.

— Nous sommes quatre. Jana est l'aînée. Elle a deux ans de plus que moi. Après, il y a mes deux jeunes frères, Luke et Alec.

— Tu es proche de ta famille ? demandai-je.

— Je suis très proche de mes frères et de ma sœur. Ma mère est morte il y a huit ans et mon père l'a suivie un an et demi plus tard.

— Je suis désolée, dis-je. Perdre tes deux parents a dû être terriblement traumatisant.

Il éplucha une banane et la laissa tomber dans le mixeur.

— Ce fut un moment difficile, mais ça nous a rapprochés. Même si mes parents me manquent, je sais qu'ils seraient heureux de savoir que nous sommes toujours une famille soudée.

Bien que le ton de Nick soit détendu, la tension de sa mâchoire me dit qu'il pleurait encore ses parents et, même si j'étais curieuse, je ne voulais pas le pousser. Lorsqu'il serait prêt, s'il l'était un jour, il m'en dirait plus.

Je l'observai ajouter deux bonnes poignées de pousses d'épinards dans le mixeur et le mettre en marche trente secondes. Il l'éteignit, ouvrit un placard, prit deux verres et les remplit d'un liquide vert pâle, avant de m'en tendre un.

— À ta santé, dit-il.

— À la tienne, répondis-je.

Nous trinquâmes et bûmes. En goûtant le *smoothie*, je fus surprise par sa saveur légère et quelque peu sucrée.

— C'est vraiment bon, dis-je. Je suis surprise qu'il n'y ait que trois ingrédients.

— C'est mon mélange de base à faibles glucides. Lorsque j'ai envie d'autre chose, j'ajoute quelques fruits ou baies surgelés. Tu veux terminer ton *smoothie* sur la terrasse ?

— J'aimerais beaucoup.

Il sortit de la cuisine et traversa la pièce à vivre avant d'ouvrir la porte vitrée donnant sur la terrasse.

— Après toi.

Je sortis et admirai la vue, tandis que Nick refermait la porte derrière nous. La terrasse donnait sur Midtown et, comme l'immeuble de Nick était plus haut que les autres immeubles, la vue sur Manhattan était splendide, une riche mosaïque de toits et de gratte-ciel éloignés, ponctuée du vert des arbres et des parcs. Bien que le soleil soit chaud, une douce brise rendait l'air beaucoup moins étouffant qu'au niveau du sol.

Je m'assis dans l'un des six fauteuils modernes en osier qui entouraient la table basse assortie. Nick s'assit à mes côtés.

— Tu dois aimer te détendre ici, dis-je. La vue est incroyable.

— J'ai choisi cet appartement pour l'emplacement et la vue. Non que j'aie passé beaucoup de temps ici avant cet été.

— Ah bon ?

— Je me déplaçais beaucoup pour le travail. Mais tout ça a pris fin il y a quelques mois, lorsque j'ai vendu FlexMap. Développer mon entreprise était une superbe expérience, mais ça demandait aussi de passer plus de la moitié de mon temps sur la route.

— J'espère que mon prochain emploi me permettra de voyager. J'ai toujours voulu voir le monde, mais je ne suis jamais allée plus loin que Washington D.C.

— Voyager pour le travail n'est pas synonyme de voir le monde, dit Nick. On voit surtout les aéroports et les quartiers d'affaires, qui sont très semblables d'un endroit à l'autre. Sans la langue utilisée sur les panneaux, tu aurais peine à savoir dans quel pays tu te trouves. Et toujours voyager signifie ne pas s'implanter quelque part, du moins pas vraiment. Ton appartement n'est qu'une autre chambre d'hôtel, parce que tu n'y es jamais, et avoir un chien ou tout autre animal est hors de question.

— Tu aimes beaucoup la compagnie de Jack, n'est-ce pas ?

— Oui.

Nick sourit.

— Avec toutes les bêtises qu'il fait, il donne l'impression que cet appartement est un foyer et c'est quelque chose que je n'ai pas ressenti depuis longtemps.

— Lors de notre première rencontre au club, je n'aurais jamais cru que tu étais un amoureux des chiens.

Il me sourit.

— Je n'aurais pas plus cru que tu étudiais l'Administration des entreprises et que tu étais une fanatique des affaires.

— J'ajouterais que c'est une agréable surprise.

— Idem.

Nous passâmes environ une heure à parler sur la terrasse, puis Nick me montra le reste de l'appartement, qui était encore plus grand que je ne l'avais cru. Le premier étage comprenait deux chambres d'amis avec salle de bain privée, de même qu'un grand boudoir qui surplombait la pièce à vivre du rez-de-chaussée. En plus de la cuisine et de la pièce à vivre au haut plafond, le rez-de-chaussée comprenait le bureau de Nick, une salle de musculation bien équipée et la suite des maîtres.

Dans la suite des maîtres, la chambre était énorme, avec un très grand lit bateau et des tables de chevet assorties, en plus d'un coin détente avec des fauteuils en cuir confortables et un foyer au gaz. La salle de bain adjacente frisait le faste avec ses deux lavabos, une grande douche et une baignoire rétro qui me fit rêver à des bains moussants, à des chandelles et à du vin rouge.

J'imaginai Nick avec moi dans la baignoire, assis devant moi, les longues jambes que j'avais admirées pendant notre jogging, emmêlées aux miennes, et je me repris avec difficulté. Aussi tentante que soit l'idée, je n'étais pas encore prête.

— La baignoire est à couper le souffle, dis-je.

— Je n'y suis pour rien, dit Nick. Jana s'est chargée de tout. Lorsque je lui ai dit que j'avais uniquement besoin d'une douche, d'un lavabo et d'un miroir pour me raser, elle m'a fait un sermon sur ce que recherche une femme dans une salle de bain, suivi d'une discussion sur la valeur de revente. Suivie par une autre discussion, parce que depuis que ma sœur a ses deux enfants, elle me pousse à me fixer et selon elle, cet endroit est parfait pour une famille.

— Te vois-tu te fixer ?

— Bien sûr. Lorsque le moment sera venu. Et toi ?

— Absolument. Lorsque la bonne personne se présentera.

Le regard de Nick soutint le mien.

— Bientôt, peut-être.

Troublée par l'intensité de son regard, je voulus m'éloigner de cette partie de la conversation et ramenai l'attention vers la baignoire.

— Non que tu doives vendre cet endroit, parce que c'est somptueux, mais si jamais tu le fais, alors cette baignoire sera un atout majeur.

— Tu serais magnifique dans cette baignoire, dit-il.

Je souris.

— Toi aussi.

— Je fais couler un bain à l'instant si tu me rejoins.

— Je ne suis pas encore prête pour ça, mais que dirais-tu de ça ?

Je me mis sur la pointe des pieds et l'embrassai.

Il déposa les mains sur mes hanches, m'attira plus près et approfondit le baiser. Pendant un long moment, je me laissai aller au pur plaisir de l'embrasser et de sentir ses muscles durs contre mes courbes plus souples, mais lorsque je sentis son érection contre moi, je sus que je jouais avec le feu. Je le voulais bien trop et, si je n'arrêtais pas maintenant, je perdrais tout contrôle.

Je ne pouvais pas me le permettre. Pas maintenant, du moins. Je voulais lui faire confiance, mais après mes erreurs avec Caleb, j'avais besoin d'un peu plus de temps.

Avec réticence, je mis fin au baiser et reculai.

Il prit ma main.

— Tu n'es pas prête.

— Non. Mais je te le promets. Si je me donne à toi un jour, il n'y aura pas d'hésitation. Je ne suis pas ce genre de fille.

— Ce n'est pas une question de si, et tu le sais. C'est une question de quand.

— Peut-être. Probablement, même. J'ai seulement besoin de savoir que nous ne nous jetons pas dans quelque chose qui pourrait nous faire du mal.

Il me pressa la main.

— Je comprends et je ne te forcerai pas. Je ne suis pas un homme patient, mais certaines choses valent la peine d'attendre.

21

CHAPITRE VINGT-ET-UN

Pendant les semaines suivantes, Nick et moi nous vîmes à chaque occasion. Nous courions ensemble chaque matin et comme mes cours ne commençaient pas avant septembre, nous passions la plupart de mes jours de congé ensemble. Nick laissa Jack deux fois avec sa sœur, et nous sortîmes le soir, une fois pour un dîner romantique dans un restaurant français du Village et une autre fois pour un spectacle de Broadway.

Alors que nous nous découvrions davantage, je me sentais de plus en plus détendue en présence de Nick. Même si la chimie sexuelle entre nous était constamment présente, il ne me forçait jamais, mais ne laissait pas plus tomber sa certitude que nous étions faits pour être ensemble.

Nous bavardions, batifolions, rigolions des frasques de Jack, et chaque heure passée ensemble ébranlait mes défenses un peu plus.

Nick était différent des autres hommes que j'avais fréquentés. Il avait une assurance inébranlable, mais il était également étonnamment modeste à propos de ses nombreuses réalisations. Comme moi, il était un lecteur assidu de journaux, de magazines et de livres sur les affaires. Lorsque nous abordions le sujet, j'étais souvent d'accord avec son point de vue et, lorsque ce n'était pas le cas, les discussions animées qui s'ensuivaient étaient à la fois fascinantes et amusantes.

Un matin venteux de la fin août, assise avec Nick sur sa terrasse après notre jogging, je remarquai un petit ruban violet épinglé à son coupe-vent.

— Que représente ce ruban ? demandai-je.

Nick baissa les yeux vers celui-ci.

— C'est pour une course de cinq kilomètres que j'ai faite en juillet, pour une fondation que j'appuie.

— Quelle fondation ?

— La Fondation nationale de recherche sur le cancer. Le cancer pancréatique a eu raison de ma mère un an après la fin de mes études de commerce et, d'une certaine façon, de mon père aussi. Il est mort d'une crise cardiaque dix-huit mois après le décès de ma mère, et je sais que sa mort est le résultat de la perte de sa femme après trente-cinq ans de mariage. Lorsqu'elle est partie, mon père a perdu la force de continuer.

De nos conversations précédentes, je savais que les parents de Nick étaient morts des années plus tôt, mais c'était la première fois qu'il m'en parlait aussi franchement. Il me plaisait de savoir que nous avions atteint un degré de confiance qui nous permettait de partager même les expériences les plus douloureuses de nos vies.

— Je suis désolée que tu aies dû vivre une telle chose, dis-je. Je ne peux même pas imaginer la douleur de perdre un parent, alors deux en si peu de temps.

— C'était difficile, mais ça remonte à longtemps, et j'ai la chance d'avoir ma sœur et mes frères. Et maintenant que Jana et son mari Ben ont deux enfants, les fêtes sont plus faciles qu'avant. J'adore être tonton. Jana se plaint que je gâte trop ses enfants.

— Être tonton doit être amusant, dis-je. Au lycée, j'ai travaillé dans un camp d'été au lac Champlain. Enfant unique, je n'avais jamais côtoyé d'enfants, mais ça m'a beaucoup plu.

— Il n'y avait aucun cousin plus jeune pendant ton enfance ?

— Non, il n'y avait que ma mère et moi. J'ai quelques cousins dans le coin de Burlington, mais nous ne les voyions pas. La famille de ma mère l'a plus ou moins reniée lorsqu'elle a épousé mon père contre leur gré.

— Tu ne parles jamais de ton père, dit Nick.

— Il n'y a pas grand-chose à dire, parce que je ne l'ai jamais connu, et ma mère n'aime pas en parler. Tout ce que je sais c'est qu'il avait des problèmes de drogue et d'alcool, qu'il est parti pour la côte ouest lorsque je n'avais que quelques mois et qu'il est mort plusieurs années plus tard dans un accident de voiture sur la Pacific Coast Highway. Grâce à ma mère, je ne me suis jamais sentie abandonnée. J'ai la chance d'avoir un parent extraordinaire. Bien des gens n'ont même pas ça.

Nick secoua la tête.

— Quel genre d'homme abandonne sa femme et son enfant ?

— Le genre qui n'aurait jamais dû se marier et avoir un enfant à la base. Ma mère savait qu'il avait des problèmes d'alcool lorsqu'elle l'a épousé, mais elle était jeune, naïve et amoureuse. Elle croyait pouvoir le changer.

— Elle semble avoir eu une vie difficile.

— C'est le cas, mais c'est la personne la plus forte que je connaisse. Après le départ de mon père, elle a été serveuse dans un restaurant et a suivi des cours du soir pour obtenir son diplôme d'infirmière. Elle a travaillé dur pendant des années pour pouvoir me donner tout ce dont j'avais besoin, et c'est pourquoi cette opération est si importante pour moi. C'est sa meilleure chance de pouvoir à nouveau marcher. Elle a toujours été là pour moi et c'est la première fois qu'elle a besoin de mon aide. Je ne peux pas la laisser tomber, et je ne le ferai pas.

— Quand aura lieu l'opération ? demanda Nick.

— Maintenant que le calendrier des paiements est en place, l'opération aura lieu le troisième mardi de septembre. C'est risqué, mais c'est aussi son seul espoir de pouvoir retrouver une vie normale.

— Je suppose que tu iras à Burlington pour l'opération ?

— J'ai l'intention de partir le lundi de cette semaine-là et de revenir le vendredi. Elle devrait alors avoir été transférée dans un centre de rééducation, où elle continuera de récupérer et, je l'espère, réapprendra à marcher.

— Tu as tout mis en branle rapidement, dit Nick. Si tu t'attaques au monde des affaires avec cette même force, tu auras un franc succès.

Je rougis sous son compliment.

— J'espère que tu as raison. Le club m'aide beaucoup et je suis contente de cet emploi, mais une carrière dans les affaires reste mon objectif à long terme.

— Tu y arriveras plus vite que tu ne le crois, dit Nick. Mais, entre-temps, j'ai quelque chose à te demander.

— Oui ?

— La soirée de financement annuelle de la Fondation de recherche sur le cancer aura lieu en septembre et j'aimerais que tu m'accompagnes. Elle se tiendra au Plaza. Il y aura des cocktails, des hors-d'œuvre, une enchère par écrit et on dansera.

À l'évocation de la danse, je ne pus m'empêcher de m'imaginer tournoyant dans les bras de Nick. Je l'avais vu en tenue de soirée le soir de notre rencontre et c'était sans conteste une expérience que je voulais répéter. Et une soirée au Plaza ? Je n'étais jamais entrée dans sa célèbre grande salle de bal, mais les pages mondaines du *Times* montraient souvent des photos des événements prestigieux qui y avaient lieu.

Mais si j'étais honnête avec moi-même, il y avait bien plus en jeu qu'une soirée de rêve dans l'un des endroits les plus légendaires de New York. M'y rendre en tant que compagne de Nick serait ma véritable première incursion dans son monde et une partie de moi voulait prouver que je pouvais m'en sortir. Non que Nick ait dit quoi que ce soit insinuant qu'il en doutait, ce n'était pas le cas. C'était quelque chose que je devais me prouver.

Il n'y avait qu'un léger problème.

J'avais peut-être ma part de robes de cocktail dans mon placard, mais je n'avais aucune robe de soirée. Par chance, ce n'était pas un obstacle majeur. New York possédait une panoplie de friperies, où j'étais sûre de trouver quelque chose de fabuleux à peu de frais. Et j'étais en avance sur le paiement de l'opération de ma mère, alors je pouvais me permettre une soirée de congé au travail.

— Quand aura lieu la soirée ?

— Le samedi avant l'opération de ta mère.

Rapidement, je réfléchis aux dates. Je pouvais travailler comme d'habitude du jeudi au dimanche, et ne pas y aller le samedi.

— J'adorerais t'accompagner, dis-je.

Son visage s'éclaira.

— Je crois que tu aimeras.

— Ça devrait être une soirée amusante.

— Ça le sera. Bien que, vu la liste des invités, je devrais peut-être te mettre en garde.

— En garde contre quoi ? demandai-je.

Son expression se fit grave.

— Je suis un homme privilégié, Ilana. Au fil des années, j'ai été très prospère, ce qui signifie que j'ai également marché dans plus d'une plate-bande. Certaines personnes dans cette ville me détestent et certaines d'entre elles seront à cette soirée. L'une d'elles pourrait saisir l'occasion de m'être désagréable, ou de s'en prendre à toi.

— Si tu as peur que quelqu'un tente de me convaincre que tu es une horrible personne, pas besoin. Nous avons passé cette étape. Lors de notre rencontre, j'avoue que j'ai cru les ragots du club à ton sujet, mais je n'aurais pas dû. Si quiconque émet un commentaire négatif à ton sujet en ma présence, je devrais lui sauter dessus.

— Ça ne sera pas nécessaire. Je suis parfaitement capable de me défendre.

— Je le sais, et je blaguais quand je disais que je sauterais sur quelqu'un. Les joutes verbales sont plus mon style. Mais si tu as l'intention de me sortir en public, sache que je ne laisse personne insulter mes amis.

Il haussa un sourcil.

— Amis ? Est-ce tout ce que je suis pour toi ?

Je fis la grimace.

— Non, et tu le sais. Alors, dis-moi, qu'est-ce qui t'inquiète pour cette soirée ?

— Ce n'est probablement rien, dit Nick.

— Quel genre de rien ?

— J'ai reçu des textos anonymes en lien avec l'acquisition de Centerpost.

D'après nos conversations, je savais que Nick s'intéressait à plusieurs acquisitions potentielles, avec l'intention d'investir certains des milliards de la vente de FlexMap dans une ou plusieurs sociétés qui, selon lui, avaient un grand potentiel et qu'il pourrait faire prospérer.

— Centerpost, dis-je. C'est l'agrégateur de réseaux sociaux, c'est ça ?

— Oui. Centerpost a développé un système en ligne qui permet aux entreprises de centraliser et de simplifier leur identité en ligne. Avec des fonds et une bonne direction, Centerpost pourrait avoir encore plus de succès que Facebook. Je suis à quelques semaines de signer un accord pour acheter une participation majoritaire et quelqu'un ne le souhaite pas.

— Combien de textos anonymes as-tu reçus, et que disent-ils ?

— Celui d'hier soir était le troisième, et ils disent tous plus ou moins la même chose : Tiens-toi loin de Centerpost, ou sinon.

— Ou sinon, quoi ?

— L'expéditeur ne donne pas de détails. Et puis, les menaces anonymes sont le fait d'un lâche, c'est pourquoi je ne les prends pas trop au sérieux.

— Selon toi, qui pourrait te les avoir envoyés ? demandai-je.

Nick haussa les épaules.

— L'une des autres sociétés qui proposent des contre-offres pour une part majoritaire de Centerpost. Ou quelqu'un au sein de Centerpost qui n'aime pas le contrat ou les changements qui s'ensuivraient.

— Quelles autres sociétés font des offres ?

— NextEdge Systems et Endicott Trumbull Investments, mais aucune des deux n'offre ce que j'offre. En plus d'apporter des fonds à Centerpost, je me propose comme président du conseil, en plus d'apporter une dizaine de joueurs majeurs de mon ancienne équipe de FlexMap. Le PDG de Centerpost est déjà de mon côté. Il ne lui reste plus qu'à convaincre suffisamment de membres du conseil de m'appuyer.

— NextEdge – le PDG n'est-il pas Andreas Ulbrecht ? Si je me souviens bien, il a la réputation d'être difficile avec son personnel... des scènes avec des cadres dirigeants, le licenciement d'employés de longue date pour rien.

— Tu ne cesseras jamais de me surprendre, dit Nick. Même pour une fanatique des affaires, c'est impressionnant.

— Il y a eu une large couverture médiatique du divorce d'Ulbrecht l'an dernier. Ce que j'ai lu m'a fait penser que sa mauvaise réputation était peut-être méritée, mais dans le cas d'un divorce, il est impossible de savoir quoi ou qui croire. Pour ce que j'en sais, sa femme avait simplement une meilleure équipe de presse.

— Ce que tu as lu n'est que la pointe de l'iceberg, dit Nick. La plupart des gens préféreraient partager un beignet avec Chris Christie plutôt que d'essayer de s'entendre avec Andreas Ulbrecht. C'est pourquoi je suis sûr que Centerpost ne considère sa société que comme dernier plan de secours, au cas où toutes les autres offres tombent à l'eau.

— L'ex-femme d'Ulbrecht n'était-elle pas une Roosevelt ou quelque chose du genre ?

— Vanderbilt. Lors de son mariage avec Ulbrecht, ses avocats ont veillé à ce qu'elle ait un contrat de mariage en béton. Après le divorce, elle est repartie avec tous ses actifs et la moitié de ceux d'Ulbrecht, en plus de la garde principale de leurs deux enfants.

— Alors, Ulbrecht est un beau salaud. Crois-tu qu'il pourrait être derrière ces textos ?

Nick secoua la tête.

— Pas vraiment. Il est agressif et impitoyable, et plus du genre à me menacer en face. Mais je suppose que c'est tout de même une possibilité.

— Et qu'en est-il de ton autre concurrent, Endicott Trumbull ?

— Endicott Trumbull est une société privée d'investissement traditionnelle, avec très peu d'expérience en technologie en ligne. C'est un club masculin, la majorité des cadres sont de vieilles fortunes, et il n'y a pas même une présence féminine symbolique au sein des cadres dirigeants. Bien que j'en aie croisé quelques-uns au fil des ans, le seul type qui me hait est Forbes Endicott et je ne crois pas qu'il soit derrière les textos.

— Pourquoi Forbes Endicott te hait-il et pourquoi crois-tu qu'il ne soit pas impliqué ?

— Il y a plusieurs années, j'ai remporté une acquisition qu'il convoitait et depuis, il m'en veut. Grâce à la fondation d'Endicott Trumbull par son arrière-grand-père et au fait que sa mère est une Forbes, le type est un salaud odieux et désagréable, mais les textos anonymes ne sont pas son genre. Forbes Endicott a énormément de relations et s'il avait ce qu'il faut pour proposer une meilleure offre que la mienne, il le ferait discrètement, en privé. Il le ferait de façon à ce que personne, pas même moi, ne s'en doute.

— Alors, tu n'as aucun suspect, dis-je.

— Pas vraiment. Après le deuxième texto, j'ai demandé à mon responsable de la sécurité d'identifier l'origine des textos, mais ils proviennent d'un portable jetable, impossible à localiser.

— Ton numéro de portable est privé, non ? Ne peux-tu pas limiter les possibilités selon les personnes qui ont ton numéro ?

— J'ai le même numéro depuis des années, alors nombre de mes associés d'affaires actuels et précédents l'ont, de même que la moitié des cadres dirigeants de Centerpost. Il faut aussi penser qu'une de ces personnes a pu donner mon numéro à quelqu'un d'autre.

— Alors, il n'y a aucun moyen de découvrir qui te harcèle avec ces textos ?

— Non, mais comme je disais, je ne suis pas très inquiet. Plus j'y pense, et plus je suis convaincu qu'il s'agit probablement de quelqu'un chez Centerpost. Quelqu'un qui voit dans mon acquisition des changements et une restructuration qui pourraient modifier ou supprimer son emploi.

— Ça se tient, dis-je.

— Bref, pour en revenir à la soirée, les dirigeants de NextEdge et Endicott Trumbull seront à coup sûr présents, alors je voulais que tu saches ce qui se passe.

— Merci de m'en avoir parlé, mais à quel genre de rencontres devrais-je m'attendre ?

— Probablement rien de plus qu'un échange de politesses banales et de regards en coin. Mais si jamais quelqu'un décide d'être impoli ou désagréable, au moins tu sauras pourquoi.

— Des politesses banales et des regards en coin ? Allons. Tu parles à une strip-teaseuse aux deux tiers diplômée en Administration des entreprises. Le monde du club est bien plus difficile que le monde des affaires.

Son expression se fit grave.

— N'en sois pas si sûre, Ilana.

22

CHAPITRE VINGT-DEUX

Plus tard dans l'après-midi, je quittai l'appartement de Nick et retournai chez moi. Je traversais les rues bordées d'arbres de l'East Village quand je réalisai que je n'avais toujours pas avoué à Bianca que je fréquentais Nick. Il était grand temps que je lui en parle, même si ça signifiait l'entendre me dire que je faisais la pire erreur de ma vie.

Entre les sorties entre amis et les heures supplémentaires au club, Bianca avait été absente pratiquement tous les soirs ces deux dernières semaines, ce qui m'avait permis de voir Nick sans qu'elle le sache. Mais je savais qu'elle avait planifié de rester à la maison ce soir pour faire sa lessive, alors c'était le moment rêvé pour passer du temps ensemble et nous donner des nouvelles.

Il n'était tout de même pas question que je me lance dans cette confession sans préparation. Je m'arrêtai dans une boutique de vins où j'achetai une bouteille de Châteauneuf-du-Pape, avant de me diriger vers une deuxième boutique où je pris un brie et une baguette croustillante. Ainsi chargée des ingrédients pour un repas impromptu, je retournai à la maison.

Lorsque j'arrivai, Bianca était étendue sur le canapé et feuilletait l'édition d'août de *Vogue*.

— Tu es là ! Et si je ne m'abuse, tu t'es arrêtée à la boulangerie. Je peux sentir l'odeur du pain frais d'ici.

— J'ai aussi du vin et du brie. Nous n'avons pas eu de soirée ensemble depuis une éternité. Je me suis dit qu'un pique-nique à la maison serait amusant.

Bianca lança le magazine sur la table de salon et s'assit sur le canapé.

— Tu es sensass. Je me disais justement que je devais me lever et cuisiner quelque chose, mais il fait trop chaud pour cuisiner et, à cause de cette chaleur, je suis lâche aujourd'hui. J'avais l'intention de m'occuper de ma montagne de linge, mais je n'ai réussi à faire qu'une machine pour l'instant.

J'entrai dans la cuisine et vidai les sacs.

— Pas étonnant. Avec toutes les heures supplémentaires au club cette semaine et la semaine d'avant, tu dois être épuisée.

— Je le suis, dit-elle. Mais ça en vaut la peine. Chaque dollar gagné est un dollar plus près du montant dont j'ai besoin pour produire et lancer ma collection de vêtements.

Je disposai le pain et le fromage sur des assiettes et les posai sur la table du salon. Bianca fit mine de se lever, probablement pour m'aider, mais je l'arrêtai.

— Détends-toi, tu l'as mérité. Je reviens avec le vin dans un instant.

Elle se laissa retomber sur le canapé.

— Tu es la meilleure.

— Tu changeras peut-être d'avis lorsque tu sauras ce que j'ai à te raconter, dis-je en débouchant le vin.

Ses yeux s'agrandirent.

— Qu'est-ce que tu as à me raconter ?

— Oh, je te le dirai, après nous avoir versé à toutes deux un verre de vin.

— Avec tout ce mystère, je me dis que ce doit être vraiment bon, ou vraiment mauvais.

Je remplis deux verres, les apportai, avec la bouteille, jusqu'au salon et en tendis un à Bianca.

— Santé.

— Santé. Maintenant, dis-moi ce qui se passe.

Je m'assis près d'elle.

— J'ai commencé à fréquenter quelqu'un.

Elle haussa les sourcils, avant de sourire de toutes ses dents.

— Enfin ! Je savais que ton célibat post-Caleb ne pouvait pas continuer ainsi. Alors, raconte. Est-ce que vous en êtes encore à la phase de fréquentation ou bien vous en êtes rendus à la phase des parties de jambes en l'air ?

Je fis la grimace.

— La phase de fréquentation, évidemment.

— Alors, raconte. Qui est-ce ? Je le connais ?

— Tu l'as rencontré, mais tu ne le connais pas vraiment.

— Laisse-moi deviner. Le joli mec de la boulangerie ? Il te drague chaque fois qu'on y va.

— Non.

— Le type sexy d'UPS ? Si c'est le cas, félicitations. Ces jolis shorts d'UPS ne font rien pour cacher à quel point il est bien pourvu.

— Non.

— Bon, je laisse tomber. Qui est-ce ?

— Avant de te dire son nom, laisse-moi t'en dire plus sur lui. Il possède sa propre entreprise, il est séduisant et il court.

Bianca rigola.

— Eh bien, *ça* explique ta nouvelle motivation à courir chaque matin.

— Il habite près d'ici, près du Washington Square Park, et il vient d'adopter un chiot Dalmatien dans un refuge.

— C'est mignon, dit Bianca. Ça prouve qu'il a un cœur.

— Il aime les films et la gastronomie française. Le premier film que nous avons vu ensemble était *Jules et Jim*. Notre premier dîner était dans un restaurant français.

— Il semble merveilleux, dit Bianca. Bravo pour avoir trouvé un gars qui partage ta passion pour tout ce qui est français. Mais, assez de mystère. Dis-moi son nom.

C'était le moment de vérité. J'avais fait mon possible pour amortir le choc qu'elle ressentirait en entendant le dernier nom qu'elle imaginerait. Je pris une profonde inspiration et me préparai à la réaction que j'étais sûre de recevoir.

— Nick. Nick Santoro.

Elle me fixa, bouche bée.

— Je ne peux pas croire ce que tu me dis, Ilana. As-tu perdu l'esprit ? Le fait que Santoro se montre charmant, allant jusqu'à adopter un chiot pour t'impressionner, ne change rien au fait qu'il est l'un des plus célèbres coureurs de jupons de New York.

Elle vida son verre, le déposa sur la table et soutint mon regard.

— Cet homme va te rejeter comme une vieille chaussette, dès qu'il aura obtenu ce qu'il veut, évidemment.

— Nick a été honnête à propos de son passé, dis-je. Il m'a dit avoir laissé tomber cette vie il y a un an, et je le crois.

Bianca leva les yeux au ciel.

— Merveilleux. Tu crois El Toro.

— Oui. Personne n'a un passé sans tache et Nick a été honnête, et c'est tout ce que je peux lui demander. Et puis, nous nous entendons si bien. Ça ne fait que deux semaines que nous nous fréquentons, mais je sens déjà que je peux lui parler de tout.

Elle se laissa retomber dans le canapé.

— J'ai besoin d'un autre verre. Tout d'abord, Caleb, puis maintenant ça ? Vraiment, Ilana, je suis inquiète. Tu sembles irrémédiablement attirée par les mauvais garçons qui finissent par te faire souffrir.

Je remplis son verre et le mien.

— Je comprends que tu souhaites me protéger. Mais tu ne connais pas Nick, pas vraiment. Tout ce que tu crois savoir à son sujet provient des ragots du club.

— C'est juste, dit Bianca. Mais les ragots sont généralement basés sur une bonne mesure de vérité.

— Dans ce cas-ci, les ragots ne reflètent plus la réalité. J'ai passé beaucoup de temps avec Nick ces deux dernières semaines et il n'est pas le tombeur sans cœur que tu crois.

Elle soupira.

— Il n'y a rien que je puisse faire pour te convaincre de ne plus le voir, n'est-ce pas ?

— Non. Nick est peut-être l'homme que je crois qu'il est, et peut-être pas. Mais il est bien plus que les ragots sur son compte, et j'ai vraiment apprécié nos moments ensemble. Il est attentionné, super intelligent et il a un excellent sens de l'humour. Je suis au fait que nous ne sommes pas dans la même tranche de revenus, mais Nick n'est pas plus né avec une cuiller en argent dans la bouche que toi ou moi. Nous avons tous deux beaucoup de choses en commun.

— Tu es en train de tomber amoureuse, n'est-ce pas ?

— Peut-être bien.

Bianca resta silencieuse un moment.

— Nous sommes meilleures amies depuis toujours et je refuse de mettre notre amitié en danger pour un homme. Tu as pris ta décision et je la respecte. Peut-être a-t-il changé, comme tu le dis, ou peut-être pas. De toute façon, je reste optimiste et te souhaite bonne chance. Et je suis sincère. Tout ce que j'ai toujours souhaité, c'est ton bonheur et si Santoro continue de te l'offrir, alors je suis avec toi à cent pour cent.

Je l'étreignis.

— Merci.

Elle me rendit mon étreinte.

— Je veux seulement que tu sois heureuse. C'est tout.

— Je sais. Et ça fait longtemps que je n'ai pas été aussi heureuse. Et crois-moi, je n'ai pas d'œillères. Mes yeux sont grands ouverts lorsqu'il est question de Nick Santoro.

Nous mîmes fin à notre étreinte, puis ça me revint.

— Au fait, je vais vraiment avoir besoin de ton sens de la mode pour cette grande soirée.

Elle pencha la tête vers moi.

— Une grosse soirée avec El Toro ?

— Tu dois arrêter de l'appeler ainsi.

— C'est bon. Je promets de ne pas utiliser El Toro devant lui. Ça te suffit ?

Je ris, soulagée de lui avoir avoué mon secret et que le ton de la conversation se soit adouci.

— Comme j'ai grand besoin de tes conseils, je vais faire avec.

— Alors, dis-moi. Quelle est la grande occasion et combien de temps avons-nous ?

— Une soirée de financement au Plaza, dans deux semaines.

— Le Plaza ?

Son visage s'éclaira.

— Eh bien. Il semblerait que même El Toro soit bon pour quelque chose. Heureusement que nous avons deux semaines parce qu'il y a beaucoup à faire. Tu as besoin d'une robe de soirée. Et de nouvelles chaussures. Sans parler des accessoires.

— J'espérais que tu aurais le temps de faire les friperies avec moi.

— Les friperies ?

Bianca fit un geste dédaigneux de la main.

— Qui a besoin de ça ? Fais-moi confiance, parce que j'ai le bon plan qu'il te faut.

— Quel bon plan ?

— Le grenier aux robes.

— Le grenier aux robes ? Ça sonne comme la caverne d'Ali Baba.

— Oh, tu n'as pas idée.

23

CHAPITRE VINGT-TROIS

Deux jours plus tard, le grenier aux robes demeurait un mystère. Chaque question posée à Bianca recevait la même réponse.

— Tu verras.

Mais, le mardi soir, elle m'informa que nous avions un rendez-vous l'après-midi suivant.

— Dis à ton copain que tu ne pourras pas te prélasser sur sa terrasse huppée demain après-midi. Pour moi, Octavia nous recevra demain à quatorze heures.

Je sautai sur cette petite révélation.

— Alors, Octavia est la femme qui s'occupe du grenier aux robes ?

— Octavia *est* le grenier aux robes. Sans elle, il n'existerait pas.

Et sur ces mots, Bianca refusa d'en dire plus.

~

En arrivant devant l'immeuble d'Octavia, situé au 311, Onzième rue est, je reconnus immédiatement la façade en béton et en verre de huit étages.

— N'est-ce pas l'un des premiers immeubles écologiques de New York ? demandai-je.

— Oui, dit Bianca. Selon Octavia, l'immeuble est entièrement durable. Chauffage géothermique, conservation des eaux, la totale. Il y a même un toit vert.

— Alors, Octavia est une écologiste ?

— Oui. C'est aussi une fervente amoureuse des animaux et elle s'élève souvent contre le commerce des fourrures. Mais, voici ce que tu dois savoir sur Octavia. Dans sa jeunesse, elle était un mannequin excessivement célèbre en Italie. Sa mère était Italienne, et selon la rumeur, son père serait un prince africain exilé. Lorsqu'elle s'est retirée de la scène, elle s'est tournée vers une seconde carrière de chroniqueuse de mode. En ce moment, elle écrit pour *Vogue*, et c'est de là que vient son immense garde-robe, aussi appelée le grenier aux robes.

— Comment vous êtes-vous rencontrées ? demandai-je.

— Tu te rappelles ce stage que j'ai fait pour Michael Jones l'année de notre arrivée à New York ? Octavia s'est pointée à l'improviste à l'une de nos séances photos. Ce qu'elle a vu l'a impressionnée et elle a décidé d'écrire un article sur la nouvelle collection de Michael. Ce dernier m'a donné la responsabilité de m'assurer qu'Octavia avait tout ce dont elle avait besoin pour son article, et en cours de route, nous sommes devenues amies.

— Tu veux dire que des créateurs de mode *donnent* des trucs à Octavia ?

— Pas juste des créateurs, les meilleurs créateurs de mode. Et pas juste des trucs, on parle de pièces qui valent des milliers de dollars. L'approbation d'Octavia peut faire monter les ventes et tout le monde dans le métier le sait. Cette femme a un pouvoir incroyable, mais c'est aussi l'une des personnes les plus généreuses que je connaisse. Elle a offert à de nombreux jeunes créateurs leur premier aperçu de la renommée. Et elle prête aussi sa garde-robe à ses amies, tout ce que nous devons faire est de lui retourner le tout nettoyé à sec.

— C'est incroyable, dis-je. Au fait, comment dois-je l'appeler ? Je suppose qu'elle a un nom de famille ?

Bianca haussa les épaules.

— Tout le monde l'appelle Octavia. Si elle a un nom de famille, personne ne le connaît. Et puis, pourquoi en aurait-elle besoin ? Dans le milieu de la mode, il n'y a qu'une seule Octavia. Dans ce monde, elle est aussi célèbre que Madonna.

— Elle semble unique, dis-je. J'ai hâte de la rencontrer.

Bianca jeta un œil à sa montre.

— Autant entrer tout de suite. Nous sommes un peu en avance, mais Octavia ne s'en offusquera pas.

Je suivis Bianca dans le hall de l'immeuble, où elle salua le portier avec familiarité avant de se diriger vers l'ascenseur.

Tandis que les portes se refermaient, Bianca se tourna vers moi.

— Octavia est merveilleuse, mais elle est un brin excentrique. Suis mon exemple. Ne fixe rien qui soit étrange dans son appartement. Peu importe ce qu'elle dit, garde ton sérieux. Oh, et surtout, ne t'approche pas de son perroquet. Cet oiseau mord comme un enragé.

Les portes s'ouvrirent et je suivis Bianca dans le couloir jusqu'à une porte en bois massif. En l'atteignant, Bianca frappa à la porte avec force.

Quelques instants plus tard, la porte s'ouvrit, révélant une femme élancée à la peau café-au-lait, avec des yeux en amandes, des pommettes hautes et une coiffure relevée qui accentuait sa belle tête et ses traits classiques. Selon la description de la carrière d'Octavia, elle devait avoir environ cinquante ans, mais elle semblait en avoir quarante. Elle faisait au moins un mètre quatre-vingts et avait une prestance presque royale, elle aurait tout aussi bien pu être la sœur d'Iman.

D'un autre côté, sa tenue composée d'un débardeur, d'un jean usé avec des fentes aux genoux, de talons de dix centimètres et d'un long foulard jaune vif légèrement drapé autour de son cou n'était pas vraiment ce que j'avais imaginé de la déesse de la mode que Bianca m'avait décrite. Sans compter le nombre étonnant de bagues qu'elle portait aux mains, dont beaucoup étaient énormes. Certains doigts étaient remplis de bagues, l'une par-dessus l'autre, et d'autres arboraient des bagues couvrant tout le doigt, dont l'une couverte de plusieurs carats de diamants scintillants. Au bout de cette panoplie de bagues, de longs ongles noirs dépassaient. L'ensemble donnait l'effet de quelque gantelet futuriste et je me demandai comment Octavia réussissait à plier les doigts, sans parler de prendre une fourchette ou de soulever une tasse de café.

— Ma chérie ! dit-elle à Bianca. Je suis si heureuse de te voir.

Elles se firent rapidement la bise dans le vide, puis Octavia agrippa Bianca par les épaules.

— Ça fait trop longtemps. Est-ce que tu te tues toujours à la tâche dans ce ridicule club de strip-tease ?

Bianca rit.

— Oh, tu sais, je suis un véritable bourreau de travail.

— Entre, dit Octavia.

Elle relâcha Bianca et se tourna vers moi.

— Ce doit être l'amie dont tu m'as parlé.

— Oui, dit Bianca. C'est mon amie et ma colocataire, Ilana Evans. Ilana et moi sommes amies depuis la maternelle et je me porte garante pour elle. Elle est l'une des personnes les plus dignes de confiance que je connaisse.

Octavia me lança un sourire d'une perfection éblouissante.

— Bienvenue. Les amis de cette chatte sont comme mes chatons.

Nous suivîmes Octavia à travers un petit vestibule qui s'ouvrit sur un grand espace ensoleillé qui contenait une cuisine à une extrémité et un vaste éventail de fauteuils et de canapés colorés à l'autre. L'évier de la cuisine débordait de vaisselle sale et un arôme épicé prononcé flottait dans l'air. Sur la table du salon, un cendrier en verre rempli de mégots de cigarettes noirs expliquait l'odeur insolite. De toute évidence, Octavia fumait des cigarettes au clou de girofle.

Une grande cage à oiseau se trouvait à l'extrême droite du salon, mais la porte en était ouverte et son occupant était invisible. Le mur adjacent à la cage soutenait l'une des peintures les plus étranges qui soient. Des centaines de pics rose vif et bleu de huit à dix centimètres de long jaillissaient de la surface. Quant au tracé épais sous les pics, la seule image reconnaissable était celle d'un énorme pénis chartreux avec des testicules d'un orange criard. Je fis de mon mieux pour ne pas la fixer, mais je n'avais jamais vu une peinture avec des pics, encore moins une peinture dont l'élément central était une immense queue fluorescente. Par chance, Octavia ne sembla pas s'en apercevoir.

— Je ne te remercierai jamais assez d'avoir pris le temps de nous rencontrer aussi rapidement, dit Bianca. Ilana assistera à une soirée de financement au Plaza dans dix jours et son placard est à sec. Sa garde-robe est une profusion de tailleurs, mais aucune robe de soirée en vue.

Octavia se laissa tomber dans un fauteuil d'un bleu électrique.

— Asseyez-vous, dit-elle en attrapant le paquet de cigarettes qui se trouvait près du cendrier.

Elle coinça une cigarette entre deux doigts recouverts de bagues, l'alluma et en prit une longue bouffée. Tout en expirant, elle me détailla des pieds à la tête.

— Pas mal comme silhouette. Un peu large aux hanches, mais nous pouvons nous en tirer.

Bianca s'assit en face d'elle et je suivis son exemple, choisissant un fauteuil pivotant avec un siège en fibres de verre orange vif. Je ne m'y connaissais pas du tout en mobilier, mais elle avait un aspect rétro des années soixante-dix.

— Tu es assise sur une authentique Eames Herman Miller, dit Octavia en pointant sa cigarette vers ma chaise. N'est-elle pas sublime ? Je l'ai trouvée il y a des années à Londres, dans un petit coin poussiéreux d'un antiquaire de Soho. Je parle du temps où Soho était rempli de ces boutiques.

Elle prit une autre bouffée de sa cigarette.

— Aujourd'hui, Soho a perdu de son âme, évidemment. Moins de cran, plus de chic, comme la majorité du Village ici.

— J'aurais voulu connaître le Village il y a vingt ans, dit Bianca.

— Ne souhaite jamais être plus âgée que tu l'es, ma chérie, dit Octavia. Dans ce milieu, on ne peut jamais être trop jeune, ou baiser trop de personnes influentes.

Elle lança un rire rauque.

— De mon temps, nous étions bien moins prudes. Je pourrais vous raconter des histoires qui vous décoifferaient.

— Raconte-nous le jour où tu as trouvé la chaise, dit Bianca.

Octavia se pencha vers l'arrière et laissa échapper un panache de fumée dans les airs.

— Dans les années quatre-vingt-dix, Naomi, Claudia et moi étions à Londres, pour une séance de *Vogue*. Un matin, la pluie a annulé la séance. Alors, nous nous sommes procuré les plus gros parapluies de Londres et avons fait le tour de toutes les boutiques rétro de Soho. J'ai trouvé cette chaise et Naomi a trouvé une éblouissante robe de cocktail en lamé de Bill Blass des années soixante. Mais Claudia a trouvé encore mieux.

— Qu'est-ce qu'elle a trouvé ? demanda Bianca.

— Une boîte de jouets sexuels des années trente. L'article le plus mémorable était appelé le Capuchon de nuit.

— Le Capuchon de nuit ? répéta Bianca.

La voix d'Octavia se fit nostalgique.

— Une invention japonaise, le pays des salons de thé et des geishas. C'était un ensemble d'environ six capuchons en caoutchouc pour pénis, avec des textures allant de rugueuses à hérissées, comme de petits cactus en caoutchouc.

— Des capuchons en caoutchouc ? dit Bianca. Ça ne risquait pas de tomber et de, enfin, de se perdre ?

— Bien sûr que non, petite sotte ! dit Octavia. Les capuchons étaient retenus par un anneau. J'ai tenté de convaincre Claudia de me le vendre le double du prix qu'elle avait payé, mais elle n'a rien voulu savoir. La garce ne voulait pas l'admettre, mais je savais ce qui se passait dans son esprit allemand pervers. Elle pensait déjà aux tours qu'elle allait jouer avec David Copperfield.

— David Copperfield, dit Bianca. J'avais oublié que Claudia l'avait fréquenté.

— Fréquenté ? dit Octavia. Ils ont été fiancés pendant des années. Claudia a même fait partie du spectacle de David, ce qui a sans aucun doute précipité la fin de *cette* relation. Pauvre Claudia. Pendant des années, la malheureuse a été tenue en lévitation, guillotinée, et sciée en deux... tout ça au nom de l'amour.

À cet instant, j'entendis un battement d'ailes, suivi par un grand cri quand un gros perroquet gris se percha sur le dossier de la chaise d'Octavia.

— Bonjour, Pepper, dit Octavia, étendant un bras pour caresser le plumage de l'oiseau. Tu es venu voir ta maman ?

— Tina, apporte-moi la hache ! lança-t-il d'une voix râpeuse et aiguë.

— Pepper est un Gris d'Afrique et il est très intelligent, dit Octavia. Je lui ai appris les meilleures tirades de mes films préférés.

Elle continua de le caresser.

— Tu es mon petit homme, n'est-ce pas, Pepper ?

— Anna Wintour est une salope, dit l'oiseau d'une voix forte.

À ces mots, je fus sur le point d'éclater de rire, mais Bianca me lança un regard d'avertissement qu'Octavia ne remarqua pas.

— Je ne lui ai pas appris *ça*, dit-elle. Il l'a appris de Jed. Cher Jed. Des fesses magnifiques et une queue à faire rêver. Un jour, je devrais vraiment arrêter de baiser des jeunes de vingt ans, mais que puis-je dire ? Je ne suis pas encore prête.

— Jed Parks ? demanda Bianca. Le mannequin ?

— Oui. Pendant trois semaines, j'ai été totalement amoureuse, mais une fois que nous avons fait le tour du Kama Sutra, il est devenu évident que Jed n'avait rien de plus à offrir, du moins à part une ressemblance au jeune Brad Pitt et un appétit sexuel aussi inépuisable que le lapin Energizer.

— Baise-moi, lâcha l'oiseau. Ne me juge pas.

— C'est ça, Pepper, dit Octavia en caressant le dos du perroquet. Tu es réellement le petit garçon à ta maman. Exprime ta sexualité.

Elle se tourna vers nous.

— Comme beaucoup de mes amis, Pepper préfère être pris par derrière. Son plus grand rêve est de participer à la parade gaie. Je l'ai moi-même fait une année, mais je suis beaucoup trop grande pour cet événement, tout le monde croyait que j'étais un travesti et cet immense homme vêtu de cuir m'a demandé s'il pouvait me faire une pipe.

Octavia laissa fuser un rire et Bianca et moi rîmes avec elle.

— Qu'as-tu dit ? demanda Bianca lorsque nous nous calmâmes.

— J'ai regardé ce grand type dans les yeux et j'ai dit : « C'est que du féminin ici, mon chou, mais si tu as envie de te taper une vraie femme, alors on peut s'amuser. »

— Qu'est-ce qu'il a répondu à ça ? demandai-je.

Octavia sourit.

— Le pauvre garçon était sidéré. Son visage, du moins la partie qui n'était pas couverte par une grosse barbe, a viré au rouge. Il a marmonné quelque chose d'inintelligible et s'est fondu dans la foule. Non que j'aie été vraiment déçue, je n'ai jamais été amatrice de fourrure faciale, mais sa proposition avait quelque chose de novateur.

Elle soupira.

— Bref, si je ne craignais pas que Pepper s'envole et traverse l'Atlantique, je ne l'empêcherais pas de participer à la parade. Qui sait ce qui en sortirait ? Il se trouverait peut-être un Paco ou un Pepe. Qui suis-je pour faire obstacle à l'amour ?

— Ramasse cette merde ! dit le perroquet. Lèche-moi le cul.

— Oh non, mon chou, dit Octavia. Aucune chance que la langue de maman s'approche de là.

Elle se leva, souffla un anneau de fumée, laissa tomber son mégot dans le cendrier et sortit du halo de fumée.

— Suivez-moi, les filles, dit-elle. La robe parfaite nous attend.

Nous nous levâmes et la suivîmes jusqu'à une porte à l'extrémité de la pièce.

— Quelque chose dans le genre de la dernière collection de Dior pourrait fonctionner, dit Bianca. Tu sais de quoi je parle ?

Octavia acquiesça.

— Les robes avec le décolleté en V qui mettrait en valeur ses épaules. J'ai quelques Gaultier que tu devrais aussi essayer.

Nous entrâmes dans une grande pièce qui était aux antipodes du chaos du reste de l'appartement. Ici, l'ordre régnait. Des vêtements protégés par du plastique pendaient à des étagères en acier inoxydable. Octavia se faufila entre les étagères, son foulard jaune vif flottant derrière elle.

— Celle-ci. Et celle-ci. Non, pas ça. Je l'ai prêtée à cette garce d'Ivana Price avant de réaliser quel genre de monstre c'était, bien sûr. Depuis, elle est maudite.

— Maudite ? dit Bianca. Comment une robe peut-elle être maudite ?

— Tu connais ma sensibilité, dit Octavia. Lorsque je touche une robe ou un bijou, j'en ressens les vibrations. Crois-moi, l'énergie toxique d'Ivana imprègne cette robe depuis qu'elle l'a portée. Je la brûlerais si ce n'était pas une St Laurent rétro. Bien sûr, Anna, connaissant la malédiction sur cette robe ne cesse de m'inciter à en faire don à sa collection au Met.

— Comment peux-tu dire non à Anna Wintour ? demanda Bianca.

— Tu ne peux pas, à moins de t'appeler Octavia. J'ai mis Anna en garde, mais comme toujours, elle refuse de m'écouter. J'ai peur d'imaginer les forces maudites que le vaudou de cette robe pourrait déchaîner contre sa collection. Les paillettes en perdraient leur éclat. Les perles tomberaient au sol. La moitié de la collection rétro irremplaçable d'Anna s'enflammerait certainement.

— N'as-tu pas peur que ça t'arrive ici ? dit Bianca.

Octavia écarta l'idée d'une main scintillante.

— Oh, je sais comment la prendre. Chaque pleine lune, je lui fais subir une purification rituelle. Pepper et moi en faisons le tour trois fois avec une panoplie d'herbes incandescentes, ce qui purifie son aura pendant quelques semaines. C'est un processus long et lent, mais dans une dizaine ou une vingtaine d'années, elle devrait pouvoir être à nouveau portée.

Elle prit une dernière robe, sortit des étagères et me tendit les robes choisies.

— Commençons par celles-ci.

— Merci, dis-je.

— Ça me fait plaisir.

Octavia me désigna un coin de la pièce, où deux fauteuils rouge vif encadraient un miroir sur pied au cadre doré.

— Tu peux les essayer là-bas.

Quatre robes plus tard, je me regardai dans le miroir et un frisson me parcourut. Dans le miroir, le regard de Bianca croisa le mien.

— C'est parfait, dit-elle. C'est la bonne.

La robe était sans manche et taillée dans un tissu noir scintillant. Le décolleté plongeait en un V marqué qui accentuait la largeur de mes épaules, alors que la jupe s'évasait en de douces couches qui amincissaient discrètement mes hanches.

— Elle est époustouflante, dis-je. C'est la robe la plus somptueuse que j'aie jamais portée. Pour la première fois de ma vie, je ne déteste pas mes hanches.

— Tu es fabuleuse, dit Bianca. Une fois de plus, le grenier aux robes sauve la mise. Et Dior, bien sûr.

— Prends aussi ça, dit Octavia.

Elle me tendit une pochette d'un violet foncé constellée de cristaux, se recula et m'examina d'un œil critique.

— Judith Lieber ne se trompe jamais. La pochette vaut autant que la robe, elle ajoute une touche de couleur et d'éclat et complète la robe à la perfection. Maintenant, malheureusement, pour les chaussures, à moins de chausser une pointure quarante-trois, ma collection ne sera d'aucune utilité.

— Je m'occupe des chaussures, dit Bianca. Et ma boîte à trouvailles à la maison a son lot de bijoux fantaisie pour compléter sa tenue.

Octavia haussa les sourcils.

— Des bijoux fantaisie ? Avec une Dior ? Comment oses-tu même suggérer quelque chose d'aussi grotesque ? Ne t'ai-je donc rien appris ?

— Tu m'as toujours encouragée à sortir des sentiers battus, dit Bianca. Et le fait est que nous sommes limitées.

— Eh bien, dans ce cas, il me revient de te sauver de toi-même, dit Octavia. Attendez-moi ici.

Elle quitta la pièce une minute et, lorsqu'elle revint, elle déposa des boucles d'oreilles dans la main de Bianca. Lorsque je me penchai pour mieux voir, je faillis lâcher un cri. Chaque anneau d'or blanc était constellé de ce qui semblait être un carat complet de diamants. Elles étaient à couper le souffle, mais je n'étais pas sûre de vouloir me risquer à les emprunter. Même si je perdais rarement mes boucles d'oreilles, ça m'était déjà arrivé et je ne serais jamais capable de rembourser celles-ci.

— Ce sont des Tiffany. Avec l'éclat des diamants, la terre tourne à nouveau comme il se doit. Ce pauvre Dior a cessé de se tourner dans sa tombe.

J'étais sur le point de lui faire part de mes inquiétudes, mais Bianca fut plus rapide.

— Es-tu sûre ? Elles sont magnifiques et nous te remercions de ta générosité, mais des boucles d'oreilles ne sont pas une robe. Nous pouvons parfois en perdre une et aucune de nous n'a les moyens de les rembourser.

Octavia lança un regard caustique à Bianca.

— Ne sois pas stupide, chérie. Si une telle chose se produit, ce qui ne sera pas le cas, elles sont entièrement assurées.

Elle se tourna vers moi.

— Essaie-les.

Bianca me tendit les boucles et je les enfilai.

— Tourne sur toi-même.

Alors que je tournais sur moi-même, Octavia claqua ses mains chargées de bagues et dansa sur place dans un élan de joie.

— Voilà pourquoi j'aime la mode.

Sa voix prit une note révérencieuse.

— Regarde-la, Bianca. Regarde-la et apprends de mon génie. Elle scintille. Elle brille. Elle pétille. Elle prendra le Plaza d'assaut. Seuls les dieux me retiennent de lui mettre un diadème sur la tête.

Je rougis devant l'exubérance d'Octavia.

— Mille mercis, dis-je. J'aime tout et je ne sais comment te remercier de ta générosité.

— C'est un plaisir, ma chère, dit Octavia.

Elle ouvrit les bras en grand, comme pour englober les étagères qui nous entouraient.

— Grâce à mon travail, tout ça me tombe dessus. Les belles choses doivent être portées et je ne peux pas tout porter moi-même.

À ce moment, Pepper entra dans la pièce et se percha sur l'étagère la plus près de moi.

— Pepper ! lança Octavia. Tu sais que tu ne dois pas rentrer ici.

Elle tendit un bras vers le perroquet.

— Viens voir maman.

Pepper me regarda.

— Un homme dur est bon à trouver, dit-il.

— C'est bien vrai. Mais arrête d'essayer de me distraire, Pepper. Tu sais très bien qu'il est l'heure de ta sieste. Il est temps d'aller dans ta cage.

Avec un grand cri, il prit son envol, fit le tour de la pièce et se percha sur une autre étagère.

— Ça coûte beaucoup d'argent de paraître si bon marché, dit-il. Plus jamais de cintres en métal… jamais !

Octavia agita un doigt aux multiples bagues vers le perroquet.

— Vraiment, Pepper. Je ne sais pas ce qui te prend. Tu sais que j'appuie ta sexualité, mais tu n'es pas un tout petit peu ghetto aujourd'hui ?

L'oiseau pencha la tête vers elle.

— Queue, dit-il d'une voix claire.

— C'est la tienne qui passera sous la lame si tu ne rentres pas dans ta cage plus vite que maman peut dire Caitlyn Jenner.

Elle marcha vers lui, mais tandis qu'elle s'approchait, Pepper passa à une autre étagère, juste hors de sa portée.

Octavia avança d'un pas et se jeta vers l'oiseau, qui s'éloigna à tir d'ailes juste à temps pour l'éviter. Il passa d'une étagère à l'autre, criant à grand bruit.

Puis, dans un bruissement de plumes, son poids atterrit sur mon épaule gauche, ses serres se crispant sur ma peau.

Je me figeai, incapable de bouger. Bianca m'avait avertie que Pepper était connu pour son bec. Les oiseaux étaient-ils porteurs de la rage ou d'une autre maladie horrifiante ? Je l'ignorais et je n'avais vraiment pas envie de le découvrir.

— Ne bouge pas, dit Bianca dans un murmure. Souviens-toi de ce que je t'ai dit.

— Comment aurais-je pu l'oublier ? dis-je entre les dents.

— Ne t'inquiète pas. Octavia va l'amadouer avec un morceau de fruit ou quelque chose du genre. C'est ce qu'elle fait normalement.

Du coin de l'œil, je vis Octavia s'approcher. Elle tenait une banane.

— Pepper, dit-elle. Tu veux une friandise ?

— Ma-man, croassa l'oiseau.

Octavia s'avança d'un pas, puis d'un autre.

— C'est ça, Pepper. Maman a une friandise pour toi. Ce que tu préfères.

Les serres de Pepper s'enfoncèrent davantage dans mon épaule et je refoulai l'envie de frapper le satané perroquet et de prendre mes jambes à mon cou.

Octavia était maintenant à moins de deux mètres.

— Allez, Pepper, dit-elle en agitant le fruit devant l'oiseau.

— Tu crois que tu vas me baiser ? lança le perroquet. Oui... oui... oui !

Octavia lui lança un regard mordant.

— Pepper, tu sais que j'adore ton Al Pacino, mais Meg Ryan ? Devais-tu *vraiment* évoquer ce désastreux exemple de dépendance à la chirurgie esthétique ?

— Oui ! cria Pepper avant de refermer d'un coup son bec sur le dessus de mon oreille. Par réflexe, je voulus m'éloigner, mais le perroquet resserra sa prise douloureuse.

Octavia laissa tomber la banane, s'élança et attrapa Pepper à deux mains. Le perroquet me relâcha alors et battit des ailes en un effort pour se libérer, mais cette fois-ci, Octavia fut plus rapide. Elle le retint fermement, les ailes contre son corps, et se dirigea vers la porte, son foulard derrière elle et un flot d'obscénités l'accompagnant. Plusieurs secondes après, nous entendîmes un claquement métallique.

— Octavia a enfermé Pepper dans sa cage, dit Bianca à voix basse.

Elle se pencha, ramassa la banane abandonnée sur le sol et la déposa sur l'un des fauteuils.

— Sortons d'ici avant qu'il arrive autre chose. J'aime Octavia et tu sais que j'adore les animaux, mais cet oiseau ? C'est une menace.

Je me penchai vers le miroir. Mon oreille portait une marque rouge où Pepper m'avait mordue, et mon épaule présentait quelques petites égratignures, mais aucune trace de sang.

— Aucun dégât. Par miracle, la robe semble aussi avoir survécu.

Bianca baissa la fermeture éclair et je passai la robe par-dessus ma tête avant de la lui tendre.

— Il y a quelques marques, dit Bianca, mais rien que je ne puisse pas réparer chez nous.

Lorsque nous retournâmes près d'Octavia, celle-ci s'excusa abondamment.

— Je ne sais pas ce qui lui a pris. Il est pire qu'un enfant parfois.

— Tout va bien, dis-je. Merci de me prêter cette magnifique robe, sans compter la pochette.

— Je t'en prie, dit Octavia. Initier la jeunesse à la mode fait partie de ma mission dans cette vie. Aider les gens est ma raison d'être.

Bianca tendit la robe vers Octavia et désigna les marques quasi invisibles à l'épaule gauche.

— Je crois que je peux réparer le tout, mais au cas où ce serait impossible, je ne voudrais pas que tu croies que nous l'avons endommagée.

— Tu me rendras les boucles d'oreilles et la pochette, mais Ilana pourra garder la robe.

J'ouvris la bouche pour protester, mais elle leva une main.

— Ne discute pas. Tu es l'amie de Bianca et une invitée chez moi. C'est le moins que je puisse faire pour me faire pardonner le comportement atroce de Pepper. Et puis, tu étais faite pour cette robe. Elle est sublime sur toi. Alors, fais-moi plaisir. Garde la robe et fais-en bon usage.

Je jetai un œil vers Bianca, qui hocha rapidement la tête.

— Mille mercis, répondis-je.

24

CHAPITRE VINGT-QUATRE

Entre le travail, ma première semaine de cours à l'université et mon temps avec Nick, les premiers jours de septembre filèrent comme l'éclair. Avant même que je m'en rende compte, le jour de la soirée de financement arriva.

Lorsque Bianca termina de m'aider à m'habiller, à me coiffer et à me maquiller, nous examinâmes les résultats dans le grand miroir derrière ma porte de chambre. En m'apercevant, j'eus peine à en croire mes yeux. En plus de la robe qui flattait ma silhouette, Bianca avait discipliné ma chevelure désordonnée en un chignon lâche, duquel s'échappaient quelques jolies mèches çà et là. Elle avait délicatement ombré mes paupières et avait choisi un rouge profond pour mes lèvres, en plus de réussir à faire ressortir mes pommettes.

— Tu es géniale, dis-je. Je n'ai jamais été aussi belle et c'est grâce à toi. J'espère seulement que tu sais à quel point tu es talentueuse. Lorsque le monde de la mode aura un aperçu de ton talent, tu seras aussi célèbre qu'Octavia.

— Ça, je n'en sais rien, mais une chose est sûre. Si Octavia te voyait maintenant, elle serait bouleversée.

Son visage s'adoucit lorsqu'elle me regarda.

— Tu es à couper le souffle, Ilana. La robe, les chaussures, les boucles d'oreilles, tout se complète à merveille. Dans un autre registre, je dois te dire quelque chose avant que tu ne partes pour cette soirée.

— Quoi donc ?

— Je suis désolée de t'avoir rendu la vie dure à propos de Nick. Nous nous connaissons depuis très longtemps et je ne t'ai jamais vue aussi heureuse que depuis les dernières semaines. Je crois toujours que le fréquenter est un risque ; bordel, fréquenter qui que ce soit est risqué, mais un homme qui rend ma meilleure amie aussi heureuse en vaut la peine.

Je l'étreignis.

— Si tu savais à quel point je suis ravie que tu aies changé d'idée à propos de lui, et j'ai si hâte que tu puisses le rencontrer pour de bon, tu sais, en dehors du club. Je sais que vous vous entendrez, tous les deux.

Elle me rendit mon étreinte.

— Au fait, il n'a jamais été mon client. En fait, j'y ai beaucoup réfléchi et j'ai réalisé qu'au cours de mes sept mois au club, je ne me rappelle pas l'avoir vu même payer pour une danse, ce qui appuie son affirmation qu'il ne court plus après les filles du club.

Lorsque nous nous écartâmes, mes yeux étaient humides et je clignai plusieurs fois des yeux pour en chasser les larmes. L'appui de ma meilleure amie avait une telle importance pour moi.

— Je suis si heureuse, dis-je. Est-ce la preuve qu'il avait laissé tomber ses vieilles habitudes qui t'a fait changer d'idée ?

— En partie, dit Bianca. Mais ce n'est pas la seule raison. J'ai vu ton enthousiasme lorsque tu sors d'ici pour le retrouver. Et cette expression de béatitude lorsque tu reviens après avoir passé un moment avec cet homme ?

Elle secoua la tête.

— Si tu ne me jurais pas ne pas avoir couché avec lui, je jurerais que tu planes après une baise légendaire.

J'avais déjà décidé que ce soir serait le grand soir. Ce soir, après la soirée, je me donnerai à l'homme que, jour après jour, j'apprenais à aimer un peu plus.

Je souris à Bianca.

— Pas encore, mais bientôt.

Elle me lança un regard entendu.

— C'est ce soir, n'est-ce pas ?

— Peut-être bien.

— Eh bien, si ça ne l'est pas, ça devrait l'être. Tu as l'air d'une déesse et le Plaza est le prélude parfait. Ne vois-tu pas à quel point c'est le moment idéal ? La civilisation juxtaposée à la nature. La société, la mode et la danse, suivies par une baise passionnée à t'en faire perdre la tête.

Je ris.

— Maintenant, tu paraphrases Octavia.

— Loin de là. Octavia serait beaucoup plus explicite.

Elle jeta un œil au réveil-matin sur ma table de chevet.

— Il nous reste une heure avant l'arrivée de Nick, et nous devons encore te trouver un collier. Laisse-moi aller chercher ma boîte à trouvailles.

Elle quitta ma chambre et revint quelques instants plus tard avec un énorme coffre à bijoux, qu'elle déposa sur le lit. Elle se laissa tomber sur le lit et commença à passer au crible le contenu multicolore du coffre.

— Ça pourrait aller, dit-elle en sortant un pendentif en onyx. Ou ça.

Je m'installai au pied du lit et regardai le monticule croissant de bijoux à côté du coffre.

— Voici une autre trouvaille, dit Bianca en laissant tomber une poignée de pierres scintillantes d'un violet foncé.

De petites pierres rondes étaient placées autour de pierres plus grandes pour former des fleurs à huit pétales, reliées par de l'argent massif.

— Les pierres sont des améthystes. Elles pourraient bien s'assortir à la pochette de Judith Lieber qu'Octavia t'a prêtée.

Je me levai, pris la pochette sur ma commode et la ramenai sur le lit. J'approchai le collier de la pochette.

— Regarde, dis-je. C'est presque un ensemble parfait.

Bianca examina le tout.

— Quelle chance. Enfile le collier et nous verrons son effet avec la robe.

Je soulevai le collier et l'attachai autour de mon cou.

— Et puis ?

— Pour l'instant, ça va. Lève-toi et tourne sur toi-même.

Je me levai, m'éloignai du lit et tournai sur place.

— C'est vraiment bien, dit Bianca. Ça pourrait même être le bon, mais nous devrions tout de même en essayer quelques-uns avant de prendre une décision.

Un après l'autre, j'essayai les autres colliers, mais au bout du compte, je revins au collier en améthystes. Lorsque je l'attachai à nouveau, Bianca recula et me regarda avec attention.

— C'est ce qu'Octavia appelle la fatalité de la mode, dit-elle.

Elle pencha la tête vers le miroir.

— Allez, regarde-toi.

Je m'approchai du miroir et admirai mon reflet.

— Je me sens comme une princesse. Je ne peux m'empêcher de penser qu'à tout moment, tout ça disparaîtra et que je me retrouverai debout, nue, dans un champ de citrouilles.

Bianca ricana.

— Arrête ! dit-elle. Ne remets jamais en question la volonté des dieux de la mode. Ne comprends-tu pas ? Tu étais destinée à être fabuleuse pour ta grande soirée et tu l'es. Octavia avait raison, tu prendras le Plaza d'assaut.

— À part toi et moi, la seule autre opinion qui m'intéresse est celle de Nick. S'il aime ce qu'il voit, alors je suis heureuse.

Elle feignit une expression d'exaspération.

— Vraiment ? Dès que cet homme t'aura admirée, ton seul souci sera de savoir comment tenir ses mains à distance jusqu'au Plaza. Pas de tricherie dans la limousine, *capisce* ? Ta coiffure et ton maquillage l'exigent.

— C'est bon, c'est bon, dis-je avec espièglerie. Je me tiendrai bien, même si je n'en ai pas envie.

— L'attente peut être excitante, dit-elle. Après la soirée, il y aura toujours le reste de la nuit.

— Oui, dis-je. En effet.

25

CHAPITRE VINGT-CINQ

Une demi-heure plus tard, lorsque le chauffeur de Nick ouvrit la portière de la limousine et m'aida à y monter, l'expression de Nick valut chaque minute que Bianca et moi avions passée sur mon apparence.

— Waouh, dit-il. Je savais que tu serais belle. Mais tu es toujours belle.

Je ris.

— Comment peux-tu dire ça alors que tu m'as vue en tenue de sport, avec la chevelure en désordre et le visage en sueur ?

— Tu es belle avec la chevelure en désordre... et tu es à couper le souffle ce soir.

— Tu es très séduisant toi aussi.

Son smoking blanc et noir accentuait sa peau basanée olivâtre et ses yeux noisette. Il était incroyablement beau et, encore une fois, j'eus l'impression de me trouver dans un conte de fées.

Tandis que la voiture démarrait, Nick tendit le bras derrière lui et sortit une boîte rectangulaire gris pâle arborant le logo d'Harry Winston.

— J'ai quelque chose pour toi, dit-il. J'espère que ça te plaira.

— Tu n'avais pas besoin de m'acheter quelque chose, Nick.

Il me tendit la boîte.

— Je sais bien, mais ça me tentait. Tu comprendras lorsque tu l'ouvriras.

Je glissai mes doigts sur la surface satinée de la boîte et soulevai le couvercle. Ce faisant, le souffle me manqua. Couchés sur un velours gris pâle, des diamants scintillants ronds et en baguettes formaient un cercle. Le point central du collier était un unique diamant en baguette, duquel une série d'autres maillons tombait en ligne droite. À vue d'œil, le collier devait comprendre au moins douze carats et son design évoquait les années vingt, une décennie dont la mode m'avait toujours emballée.

— Il est sublime, dis-je. Je l'adore.

— Lorsque je l'ai vu, j'ai pensé à toi. J'espère que tu me feras l'honneur de le porter ce soir, à moins que tu ne craignes qu'il ne s'accorde pas à ta robe.

Je me penchai et l'embrassai légèrement.

— Quelque chose me dit que ce collier s'assortira parfaitement à ma robe.

— Dans ce cas, laisse-moi t'aider.

Je me tournai, dos à lui, et, avec des doigts assurés, il détacha le collier en améthystes et le déposa sur mes genoux. Puis, il prit le collier de diamants et l'attacha.

Lorsque je me tournai vers lui, il laissa échapper un sifflement admiratif.

— En plein dans le mille. Maintenant que je le vois sur toi, le résultat est encore plus fabuleux que je ne l'imaginais.

Je sortis mon poudrier de ma pochette, l'ouvris et m'examinai dans le petit miroir. Pour la deuxième fois en moins de cinq minutes, je restai sans voix. J'avais peine à y croire. Des diamants éclatants entouraient mon cou et reposaient juste au-dessus de mes clavicules. Les maillons qui pendaient au centre du collier agrémentaient l'encolure en V de la robe et accentuaient mon décolleté.

— C'est sublime, dis-je. C'est la chose la plus somptueuse que j'aie jamais portée. Merci de me l'avoir offert, je le chérirai pour toujours.

Je me penchai vers lui à nouveau, avec l'intention de l'embrasser légèrement pour ne pas le tacher de mon rouge à lèvres, mais Nick avait d'autres intentions. Ses lèvres s'emparèrent des miennes avec une intensité qui me bouleversa, et ses mains agrippèrent mes hanches pour me presser contre lui. Tout souci à propos de ma chevelure, de mon rouge à lèvres et du Plaza s'évanouit tandis que je me perdais dans la violence de l'instant, qui n'était qu'exacerbée par ma décision que, ce soir, il n'y aurait plus d'hésitation.

Mais lorsque nous nous séparâmes, je repris mes esprits. Avant que Nick et moi puissions faire enfin l'amour, nous devions assister à une soirée. J'agrippai ses épaules et examinai son visage avec attention. Sans surprise, il avait un peu de rouge à lèvres au coin de la bouche et je soupçonnais que mes propres lèvres rassemblaient probablement à celles de Bozo le clown.

— Je t'ai taché de rouge à lèvres.

Il sourit.

— Alors, nous sommes tous deux tachés, mais ça en valait la peine.

Je ris.

— Je suis d'accord, mais maintenant il faut réparer les dégâts.

Je sortis un paquet de lingettes de ma pochette et l'ouvris.

— Ne bouge pas. Je dois te nettoyer, à moins de vouloir choquer New York avec ton nouveau look.

Ses yeux noisette pétillaient d'amusement.

— Autant éviter, dit-il. Je préfère ne pas faire la une demain.

J'essuyai toute trace de mon rouge à lèvres sur son visage, avant de me concentrer sur mes propres réparations, beaucoup plus importantes. Lorsque j'eus terminé, je fermai mon poudrier et me tournai vers Nick.

— De quoi j'ai l'air ? demandai-je. Sois franc.

Il pencha la tête de côté.

— Tu as l'air d'une femme qui vient de se faire embrasser.

— Eh bien, grâce à toi, c'est le cas. Mais mon maquillage ?

— Parfait. Tu es prête. Et mon collier te va à ravir.

Je touchai les diamants qui ornaient mon cou.

— Je l'adore, Nick, vraiment. Je veux seulement que tu saches que tu n'as pas besoin de m'acheter de cadeaux. Je serais fière de sortir avec toi, même si tu n'avais pas un centime.

— Je sais, dit-il. C'est l'une des nombreuses choses qui me plaisent chez toi. Mais, plus important encore, puis-je considérer que tes paroles signifient que tu acceptes enfin d'être ma copine ?

Je lui souris.

— Je croyais avoir accepté ça il y a déjà plusieurs semaines.

— Je l'avais deviné, dit-il. Mais le dire rend les choses officielles.

Je pris sa main.

— Et vous aimez que les choses soient officielles, monsieur Santoro ? En noir et blanc et en trois exemplaires ?

Il me serra la main.

— Lorsqu'il est question de vous, mademoiselle Evans, toujours.

26

CHAPITRE VINGT-SIX

Quelques minutes plus tard, la limousine atteignit Central Park South, tourna à droite sur Grand Army Plaza et s'arrêta devant le Plaza Hotel, où un portier en uniforme noir se précipita pour ouvrir la portière de la voiture. Nick sortit, puis m'aida à mettre pied sur le trottoir.

Une fois sur le trottoir devant le Plaza, je m'immobilisai pour admirer la façade de style châtelain de vingt étages, illuminée par des lumières chaleureuses qui transformaient sa pierre grise en un or riche. Entourés des lumières et des gratte-ciel de Manhattan, le Plaza brillait et scintillait avec un éclat pareil à celui des bijoux des femmes qui se dirigeaient vers ses portes, chacune au bras d'un homme en smoking.

Nick me sourit.

— Prête à entrer ? demanda-t-il.

Pendant une seconde, j'hésitai. Une partie de moi redoutait encore que quelqu'un me reconnaisse du club. Pourtant, comme Bianca le disait toujours, même si un homme me reconnaissait en public, il était peu probable qu'il en parle, puisque ce serait admettre publiquement ses propres activités dans un club pour gentlemen. Quant aux présentations, Nick et moi avions convenu que si elles s'avéraient nécessaires, il me présenterait uniquement comme une étudiante en gestion des entreprises de l'Université de New York.

Sur cette pensée, je repoussai mes peurs et pris le bras que Nick me tendait.

— Plus prête que jamais.

— Alors, allons-y.

Nous franchîmes les portes d'entrée, traversâmes le hall et commençâmes à monter l'escalier spectaculaire vers la mezzanine.

Je fus saisie d'une pensée.

— Nick. Avant de nous lancer dans cette soirée et de probablement croiser certains des concurrents dont tu m'as parlé… dis-moi, as-tu reçu d'autres textos ?

— J'en ai reçu un autre la nuit dernière, dit-il. Mais oublions ça pour l'instant. Ce soir, nous sommes là pour nous amuser et mon correspondant toxique, peu importe de qui il s'agit, peut bien attendre.

Je pressai son bras.

— D'accord. Mais j'espère que tu m'en parleras bientôt.

— Bien sûr. Nous en parlerons demain.

En atteignant le haut de l'escalier, le bavardage de centaines de voix s'amplifia jusqu'à devenir un bourdonnement sourd et nous nous frayâmes un chemin à travers une foule dense d'invités richement vêtus. Entre les groupes de gens, j'aperçus de nombreuses œuvres d'art qui reposaient sur des chevalets et des socles tout autour de la pièce.

— Dirigeons-nous vers la salle *The Terrace* pour prendre un verre, dit Nick contre mon oreille. Nous pourrons toujours admirer les œuvres aux enchères une fois que la foule se sera dispersée.

Tandis que nous passions près de groupes de gens, des voix émergeaient du brouhaha qui nous entourait.

— Aspen ? dit une voix féminine d'un ton exagérément apprêté.

Je tournai la tête vers la voix et aperçus une corpulente blonde dans la soixantaine vêtue d'une robe en velours vert on ne peut plus démodée.

— Non, Tippy et moi ne sommes pas retournés à Aspen depuis

des *années*. La moitié de la chrétienté possède une maison à Aspen. *Nous* préférons Zermatt. Certes, la Suisse est envahie de nouveaux riches, mais les Suisses les contrôlent. C'est l'eau, vous savez. Les cours d'eau glaciaires avec les minerais colloïdaux. *Je* ne bois que de l'eau de glacier, bien sûr. Ça empêche les courants magnétiques d'arrêter mon cœur. Les courants sont partout autour de nous, vous savez. Peu de gens peuvent les ressentir, mais je suis du nombre.

— Des courants magnétiques ? murmurai-je à Nick. Des cours d'eau glaciaires ? Mais qu'est-ce qu'elle raconte ?

— Ce n'est pas tant ce qu'elle raconte que ce qu'elle consomme. Cette femme est Bitsy Farnsworth, née Astor, et on m'a dit qu'elle prenait des antipsychotiques puissants. Avec ce que je viens d'entendre, elle en a clairement besoin.

Il me guida sous une arcade, puis nous franchîmes l'une des quatre portes doubles. Nous nous retrouvâmes sur un balcon qui courait sur toute la longueur de la pièce, avec des escaliers en marbre à chaque extrémité menant à une énorme salle éclairée par des lustres. Bien que l'endroit soit bondé d'invités bien nantis dont le bavardage et les rires emplissaient l'air, j'étais soulagée d'avoir un peu plus d'espace que dans la pièce que nous venions de quitter. Après vingt-deux ans dans le Vermont, je n'étais pas aussi à l'aise dans les endroits bondés que la majorité des New-yorkais.

— Voici la salle *The Terrace*, dit Nick. Quelqu'un m'a raconté que les lustres en cristal avaient été conçus par Charles Winston, le frère d'Harry. Descendons l'escalier et trouvons le bar.

Nous nous dirigeâmes vers l'escalier de gauche, l'empruntâmes et nous dirigeâmes vers le bar qui était entouré d'une foule dense. Derrière le bar, plusieurs barmans versaient et mélangeaient les boissons à une vitesse impressionnante et avec professionnalisme. Le Plaza savait manifestement comment organiser une excellente soirée.

Tandis que nous attendions notre tour au bar, j'admirai les colonnades en arcs symétriques qui flanquaient la pièce. Un éclairage chaleureux et ambré à la base des colonnes guida mon regard vers le plafond vertigineux, décoré de grandes peintures figuratives de style Renaissance.

— Cet endroit est sublime, dis-je.

Nick suivit mon regard.

— La majorité de cette pièce remonte aux années vingt. Il y a quelques années, le Plaza a entrepris une restauration majeure, qui comprenait la plupart des pièces que nous verrons ce soir.

— Qu'est-ce que je vous sers, monsieur ? lança un barman à Nick.

— Qu'aimerais-tu ? me demanda Nick.

— Une vodka martini, avec olives, s'il te plaît.

— Bonne idée.

Il se tourna vers le barman.

— Deux vodkas martinis. Une avec olives, l'autre avec du citron.

Quelques instants plus tard, nos verres à la main, nous nous écartâmes de la foule dense autour du bar pour nous arrêter à un endroit libre où nous pûmes siroter nos cocktails.

Nick entrechoqua nos verres.

— Santé, dit-il avec un sourire. À la plus belle femme de New York. Je suis heureux que tu sois avec moi ce soir.

Ce soir. Tout en admirant son visage séduisant, mon cœur se gonfla d'émotions et, pour la première fois, je m'avouai que je l'aimais. Bien que notre attirance physique n'ait fait que s'intensifier depuis notre rencontre, je savais au fond de moi que ce que je ressentais pour Nick allait au-delà du désir.

Ce soir, nous ferons l'amour pour la première fois.

Plus tard ce soir, peut-être dans l'intimité de sa voiture, j'allais trouver le moment parfait pour le lui dire.

Je levai mon verre.

— À nous, dis-je. Et à toi, pour m'avoir invitée à une soirée aussi fabuleuse.

— À nous, dit Nick.

Au moment de trinquer, nos regards se croisèrent par-dessus nos verres de martini. Dans le sien, je vis une émotion qui reflétait la mienne et qui ne faisait qu'appuyer ma décision d'aller jusqu'au bout ce soir.

À ce moment, Nick se renfrogna.

— Quelque chose ne va pas ? demandai-je.

— Non. Je viens d'apercevoir Andreas Ulbrecht, tu sais, le PDG de NextEdge, l'une des sociétés en concurrence avec moi pour l'acquisition de Centerpost. Ulbrecht est un salaud agressif et rate rarement une occasion de s'en prendre à moi, mais ce soir pourrait bien être l'exception à son comportement habituel, puisqu'il semble avoir une compagne.

— Où est-il ? demandai-je, curieuse.

— Derrière toi et directement de l'autre côté de la salle, tu verras un groupe de quatre personnes. Ulbrecht est le type costaud aux cheveux noirs bouclés. Le sosie de Bill Gates est son second, Trent Norcross, la rousse est la femme de Norcross et la brunette est la compagne d'Ulbrecht. Je l'ai déjà vue au club, elle s'appelle Valencia.

Valencia ? Je me sentis blêmir.

Je me tournai juste assez pour apercevoir du coin de l'œil le groupe d'Ulbrecht et vérifier que la femme à ses côtés était bel et bien Valencia.

Depuis que j'avais accepté l'invitation de Nick à cette soirée, j'avais été préoccupée par le fait qu'un type du club pourrait me reconnaître. Pas une seule fois je n'avais envisagé la possibilité de croiser l'une de mes collègues, encore moins une qui me détestait, à une soirée de financement élégante comme celle-ci.

Dans l'intervalle, Valencia me fixait du regard. Il ne faisait aucun doute qu'elle m'avait reconnue et son visage exprimait la félicité d'un chat qui venait de croquer sa proie.

D'où je me trouvais, je pus identifier sa superbe robe au dos nu comme une Gaultier. Des bandes abstraites et audacieuses de rouges, orange et noirs accentuaient sa taille élancée et s'évasaient sur ses hanches en une cascade brillante de tailles diverses qui s'atténuaient pour devenir translucides près de ses chevilles. Sa chevelure foncée était remontée avec élégance et le bracelet qui brillait à son poignet avait l'éclat de véritables diamants. Malgré mon antipathie pour Valencia, je devais l'avouer, elle était superbe.

Pendant que je l'observais, elle se pencha vers Ulbrecht et lui murmura quelque chose. Ulbrecht me jeta un coup d'œil, rit et dit quelque chose au couple Norcross, qui se tourna d'un coup vers moi.

Je rougis en comprenant que Valencia venait de me trahir et je sus que je devais en informer Nick immédiatement.

Mais avant que je ne puisse dire quoi que ce soit, il me lança une révélation choquante.

— Au fait, dit-il, j'ai fréquenté Valencia quelque temps il y a plusieurs années.

La tête me tournait.

— Tu l'as fréquentée ? Qu'est-ce que tu veux dire ?

— Disons simplement que nos interactions étaient typiques de mon passé.

Je déglutis avec peine. J'avais beau avoir accepté le passé de Nick et savoir qu'il souhaitait maintenant autre chose, c'était la première fois que j'étais confrontée en vrai à l'une de ses anciennes copines. Je savais que c'était une possibilité, mais la situation aurait été plus facile avec quelqu'un que je ne connaissais pas. Pire, en plus de connaître Valencia, je la détestais depuis le sabotage de ma chaussure au club.

— Tu dois savoir que notre liaison a été très brève, dit Nick. J'y ai mis un terme dès que j'ai réalisé qu'elle voulait plus que je ne pouvais lui offrir. Elle ne signifiait rien pour moi, Ilana. Pendant des années, les femmes ne signifiaient rien de plus qu'un bon moment, jusqu'à notre rencontre.

— Qu'est-ce qui est différent avec moi ?

Il me lança un regard pénétrant.

— Je croyais que nous avions dépassé ce stade.

— Moi aussi, mais tout à coup, je n'en suis pas si sûre.

— Alors, laisse-moi être clair. Je t'aime, Ilana. Depuis que tu es entrée dans ma vie, je suis un homme différent. Tu es belle, tu es incroyablement intelligente et je peux passer des heures à te parler de tout, des affaires aux films français. Mais ce que je ressens pour toi va bien au-delà de tout ça. Avant de te rencontrer, je me sentais vide. Pendant des années, j'ai tenté de remplir ce vide avec le travail, des événements comme ce soir et, oui, une panoplie de femmes. Mais rien de ce que je faisais n'avait d'incidence sur la manière dont je me sentais, jusqu'à notre rencontre. Je me sens vivant près de toi. Je ressens des choses que je n'aurais jamais crues possibles.

La sincérité dans la voix de Nick me ramena sur terre. Je savais que je l'aimais, mais c'était la première fois qu'il avouait son amour pour moi. Et, même si apprendre son passé avec Valencia était une surprise désagréable, il n'avait pas tenté de me cacher cette histoire. Au contraire, il avait été entièrement honnête et franc.

Je lui souris et clignai des yeux pour refouler mes larmes.

— Merci pour tes paroles, dis-je. Je suis désolée d'avoir douté de toi, mais mes émotions ont pris le dessus pendant un instant.

L'intensité de son regard me pénétra jusqu'à l'âme.

— Ne doute *jamais* de mes sentiments pour toi.

— Jamais.

Même si je savais que j'aurais toujours du mal à attribuer ma confiance, je savais aussi qu'avec Nick, j'apprendrais à le faire.

Il me sourit.

— Je suis heureux que ce soit réglé.

Je me perdais dans son regard et une part de moi n'avait qu'une envie : me jeter dans ses bras et lui dire que je l'aimais aussi. Mais une part importante de moi savait que je devais remettre cette confession à plus tard, lorsque Valencia ne serait pas présente.

Je me repris.

— C'est mon tour de t'avouer quelque chose. Tu n'es pas le seul à avoir un passé avec Valencia.

— Oh ?

— Depuis ma première soirée au club, elle me hait. Tu te souviens de ma chaussure sur scène ? Elle était responsable.

— Elle a essayé de gâcher ta première soirée de travail ?

— Oui.

— Tu es sûre que c'était elle ?

— Totalement.

— Mais pourquoi faire une chose pareille ? Si Isabella l'avait appris, Valencia aurait été mise à la porte séance tenante. Pourquoi risquer son boulot pour s'en prendre à toi, alors qu'elle ne te connaissait même pas ?

— À l'époque, j'ai cru à de la jalousie, à cause des horaires que Stone m'avait offerts, grâce à toi d'ailleurs. Mais maintenant je me demande si Valencia n'avait pas une autre raison. Est-ce qu'elle s'intéresse encore à toi ?

— Je ne crois pas, dit Nick. Elle a tenté plusieurs fois de reprendre avec moi, mais je n'ai jamais accepté. Depuis, je l'évite et elle semble aussi préférer m'éviter. Évidemment, je la vois danser sur scène au club, mais nous ne nous sommes pas parlé depuis au moins deux ans.

— Eh bien, peu importe ce que Valencia ressent pour toi, elle me déteste clairement et je suis convaincue qu'elle vient de faire un commentaire désagréable à propos de mon travail à Ulbrecht et aux Norcross. La dernière chose que je souhaite est de t'embarrasser publiquement, alors il serait peut-être mieux que je parte discrètement.

— Il n'en est pas question, dit Nick. Je n'aime peut-être pas ton boulot, mais je comprends tes raisons. Et je refuse de reculer devant Andreas Ulbrecht, qui se dirige d'ailleurs vers nous avec Valencia. Nous ne céderons pas d'un pas et affronterons cette situation ensemble.

Il me prit la main et la pressa.

— OK ?

— C'est bon, dis-je. Mais sois prêt. Valencia peut attaquer vicieusement, et avec moi ici ? Ne t'attends pas à ce que cette garce soit polie.

Il serra à nouveau ma main.

— Ne t'en fais pas. Si elle ose s'en prendre à toi, je sais exactement comment la faire taire.

Lorsqu'ils s'arrêtèrent près de nous, Valencia confirma mes attentes en prenant la parole la première.

— Eh bien, dit-elle. Je ne m'attendais pas à *te* voir ici.

Je lui jetai un regard.

— Bonsoir, Valencia. Comme tu l'as probablement deviné, Nick m'a invitée.

Elle roula les yeux.

— Oh, ce *genre* d'invitation. Je n'aurais pas cru que tes services englobaient celui-ci, mais je me trompais. Il semblerait que mademoiselle pas d'extra ait un prix.

Un prix ? Valencia était-elle uniquement une salope vicieuse ou croyait-elle réellement que j'étais l'escorte de Nick ?

— Parle pour toi, dis-je. Tu es peut-être au travail ce soir, mais pas moi. Je suis ici en tant qu'invitée de Nick.

Nick s'approcha de moi et je pus sentir sa colère croissante. Le regard qu'il lança à Valencia aurait fait frémir la plupart des gens, mais Valencia n'était pas la plupart des gens.

Elle jeta un œil au collier que Nick m'avait offert.

— Allons donc. Sur quel poteau as-tu dû te frotter pour gagner *ça* ? Je ne crois pas que c'était celui en laiton…

— Ça suffit ! l'interrompit Nick. J'ignore quel est l'arrangement entre Ulbrecht et toi, et je m'en fiche, mais sache que le seul arrangement entre Ilana et moi est le plaisir que nous prenons à être ensemble. Et tu devrais faire attention à ce que tu dis sur ton travail ou tous ceux qui y sont reliés. Du moins, si tu ne veux pas que mon amie Isabella te vire pour violation de confidentialité.

Valencia renifla avec indignation, mais la menace de Nick eut l'effet escompté. Elle continua de me fixer avec hostilité, mais resta silencieuse.

Ulbrecht m'examina des pieds à la tête.

— Pas mal, dit-il. Pas mal du tout.

Je portai mon attention vers lui. Dans la quarantaine et presque aussi grand que Nick, mais beaucoup plus costaud, Andreas Ulbrecht ressemblait à un ancien *quarterback* avec l'expression belliqueuse d'un taureau sur le point de charger. Dans une main, il tenait un verre de ce qui ressemblait à du whisky. Lorsque je l'avais aperçu dans la presse économique, il m'avait paru beau, mais de si près, sa mâchoire était bouffie et un réseau de capillaires éclatés pulsait sur son visage en une toile apparente d'alcoolisme.

Il lança un clin d'œil à Nick.

— Je vois que nous avons tous deux choisi notre fruit dans le même arbre.

— Pardon ? dis-je. Je ne sais pas de quel arbre vous parlez. Mais connaissant votre compagne, je peux vous assurer que vous avez choisi le fruit le plus bas. Pour ce qui est de ce fruit particulier, j'espère que vous savez qu'il est plus que mûr.

Ulbrecht haussa les épaules.

— Et alors ? Elle est craquante, c'est tout ce qui m'intéresse.

— Craquante, ou catin ? dis-je avec légèreté.

Ulbrecht éclata de rire. Je fis mine de continuer, mais Nick me lança un regard d'avertissement.

Valencia lança un regard furibond à son compagnon avant de se tourner vers moi.

— Comment oses-tu !

Ulbrecht sourit à Nick.

— La tienne est presque aussi excitante que la mienne.

Il fit un grand geste de la main pour englober la foule.

— Pas comme ces vaches insipides trop reproduites. Elles me rappellent mon ex-femme et toutes les raisons qui m'ont fait divorcer de cette salope.

Il rit de son propre humour, confirmant ainsi mon impression que ce n'était pas son premier whisky. Il était manifestement ivre. Mais sa répartie au sujet de l'arbre et de ses fruits prouvait que Valencia lui avait raconté, ainsi qu'aux Norcross, que la compagne de Nick Santoro était une strip-teaseuse. Je me sentis mal et prise de nausée en voyant ma pire crainte se réaliser. Les paroles de Valencia avaient sans aucun doute répandu leur poison dans la foule des invités... de tels ragots se répandaient plus vite que la lumière.

— Un toast, Santoro, dit Ulbrecht en levant son verre. Au fait de choisir nos compagnes dans le mauvais camp.

La colère irradiait de Nick et il fit un pas vers Ulbrecht.

— Ferme-la, Andreas. *Ma* copine est une dame. Si tu continues d'être aussi grossier, je devrais répliquer et tu n'aimeras pas.

Malgré la situation désagréable, je me sentis enchantée par ses paroles. *Sa copine.* C'était la première fois que Nick me présentait ainsi en public et ça sonnait bien. Mieux, ça sonnait juste.

Ulbrecht prit une lampée de son verre.

— Comme tu veux, mon vieux. Je me fous où tu dégotes tes femmes. Mais tu auras très bientôt besoin d'un bon remontant, dès que Centerpost découvrira l'offre que je viens de faire. Forbes Endicott et toi ne ferez pas le poids.

— Vraiment ? dit Nick. Il me semble pourtant que NextEdge et toi tirez de la patte dernièrement, après les maigres ventes de ta nouvelle tablette. On raconte qu'une grande partie de tes meilleurs collaborateurs ont déjà quitté le navire, après tes mises à pied drastiques.

Le visage d'Ulbrecht vira au rouge, mais il continua sur sa lancée.

— La restructuration n'a fait que renforcer NextEdge. L'argent entre à flots et nous sommes prêts à dépasser ton offre. Centerpost est une acquisition stratégique pour nous et nous sommes prêts à tout pour l'emporter.

— Peut-être bien, dit sèchement Nick, mais ça reste encore à voir, n'est-ce pas ? Entre-temps, ma copine et moi avons l'intention de profiter du reste de la soirée.

Il prit mon bras.

— Montons à la grande salle de bal. Je veux te présenter quelques collègues membres du conseil.

Tandis que nous nous éloignions, Ulbrecht lança :

— N'oublie pas, Santoro. Centerpost *m'appartient*.

27

CHAPITRE VINGT-SEPT

Dès que nous fûmes suffisamment loin d'Ulbrecht et de Valencia, Nick se tourna vers moi.

— Je suis désolé de ce qui vient de se passer, dit-il. Je savais que nous croiserions quelques-uns de mes rivaux en affaires et que la situation pourrait peut-être devenir désagréable, mais je ne m'attendais pas à ce qu'Ulbrecht agisse avec aussi peu de classe.

— Ce serait plutôt à moi de m'excuser, dis-je. La moitié des horreurs qu'il a dites concernait mon travail.

— Ulbrecht est une brute. Tu étais peut-être son bouc émissaire de choix, mais si tu n'avais pas été là, il aurait trouvé un autre moyen de s'en prendre à moi. Il savait que je serais ici et il avait bien l'intention de me provoquer pour que je lui révèle où j'en étais avec Centerpost.

— Ce que tu as refusé de faire, dis-je. Au lieu de quoi, tu t'en es pris à ses points faibles.

Nick me regarda sous un jour nouveau.

— Tu as remarqué ma stratégie ? Impressionnant.

Je lui tapotai le bras.

— Fanatique des affaires, n'oublie pas. L'an dernier, un ami de l'université m'a prêté un excellent livre sur la manière de gérer les brutes au travail. Elles sont faciles à reconnaître, parce que leur technique privilégiée est d'attaquer, et d'attaquer avec force.

— Les brutes s'en prendront à n'importe quoi, ou n'importe qui, qui leur semble faible. Mais lorsque leur cible réagit avec force, comme nous l'avons fait ce soir, alors elles s'effondrent.

— Comme ce fut le cas d'Ulbrecht. Tu as remporté cette bataille. J'aurais simplement voulu faire de même avec Valencia. Personne ne mérite une humiliation publique autant que cette salope vicieuse.

— Tu as fait encore mieux, dit Nick. Tu lui as tenu tête sans te rabaisser à son niveau. Elle a frappé bas, mais tu as répondu avec humour. Tu as bien géré la situation et je suis fier de toi.

— Merci, dis-je. Mais avant de retourner en haut, nous devons discuter de quelque chose.

— Quoi donc ? demanda Nick.

— À cause de Valencia, tous les invités sont au fait que tu es arrivé avec une strip-teaseuse au bras. Tu sais à quelle vitesse ce genre de ragots se propage.

Nick me prit la main.

— Laisse-les parler, dit-il. Crois-moi. Dans cette foule, toi et moi sommes loin d'être le clou du spectacle.

Nous nous dirigeâmes vers l'escalier menant à la mezzanine, mais avant de l'atteindre, une femme à la fine ossature vêtue d'une robe de soirée bleu nuit fondit sur nous.

— Nicholas ! dit-elle avec un léger accent. Quelle joie de te voir.

Elle avait l'air d'une octogénaire et, bien que l'âge ait creusé son visage en un réseau de fines rides, ses yeux bleus étaient jeunes, sa silhouette était fine et les traits classiques de son visage laissaient imaginer la beauté qu'elle avait été dans sa jeunesse. Vu son doux accent britannique et les rangs de perles à son cou, je supposais que sa fortune était ancienne.

— Portia, dit Nick en l'embrassant légèrement sur les deux joues. J'espérais te voir ici.

— Où aurais-je bien pu me trouver ? dit-elle. À la morgue ? Enterrée ? Dans une urne sur le manteau de cheminée de quelqu'un ? Je suis peut-être âgée, mais je ne suis pas encore morte.

Nick rit.

— Au contraire, tu es l'une des personnes les plus fringantes que je connaisse.

Elle se tourna vers moi, le visage brillant de plaisir.

— Et *qui*, je te prie, est cette séduisante demoiselle ?

— Permets-moi de te présenter ma copine, Ilana Evans, dit Nick. Elle est en dernière année de son MAE à l'Université de New York. Ilana, voici Portia Hammersley, qui siège au conseil de la fondation avec moi. Depuis le jour où j'ai rejoint le conseil, il y a plusieurs années, je dépends de sa sagesse. Il y a des années, Portia a fondé l'une des galeries d'art les plus florissantes de New York. Considère-toi donc comme avertie, elle est extrêmement maligne.

Nicholas est un flatteur accompli, me dit Portia. Non que ce soit une mauvaise chose, bien sûr. Rien ne vaut un peu de flatteries pour qu'une femme se sente à nouveau jeune.

Elle me tendit une petite main veinée que je serrai.

— Enchantée de vous rencontrer, dis-je.

— C'est un plaisir, dit-elle. Nicholas, mon cher, m'en voudrais-tu terriblement si je te demandais de m'apporter un verre de Pinot Grigio ? Mes pieds ne sont plus aussi agiles qu'avant.

— Avec plaisir, dit Nick. Je reviens dans un instant.

Une fois qu'il disparut en direction du bar, Portia s'approcha de moi et parla à voix basse.

— Tu me sembles intelligente, alors je suis convaincue que tu sais que ce que tu fais comme travail n'est plus un secret.

Je fis mine de répondre, mais elle m'interrompit.

— Nous n'avons pas beaucoup de temps, alors écoute-moi. Je ne te connais pas et je ne connais pas ton histoire, mais je connais Nicholas et il est comme un fils pour moi, c'est pourquoi je vais t'aider.

D'un geste de la main, elle montra la foule qui nous entourait.

— Ils savent tous ce que tu fais et certains tenteront de l'utiliser contre toi.

— Ou contre Nick, dis-je.

— Exactement, dit Portia. C'est pourquoi tu dois marcher la tête haute et savoir que tu vaux bien tous ces gens. Tu te tiens actuellement dans un nid de vipères empli de snobisme, d'hypocrisie et de jugements, et elles grouillent. Mais je vais te raconter une ou deux histoires qui devraient neutraliser leur venin.

Elle pointa un doigt vers un grand homme dans la soixantaine dont le visage buriné était tordu en un rictus aristocratique.

— Chez lui, Rufus préfère porter des couches. *Uniquement* des couches.

— Comme un adulte-bébé ? demandai-je.

— C'est ainsi qu'on appelle ça ? Je n'en sais rien. Mais tu n'imagines pas le mal qu'a sa pauvre femme à garder son personnel. La semaine dernière, elle a perdu sa cuisinière. Apparemment, la purée de bébé de Rufus était trop chaude et il a jeté une couche pleine à la cuisinière, qui a démissionné sur-le-champ.

Elle me désigna une femme au visage austère dans la cinquantaine vêtue d'une robe noire boutonnée sur le devant rappelant la soutane d'un prêtre.

— Et voilà Georgiana. Son visage siérait mieux à un homme, mais c'est le moindre de ses problèmes. Vois-tu, Georgiana est une lesbienne réprimée. Elle a peut-être donné un héritier et un héritier de rechange à son ennuyeux mari, mais ne te laisse pas avoir par *ça*.

— Vraiment ? Je ne l'aurais jamais deviné.

— Georgiana ne veut pas que tu le devines. Mais en privé, cette femme a dévoré plus de chattes qu'un carnivore de l'Arctique.

Elle m'indiqua un court bonhomme à la barbe blanche touffue, qui rayonnait d'une bienveillance apparente alors qu'il discourait devant un groupe d'invités.

— Ça, c'est Archie. Il s'est marié et a divorcé quatre fois, parce que personne ne peut tolérer ses habitudes dégoûtantes.

— Il semble si inoffensif. Il me rappelle mon conseiller d'orientation.

— Ne laisse pas son numéro de père Noël jovial te duper. Tu vois sa main gauche dans la poche de son pantalon ?

Je l'observai à nouveau.

— Oui.

— Archie est accro au Viagra, dit Portia. Pire encore, c'est un entasseur compulsif. Le manoir sur l'avenue Park qu'il a hérité de sa mère est rempli jusqu'au grenier de journaux et de nourriture en décomposition, et de la plus importante collection de vidéos pornos de New York. Surtout de l'asiatique, m'a-t-on dit. Archie a toujours été en mal d'exotisme. Si tu savais tous les endroits qu'il a visités pour trouver cet exotisme. Il est allé partout, de Bangkok à Dongguan.

À ce moment, j'aperçus Nick qui revenait avec le vin de Portia.

— Merci beaucoup, lui dis-je avec sincérité. Vous m'avez rappelé qu'en comparaison à bien d'autres, ma vie peut presque être considérée comme normale.

— Normale ?

Portia renifla.

— Lorsque tu auras vécu aussi longtemps que moi, tu sauras qu'il n'existe rien de tel. Vis ta vie et ne perds pas de temps précieux à t'inquiéter de ce que les autres disent. Et sois bonne pour Nick, c'est un homme de qualité, un prince parmi les hommes. Je sais de quoi je parle, dans mes jeunes années, j'en ai eu mon content.

— Ton content de quoi ? demanda Nick avec un sourire comme il tendait à Portia le verre de Pinot Grigio qu'elle avait demandé.

— Merci, mon cher. Ilana et moi bavardions entre femmes.

Nick rigola.

— Ce qui signifie que, peu importe ce qui vient de se raconter, je n'en saurai jamais rien.

Portia sirota son vin.

— Non, mais je vais te dire quelque chose d'encore mieux.

Elle pencha la tête vers la droite.

— Regardez-moi ce *désastre*.

Je me tournai et reconnus la blonde corpulente en velours vert que Nick m'avait indiquée comme une Astor.

— Bitsy Farnsworth ? dit Nick. Elle déblatérait au sujet de courants magnétiques un peu plus tôt.

— Ce qui ne fait que confirmer mes soupçons, dit Portia.

— Quels soupçons ? demandai-je.

Portia baissa la voix.

— Bitsy a une fois de plus jeté ses médicaments. Croyez-moi, dans une semaine ou deux, elle disparaîtra de New York, pour tout le reste de la saison. Les Astor la renverront dans cet asile dans les étendues glacées d'Alaska, à moins que ce ne soit du Canada ? J'oublie.

— Les maladies mentales sont terribles, dit Nick. Mais chaque année, la science découvre de nouveaux médicaments. Les médecins de Bitsy trouveront avec un peu de chance le comprimé qui pourra l'aider.

— C'est une peau d'ours que je ne vendrais pas de sitôt, dit Portia. Bitsy est prise dans le cercle vicieux des médicaments puissants depuis qu'elle a terminé ses études il y a plus de quarante ans. Le comprimé qui peut soigner cette femme n'a pas été inventé. Bien sûr, son diagnostic *est* quelque peu inhabituel.

— Ah bon ? dit Nick.

— De la schizophrénie avec une hypersexualité maniaque.

— De l'hypersexualité ? dis-je. Est-ce ce que je crois ?

— De mon temps, on appelait ça de la nymphomanie, dit Portia. Même jeune enfant, Bitsy jouait constamment avec son corps. Naturellement, les Astor ont tout essayé, des stabilisateurs d'humeur au traitement par électrochocs, jusqu'à lui attacher les mains derrière le dos. Mais Bitsy était plus qu'ingénieuse. Lorsqu'ils lui ont attaché les mains, elle s'est frottée contre le mobilier. Je me le rappelle bien, lors des garden-partys de sa mère. Bitsy se frottait à un pied de la table et l'horrible petit caniche de sa mère faisait de même avec les invités.

— Et comment la mère de Bitsy a-t-elle géré cette situation-*là* ? demanda Nick.

— Oh, Florence avait une telle classe. Son visage ne révélait jamais que quelque chose d'inconvenant avait lieu sous la table. Elle envoyait simplement une servante à la cuisine chercher d'autres biscuits, c'était le signal préétabli. Quelques instants plus tard, la nounou apparaissait et ramenait Bitsy dans sa chambre... mais personne n'a jamais rien fait à propos de ce satané chien.

Nick rejeta la tête en arrière et éclata d'un rire contagieux. Je ris jusqu'à en avoir les yeux pleins d'eau, et Portia se joignit à nous, s'esclaffant avec une force surprenante pour sa frêle silhouette.

Je n'avais jamais rencontré quelqu'un comme Portia, mais entre son affection évidente pour Nick et ses efforts pour me mettre à l'aise, je sentais que nous deviendrions rapidement amies.

— Tu es d'une terrible influence, dit Nick à Portia. Je ne pourrai plus jamais regarder cette pauvre femme sans penser à des caniches dévergondés et à des tables qui vibrent.

— Pauvre ? dit Portia. Garde ta sympathie pour quelqu'un qui le mérite. Peu importe la santé mentale de Bitsy, elle reste une femme singulièrement désagréable. Si tu savais le nombre de fois où je l'ai vue crier après son personnel ou donner un coup de pied à son adorable Pékinois.

Elle frémit.

— Non, la véritable tragédie est son mari.

— Tippy ? dit Nick. Il me semble plutôt sympathique.

— C'est le cas, mais il est également gai. Dans sa jeunesse, il était extrêmement séduisant, un Douglas Fairbanks sans moustache, et *très* populaire parmi ses compagnons. Tout le gratin ne parlait plus que de son amitié intime avec Roch Hudson. Pendant les années quatre-vingt, il était un paria, évidemment. Personne ne voulait s'asseoir près de lui lors des dîners, en raison de la maladie des gais.

— Quelle horreur, dis-je.

Portia secoua la tête avec gravité.

— C'était une époque terrible. Vous, les jeunes, ne pouvez pas imaginer à quel point, parce qu'il n'y a jamais rien eu de tel avant ou après. En une seule année, j'ai perdu mon responsable de galerie et trois stylistes. Par chance, ils ont enfin déniché des médicaments pour le S.I.D.A, ou peu importe le nom actuel. Sans les homosexuels, New York ne serait *pas* New York. Ce pourrait tout aussi bien être Dubuque ou Topeka.

— Tu ne nous as toujours pas dit pourquoi Tippy a épousé Bitsy, dit Nick.

— Oh, *ça*. Quelqu'un a vu Tippy quitter le Townhouse et a annoncé la nouvelle de ses activités sexuelles aux seules personnes de New York qui n'étaient pas au courant... ses parents. George et Maude Farnsworth étaient furieux et, sous la menace d'être déshérité, Tippy a été forcé de se marier sans délai. Je suppose que Bitsy était le meilleur parti que Maude pouvait trouver en si peu de temps. Marier son fils à une Astor, même une folle de dix ans son aînée, *était* un triomphe social en quelque sorte, mais je ne peux m'empêcher de plaindre Tippy.

— Quelle chance que les gens soient moins étroits d'esprit de nos jours, dis-je. Personne ne devrait être forcé de se marier ainsi.

— Se marier par amour est un concept moderne, dit Portia tout en jetant un coup d'œil par-dessus mon épaule droite. À mon époque, il s'agissait de former un couple convenable. Plus important, je vois cette harpie de Francine Gardiner se diriger vers nous, sans aucun doute pour se faire présenter à Ilana et ainsi avoir le plaisir de raconter à tous qu'elle a rencontré une supposée strip-teaseuse. Privons-la de ce plaisir, qu'en dites-vous ?

— Bonne idée, dit Nick. Je ne peux pas supporter cette femme.

— Bonne soirée, alors, dit Portia.

Elle me lança un clin d'œil complice.

— Je vais retenir Francine pendant que vous vous échapperez.

Puis, elle disparut dans la foule.

— Alors, que penses-tu de Portia ?

— Elle est incroyable. Et comme tu le disais, très maligne. Elle me plaît beaucoup et j'aimerais vraiment apprendre à la connaître plus.

— Au cours des dernières années, elle est devenue l'une de mes plus proches amies et nous déjeunons souvent ensemble. Tu devrais nous accompagner la prochaine fois.

Je lui pris le bras.

— J'aimerais beaucoup.

— Moi aussi. Prête à monter ?

— Allons-y. Après les histoires de Portia, je suis prête pour n'importe quoi.

28

CHAPITRE VINGT-HUIT

Nous retournâmes vers la mezzanine, qui était maintenant moins bondée.

— Pendant que nous sommes ici, autant jeter un œil à la vente aux enchères, dit Nick. Si nous croisons quelque chose qui nous plaît, je ferai une offre.

Je regardai alentour et mon regard fut attiré par une toile abstraite colorée de taille moyenne.

— Que penses-tu de celle-là ? dis-je.

— Approchons-nous, dit Nick.

Nous nous arrêtâmes devant la toile, qui reposait sur un chevalet en aluminium, et l'observâmes. Une constellation de points aux couleurs vives brillait contre un fond qui passait d'un bleu lumineux à un gris foncé profond.

— Elle a quelque chose qui me rappelle New York la nuit, dis-je.

Nick me prit la main.

— Je sais ce que tu veux dire. Ça me rappelle la vue de ma terrasse le soir, les lumières de la ville contre le ciel nocturne.

Il se pencha et lut la carte attachée à la barre horizontale du chevalet.

— Eh bien, j'ai l'impression que nous sommes en phase avec l'artiste. La pièce est intitulée Paysage urbain III. Elle aurait sa place dans mon vestibule, en face du couloir menant à la porte.

— Je suis d'accord. Ce serait parfait à cet endroit.

Il me sourit.

— Dans ce cas, allons faire une offre.

Il nous guida à travers la pièce jusqu'à une femme âgée au visage sympathique qui portait une robe de soirée vert foncé et un sublime collier de rubis. Son élégante chevelure d'un blanc neigeux était coupée court, et elle tenait une planchette.

— Bonsoir, Dorothy, dit-il. J'aimerais faire une offre pour la toile Paysage urbain III.

— Excellent choix, Nick. C'est une œuvre sublime et le peintre est prometteur. L'offre la plus élevée est maintenant à sept mille dollars et je peux t'assurer qu'elle vaudra bien plus dans quelques années.

— Allons-y pour dix, dit Nick. Si quelqu'un surenchérit, peux-tu monter mon offre en conséquence ? J'ai déjà décidé où la mettre chez moi.

Dorothy inscrit l'offre de Nick, puis nous sourit.

— Je m'en occupe. Passe simplement à la fin de la soirée et nous te l'emballerons.

— Merci, Dorothy. Nous repasserons plus tard.

Il me guida vers les ascenseurs, mais avant de pouvoir les atteindre, un homme grand et mince nous bloqua le chemin. Des lunettes à monture ronde, une chevelure légèrement dégarnie et des touches de gris aux tempes lui donnaient un air de directeur d'école. Il semblait avoir la quarantaine bien tassée.

— Salut, Nick, dit-il. Je vois que tu as acheté une autre de ces toiles abstraites avant-gardistes. Un piètre investissement, mais je suppose que tu en es conscient.

— Bonsoir, Forbes, répondit Nick. J'achète ce qui me tente et nous savons tous deux que *tu* en es conscient.

Forbes laissa échapper un rire sec.

— Ne t'attends pas à ce que le passé se répète. Il y a deux ans, tu as peut-être remporté l'acquisition de Datastream, mais cette fois-ci, les choses sont différentes. La direction de Centerpost est au fait de l'importance de la réputation de ma société à Wall Street. L'acquisition d'une part majoritaire de Centerpost par Endicott Trumbull jettera les bases d'une offre en bourse fructueuse dans un an ou deux.

— C'est une façon de voir les choses, dit Nick. Mais l'expérience de ta société dans les technologies du web est minime. Il y a dix ans, lorsque ton père t'a remis la présidence d'Endicott Trumbull, tu aurais pu faire des changements. Tu aurais pu ouvrir la porte à du sang neuf et à de nouvelles perspectives. Mais tu ne l'as pas fait et maintenant tu essaies de te rattraper.

À ce moment, un homme grand et bien bâti s'arrêta près de Forbes. Avec son épaisse chevelure blonde lissée vers l'arrière pour révéler des traits burinés, il avait presque la beauté d'une vedette du cinéma, abstraction faite de ses yeux aigue-marine, trop petits pour son visage et anormalement brillants.

— Nick ! Forbes !

Il me lança un sourire lumineux.

— Cette charmante dame doit sans aucun doute mourir d'ennui.

Il pencha la tête vers Nick.

— Allons, présente-nous.

Nick conserva un masque poli, mais je sentis son irritation.

— Voici ma copine, Ilana Evans.

Il fit un geste vers l'homme avec qui il parlait, puis vers l'homme blond.

— Forbes Endicott et Sloan Vandervelt. Forbes est à la tête de la société d'investissement Endicott Trumbull, où travaille également Sloan.

Sloan me prit la main et la baisa. Lorsqu'il me libéra, je remarquai des traces de poudre blanche près de sa narine gauche et je résistai à l'envie de frotter le dos de ma main contre ma robe. Ulbrecht m'avait dégoûtée et Forbes m'avait déplu dès qu'il avait pris la parole, mais il y avait quelque chose chez Sloan qui me perturbait à un tout autre niveau.

Sloan tourna son regard étrangement lumineux vers Nick.

— Ta nouvelle copine ressemble beaucoup à une autre, non ? Tu sais de qui je parle.

Ses lèvres s'étirèrent en un demi-sourire.

— Alicia. Je crois me rappeler que lorsqu'ils ont gratté son cadavre mutilé de la route, ta bague était encore à son doigt. Tu t'es sorti de cet accident sans même une éraflure, mais tu as toujours été chanceux.

Je me figeai, ne sachant pas quoi penser de la révélation de Sloan. Même si Nick m'avait révélé beaucoup de choses à propos de son passé, il n'avait jamais mentionné une fiancée, encore moins une fiancée décédée. Et il s'était trouvé avec elle lors de sa mort ? Je ne pouvais imaginer plus horrible.

L'expression de Nick était sinistre.

— Putain de salaud, dit-il à Sloan, avant de se tourner vers Forbes. Éloigne-le de moi avant que je ne lui mette mon poing au visage. Ne vois-tu pas qu'il a trop de coke dans le nez ?

— Alicia, dit Sloan, tandis que Forbes l'attrapait par l'épaule et commençait à l'éloigner. Oui, ta copine ressemble à Alicia.

Pendant qu'ils s'éloignaient, Nick les suivit du regard avec une expression que je ne lui avais jamais vue, un mélange de fureur, de douleur et de tristesse.

Je plaçai une main sur son bras.

— Ça va ?

Il se tourna vers moi.

— Non, mais ça ira.

Il prit une profonde respiration, puis soupira.

— Je voulais te parler d'Alicia avant, mais c'est difficile pour moi et encore plus d'aborder l'accident.

— Tu n'as pas besoin d'en parler maintenant si tu ne veux pas. Si tu préfères attendre un meilleur moment, ça me va.

— Il n'y aura jamais de bon moment.

Il me prit la main et me guida vers une alcôve près des ascenseurs.

— Avec un peu de chance, personne ne nous dérangera ici.

L'alcôve n'offrait pas une intimité totale, mais deux arbres en pot nous abritaient en partie du brouhaha et des invités. Un long banc en cuir s'y trouvait et nous y prîmes place.

Nick me prit la main.

— Je n'avais pas l'intention de te parler d'Alicia ce soir, mais c'est une partie de ma vie que tu devrais connaître et j'ai toujours eu l'intention de t'en parler. Je l'aimais de tout cœur et j'ai mis des années à me remettre de sa mort, mais avec l'appui de ma famille, j'y suis arrivé. J'ai aussi eu le temps de démêler mes sentiments, l'accident de voiture a eu lieu il y a dix ans, lorsque j'étais en dernière année à Columbia. Sloan est au courant parce qu'il était à Columbia en même temps et que nous étions dans la même résidence. Sa chambre se trouvait au bout du couloir.

— S'en est-il pris à toi ce soir seulement pour des raisons personnelles ? Ou bien est-ce relié à l'acquisition de Centerpost ?

— Oh, c'est personnel. Il travaille peut-être pour Forbes Endicott, mais il n'est pas assez haut placé pour être directement impliqué dans l'acquisition. Sloan me déteste pour d'autres raisons.

— Lesquelles ?

— À l'université, nous étions amis. Plus tard, il a été l'un des premiers investisseurs de ma première entreprise.

— Sloan a investi dans FlexMap ?

— Oui, dit Nick. Ce que j'ignorais alors, c'est que sa consommation de drogues échappait à tout contrôle. Au cours des années suivantes, son comportement s'est fait erratique et des récits de ses frasques excessives ont fait le tour du milieu des affaires. Lorsque j'ai négocié les premiers fonds de capital-risque, les nouveaux investisseurs ont insisté pour inclure au contrat le départ de Sloan. Ils le considéraient comme un risque au niveau des relations publiques et je ne pouvais pas le leur reprocher.

— Comment t'y es-tu pris ?

— De la manière habituelle, dit Nick. Nous lui avons remis un chèque de rachat important et lui avons fait savoir qu'il était dans son propre intérêt de l'accepter et de partir. Mais, plutôt que de reconnaître que son propre comportement avait été la cause de cette situation, Sloan m'a blâmé et m'a accusé de trahir notre amitié. Il a refusé de comprendre que le futur de FlexMap et de tous ceux qui y travaillaient était en jeu et qu'en tant que PDG, il était de ma responsabilité d'obtenir les fonds qu'il nous fallait. Je ne pouvais pas laisser un investisseur drogué, même s'il avait été un ami à une certaine époque, faire obstacle à ce contrat de fonds de capital-risque.

— Alors, c'est pour ça qu'il te déteste.

— En partie. Le rachat de Sloan était plus que généreux vu la valeur de FlexMap à cette époque, mais au cours des cinq années suivantes, la valeur de l'entreprise a monté en flèche.

Je comprenais où il voulait en venir.

— Donc, s'il avait pu garder ses actions, il aurait fait bien plus d'argent.

— Disons simplement que si Sloan avait vendu ses actions en même temps que moi, il serait milliardaire aujourd'hui. Grâce à son fonds fiduciaire, il est né millionnaire, mais il en a toujours voulu plus. Il n'a simplement pas la volonté de lever le petit doigt pour y arriver.

— Assez parlé de ce sale type, dis-je. Parle-moi plutôt d'Alicia.

L'expression de Nick s'adoucit.

— Nous nous sommes rencontrés à l'université et, au fait, vous ne vous ressemblez pas du tout, à part pour les longs cheveux foncés. L'été avant notre dernière année à Columbia, je l'ai demandée en mariage et elle a accepté. Nous avions fixé une date pour un mariage en juin l'été suivant, après la fin de nos études.

— Quel genre de personne était-ce ?

— Elle était intelligente, belle et hilarante. Vous vous seriez bien entendues. Le jour de l'accident a été le pire de ma vie. Alicia et moi étions en route vers New York après un week-end de loisir. Nous étions en février et avions passé le week-end à skier chez un ami, dans le New Hampshire. Il était tard et je conduisais. Nous étions tous deux attachés, mais Alicia s'est détachée pour attraper sa veste sur le siège arrière. Le chauffage dans ma vieille voiture rouillée n'était pas suffisant et elle avait froid.

— C'est là que c'est arrivé ?

Nick acquiesça.

— Dans un virage serré, une camionnette est apparue de nulle part. Le conducteur allait trop vite et, lorsqu'il a pris le virage à grande vitesse, il s'est retrouvé sur notre voie. Plus tard, la police nous a dit qu'il avait bu. J'ai fait une embardée pour l'éviter, mais c'était trop tard. Il a heurté la voiture et nous avons quitté la route pour finir contre un arbre. Alicia a été projetée hors de la voiture et je me suis cogné la tête contre la portière avant de perdre connaissance. Lorsque j'ai enfin repris connaissance et me suis sorti de la voiture, elle était déjà morte.

Tandis que j'assimilais la fin tragique du récit de Nick, mes yeux s'emplirent de larmes. Pour la première fois, je comprenais enfin pourquoi il avait passé sa vingtaine dans des clubs pour gentlemen. La mort d'Alicia l'avait brisé, la mort de ses parents avait suivi quelques années plus tard et après avoir perdu trois personnes qu'il aimait, il avait noyé son chagrin en se tournant vers le genre de relations qui n'impliquait pas le cœur… le genre qu'on payait.

— Tu devais être dévasté.

— Oui. C'est le pire moment que j'ai jamais connu. La femme que j'aimais était morte et je n'avais pas même eu la chance de lui dire adieu. Sans la présence des membres de ma famille, je ne sais pas si je m'en serais sorti. Mais ils étaient là et, grâce à eux, je me suis graduellement remis sur pieds, excepté sur un point.

— Lequel ? demandai-je en tentant de réprimer mes larmes.

— Les sentiments qu'Alicia et moi avions l'un pour l'autre. Je ne croyais pas pouvoir à nouveau ressentir une telle chose. Mon père m'avait dit que j'avais tort, mais je ne le croyais pas.

Il me regarda avec gravité.

— Jusqu'à maintenant.

29

CHAPITRE VINGT-NEUF

Avec la conviction renouvelée que nous étions faits l'un pour l'autre, je quittai l'alcôve avec Nick et nous nous dirigeâmes vers l'ascenseur menant à l'étage et à la grande salle de bal. Je savais que je l'aimais et, plus tôt ce soir, il m'avait dit m'aimer.

Lorsque les portes de l'ascenseur se refermèrent sur nous et que nous fûmes seuls, je l'embrassai légèrement.

— En quel honneur ? dit-il. Non que je me plaigne.

— Pour m'avoir parlé d'Alicia. Pour me parler de ta vie, même lorsque ce n'est pas facile.

Il me lança un regard triste.

— Lorsque nous serons dans la salle de bal, j'aurais bien besoin d'un autre martini. La soirée n'a pas été de tout repos.

— Je suis d'accord. Mais nous avons déjà croisé tes deux concurrents pour l'acquisition de Centerpost, nous avons géré Valencia, et tout le monde a eu son mot à dire.

— Tu as raison. Le pire devrait être passé. Prenons un verre, puis j'espère que tu danseras avec moi.

Je lui jetai un regard.

— Comment ça, tu espères ? J'attends que tu m'invites depuis le début de la soirée.

~

Nous sortîmes de l'ascenseur, traversâmes le hall de la salle de bal, puis pénétrâmes dans la grande salle de bal elle-même, dont le spectacle me coupa le souffle. Plus vaste et encore plus sublime que la salle *The Terrace*, la grande salle de bal était un conte de fées néoclassique resplendissant. Aux abords de la pièce, des arbres ornementaux étaient éclairés par des lumières bleues qui se reflétaient contre le plafond et transformaient le cristal des lustres en une cascade étincelante de saphirs.

Le périmètre de l'espace était bondé d'invités. Au centre, les couples tournoyaient sur la piste de danse au son d'une valse viennoise.

Je plaçai une main sur le bras de Nick.

— Premier arrêt, martinis ?

Il me sourit.

— Oh, oui.

Nous tournâmes vers la gauche et la partie bar, bondée. Juste avant de l'atteindre, Nick me montra un petit homme costaud à la chevelure châtain ondulée. Il semblait avoir une petite trentaine et était accompagné d'une séduisante petite femme asiatique arborant une époustouflante robe de soirée rouge et un collier recherché en filigranes dorés.

— Voilà Jason Sanders et sa femme, Hae-won, dit-il. Jason est le PDG de Centerpost. C'est un type formidable et j'ai hâte de travailler avec lui après la conclusion de l'acquisition. Je ne connais pas beaucoup sa femme, mais je sais qu'elle est neurochirurgienne pédiatrique. Aimerais-tu les rencontrer ?

— Oui, beaucoup.

Tandis que nous approchions du couple, Jason aperçut Nick.

— Nick Santoro ! dit-il. Je disais justement à Hae-won que nous allions peut-être te voir ici ce soir.

Les deux hommes se serrèrent la main avec chaleur. Lorsque Nick eut fait les présentations, Jason proposa d'aller chercher les verres ensemble.

— Accompagne-moi, Santoro. Les dames peuvent rester ici pendant que nous nous fraierons un chemin jusqu'au bar.

— Bonne idée, dit Hae-won. La dernière fois que nous sommes allés au bar, quelqu'un m'a pratiquement jetée à terre.

Alors que les hommes plongeaient dans la mêlée entourant le bar, je souris à Hae-won.

— J'adore ton collier, dis-je. Il est sublime et je n'ai jamais rien vu de tel.

— Il vient d'Inde et il est très ancien, dit-elle. Jason me l'a offert pour notre premier anniversaire.

Elle frémit.

— Mais j'aurais préféré ne pas l'avoir porté ce soir.

— Pourquoi ? Il est parfait avec ta robe.

Elle baissa la voix.

— Plus tôt dans la soirée, lorsque Jason est allé aux toilettes, l'un des hommes qui veulent acheter sa société m'a menacée. Il a dit que si mon mari n'acceptait pas l'offre de son entreprise, la malchance nous frapperait.

En l'absence de Nick, je ne savais pas ce que je pouvais révéler, alors je choisis mes paroles avec soin.

— Nick m'a parlé des entreprises en concurrence avec lui pour l'acquisition de Centerpost et j'ai rencontré ce soir plusieurs des hommes à la tête de ces sociétés, dont certains étaient très désagréables.

— Toi aussi ?

Elle secoua la tête.

— Je suis heureuse d'avoir choisi une carrière en médecine. Je sais que mon mari doit faire affaire avec ces hommes, mais certains ne sont pas de bonnes personnes.

Elle semblait s'ouvrir avec moi, alors j'extrapolai.

— Est-ce qu'Andreas Ulbrecht, le PDG de NextEdge, est l'homme qui t'a menacée ?

— Non, c'était un associé principal d'Endicott Trumbull. Son nom est Beardsley Fripp, mais tout le monde l'appelle B. L'as-tu rencontré ?

— Non, répondis-je.

Hae-won balaya du regard la piste de danse, puis la zone du bar.

— Il est à l'opposé de la pièce, juste après la foule au bar. Il fait environ un mètre soixante-dix, avec de larges épaules et des cheveux foncés courts, coupés à la mode militaire.

Je me tournai dans la direction qu'Hae-won m'avait indiquée et repérai l'homme. Fortement bâti avec de larges épaules et un torse comme un tonneau, Beardsley Fripp était debout, ses courtes jambes bien plantées et sa mâchoire carrée avancée, dans une posture qui projetait une agressivité renforcée par sa coupe stricte.

— Il ne semble pas du tout sympathique, dis-je.

— Lorsqu'il m'a menacée, il a enfoncé son doigt contre mon collier.

Les traits délicats d'Hae-won se firent tristes.

— À cause de cet homme horrible, je ne pourrai plus jamais porter le cadeau de mon mari sans me rappeler ce moment. Lorsque Jason est revenu des toilettes et que je lui ai raconté ce qui s'était passé, il était furieux.

— Je n'en doute pas.

— Jason voulait s'en prendre à lui. Mais je l'ai arrêté, parce qu'une bagarre ne ferait qu'empirer la situation. Jason veut accepter l'offre de Nick, mais avant, il doit persuader assez de membres du conseil. Une altercation publique avec Fripp le ferait paraître partial et émotif, à un moment où il doit paraître impartial et rationnel.

Je considérai Hae-won avec un nouveau respect. Non seulement était-elle douée dans son propre domaine, mais elle s'y connaissait clairement un peu en affaires et dans l'art de la persuasion.

— Tu as bien conseillé ton mari, dis-je. En tant que PDG, ses recommandations auprès du conseil auront plus d'impact si elles semblent impersonnelles.

Nick et Jason revinrent alors avec nos verres. Nick me tendit un martini et Jason offrit un verre de vin blanc à Hae-won.

Jason leva son verre.

— À notre collaboration. Comme je le disais, Nick, je suis

convaincu de pouvoir rallier les voix qu'il nous faut au cours des prochaines semaines. Ce n'est qu'une question de temps.

Nick fit tinter son verre contre celui de Jason, puis contre le mien et celui d'Hae-won.

— Je bois à cette éventualité. À nous deux, Jason, nous élèverons Centerpost au niveau supérieur, et encore plus loin.

Lorsque Jason et Hae-won s'éloignèrent pour parler à un autre associé de Jason, Nick se tourna vers moi.

— Tu as fait une forte impression auprès de Jason, dit-il avec un sourire. As-tu vu son expression lorsque tu lui as décrit tes idées pour la commercialisation des services de Centerpost ? Lorsque tu auras terminé ton MAE, tu seras une ressource très demandée. Je prédis une guerre aux enchères pour tes talents.

Je rougis sous son éloge.

— J'espère que tu as raison.

— Je sais que j'ai raison. Maintenant, que dirais-tu d'une danse ?

— Oh oui, mais avant, je dois me rendre aux toilettes. Oh, et à mon retour, rappelle-moi de te raconter ma conversation avec Hae-won.

— D'accord.

Il me montra des portes pas trop loin de nous.

— Franchis ces portes, tourne à droite, puis à gauche. Tu veux que je t'accompagne ?

— Non, ça va. C'est tout près et je promets de ne pas me perdre.

Il me lança un regard intense.

— J'espère bien. Tu me dois encore une danse.

30

CHAPITRE TRENTE

En atteignant les toilettes, je fus agréablement surprise de découvrir que, contrairement à ce que je croyais, il n'y avait pas de file d'attente.

Après avoir utilisé les toilettes, je sortis de la cabine, m'approchai des lavabos faisant face aux cabines, et déposai ma pochette sur le comptoir près du lavabo. Lorsque je terminai de me laver les mains, je les essuyai avec une serviette d'un blanc immaculé provenant du panier devant le lavabo. Puis, j'examinai mon maquillage dans le miroir lustré aussi long que le comptoir.

Mes lèvres avaient besoin d'une retouche, alors j'ouvris ma pochette, en sortis mon rouge à lèvres et l'appliquai sur mes lèvres. J'avais presque terminé quand j'entendis une porte de cabine s'ouvrir, puis le claquement de talons. Puis, un regard noir plissé croisa le mien dans le miroir.

Deux fois dans la même soirée ? Putain de malchance.

— Eh bien, si ce n'est pas mademoiselle pas d'extra, dit Valencia. Si tu crois t'être tirée du coup que tu m'as fait plus tôt, détrompe-toi. Je me vengerai et, ce jour-là, tu regretteras d'être née.

Je laissai tomber mon rouge à lèvres dans la pochette et me tournai vers elle.

— Mettons les choses au clair, Valencia. C'est toi qui as décidé de t'en prendre à moi. À quoi t'attendais-tu ? À ce que je me laisse faire, sans rien dire ? J'ai peut-être terminé notre petite discussion, mais c'est toi qui l'as commencée.

— Tu l'as terminée ?

Elle laissa échapper un rire cassant.

— Stupide catin. Tu peux à peine terminer un strip-tease sans te ramasser sur ton gros derrière. Ce salaud de Santoro a dû venir à ta rescousse. Il a dû menacer de me faire virer pour pouvoir te sauver de toi-même.

Je sentis monter ma colère quand elle insulta Nick.

— Au moins, je suis ici avec un homme qui me respecte, qui apprécie ma compagnie et qui est fier de me présenter comme sa copine. Mais toi ? Tu n'es qu'une vieille strip-teaseuse usée qu'Ulbrecht a dénichée dans un marché d'escortes bon marché. Et si tu crois que Nick ne m'a pas parlé de votre courte relation, tu te trompes. Je suis au courant de tout.

— Tu ne sais *rien du tout* à propos de Nick et moi, ricana-t-elle.

— Au contraire. Je sais comment il y a mis fin, pourquoi et comment tu as tenté, sans succès, de le reconquérir. Ta haine à mon égard a toujours été liée à Nick, n'est-ce pas ? À cause de tes sentiments pour lui, de son rejet et de ta jalousie parce qu'il veut être avec moi.

La voix de Valencia était pleine de sarcasme.

— Si tu crois que Nick Santoro s'intéresse vraiment à toi, tu es aussi idiote que ma cousine Lucrezia. Et pour ce qui est de respect, Santoro respecte peut-être ta volonté de lui faire des pipes, mais ça ne va pas plus loin que *ça*.

Je fis un pas vers elle.

— Ce que j'ai avec Nick est réel. Non que je m'attende à ce que tu comprennes. Vu tes seins siliconés et tes lèvres pleines de collagène, ce qui est réel n'est manifestement pas ton fort.

Les yeux de Valencia étincelèrent d'un feu sombre.

— Alors, j'ai fait un peu de chirurgie. Si tu avais l'intelligence d'un lapin, tu ferais de même. Ça te donnerait peut-être même un peu plus de temps avec Nick Santoro, ou du moins un autre collier de diamants que tu pourras vendre lorsqu'il te plantera là.

Je touchai le cadeau de Nick et me souvins du moment où il l'avait attaché à mon cou. Quelque chose en moi bascula et je perdis toute envie de me disputer avec Valencia. Malgré toute ma haine de cette salope amère et méchante, continuer ainsi n'aurait aucun résultat, à part retarder ce que je souhaitais vraiment : danser le reste de la nuit dans les bras de l'homme que j'aimais.

Je regardai donc Valencia.

— Ça t'étonnera peut-être, mais toutes les relations ne sont pas basées sur le sexe, l'argent ou les bijoux dispendieux. Parfois, deux personnes aiment réellement passer du temps ensemble. Parfois, elles s'apprécient assez pour être honnêtes au lieu de jouer au plus fin avec l'autre. Et parfois, les cadeaux viennent du cœur.

Elle leva les yeux au ciel.

— Tu es *vraiment* plus stupide que Lucrezia.

— Et je me fiche totalement de ce que tu penses. Cette conversation est terminée.

J'attrapai ma pochette et la refermai.

— Attends de voir, dit Valencia. Lorsque j'en aurai fini avec toi, tu n'oseras plus jamais retourner au club.

— Des menaces, des menaces, dis-je tout en me dirigeant vers la porte. Et que peux-tu bien me faire, de toute façon ? Limer le talon d'une autre chaussure ?

— Oh non, dit Valencia.

Au moment où j'ouvrais la porte et sortais de la salle de bain, elle me lança.

— Tu n'as encore rien vu.

31

CHAPITRE TRENTE-ET-UN

Lorsque je revins dans la grande salle de bal, je retrouvai Nick exactement où je l'avais laissé. Son visage séduisant se fendit d'un large sourire lorsqu'il m'aperçut.

— Ce fut plus long que je ne m'y attendais, dit-il. Dans mon impatience à danser avec toi, j'ai presque organisé une battue, mais je me suis souvenu que la file d'attente pour les femmes est toujours cinq fois plus longue que celle des hommes.

— C'est généralement le cas. Mais ce n'est pas ce qui m'a retenue. Je suis tombée sur Valencia dans les toilettes.

Son expression se fit inquiète.

— Ça n'a pas dû être joli.

Je lui souris.

— Disons simplement que j'ai profité de l'occasion pour mettre au clair certaines choses.

— Comme ?

— Comme le fait que toi et moi sommes ensemble et que rien de ce qu'elle dira ou fera n'y changera quelque chose.

— Bien. Mais si elle te cause d'autres problèmes au club, je veux le savoir.

— Je te tiendrai au courant, mais assez parlé de Valencia. Je refuse de laisser cette harpie nous voler une seconde de plus de notre soirée. Je ne veux plus y penser.

L'orchestre passa à un morceau lent que je reconnus comme un arrangement de « Skyfall » par Adele. Nick me prit la main droite de sa main gauche et plaça son autre main contre mon dos juste sous mon omoplate.

— Prête ?

— Absolument.

Sans hésitation, il me fit tournoyer sur la piste de danse et, dans ses bras, les événements de la soirée s'estompèrent. Pressée contre la chaleur de son corps et entourée de ses bras puissants, je me sentais totalement heureuse. Tandis que nous tournoyions sur la piste, je plongeai mon regard dans le sien et l'intensité que j'y vis me bouleversa. Grâce à des années de cours de danse, mes pieds se mouvaient en rythme avec la musique, alors même que le souffle me manquait et que mon cœur s'emballait.

Nos corps se mouvaient ensemble comme s'ils le faisaient depuis une éternité et, alors que nous entamions un deuxième tour de piste, je sus que le moment dont j'avais rêvé était enfin là. Le moment parfait. Le moment que j'avais attendu toute la soirée.

— Nick, lui dis-je à l'oreille. Après une ou deux autres danses, je veux que tu me ramènes chez toi. Je veux faire l'amour avec toi ce soir.

Il m'attira encore plus près de lui.

— Tu sais à quel point j'en ai envie, mais en es-tu sûre ? Avec tout ce qui s'est passé ce soir, je ne t'en voudrais pas si tu préfères attendre.

— Ce qui s'est passé ce soir n'a fait que renforcer mes sentiments pour toi. Je crois que je suis tombée amoureuse le jour où nous nous sommes croisés au Washington Square Park. Tu t'en souviens ? Tu nous as acheté des sandwiches et Jack a uriné sur ta chaussure.

Il me lança un regard.

— Si j'avais su que des sandwiches et de l'urine de chiot étaient la clé de ton cœur, j'aurais entraîné Jack en conséquence, et arrangé une reconstitution.

Je ris.

— T'ai-je déjà dit à quel point j'aime ton sens de l'humour ? Tu as cette capacité diabolique de savoir exactement ce qui me fait rire.

— C'est parce que je suis motivé, dit-il. J'adore ton rire. Tu commences par un gloussement, mais lorsque l'eau te monte aux yeux, je sais que tu te prépares à un véritable fou rire.

Sa description était d'une telle justesse et, encore une fois, je fus émue de son attention. Aucun des hommes que j'avais fréquentés n'avait jamais daigné remarquer de petites choses comme ma façon de rire.

— Portia avait raison à ton sujet, dis-je.

— Oserais-je te demander à quel sujet ?

— Elle a dit que tu étais un prince parmi les hommes.

— Portia exagère. Je ne suis qu'un gars de Jersey qui travaille dur et qui s'y connaît en affaires. Mais même si je ne suis pas un prince, tu ressembles sans aucun doute à une princesse ce soir. Cette robe te va à ravir et, sans me vanter, j'ai choisi le collier parfait pour celle-ci.

Je lui souris.

— Ton appréciation de ma tenue signifie-t-elle que tu m'aideras à l'enlever plus tard ?

— Avec un immense plaisir, dit-il.

À la fin du morceau, il me fit basculer vers l'arrière et m'embrassa avant de me ramener contre lui.

Il murmura à mon oreille.

— Et lorsque je t'enlèverai tes vêtements, ne t'attends pas à les remettre avant l'aube.

32

CHAPITRE TRENTE-DEUX

Après la chanson d'Adele, que je considérerais à partir d'aujourd'hui comme la nôtre, l'orchestre entama un cha-cha-cha vif. Nick me guida hors de la piste de danse et parmi la foule qui se pressait à ses abords.

— Pas de cha-cha-cha, dit-il. Ça bouge trop pour moi, et surtout pour mes talents limités de danseur. Tu ne m'en veux pas si on saute celle-ci ?

Je ris.

— C'est bon, mais seulement si tu me promets la prochaine valse. Maintenant que tu m'as révélé ton talent fou en valse, sache que j'ai l'intention d'en profiter tout le reste de la soirée.

Il passa un bras autour de ma taille.

— Intéressant. Et nous n'avons pas à nous limiter aux valses. Je ne peux peut-être pas m'approcher de la samba et du cha-cha-cha, mais mon swing est excellent et je sais danser le tango.

Lorsque nous atteignîmes la zone moins bondée près du mur du fond de la salle de bal, Nick s'arrêta et me relâcha.

— Pendant que nous attendons la prochaine danse dans mes cordes, je dois aller aux toilettes.

— Vas-y. Je serai ici à ton retour.

J'observai Nick disparaître en direction des toilettes, puis tournai mon attention vers la piste de danse. L'éclairage de la salle de bal tachetait les invités d'or et de bleu et, bien que le défi de la danse latine énergique ait réduit le nombre de danseurs, la piste n'était pas désertée.

Alors que j'observais les danseurs se balancer et se trémousser en rythme, mon cœur s'emplit d'émotion. Chaque cellule de mon corps était excitée à l'idée que dans une heure ou deux, Nick et moi ferions l'amour pour la première fois.

Il m'avait fallu bien du temps pour lui ouvrir mon cœur, et encore plus pour savoir que ce que nous avions était vrai. Plus tard ce soir, notre relation passerait au stade suivant et j'étais impatiente de l'embrasser sans fin, d'explorer son corps et de savourer sa saveur et son odeur.

C'est alors que Beardsley Fripp s'arrêta devant moi.

Sa posture agressive combinée à son torse immense, à ses longs bras et à ses traits froncés lui donnait l'allure d'un singe qui venait de découvrir que son bananier avait brûlé.

— Eh bien. Tu as été sur les lèvres de tout le monde ce soir, au lieu de leurs genoux, là où ton genre se tient généralement. Normalement, je parle uniquement aux putes dans leur propre milieu, mais je vais faire une exception ce soir.

— Pas besoin. Je sais qui tu es, Fripp, et je connais ton type aussi bien que tu crois connaître le mien. Je n'ai rien à te dire.

Il montra ses dents en un sourire simien.

— Alors, tais-toi. Je suis sûr que ta jolie bouche a d'autres utilités.

— Tu n'es rien de plus qu'un lâche. Un homme, un vrai, affronterait Nick, plutôt que de piéger sa compagne.

Fripp avança sa mâchoire démesurée vers moi.

— Stupide catin. Je connais Santoro et je sais exactement ce que je fais. Te laisser lui donner mon message sera bien plus efficace.

— Au cas où tu ne l'aurais pas remarqué, il n'y a pas écrit La Poste. Si tu veux envoyer un message à Nick, tu devras le faire toi-même.

Je commençai à m'éloigner, mais Fripp fut trop rapide pour moi. Il agrippa mon bras gauche d'une main poilue.

— Pas si vite, ma minette. Je n'en ai pas terminé avec toi.

Je tentai de me dégager, mais il resserra sa poigne, ses ongles s'enfonçant douloureusement dans la chair de mon bras.

— Lâche-moi ! dis-je.

Il m'attira plus près et son souffle chaud me frappa au visage dans un miasme fétide d'alcool et de cigares.

— Écoute bien, salope, dit-il contre mon oreille. Dis à ton putain de copain de tenir ses mains sales loin de Centerpost. Dis-lui que je connais des gens dans cette ville. Des gens qui connaissent des gens, dont certains seraient plus qu'heureux de te faire la peau pour quelques dollars et de faire porter le chapeau à Santoro.

Les genoux tremblants, je sentis la pièce tournoyer autour de moi en un cauchemar bleu et doré.

— Tu es cinglé ! Personne ne croirait une chose pareille.

— Oh, ils le croiraient sans hésitation. J'y veillerais. Une ruelle sombre. Une strip-teaseuse tuée. Un couteau sanglant dans une benne à proximité. Après ce soir, la moitié de New York saura que Santoro te baise. Il serait le suspect numéro un. Comme tu n'es rien d'autre qu'une sale pute qui a eu son lot d'hommes riches et puissants, tout le monde supposera qu'il t'a tuée par jalousie.

La peur m'envahit, mais je ne flanchai pas.

— Nick ne laisserait personne me faire du mal, et même si tu réussissais à me faire tuer, la police découvrirait la vérité.

— La vérité ?

Fripp rejeta la tête en arrière et éclata de rire.

— La police se fout pas mal de la vérité. Elle ne s'intéresse qu'aux preuves, qui sont très faciles à fabriquer.

Il se pencha sur moi, assez près pour que je puisse voir chaque pore de son nez bulbeux et violacé, et planta avec force deux doigts à la base de ma gorge.

— L'ADN de Santoro sera sur ce couteau… et dans ta chatte morte.

À ces mots, quelque chose en moi céda. Je me reculai, levai ma main droite et giflai avec force le visage de Fripp. Il recula en trébuchant, clairement choqué, mais ne libéra pas mon bras gauche. Le bruit de ma gifle fit se retourner plusieurs personnes vers moi, mais je me fichais de la foule, et encore plus de ce qu'elle pensait de moi. La seule chose qui m'importait était de m'éloigner de cet homme cinglé et dangereux.

— Lâche-moi ! criai-je.

Je lui griffai le visage.

Le visage en sang, il me libéra et chancela vers la foule compacte qui se tenait derrière lui, aux abords de la piste de danse. Tandis qu'il reculait, ses mains se portèrent sur son visage, où sa joue était humide de sang. Son corps solide heurta une femme menue qui agrippa par réflexe son veston alors qu'elle chancelait contre lui, le déséquilibrant davantage. Ils tombèrent tous deux au sol.

Le compagnon de la femme accourut à ses côtés.

— Emily ! Tout va bien ?

Il l'aida à se relever avant de se tourner avec colère vers Fripp, qui se relevait avec peine.

— Hors d'ici, cria-t-il. Tu n'as rien à faire ici. Tu n'es rien de plus qu'une crapule.

Pendant que les deux hommes continuaient de se disputer, une femme plus âgée à l'expression sympathique me toucha le bras.

— Tout va bien ? demanda-t-elle.

— Oui. Je dois seulement rejoindre mon copain.

— Avant, j'aimerais te féliciter pour cette gifle. Les gens comme lui ne devraient pas être invités à ces soirées. Malheureusement, de nos jours, la plupart des organismes acceptent quiconque est prêt à leur signer un chèque.

Sa gentillesse me toucha. Il y avait apparemment des gens honorables dans cette foule, même si je n'en avais pas croisés beaucoup ce soir.

— Merci, dis-je.

L'homme à la carrure robuste et à la chevelure argentée à ses côtés s'adressa à moi.

— Aimerais-tu que nous restions avec toi jusqu'à ce que tu trouves ton copain ?

Trois mètres plus loin, le compagnon de la femme que Fripp avait heurtée attrapa Fripp par le revers de son veston. La foule était si attentive à ce nouvel épisode qui composait sans aucun doute le clou de la soirée, je sus que j'avais une chance de m'éclipser et de retrouver Nick.

— Merci, dis-je. J'apprécie votre gentillesse, mais il n'est pas nécessaire de rester avec moi. Je sais où se trouve mon copain, alors je vais aller le rejoindre.

— Es-tu sûre ? demanda la femme.

Malgré ma colère contre Fripp et ce qu'il m'avait fait, je réussis à me reprendre, à sourire et à les remercier.

— Merci pour votre attention, c'est très gentil, mais je dois nettoyer le sang de Fripp sur mes ongles, puis trouver mon copain.

La femme me regarda avec une nouvelle appréciation.

— Ma chère, toi et moi devrions déjeuner ensemble. Je suis Amelia Stafford et voici mon mari, Charles.

— J'aimerais beaucoup.

— Comment puis-je te contacter ? demanda-t-elle.

— Connaissez-vous Nick Santoro ?

— Bien sûr. Tout le monde connaît Nick.

— Vous pouvez me joindre par lui, dis-je.

Je me fondis alors dans la foule et me dirigeai vers le couloir des toilettes, où j'espérais trouver Nick.

33

CHAPITRE TRENTE-TROIS

En approchant des toilettes, je vis Nick sortir de celles des hommes. Je levai un bras et l'agitai avec frénésie ce qui, combiné à mon expression, lui suffit pour comprendre que quelque chose n'allait pas.

— Tu es blanche comme un linge, dit-il en s'arrêtant près de moi. Qu'est-ce qui s'est passé pendant mon absence ?

Je lui racontai et, pendant mon récit, son expression passa du choc à la colère jusqu'à une fureur incandescente que je n'avais jamais vue chez lui.

— Où est-ce putain de salopard ? dit-il, en regardant furieusement alentour. Je vais le trouver et lui donner la leçon de sa vie. Lorsque j'aurai terminé de lui réduire sa tête de singe en bouillie, sa propre mère ne le reconnaîtra pas.

J'agrippai son bras.

— Nick, te battre contre cet homme horrible n'est pas la solution. Nous devons en parler à la police.

Il se tourna vers moi avec une lueur presque déjantée dans le regard.

— La police, Ilana ? Qu'est-ce que ça va bien changer ? Tu as un témoin qui a entendu les menaces de Fripp et qui est prêt à étayer ton récit ?

Ma voix trembla.

— Quelques-uns m'ont vu le gifler et beaucoup m'ont vu lui crier de me lâcher et lui griffer son vilain visage. Il a heurté une femme et un couple sympathique m'a demandé si tout allait bien.

— Mais est-ce que quelqu'un a entendu ce qu'il t'a dit ? Quelqu'un a entendu ce salopard te menacer de mort ?

— Je ne crois pas. Lorsqu'il m'a menacée, il l'a fait à voix basse et avec la musique et le brouhaha, je doute que quiconque ait entendu un seul mot. Nous devrions tout de même aller voir la police et faire une déclaration. Ce qu'il a dit et fait ce soir serait au moins écrit quelque part.

Nick leva les bras.

— C'est sa parole contre la tienne et nous savons tous deux qu'il nierait tout. Et je suis désolé de devoir le dire, mais il y a le problème de ton travail.

Mon cœur se serra.

— Tu veux dire que personne ne me croira parce que je suis une strip-teaseuse.

Nick acquiesça sombrement.

— Tu sais que je t'aime et ce n'est pas contre toi, c'est une réalité. Si nous allons à la police, ce serait la parole d'un homme d'affaires prospère contre une femme qui danse dans un club pour gentlemen, et personne n'a autant de relations que ce bâtard. Fripp est un beau salaud et il sait exactement quelles pattes graisser.

— Crois-tu qu'il essaiera de mettre ses menaces à exécution ? demandai-je.

Nick secoua la tête.

— Je ne sais pas. Je ne le connais pas. Je ne sais pas ce dont il est capable. J'ai entendu des histoires sur ses tactiques d'intimidation agressives et son comportement incontrôlable, mais à ma connaissance, il n'a jamais été relié à aucun acte de violence, du moins pas publiquement. Je refuse quand même de te faire courir le risque. Je dois te protéger et la façon la plus rapide est de trouver cette merde et de lui foutre la trouille.

Je ne relâchai pas son bras.

— Si ton but est de me protéger, alors finir en cellule pour voies de fait n'est pas la solution. Reste avec moi, Nick. Soit tu me conduis au poste, soit tu me ramènes à la maison.

— Laisse tomber la police. Ils ne feront rien contre Fripp. Mais je refuse de le laisser s'en sortir. D'une façon ou d'une autre, je lui ferai payer ses paroles et il regrettera d'avoir posé ses sales pattes sur toi. Pour ce soir, tu es en sécurité avec moi. Rien ni personne ne m'éloignera de toi, pas même une seconde. Et dès demain matin, je mettrai les choses en branle pour m'occuper de Fripp à ma manière. La police ne peut pas faire ce que je lui ferai.

— La meilleure façon d'écraser Fripp est d'emporter l'acquisition de Centerpost, dis-je. Il a clairement beaucoup à perdre… pour quelle autre raison s'en serait-il pris à nous ? Plus tôt ce soir, Jason Sanders a dit qu'il ne lui manquait que quelques membres du conseil pour accepter ton offre. Et pendant que Jason et toi vous occupiez de nos verres, Hae-won m'a dit la même chose. Elle m'a aussi montré Fripp et m'a dit qu'il l'avait aussi menacée ce soir.

— C'est ce que tu voulais me raconter plus tôt ? Tu m'as demandé de te rappeler de me raconter la conversation avec Hae-won, mais ça m'est sorti de l'esprit.

— Et tomber sur Valencia dans les toilettes a eu le même effet. Hae-won ne m'a pas raconté en détail ce que Fripp lui avait dit, elle m'a seulement rapporté qu'il lui avait affirmé que si Endicott Trumbull ne remportait pas Centerpost, alors la malchance les frapperait, son mari et elle. Fripp s'en est pris à elle un peu comme moi ; Hae-won m'a dit qu'il avait écrasé son collier contre son cou. Jason le lui a offert pour leur premier anniversaire et Hae-won était vraiment bouleversée parce qu'elle savait qu'elle serait incapable de le porter sans se souvenir des sales mains de Fripp sur elle.

— Elle aussi ? dit Nick. Je suppose que Jason est au courant.

— Hae-won le lui a dit immédiatement après. D'après ce qu'elle a dit, la réaction de Jason était semblable à la tienne.

— Jason est un type honnête. Fripp a peut-être voulu le forcer à accepter l'offre d'Endicott Trumbull, mais cette approche n'a jamais l'effet escompté avec un homme comme Jason. Ce qui s'est passé ne fera qu'alimenter ses efforts pour convaincre le conseil d'accepter mon offre.

En sentant que la rage de Nick s'était calmée quelque peu, je glissai ma main le long de son bras et entrelaçai mes doigts aux siens.

— Entre tes concurrents et Valencia, la soirée n'a pas été de tout repos.

— À qui le dis-tu. Je suis désolé, Ilana.

— Ne le sois pas. Tu m'as avertie que je devais m'attendre à des ennuis de la part de tes concurrents.

— Je sais, mais je voulais que cette soirée soit spéciale. Je voulais qu'elle soit la nôtre.

— Et c'est le cas. Nous nous sommes découverts davantage et nous savons que nous nous aimons, ce qui compte plus que tout. À côté de cette découverte, rien n'a d'importance.

Son expression s'adoucit.

— Je suis bien d'accord.

— Regarde autour de nous, dis-je. Je ne vois pas de couple plus heureux que nous.

— Moi non plus. Nous sommes très privilégiés de nous être trouvés.

— Tout ce qui s'est passé n'a fait que nous rapprocher et renforcer nos sentiments. Et nous avons partagé de sublimes moments, comme notre première vraie danse. Je considérerai toujours « Skyfall » comme notre chanson.

— Je suis ravi de t'entendre dire ça, dit Nick. J'avais peur que l'incident avec Fripp ne te gâche la soirée.

— La soirée a peut-être été difficile, mais elle a aussi été merveilleuse. Et ce n'est pas fini.

Son regard croisa le mien.

— Est-ce que ça veut dire ce que je crois ?

Je lui souris.

— Pour qui me prends-tu ? Croyais-tu vraiment que je changerais mes plans à cause d'un cinglé comme Fripp ?

— Qu'il aille au diable. Je ne veux plus entendre le nom de ce salaud ce soir. Il a assez saccagé notre soirée comme ça. Le reste de la nuit nous appartient, à toi et moi.

Je lui serrai la main.

— Ça me plaît.

— Et à moi donc. Allez, sortons d'ici.

Nous nous dirigeâmes vers l'autre extrémité de la salle de bal, mais nous n'allâmes pas très loin. L'orchestre entama un arrangement d'un morceau que je reconnus et je m'immobilisai.

— C'est « Ghosttown » de Madonna. Une de mes chansons préférées.

— Alors, nous devrions danser.

Il m'attira dans ses bras et me fit tournoyer sur la piste de danse.

Je croisai les mains derrière son cou et croisai son regard.

— J'adore Madonna, j'adore cette chanson… et je t'aime.

Serrés l'un contre l'autre, nous nous balançâmes en rythme avec la musique. L'éclairage de la salle de bal se reflétait sur le visage séduisant de Nick et zébrait sa chemise blanche de bandes bleues et dorées. Je me laissais porter par la danse, contre Nick, et les menaces de Fripp s'estompèrent.

Rien d'autre n'importait que Nick et notre amour. Alors que nous faisions le tour de la piste de danse, mon cœur se gonfla avec le sentiment d'être la femme la plus chanceuse ici. J'avais peut-être embrassé quelques grenouilles en chemin, mais mon prince était enfin apparu.

Il m'avait trouvée, s'était battu pour notre relation et avait prouvé ce que je voulais croire : que notre amour était réel et que nous étions faits l'un pour l'autre. Plus tard cette nuit, lorsque nous ferions l'amour, notre bonheur serait complet.

Je plongeai mon regard dans le sien et le temps s'arrêta. La salle de bal, la piste de danse, les gens nous entourant, tout s'effaça, éclipsé par le plaisir de danser avec l'homme de mes rêves. L'intensité de son regard pailleté d'or faisait écho à l'émotion qui inondait mon âme, et je voulais que ce moment ne s'arrête jamais.

— Il est si facile de danser avec toi, murmura-t-il à mon oreille. C'est comme si nous étions en parfaite harmonie.

Je posai une main sur sa joue.

— Je ressens la même chose pour toi, ce qui ne fait qu'exacerber ma hâte de passer à un autre genre de danse.

— Je pensais la même chose, dit-il. Tu ne serais pas un peu devin ?

— Je suis seulement amoureuse de toi. Et j'ai hâte d'être à la maison.

Il croisa mon regard.

— Moi aussi.

34

CHAPITRE TRENTE-QUATRE

Après « Ghosttown », nous quittâmes la grande salle de bal, main dans la main, et traversâmes le hall jusqu'aux ascenseurs. Nous les atteignîmes et entrâmes dans un ascenseur vide, puis Nick appuya sur le bouton du rez-de-chaussée. Dès que les portes se refermèrent et que nous fûmes seuls, il me pressa contre la paroi de l'ascenseur et m'embrassa avec une intensité qui me fit voir des étoiles.

— Je t'aime, murmura-t-il entre chaque baiser.

J'entourai ses hanches de mes bras et l'attirai plus près, heureuse de sentir son érection contre ma cuisse.

— Je t'aime et j'ai si hâte de faire l'amour avec toi.

Il prit mes seins dans ses mains et en effleura les pointes, qui se tendirent au contact de ses pouces.

— Une fois à la maison, je vais te prendre lentement. D'abord, je vais te dévêtir, te retirer tes vêtements un à un, et marquer chaque centimètre de ton corps de mes lèvres.

— Chaque centimètre ? Ça prendra toute la nuit.

— C'est le plan.

Il m'embrassa à nouveau.

— Faire l'amour jusqu'à l'aube, dis-je rêveusement. Avant ce soir, je n'aurais jamais cru que tu étais si romantique.

— Seulement lorsqu'il est question de toi. J'espérais que ce soir serait à nous et, dans l'espoir que ça devienne une réalité, j'ai mis en place quelques plans.

— Comme ?

— Il y a une bouteille de Cristal au réfrigérateur. Pour ce qui est du reste, tu le découvriras en temps voulu... une fois à la maison.

— Si tu continues comme ça, je devrai peut-être te sauter dessus dans la voiture. J'ai attendu si longtemps, Nick. Je ne crois pas pouvoir attendre une minute de plus.

Ses lèvres s'étirèrent en un lent sourire sexy.

— Tu patienteras jusqu'à la maison, puis aussi longtemps qu'il le faudra.

Je remarquai la lueur malicieuse dans son regard.

— Qu'est-ce tu veux dire par *là* ?

— Tu devras attendre pour le découvrir. Nous avons tous deux attendu si longtemps ce moment que notre première fois doit être parfaite.

L'ascenseur ralentit et lorsque Nick me relâcha, je posai les yeux sur le renflement imposant dans son pantalon.

— Comment vas-tu traverser le hall du Plaza avec *ça* dans ton pantalon ? Non que je m'en fasse, mais une ou deux femmes bien pensantes pourraient peut-être bien mourir de choc à la vue de *tes* atouts ainsi révélés. Ou de désir. Probablement de désir.

Nick éclata de rire.

— J'ai une idée.

Il retira son veston et le drapa sur un bras qu'il plaça devant lui. L'ascenseur s'arrêta, les portes s'ouvrirent et il m'offrit son autre bras.

— Prête ? demanda-t-il.

— Vu le renflement dans ton pantalon, je n'ai manifestement pas besoin de *te* poser cette question.

Il sourit et regarda ma poitrine avec insistance.

— Eh bien, je ne suis pas le seul sur le point de passer au travers de mes vêtements. Si tes mamelons étaient plus durs, ils déchireraient ta robe. Tu arbores des phares qui attireraient le regard de n'importe quel mec viril entre ici et la Cinquième avenue.

Je pris son bras et nous sortîmes de l'ascenseur.

— Au moins mes petits problèmes ne sont pas visibles jusqu'à Central Park, dis-je d'un ton taquin.

— En fait, je crois que tu seras heureuse que le mien *puisse* être aperçu jusqu'à Central Park.

— Nick !

— C'est la vérité. Admets-le.

— Je l'admets.

Tandis que nous marchions vers la sortie du Grand Army Plaza, Nick se pencha vers moi et murmura à mon oreille.

— Et pour ce qui est de tes « petits problèmes », j'ai hâte de m'en occuper, et de m'occuper du reste, dès que nous serons seuls.

La voiture nous attendait devant l'entrée du Plaza. Son chauffeur ouvrit la portière et Nick m'aida à m'installer. Je m'installai sur le premier fauteuil à gauche qui composait le U formé de fauteuils et de tables et me détendis contre le cuir luxueux. Nick renfila son veston, puis entra à son tour et s'assit à mes côtés.

— Quelle soirée, dis-je alors que le chauffeur fermait la portière et s'installait au volant. Maintenant que je connais tes talents de danseur, je vois bien d'autres danses dans notre avenir.

— Tu n'as rien vu encore. La prochaine fois, nous danserons un tango ou deux, même si je dois pour ça soudoyer l'orchestre.

Le chauffeur démarra et Nick se pencha vers la cloison ouverte.

— Ramène-nous chez moi, dit-il au chauffeur.

Tandis que la voiture avançait et tournait à gauche sur la Cinquante-huitième rue, Nick me prit la main, m'attira sur ses genoux et m'embrassa profondément.

Bien que tout aussi brûlant, ce baiser différait du moment précipité que nous avions partagé dans l'ascenseur. Tendre et sans fin, ce baiser était empli d'amour et me semblait le prélude à la nuit qui nous attendait.

Nous atteignions l'intersection de la Cinquième avenue quand une sonnerie à trois notes familières retentit à l'intérieur du veston de Nick.

— Tu as reçu un message, dis-je.

Il m'embrassa à nouveau.

— Ça peut attendre demain.

La voiture tourna, se fondit dans le trafic se dirigeant vers le sud de la Cinquième avenue et accéléra. Ce faisant, j'entendis un son rappelant le retentissement d'une série de feux d'artifice étouffés.

J'agrippai la main de Nick.

— Qu'est-ce que c'était ? demandai-je.

Une autre série d'explosions suivit, puis une encore plus forte, qui me fit l'effet d'un coup de feu. Sans avertissement, la voiture fit une embardée et s'affaissa vers la gauche et un crissement insolite se fit entendre, comme si le côté arrière gauche de la voiture raclait contre l'asphalte.

— Que se passe-t-il ?

— Ne me lâche pas.

Je l'agrippai avec force et, ce faisant, je remarquai sa mâchoire serrée, son visage tendu par l'inquiétude tandis qu'il regardait d'un côté et de l'autre par les vitres, tentant de repérer la source des explosions.

— Tu vois quelque chose ? demandai-je.

Mais Nick n'eut pas la chance de me répondre.

La voiture dérapa d'un coup vers la droite et le chauffeur nous cria de nous baisser.

Mais il était trop tard. La voiture avait déjà commencé à patiner de manière incontrôlable, et je n'y comprenais rien.

Le temps sembla ralentir.

Il devint difficile de respirer.

Quelque chose heurta l'arrière de la voiture avec tant de force que nous fûmes soulevés dans les airs et nous écrasâmes de l'autre côté de l'espace passager, sur le fauteuil opposé. Un bref instant, nos regards se croisèrent avant qu'une série de coups de feu rapprochés éclatent dans la nuit et qu'une pluie de balles s'écrase contre le côté gauche du véhicule.

Je criai, terrifiée.

La voiture tournoya et Nick et moi fûmes projetés contre l'une des tables.

Comme au ralenti, je remarquai dans un brouillard la porte du buffet derrière la table s'ouvrir, révélant un bar. Des bouteilles et des verres en sortirent et s'écrasèrent autour de nous, nous aspergeant de gouttes de liquide et de fragments de verre brisé qui glissèrent au sol pendant que la voiture, dans un élan inattendu, prenait de la vitesse et s'élançait vers l'avant, nous jetant tous deux au sol.

La terreur me saisit. La peur s'agrippa à mon âme. Puis, sans avertissement, la voiture s'écrasa contre quelque chose que je ne pouvais voir. Ma tête cogna contre la table devant moi, le corps de Nick s'écrasa contre la porte, puis les ténèbres m'engloutirent et il n'y eut plus rien.

Lorsque je repris connaissance, ma première pensée fut pour Nick. Affalé sur le tapis de la limousine, il était sur le dos et semblait inconscient. Je me penchai sur son corps, pris son visage entre mes mains et sentis la viscosité chaude du sang. Le fait qu'aucun secours n'était encore intervenu signifiait que je n'avais été inconsciente que quelques secondes ; nous étions au cœur de New York, alors les secours ne devaient pas être loin.

— Nick ! Réveille-toi ! Allez ! Nick!

Lorsqu'il ne réagit pas, je plantai les mains sur le tapis de chaque côté de sa tête et me penchai davantage. La chaleur de son souffle contre mon visage signifiait qu'il était vivant, mais quand mes mains s'enfoncèrent dans l'épais tapis, je sentis des flaques de sang se former autour d'elles. Le sang de Nick imbibait rapidement le col et le devant de sa chemise blanche et, avec horreur, je réalisai que s'il ne recevait pas d'aide médicale rapidement, il allait se vider de son sang. Je ne pouvais pas voir où il était blessé, mais vu la quantité de sang, il était évident que la blessure était grave.

J'interpellai le chauffeur.

— Au secours ! criai-je. Nick est blessé, il y a du sang partout.

Mais l'homme ne répondit pas.

J'ignorai ma douleur à la tête et le verre brisé tombé dans ma chevelure, sur mon visage et dans mon décolleté, et appuyant une main sur le siège près de moi, je m'efforçai de me relever. Je trébuchai et me traînai avec peine vers la cloison ouverte, derrière laquelle se trouvait le chauffeur, affaissé contre le volant, lui aussi visiblement inconscient.

Je passai une main par la cloison, agrippai doucement les épaules du chauffeur et le ramenai vers son siège.

— Tu dois te réveiller. Il le faut. Nous devons trouver les secours *maintenant*. S'il te plaît !

Mais lorsque sa tête roula sans force sur le côté, je sus qu'il n'était pas près de se réveiller, pas plus que Nick.

Au-delà du chauffeur, je vis que le devant de notre voiture avait heurté l'arrière d'une autre voiture. Le capot était gravement tordu et un filet de fumée s'en élevait. Une étincelle orange s'alluma sous le capot et une flamme tordue s'éleva dans la nuit, créant ainsi ce qui me sembla le plus cruel point d'interrogation qui soit.

J'agrippai la poignée de la portière droite, sachant qu'avant que la voiture n'explose, je devais trouver une façon de sortir Nick et le chauffeur de là par mes propres moyens. Mais lorsque je tentai d'ouvrir la portière, elle resta coincée et, lorsque j'appuyai sur le bouton d'ouverture de la vitre, celle-ci refusa de bouger. Je me traînai jusqu'à l'autre portière, mais fus tout aussi incapable d'ouvrir cette dernière ou la vitre.

À travers la fumée, j'aperçus les traits sombres d'un Afro-américain d'âge mûr derrière la vitre de la portière gauche.

— Ça va aller ! cria-t-il. Ne t'en fais pas ! Je vais t'ouvrir cette portière, d'accord ?

— Ce n'est pas juste moi ! criai-je. Mon copain et le chauffeur sont pris avec moi !

Une autre voix s'éleva.

— Laisse-moi t'aider !

Et une autre, à ma gauche, cette fois.

— La portière du chauffeur est aussi coincée.

— Essaie la porte de l'autre côté.

La voiture crissa et gronda sous les efforts héroïques des passants qui s'étaient portés à notre secours, mais aucune portière ne céda à leurs assauts. Je jetai un œil par les vitres de la limousine et vis que le fond de la fumée qui s'élevait du capot était devenu orange vif. L'odeur funeste de l'essence emplit l'air.

— Frank, éloigne-toi de la voiture ! cria une femme. Elle est en feu !

— Attention ! Ça va exploser ! cria un autre homme.

Les visages à l'extérieur des vitres se fondirent dans la fumée qui s'épaississait, un faible grondement ébranla le devant de la voiture et je réalisai que tout le monde s'était éloigné devant le danger croissant. À tout moment, la voiture exploserait et nous serions tous trois incinérés.

Les yeux larmoyants dans la fumée qui tourbillonnait dans la voiture comme une tornade toxique, je commençais à suffoquer. Nous étions piégés et le temps était compté.

Mon cœur cognait contre ma poitrine et des larmes brûlantes coulaient sur mon visage. Était-ce la fin ? Allions-nous vraiment mourir ainsi ?

Non. Ça ne peut pas être la fin. Je ne l'accepterai pas.

À travers le brouillard de fumée, j'aperçus ma pochette au sol près de mes pieds. Je l'attrapai et cherchai frénétiquement mon iPhone. Je devais composer le 911. Les passants avaient probablement déjà signalé l'accident, mais dans mon délire, je devais m'assurer que les secours étaient en route. Mes doigts agrippèrent la forme rectangulaire familière de mon téléphone, mais lorsque je le sortis, je vis que l'écran était brisé. Avec une panique croissante, j'appuyai sur le bouton d'accueil plusieurs fois, mais l'écran resta noir et sans réaction.

Puis, je me souvins du téléphone de Nick. Quelques instants avant l'accident, j'avais entendu la sonnerie dans la poche intérieure de son veston.

En toussant et en m'étouffant, à peine capable de percer la fumée qui se pressait autour de moi, je me traînai jusqu'à Nick, décollai son veston de sa chemise imbibée de sang, glissai mes doigts dans la poche intérieure et en retirai son téléphone. Lorsque j'appuyai sur le bouton d'accueil, l'écran s'alluma, affichant un texto aussi acéré que vicieux.

Embrasse une dernière fois ta nouvelle salope, Santoro, parce que tu es sur le point de mourir. Centerpost m'appartient.

Au moment où la vérité me frappait, mon cœur se serra. L'accident n'en était pas un.

Je savais qu'on nous avait tiré dessus et maintenant j'en connaissais la raison.

Quelqu'un voulait la mort de Nick et si les secours n'arrivaient pas rapidement, cette personne verrait son rêve se réaliser.

Lorsqu'une vague épaisse de fumée m'aveugla et me brûla les poumons, je sus que le temps nous était compté. Je suffoquais de nouveau. Mes mains enserrèrent ma gorge et je m'affaissai au sol tandis que des points noirs dansaient devant mes yeux.

Était-ce des flocons de cendre que je voyais, ou étais-je sur le point de mourir ?

La dernière chose que je sentis fut le téléphone de Nick qui me glissait des doigts alors que les poumons me brûlaient et que ma vue s'obscurcit.

LE CLUB DES GENTLEMEN, 2ÈME PARTIE

1

CHAPITRE UN

Lorsque j'ouvris les yeux, j'étais étendue sur le dos, sous le ciel nocturne. Des silhouettes sombres et floues étaient penchées sur moi, se découpant contre les éclairs bleus et rouges qui submergeaient ma vue. Mes yeux secs me brûlaient et, lorsque je clignai des yeux, la douleur se propagea dans la partie gauche de mon front.

Où suis-je ? Que s'est-il passé ?

— Elle revient à elle, dit une voix masculine à ma droite.

— Installons-la dans l'ambulance, dit une femme. Elle a inhalé beaucoup de fumée, mais ses signes vitaux sont bons. Elle aura besoin de quelques points de suture pour son entaille au front, et elle a peut-être une commotion. Elle a aussi des lacérations aux mains, mais nous en saurons plus une fois les plaies nettoyées.

Commotion ? Lacérations ?

Les silhouettes penchées sur moi se précisèrent et je reconnus les ambulanciers à leur uniforme. Quelque chose couvrait ma bouche et mon nez et je soulevai une main vers mon visage ; mes doigts rencontrèrent alors la surface de plastique lisse d'un masque à oxygène.

C'est alors que tout me revint.

Les coups de feu.

L'accident de voiture.

Nick, étendu sans connaissance, son sang se répandant sur le sol de la limousine.

Notre chauffeur, lui aussi évanoui, affaissé contre le volant de la voiture.

Mes tentatives désespérées et infructueuses, de même que celles des piétons, de nous sortir du piège mortel qu'était devenu le véhicule en flammes et empli de fumée.

La peur me transperça. Où se trouvaient Nick et le chauffeur ? Avaient-ils été secourus ou se trouvaient-ils toujours dans la carcasse enflammée de la limousine de Nick ?

J'arrachai le masque à oxygène et agrippai les rebords de la civière où on m'avait étendue, grimaçant sous la douleur de mes mains alors que je m'efforçais de me redresser. La bande sur mon torse m'empêcha de me soulever de plus de quelques centimètres et, en luttant pour m'asseoir, la douleur dans ma tête se transforma en un battement pénible et étourdissant.

Respire. Je dois respirer. Je dois trouver Nick.

Lorsque je forçai mes poumons écorchés à inhaler l'air frais, une odeur âcre assaillit mon nez, mais ma tête s'éclaircit suffisamment pour me permettre d'observer les alentours.

À ma gauche, au centre de la Cinquième avenue, plusieurs ambulances et deux voitures de police attendaient, les phares activés, en un vague regroupement. De l'autre côté des véhicules, la rue avait été fermée. Un patrouilleur à l'uniforme noir avec un gilet réfléchissant jaune vif se tenait au milieu de la rue et redirigeait la circulation. Au-delà du cordon de sécurité, un groupe de piétons observait les secours.

Tentant désespérément d'apercevoir Nick, je tournai la tête vers ma droite. Tandis que j'assimilais la scène devant moi, mon cœur se serra.

À environ cent mètres plus loin sur la Cinquième, un épais nuage de fumée montait vers le ciel nocturne. La fumée à la base orange s'élevait de ce qui devait être l'épave enflammée du véhicule de Nick. La fumée dense masquait la voiture et la zone alentour. Nick et le chauffeur n'étaient nulle part en vue.

— Nick ! criai-je, ou du moins essayai-je.

La voix rauque et fêlée qui sortit de mes lèvres était méconnaissable.

L'ambulancier à droite de ma civière se pencha sur moi.

— Restez couchée, mademoiselle, dit-il. Nous devons vous conduire à l'hôpital.

Son visage était aimable et sa voix de baryton avait un léger accent espagnol.

— Mon copain ? Et notre chauffeur ? Ils étaient pris dans la voiture avec moi.

L'ambulancier me prit par les épaules.

— Essayez de vous calmer, dit-il. L'équipe de secours s'occupe de sortir vos amis de là, et ils sont les meilleurs qui soient dans leur domaine. Maintenant, vous devez vous étendre pendant que nous vous installons dans l'ambulance.

J'agrippai ses mains et les repoussai.

— Je n'irai nulle part sans mon copain Nick, et notre chauffeur.

Doucement, mais fermement, il me força à m'étendre à nouveau sur la civière et resserra la bande sur mon torse.

— Vos amis sont entre de bonnes mains et ils nous suivront de près.

Il se dirigea vers mes pieds et attrapa le bout de la civière.

— Prête ? dit-il.

— Allons-y, Sergio, répondit une femme derrière moi.

Les ambulanciers firent rouler ma civière sur l'asphalte vers l'une des ambulances. Je tournai à nouveau la tête vers la droite et fixai la masse de fumée, espérant voir quelque chose, n'importe quoi, qui m'indiquerait que Nick était sauf. Mais la fumée entourant la voiture était si dense que même cette dernière restait invisible. Des secouristes masqués entraient et sortaient à grands pas du nuage de fumée et, alors que ma civière atteignait l'ambulance, une voix masculine se fit entendre.

— Sortez de là, *maintenant* ! cria-t-il. Ça va exploser !

Puis, dans un grand grondement qui fit vibrer la rue, une énorme boule de feu s'éleva dans le ciel dans un panache de rouges et d'orangés. Le nuage de fumée s'étira jusqu'à nous, apportant une vague de chaleur étouffante qui me balaya le visage et me brûla la peau. Des débris se déversèrent près de nous et heurtèrent l'asphalte dans une pluie métallique brutale.

Lorsque la voiture avait explosé, Nick se trouvait-il à l'intérieur ?

— Nick ! criai-je, me débattant contre la bande sur mon torse. Nick !

La fumée m'étouffait et les silhouettes près de moi miroitèrent et vacillèrent à la périphérie de mon champ de vision. Le monde s'assombrit autour de moi, un grondement emplit mes oreilles et je me sentis basculer dans d'étranges ténèbres, tombant sans fin dans un vide insolite.

Était-ce donc cela la mort ?

Dans le lointain, une voix résonna, familière, basse et réconfortante.

— Ilana, dit la voix. Je suis là. Tout va bien.

Me raccrochant à cette voix, j'agitai les membres en tous sens contre les ténèbres qui m'entouraient et mes mains heurtèrent une surface à la fois résistante et fraîche au toucher. Lorsque je reconnus la surface du matelas aux draps de percale de mon lit, j'arrêtai de me débattre ; j'ouvris les yeux d'un coup et restai immobile, étendue sur le dos. Les bras et les jambes en étoile, mon cœur cognant contre ma poitrine, je pris une profonde inspiration alors que mes esprits et les souvenirs me revenaient avec force.

Les images qui m'avaient hantée quelques secondes plus tôt étaient le cauchemar de cette nuit-là, deux semaines plus tôt, la nuit la plus terrifiante de ma vie, la nuit où un tireur au volant d'un véhicule avait pris pour cible, avec un fusil d'assaut, la limousine de Nick sur la Cinquième avenue, à New York. Notre chauffeur n'en avait pas réchappé et Nick s'était trouvé aux portes de la mort, sans connaissance dans une mare de son propre sang.

Mais Nick avait survécu et j'avais également survécu.

Le soulagement et la gratitude qui accompagnèrent cette pensée me firent monter les larmes aux yeux. Nous étions tous deux vivants. Et nous étions à un continent de New York, dans un appartement de location à Paris. Nous devions y rester jusqu'à ce que la police de New York découvre et arrête les tueurs qui nous avaient attaqués. Rocco Moretti, le consultant en sécurité que Nick avait embauché, avait également recruté par sécurité une équipe de cinq gardes du corps dirigée par un Français basané et musclé du nom de Jean-Luc. L'équipe se trouvait dans un appartement, un étage sous celui où nous étions.

— Nick ? dis-je, en essuyant mes yeux humides du dos de la main, avant de regarder l'homme penché sur moi, celui que j'aimais.

Le réveil sur ma table de chevet indiquait deux heures et, malgré l'obscurité de la pièce, la lumière qui pénétrait par la porte ouverte derrière Nick révélait ses traits séduisants, à présent empreints d'inquiétude.

— Tout va bien ? demanda-t-il.

Il plissa le front avec inquiétude.

— Tu te débattais et tu gémissais encore dans ton sommeil.

— Ça va.

Je m'assis dans le lit, posai les pieds au sol et m'étirai le cou d'un côté et de l'autre pour essayer de soulager ma tension.

— Encore un mauvais rêve, c'est tout.

Nick s'assit à mes côtés sur le lit et m'enveloppa la taille de son bras droit indemne. À la suite des blessures au cou et à l'épaule qu'il avait subies pendant l'attaque, il portait encore à l'occasion une écharpe pour son bras gauche. Mes propres blessures avaient par chance été mineures.

Les blessures physiques, du moins.

— Au sujet de cette nuit-là ? demanda-t-il.

— Oui, elle me revient constamment lorsque je dors.

En raison de ses blessures, Nick n'avait pas encore reçu l'accord de son médecin pour toute relation intime, alors nous faisions chambre à part pour réduire la tentation. Toutefois, Nick avait le sommeil léger et, depuis notre départ de New York, mes cauchemars le réveillaient régulièrement.

— Tu as vécu une expérience traumatisante, dit-il. Ton esprit essaie encore de l'assimiler. Avec le temps, les cauchemars seront moins fréquents et ils finiront par disparaître complètement.

— J'espère que ce sera pour bientôt.

Je me laissai aller contre lui, puisant du réconfort dans sa chaleur et sa force.

— Ce serait bien de pouvoir profiter d'une nuit de sommeil complète.

Il resserra son bras autour de moi.

— Tu veux en parler ?

— Il n'y a rien de plus à dire que ce que je t'ai déjà raconté. Chaque fois, c'est la même chose ; je revis le moment où la voiture a explosé et où j'ai cru que tu étais toujours à l'intérieur. Dieu merci, l'équipe de secours t'a sorti de là à temps.

Sa voix s'assombrit.

— C'est ma faute si tu endures cela.

— Nous en avons déjà parlé, dis-je. Tu n'es pas responsable des criminels qui nous ont pris pour cible et, comme tu viens de le dire, mes cauchemars s'estomperont avec le temps.

— Si tu n'avais pas été avec moi, tu n'aurais pas de cauchemars. Et si Mike n'avait pas été au volant, il serait encore vivant.

Je savais où s'en allait cette conversation et je n'avais pas envie de la revivre. Lorsque Nick avait appris la mort de son chauffeur, Mike Sullivan, il avait été bouleversé, comme je ne l'avais jamais vu. De son lit d'hôpital, il avait informé ses avocats de mettre en place un fonds fiduciaire pour s'assurer que la femme de Mike et ses deux adolescents ne manquent jamais de rien. Mais aucune somme d'argent ne pouvait ramener Mike et rien de ce que je pouvais dire n'avait empêché Nick de se blâmer pour la mort de Mike.

Plutôt que de discuter avec Nick, je changeai de sujet.

— Concentrons-nous sur le positif. Nous sommes tous deux en voie de guérison et, grâce à toi, nous sommes en sécurité. Et pas n'importe où, à Paris. Une ville que je rêve de visiter depuis toujours. Et nous voici, sur l'île Saint-Louis, l'endroit le plus romantique de la ville la plus romantique du monde entier.

Nick laissa échapper un petit rire cynique à ces mots.

— Dans des circonstances loin d'être romantiques, j'en ai bien peur.

— Plus pour longtemps, dis-je. Bientôt, ton épaule sera guérie et, alors, nous pourrons faire l'amour.

— Mon épaule va bien, maintenant, dit-il en m'embrassant.

Avide comme toujours de ses caresses, je ne résistai pas lorsqu'il approfondit le baiser et je me permis de goûter ses lèvres pendant un long moment avant de reculer à contrecœur.

— Allons, dit-il. Nous avons assez attendu.

— Nous ne pouvons pas le risquer. Pas avant d'avoir l'approbation de ton médecin.

— Je vais bien, dit-il avant d'écraser ses lèvres contre les miennes.

Sa main indemne se posa sur mes seins et en effleura les pointes à travers le léger débardeur de mon pyjama.

— Nous avons réussi à attendre tout ce temps...

— Fais-moi confiance, murmura-t-il contre mon oreille. Je suis prêt.

D'un geste fluide, il me pressa contre le lit et balança une de ses jambes par-dessus les miennes. Tout en poursuivant notre baiser, je sentis son érection imposante contre ma jambe.

Mes mamelons devinrent durs comme de la pierre, la chaleur s'intensifia entre mes cuisses et ma volonté de respecter les consignes du médecin de Nick s'émoussa. Si j'avais l'intention d'interrompre cette étreinte, je devais le faire à l'instant, avant que les derniers vestiges de ma volonté ne m'abandonnent.

— Mais ton médecin a dit...

— Oublie mon foutu médecin.

— Je ne peux pas.

Je soulevai la main qui se trouvait sur mon sein, l'appuyai contre ma joue et entremêlai mes doigts aux siens.

— Je te veux autant que toi, mais si tu as besoin d'une autre opération, ce ne sera pas parce que je t'ai laissé te blesser à nouveau dans une étreinte sauvage et délirante, très représentative de la tension sexuelle qui règne entre nous depuis les derniers mois.

Il me fixa de son regard noisette brillant et l'amusement teinta sa voix.

— Ça ne serait pas *nécessairement* sauvage et délirant.

— Non ?

Le coin de ses lèvres frémit.

— Peut-être.

— Disons plutôt, probablement. Aucun de nous n'avait l'intention d'attendre si longtemps.

Nick me relâcha et se laissa tomber sur le dos, près de moi.

— Ne m'embarque pas là-dedans. Toute cette histoire d'attendre n'a jamais été mon idée.

— C'est tout moi, dis-je. J'aurais dû te sauter dessus à New York, lorsque j'en avais la chance.

— Je t'ai donné toutes les chances.

Je roulai vers lui et posai mon bras sur son torse.

— Étrangement, tu savais que nous étions faits l'un pour l'autre, bien avant moi.

— Je l'ai su le jour où nous nous sommes croisés au parc, dit-il.

Je souris à ce souvenir.

— Lorsque je t'ai forcé à ramasser les besoins de ton chien ?

— Lorsque je t'ai vraiment rencontrée, dit-il. Raven m'intriguait, mais Ilana me faisait me sentir vivant, d'une façon que je pensais ne jamais revivre.

— Tu n'es pas le seul à être tombé sous le charme ce jour-là… ça m'a juste pris plus de temps de croire en mes sentiments. C'est ma faute si nous devons attendre plus longtemps que nous ne le pensions, et c'est pourquoi je vais adorer chaque minute de ma repentance, dès que tu auras un bilan de santé parfait de ton médecin.

Sa voix se fit profonde.

— Est-ce une promesse ?

Je posai un doigt sur mes lèvres, puis le pressai contre les siennes.

— Oui.

2

CHAPITRE DEUX

Comme il le faisait souvent depuis les deux dernières semaines, Nick resta auprès de moi jusqu'à ce que je m'endorme à nouveau, d'un sommeil heureusement sans rêve. Lorsque je m'éveillai au matin, l'arôme riche du café frais et les sons provenant de la cuisine me confirmèrent qu'il était déjà debout. Je me levai et, après m'être rapidement lavé le visage et les dents, j'échangeai mon pyjama contre un pantalon de sport et un t-shirt avant de descendre.

Occupant les deux derniers étages d'un immeuble de cinq étages du dix-septième siècle sur l'île Saint-Louis, l'appartement que Rocco nous avait déniché conservait certaines caractéristiques d'origine, comme des poutres en bois au plafond, des murs crème en pierre brute, et des balcons en fer forgé aux rampes étroites caractéristiques de l'architecture parisienne. Toutefois, tout le reste de l'appartement était de style moderne : une chambre luxueuse à l'étage, une pièce à vivre au rez-de-chaussée et une cuisine bien équipée. Lors de notre arrivée à Paris, j'avais insisté pour que Nick prenne la chambre principale avec son immense lit qui, en raison de sa taille, lui était beaucoup plus nécessaire qu'à moi. J'avais quant à moi pris une plus petite chambre adjacente, avec une salle de bain et un grand lit qui était plus que suffisant pour moi.

En atteignant le bas de l'escalier qui donnait sur la pièce à vivre, je vis Nick sortir de la cuisine, une tasse fumante à la main. Lorsqu'il m'aperçut, son visage s'illumina et mon cœur se gonfla d'amour, et de gratitude envers le destin qui nous avait réunis.

Son épaisse chevelure foncée était joliment ébouriffée et sa carrure virile et puissante mettait en valeur son pantalon de jogging et son t-shirt élimé – sa tenue d'intérieur préférée.

— Tu es réveillée, dit-il.

Il me lança un regard malicieux avant de me tendre la tasse, emplie de café noir brûlant.

— Tu sembles en avoir davantage besoin que moi.

Je pris la tasse et en humai l'arôme doucereux, avant d'en prendre une gorgée.

— Mmmm. Si je me fie à ce dernier commentaire, j'en déduis que mes cheveux ressemblent à un enchevêtrement de vignes kudzu.

Nick rit.

— Je vais faire vœu de silence sur ce point.

— Sage décision, dis-je avec un sourire. Maintenant que je t'ai chipé ton café, que dirais-tu d'aller t'en préparer un autre et de me rejoindre sur le balcon ? C'est une journée si merveilleuse, ce serait une honte d'en perdre une seconde de plus à l'intérieur.

— Bonne idée, dit-il. Je te rejoins dans une minute.

Je traversai la pièce à vivre en direction des portes françaises qui s'ouvraient sur le plus grand des deux balcons de l'appartement, qui était devenu notre coin préféré de l'appartement. Assez grand pour y installer une table ronde en fer forgé et quatre chaises assorties, le balcon surplombait la Seine et le quai d'Orléans.

En atteignant les portes, je les ouvris, sortis sur le balcon et m'assis. Pour une énième fois, je m'émerveillai de la vue qui m'accueillit. Les immeubles de calcaire gris crème qui dominaient le centre de Paris brillaient dans l'éclat matinal du soleil, entrecoupé par les feuilles qui, jour après jour, passaient du vert profond de l'été aux rouges et dorés éclatants de l'automne. Du point de vue de l'appartement sur l'extrémité ouest de l'île Saint-Louis, la Seine scintillait et serpentait à travers la ville, où naviguaient des péniches lentes, des bateaux touristiques bondés sur deux étages et un occasionnel yacht de luxe.

Nick sortit sur le balcon et s'assit à mes côtés. Une fois sa tasse posée sur la table, il s'adossa, étendit ses longues jambes et admira la vue.

— Rocco s'en est très bien tiré, n'est-ce pas ? dit-il. Lorsqu'il a proposé de nous faire quitter New York jusqu'à ce que la police arrête le coupable, Paris est le dernier endroit où je m'imaginais qu'il nous enverrait.

— Bien d'accord, répondis-je. Lorsque Rocco a proposé de louer quelque chose par l'entremise d'un tiers introuvable, des scènes de James Bond se sont imposées à moi. J'imaginais un village dans les Alpes ou une île éloignée du Pacifique.

— J'ai pensé la même chose, dit Nick. Mais c'est logique de se mêler à la foule d'une grande ville animée comme Paris. Et, même si Rocco ne te connaît pas encore beaucoup, il me connaît sans aucun doute et il sait que, venant de New York, je suis beaucoup plus à l'aise dans une ville.

— Combien d'années avez-vous travaillé ensemble ? demandai-je.

— Cinq ans. Lorsque FlexMap a atteint le point où un directeur de la sécurité était nécessaire, j'ai embauché Rocco, l'une de mes meilleures décisions. Au fil des années, nous sommes également devenus bons amis. Je lui fais entièrement confiance, c'est pourquoi il est la première personne que j'ai appelée après l'attaque. En plus d'être un expert en sécurité, c'est aussi un enquêteur compétent. Je l'ai chargé de notre sécurité, mais il a également accès à ma maison, aux mots de passe de mon ordinateur et à mon compte en banque. Si la police ne réussit pas à trouver le coupable, Rocco s'en chargera.

— Parle-moi de votre amitié, dis-je avec curiosité.

Dans les deux mois ayant suivi notre rencontre, j'avais appris que Nick travaillait de longues heures, qu'il passait peu de temps à socialiser et qu'il considérait seulement une poignée de personnes comme des amis.

— Rocco et moi passions beaucoup de temps ensemble. Il a un

loft dans l'East Village à quelques coins de rue de mon immeuble. Parfois, les vendredis après le travail, nous rendions visite à sa grand-mère dans Little Italy et elle nous préparait un festin des meilleurs plats italiens qui soient. Rocco est plus proche de sa grand-mère que bien des gens, car ses parents ont été tués lorsqu'il avait six ans.

— Il a perdu ses deux parents à l'âge de six ans ? Comment ?

— Un braquage qui a mal tourné. Les parents de Rocco possédaient une petite épicerie dans Little Italy, le genre avec des étales de fruits et légumes frais à l'avant du magasin et un comptoir de charcuteries et d'articles non périssables à l'intérieur. À l'arrière du magasin se trouvait une pièce qui servait à la fois de bureau et d'entrepôt. Rocco y jouait pendant que ses parents travaillaient.

— Il passait beaucoup de temps au magasin ?

— Chaque jour après l'école, dit Nick. Les week-ends, lorsque la grand-mère de Rocco ne travaillait pas, il restait avec elle. Lorsqu'il était au magasin avec ses parents, sa mère gardait la porte entrebâillée pour l'entendre s'il y avait quoi que ce soit.

— Et le vol ?

— Un soir, Rocco était dans la pièce du fond et jouait avec sa collection de petites voitures. Rocco venait d'entendre le bruit que faisait la caisse lorsque son père terminait la journée, alors il savait qu'il ne restait que quelques minutes avant l'heure de fermeture. Son père passait alors les recettes de la journée dans une boîte métallique qu'il gardait sous le comptoir pendant la journée. Après avoir terminé le transfert, son père verrouillait le magasin, déposait la boîte dans le coffre-fort du bureau dans la pièce du fond, puis sortait par la porte arrière avec sa femme et son fils. La nuit du vol, Rocco s'attendait à ce que sa mère vienne lui dire de ranger ses jouets et de se préparer à rentrer, lorsqu'il a entendu des voix fortes dans le magasin. Il s'est approché de la porte, a jeté un coup d'œil dans le magasin et a vu un grand homme maigrichon avec un bas sur le visage qui pointait une arme à feu sur son père, qui se trouvait derrière le comptoir. L'homme exigeait de l'argent, mais lorsque le père de Rocco a tendu la main sous le comptoir pour prendre la boîte métallique, l'homme a dû croire qu'il voulait attraper une arme.

Je pressai une main contre mes lèvres.

— Oh, non.

— L'homme a tiré sur le père de Rocco et l'a atteint à la poitrine, puis il s'est tourné vers sa mère, qui se trouvait derrière le comptoir de charcuteries, figée par la terreur, pas très loin de son mari. La première balle l'a blessée à l'épaule. Elle a supplié l'homme de l'épargner, mais il s'est approché, a visé et lui a mis une balle dans la tête. Puis, il est passé derrière le comptoir et a ouvert le tiroir-caisse. Lorsqu'il l'a trouvé vide, il a lancé plusieurs coups de pied au père de Rocco agonisant, puis il est sorti du magasin en courant et a disparu dans la nuit.

Mes yeux s'emplirent de larmes.

— Quelle horreur. Perdre ses parents si jeune et assister à leurs morts violentes… qu'est-ce qui pourrait être pire ?

— Ce n'est pas tout, dit Nick. Unique témoin de la fusillade de ses parents, Rocco a dû revivre sans fin les souvenirs de leurs morts. Dans les semaines qui suivirent, il fut questionné à de multiples reprises par la police, qui s'efforçait de découvrir toute information susceptible d'aider à identifier le meurtrier de ses parents. Le seul point positif dans la situation de Rocco était sa grand-mère paternelle, Nonna Rosalia, qui est l'une des femmes les plus fortes et chaleureuses que je connaisse. Elle a pris Rocco sous son aile et l'a élevé dans l'appartement de Little Italy où elle vit encore aujourd'hui.

J'essuyai mes yeux du revers de la main.

— La police a-t-elle retrouvé le meurtrier ?

— Non, dit Nick. Rocco n'a jamais obtenu justice pour ses parents et c'est pourquoi son but dans la vie est d'obtenir réparation pour les autres. Non qu'il ait dit quoi que ce soit dans ce sens, il n'est pas du genre à parler de lui. En fait, il n'a mentionné la mort de ses parents qu'une seule fois depuis notre rencontre.

— Quand ?

— Juste avant de m'amener manger chez sa grand-mère pour la première fois. Son intention était clairement de me faire comprendre son importance dans sa vie. Lorsqu'il m'a raconté l'histoire de ses parents, il ne m'a récité que les faits, sans plus. Il n'a pas abordé ses sentiments à l'égard de la perte de ses parents, ce qui est typique. Rocco n'est pas du genre à rechercher la compassion des autres.

— Maintenant que je le connais un peu, ça ne me surprend pas. Parle-moi encore de votre amitié, tu as dit que vous passiez beaucoup de temps ensemble ?

— Oui, dit Nick. Nous parlions presque tous les jours, jusqu'à la vente de FlexMap. Nous sommes alors partis chacun de notre côté. J'ai mis sur pied Santoro International, et Rocco a lancé son entreprise de consultant en sécurité. Depuis, nous avons tous deux été occupés, et j'ai honte d'admettre que j'ai laissé aller notre amitié.

— Pas nécessairement. J'ai vécu la même situation avec mes amis du bureau où je travaillais en arrivant à New York. Il est important de trouver un autre rythme à cette amitié. Un rythme qui n'est pas basé sur la facilité de se rendre au bout du couloir pour proposer spontanément un déjeuner ou un verre après le boulot.

Nick se fit pensif.

— Tu as raison. Je dois rattraper le temps perdu avec Rocco. Travailler à nouveau avec lui m'a rappelé à quel point il est important pour moi. En plus d'apprécier sa compagnie, je lui confierais ma vie sans hésitation, et ce n'est pas quelque chose d'anodin.

— Tu pourrais peut-être mettre sur pied un partenariat à long terme avec l'entreprise de consultation de Rocco, proposai-je. Même si la situation actuelle devrait se résoudre dans quelques semaines, tu dois penser à l'avenir. Selon ce que tu m'as raconté sur tes projets, il y aura d'autres acquisitions et l'une ou l'autre de ces acquisitions pourrait te mettre à nouveau en danger. Dans ce contexte, tu as besoin de l'expertise de Rocco.

— Je suis tout à fait d'accord, dit Nick. Lorsque j'ai mis sur pied Santoro International, je n'étais pas aussi préoccupé par la sécurité que j'aurais dû l'être.

— Parce que Santoro n'est qu'une société de portefeuille pour l'instant ? demandai-je.

— Exactement. Je l'ai mise sur pied pour acquérir Centerpost, tout en pensant aux futurs investissements. Selon l'évolution des choses, j'ai l'intention d'installer un bureau à Manhattan plus tard cet automne et d'embaucher du personnel. Je ne m'attendais pas à ce que la sécurité devienne un problème d'ici là.

— Tu pensais à la sécurité des données, et non à ta sécurité personnelle.

— Oui. Mais en y réfléchissant, il y a une autre raison pour laquelle je n'ai pas pensé davantage à la sécurité.

— Laquelle ?

Il me regarda et son regard s'adoucit.

— Jusqu'à récemment, je n'avais personne à protéger dans ma vie. Mais maintenant, si.

3

CHAPITRE TROIS

Une fois lavés et vêtus, Nick et moi sortîmes nous promener, suivis par deux des gardes du corps français que Rocco avait embauchés. Nous suivîmes le parcours qui était devenu notre nouvelle routine matinale. Après avoir quitté notre immeuble, nous marchâmes sur l'île Saint-Louis le long du fleuve, puis tournâmes dans la rue centrale de la petite île, qui était bordée par un éventail coloré de restaurants et de boutiques d'aliments, dont deux boulangeries qui emplissaient l'air de la rue étroite de l'arôme appétissant du pain frais.

Tandis que nous marchions, nous arrêtant de temps à autre pour observer la vitrine d'une boutique, j'admirais à quel point Nick était séduisant dans sa tenue, que je considérais comme son look parisien et qui différait subtilement de sa tenue de New York, avec ses couleurs foncées et son style ajusté privilégiés par les Parisiens. Aujourd'hui, il portait un jean foncé moulant, une veste gris cendré par-dessus un col roulé noir, et des chaussures en cuir noir. La coupe de sa veste, plus cintrée que les équivalents américains, accentuait la largeur de ses épaules musclées, contrastant ainsi avec la virilité profilée de ses hanches et de ses cuisses.

De mon côté, j'avais opté pour un pantalon coupe cigarette kaki, mes bottes habillées La Canadienne préférées qui rendaient miraculeusement confortable un talon de cinq centimètres, et un léger caban bleu marine, ouvert sur un chemisier blanc et une écharpe bleu-gris en soie lâchement nouée à mon cou.

Nick me prit la main.

— Où aimerais-tu aller aujourd'hui ? demanda-t-il.

— Où tu veux, dis-je. Tu es un guide touristique fantastique.

Je n'exagérais pas. Au cours des derniers jours, Nick m'avait fait découvrir nombre de ses endroits préférés à Paris. Nous avions exploré les rues étroites du Marais et nous étions promenés dans la vaste étendue des Champs-Élysées. Nous avions dîné sous les arcades du dix-septième siècle de la Place des Vosges, et passé une soirée de dégustation de vins et fromages à l'Ô Château. Nous avions dégusté des crêpes achetées dans une échoppe de Montmartre, partagé des assiettes de frites croustillantes avec de la moutarde de Dijon épicée, et dévoré des quantités de baguettes et de croissants qui se seraient jetées dans mes fesses et mes cuisses si nous ne marchions pas autant chaque jour. Depuis notre arrivée à Paris, nous nous occupions avec une tonne d'activités variées qui soulageaient notre tendance mutuelle à penser sans cesse au moment où nous pourrions rentrer sans danger à New York. Pour moi, c'était surtout pour soutenir ma mère, qui se remettait de son opération du dos dans un centre de rétablissement à Burlington, dans le Vermont. Les conversations et les rires, alimentés par des martinis, avec ma meilleure amie et colocataire, Bianca, me manquaient également.

D'un autre côté, depuis mon arrivée à Paris, je m'étais réjouie de pouvoir passer chaque jour avec Nick. De jour en jour, je le connaissais mieux, je l'aimais plus et j'étais impatiente de pouvoir lui montrer avec mon corps et mes mots à quel point je l'aimais, mais je devais attendre la guérison de ses blessures.

— C'est une belle journée, et nous sommes partis tôt, dit Nick, interrompant mes pensées. Que dirais-tu de traverser le pont vers Notre-Dame ? Si la file pour les tours n'est pas trop longue, ce serait le jour idéal pour monter jusqu'au sommet, qui offre l'une des plus belles vues de Paris. Par la suite, nous pourrons admirer l'intérieur de la cathédrale, puis déjeuner quelque part à proximité.

— J'adorerais pouvoir admirer de près les gargouilles, dis-je.

— Monter dans les tours nous le permettra. Et je crois que tu aimeras aussi les vitraux de la cathédrale ; ils sont spectaculaires.

Nick aimait et collectionnait les œuvres d'art, alors nous avions également visité une panoplie étourdissante de musées, depuis les énormes collections du Louvre jusqu'au Centre Pompidou postmoderne, dont les tuyaux et les conduits d'aération colorés et à découvert faisaient de ce bâtiment l'un des plus reconnaissables au monde. J'avais été bouleversée par les couloirs sans fin du Louvre, mystifiée par les expositions avant-gardistes du Centre Pompidou, mais j'aurais pu passer des jours au Musée d'Orsay qui rassemblait les œuvres d'artistes que je connaissais et adorais : Van Gogh, Degas, Monet et Cézanne, entre autres.

Mais mon musée préféré, pour l'instant, avait été le minuscule Musée de l'Orangerie, qui comptait huit des plus grandes toiles Nymphéas de Monet, installées aux murs de deux pièces ovales. Le résultat était tel que, une fois assis sur les bancs au centre de chaque pièce, nous avions l'impression de flotter au centre d'un étang par une journée ensoleillée, entourés par les remarquables représentations brossées de nénuphars baignés par le soleil et de leurs reflets légèrement ridés. Dans l'espace magique créé par Monet, un sentiment de paix m'avait enveloppée et, pendant le bref instant où Nick et moi nous étions trouvés là, ma tête contre son épaule et son bras autour de ma taille, les ombres qui pesaient sur nous s'étaient estompées et, pendant un instant fugace, je n'étais qu'une femme partageant un moment privilégié avec l'homme que j'aimais.

En approchant du pont piétonnier qui reliait l'île Saint-Louis à la plus grande île de la Cité, un coup de vent s'enroula dans ma chevelure, apportant une mélodie familière.

— Je connais ce morceau, dis-je.

— Oui, bien sûr. Edith Piaf et Yves Montand le chantent. Je crois qu'il s'intitule « Sous le ciel de Paris ».

En arrivant au pied du pont, la source de la musique nous apparut. À l'opposé du pont, un bassiste, un violoniste et un pianiste étaient assis, un étui de violon ouvert devant eux pour recueillir l'argent des passants. Une cigarette entre les lèvres, le pianiste laissait courir ses doigts sur le clavier d'un clavecin aux couleurs éclatantes. Les panneaux du clavecin avaient été retirés, découvrant les fils tendus et les marteaux, et conférant au piano un son clair et métallique. Au milieu du pont, nous nous arrêtâmes un moment pour observer le trio, leurs silhouettes minuscules contre le profil gothique gigantesque de Notre-Dame se dressant derrière eux.

Je pressai la main de Nick.

— Je t'aime, Nick.

— Parce que je t'amène voir des gargouilles ?

— Idiot. Mais oui, entre autres choses.

Il haussa un sourcil.

— Comme ?

— Voyons voir. Tu fais un excellent café. Tu peux te promener toute la journée à travers Paris sans te perdre, à croire que tu as un GPS dans la tête.

Je levai une main et passai les doigts sur sa mâchoire robuste.

— Cette barbe naissante est la plus sexy qui soit. Et en ce moment, sur ce pont avec toi, à Paris, j'ai l'impression de me trouver dans l'un de ces films français que nous aimons tant.

Nick m'observa.

— Dans ce cas...

Sans prévenir, il m'agrippa par les épaules, me pressa contre la rampe du pont et m'embrassa profondément et avec passion. Mes genoux faiblirent et mon cœur s'emballa.

— Quel genre de film français ce serait sans un baiser ? murmura t-il contre mon oreille avant de descendre le long de mon cou.

Lorsqu'il me relâcha, je revins lentement sur terre et enregistrai avec retard les applaudissements et les sifflements des musiciens, qui s'étaient arrêtés pour nous observer. Je rougis et Nick me prit le bras pour me faire traverser le reste du pont, vers le trio enthousiaste.

— Encore, lança le pianiste alors que nous approchions. Encore !

— Veinard ! Elle est très jolie, dit le bassiste à Nick, qui sourit au musicien avant de sortir de la poche de son jean une poignée de monnaie qu'il lança dans l'étui de violon, avant de me reprendre le bras et de m'escorter loin du pont.

— C'était amusant, dit-il. Tu aurais dû voir ton expression lorsque les musiciens se sont mis à applaudir, et le bassiste t'a trouvée jolie.

Je ris, et passai un bras autour de ses hanches tandis que nous approchions de l'entrée des tours de Notre-Dame.

— Qu'a-t-il dit d'autre ? Je n'ai pas compris.

— Il m'a dit que j'étais veinard, dit Nick en me lançant un regard profond. Et, en ce qui te concerne, je suis bien d'accord.

4

CHAPITRE QUATRE

Après avoir fait le tour de Notre-Dame, Nick et moi revînmes vers l'île Saint-Louis et dégustâmes un déjeuner dans un café sur la rue Saint-Louis en Île, à seulement deux coins de rue de notre appartement.

Nous en étions à notre plat principal lorsque l'iPhone de Nick sonna, un son qui me faisait invariablement frémir. Quelques instants avant l'attaque qui nous avait presque coûté la vie à New York, Nick avait reçu un dernier message de menaces et les mots cruels étaient gravés dans ma mémoire.

Embrasse une dernière fois ta nouvelle salope, Santoro, parce que tu es sur le point de mourir. Centerpost m'appartient.

Aujourd'hui, même s'il ne s'agissait pas du même téléphone – nos téléphones avaient été détruits dans l'explosion de la voiture et Rocco nous avait trouvé de nouveaux téléphones aux numéros non inscrits – chaque fois que l'iPhone de Nick lançait son signal clair et joyeux qui avait pris une dimension sinistre pour moi, mon cœur s'arrêtait jusqu'à ce que Nick lise le texto et annonce qu'il provenait de l'une des quelques personnes qui connaissaient son nouveau numéro, comme Rocco ou Jana, la sœur de Nick, qui gardait Jack, le chiot Dalmatien de Nick, pendant que nous étions ici.

Nick sortit son téléphone de la poche de sa veste, appuya sur l'écran, lut le texto et me regarda en contenant son enthousiasme.

— Bonne nouvelle, dit-il. Rocco vient de m'écrire qu'il y a du nouveau dans l'enquête. Il veut que nous communiquions avec lui via Skype dès que possible.

Un instant, la pièce se mit à tourner autour de moi. J'avais beau faire de mon mieux pour être forte pour Nick, la peur que les agresseurs ne recommencent ne m'avait jamais vraiment quittée. Allait-il nous donner la nouvelle que nous espérions et attendions, une résolution qui dissiperait la peur qui planait au-dessus de nous ?

Je posai ma fourchette dans mon assiette et croisai le regard de Nick.

— Je suis si pressée de connaître la nouvelle de Rocco que je ne pourrai pas prendre une autre bouchée. Ça te dérange si on retourne à l'appartement pour contacter Rocco ?

— Je pensais la même chose, dit-il.

Il sortit son portefeuille de son jean, l'ouvrit et lança un billet de cinquante euros sur la table, un montant suffisant pour notre addition et un généreux pourboire.

— Allons-y.

De retour à l'appartement, Nick posa son portable sur la table de la salle à manger et j'approchai une chaise pour m'asseoir à ses côtés et ainsi voir l'écran.

Nick appuya sur l'icône d'appel de Skype et, plusieurs sonneries plus tard, le visage de Rocco apparut à l'écran. Même si je savais que Rocco était du même âge que Nick, les lignes minces aux coins de ses yeux d'un bleu perçant le faisaient paraître quelques années plus vieux et sa courte chevelure cendrée, sa mâchoire puissante et sa carrure robuste lui donnaient l'apparence d'un jeune Daniel Craig.

— Nick, dit Rocco. Ilana.

— C'est bon de te voir, dit Nick. Mets-nous au courant.

— Ce matin, la police a arrêté un homme suspecté d'être le chauffeur de la voiture qui vous a attaqués.

Mon cœur bondit. Instinctivement, je pris la main de Nick et il serra mes doigts dans une poigne douloureuse. Il croisa brièvement mon regard avant que nous ne reportions notre attention vers l'écran.

— Qui est ce type ? dis-je.

— Comment s'est passée l'arrestation ? demanda Nick.

— Laissez-moi vous raconter le tout dans l'ordre, dit Rocco. La meilleure façon d'expliquer le déroulement de l'arrestation est de commencer avec la voiture utilisée pour l'attaque. Vous vous souvenez de nos conversations précédentes sur la voiture et les agresseurs ?

— Oui, dit Nick. Les vidéos des caméras de sécurité sur la Cinquième ont permis à la police d'identifier la voiture, un quatre-quatre Chevrolet noir, et de dénombrer deux agresseurs, le chauffeur et le tireur, qui portaient tous deux des cagoules et des gants noirs. Les plaques n'ont mené à rien, ce qui signifiait que le véhicule avait probablement été volé et sa plaque modifiée avec du ruban adhésif. Mais tu as mentionné un autre point qui pourrait potentiellement permettre d'identifier le véhicule : une bande d'éraflures sur le côté passager.

— Exact, dit Rocco. Hier matin, la police a trouvé le véhicule. Il avait été abandonné dans le parc de stationnement d'un centre commercial, en retrait de Newark, ce qui explique pourquoi il n'a pas été remarqué plus tôt et soumis aux autorités locales. Les indices dans la voiture ont mené à l'identification d'un criminel du nom de Darryl Timmons, qui a été arrêté à deux heures ce matin. Bien qu'il soit peu probable que vous le reconnaissiez, je vous ai envoyé une photo signalétique.

Nick appuya sur différentes touches de son portable, fit apparaître le courriel de Rocco dans une autre fenêtre et, ensemble, nous étudiâmes la photo d'un homme costaud dans la trentaine, une barbiche marron clairsemée, qui relevait le menton, son regard plissé vers l'appareil photo.

— Je ne l'ai jamais vu, dit Nick.

— Moi non plus, dis-je. Comment la police a-t-elle fait le rapprochement entre lui et la voiture ?

— Il y avait un reçu sous le siège du chauffeur, dit Rocco. Il était horodaté du matin du jour de l'attaque. Il a mené la police vers une supérette dans le Lower Manhattan. La caméra de surveillance derrière la caisse a permis de faire correspondre l'heure et la date à un visage qui a rapidement mené à Timmons. Son dossier criminel est aussi long que le pont George Washington.

— Est-ce qu'il a avoué ? dit Nick.

— Pas encore, dit Rocco. Son dossier indique que c'est un tueur à gages expérimenté et, sans surprise, il a fait immédiatement appel à son avocat. Mais, heureusement pour nous, la police a suffisamment de preuves pour le mettre sous les verrous pour le restant de ses jours. À l'arrière du quatre-quatre se trouvaient également deux cagoules noires, avec quelques cheveux sur chacun d'eux.

— Un test ADN, dis-je.

Rocco acquiesça.

— Si les cheveux sur l'une ou l'autre des cagoules correspondent à l'ADN de Timmons, il sera accusé. À ce stade, il aura deux options. Soit il est jugé pour un meurtre et deux tentatives de meurtre, soit il tente de négocier sa peine.

— En échange des noms du tireur et de la personne qui les a embauchés, dit Nick.

— Exact, dit Rocco. Maintenant que vous connaissez les derniers dénouements, avez-vous des questions ?

— T'attends-tu à ce que Timmons opte pour une négociation de peine ? demanda Nick.

— C'est très probable, dit Rocco. Ce ne serait pas la première fois qu'il trahirait ses complices pour sauver sa propre peau.

— La police doit-elle obtenir un mandat pour prélever un échantillon d'ADN de Timmons ? demandai-je.

Rocco secoua la tête.

— Non. En tant que criminel reconnu par la justice, son ADN est déjà dans la base de données de l'État de New York.

— Combien de temps prendra la négociation de peine, selon toi ? demanda Nick. Tu le sais, je suis impatient de retourner à New York et de conclure l'acquisition de Centerpost.

— Ça dépend de Timmons, dit Rocco. Le détective responsable de l'enquête est un bon type. Il fait ce qu'il peut pour faire avancer les choses en collaborant avec le procureur local afin d'offrir aussi vite que possible une peine négociée à Timmons, avec l'intention d'utiliser cet accord, et la menace de l'annuler, pour forcer Timmons à avouer ce qu'il sait dès que possible. En supposant que Timmons soit aussi coupable qu'il le semble, il n'a rien à gagner à résister jusqu'à l'arrivée des résultats du test ADN, dans une semaine ou deux.

— Donc, ce pourrait être réglé dans quelques jours, dit Nick.

— Oui, comme ça pourrait prendre des semaines, dit Rocco. Tout dépend du moment où Timmons parlera et de ce qu'il sait. Il pourra probablement nous donner le nom du tireur, mais nous ne pouvons pas prévoir combien de temps il faudra pour le trouver et l'arrêter. De plus, nous ignorons si Timmons ou le tireur pourront fournir l'identité de leur employeur ou toute autre information qui pourrait mener à cette personne.

— Je parie que ce sont les salauds bien nantis d'Endicott Trumbull, dit Nick. Forbes Endicott m'en veut depuis des années et, plus important encore, il reçoit énormément de pression de son conseil. Si Endicott ne fait rien pour rétablir la confiance du conseil dans son leadership, il perdra son poste de PDG.

Je me rappelai ma rencontre avec Forbes Endicott à la soirée à laquelle Nick et moi avions assisté le soir de l'attaque. Grand et élancé, avec une chevelure légèrement dégarnie et des touches de gris aux tempes, l'apparence et les manières d'Endicott rappelaient davantage un directeur d'école qu'un dirigeant d'entreprise, avec ses lunettes à monture ronde, son attitude snob et la précision délibérée de son élocution et de ses gestes qui frôlait le chichi. Rien chez Endicott n'évoquait la violence, ce qui me rendait curieuse de savoir pourquoi, de toutes les possibilités, Nick le soupçonnait.

— Ce n'est pas un secret que le conseil d'Endicott Trumbull est insatisfait de la direction d'Endicott, dit Rocco. Mais, laisse-moi faire l'avocat du diable. Endicott est respecté et bien intégré, et sa fortune personnelle est substantielle. S'il perdait son poste de PDG chez Endicott Trumbull, il a la réputation et les ressources pour en décrocher un autre.

Nick secoua la tête.

— Il y a des motifs plus puissants que l'argent.

— Explique-toi, dit Rocco.

— La famille. La succession. Endicott et sa femme viennent tous deux de vieilles fortunes, ce qui signifie que les règles sont différentes. S'il perdait la direction d'Endicott Trumbull, l'entreprise que son arrière-grand-père a fondée, ça le détruirait. Il ne se remettrait jamais de l'humiliation d'avoir perdu le poste qui lui a été transmis, et encore moins de la honte d'être le premier de sa lignée à ne pas transmettre ce poste, et tout ce que ça comporte, à son propre fils. Et l'humiliation ne s'arrêterait pas là. Si Endicott perd son emploi, sa femme, Elizabeth, pour qui le statut social est tout, le divorcerait plus vite qu'une attaque en justice de Donald Trump, dans l'espoir de mettre de la distance entre la puanteur de l'échec d'Endicott et ses enfants et elle.

L'explication de Nick était sensée. Même si l'apparence raffinée et les manières guindées d'Endicott ne correspondaient pas au stéréotype du tueur violent, avec le poids de son historique familial sur les épaules et l'héritage de son fils en jeu, à quel point Endicott était-il désespéré et jusqu'où était-il prêt à aller ?

— J'avoue que l'optique de la famille renforce le mobile d'Endicott, dit Rocco. Et le conseil d'Endicott Trumbull perd patience. Selon mes sources, si deux autres membres du conseil se retournent contre lui, Endicott est hors-jeu.

— Plus ou moins, dit Nick. Il gardera une place au conseil en raison des parts dont il a hérité, mais il n'aura plus de rôle actif dans la gestion quotidienne de la société.

— Je comprends pourquoi tu le soupçonnes, dit Rocco. Mais tant que nous n'en saurons pas plus, nous devons garder l'esprit ouvert.

Nous devons examiner tous ceux qui ont une raison de t'empêcher d'acquérir Centerpost.

— D'accord, dit Nick. Mon instinct me dit que c'est Endicott, mais je pourrais me tromper. Nous devrions nous parler à nouveau bientôt, et tiens-nous au courant de l'avancement avec Timmons.

— Pas de problème, dit Rocco. Avec un peu de chance, nous en saurons plus dans les prochains jours.

— Merci, Rocco, dit Nick. Tu fais un travail exceptionnel et c'est bon de travailler à nouveau avec toi, même si les circonstances sont loin d'être géniales.

Rocco se fendit d'un sourire.

— Dans mon boulot, c'est souvent le cas.

— Merci, Rocco, dis-je. Nick et moi adorons l'appartement et l'endroit que tu as choisi ; dans ta volonté de nous éloigner de New York, tu n'aurais pas pu trouver meilleur endroit.

— Nous parlerons à nouveau bientôt, dit Nick.

— À plus tard, dit Rocco, puis l'image vidéo disparut.

Nick ferma son portable et se tourna vers moi.

— C'est la première bonne nouvelle depuis notre arrivée à Paris, dit-il. Nous devrions fêter ça.

— Nous pourrions ouvrir la bouteille de Veuve Clicquot que nous avons prise à l'épicerie hier. Et le réfrigérateur est bien rempli. Je pourrais préparer des pâtes *primavera* pour le dîner et tu pourrais t'occuper de la salade avec cette délicieuse vinaigrette à la moutarde que tu sais faire.

Il se pencha et m'embrassa légèrement.

— C'est parfait pour ce soir. Mais je pense à un autre aspect de Paris que j'aimerais que nous vivions ensemble. Pas ce soir ni demain ; j'ai besoin d'un jour ou deux de préparation, mais peut-être le soir d'après.

— Dis-m'en plus.

— Je préfère t'en faire la surprise. Mais laisse-moi te dire ceci : tu vas adorer.

5

CHAPITRE CINQ

Le jour suivant, Nick quitta l'appartement au milieu de la matinée, avec deux de nos gardes du corps pour protection et l'explication qu'il devait préparer notre soirée spéciale. Lorsqu'il revint bien plus tard, son air satisfait laissait supposer que ses efforts avaient été couronnés de succès. Il portait des sacs contenant une bouteille de Bordeaux et un vaste choix de savoureux fromages et charcuteries, que nous dévorâmes en fin d'après-midi. Par la suite, nous sortîmes pour une paisible promenade du soir le long de la Rive gauche, puis revînmes à l'appartement où nous visionnâmes un film sur BBC avant de nous souhaiter bonne nuit, à regret, et de nous diriger vers nos chambres respectives.

Le lendemain matin, après notre rituel matinal du café sur le balcon, Nick enfila une veste bleu marine par-dessus son jean et son t-shirt et se prépara à quitter l'appartement.

— J'ai quelques derniers préparatifs pour ce soir, mais je devrais être de retour d'ici quinze ou seize heures, dit-il. Je prendrai deux de nos gardes du corps. Si tu as besoin de quoi que ce soit, contacte Jean-Luc.

Que pouvait bien manigancer Nick ? La veille, mes pensées

avaient sauté d'une possibilité à l'autre, mais quelque chose qui nécessitait presque deux jours de préparation devait être vraiment spécial, même selon les critères de Nick. Ma curiosité avait atteint des sommets, mais je faisais de mon mieux pour la contenir.

— D'accord, dis-je. À quelle heure dois-je être prête et comment dois-je m'habiller ?

Il me lança un sourire.

— Tu essaies de me faire dévoiler mes secrets ?

Je me mis sur la pointe des pieds et l'embrassai légèrement.

— Non, j'adore le fait que tu veuilles me surprendre. Mais donne-moi une idée générale de ma tenue et de l'heure.

— Sois prête vers dix-neuf heures.

Il me lança un regard profond.

— Pour ce qui est de la tenue, l'une ou l'autre des robes de la semaine dernière seront de mise, mais tu sais laquelle je préfère.

— Oui, dis-je, en me rappelant le jour où il avait aperçu la robe et insisté pour me l'acheter.

Nous nous promenions sur les Champs-Élysées, où Nick avait voulu remplacer la robe Dior qu'Octavia m'avait donnée et qui n'avait pu être sauvée après l'attaque.

Peu de temps après notre départ de la boutique Dior, un sac contenant ma nouvelle robe à la main, une robe de soirée dans la vitrine de Michael Kors avait attiré l'attention de Nick et, malgré mes objections que j'avais déjà une robe, il m'avait poussée à l'accompagner pour essayer la robe. Quelques minutes plus tard, lorsque j'avais laissé glisser son étoffe soyeuse par-dessus ma tête, tiré la jupe en place et examiné mon reflet dans le miroir de la salle d'essayage, j'avais dû conclure que pour un homme qui prétendait ne rien connaître à la mode, Nick avait sans conteste l'œil. Le dos ouvert, les bretelles étroites et le décolleté en forme de cœur, de même que la délicate dentelle superposée qui donnait à la jupe fluide une impression de mouvement scintillant... avec sa silhouette ajustée, la robe flattait mes courbes particulières comme si elle avait été créée pour moi.

Lorsque j'étais sortie de la salle d'essayage, le visage de Nick s'était illuminé et il avait laissé échapper un sifflement avant de se tourner vers la jeune vendeuse élégamment vêtue qui s'occupait de nous.

— Je le savais, avait-il dit. N'est-elle pas magnifique ?

La vendeuse avait parlé d'une voix à l'accent charmant.

— Mademoiselle est une belle femme et elle l'est encore plus dans cette robe.

— Nous la prenons, avait dit Nick.

— Nick, avais-je dit. C'est trop. Tu n'as pas à dépenser davantage pour moi.

Il avait haussé un sourcil.

— Sache que je peux être très déterminé et ce que je veux en ce moment, c'est t'acheter cette robe et anticiper le plaisir de te voir ainsi vêtue.

La vendeuse m'avait souri.

— Vous n'êtes pas seulement belle, mais aussi chanceuse. Des hommes aussi généreux sont très rares.

Elle avait désigné Nick.

— Et aussi séduisant ? Si vous vous séparez, pourriez-vous me l'envoyer ?

Au souvenir de ce jour et du cadeau de Nick, mon cœur se gonfla d'amour.

— Je porterai la robe que tu as choisie. J'ai hâte de la porter pour toi ce soir.

Il me prit dans ses bras, m'embrassa longuement avec tendresse, puis nous nous dîmes au revoir avant qu'il ne quitte l'appartement.

Livrée à moi-même, je passai le reste de la matinée sur Internet à parcourir mes sites web d'information et d'affaires préférés. Je vérifiai également ma messagerie électronique et fus soulagée d'y trouver une réponse au courriel que j'avais envoyé plusieurs jours plus tôt à mon imprévisible patronne au grand cœur du Club des gentlemen, Isabella Stone.

Dans mon courriel, je lui avais expliqué qu'en raison de la profondeur de ma relation avec Nick, je ne me sentais plus à l'aise de danser au club, mais que j'appréciais tout ce qu'elle avait fait pour moi. Je continuais en lui disant que, si elle était ouverte à l'idée, j'étais prête à travailler comme serveuse ou barmaid au *lounge* une fois de retour à New York.

Bien que le fait de travailler au *lounge* ne m'offre jamais le salaire que mon boulot de strip-teaseuse me rapportait, la clientèle prospère du club donnait de bons pourboires et je pourrais gagner suffisamment pour payer mes frais de subsistance et les paiements mensuels du prêt que j'avais contracté pour payer le reste des factures médicales de ma mère. Pour ce qui était des frais de scolarité déjà payés pour la session d'automne de mon programme de MAE à temps partiel à l'Université de New York, j'avais déjà pris la décision difficile de me retirer de la session pendant qu'il était encore temps de recevoir un remboursement complet. Avec toutes les péripéties de ma vie, j'étais incapable de donner à mes cours l'importance nécessaire pour conserver ma moyenne supérieure qui m'avait demandé tant de travail. Et, avec une recherche d'emploi potentielle à l'horizon, j'aurais peut-être besoin de cet argent pour payer mes frais au cours des prochains mois.

Stone me permettrait-elle de passer au *lounge*, ou me montrerait-elle la porte ? Sous la façade épineuse et sarcastique qu'elle montrait au monde, Stone avait bon cœur, mais c'était également une femme d'affaires avisée pour qui, au bout du compte, les affaires étaient les affaires.

Je croisai les doigts et ouvris son courriel.

Chère Raven,

Merci pour ton mot. C'est réjouissant de savoir que Nicholas et toi êtes sains et saufs. Tu dois le savoir à présent, cet homme est une perle et si tu es l'une des rares personnes à qui Dieu a donné la moitié du bon sens d'un navet, tu le traiteras comme le trésor qu'il est.

Je suis désolée d'avoir pris plusieurs jours à te répondre. Tout cela en raison du fléau des deux nouvelles filles que Max m'a persuadée d'embaucher la semaine dernière et dont les frasques malencontreuses m'ont jetée dans les profondeurs d'un enfer qui surpasse l'imaginaire le plus enfiévré de Dante.

Lorsque Nicholas et toi serez de retour à New York, appelle-moi au club. Je ferai mon possible pour trouver quelque chose d'approprié.

Cordialement,

Isabella Stone

Je lus encore et encore le courriel pour m'assurer qu'il était bien réel et ma vue se brouilla sous les larmes. Je connaissais maintenant assez Stone pour lire entre les lignes et ce courriel confirmait qu'elle m'offrirait un emploi quelque part.

Une fois de retour à New York, je ne serais pas au chômage. Je n'aurais pas besoin de parcourir la ville, une mallette de CV à la main. Je n'aurais pas à retirer mes vêtements pour vivre ni à emprunter de l'argent à Nick. Même s'il me l'avait proposé en me disant de le considérer comme un cadeau ou un prêt, selon ma préférence, je ne pouvais accepter ce genre d'argent que d'une seule personne.

Mon mari.

Nick et moi serions-nous un jour mari et femme ? Je me rappelai que notre relation était beaucoup trop récente pour même y penser. Nous avions encore tant de choses à apprendre l'un de l'autre et, en raison des circonstances, même notre désir d'être plus intimes avait été retardé. Pourtant, je me surprenais parfois à nous imaginer bâtir une vie ensemble et à m'attarder sur ce à quoi pourrait ressembler l'avenir.

Il ressemblerait peut-être à un mariage en extérieur un mois de juin ; ma mère marchant à mes côtés jusqu'à l'autel. Nick et moi en lune de miel, nous promenant pieds nus sur une plage sans fin au coucher du soleil, la brise du large s'engouffrant dans ma chevelure et le bruit des vagues résonnant autour de nous. Et puis, quelques années plus tard, un petit garçon avec les yeux noisette et le sourire contagieux de Nick, lançant une balle à un Jack adulte dans Central Park, une petite fille avec ma tignasse trottinant derrière eux.

Puis, en secouant la tête, je repoussai ces images alléchantes de mon esprit, éteignis mon ordinateur, et me dirigeai vers la cuisine pour me préparer un déjeuner léger. Qui savait ce que nous réservait l'avenir ? Pour l'instant, avoir Nick dans ma vie était suffisant et j'avais hâte de lui faire part de la bonne nouvelle qu'à notre retour, je ne retirerais mes vêtements pour nul autre que lui.

Lorsque je finis de déjeuner, il était quatorze heures, donc huit heures dans le Vermont, assez tard pour pouvoir appeler ma mère au centre de rétablissement où elle se remettait de son opération et réapprenait à marcher. Depuis l'attaque, j'avais avoué à ma mère tout ce que je lui avais caché jusque-là. Et malgré sa peine devant mon manque de confiance en sa capacité à affronter la vérité, elle m'avait finalement pardonnée, après m'avoir soutiré des promesses répétées que je ne lui cacherai plus jamais ma vie.

Lorsque j'avais confié mes sentiments envers Nick à ma mère, elle avait été étonnamment ouverte. Par le passé, lorsque je lui parlais de mes copains précédents, elle me rappelait toujours que les études et la carrière devaient passer avant, et m'exhortait à ne pas trop m'attacher. Mais depuis son opération, quelque chose avait changé dans notre relation. Est-ce que le fait d'avoir besoin de mon aide et de l'accepter lui avait fait voir la femme que j'étais devenue, plutôt que la jeune fille ambitieuse et sans expérience qui avait quitté le Vermont en faveur de New York ?

Je sortis mon iPhone de mon sac à main, m'assis sur le canapé de la pièce à vivre et composai son numéro. Après quelques sonneries, elle répondit.

— Allô ?

— Salut, dis-je. C'est moi. Comment te sens-tu ? Comment se passe ta physiothérapie ?

— C'est ardu, mais je marche mieux chaque jour. J'ai fait le tour de la cour hier, avec un déambulateur, évidemment, mais je n'ai pas marché aussi loin depuis longtemps.

— C'est merveilleux, maman. Je suis fière de toi.

Une touche d'enthousiasme tinta sa voix.

— Mon physiothérapeute dit que je fais d'excellents progrès et que lorsque mes jambes seront plus solides, je pourrai passer à une canne. Lorsque je me débrouillerai bien avec la canne, ils me laisseront retourner à la maison. Je devrai suivre un traitement externe pendant un moment et je ressentirai probablement toujours des douleurs, mais c'est gérable. D'ici le printemps prochain, je pourrai peut-être même faire du jardinage.

Mes yeux s'emplirent de larmes et je battis rapidement des cils pour éclaircir ma vue.

— Je suis si heureuse.

— Assez parlé de moi, dit-elle. Parle-moi de toi. Quand reviendras-tu au pays ?

Je lui fis un compte rendu de l'enquête et lui décrivis certaines de mes expériences à Paris avec Nick.

Vers la fin de notre conversation, elle me surprit par une invitation.

— Je veux rencontrer cet homme qui a volé le cœur de ma fille. Ceci étant dit, j'espère que tu passeras Noël dans le Vermont, et que tu viendras avec Nick. D'ici là, je devrais être sur pied.

— J'adorerais te présenter Nick à Noël, dis-je. Je ne sais pas ce que sa famille fait pendant les fêtes, mais je lui proposerai de passer Noël à Burlington cette année.

— Si Nick a déjà quelque chose avec sa famille pour Noël, alors venez au Jour de l'an. Je suis prête à faire des compromis, du moment que je vois ma fille pendant une partie des fêtes.

— J'y serai, dis-je. C'est promis.

6

CHAPITRE SIX

Plus tard cet après-midi-là, Nick revint à l'appartement, plusieurs grands sacs à la main, et refusa de m'en dévoiler le contenu.

— Ne regarde pas, dit-il. C'est une surprise pour ce soir.

Je me mis sur la pointe des pieds et l'embrassai sur les lèvres.

— J'ai peut-être aussi une ou deux surprises pour toi.

Ses lèvres s'étirèrent.

— Me cacheriez-vous quelque chose, mademoiselle Evans ?

— En effet, monsieur Santoro. Vous n'êtes pas le seul à savoir garder un secret.

— Tu le fais exprès.

— Et toi, alors ? Tu me tiens en haleine depuis deux jours, alors que je ne te ferai attendre que quelques heures. Ce soir, je promets de tout te raconter.

— J'ai hâte, dit-il avant de traverser la pièce et de monter à l'étage, probablement pour ranger ses achats dans sa chambre.

Quelques instants plus tard, il redescendit en hâte, et se dirigea vers la table, où il s'assit et ouvrit son portable.

— Rocco m'a envoyé un texto il y a une heure, dit-il. Il semblerait que la négociation de peine ait eu lieu peu de temps après notre dernière conversation et l'enquête avance à grands pas. Je vais contacter Rocco par Skype.

Je m'approchai de Nick et m'assis à ses côtés.

— Rocco a-t-il dit si Timmons avait nommé la personne qui les a embauchés ?

— Non, dit Nick. Mais si Timmons parle, alors qui sait ? Rocco a peut-être cette information.

Il ouvrit Skype et amorça l'appel. Quelques secondes plus tard, le visage de Rocco apparut à l'écran.

— Excellent, dit-il. Bien des choses se sont passées dans les dernières quarante-huit heures.

— Nous t'écoutons, dit Nick.

— Quelques heures après notre dernière conversation par Skype, la négociation de peine a été acceptée et Timmons a parlé. L'information qu'il a donnée à la police a mené à l'arrestation du tireur. Et aussi aux honoraires de Timmons pour l'attaque, une mallette pleine d'argent, qui a rapidement mené à Forbes Endicott. Cette preuve a été présentée à un grand jury ce matin. Endicott a tout nié, mais le jury a trouvé la preuve suffisante pour délivrer un mandat et a inculpé Endicott d'un chef d'accusation pour homicide volontaire et deux tentatives de meurtre. Il a donc été arrêté.

Nick et moi nous regardâmes, et le soulagement et l'émerveillement sur ses traits firent écho à mes propres émotions. Nous nous enlaçâmes et nous étreignîmes un long moment avant de nous relâcher. Je passai alors un bras autour des hanches de Nick et m'appuyai contre lui avant de tourner à nouveau mon attention vers l'écran.

Ce faisant, j'aperçus l'énorme sourire de Rocco et me rappelai ce que Nick m'avait raconté sur le passé de Rocco. Maintenant que je comprenais l'importance qu'avait pour lui le fait d'aider des gens dans notre situation, je ne pus qu'exprimer ma gratitude sincère.

— Merci, Rocco, dis-je. C'est une nouvelle si incroyable que je dois me pincer pour y croire. Je n'aurais jamais cru que tout cela puisse arriver si vite.

— La police de New York est l'une des meilleures du monde, dit Rocco.

— N'essaie pas de minimiser ton rôle dans tout ça, dit Nick. Depuis le premier jour, tu fais avancer l'enquête et ne crois pas que je l'ignore.

— Mes efforts ont peut-être accéléré les choses, mais pour être honnête, dès que Timmons a offert des pistes solides, la police a pris les choses en main.

— Tu es beaucoup trop modeste, ça te perdra, dit Nick. Mais je sais également que lorsque vient le moment de t'attribuer le mérite pour ton travail ardu, tu es une cause perdue. Ceci étant dit, quelle est la prochaine étape ? Est-il sûr pour nous de retourner à New York ?

Pendant plusieurs secondes, Rocco ne dit rien et je me demandai si Skype avait planté ou si nos tentatives de remerciement l'avaient mis mal à l'aise. Mais alors, il s'éclaircit la gorge et répondit.

— Je préférerais que tu te retiennes de faire des plans jusqu'à la comparution qui aura lieu demain. Endicott devrait plaider non coupable et, à ce stade, le juge fixera une caution.

— Je vois, dit Nick. Endicott a bien assez d'argent pour payer la caution, quel qu'en soit le montant. Avec ses ressources financières et ses relations, il pourrait essayer de quitter le pays.

— Tes avocats s'occupent de cette situation, dit Rocco. Selon notre estimation de l'avoir net d'Endicott, j'ai conseillé à tes avocats de demander une caution de cinquante millions de dollars, avec une restriction à Manhattan et l'ordre de porter un bracelet de surveillance à la cheville. Ce sont des conditions raisonnables et je m'attends à ce que le juge accepte.

— Endicott a très probablement des comptes numériques dans des paradis fiscaux comme les Caïmans, dit Nick. Et ses relations couvrent la planète. S'il fuit, il ne sera pas facile à trouver.

— Si nous obtenons la caution que nous voulons, sa propre femme ne l'aidera pas à fuir, dit Rocco. Selon mes sources, Elizabeth Endicott s'intéresse à deux choses : son statut social et son compte bancaire.

— Tes sources ont raison, dit Nick. Le mariage de Forbes et Elizabeth Endicott n'a jamais été une histoire d'amour. Il s'agissait plutôt d'une fusion dynastique qui combinait la richesse de deux vieilles familles puissantes de New York. Si une part importante de cette fortune est menacée, Elizabeth sera la dernière personne à encourager son mari à prendre la fuite.

— Je suis curieuse, dis-je. Où a été trouvée la mallette d'argent et comment a-t-elle été reliée à Endicott ?

— La mallette a été trouvée dans l'appartement de Timmons, dit Rocco. Lorsque la police a évalué les empreintes digitales qui s'y trouvaient, certaines appartenaient à Timmons, et d'autres à Forbes Endicott, dont les empreintes se trouvaient dans le système.

Nick haussa un sourcil.

— Je ne m'attendais pas à ce que ce salaud prétentieux ait un casier judiciaire.

— Techniquement, il n'en a pas, dit Rocco. Il avait dix-sept ans lorsque la police l'a arrêté pour conduite avec facultés affaiblies et sa famille a réussi à faire sceller son dossier. Personne, autre que les forces de l'ordre, n'aurait pu découvrir l'existence de ce dossier, encore moins y accéder.

— Alors, nous avons une mallette pleine d'argent avec les empreintes d'Endicott, dit Nick. Quoi d'autre ?

— Pour l'instant, tout repose sur la mallette, dit Rocco. Timmons ne sait pas qui l'a embauché. Tout ce qu'il a pu nous dire est que la personne qui l'a contacté pour discuter du contrat était un homme qui a affirmé avoir obtenu le numéro de Timmons par l'entremise d'un ami. Timmons ne l'a jamais rencontré en personne et, comme les menaces par texto que tu as reçues à New York, les appels ont été faits avec un portable jetable, et le type s'en est sans aucun doute débarrassé.

— L'argent de la mallette peut-il être retracé ? demandai-je.

— Probablement, dit Rocco. Endicott fait affaire avec JP Morgan et la police collabore avec Morgan pour voir si les billets proviennent de l'une des succursales de Manhattan. Entre-temps, nous devons nous efforcer de trouver d'autres preuves. Endicott affirme que la mallette a été volée à son bureau et il est bien capable de menacer quelques employés pour qu'ils témoignent à la cour dans ce sens. Cela dit, la mallette en elle-même n'est pas suffisante pour garantir une condamnation. Nous avons besoin de plus et c'est pourquoi je recommande d'embaucher une équipe de surveillance pour suivre Endicott après sa libération.

— Je suis d'accord, dit Nick. Maintenant que la participation d'Endicott est confirmée, j'aimerais aussi que tu te penches sur l'un de ses collègues chez Endicott Trumbull, un homme du nom de Beardsley Fripp.

Lorsque Nick prononça le nom de Fripp, j'en eus la chair de poule. Lors de la soirée de financement la nuit de l'attaque, Fripp avait profité d'un moment où je me trouvais seule pour m'approcher, m'agripper le bras et me menacer. Sa carrure trapue et simiesque, sa mâchoire disproportionnée et avancée et son attitude agressive n'avaient fait qu'appuyer une hostilité malveillante et méprisante qui m'avait totalement ébranlée.

— Fripp, dit Rocco. N'est-il pas l'un des associés principaux chez Endicott Trumbull ?

— Si, dit Nick. Il est aussi le laquais d'Endicott. Leur amitié remonte à leurs années dans une école exclusive et elle a perduré pendant leurs années à Harvard. Malgré sa fortune, Fripp est un salaud vicieux et ce ne serait pas la première fois qu'Endicott l'utilise pour faire sa sale besogne.

Je regardai Nick.

— Tu te souviens de ce que Fripp m'a dit à cette soirée ? Il a menacé de me tuer et de te faire porter le chapeau. C'est là que je l'ai giflé.

L'expression de Nick se modifia et me fit comprendre qu'il n'avait pas oublié l'attaque de Fripp.

— J'étais prêt à mettre ce putain de salaud en pièces. Je l'aurais démoli si Ilana ne m'avait pas calmé.

— C'est une bonne chose qu'elle y soit arrivée, dit Rocco. Attaquer Fripp devant une foule de gens ne t'aurait valu qu'un séjour en prison. Il existe de meilleurs moyens de se charger de ce genre de types.

— Que proposes-tu ? demanda Nick.

— Je peux fouiller le passé de Fripp et trouver des preuves de son implication dans l'attaque, en plus de toute autre activité suspecte. Je peux mettre sur pied une équipe de surveillance additionnelle pour le suivre. Ça prendra du temps et ce sera dispendieux...

— Mets le paquet, dit Nick. Je peux te mettre en relation avec des gens qui pourraient t'aider. Toutefois, certaines personnes ne te parleront pas aussi ouvertement qu'elles me parleraient, ce qui signifie qu'Ilana et moi devons rentrer à New York aussitôt que nous le pouvons.

— Une fois Endicott et Fripp sous surveillance, s'ils tentent quoi que ce soit, nous le saurons, dit Rocco. Mais avec tout ce qui s'est passé, nous devons maintenir un niveau élevé de vigilance jusqu'à la conclusion de l'acquisition de Centerpost. Donc, je recommande de recruter une équipe de gardes du corps à New York pour Ilana et toi, semblable à votre équipe à Paris. Entre autres choses, vos gardes du corps vous escorteront partout où vous irez, surveilleront les alentours pour écarter toute menace et maintiendront les paparazzis à distance. La nouvelle de l'arrestation d'Endicott s'est propagée et l'intérêt médiatique pour vous deux a atteint de nouveaux sommets.

— Les vautours de la presse à scandales, dit Nick. Ne me dis pas qu'ils sont de retour.

— Et bien présents. Le sujet de l'attaque avait commencé à s'atténuer dans les médias, mais l'arrestation d'Endicott a relancé leur obsession pour vous deux.

— Vas-y, dit Nick. Embauche autant d'effectifs que tu crois nécessaires pour nous protéger et garder la presse à distance. Je possède cinq autres appartements dans mon immeuble et ils sont tous inoccupés. Notre équipe de sécurité pourrait utiliser ces appartements comme quartier général.

Il se tourna vers moi et expliqua.

— Deux des appartements sont adjacents au mien et je les ai achetés pour avoir l'option d'agrandir mon propre appartement dans le futur. Les trois autres sont plus bas et je les ai achetés pour que mes frères et ma sœur aient un endroit où habiter lorsqu'ils me rendent visite. J'aime leurs visites, mais j'ai aussi besoin de ma tranquillité.

— Installer l'équipe de sécurité dans certains de ces appartements est une excellente idée, dit Rocco. Mais nous aurons besoin de quelques jours pour mettre en place toutes les précautions dont nous avons parlé. D'ici là, vous devriez rester à Paris.

— Alors, c'est ce que nous ferons, dit Nick.

Sa voix se fit grave.

— Lorsqu'il est question de la sécurité d'Ilana, je ne veux prendre aucun risque.

7

CHAPITRE SEPT

Après avoir pris congé et remercié à nouveau Rocco pour toute son aide, Nick ferma son portable et jeta un œil sur sa montre.

— Peux-tu être prête à partir dans quatre-vingt-dix minutes ? demanda-t-il. Sinon, je dois téléphoner pour ajuster l'horaire de notre soirée.

Je me penchai pour l'embrasser.

— Quatre-vingt-dix minutes sont plus qu'assez. Je serai prête.

Nous partîmes alors chacun de notre côté pour nous préparer à ce qui s'annonçait une soirée fabuleuse. Entre l'anticipation de ce que Nick nous avait préparé, l'arrestation d'Endicott et mes bonnes nouvelles, j'étais d'excellente humeur.

Après une douche rapide, je me séchai les cheveux, puis les plaçai avec de la mousse, visant un look naturel, mais contrôlé, que j'obtins après plusieurs minutes à m'affairer. Puis, je m'habillai et m'assis pour me maquiller, remerciant mentalement ma meilleure amie et colocataire, Bianca, qui m'avait aidée à faire mes bagages avant mon départ du pays.

Ce jour-là à New York, après avoir reçu l'autorisation de nos médecins de prendre l'avion, nous étions retournés à nos propres appartements, chacun accompagné par les gardes du corps embauchés par Rocco, pour faire nos bagages pour une destination qui, à ce moment-là, n'était pas encore connue. Tout ce que je savais était que Rocco avait loué des jets privés dans plusieurs endroits non précisés avec l'intention de changer d'avions à plusieurs reprises pour camoufler notre destination finale.

Une fois que les hommes de Rocco m'avaient escortée jusqu'au minuscule appartement de l'East Village que je partageais avec Bianca, j'avais raconté à Bianca les grandes lignes du plan de Rocco, pendant qu'elle m'aidait à faire mes bagages. Puisque j'ignorais si Nick et moi partions pour l'Islande ou Bora Bora, Bianca m'avait convaincue d'emporter un peu de tout, des maillots de bain aux pulls, et des tenues de sport aux robes de cocktail et avait insisté pour que je prenne sa plus grande valise.

— N'oublie pas tes sous-vêtements les plus sexy, avait-elle dit, en en jetant plusieurs dans la valise sans fond. Bien vite, El Toro sera au meilleur de sa forme, et que feras-tu si tu n'as pas même un Victoria's Secret, sans parler de La Perla ?

Puis, avant mon départ, suivie par deux gardes du corps tirant ma lourde valise, elle avait jeté les bras autour de moi et m'avait étreinte avec force.

— Tu me manqueras plus que tu ne le crois, avait-elle dit.

Lorsque nous nous étions séparées, ses yeux brillaient de larmes et la boule dans ma gorge m'avait prévenue que j'étais moi-même au bord des larmes.

— Mais ne reviens pas à New York avant que ce soit totalement sûr. Nous boirons des martinis sur Skype aussi longtemps que ce sera nécessaire.

Je fermai les yeux un moment en pensant à mon amie, dont le sens de l'humour irrépressible et le soutien sans faille avaient été une part essentielle de ma vie depuis l'enfance. Sachant que nos retrouvailles n'étaient plus qu'à quelques jours, j'avais hâte de pouvoir parler et rire à nouveau avec elle.

Je terminai mon maquillage, enfilai des boucles d'oreille en grappes de cristal, le meilleur accessoire que j'avais pour accompagner le collier de diamants Harry Winston que Nick m'avait offert, puis je soulevai le collier de sa boîte satinée gris pâle et l'approchai de mon cou. Même s'il était resplendissant avec ma robe, j'avais peur qu'il ne rappelle à Nick la nuit de l'attaque et qu'il ne réveille la terrible culpabilité qu'il portait encore à la suite de la mort de son chauffeur.

Après la bonne nouvelle de l'arrestation d'Endicott, nous étions tous deux euphoriques et Nick méritait de savourer ce moment. Je n'allais pas risquer de ternir cette soirée qu'il avait mis tant d'effort à préparer.

Alors, avec un pincement au cœur, je remis le cadeau somptueux dans sa boîte et choisis plutôt mon collier Swarovski Divinity. Il lui manquait peut-être l'éclat inimitable des diamants, mais il complétait bien mon ensemble et ses cristaux bleus éclatants faisaient ressortir la couleur de mes yeux.

Après quelques retouches à ma chevelure, j'ajoutai rouge à lèvres, mascara et miroir dans la pochette noire toute simple que j'avais choisie pour accessoiriser la robe que Nick m'avait offerte. Puis, je pris la pochette et me rendis à l'étage inférieur, où il m'attendait, assis sur une chaise.

Lorsqu'il entendit mes pas dans l'escalier, il leva les yeux et ses lèvres se fendirent d'un énorme sourire.

— Waouh, dit-il, en me regardant de haut en bas. Tu n'as pas fait les choses à moitié ce soir.

— Je ne suis pas la seule, dis-je tout en admirant son costume noir impeccablement coupé, assorti d'une chemise blanche qui faisait ressortir à merveille sa peau olivâtre. Tu es magnifique.

— J'ai fait un tour à la boutique de Brioni hier, dit-il. Et c'est une bonne chose. Sinon, j'aurais eu l'air d'un clochard à tes côtés. J'ai apporté deux costumes, mais aucun ne semblait approprié pour ce soir.

— Tu n'as jamais l'air d'un clochard, dis-je avant de le taquiner. Sauf lorsque tu portes un survêtement, que tu as les cheveux hérissés à force de passer les mains dedans, et que tu ne tailles pas ta barbe pendant quelques jours.

Il rit.

— Nous vivons ensemble depuis deux semaines seulement et tu connais déjà tous mes mauvais plis.

Il m'offrit son bras que je pris.

— Même les cheveux hérissés, tu es très séduisant. Et puis, ton look du matin n'est rien à côté du mien.

Ses yeux étincelèrent.

— Lorsque tu sors du lit le matin, tu ressembles à une sauvage... mais ça me plaît.

Je secouai la tête avec un air de feinte exaspération.

— Tu es extra.

— Idem.

Sur ces mots, nous quittâmes l'appartement, bras dessus bras dessous.

8

CHAPITRE HUIT

L'air chaud nous accueillit à notre sortie de l'immeuble et une légère brise provenant du fleuve fit danser mes cheveux. L'un de nos gardes du corps se tenait dans la rue aux côtés d'une berline Mercedes bleu foncé et un autre était au volant. Une fois que Nick m'eut aidée à m'installer sur la banquette arrière de la voiture, il se glissa à mes côtés et la voiture démarra, se fondant dans la circulation vers le pont qui reliait l'île Saint-Louis à la Rive droite. Puis, elle tourna à l'est sur la route qui suivait la Rive droite et la Seine.

Nick me prit la main.

— Ce n'est pas loin. Dans une minute, tu verras la première partie de ma surprise.

Je repoussai une mèche de cheveux de mon visage et lui souris.

— J'ai tellement hâte.

Quelques instants plus tard, notre voiture s'immobilisa et Nick jeta un œil par les vitres teintées.

— Nous y sommes, dit-il avant d'ouvrir la porte, de sortir de la voiture et de se tourner pour m'aider à faire de même.

Lorsque je sortis de la voiture, je vis que nous étions au bord du fleuve, en amont de l'île Saint-Louis. Au loin, le clocher de Notre-Dame s'élevait dans le ciel strié d'orange, une aiguille d'un noir pur contre le soleil couchant. Le long du quai, une file d'embarcations flottait doucement sur l'eau.

— Embarquons-nous sur un bateau ? demandai-je avec enthousiasme.

— Oui, dit Nick en pointant vers notre droite. Tu vois le yacht gris foncé à trois embarcations d'ici ? C'est le nôtre.

Il me guida vers le yacht et, tandis que nous nous approchions, je maîtrisai à grand-peine mon enthousiasme. Même si ma ville natale était sur la rive du lac Champlain et que j'avais navigué sur bien des embarcations dans ma jeunesse, je n'avais jamais vu un tel bateau. Long et élancé, avec un profil plus bas que la plupart des yachts, il avait été conçu pour naviguer sur le fleuve, et donc passer sous des ponts avec peu de dégagement.

Le pont avant du yacht présentait un énorme canapé en forme de U avec des tables symétriques à chaque extrémité. Deux plate-formes inclinables se trouvaient sur le pont arrière plus vaste, chacune assez large pour que deux personnes s'y étendent au soleil, côte à côte. Entre les ponts avant et arrière se trouvait un espace couvert avec d'autres tables et fauteuils, son mur arrière en grande partie vitré, par lequel j'aperçus le poste de pilotage. Plusieurs hublots sur la coque effilée du yacht signalaient la présence d'un niveau inférieur spacieux.

Après m'avoir aidée à monter sur la courte passerelle qui reliait le yacht au quai, Nick me précéda sur le pont arrière, puis se tourna pour me prendre la main et m'aider à mettre pied sur le yacht.

— Attention, dit-il. Le yacht bouge un peu.

Je pris sa main et montai sur le yacht. Au même moment, le pont bougea abruptement sous mes talons de huit centimètres. Perdant l'équilibre, je chancelai et me serais effondrée si Nick n'avait pas réagi rapidement en me serrant contre son torse puissant.

— C'était moins une, dit-il.

— Les talons, dis-je.

J'agrippai son bras en tentant de m'adapter au mouvement du bateau.

— Tu aurais pu me prévenir de porter des chaussures adéquates.

Il pencha la tête de côté.

— Et risquer de révéler ma surprise ? Tu sais que ce n'est pas mon genre. Tiens-toi bien. Allons nous asseoir sur le pont avant, avant que ce bateau ne se mette vraiment en marche.

En me tenant solidement, il me guida vers le pont avant et ne me relâcha que lorsque je fus bien installée sur le canapé en U, où il s'assit à mes côtés avant de lever une main vers la fenêtre du pilote.

Quelques instants plus tard, deux serveurs vêtus de noir apparurent. L'un tenait en équilibre un plateau d'argent où se trouvaient deux verres, et l'autre portait un seau à champagne et une bouteille de Dom Perignon dans une main et un sac bleu familier dans l'autre. Le sac bleu était l'un de ceux que Nick avait ramenés à l'appartement plus tôt aujourd'hui.

Nick prit le sac des mains du serveur et en sortit un long morceau de tissu chatoyant qu'il me tendit.

— Au cas où tu aurais froid, dit-il. À ce moment de l'année, le temps peut se rafraîchir sur l'eau.

Je dépliai le tissu qui se révéla être un châle avec un délicat motif cachemire argent et noir et une texture soyeuse qui me rappelait à la fois la soie et la laine.

— Il est splendide, dis-je.

Je l'embrassai légèrement sur les lèvres et m'enveloppai dans le châle.

— Merci. Tu es génial… tu penses à tout.

Il prit les deux verres que le serveur avait remplis avant de s'éclipser et m'en tendit un.

— C'est toi qui es géniale. Après l'attaque, la plupart des femmes auraient pris leurs jambes à leur cou. Si tu m'avais quitté, je ne t'aurais pas blâmée. Comment l'aurais-je pu ? Être à mes côtés a mis ta vie en danger et je le regrette plus que tu ne le crois. Ta présence à mes côtés pendant ces dernières semaines est d'une importance telle que les mots ne peuvent exprimer mon respect envers ton courage, ma gratitude pour ton soutien et mon amour pour la femme forte et merveilleuse que tu es.

— Il y a eu des moments où j'étais terrifiée pour nous deux, dis-je.

Mais s'il y a une chose que cette expérience m'a apprise, c'est que l'amour est plus puissant que la peur. Être à tes côtés m'a insufflé une force que j'ignorais posséder.

— Pendant ces jours difficiles, tu as été mon ancre, dit Nick. Tu m'as soutenu comme jamais je ne l'aurais cru possible.

Je fis tinter mon verre contre le sien.

— Merci pour cette soirée. Et merci pour Paris, et tout ce que nous y avons vécu. Même si nous serons bientôt de retour à New York, je n'oublierai jamais ces semaines ensemble. Non seulement parce que tu es un excellent guide touristique, mais parce qu'elles m'ont montré une partie de toi dont j'ignorais l'existence, mais qui n'a fait que renforcer mon amour pour toi. J'adore le fait que tu aimes flâner dans Paris autant que moi et que tu puisses tourner spontanément dans n'importe quelle rue qui attire ton attention. J'adore ta passion de l'art et de l'architecture, qui donne un sens à tout ce que nous avons vu ici. Et j'adore nos matins paresseux ensemble, à siroter un café sur le balcon et à regarder l'eau passer.

Il plongea son regard dans le mien.

— Je ressens la même chose.

Sans le lâcher des yeux, j'approchai le verre de mes lèvres et bus, Nick suivant mon exemple. À ce moment, le bateau quitta le quai dans un mouvement brusque qui fit voler quelques gouttes de champagne sur mon visage.

— Regarde-moi, dis-je en riant.

Je pris ma pochette à la recherche d'un mouchoir.

— Je ne suis même pas encore grise et j'ai déjà réussi à renverser du champagne.

— Tiens, dit Nick en sortant un mouchoir en tissu blanc de sa veste. Laisse-moi faire.

Il déplia le mouchoir et l'utilisa pour essuyer délicatement le liquide sur mon visage avant de remettre le mouchoir dans sa poche.

— Voilà. Tout est en place et, avant que tu ne me le demandes, ton maquillage est parfait.

— Pas pour longtemps, dis-je avant de l'embrasser avec fougue. Maintenant, ton mouchoir et tes lèvres sont bien marqués.

Il haussa un sourcil.

— Si c'est ainsi que tu préfères me marquer, alors vas-y.

Je me penchai vers lui pour l'embrasser à nouveau alors que notre bateau passait devant les tours de Notre-Dame et sous les arcades massives du Pont-Neuf.

— J'en ai bien l'intention.

Au cours de l'heure suivante, nous sirotâmes nos verres pendant que notre yacht traversait le centre de Paris nimbé d'un éclat doré, le soleil couchant striant le ciel de couleurs vives. Lorsque le coucher du soleil disparut pour faire place à la nuit, nous nous dirigeâmes vers l'étage inférieur, où les serveurs nous présentèrent un repas délicieux, l'œuvre d'Antoine, un ami de Nick et un chef prometteur qui avait récemment reçu sa première étoile Michelin. Avec ses pouvoirs de persuasion bien connus, Nick avait convaincu Antoine, et deux de ses serveurs, d'abandonner son restaurant pour la soirée et de recréer sa magie dans la cuisine du yacht.

Avant de nous installer pour dîner, Nick me fit faire le tour de l'étage inférieur, y compris la cuisine qui se trouvait à l'arrière du yacht, où il me présenta Antoine, un Français trapu avec une barbe noire soigneusement taillée, des yeux noirs et intelligents et un sens de l'humour vif qui me fit comprendre pourquoi Nick et lui étaient amis. Le yacht comptait également une chambre principale luxueuse, située à l'avant. Entre la cuisine et la chambre, la pièce à vivre où nous dînâmes avait un air spacieux et pourtant intime, avec ses murs aux panneaux en acajou, son éclairage tamisé et les hublots par lesquels nous admirions les monuments et les ponts de Paris, dont beaucoup étaient illuminés la nuit.

Une fois notre plat principal terminé, un succulent coq au vin, je décidai que le moment était parfait pour partager la bonne nouvelle de mon nouvel emploi, et de l'invitation de ma mère pour les fêtes, avec Nick.

Je posai mon verre de Bordeaux sur la table.

— Aujourd'hui, les bonnes nouvelles sont venues de tous côtés, dis-je. Et puisque la journée a aussi été bien remplie, j'ai gardé les bonnes nouvelles pour ce soir.

— Raconte, dit-il.

— J'ai appelé ma mère cet après-midi, et elle nous a tous deux invités pour les fêtes.

Ses yeux s'illuminèrent et ses lèvres s'étirèrent en un grand sourire.

— Ce n'est pas une bonne nouvelle, c'est une excellente nouvelle. Quand aimerait-elle nous voir dans le Vermont ?

— En fonction de tes plans, elle veut bien Noël ou le Jour de l'an.

— Dans ce cas, que dirais-tu du Jour de l'an ? Ma famille se rassemble généralement à la maison de Jana à Morristown pour Noël. Et, même si mes frères et ma sœur comprendraient, les enfants de Jana seraient déçus si Oncle Nick ne se pointait pas à Noël, les bras remplis de cadeaux comme d'habitude. Serais-tu prête à passer Noël chez Jana, ce qui me permettrait de te présenter la famille, et de passer le Jour de l'an dans le Vermont avec ta mère ?

J'étendis un bras et posai une main sur la sienne.

— Ce serait parfait. J'adorerais rencontrer ta famille.

— Attends-toi simplement à être ensevelie sous les questions de Jana, dit-il en souriant. Elle voudra tous les détails qu'elle pourra t'extorquer. Pour ce qui est de mes frères, ils me traîneront probablement dans un coin pour me demander si tu as des sœurs aussi belles que toi.

Je ris.

— Aucune sœur, tu le sais, bien que je considère Bianca comme ma sœur.

— Je n'ai rencontré Bianca qu'une seule fois, à l'hôpital lorsque tu l'as amenée dans ma chambre, mais elle me semble une véritable amie.

— La meilleure, dis-je.

— Elle est aussi belle et intelligente, mais même si mes frères tueraient pour sortir avec elle, ils sont un peu jeunes et Bianca ne me semble pas du genre à jeter son dévolu sur des hommes plus jeunes.

— En plein dans le mile, dis-je. Bianca a une forte personnalité et, probablement pour cette raison, elle aime les hommes qui peuvent lui tenir tête, ce qui signifie normalement des hommes un peu plus âgés qu'elle. Aucun penchant pour les jeunots chez elle.

Nick ricana.

— C'est bien ce que je pensais. Quoi qu'il en soit, je suis soulagé que ta mère semble vouloir changer d'attitude face à notre relation. Je sais à quel point sa bénédiction est importante pour toi.

— Elle changera d'avis lorsqu'elle te connaîtra mieux. Mais le revirement de ma mère n'est pas ma seule bonne nouvelle.

Il sembla surpris.

— Je t'écoute.

— Lorsque nous retournerons à New York, je ne danserai plus au club.

Le visage de Nick s'éclaira et ne laissa aucun doute sur sa joie à cette nouvelle.

— J'avais dans l'idée de suggérer que tu envisages de quitter le club à notre retour, mais tu m'as devancé. Dès que tu seras prête à chercher un nouveau boulot, je passerai quelques appels. Je connais bien des gens à New York qui apprécieraient tes talents en affaires.

— Merci de m'offrir ton aide, dis-je. Ça signifie beaucoup pour moi.

— C'est le moins que je puisse faire. Bien que je comprenne la situation financière qui a mené à ta décision de travailler au club, tu sais ce que je pense de ce à quoi t'expose ce travail. La nuit où ce bâtard ivre a mis ses sales pattes sur toi, si Max n'était pas intervenu, je lui aurais foutu une raclée.

— C'est du passé, dis-je. Je ne veux pas d'autres mains que les tiennes sur moi.

Il me lança un regard foudroyant avant de lever une main à ses lèvres et d'y déposer un baiser.

— Je t'aime, Ilana, et peu importe ce que tu veux pour la suite de ta carrière, je suis là pour t'aider.

— Je t'aime aussi et ton soutien m'importe beaucoup, mais j'ai probablement déjà un nouvel emploi.

— Déjà ? Comment ?

— J'ai envoyé un courriel à Stone il y a plusieurs jours pour lui expliquer qu'en raison de notre relation, je n'étais plus à l'aise de travailler comme danseuse et je lui ai demandé si je pouvais faire office de barmaid ou de serveuse au *lounge*. L'été de mes vingt-et-un ans, j'ai travaillé dans un restaurant du lac Champlain, alors je sais comment faire le service et préparer des cocktails.

Son visage se détendit.

— Ce n'est pas une mauvaise idée, du moins jusqu'à ce que tu termines ton MAE. Préparer des cocktails offre un bon salaire avec moins de responsabilités et d'heures qu'un emploi en entreprise et avoir tes journées libres te permettra de terminer rapidement tes derniers cours. Qu'a répondu Isabella à ta demande ?

— Elle n'a pas vraiment dit oui ou non, mais elle a dit qu'elle ferait son possible pour me trouver quelque chose d'approprié.

— Connaissant Isabella, elle a déjà une idée en tête. Elle a toujours aimé jouer le rôle de sans-cœur, mais sous sa façade d'esprit acéré et de sarcasme, elle est l'une des personnes les plus généreuses que je connaisse.

Il serra le poing et grogna, une lueur taquine dans les yeux.

— Je devrai simplement prendre une table au *lounge* les soirs où tu travailleras, au cas où quelqu'un essaierait de trop s'approcher de ma copine.

— Homme des cavernes, dis-je à la légère. Tu sais parfaitement que le *lounge* n'est pas ce genre de lieu. Et si quiconque essaie de trop s'approcher, je suis plus que capable de les dissuader par moi-même.

— Je te taquine, dit-il. Grâce au détachement de sbires sous stéroïdes de Max, le Club des gentlemen est l'un des endroits les plus sûrs à Manhattan pour servir des verres. J'aurais bien aimé avoir quelques-uns des gars de Max les années où j'ai été moi-même barman, bien que je sache jouer du poing lorsque c'est nécessaire.

— Où as-tu été barman ? demandai-je.

Peu de temps après nos premiers rendez-vous, Nick avait mentionné avoir payé une partie des frais de l'université en travaillant comme barman, mais il ne s'était jamais attardé sur le sujet.

— Un pub irlandais, le Bull Kelly's, sur Broadway, près du campus de Columbia. Deux verres de whisky pour le prix d'un et les clients les ingurgitaient comme s'il s'agissait de Gatorade.

— Le Bull Kelly's ? Ça sonne miteux, dis-je.

Nick sourit.

— Ça l'était. Les barmans comme moi servaient aussi de videurs, parce que le propriétaire était trop avare pour payer un gars à la porte.

— T'es-tu retrouvé dans de vraies bagarres là-bas ?

— Disons simplement que le Bull Kelly's m'a appris quelques leçons de vie utiles.

Il leva sa main droite et serra le poing.

— Le pouce à l'extérieur, les deux premières jointures alignées avec les os de l'avant-bras. Le bras à la hauteur de l'épaule et il faut viser le sternum. Un bon coup à cet endroit coupera le souffle de n'importe qui.

— Oh, tu as eu moins de chance que moi. À part danser au Club des gentlemen, mon boulot le plus dur a été de nettoyer les chambres d'un motel obscur l'été entre ma deuxième et ma troisième année d'université. Si tu savais la pagaille que certains clients laissaient derrière eux.

— Vu mes propres boulots merdiques, je te crois. Lorsque je travaillais pendant mes études, j'enviais les jeunes dont les familles avaient l'argent pour tout payer, ce qui leur permettait de se concentrer sur leurs études. Mais aujourd'hui, j'apprécie ce que cette période m'a apporté… la même chose que tes galères t'ont appris.

— La capacité de travailler dur ? demandai-je.

— Ça aussi. Mais je pensais à autre chose.

— Quoi donc ?

— La gratitude. Ceux d'entre nous qui ont travaillé dur pour ce qu'ils voulaient dans la vie apprécient vraiment les bons moments lorsqu'ils se pointent.

Il jeta un œil par les hublots de chaque côté de nous, par lesquels les lumières de Paris étincelaient contre le ciel nocturne.

— Je n'aurais jamais imaginé ce que la vie allait m'offrir, mais une chose est sûre, je l'apprécie réellement.

— Je vois ce que tu veux dire, dis-je. Lorsque j'étais adolescente, je rêvais de vivre à New York, et maintenant j'y vis. Parfois, lorsque je me promène sur la Cinquième avenue ou que je jogge dans le Village, je me souviens de ces rêves d'enfance et je me sens la plus chanceuse au monde de pouvoir vivre dans l'une des plus fabuleuses villes du monde.

Il me lança un regard sérieux.

— Durant mon enfance à Morristown, je rêvais moi aussi de réussir à la ville. Mais même après avoir réalisé ce rêve, au-delà de mes espérances, il manquait toujours quelque chose... jusqu'à ce que je te rencontre, au Club des gentlemen, de tous les endroits. Qui aurait pu s'y attendre ?

Je souris au souvenir de notre première rencontre.

— Pas moi, du moins jusqu'au moment où tu m'as fait perdre pied, littéralement.

— C'est bien vrai. Du moins, jusqu'à ce que tu renverses ce verre de scotch, ce qui a quelque peu ruiné le moment.

— Tu m'as tout de même fait perdre pied.

— Et j'ai bien l'intention de continuer, dit-il.

Il sortit un fin boîtier gris de sa poche intérieure et me le tendit.

— Je veux t'offrir ceci, pour souligner cette nuit et notre intermède à Paris.

— Tu me gâtes trop.

Il leva une main.

— Seulement un peu, et ça ne te fera pas de mal. Allez, ouvre-le.

Lorsque j'ouvris le boîtier et aperçus le bracelet qui s'y trouvait, j'en eus le souffle coupé. Montées dans du platine, des grappes de diamants ronds et en forme de poire de tailles différentes scintillaient en un motif fluide et irrégulier qui donnait une sensation organique, presque florale au bijou.

— Il est magnifique, dis-je lorsque je retrouvai enfin la voix. Et pour ton information, c'est bien plus qu'une gâterie.

— Essaie-le.

Il me prit le poignet gauche et y fixa le bracelet de diamants avant de me relâcher et de se reculer pour admirer l'effet.

— Il te va bien, dit-il. Je m'y attendais.

Je tournai mon poignet, admirant le bijou.

— Il est splendide. Et original. Je n'ai jamais rien vu de tel.

— Harry Winston ne me fait jamais faux bond. Mais il y a une deuxième partie à ton cadeau, bien que celle-ci soit en fait pour nous deux. Regarde sous le plateau du boîtier.

Je soulevai un coin du plateau sur lequel avait reposé le bracelet. Sous celui-ci se trouvait un morceau de papier crème plié, que je sortis de sa cachette.

— Lis-le, dit Nick.

Je dépliai le papier, qui semblait être une courte lettre rédigée à la main et datée d'aujourd'hui. L'en-tête comportait le nom et l'adresse du médecin de Nick à Paris. Je passai au corps du texte, rédigé en une calligraphie fluide.

Madame,

Nicholas Santoro est apte à vaquer à ses activités quotidiennes normales, comme le jogging, les promenades avec son chien et l'intimité sexuelle.

Cordialement,

Dr Yves Guilleman

Je regardai Nick et mon cœur se gonfla d'émotions. L'amour que je lui portais, l'excitation à l'idée de faire l'amour et la joie de savoir notre longue attente enfin terminée. À court de mots, je me levai de ma chaise, m'approchai de Nick, pris son visage entre mes mains et l'embrassai. Il m'attira sur ses genoux, m'enserra de ses bras et me rendit mon baiser avec une intensité qui me laissa frémissante de désir.

Lorsque nous nous séparâmes, je restai assise sur lui.

— Tu as gardé le meilleur pour la fin, dis-je en laissant courir mes doigts sur sa mâchoire. Je commence à connaître tes pouvoirs de persuasion, mais je suis tout de même stupéfaite que tu aies réussi à convaincre ton médecin de rédiger ce mot.

Il se fendit d'un énorme sourire.

— Rien de plus facile. Il m'a suffi de lui expliquer les difficultés de ma situation, d'homme à homme. Ce brave médecin m'a tout de suite compris et a convenu que mon épaule était pratiquement comme neuve.

— Le timing de ton médecin n'aurait pu être plus parfait, dis-je. Après les nouvelles de Rocco et cette fabuleuse soirée ensemble, je ne sais pas comment j'aurais pu me tenir loin de toi ce soir.

Il plongea le regard dans le mien.

— Ce ne sera pas nécessaire.

À ce moment, Antoine apparut et s'approcha de la table.

— Comment était le repas ? demanda-t-il.

— Fantastique, dis-je.

— Tu t'es surpassé, Antoine, dit Nick. Je prédis d'autres étoiles Michelin dans ton avenir. Le foie gras était un délice et je n'ai jamais goûté un aussi bon coq au vin.

Le visage barbu d'Antoine se fendit d'un grand sourire étincelant.

— Bon, dit-il. Je suis heureux que ça vous ait plu.

Il jeta un œil conspirateur à Nick.

— Aimeriez-vous le dessert tout de suite, ou bien sortir pour profiter un peu de la vue avant ?

— Nous irons à l'extérieur avant, dit Nick en jetant un œil à sa montre. Nous devrions être près du Palais de Chaillot et Ilana ne l'a pas encore aperçu de nuit.

— Une excellente idée, dit Antoine. Le Palais est encore plus beau la nuit.

Nick m'aida à me lever, puis se leva à son tour.

— Nous serons à l'extérieur quinze ou vingt minutes. Nous reviendrons ensuite pour le dessert.

— Parfait, dit Antoine. Nous servirons alors le dessert.

Sur ces mots, il fit demi-tour et retourna dans la cuisine.

Nick m'offrit son bras.

— Prête ?

Je m'entourai les épaules de mon châle, puis pris son bras du mien.

— Allons-y, mais lentement. Je suis peut-être à l'aise sur un bateau, mais pas avec ces talons et je ne veux pas tomber, surtout si ça signifie risquer de déchirer la magnifique robe que tu m'as offerte.

— Si tu chancelles, je serai là pour te rattraper, dit Nick en me guidant vers l'escalier menant au pont avant. Je ne te laisserai pas tomber.

Lorsque nous atteignîmes le pont avant, une légère brise joua dans ma chevelure. La tour Eiffel était visible devant nous, scintillant contre le ciel nocturne. Puisque Nick et moi étions montés au sommet de la tour Eiffel pendant notre première semaine à Paris, j'en connaissais la taille et je sus que nous n'étions pas si loin d'elle.

Nick me guida jusqu'au canapé en U où nous avions bu du champagne plus tôt, et qui offrait l'une des plus belles vues, puisque la courbe du canapé nous permettait de nous tourner facilement entre le panorama des Rives gauche et droite. Nous nous assîmes et le yacht prit un coude du fleuve qui révéla la base d'acier massif de la tour Eiffel, et sa structure dorée chatoyante, qui se dressait maintenant juste en face de nous.

— C'est si différent la nuit, dis-je. Les lumières la transforment.

— Jette un œil à la Rive droite, directement à l'opposé de la tour, dit Nick. C'est le jardin du Trocadéro, et le bâtiment à l'autre bout du jardin est le Palais de Chaillot.

Je tournai la tête et m'émerveillai du panorama qui s'étalait devant moi. Comme de nombreux monuments de Paris, les ailes symétriques et courbées du Palais de Chaillot étaient illuminées de lumières dorées qui faisaient briller sa large structure dans la nuit.

Dans le jardin qui s'étendait entre le Palais et le fleuve, des rangées d'arbustes sculptés entouraient une longue étendue d'eau rectangulaire de laquelle des colonnes et des arcs d'eau lumineux jaillissaient haut dans le ciel.

— C'est magique, dis-je. Je n'ai jamais rien vu de tel. Merci de m'avoir amenée ici.

— C'est un plaisir, dit-il. Mais le meilleur reste à venir.

Je me penchai vers lui et l'embrassai.

— Je sais et j'ai si hâte de faire l'amour avec toi.

— Idem, dit-il avant de me prendre dans ses bras et de me tourner, dos contre son torse.

Il m'attira contre lui et passa ses bras autour de ma taille.

— C'est mieux, dit-il. Je te tiendrai chaud. Il fait un peu frisquet sur l'eau ce soir.

J'appuyai ma tête contre son épaule, repoussai une mèche de cheveux de mon visage et admirai la tour Eiffel.

— Ça va. Même avec la brise du fleuve, entre mon châle et toi, je n'ai pas du tout froid.

À ce moment, les lumières commencèrent à étinceler sur les poutrelles d'acier de la tour, clignotant rapidement jusqu'à donner une impression de légèreté à la structure massive.

Pendant un long moment, j'admirai le jeu de lumière, fascinée, la tour semblant flotter devant nous, étincelant comme un énorme feu d'artifice sans fin.

— Tu l'avais prévu, dis-je à Nick. N'est-ce pas ?

Lorsqu'il me répondit, il y avait une note taquine dans sa voix profonde.

— Peut-être ou peut-être pas. Que crois-tu ?

— Tu sais déjà ce que je crois. Antoine était au courant, n'est-ce pas ? J'ai remarqué le regard qu'il t'a lancé.

Il m'attira plus près et pressa un baiser contre ma tempe.

— Peut-être bien.

Tout en admirant l'exaltant jeu de lumière, réchauffée par l'étreinte de l'homme que j'aimais, je sentis des vagues d'amour et de gratitude me submerger. Maintenant que nous savions Endicott coupable de l'attaque, la vie de Nick n'était plus en danger. Maintenant que le danger était passé, la vie reprendrait graduellement son rythme normal. Et maintenant que les blessures de Nick étaient guéries, nous pouvions nous prouver notre amour complètement.

Ce soir avait été une expérience inoubliable, une soirée dont je me souviendrai toute ma vie.

Et elle n'était pas terminée.

9

CHAPITRE NEUF

Lorsque nous revînmes à l'appartement, il était près de minuit, mais animés par le désir latent qui était monté tout au long de la soirée, nous étions bien éveillés et l'énergie sexuelle entre nous était plus intense que jamais. Dès l'instant où la porte de l'appartement se referma derrière nous, Nick s'empara de mes lèvres en un baiser qui me fit battre le cœur et qui fit frémir mon corps d'anticipation, avant de me prendre la main et de me guider jusqu'à l'étage. En atteignant le haut de l'escalier et la chambre principale, je sentis une peur malvenue se glisser en moi.

Je n'étais peut-être pas vierge, mais mon expérience sexuelle était minime par opposition à celle de Nick. Pendant sa vingtaine de tombeur, Nick avait connu bon nombre de femmes superbes, dont les talents pour faire plaisir à un homme étaient sans aucun doute bien plus grands que les miens. Mon inexpérience le décevrait-elle ?

Nous entrâmes dans la chambre. Faiblement éclairée par les lueurs de la ville, qui entraient par les portes françaises donnant sur un balcon semblable à celui de l'étage inférieur, la pièce spacieuse comprenait un immense lit plate-forme en bois sombre en plus d'un boudoir avec deux fauteuils capitonnés de rouge, encadrant une table ronde en bois sombre assorti. Un tapis oriental couvrait la majorité du plancher de bois franc.

Nick jeta son veston sur l'un des fauteuils avant de m'attirer dans ses bras et de m'embrasser le cou. Puisque nous savions depuis des semaines que je prenais la pilule et que nous étions tous les deux sains, nous n'avions pas besoin de préservatif. Mes mains tremblèrent tandis que je déboutonnais sa chemise, exposant un t-shirt blanc moulant qui révélait les contours de son large torse et de ses abdominaux musclés.

— Tu sembles nerveuse, dit-il.

— Je le suis, un peu, admis-je. Il y a bien longtemps que je n'ai pas fait ça.

— Pareil pour moi, dit-il. Détends-toi et ne te soucie pas de me faire plaisir. Touche-moi, écoute ton corps et suis ton instinct. Le reste se fera tout seul.

Je laissai glisser mes mains sur son torse, explorant les muscles puissants sous le tissu soyeux et léger de son t-shirt. Pendant ce temps, ses mains fortes caressaient mes fesses, remontant le long de mon corps jusqu'à effleurer la pointe de mes seins. Les premiers frémissements de désir se lovèrent en moi et ma peau picota sous ses mains aventureuses, enchantée par son contact.

Je fis glisser la chemise sur ses larges épaules et la laissai tomber sur son veston, puis je passai les mains derrière moi pour baisser la fermeture de ma robe. Troublés par ma gêne inattendue, mes doigts tâtonnèrent maladroitement la fermeture.

Ma nervosité n'avait rien à voir avec le fait de me dévêtir. Nick m'avait pratiquement vue nue et, dans ces moments, l'appréciation dans son regard n'avait laissé aucun doute sur son attirance.

Mais, en me débattant avec la fermeture, je me sentis aussi mal à l'aise qu'une adolescente vierge. Nick avait tout fait pour me mettre à l'aise, mais je semblais incapable de faire taire les pensées qui se bousculaient en moi.

Allais-je le décevoir ?

Le moment de vérité approchait à grands pas.

— Je m'en occupe, dit-il.

De ses doigts agiles, il ouvrit ma robe et, quelques secondes plus tard, je me retrouvai devant lui, seulement vêtue de mes sous-vêtements qui, grâce à l'intervention de Bianca, étaient tous deux bleu marine, en dentelle et flatteurs.

Son regard descendit le long de mon corps et ses mains glissèrent sur mon corps jusqu'à prendre mes seins en coupe.

— Tu es si belle. Je t'aime et j'ai hâte de te faire l'amour.

Mon cœur se gonfla d'émotions et, pendant un long moment, mes lèvres refusèrent de bouger. Je passai les bras autour de lui, l'attirai près de moi et appuyai ma tête contre son épaule. Lorsque je pus enfin parler, je murmurai contre son oreille :

— Je t'aime, Nick.

Je pressai des baisers contre son cou et, ce faisant, je humai son odeur distincte, une odeur musquée virile doublée de la subtile note boisée de son eau de Cologne. La chaleur de sa peau olivâtre alimenta mon désir et mes peurs s'estompèrent, balayées par une nouvelle vague de désir pour lui.

De besoin.

Du bout des doigts, j'attrapai le rebord de son t-shirt dans la ceinture de son pantalon, et commençai à le soulever lentement, centimètre par centimètre, caressant chaque creux de ses muscles tandis que mes mains remontaient sur son torse.

Lorsque j'atteignis ses pectoraux, il leva les bras pour m'aider à retirer son t-shirt. Je le jetai plus loin et il baissa la tête et mordilla l'un de mes mamelons à travers mon soutien-gorge avant de tourner son attention vers l'autre. Mes mamelons se durcirent sous sa caresse et il dégrafa mon soutien-gorge et le laissa tomber.

— Ilana...

Sa voix se fit grognement, puis il s'empara de mes lèvres en un baiser enflammé, un baiser bien différent de tous ceux qui l'avaient précédé. Brûlante et exigeante, sa bouche s'écrasa sur la mienne et nos lèvres et nos langues s'emmêlèrent et s'affrontèrent. Un bourdonnement emplit mes oreilles et un barrage d'émotions céda en moi, libéré par la certitude que cette nuit, pour la première fois dans notre relation, rien ne nous retenait.

Cette nuit était la nôtre.

Et nous étions faits l'un pour l'autre.

Sans cesser de l'embrasser, je fis courir mes doigts dans son épaisse chevelure noire et sur ses épaules puissantes. Je lui agrippai les hanches et l'attirai plus près, pressant son érection contre ma cuisse. Chaudes et fortes, ses mains remontèrent jusqu'à ma poitrine, maintenant lourde et sensible. Il baissa la tête, prit mes seins en coupe et couvrit l'un de mes mamelons de sa bouche. Je laissai échapper un léger gémissement alors que le plaisir inondait mes veines et mon entrejambe.

Le reste de ses vêtements devait partir.

Le plus tôt serait le mieux.

Je fis glisser mes doigts sur sa ceinture jusqu'à tomber sur la boucle, puis je la défis.

— Je veux te voir entièrement, dis-je en tirant la ceinture hors de son pantalon et en m'éloignant pour la poser sur son veston.

Lorsque je me retournai vers Nick, il s'était débarrassé de ses vêtements et ne portait plus qu'un boxer noir ajusté, qui ne faisait rien pour cacher l'énorme érection qui s'y trouvait. L'éclairage ambiant baignait les contours de son corps musclé d'une chaude lueur, accentuant la largeur de ses épaules et l'étroitesse virile de ses hanches et de ses cuisses. À mes yeux, il était magnifique, d'une façon typiquement masculine, son corps aussi puissant et sculpté que les statues grecques que j'avais vues au Louvre.

Il me lança un regard pensif.

— J'ai passé des semaines à imaginer ce moment. Maintenant que nous y sommes enfin, je sais exactement ce que je veux faire.

Sur ces mots, il s'approcha, me souleva dans ses bras et me porta vers le lit.

— Nick ! Et ton épaule ?

— Le médecin lui a donné carte blanche.

— Pour ce genre d'activité ?

— Toute activité quotidienne normale. Tu as lu le mot.

— Tu es fou ! dis-je en riant lorsqu'il me laissa doucement tomber au milieu du lit. Me porter n'est pas l'une de tes activités quotidiennes.

— J'ai pourtant envie que ça le devienne, dit-il tout en s'installant près de moi sur le lit.

Il passa une jambe sur la mienne et son sourire étincela dans le faible éclairage.

— Tu m'as traité d'homme des cavernes plus tôt et je ne le nie pas. Je vais retourner à mes racines.

Sur ces mots, ses lèvres trouvèrent les miennes et je me laissai aller, sans hésitation. Mues par la force de notre désir mutuel, les premières minutes de nos préliminaires furent voraces et sauvages et nous nous laissâmes submerger par une faim trop longtemps inassouvie. Sa bouche trouva mon cou, suçotant et mordillant ma peau. Ses mains prirent mes seins en coupe, sa langue en caressant les pointes sensibles, et je lui plantai mes ongles dans le dos.

Sous ses mains et sa bouche affamées, mes mamelons se durcirent et la sensation entre mes cuisses devint presque douloureuse. Délirante de désir, je tirai sur la ceinture de son boxer, en voulant plus, le voulant en moi, voulant tout ce qu'il pouvait me donner.

— Pas encore, dit-il contre mon oreille.

— Je t'en prie.

Il mordilla un mamelon, puis le caressa de sa langue diabolique, des lances de sensation se propageant en moi.

— Pas avant que tu ne sois prête pour moi.

— Prête ? Je suis plus que prête.

— Je saurai lorsque tu le seras vraiment, dit-il. J'ai patienté des semaines pour t'avoir ainsi et je ne serai pas bousculé.

Il déposa de légers baisers sur mon cou, ma poitrine, puis, sans hésitation, m'arracha mon sous-vêtement et le lança plus loin. Il m'écarta alors les cuisses et plongea la tête entre elles, trouva mon point le plus sensible d'une caresse qui combina délicatesse et passion, une caresse à la fois tendre et torride, une caresse qui bientôt me fit crier son nom, mon corps s'arquant et frémissant sous ses mains habiles.

Tandis que le plaisir retombait, il souleva la tête pour croiser mon regard, sa voix intense sous le désir.

— J'adore ton goût. Si parfait.

Je tendis les bras vers lui, l'attirai contre moi et l'étreignis, savourant sa force réconfortante.

— C'est toi qui es parfait.

Il gloussa.

— Ça, je n'en suis pas si sûr. En fait, je ne sais pas combien de temps je pourrai encore tenir. Je te veux au point de me sentir comme un jeunot de dix-huit ans sur le point de perdre le contrôle.

Je me reculai et fis courir un doigt le long de son torse.

— Ne te retiens pas pour moi. Lorsqu'il est question de toi, ce n'est jamais assez.

Il se pencha pour retirer son boxer.

— Nous verrons bien.

Lorsqu'il retira son boxer, je compris ses paroles. Ce qui saillait entre ses cuisses musclées dépassait les rumeurs. Imposant et aussi bien formé que le reste de son corps, sa seule taille expliquait pourquoi il avait insisté pour me préparer à son invasion.

Il se plaça et entra en moi avec un soin exquis. Ce faisant, je haletai de plaisir, mes replis délicats, sensibles après mon récent orgasme, s'ouvrant et s'étirant pour l'accueillir.

— Dieu que tu es douce, dit-il.

Sans pouvoir parler, je répondis d'un gémissement alors qu'il commençait à bouger, ses premiers mouvements doux et délibérés, imposant un rythme lent qui ramena à la vie chaque terminaison nerveuse de mon corps. Chaque cellule de mon corps frémissait de désir et ma peau fourmillait sous une chaleur si intense que j'eus l'impression que j'allais m'enflammer.

Je voulais plus. Mon corps en voulait plus.

Je m'arquai contre lui, le prenant encore plus profondément en moi. Il laissa échapper un grognement sourd et accéléra ses poussées. Me délectant de le sentir si totalement en moi, je suivis son rythme, souhaitant que le plaisir dure à jamais. Encore et encore, il plongea en moi, ses mains puissantes sur mes hanches. Mon cœur battait la chamade et mon excitation croissante me coupa le souffle.

D'un mouvement fluide, il nous fit tourner et je me retrouvai sur lui, le chevauchant avec force, ses mains agrippant mes hanches, mes genoux appuyés contre le lit alors qu'il me pressait contre chacune de ses poussées puissantes. Plus fort. Plus profondément. Un bourdonnement emplit mes oreilles et mon univers se concentra sur un seul point. Mon regard s'accrocha au sien et ses yeux aux longs cils, sombres dans le faible éclairage, révélèrent le même besoin brut qui incendiait mes veines. En cet instant, être avec lui était tout ce qui importait.

Il était tout ce qui importait.

— Encore... grogna-t-il. Encore.

Puis, je me retrouvai à nouveau sous lui, mes jambes sur ses épaules larges alors qu'il pénétrait encore plus profondément en moi, et les premiers frissons de l'orgasme me chatouillèrent. Ensemble, nous montâmes vers un orgasme exaltant qui, lorsque nous l'atteignîmes, me bouleversa totalement. Dans ce moment d'extase, nous devînmes réellement une seule entité et la promesse de notre amour fut éclipsée par la splendeur de sa réalité.

Nous reposions maintenant dans les bras l'un de l'autre, membres emmêlés, et je laissai courir mes doigts le long de sa mâchoire.

— Je flotte, dis-je. Je ne me rappelle pas m'être déjà sentie aussi heureuse. Je t'aime et tu sais à quel point je voulais faire l'amour avec toi, mais j'ignorais que ce serait ainsi. J'ignorais que ce pouvait être ainsi.

Il croisa mon regard.

— Tu ne me croiras peut-être pas, mais je l'ignorais aussi.

— Vraiment ?

— Vraiment.

Ses lèvres s'incurvèrent en un doux sourire.

— T'aimer semble être un aphrodisiaque du tonnerre.

— Tu es un aphrodisiaque du tonnerre, dis-je. Ce que tu as fait subir à mes mamelons... oh, mon Dieu. Tu m'as pratiquement fait jouir. Sans compter tout le reste.

Je traçai les contours de ses lèvres de mon index.

— Tu es un amant exceptionnel, Nick Santoro, et je suis la femme la plus chanceuse qui soit.

— Nous sommes tous deux chanceux. Même si nous vivons dans le même quartier, dans une ville comme New York, nous aurions pu vivre nos vies sans jamais nous croiser.

— C'est vrai, dis-je. J'habite le même immeuble depuis plusieurs années et je ne connais même pas mes voisins. C'est la vie en ville, je suppose. Les gens se croisent dans les couloirs ou dans la rue, et n'échangent pas même un bonjour ou un regard. Notre rencontre est miraculeuse.

— Elle l'est. Lorsque je pense aux circonstances ayant mené à notre rencontre, je ne peux que croire au destin. Nous étions censés nous rencontrer. Nous trouver, tomber amoureux et découvrir tout ce que nous sommes l'un pour l'autre.

Je glissai une main sur son torse et sentis son membre se durcir une nouvelle fois contre ma cuisse.

— Pouvons-nous faire durer cette nuit pour toujours ?

Son baiser me dit tout ce que je devais savoir.

10

CHAPITRE DIX

Nick et moi fîmes l'amour jusqu'à ce que les premières lueurs de l'aube caressent les toits de Paris de leurs teintes rosées. Lorsque nous fûmes enfin rassasiés, je me laissai emporter par le sommeil dans ses bras et, pour la première fois depuis l'attaque, mon sommeil fut à la fois profond et exempt de rêves. Lorsque nous nous éveillâmes, le soleil était haut dans le ciel, mais aucun de nous n'avait envie de se lever. Nick se leva plutôt pour fermer les rideaux et, dans le demi-jour chaleureux qui pénétrait la pièce, nous fîmes l'amour, lentement et nonchalamment, explorant chaque centimètre de nos corps.

Plus tard, nous enfilâmes nos peignoirs et nous rendîmes à la cuisine, où Nick s'occupa du café pendant que je préparais une frittata rapide, avant de nous diriger vers le balcon pour dévorer notre repas.

— Je suis affamé, dit-il en glissant une troisième part de frittata dans son assiette. La nuit dernière a été une sacrée séance d'entraînement, la meilleure qui soit. Sans compter ce matin.

— En effet, dis-je.

Il haussa un sourcil.

— Je suis heureux de savoir que je n'ai pas perdu la main. Tu le sais, ça fait un moment. Je manque un peu de pratique.

— On cherche les compliments, monsieur Santoro ?

Il sourit.

— Je ne fais que te rappeler que la répétition fréquente améliorera mes habiletés.

— Je ne suis pas une autorité en la matière, dis-je. Je n'ai fait l'amour qu'avec trois hommes, toi compris. Mais la nuit dernière était sensationnelle, et ce matin ? Maintenant que je sais de quoi tu es capable, je vais te pousser au maximum. Probablement encore plus loin.

Il croisa mon regard.

— Est-ce un défi ?

— Oh, oui.

Il mangea le dernier morceau de frittata, se leva de sa chaise et me prit la main.

— Dans ce cas, défi accepté.

Ensemble, nous retournâmes dans la chambre, où Nick enleva son peignoir et le mien. Je m'approchai du lit, mais il fit un signe de tête vers la salle de bain.

— Prenons une douche avant, dit-il.

Je passai mes doigts dans mes cheveux qui, après des heures au lit, n'étaient plus qu'une pagaille hirsute.

— Bonne idée. Mes cheveux ont bien besoin d'être lavés.

Il entra dans la salle de bain, ouvrit l'eau de la vaste cabine de douche et en ajusta la température. Ce faisant, j'admirai la perfection virile de sa silhouette nue. Les muscles puissants de son torse et de son dos se resserraient sur des hanches étroites et des fesses à la courbe parfaite. Ses longues jambes avaient une musculature élancée idéalement proportionnée à son corps. Son torse large était parsemé de poils noirs qui descendaient entre ses abdominaux bien définis, pour se terminer dans les boucles denses soigneusement taillées qui entouraient son sexe. Le seul fait de le regarder suffisait à m'exciter et lorsque je le suivis dans la douche, l'évidence de l'effet que j'avais sur lui était indéniable.

— Comment est l'eau ? demanda-t-il.

— Parfaite, dis-je en glissant un doigt le long de son torse avant de lever le visage pour prendre ses lèvres.

Sous le jet chaud, il agrippa mes hanches et fit glisser ses mains sur mon corps humide tout en continuant de m'embrasser.

— Tu n'imagines pas comme tu es belle ainsi, dit-il entre deux baisers. J'aime chaque centimètre de ton corps.

Je l'embrassai une fois de plus avant de me laisser tomber à genoux, pour prendre son membre durcissant entre mes mains. J'en léchai le bout rapidement, et le sentis se durcir davantage sous mes doigts, bien éveillé maintenant. La nuit dernière, j'avais voulu le prendre avec ma bouche, mais je ne l'avais jamais fait avant et une partie de moi avait craint un fiasco.

Je lui lançai un regard que j'espérai sensuel.

— Et j'aime chaque centimètre de ton corps.

Puis, en invoquant tous les articles de Cosmo que j'avais lu sur la manière de donner du plaisir à un homme, je pris le bout de son sexe dans ma bouche, attentive à bien recouvrir mes dents de mes lèvres. Contre ma langue, sa peau était douce, presque veloutée et il avait un goût salé, comme la mer. Je caressai son membre de mes mains et le pris de plus en plus loin dans ma bouche, l'eau chaude ruisselant sur nos deux corps. En sentant chacune de ses réactions à mon contact, je pris de l'assurance. Oui, je pouvais y arriver. Je pouvais donner du plaisir à mon amant de toutes les façons, avec chaque partie de mon corps, et cela m'excitait beaucoup plus que je ne l'aurais cru possible.

Il grogna et je sus qu'il était près de la jouissance. J'accélérai donc mes mouvements, mais il agrippa doucement mes épaules et me releva.

— J'ai besoin d'être en toi, dit-il avant de me tourner dos contre le mur de la douche et de m'y soulever, me permettant ainsi de nouer les jambes autour de sa taille.

Lorsqu'il me fit m'empaler sur son membre, je sentis mon corps s'étirer autour de lui et je haletai du plaisir d'être possédée par lui. J'agrippai ses épaules, resserrai les cuisses autour de lui et accompagnai ses poussées rythmiques, qui s'accélèrent tandis que nous approchions tous deux de la jouissance. Je jouis quelques instants avant lui, criant son nom. Quelques secondes plus tard, il grogna mon nom, la chaleur de sa semence se déversant en moi, et il plongea la tête contre mon cou. Pendant un long moment, nous nous étreignîmes, l'eau continuant de couler sur nos corps emmêlés.

Nick brisa le silence.

— Waouh, murmura-t-il à mon oreille.

— Waouh, acquiesçai-je.

Doucement, il se retira et me remit sur pieds avant d'attraper une bouteille de shampoing Garnier et de me tourner, dos contre son torse.

— Ferme les yeux, dit-il. Je vais te laver les cheveux. Ensuite, si tu en as envie, tu pourras faire de même avec les miens.

— Ce n'est pas vraiment équitable.

— C'est vrai. Tes cheveux sont beaucoup plus divertissants.

Je ris.

— Divertissant n'est pas le premier mot qui me vient à l'esprit. Incontrôlable, fou, désordonné... ça, c'est plus près de la réalité.

Il versa du shampoing dans le creux de sa main et commença à l'appliquer dans ma chevelure.

— Tes cheveux te vont bien. Et puis, ils sont sexy.

— Sexy ? Ils sont plutôt une guerre quotidienne que je perds la plupart du temps.

— Tu dis seulement ça parce que tu ne te vois pas. Pas comme je te vois.

Ses doigts forts massaient mon cuir chevelu et je laissai échapper un petit gémissement de plaisir.

— J'ai une idée, dis-je. Que dirais-tu d'un compromis ? Je garderai ma chevelure désordonnée, si tu me promets des massages du cuir chevelu quotidiens.

Sa voix profonde était empreinte d'amusement.

— Marché conclu.

11

CHAPITRE ONZE

Plus tard ce jour-là, après une conversation dans l'après-midi avec Rocco, Nick sortit avec deux gardes du corps pour ramener une bouteille de vin en accompagnement du sauté que nous avions prévu pour le dîner. J'en profitai pour contacter Bianca par Skype. Nous échangions souvent de courts courriels, mais cela faisait quelques jours que je n'avais pas eu de ses nouvelles et presque une semaine s'était écoulée depuis notre dernière conversation. Mes conversations avec ma meilleure amie me manquaient et, puisqu'il était seulement dix heures à New York, je savais qu'avec un peu de chance elle serait à la maison, occupée à boire son café matinal et à lire les nouvelles de la journée.

Je m'assis sur le balcon et ouvris mon portable. Lorsque je composai le numéro de Bianca, elle ne répondit pas. Déçue, je décidai de naviguer sur Internet une quinzaine de minutes, dans l'espoir que Bianca me rende mon appel.

Ma patience fut récompensée quelques minutes plus tard par la sonnerie de mon portable. Je passai du navigateur à Skype. Lorsque l'image de Bianca apparut à l'écran, je compris à son peignoir, son visage sans maquillage et sa chevelure humide, qu'elle sortait de la douche.

— Quelle chance que tu sois encore là, dit-elle. J'étais impatiente de te parler. La nouvelle de l'arrestation d'Endicott a fait le tour de New York. Est-ce que ça signifie que tu reviendras bientôt ?

— Oui, dis-je.

— C'est fabuleux ! dit-elle. Notre appartement me semble vide sans toi, et nos soirées d'apitoiement arrosées de martinis me manquent.

— Tu me manques aussi. Mais je ne pourrai pas retourner à l'appartement tout de suite.

— Pourquoi pas ?

Elle me lança un regard.

— Tu emménages avec Nick, c'est ça ?

— Pas vraiment. Rocco veut que je reste avec Nick pendant les prochaines semaines, jusqu'à la conclusion de l'acquisition de Centerpost.

— Endicott serait donc encore une menace réelle ?

— Si nous le croyions, nous ne retournerions pas à New York. Toutefois, par précaution, Rocco a conseillé à Nick d'embaucher une équipe de gardes du corps jusqu'à la fin de l'acquisition. Nous voulons aussi préserver autant que possible notre vie privée, malgré l'intensité médiatique qui nous suit.

Son visage se détendit.

— Je n'avais pas pensé à cet aspect, mais maintenant que tu en parles, rester avec Nick est probablement sage. Pendant votre absence, votre relation a fait le tour des médias, journaux et télévision locale, sans parler de la presse à scandales. Ça s'était un peu calmé, mais avec l'arrestation d'Endicott, la presse s'est jetée à nouveau sur vous deux. Le gros de l'attention médiatique se porte sur Nick, mais ton nom est mentionné et on a parfois fait le lien entre le club et toi.

— Rocco nous a montré certains des gros titres, dis-je. Des trucs comme « Santoro victime d'une attaque presque mortelle avec strip-teaseuse ».

— Je n'ai jamais rencontré Rocco, mais sa recommandation est bonne. Jusqu'à ce que les paparazzis se tournent vers autre chose, rester avec Nick est probablement sage. Notre immeuble n'a même pas de portier. Et tu connais nos voisins. Certains pourraient se faire piéger et laisser entrer n'importe qui aurait l'air un minimum respectable.

— C'est vrai, dis-je. Ce serait trop facile pour n'importe quel cinglé avec une caméra d'attendre à la porte de notre appartement et la dernière chose que je souhaite c'est que tu tâtes aussi de la presse à scandales. Pour la première fois de ma vie, je remercie mon bon à rien de père. Au moins, Evans est un nom assez commun pour être oublié.

— Je ne m'en ferais pas trop, dit Bianca. Vu le cirque tournoyant que sont devenus nos médias, les gens oublient rapidement. Lorsque tu auras terminé ton MAE et que tu commenceras tes recherches en entreprise, peu de gens se souviendront de ton nom, et encore moins de ce à quoi il était lié.

— Je suis bien au-delà de ça, dis-je. La première fois que j'ai vu les titres, j'étais contrariée, mais depuis j'ai remis les choses en perspective. Ma relation avec Nick signifie beaucoup plus que n'importe quelle merde qu'un déterreur de scandales a décidé d'écrire. D'ailleurs, j'ai aussi demandé à Stone de faire passer toutes mes heures au *lounge*.

— Tu ne feras jamais autant d'argent au *lounge*, dit Bianca.

— Je sais. Mais j'en ferai assez pour payer les frais. Et avec Nick dans ma vie, je ne suis plus à l'aise à l'idée de danser pour gagner ma vie.

Elle fixa l'écran, puis se fendit d'un énorme sourire.

— Félicitations, dit-elle.

— Pour ?

— Tu le sais très bien. Et moi aussi. Tu n'as même pas besoin de me le dire, je le lis sur ton visage. El Toro et toi l'avez enfin fait, n'est-ce pas ?

Je souris à ce souvenir.

— Oui.

— Alors, comment c'était ?

— Incroyable. Époustouflant, en fait.

Elle fit un signe de la main.

— Des généralités. Allez, donne-moi les détails juteux.

— Comme quoi ?

— Son sexe est-il aussi imposant que les rumeurs à son sujet ?

Je ris.

— Allons, je n'ai pas apporté de mètre-ruban au lit.

— Crache le morceau. Tu parles à ta meilleure amie.

— Il n'est rien moins que considérable.

— Considérable ? Qu'est-ce que ça veut dire ?

— Disons simplement que si j'avais eu besoin d'un préservatif, un Magnum aurait été trop petit.

— Je peux vivre ta vie par procuration ?

— Après la nuit dernière, tu pourrais bien t'évanouir.

— Je savais que cet homme était bien équipé. C'est ce qu'il dégage.

— Laissons là ton obsession pour la taille…

Elle rit.

— Pourquoi le voudrais-je ?

— Peut-être parce qu'il y a des choses plus importantes que la taille du sexe d'un homme. Nick est un fabuleux amant, mais il est aussi sensible, tendre et passionné, et c'est pourquoi notre première fois a été magique, au point d'être incapable de le décrire. Peut-être en raison de ce que nous avons vécu ensemble et du fait que nous n'avons pas pu être ensemble avant, notre relation a été plus profonde que tout ce que j'ai vécu par le passé. Tu sais que j'ai couché avec deux autres hommes avant, et je me croyais amoureuse de l'un d'eux à cette époque. Ce que j'ai ressenti avec Nick était totalement différent.

Son expression se fit sérieuse.

— Je dois admettre que je suis un tantinet jalouse, dit-elle. Quand je vois cet émerveillement sur tes traits lorsque tu parles de Nick, j'espère un jour vivre la même chose. Pas tout de suite, par contre, je n'ai pas le temps pour un homme en ce moment.

— C'est ce que tu dis toujours.

— Je sais, mais c'est encore plus d'actualité aujourd'hui.

— Pourquoi dis-tu ça ?

— J'ai accepté de faire un défilé de mode dans deux semaines. Rien de grandiose, nous serons une douzaine de jeunes stylistes. Anna Wintour ne daignerait jamais s'y pointer, mais des occasions d'affaires pourraient s'y présenter.

— Arrête de te rabaisser, dis-je. Dis-m'en plus.

Je sentis l'excitation de Bianca alors qu'elle s'exécutait.

— Le défilé aura lieu à Brooklyn, dans un entrepôt rénové qui appartient à l'un des parents d'un des stylistes participants. Il nous laisse l'endroit sans frais. C'est assez grand pour installer des projecteurs et un podium, en plus de coulisses pour permettre aux mannequins de se changer, et il y aura encore assez d'espace pour environ deux cents chaises.

— Indique-moi la date et l'endroit par texto, dis-je. J'y serai et j'ai vraiment hâte de voir tes nouvelles créations. Te connaissant, elles seront superbes.

— Je l'espère. Je travaille sur de nouvelles idées.

— Évidemment. Tu es la personne la plus avisée que je connaisse en matière de mode.

Elle leva les yeux au ciel.

— Merci pour ta foi en mes supers pouvoirs en mode, parce que je vais fichtrement en avoir besoin. Me préparer pour ce défilé en si peu de temps nécessitera des heures interminables de couture pendant les deux prochaines semaines.

— À notre retour dans quelques jours, tu me diras si je peux faire quelque chose pour t'aider. Je n'ai peut-être pas tes talents en couture, mais je devrais pouvoir m'en sortir avec des ourlets et des boutons.

— Merci pour l'offre. J'ai embauché l'une de mes amies passionnées de mode pour m'aider jusqu'au défilé, alors ça devrait aller, mais ton offre me fait chaud au cœur.

— À quoi servent les amies ? dis-je. Tu as toujours été là pour moi, et je serai toujours là pour toi.

— J'approuve, dit Bianca nonchalamment, mais l'éclat dans son regard me fit comprendre que mes mots l'avaient émue. Puisque le défilé est sur invitation seulement, est-ce que je t'inscris pour une ou deux personnes ? Nick est plus que bienvenu.

— Inscris-moi pour deux, dis-je, en sachant que Nick ne me laisserait pas aller où que ce soit seule jusqu'à la conclusion de l'acquisition et jusqu'à ce que la presse à scandales nous laisse tranquilles. Même s'il ne pouvait m'accompagner, il insisterait sans aucun doute pour que j'amène un garde du corps avec moi.

— Parfait, dit-elle. Je suis si heureuse de ton retour à New York et de ta présence au défilé. Ce ne serait pas la même chose sans toi.

— À mon retour à New York, toi et moi célébrerons le défilé convenablement, avec des martinis froids comme l'Antarctique. Je promets de ne pas t'éloigner trop longtemps de ta machine à coudre, mais j'ai besoin de voir ma meilleure amie.

Elle leva les pouces et me fit un large sourire.

— Je suis partante.

12

CHAPITRE DOUZE

Les jours suivants passèrent rapidement. Maintenant que Nick et moi pouvions être pleinement ensemble, nous passâmes de nombreuses heures délicieuses à faire l'amour et nous profitâmes également de quelques autres sorties, y compris un dîner au restaurant de son ami Antoine dans le quartier branché du Haut Marais. Nous fîmes nos bagages en prévision de notre retour à New York et Rocco nous contacta quotidiennement avec les nouvelles du jour.

Sans surprise, Forbes Endicott avait été libéré sous caution, mais les restrictions exigées par les avocats de Nick avaient été mises en place. Avec un bracelet de surveillance à la cheville d'Endicott, la police suivrait et enregistrerait chacun de ses pas entre sa libération et le jour de son procès, qui aurait lieu dans six semaines. Si Endicott essayait de sortir de Manhattan, un appel serait lancé aux policiers alentour pour converger vers lui et l'arrêter. Pendant ce temps, Rocco avait mis en place des équipes de surveillance permanente sur Endicott et son désagréable collègue, Fripp, en plus d'embaucher une équipe de gardes du corps pour Nick et moi.

Trois jours après avoir annoncé à Bianca que Nick et moi serions bientôt de retour, Rocco affréta un jet qui nous transporta de Paris à

New York. Nick était impatient de continuer l'acquisition de Centerpost, tout en sachant qu'il s'agissait aussi du premier pas vers un retour à nos vies normales. Je voulais le soutenir autant que possible.

Même si une partie de moi ne souhaitait pas voir se terminer nos journées nonchalantes et romantiques à Paris, j'étais curieuse au sujet de ce nouvel emploi que Stone avait en tête pour moi et j'avais hâte de reprendre le rythme familier de la vie à New York. Les martinis et les rires avec Bianca. Les mets préférés, comme un vrai cheeseburger américain ou les sandwiches complets que Nick et moi aimions. Et dès que l'obsession actuelle de la presse à notre sujet se tarirait, j'espérais reprendre mes séances de jogging matinales avec Nick et aller passer un long week-end avec ma mère dans le Vermont. Elle était de plus en plus forte et marchait mieux de jour en jour, et bientôt, elle serait prête à quitter le centre de rétablissement et à rentrer chez elle.

Lorsque notre jet atterrit à l'aéroport international John F. Kennedy, c'était la fin de l'après-midi. Au-delà de la piste, les toits de Brooklyn s'étalaient devant nous, les gratte-ciel de Manhattan s'élevant derrière eux en une forêt lointaine de verre et d'acier. Lorsque le jet s'arrêta, Nick m'aida à descendre la passerelle d'embarquement, et Rocco nous accueillit au sol, accompagné par un bel homme afro-américain dans la quarantaine aussi costaud que Rocco et une gracile femme à la chevelure foncée qui semblait de mon âge. Les deux étant vêtus d'un costume sombre, je supposai qu'il s'agissait de deux des nouvelles recrues de Rocco pour notre sécurité.

— Bienvenue à la maison, dit Rocco. J'aimerais vous présenter Vance Smith et Amira Khan. Vance sera ton contact clé, Nick. Et Amira sera le tien, Ilana. Si vous avez besoin de quelque chose, de vous rendre quelque part, dites-le-leur et ils prendront les dispositions nécessaires. Vance est un ancien marine, avec deux séjours en Iraq et une décennie d'expérience en sécurité. Quant à Amira, dont la carrière ne peut être résumée, disons simplement qu'elle est bien plus dangereuse qu'elle ne le paraît.

Je souris et tendis la main vers Amira, dont la présence marquée démentait son petit gabarit, ses yeux noirs expressifs radiant d'une intelligence froide.

— Ravie de te rencontrer, dis-je.

— Ravie de vous rencontrer aussi, mademoiselle Evans.

— Je t'en prie, appelle-moi Ilana.

Elle se fendit d'un joli sourire aux dents parfaites.

— Très bien, Ilana.

— Heureux de vous compter parmi nous, dit Nick à Vance et Amira. Nous sommes reconnaissants d'avoir de tels professionnels à nos côtés.

Rocco montra d'un geste une limousine qui attendait derrière lui.

— Ton nouveau véhicule, dit-il à Nick. Il est blindé, avec des vitres pare-balles et, comme discuté, j'ai agencé l'intérieur comme ton ancien véhicule. En ce moment même, on transfère vos bagages de l'avion à un second véhicule, alors nous sommes prêts à partir.

— Parfait, dit Nick.

Il prit mon bras et me sourit.

— Prête à rentrer à la maison ?

Je croisai son regard.

— Plus prête que jamais.

En entrant dans le spacieux appartement de Nick au dix-huitième étage, je vis que nos bagages étaient déjà sur place, bien cordés contre le mur arrière du vestibule. En route vers l'appartement, Rocco était monté avec nous et nous avait expliqué les dispositions qu'il avait prises pour nous, comme le fait d'installer le quartier général de notre équipe de sécurité dans deux des autres appartements que Nick possédait dans son immeuble, appartements que les frères et la sœur de Nick utilisaient lors de leurs visites.

— Tout devrait être en ordre, dit Rocco. Puisque ton immeuble a des portiers et que ton appartement a un système d'alarme, vous pourrez maintenir un degré élevé d'intimité. L'équipe de sécurité est installée dans les deux appartements du huitième étage et sera pratiquement invisible, sauf pour la vérification des lettres et colis avant de vous les apporter. Elle vous accompagnera aussi lorsque vous devrez sortir. Pour l'instant, la presse ne semble pas avoir réalisé que vous êtes de retour, mais je ne m'attends pas à ce que ça dure. Même si vos gardes du corps vous escorteront partout, je recommande tout de même d'opter pour des endroits où les journalistes ne pourront pas vous suivre.

Nick acquiesça.

— C'est noté.

— Tout cela est nouveau pour moi, dis-je. Quel genre d'endroit devrions-nous éviter ?

— Tout endroit qui n'a pas de sécurité à la porte, dit Rocco. Par exemple, le club où tu travailles est acceptable, mais pas ta salle de sport ni l'appartement que tu partages avec ton amie.

— Tu pourras utiliser ma salle de sport à domicile, proposa Nick. Puisque nous ne pourrons pas courir pendant un long moment, nous pourrons nous entraîner ensemble.

— Ça me va, dis-je.

Rocco reprit la parole.

— Si vous voulez sortir dîner, choisissez un restaurant dans un hôtel haut de gamme, comme le St Regis, plutôt qu'un bistro du Village. Ainsi, une fois que vos gardes du corps vous auront escortés de la voiture jusqu'à l'entrée, tout journaliste qui vous suivra sera arrêté à la porte et contraint de vous laisser tranquille. Une fois à l'intérieur, demandez une table loin de toute fenêtre ; vu le degré actuel d'intérêt médiatique, les paparazzis utiliseront toutes les ruses qu'ils connaissent pour obtenir des photos de vous deux en tête à tête.

— Merci pour l'explication, dis-je. Je crois que je comprends.

— Appelez-moi si vous avez des questions, dit Rocco. Je vous contacterai pour vous tenir informés de tout ce que les équipes de surveillance relèveront sur Endicott et Fripp.

Nick tapa amicalement Rocco sur l'épaule.

— Merci pour tout, dit-il. Pourquoi ne pas se parler demain une fois que j'aurai eu le temps de m'installer et de passer quelques appels ? Selon le résultat de ces appels, j'aurai peut-être quelques idées sur la façon de dénicher plus de preuves contre Endicott.

— Pas de problème, dit Rocco. Pour l'instant, je vous laisse vous installer. Appelez Vance ou Amira si vous avez besoin de quelque chose.

Sur ces mots, il quitta l'appartement. Dès que nous fûmes seuls, Nick m'ouvrit les bras et je l'étreignis.

— Paris était magnifique, mais c'est bon d'être chez soi, dit-il.

J'appuyai ma tête contre son torse et l'enveloppai de mes bras.

— Oui. Même si c'est étrange d'entrer dans ton appartement sans voir Jack tourner le coin en vitesse pour nous accueillir, en courant autour de nos pieds et en remuant la queue.

Nick rit.

— Il me manque aussi. Mais jusqu'à ce que nous puissions le sortir sans attirer une horde de journalistes, ça me semble injuste de le cloîtrer à l'intérieur ou de forcer notre équipe de sécurité à le sortir pour nous. Jack est mieux où il se trouve pour l'instant. Jana a une cour arrière immense et ses enfants se réjouissent d'avoir un chien, même temporairement.

Nous nous séparâmes et Nick prit le sac qui contenait son portable.

— Je devrais vérifier mes courriels, dit-il avant de jeter un œil à sa montre. Il est aussi près de dix-huit heures. Qu'aimerais-tu pour dîner ? Après le trajet en avion, nous sommes tous deux fatigués, alors je propose de faire livrer quelque chose.

— Du thaï peut-être ? proposai-je. Nous pourrions appeler chez Ngam.

— Parfait. La cuisine française est si bonne, je ne crois pas avoir mangé un seul chili depuis notre départ de New York.

Il tapota son estomac et me sourit.

— Maintenant que tu en parles, je ne dirais pas non à un Pad Sriracha.

Une heure plus tard, Vance se présenta à notre porte avec des contenants odorants et fumants de thaï, que j'ouvris et plaçai sur la table, pendant que Nick ouvrait une bouteille de Riesling et nous versait un verre. Puis, nous nous assîmes pour dévorer notre délicieux repas épicé.

Au milieu du repas, Nick aborda le gala annuel de la Croix rouge, auquel il voulait assister en ma compagnie. Prévu dans une semaine, le gala était l'un des événements annuels les plus prestigieux de New York.

— Il est inscrit dans mon calendrier depuis des mois, dit-il. Lorsque nous étions à Paris, il était inutile de même regarder le calendrier, puisque tout ce qui s'y trouvait se passait à New York. Maintenant que nous sommes de retour, nous devrions y aller. Le gala de cette année aura lieu au Musée d'histoire naturelle, qui est un endroit intéressant. Ce n'est pas tous les jours que tu as l'occasion de danser sous une baleine bleue, ou de dîner avec le squelette de dinosaure sur pied le plus imposant du monde.

Je ris.

— Ce serait une première dans mon cas, quoique j'ai visité le musée une fois, peu après mon arrivée à New York. Mais es-tu sûr que je devrais t'accompagner ? Nous montrer ensemble en public pourrait lancer une nouvelle série d'articles sur le fait que tu fréquentes une strip-teaseuse.

— Tu n'es plus strip-teaseuse. Dans les prochains jours, tu rencontreras Isabella et elle t'offrira un autre poste, que tu n'as pas besoin d'accepter. Mais je te l'ai déjà dit, je peux t'offrir avec plaisir tout l'argent dont tu as besoin.

— Tu sais ce que je pense de prendre ton argent, dis-je.

— Alors, appelle ça un prêt. Ou ce que tu veux. Sinon, je peux t'aider à dénicher un poste en entreprise.

Je secouai la tête.

— Après ce nouvel élan médiatique, je suis plus à l'aise de rester avec ce que je connais. En raison des célébrités qui fréquentent le club, les videurs de Max sont habitués à gérer les tentatives des paparazzis pour rentrer dans le club. Arrêter les journalistes à la porte fait partie de leur routine. Si Stone m'offre un poste dont nous pouvons tous deux nous accommoder, je vais l'accepter.

— Quand bien même, ce que j'affirme reste vrai. Tu n'es plus strip-teaseuse.

Je sirotai mon verre de Riesling vif et aromatique, qui complétait à merveille le repas thaï épicé.

— La presse à scandales se fout de la vérité. Seuls comptent les titres accrocheurs, et mon ancien boulot facilite leur rédaction. Ce n'est pas que je ne veux pas t'accompagner au gala, ça semble être un événement fabuleux et j'adorerais y aller avec toi. Je ne veux simplement pas que ton nom soit traîné dans la boue plus qu'il l'a déjà été à cause de moi.

— Ce ne sont pas les règles du jeu, dit-il. Maintenant que notre relation est publique, tu dois penser différemment.

— Explique.

— Tu ne dois pas te cacher de tes pairs lorsque le scandale frappe. Tu évites la presse à scandales, mais tu mets un point d'honneur à être présent aux événements comme ce gala, qui est l'un des événements vedettes de New York. Et lorsque tu y es, tu ne restes pas dans un coin en tentant d'éviter les regards. Tu arrives en grand, la tête haute. Tu prends d'assaut la piste de danse et ignores les regards et les murmures qui ne manqueront pas de te parvenir. Tu ne recules pas d'un centimètre devant les vipères, qui n'attendent rien de mieux que de te détruire.

— Veux-tu dire que ma présence est un moyen d'affronter tes associés en affaires ?

— Exact, dit Nick. Tu sais l'importance que j'accorde à mon entreprise, à l'acquisition de Centerpost et à notre relation. Se présenter au gala de la Croix rouge ensemble livrera le bon message à ce sujet et j'ai besoin de ton aide pour y arriver.

Émue par ses mots, je plaçai une main sur la sienne.

— Avec une telle explication, je suis de tout cœur avec toi. Et je sais déjà quoi porter, les diamants que tu m'as offerts et la robe de Michael Kors que tu m'as choisie à Paris. Je l'enverrai au nettoyage demain.

Il me lança un sourire enjôleur.

— Ça, c'est la femme forte que je connais et que j'aime. Mais j'avais un look différent en tête pour cette soirée.

— Comme ?

Il s'adossa à sa chaise et me regarda pensivement.

— Ultra distingué, avec une touche sexy. Des bijoux impressionnants, mais classiques, peut-être quelque chose de vintage ou de rétro.

Il sortit son portefeuille, prit une carte noire et la glissa sur la table dans ma direction.

— Utilise ceci.

Avant que je ne puisse refuser d'utiliser sa carte Centurion d'American Express, il leva une main.

— C'est pour les affaires, tu me rends service, et j'ai besoin que tu sois l'apogée de la splendeur.

— Mais pourquoi ai-je besoin de ta carte ? Vu l'importance que tu accordes à cette soirée, ne veux-tu pas m'aider à choisir ?

— J'ai confiance en ton jugement et puisque j'ai une montagne de travail à régler la semaine prochaine, je me disais que tu pouvais inviter Bianca à t'accompagner. Tu m'as dit à quel point vous aimez faire les boutiques ensemble et elle s'y connaît bien plus que moi en matière de mode.

— Bianca n'aime rien moins que courir les boutiques, mais elle sera peut-être trop occupée. Elle travaille à un défilé de mode qui aura lieu dans dix jours, et auquel nous sommes tous deux invités.

— Je serai à jour dans mon travail d'ici là, alors j'ai très envie de voir le défilé de Bianca avec toi. Lorsque tu lui parleras, remercie-la de son invitation. Et si elle n'a pas le temps pour une journée de shopping, alors je trouverai le temps de t'accompagner.

Je me penchai vers lui et l'embrassai légèrement.

— Merci. Maintenant que je comprends l'importance de cette soirée pour toi, je veux que tout soit parfait.

Il m'attira sur ses genoux et approfondit le baiser. Lorsque nous y mîmes fin, il prit mon visage en coupe et plongea son regard dans le mien.

— Avec toi à mes côtés, tout le sera.

13

CHAPITRE TREIZE

Le matin suivant, après avoir fait lentement l'amour avec Nick dans son immense lit, nous prîmes une douche et nous dirigeâmes vers la cuisine, les cheveux humides et vêtus de survêtements et de t-shirts, pour commencer la journée avec une dose plus que nécessaire de caféine. Nick prépara le café, puis nous nous perchâmes sur les tabourets d'un côté de l'îlot de la cuisine, sirotant nos tasses et discutant de nos plans pour la journée.

Nous en étions à notre deuxième tasse de café lorsque Nick me proposa de défaire mes bagages et de ranger mes affaires dans l'un des deux dressings à l'extérieur de la chambre principale.

— Fais comme chez toi, dit-il. À part quelques boîtes, toutes mes affaires se trouvent dans l'autre dressing, alors il y a suffisamment d'espace pour toi.

— Veux-tu que j'en profite pour défaire tes bagages aussi ? Je sais que tu as beaucoup à faire cette semaine.

— C'est tentant. Mais j'ai passé à peine cinq minutes à tout jeter dans ces sacs avant de quitter Paris et tu ne devrais pas devoir t'attaquer à cette pagaille. Je m'en occuperai plus tard.

Je ris.

— Je t'ai regardé faire tes bagages, n'oublie pas. Je sais exactement dans quoi je m'embarque et tu as des appels à passer. Tu fais tant de choses pour moi. Pourquoi ne pas me laisser m'occuper de cette petite chose pour toi ?

Il se pencha et m'embrassa.

— Tu sais quoi, je vais accepter ton offre. Je déteste défaire mes bagages.

Je me levai et m'étirai, les bras au-dessus de ma tête.

— Je m'en occupe.

Pendant les heures suivantes, je défis nos bagages et fis deux brassées de lessive, laissant Nick travailler dans son bureau. Lorsqu'il en sortit vers midi, il réchauffa les surplus du repas de la veille et prépara une salade avec les réserves de légumes frais que la bonne de Nick avait placées dans notre réfrigérateur.

Pendant le déjeuner, Nick me raconta les résultats de ses démarches matinales.

— Tu le sais, Rocco a mis en place des équipes de surveillance pour suivre Endicott et Fripp et monter une liste de tous ceux qu'ils rencontrent. Afin d'étendre cette liste, j'ai soumis quelques idées à Rocco, y compris celle de parler à Isabella et à Max au club. Je me disais qu'ils pourraient peut-être nous fournir de bonnes pistes, comme le nom des gens qui ont récemment visité le club en tant qu'invités d'Endicott ou de Fripp. Lorsque j'amenais des invités au club, j'ai vu les videurs inscrire le nom de l'invité à côté du mien, dans un registre que Max laisse à la porte.

— Je sais de quel registre il s'agit, dis-je. Ils inscrivent aussi la date et l'heure. Mais toute information sur les membres est considérée comme confidentielle par le club, alors je serais étonnée qu'ils t'en donnent une copie.

— Rocco a dit la même chose, alors lorsque j'ai parlé avec Max ce matin, je n'ai pas demandé une copie du registre. Je lui ai plutôt demandé s'il acceptait de revoir les quatre-vingt-dix derniers jours du registre et de me donner verbalement le nom des invités d'Endicott et de Fripp.

— A-t-il accepté ?

— Oui. Rocco et moi irons le rencontrer au club plus tard aujourd'hui et j'aimerais que tu nous accompagnes.

— Après, je pourrai peut-être discuter avec Stone de mon nouveau poste.

— J'allais te proposer la même chose. Pour ce qui est de cette conversation, promets-moi une chose.

— Quoi donc ?

— Peu importe ce qu'elle t'offre, n'accepte pas à moins d'être à l'aise avec le boulot. Isabella peut être très persuasive.

Je croisai son regard.

— Ne t'en fais pas. Je ne la laisserai pas me convaincre d'accepter quelque chose qu'aucun de nous ne voudrait me voir faire.

— Bien, dit-il. Nous devrions partir pour l'entrevue avec Max vers quinze heures trente.

~

Lorsque la limousine qui nous transportait, Rocco, Nick et moi, s'arrêta devant le club, il était près de seize heures. Notre chauffeur s'arrêta près de la porte latérale, où Max nous accueillit. Une fois que Nick eut présenté Rocco à Max et que les salutations furent terminées, Max nous guida le long du couloir familier qui menait à son bureau, situé à côté de celui de Stone.

Contrairement au bureau de Stone, qui dans mon souvenir était aéré et moderne, celui de Max était traditionnel et masculin : son bureau en acajou massif supportait un clavier et un grand écran, son bar assorti au bureau était bien rempli, et ses fauteuils capitonnés étaient recouverts d'un cuir fin rouge pourpre. Peints dans des tons chocolat, les murs présentaient une série de photos encadrées de New York dans les années trente.

Max désigna d'un geste les fauteuils qui faisaient face à son bureau.

— Asseyez-vous, dit-il. Avant de commencer, puis-je vous offrir un verre de Macallan ?

Nous acceptâmes son offre et Max nous servit à chacun deux

doigts de scotch avant de se verser un verre, de passer derrière son bureau et de s'y asseoir.

— Santé, dit-il en levant son verre vers Nick. C'est bon de te voir sain et sauf, mon vieux.

— Pareillement, dit Nick. Les choses se sont corsées un peu, mais je suis de retour. Et maintenant que j'ai l'identité de la personne responsable de l'attaque, je vais m'attaquer à ce salaud de Forbes Endicott.

Max sirota son scotch.

— Je ne te serai pas d'une grande aide, j'en ai bien peur. Endicott ne s'est trouvé ici que deux fois dans les derniers mois. Les deux fois avec cet autre membre que tu as mentionné, Beardsley Fripp. Les soirs où ils étaient ensemble, ils ont pris deux verres au *lounge*. Puis, Endicott a quitté le club et Fripp est monté à l'étage pour regarder les danseuses. Aucun des deux n'avait d'invité.

— Qu'en est-il de Fripp ? demanda Rocco. Était-il plus souvent au club ?

— C'est un client régulier, dit Max. Normalement, il vient seul, mais au cours des trois derniers mois, il est arrivé avec le même invité plusieurs fois, un type maigrichon du nom de Mercer Roth.

— Roth est responsable marketing de Centerpost, dit Nick.

— Nous avons un système de surveillance haut de gamme au club, dit Max. Après ton appel de ce matin, j'ai demandé à mon équipe de trouver et de regarder la vidéo des trois fois où Fripp et Roth se sont rencontrés ici. Chaque fois, ils ont pris un verre au *lounge* avant que Roth ne quitte le club et que Fripp ne monte à l'étage. La vidéo de leurs visites montre principalement les deux hommes penchés l'un vers l'autre pour parler. En raison du bruit et de la musique de fond, il est impossible d'entendre ce qui se dit, mais lors de la troisième rencontre, qui a eu lieu le soir du vingt-huit septembre, de l'argent semble avoir changé de main.

Max tourna l'écran vers nous, et je vis une image figée du *lounge*, avant de reconnaître la carrure trapue et la mâchoire proéminente de Beardsley Fripp. Il était assis à une table dans un coin, devant un homme mince avec des lunettes rétro à la monture écaille.

Nick désigna l'homme aux lunettes.

— Voilà Mercer Roth.

Max mit en marche la vidéo et nous observâmes Roth se pencher vers une mallette en cuir souple à ses pieds. Il en sortit une grande enveloppe matelassée qu'il tendit à Fripp. Celui-ci la prit et la rangea dans sa propre mallette imposante avant de sortir une petite enveloppe de la poche intérieure de son veston. Fripp tendit l'enveloppe à Roth en dessous de la table, et celui-ci jeta un regard nerveux autour de lui avant de la prendre et de la jeter dans sa mallette.

Max mit la vidéo sur pause.

— C'est tout ce que j'ai, dit-il.

— Merci, dit Nick. Ce pourrait être la preuve irréfutable que nous cherchions. La vidéo ressemble très certainement à l'échange d'une enveloppe pleine d'argent contre un document. Qu'en penses-tu, Rocco ?

— C'est ce que je crois, dit Rocco.

— Réfléchissons, dit Nick. Quel document Fripp serait-il prêt à payer une pile d'argent en ce moment ?

Je regardai Nick.

— Une copie de ton offre pour Centerpost. Si Endicott et Fripp connaissent la valeur du montant, en plus de toutes les autres dispositions, ils peuvent surpasser en tout point ton offre.

— C'est ce que je crois aussi, dit Nick. Plus que jamais, Endicott doit remporter l'acquisition de Centerpost. Après son arrestation et l'humiliation publique qui a suivi, la pression pour qu'il démissionne de son poste de PDG d'Endicott Trumbull croît chaque jour. Tout ce que nous avons appris, y compris l'implication de Fripp, mène à une seule conclusion.

— Laquelle ? demanda Max.

Le regard de Nick s'assombrit.

— Endicott me craint. Il a déjà perdu contre moi. Et cette fois-ci, il est prêt à tout pour gagner.

14

CHAPITRE QUATORZE

Pendant que Nick et Rocco discutaient du sens de la vidéo que Max venait de nous montrer, je sirotais mon scotch et les écoutais.

Rocco s'adossa à son fauteuil.

— Avec tout ce que nous savons, l'échange entre Fripp et Roth sent mauvais, mais d'un point de vue légal, cela ne prouve rien. Ils ont échangé des enveloppes, qui pourraient contenir n'importe quoi, des mots croisés du New York Times aux photos de leurs enfants.

— C'est vrai, dit Nick. Mais voilà comment nous pourrions trouver notre preuve. Les documents que Roth a donnés à Fripp ont probablement été imprimés ou photocopiés par Roth lui-même. Si Roth a utilisé son ordinateur professionnel pour imprimer les documents, serait-ce enregistré quelque part ?

— Le nom de chaque document que Roth a imprimé serait enregistré dans l'ordinateur, dis-je. Connais-tu le nom du document de l'offre que tu as envoyée à Jason ?

— Oui, dit Nick.

— Cette information serait également enregistrée dans le serveur de l'imprimante de réseau, dit Max. Du moins, c'est ainsi que ça fonctionne au club. Le serveur enregistre le nom de chaque fichier imprimé, en plus du moment où l'impression a eu lieu et de l'identification de l'ordinateur qui en a fait la demande.

— Si Roth a fait une copie de ton offre pour Fripp, dit Rocco, il est logique de penser qu'il a utilisé son ordinateur au bureau. Les cadres ne font normalement pas leurs propres photocopies, mais Roth n'aurait pas voulu impliquer une secrétaire dans ses activités illégales.

Il regarda Nick.

— Est-ce qu'un de tes contacts chez Centerpost accepterait de vérifier la chose ?

— Je suis en bons termes avec le PDG, Jason Sanders, dit Nick. Je lui en parlerai.

Je me rappelai ma rencontre avec Jason Sanders et sa femme à la soirée, la nuit de l'attaque. Un homme trapu dans la trentaine, avec un visage sympathique et une chevelure ondulée marron clair, Jason n'avait laissé aucun doute sur sa volonté d'accepter l'offre de Nick. Il avait affirmé à Nick que, même s'il avait besoin de quelques semaines pour rassembler les votes nécessaires du conseil, il était certain de pouvoir y parvenir. La camaraderie que j'avais vue entre les deux hommes me laissait présager que Jason ferait de son mieux pour prêter main-forte à Nick.

— Excellent, dit Rocco. Demande à Jason que son équipe informatique compile une liste de tout ce que Roth a imprimé pendant la semaine précédant sa rencontre avec Fripp. Et dis-lui de s'en occuper discrètement. Il serait mieux que Roth ignore qu'il fait l'objet d'une enquête.

— C'est d'accord, dit Nick. Si l'équipe informatique trouve la preuve que Roth a imprimé des copies de documents confidentiels comme mon offre, Jason peut exiger qu'il lui remette ses copies.

— Attends un peu, dis-je. Roth ne pourrait-il pas simplement affirmer qu'il a déchiqueté le document ?

— Bien sûr, dit Rocco. Mais alors, il devrait le prouver. Lorsqu'un document confidentiel est déchiqueté, c'est la norme de le faire devant un témoin pour attester de la destruction du document. Le témoin doit même signer.

— Exact, dit Nick. Sans cette signature, et avec la preuve que Roth a imprimé le document, Roth est fait. Jason peut le virer sans autre formalité pour violation de confidentialité.

Rocco semblait pensif.

— Mieux encore, propose à Jason de laisser Roth en place et d'utiliser des gens de confiance pour surveiller et enregistrer chacun de ses gestes au sein de Centerpost. Entre-temps, je mettrai en place une équipe de surveillance. Avec Jason qui le surveille en interne, et nous à l'extérieur, si ce traître émet le moindre pet, nous le saurons.

Nick décocha un clin d'œil à Max.

— Tu vois pourquoi je paye ce type au prix fort ?

Max se fendit d'un sourire.

— Oh, oui. Toute personne capable de suivre les flatulences de tes ennemis vaut la peine d'être gardée.

Rocco se racla la gorge.

— Avec de la chance, nous pourrons trouver la preuve que Roth vend non seulement de l'information confidentielle, mais qu'Endicott et Fripp sont les commanditaires. Par la suite, Jason Sanders pourrait confronter Roth, le menacer de le poursuivre en justice et lui soutirer des aveux.

— Ça plairait à Jason, dit Nick. S'il s'avère que Roth vend de l'information confidentielle, Jason sera furieux. Il voudra tordre le cou de ce maigrichon. Après tout, si cette histoire s'ébruite, cela pourrait ternir la réputation de Centerpost, et c'est quelque chose que Jason n'accepterait jamais. Et si Roth avoue avoir vendu l'information à Fripp, de toutes les personnes ? Jason fera tout son possible pour nous aider à griller Fripp. Le soir de l'attaque, à la soirée, Ilana n'a pas été la seule femme que Fripp a agressée. Il a aussi menacé la femme de Jason.

— Fripp est un salaud belliqueux, dit Max. Au cours des années, j'ai dû m'en prendre à lui quelques fois.

Rocco regarda Nick.

— Si Jason peut forcer Roth à témoigner que Fripp l'a payé pour de l'information confidentielle, lors du procès d'Endicott, le procureur pourra jeter Fripp et Roth à la tête d'Endicott.

Nick acquiesça.

— Je vois où tu veux en venir. Fripp est l'homme de confiance d'Endicott et personne ne croira que Fripp aurait payé Roth sans le consentement d'Endicott.

Rocco poursuivit :

— Démontrer qu'Endicott et Fripp ont enfreint les lois dans leurs efforts pour acquérir Centerpost aiderait à établir qu'Endicott est prêt à tout pour remporter cette acquisition, y compris à financer l'attaque contre Nick.

— C'est logique, dit Max.

— Si ce que nous croyons est vrai, et si nous pouvons en obtenir la preuve, dit Rocco. Pour l'instant, tout ce que nous avons est la mallette avec les empreintes d'Endicott, ce qui n'est pas suffisant pour qu'il soit condamné.

— Nous trouverons ce qui nous manque, dit Nick. Je n'arrêterai pas mes recherches tant que nous n'aurons pas la preuve qui fera sombrer ces salauds.

Rocco regarda Max.

— Je sais que c'est beaucoup demander, mais me laisserais-tu jeter un œil aux vidéos de chaque visite de Fripp, Endicott et Roth au club ?

— Je ne peux pas, dit Max. J'ai l'obligation de protéger la vie privée de mes clients et de leurs invités. Mais, voilà ce que je vais faire. Je vais demander à mon équipe de visionner ces vidéos et de me rapporter toute activité inhabituelle. Si je trouve quoi que ce soit qui pourrait faire avancer l'enquête, je vous le montrerai comme je l'ai fait aujourd'hui, à une condition.

— Laquelle ? demanda Nick.

— Que vous ne mentionniez pas le club ou mon nom dans vos discussions avec la police. En raison de la nature de mon entreprise, au premier signe de problème, les policiers fermeront nos portes. Puisque je mène ma barque avec rigueur et que je respecte les limites de la loi, les avocats du club nous sortiraient de l'embarras rapidement, mais entre-temps, nous perdrions énormément d'argent, et probablement quelques membres. Nos membres payent le prix fort pour la discrétion que nous offrons, et il est de mon devoir de la défendre.

Nick et Rocco échangèrent un regard, puis Nick tendit une main vers Max.

— Pas de policiers, dit-il. Tout ce que tu nous confieras restera entre les gens présents dans cette pièce, et Isabella bien sûr. Lorsque je parlerai à Jason Sanders de nos soupçons concernant Mercer Roth, je n'aurai pas besoin de lui transmettre le nom de ma source.

Les deux hommes se serrèrent la main.

— Merci de comprendre ma position, dit Max. Je ferai tout ce qui est possible, en respectant mes limites, pour t'aider.

— Merci, dit Nick. Tiens-moi au courant.

15

CHAPITRE QUINZE

Lorsque Nick, Rocco et moi sortîmes du bureau de Max, Rocco nous laissa seuls.

— Je vais retourner au véhicule, dit-il. J'ai quelques appels à passer pour mettre en place la surveillance de Mercer Roth.

— Nous nous verrons dans une demi-heure, dit Nick. Ilana et moi te retrouverons après notre conversation avec Isabella.

Il frappa légèrement à la porte de Stone avant de l'ouvrir.

Derrière son grand bureau en acier et en verre, Stone se leva pour nous accueillir avec un sourire que je ne lui avais jamais vu auparavant.

— Nicholas ! dit-elle, ses talons claquant sur le plancher alors qu'elle contournait le bureau et s'approchait de lui, les bras ouverts. Enfin ! De retour à New York, où se trouve ta place.

Nick l'embrassa sur les deux joues avant de l'étreindre avec force.

— C'est bon d'être de retour, dit-il en la relâchant.

Stone désigna d'un geste les deux fauteuils Philippe Starck devant son bureau.

— Asseyez-vous, dit-elle.

Nous obéîmes, et elle retourna s'asseoir derrière son bureau.

— J'ai suivi les médias, dit-elle. Maintenant, dis-moi ce qui se passe réellement. Avec l'arrestation de Forbes Endicott, vous n'êtes plus en danger, ou bien vous ne seriez pas à New York.

— En effet, dit Nick. Les paparazzis sont à nos trousses, mais nous avons un consultant en sécurité exceptionnel pour nous aider à les éviter, et il m'aide aussi à recueillir plus de preuves contre Endicott.

— Forbes Endicott, dit Stone en secouant sa chevelure noire impeccable. Après des années dans ce métier, je connais mieux les hommes que bien des gens, mais ce sang bleu prétentieux et guindé ne m'a jamais paru le genre à recourir à la violence. Bon, il a payé quelqu'un pour commettre le crime à sa place, mais tout de même.

— Nous ne sommes pas sûrs qu'Endicott ait embauché lui-même les agresseurs, dit Nick. Son collègue Fripp semble aussi impliqué.

— Je connais quelques histoires sur Beardsley Fripp, dit Stone.

— Raconte-nous, dit Nick.

— Très bien, dit Stone. Je ne donnerai aucun autre nom que celui de Fripp, pour des raisons que vous connaissez bien tous les deux, mais disons que dans certains moments, des moments très embarrassants pour un homme, Fripp a l'habitude de devenir enragé et de passer sa rage sur la femme avec lui.

Nick et moi la fixâmes du regard, avant de nous regarder.

— Rien de tel n'a jamais eu lieu dans mon club, bien sûr, continua-t-elle. Peu de temps après que Fripp ait rejoint le club, l'une de mes filles m'a mise en garde contre lui. Elle le connaissait de son ancien lieu de travail et je l'ai invitée à tout raconter à Max, qui s'est assis avec Fripp pour lui rappeler que le club avait une politique de zéro tolérance pour tout comportement non consenti. Max l'a également informé que nous avions plusieurs soumises expérimentées qui seraient heureuses de satisfaire un vaste éventail de désirs, du moment qu'ils restent dans les limites imposées par le club pour la sécurité des participants.

— Et ça a fonctionné ? demanda Nick.

— Oui, dit-elle. Mais Fripp jase beaucoup et, d'après ce que les filles me racontent, il aurait des fantasmes violents. Bien qu'il soit peu probable qu'il se laisse aller à ces fantasmes ici – les hommes de Max lui tomberaient dessus en quelques secondes et il perdrait pour toujours son accès au club – à titre d'amie, je veux que tu saches que Beardsley Fripp est un baril de poudre de haine et de vengeance, surtout envers les femmes. Un jour, il explosera et, ce jour-là, ce ne sera pas joli.

— Merci, dit Nick. Tu devrais savoir que Fripp a menacé Ilana la nuit de l'attaque, pendant la soirée de financement où elle m'accompagnait.

— Il a menacé de me tuer, de jeter mon cadavre dans une allée et de faire accuser Nick pour mon meurtre, dis-je. C'est à ce moment-là que je l'ai giflé.

Stone haussa les sourcils.

— Vraiment ?

— Ilana ne l'a pas manqué, dit Nick. Après l'avoir giflé, elle a lacéré son visage de singe de ses ongles et a fait couler son sang.

Stone me regarda avec un nouveau respect.

— Je savais que tu avais de la fougue, dit-elle. Mais rendre la monnaie de sa pièce à Fripp montre un niveau de cran que peu de gens possèdent. Et tu auras besoin de ce cran dans ton nouveau poste.

— Mon nouveau quoi ?

— Ton nouveau poste.

— J'ai un nouveau poste ?

— Tu en as demandé un, non ?

— Je... eh bien...

Elle me fixa du regard.

— Je peux continuer ?

— Je vous en prie, dis-je. Je veux dire, merci. Enfin. Désolée. Quel est ce poste ? Quelles seront mes responsabilités ?

Elle s'adossa à son fauteuil, me regarda avec une expression indéchiffrable, et redevint l'Isabella Stone que je connaissais, et que je craignais par moment.

— Bien que l'effort mental requis pour trouver un poste approprié m'ait donné des sueurs froides rien moins que cataclysmiques, lorsque ce brouillard sombre s'est enfin levé, une idée en a émergé. Une idée de génie pur, qui profitera à chacun de nous.

Elle s'interrompit pour créer un effet dramatique, et ce faisant, un frisson me parcourut l'échine. Que pouvait-elle bien être sur le point de me proposer ?

— Allez, Isabella, dit Nick. Je tiens à peine en place.

— Comme il se doit, dit-elle. J'ai trouvé l'emploi parfait pour Raven, ou Ilana, devrais-je dire, puisque le poste que j'ai en tête ne nécessite pas de nom de scène. Elle pourra maintenant utiliser son véritable nom, comme moi.

— Continue, dit Nick.

— Tu connais mon horreur de la paperasse, dit Stone.

— Oui, dit-il.

Elle frissonna délicatement.

— Les formulaires, les plannings, les contrats, les rapports. Je les déteste tous pareillement.

Nick acquiesça avec sympathie.

— C'est la même chose pour moi.

— Mais, enfin, j'ai un plan pour me libérer de la poigne abrutissante de ce tueur d'arbres.

Elle se tourna vers moi.

— Tu as un diplôme en affaires et tu en es à la moitié de ton MAE, ce qui signifie que tu as la formation pour gérer ces tâches si malvenues.

Soulagée, je lui souris. Ce qu'elle proposait était dans mes cordes.

— En effet. Bien que ma majeure soit en marketing, j'ai également appris la tenue de livres et je peux établir n'importe quel rapport de revenus ou état de flux de trésorerie nécessaire.

— Alors, considère-toi comme embauchée. Cet endroit génère des forêts de papier chaque jour et, en tant que ma nouvelle assistante, tu t'occuperas de tout. En plus d'un certain degré d'extinction de feux.

— Extinction de feux ? demandai-je. Que voulez-vous dire ?

Elle me lança un regard tranchant.

— Les soirées chargées, je m'attends à ce que tu m'aides au besoin. Je pourrais t'envoyer dans les loges pour confirmer que ma troupe de lapines est prête à sautiller, ou te demander d'évaluer l'activité sur le terrain et de me faire savoir si nous avons besoin que quelques autres filles se trémoussent et offrent des danses.

— Je pourrai m'en occuper, dis-je.

Nick me lança un sourire encourageant.

— Ilana apprend vite. Elle apprendra tout ce qui lui est nécessaire et en moins de temps que tu ne le crois.

— J'espère que tu as raison, dit Stone avant de reporter son attention sur moi. Un jour, si tu réussis à absorber une fraction de ce que je fais ici, j'espère pouvoir prendre une soirée de congé de temps à autre.

Encouragée par l'appui de Nick, je croisai à nouveau son regard, cette fois-ci avec confiance.

— Un jour, si vous me formez aussi bien que je vous en sais capable, vous pourrez prendre des soirées de congé à tout moment.

Elle me lança un regard scrutateur.

— Peut-être. Le temps nous le dira.

— Donc, le titre est celui de chef adjoint, dis-je. Qu'en est-il des heures et du salaire ?

— Trente-cinq heures par semaine, étalées à ton goût, du moment que tu es ici les vendredi et samedi soirs et que le plus gros des heures restantes chevauche les miennes.

Elle prit un papier autocollant jaune d'un bloc sur son bureau, y inscrivit un montant et me le tendit.

— Voici le salaire que j'ai évoqué avec Max.

Lorsque je lus le montant, mon cœur battit la chamade. Bien que très loin de ce que j'avais gagné comme strip-teaseuse, c'était plus que ce que j'aurais fait au *lounge*. Je passai le papier à Nick, qui y jeta un regard et me lança un sourire approbateur.

— J'accepte, dis-je à Stone. Quand voulez-vous que je commence ?

16

CHAPITRE SEIZE

Lorsque Nick et moi laissâmes derrière nous le Club des gentlemen et qu'il m'aida à m'installer dans la limousine, j'étais aux anges. Mon nouveau poste assuré, mon horaire de travail planifié pour les deux prochaines semaines et la confirmation que les soupçons de Nick sur Fripp étaient totalement fondés, tout cela me donnait l'impression que nous progressions réellement vers nos objectifs communs.

À l'intérieur du véhicule, Rocco nous accueillit.

— J'ai déjà trouvé deux types pour surveiller Roth, dit-il. Et j'attends la confirmation de deux autres. Dès son réveil demain matin, nous suivrons chacun de ses faits et gestes.

— J'appellerai Jason ce soir, dit Nick. À supposer que je réussisse à le joindre, il pourra nous fournir la liste des documents que Mercer Roth a pu donner à Fripp, ce qui ne devrait pas prendre plus de quelques jours.

— Nous progressons, dit Rocco. Même si je recommande de nous contenter de surveiller Roth pour l'instant, nous pourrons par la suite le confronter sur ses actions et lui mettre la pression pour qu'il témoigne contre Endicott et Fripp.

Nick acquiesça.

— La menace d'un procès devrait être suffisante pour que Roth vide son sac.

— Bien d'accord, dit Rocco avant de se tourner vers moi. Et puis, cette discussion professionnelle, Ilana ?

— Que du bon, dis-je. Je commence demain soir comme chef adjoint. Mon nouveau poste sera surtout de la tenue de livres, en plus d'être parfois la coursière de Stone.

Rocco leva un pouce et se fendit d'un énorme sourire.

— Félicitations.

— Promue à la gestion, ce n'est pas rien, dit Nick. Il faut fêter ça. Rocco, pourquoi ne te joindrais-tu pas à nous pour un verre à mon appartement ?

— Merci pour l'invitation, mais je vais devoir remettre à plus tard, dit Rocco. J'ai encore à faire si je veux que la surveillance de Roth soit en place demain.

— J'ai beaucoup à faire moi aussi, dit Nick.

Il se tourna vers moi.

— Pourquoi n'inviterais-tu pas Bianca à nous rendre visite ce soir ? Tu dois être impatiente de lui parler de ton nouveau poste. Je vais ressortir mes talents de barman et nous préparer un pichet de martini, nous pourrions dîner tous les trois ensemble. Après le dîner, je vous laisserai bavarder et je m'installerai à mon bureau pour travailler.

Je me penchai vers lui et l'embrassai légèrement.

— C'est une excellente idée. Je vais l'appeler tout de suite et voir si elle est libre ce soir.

Finalement, elle l'était et, deux heures plus tard, après lui avoir montré l'appartement de Nick, nous nous assîmes tous trois pour déguster un repas simple, mais délicieux, de légumes grillés au four que j'avais préparés, en accompagnement d'un filet mignon que Nick avait grillé à la perfection. Pendant le dîner, nous levâmes nos verres à la nouvelle du prochain défilé de mode de Bianca, elle et moi nous entendîmes sur le mardi suivant pour courir les boutiques, et Nick et Bianca se mirent à bavarder et à plaisanter avec une facilité qui m'enchanta, preuve qu'ils devenaient rapidement amis.

Lorsque nous terminâmes nos assiettes, Nick repoussa sa chaise et se leva.

— Merci pour cette belle soirée, mesdemoiselles, dit-il. Malheureusement, je dois vous laisser. Le travail m'appelle.

Bianca prit une gorgée de son verre, que je venais de remplir.

— Tu es pardonné. Tes talents en confection de martini balaient toute autre lacune.

Je pris le pichet et remplis mon propre verre.

— Sans compter tes talents en grillades. Le filet était à tomber.

— Avant de vous laisser seule, il y a une chose que je dois te dire, Bianca. Lorsqu'Ilana et toi irez faire les boutiques pour le gala de la Croix rouge, mets le paquet. Au gala, nous serons entourées de célébrités et de vedettes de cinéma. Je veux qu'Ilana soit consciente d'être la femme la mieux habillée de la pièce.

— Un homme comme je les aime, dit Bianca. Nous commencerons chez Bergdorf. Une fois que nous aurons la robe parfaite, nous nous attaquerons aux parures. Puisque nous pensons à un look rétro, un arrêt chez Leighton s'impose. Pour les bijoux vintage, il n'y a pas mieux.

Nick leva ses deux pouces vers elle.

— Ilana avait raison. Tu connais tes boutiques.

— Évidemment, dit-elle avec une indignation feinte. Pour qui me prends-tu ?

— Pour une créatrice de mode talentueuse et une amie fidèle, dit-il. Ilana et moi savons à quel point tu es occupée. Merci de prendre le temps de nous aider.

Bianca fit un geste de la main.

— Allons. Si tu crois que je laisserais passer une sortie shopping, tu ne me connais pas encore.

Nick lui lança un regard qui me prouva qu'il avait non seulement reconnu la loyauté de Bianca, mais également sa tendance à banaliser sa générosité.

— Au contraire, dit-il. Je crois bien te connaître.

Lorsque Nick nous eut quittées pour travailler à son bureau, Bianca et moi emportâmes nos martinis jusqu'au salon et nous installâmes sur le vaste canapé en cuir qui en occupait le centre.

— Maintenant que nous sommes seules, je dois te dire quelque chose, dit Bianca.

— Quoi donc ? demandai-je.

— J'aimerais te demander pardon d'avoir été aussi dure avec toi lorsque tu m'as confié que tu fréquentais Nick. Je l'ai jugé d'après les ragots du club, ce qui était injuste pour vous deux.

— Tes intentions étaient bonnes. Lorsque je t'ai confié que les ragots étaient non seulement injustes, mais aussi dépassés, tu nous as laissé le bénéfice du doute.

— Je me sens tout de même mal.

— Tu ne devrais pas. C'est du passé. Je suis seulement heureuse que ma meilleure amie ait enfin la chance de rencontrer le vrai Nick.

Elle leva son verre vers moi.

— À Nick et toi. Que le bonheur que j'ai vu sur vos visages perdure pendant bien des années.

Émue, je fis tinter mon verre contre le sien.

— Et à notre amitié. Qu'elle perdure jusqu'à ce que nous ayons quatre-vingt-dix ans.

— Pourquoi s'arrêter à quatre-vingt-dix ? dit Bianca en gloussant. Si nous vivons aussi longtemps, nous trouverons sûrement un moyen de manger de la compote de pomme dans la même résidence pour personnes âgées.

Nous trinquâmes.

— Quatre-vingt-dix ans, c'est vieux, dis-je. Quoique, il y a quelques années, je croyais que trente ans, c'était vieux.

Bianca secoua sa tête blonde.

— J'ai peine à croire que nous aurons toutes les deux trente ans dans quelques années. Il n'y a pas si longtemps, nous arrivions toutes deux à New York, deux filles du Vermont avec l'espoir de percer dans la grande ville.

— Nous avons parcouru beaucoup de chemin, dis-je. Lorsque nous aurons trente ans, j'aurai terminé mon MAE et tu auras ta propre entreprise de mode.

Bianca croisa les doigts.

— C'est le plan.

— Tu travailles déjà à en faire une réalité, dis-je. Ton prochain défilé n'est que le commencement. Oh, et d'ailleurs, merci d'avoir rapporté les boucles d'oreille Tiffany qu'Octavia m'avait prêtées.

— J'ai retourné les boucles d'oreille dans la semaine qui a suivi votre départ de New York. J'ai aussi remis ta carte de remerciements à Octavia, bien que je doute qu'elle ait eu le temps de la lire. Au moment où elle a retiré la carte de l'enveloppe, Pepper s'en est emparé.

Au souvenir du Gris d'Afrique vulgaire d'Octavia, je levai les yeux au ciel.

— Pourquoi ne suis-je pas surprise ?

— Pourquoi le serais-tu ? Cet oiseau est un cauchemar à plumes évadé des profondeurs de l'enfer. Ta carte dans le bec, il a fait le tour du salon avant de se percher sur cette énorme toile, tu sais, celle avec le pénis chartreux.

— Et les pics rose et bleu ?

— Celle-là, dit Bianca. Octavia a suggéré que nous l'ignorions. Elle a dit qu'il avait un niveau d'attention limité et qu'il perdrait rapidement tout intérêt pour la carte et la laisserait tomber.

— Et ce fut le cas ?

— Bordel, non. Il l'a portée dans sa cage, l'a déchiquetée jusqu'à en faire de la litière à perroquet, et a lâché un tas sur les restes.

Je gloussai.

— Qu'a dit Octavia ?

Bianca imita la voix rauque de l'ex-mannequin excentrique.

— Pepper, chéri, tu sais que tu ne peux pas faire ça sur le courrier de maman. Surtout quand maman vient de te donner une copie récente du Post ce matin, avec le visage de Donald Trump en première page. Et ne crois pas que ce soit par accident, Pepper. Je l'ai mis là pour te rappeler que tu peux toujours être déporté.

— Tu me tues, dis-je en riant.

— La réponse de Pepper, pour une fois, était pertinente, dit Bianca.

Sa voix prit l'intonation du piaillement aigu et râpeux du perroquet.

— As-tu lavé le plancher de la salle de bain aujourd'hui ? L'AS-TU FAIT ? Je ne suis PAS l'une de tes admiratrices.

À ces mots, nous fûmes secouées de rire. Lorsque je réussis enfin à me reprendre, mes côtes étaient douloureuses et des larmes me coulaient sur les joues.

— J'en avais bien besoin, dis-je, en m'essuyant les yeux. Je n'ai pas autant ri depuis des semaines. Je ne sais pas comment tu t'y prends, mais tu réussis vraiment à imiter cet effroyable oiseau, qui connaît apparemment le manuscrit de *Maman très chère* par cœur.

— Évidemment, dit Bianca. Octavia est une grande admiratrice de Joan Crawford.

— Des soirées comme celles-ci m'ont manqué plus que tu ne le crois, dis-je. Ensemble à rire.

— Moi aussi, dit-elle. Après près de trois semaines sans ma meilleure amie, je n'en pouvais plus. Heureusement, la police a enfin trouvé le coupable de l'attaque.

— C'est un réel soulagement, dis-je. Maintenant que Nick est de retour à New York, il peut poursuivre son offre d'acquisition de Centerpost qui, selon lui, a toutes les chances de réussir. Mais même si ce n'est pas le cas, une fois que les offres seront finales et que Centerpost en choisira une, ce chapitre de notre vie sera derrière nous, l'intérêt de la presse se calmera et la vie reprendra son cours normal.

— Et ça prendra combien de temps ?

— Pas plus de quelques semaines.

— J'en suis heureuse, dit-elle. Nick et toi méritez de retrouver vos vies. Maintenant, parle-moi de ce poste de chef adjoint. Qu'est-ce que Stone attend de toi ?

Je décrivis les responsabilités du poste et, ce faisant, l'expression de Bianca se fit pensive.

— Tu es certainement plus que qualifiée, dit-elle. Et tu dis que Stone n'envisage pas que tu la remplaces plus que ça ?

— Pas au début. Avec le temps, elle espère pouvoir prendre une soirée de congé de temps à autre.

— C'est plus que raisonnable, dit Bianca. Je suis tout de même inquiète de la réaction de Valencia. Ton nouveau poste de gestion te place au-dessus d'elle, ce qu'elle n'acceptera pas facilement.

— Tu sais à quel point je déteste Valencia, mais j'ai besoin de ce boulot. Au fait, est-ce qu'elle fréquente toujours Andreas Ulbrecht ? Tu sais, le PDG de NextEdge ?

— Grand, bâti comme un quarterback monté en graine, avec des cheveux noirs frisés ? demanda Bianca.

— C'est bien lui.

— Il est passé la prendre après le travail il y a quelques jours pendant que j'attendais mon tour pour un taxi. Ils se sont tombés dessus dans sa voiture. Vu la séance sensationnelle de préliminaires à laquelle j'ai assisté, s'il s'était agi de n'importe qui d'autre que Valencia, j'aurais cru qu'elle était passionnée par Ulbrecht lui-même, plutôt que par son portefeuille.

— J'espère qu'elle est passionnée par lui, dis-je. Si Valencia et Ulbrecht se plaisent ensemble, elle lui consacrera son énergie, au lieu d'être une salope lamentable envers nous toutes. De toute façon, je ferai de mon mieux pour me tenir à distance d'elle, et j'espère qu'elle aura le bon sens de faire de même.

— Ça ne fonctionnera pas, dit Bianca en sirotant son verre. Du moins, pas longtemps.

— Que devrais-je faire alors ?

— Te préparer. Valencia va remettre ton autorité en question et, alors, tu devras être prête.

— Prête à m'affirmer ?

— Prête à délivrer un coup qui lui fera voir des étoiles. Je t'appuierai si je suis là, mais connaissant Valencia, elle attendra le moment où je n'y serai pas.

Je soupirai.

— Tu as probablement raison.

— Je sais que j'ai raison, dit Bianca. La première fois que Valencia s'en prendra à toi, tu dois la remettre à sa place de façon à lui faire comprendre clairement que s'attaquer à toi affectera la seule chose qui compte pour cette salope.

— Qui est ?

— Son portefeuille.

— Tu es sérieuse ?

— Je ne pourrais l'être davantage, dit Bianca. L'emploi du temps des filles n'est-il pas l'une de tes nouvelles responsabilités ?

— Si, et donner un planning lamentable à Valencia aurait un impact direct sur son portefeuille. Mais ça ne pourrait pas se retourner contre moi ? Valencia est la grande vedette du club. Si elle se plaint des changements de son planning, Stone annulera probablement ma décision. Et je ne voudrais pas risquer de faire du tort aux recettes du club, ce ne serait pas professionnel.

— Il y a une autre solution, dit Bianca. Laisse-moi t'expliquer.

17

CHAPITRE DIX-SEPT

Le lendemain de ma conversation avec Bianca, un vendredi après-midi pluvieux, je me préparai pour ma première journée de travail comme chef adjoint au Club des gentlemen. Je revêtis mon plus beau tailleur Armani, que j'avais trouvé à une vente de Neiman Marcus, deux ans plus tôt. Des bijoux discrets, un chignon soigné et un maquillage léger complétèrent une apparence adéquatement professionnelle, selon moi, et j'espérai que Stone penserait de même.

Lorsque je retrouvai Nick dans son bureau pour lui souhaiter une bonne journée, il se leva, contourna son bureau et m'étudia avec satisfaction.

— Tu as l'air très professionnelle, dit-il. Je ne t'ai jamais vue en tailleur avant aujourd'hui et je dois avouer que ça m'excite.

Je m'approchai davantage et passai un doigt le long de sa mâchoire.

— Vraiment ?

Il plaça ses mains sur ma taille et me fixa d'un regard si brûlant que j'aurais voulu qu'il me prenne ici et maintenant, sur son bureau, en envoyant valser les papiers autour de nous. Lorsque j'imaginai ses mains fortes remonter ma jupe sur mes cuisses et déchirer ma petite culotte, un frémissement de désir me parcourut.

— Tu sembles si collet monté et professionnelle, dit-il. Ça me donne envie de t'arracher ce tailleur et de te prendre.

La tentation était si forte, mais je ne pouvais risquer d'arriver en retard à mon premier jour de travail. Avec un pincement au cœur, je repoussai mes pensées torrides. L'idée alléchante de faire l'amour sur le bureau de Nick devrait attendre, mais ça ne signifiait pas qu'elle devrait attendre longtemps.

Je l'embrassai légèrement sur les lèvres.

— Tu pourrais peut-être t'en occuper à mon retour ce soir.

Il me lança un regard qui aurait pu transpercer de l'acier.

— Peut-être bien.

— Si tu es réveillé, dis-je. Tu n'as pas besoin de m'attendre ce soir.

Bien que mon nouveau poste ne me fasse pas terminer aussi tard que mon ancien travail, ce soir je devais travailler jusqu'à minuit. Et Nick avait travaillé de longues heures depuis notre retour à New York. Les traces de fatigue sur son visage séduisant me préoccupaient et s'il dormait à mon retour, je ne le réveillerais pas... même si le simple fait de le regarder m'excitait terriblement.

— Je travaillerai probablement encore, dit-il. Maintenant que les choses sont à nouveau en marche avec Centerpost, j'ai beaucoup à faire. Entre Centerpost et le temps consacré à l'enquête de Rocco, il n'y a pas assez d'heures dans une journée. Mais nous avançons. Aujourd'hui, la banque d'Endicott a confirmé que les billets utilisés pour payer nos agresseurs provenaient de l'une de leurs succursales de Manhattan.

— Rocco et toi êtes trop forts. Je suis impressionnée par tout ce que vous avez accompli en si peu de jours, mais tu sembles fatigué.

— Je me sens fatigué, dit-il. Mais il y a encore à faire.

— Tu devrais peut-être faire une sieste. Dormir une heure ou deux pourrait te donner un regain d'énergie.

Ses lèvres s'étirèrent en un sourire lent.

— Ce n'est pas une mauvaise idée. Je vais régler l'alarme pour deux heures. Ce devrait être suffisant pour une soirée de travail, et pour m'assurer que je suis éveillé à ton retour, prêt à déchirer ce tailleur.

~

Lorsque j'arrivai au Club des gentlemen, Stone me montra mon nouveau bureau, à plusieurs portes de son propre bureau, qui était déjà équipé de meubles simples, mais fonctionnels, y compris une chaise Aeron, un bureau en bois stratifié qui semblait venir du Ikea, et un ordinateur de bureau. Les murs blanc cassé étaient nus, et je décidai qu'avec le temps j'y installerais une affiche ou deux pour donner à cette pièce morne une touche de couleur bien nécessaire.

Avec un geste de sa main manucurée, Stone indiqua la rangée de classeurs, chacun contenant cinq tiroirs, qui occupaient tout un mur de cinq mètres de long.

— Ton premier projet, dit-elle. Max et moi nous sommes occupés du classement pendant des années et la pagaille qui en est ressortie ne peut être décrite que comme un croisement entre l'anarchie et l'entropie. Fais le tour. Mets-y de l'ordre. Arrange le tout pour que je puisse trouver ce qu'il me faut sans avoir l'envie de mettre le feu à toute la pièce.

— Voulez-vous que j'utilise un système de classement particulier ?

Elle frémit légèrement avant de couvrir ses yeux d'une main.

— Des systèmes ? Chérie, je gère des strip-teaseuses, pas des *systèmes*. La raison même de ton existence est de me sauver de l'horreur de ces... euh... systèmes.

— Pas de problème, dis-je. L'une de mes responsabilités dans mon emploi précédent était de gérer un système de classement complexe.

— Ça sonne comme une maladie.

— Croyez-moi, madame Stone, ce n'est pas le cas. C'est uniquement un système pour...

Elle me foudroya du regard.

— Pas ce mot encore.

— Ce n'est qu'un mot.

— Un mot qui me donne de l'urticaire.

J'essayai à nouveau.

— Vous voulez que je fasse le tour des dossiers et que je les organise.

Elle eut une expression triomphante.

— Précisément. Pourquoi était-ce si difficile à comprendre ? Tu m'as pourtant toujours semblé une fille raisonnablement intelligente.

Je réprimai un grognement.

— Je commencerai à tout organiser aujourd'hui.

— Quand auras-tu terminé ? demanda-t-elle.

— Je ne le saurai pas avant d'avoir jeté un œil aux dossiers. Je pourrais vous donner une estimation de temps ce soir avant de partir ?

Elle soupira.

— Je suppose que ça fera l'affaire.

— Je m'y mets tout de suite.

— Bien, dit-elle avant de pointer un dossier sur mon bureau. Mais avant, remplis ta documentation d'embauche.

— Bien sûr.

— Ne m'interromps pas. Assure-toi que tes identifiants de courriel et de réseau fonctionnent. Tu trouveras cette information dans ton dossier aussi.

J'attendis qu'elle continue, mais elle resta silencieuse.

— Je m'en occupe.

— Une fois la documentation remplie, assure-toi de la mettre dans le tiroir intitulé « Personnel ». Sinon, elle est sûre de disparaître pour toujours.

Avec un claquement de ses Louboutin de huit centimètres, elle se tourna et passa la porte. J'étais sur le point de laisser échapper un soupir de soulagement, lorsque sa tête à la coupe impeccable réapparut dans l'encadrement de la porte, avec une expression qui frisait le sourire.

— Appelle-moi Isabella à partir de maintenant. J'entends suffisamment de « madame Stone » ici.

Et sur ces mots, elle me laissa à ma tâche.

18

CHAPITRE DIX-HUIT

La suite de mon premier jour de travail fut calme et Stone sembla satisfaite d'apprendre que je pourrais terminer la réorganisation des dossiers du club en une semaine.

Le lendemain soir, lorsque Stone entra dans mon bureau à vingt-et-une heures trente, j'étais ensevelie sous les piles de dossiers qui couvraient le bureau et pratiquement tout le plancher. J'étais à genoux, fouillant dans un tiroir du bas lorsque Stone contourna avec précaution les piles et s'arrêta derrière moi, les mains sur les hanches.

— Ça me semble pire qu'avant, dit-elle.

— En effet, acquiesçai-je, en ajoutant un dossier sur une pile. Mais lorsque j'en aurai terminé, tu pourras trouver ce que tu cherches en quelques secondes.

— Tu aimes vraiment ce genre de trucs ? demanda-t-elle.

— Je n'irais pas jusque-là, dis-je. Mais je serai satisfaite une fois le travail accompli, en sachant que le résultat nous fera gagner du temps à toutes les deux.

— À ce propos, j'ai besoin de toi à l'étage pour rassembler les lapines avant les danses de vingt-deux heures. Je m'en occuperais moi-même, mais l'une des nouvelles filles est en larme dans mon bureau.

— Que s'est-il passé ? dis-je en me relevant.

— Il semblerait que Valencia ait jeté au visage de Céleste que sa chevelure ressemble à une horrible perruque qu'elle aurait volée au supermarché du coin, ce qui n'est pas très loin de la vérité.

— Les autres ont ri, je suppose ?

— Oui, ce qui est malencontreux, dit Stone. Je vais devoir passer une heure à apaiser Céleste, parce qu'elle est sur le point de donner sa démission et ça ne me plaît pas.

— Pourquoi ? demandai-je, curieuse.

— Je peux reconnaître le potentiel lorsque je le croise, et cette fille en a des tonnes. Elle sait danser et elle a un corps de déesse. Il ne lui reste plus qu'à travailler sa coiffure et son maquillage.

Me rappelant le conseil de Bianca, je pris un risque.

— Crois-tu que Valencia se sente menacée par le talent de Céleste ?

Selon Bianca, le meilleur moyen de remettre Valencia à sa place était de promouvoir et d'encourager le potentiel des autres. Si quelques filles devenaient des vedettes, Valencia perdrait alors sa place privilégiée.

Stone leva les bras au ciel.

— Probablement. Mais ça peut être n'importe quoi d'autre qui défrise Valencia. Non que ça change quoi que ce soit. Valencia est l'une des meilleures danseuses que j'aie embauchées et, si je parviens à mes fins, Céleste en sera une autre. Elles devront simplement apprendre à se tolérer.

Elle jeta un œil à sa montre avant de me fixer du regard.

— Maintenant, remue ton postérieur jusqu'à l'étage pendant que je tente l'impossible.

— Qui est ?

Elle pinça les lèvres.

— Donner du cran à Céleste.

~

Une fois en haut de l'escalier menant aux loges, je parcourus les rangs de filles à leur station, et fus soulagée de constater qu'elles semblaient toutes prêtes ou presque. Quelques-unes mettaient la dernière touche à leur maquillage et il semblait que les danses de vingt-deux heures pourraient commencer sans aucun accrochage. Bianca ne travaillait pas ce soir, mais par chance, Valencia et sa cousine, Lucrezia, n'étaient pas non plus dans la pièce. Heureuse de pouvoir me dégourdir les jambes après des heures de classement, je m'attardai quelques minutes et en profitai pour me présenter aux nouvelles danseuses que je n'avais pas encore rencontrées.

C'est alors que Valencia entra dans la pièce. Comme toujours, la brunette voluptueuse était impeccable. Ses boucles noires flottaient avec grâce autour de ses épaules, son bustier rouge et sa courte jupe assortie complimentaient sa peau sombre et son maquillage accentuait ses yeux exotiques légèrement bridés.

— Eh bien, dit-elle en s'approchant. Qui avons-nous là ?

Elle tourna autour de moi et releva le col de mon tailleur d'une chiquenaude de son ongle parfait.

— Mademoiselle Pas d'extra. La nouvelle esclave de Stone. Quelle histoire pathétique as-tu racontée à Stone, de toute façon ? Ce devait être une sacrée histoire pour qu'elle te laisse te dandiner ici accoutrée comme une secrétaire de Wall Street, te comportant comme si tu nous étais supérieure.

— Je n'avais pas besoin d'histoire pathétique, dis-je d'une voix calme. Et ça n'a rien à voir avec le fait d'être supérieure. Stone m'a embauchée comme chef adjoint en raison de mon expérience en gestion.

Valencia ouvrit grand un bras, comme pour dévoiler une statue.

— Regardez-la, les filles, et constatez le pouvoir de *l'expérience en gestion*. Son curriculum vitae soulignait sans conteste sa vaste expérience en fellation. Et pas n'importe quelle expérience. Il s'agit tout de même de Nick Santoro.

À ces mots, plusieurs filles ricanèrent. Elles avaient manifestement entendu les mêmes ragots que Bianca m'avait rapportés lorsque j'avais rencontré Nick pour la première fois.

Je m'avançai d'un pas vers Valencia.

— Laisse Nick tranquille. Ça ne concerne que nous deux.

Valencia me rit au nez.

— Et puis quoi encore, salope. Ce club n'a jamais eu de plus grande vedette que moi, et je ne vais pas me gêner. Même Stone sait qu'elle ne peut pas s'en prendre à moi.

Il était temps de rabaisser le clapet de Valencia, et j'espérais que la stratégie que j'avais mise sur pied avec Bianca serait couronnée de succès. Sinon, je ne savais que faire sans mettre en danger mon poste. Je pris alors une grande inspiration et lançai le coup d'envoi.

— Si c'est ce que tu crois, tu es plus cinglée que je le pensais. Tu n'es pas la seule vedette, ou vedette potentielle, dans cette pièce. Les vedettes peuvent monter, et elles peuvent tomber tout aussi vite. Surtout avec un nouveau chef adjoint, qui est justement responsable des emplois du temps.

L'atmosphère dans la pièce changea et je sus que j'avais toute l'attention des filles. Au Club des gentlemen, un bon planning se traduisait par de l'argent en banque.

Valencia leva les yeux au ciel.

— Et alors, Pas d'extra ? Vas-y. Amuse-toi. Joue avec mon emploi du temps. J'irai voir Stone et menacerai de démissionner. Elle virera alors ton stupide derrière.

J'avançai d'un autre pas vers Valencia et pointai un doigt vers son visage méprisant.

— Je n'ai pas l'intention de toucher à ton précieux planning. Ce n'est pas nécessaire. Mais je ferai tout mon possible pour aider et soutenir chacune des femmes dans cette pièce, sauf toi. Avec mon aide, de nouvelles vedettes verront le jour. Avec mon appui, ces vedettes pourront rivaliser avec toi. Et avec le temps, tu sais, lorsque tes faux seins commenceront à s'affaisser, certaines surpasseront ton succès.

Valencia rit à nouveau, mais cette fois-ci, son rire sembla forcé.

— Vraiment ? dit-elle. Mes faux seins ? Allons.

D'un geste, elle indiqua les filles qui nous entouraient.

— Comme si l'une de ces pathétiques sottes pouvait rivaliser avec mon expérience. Je gagnais déjà des centaines de milliers de dollars lorsqu'elles portaient encore des appareils orthodontiques.

J'applaudis lentement, avec sarcasme.

— Bravo, Valencia. Je ne saurais mieux le dire. Tu approches de ta date de péremption en tant que danseuse, et nous savons toutes que la chirurgie plastique a ses limites.

Les gloussements étouffés qui résonnèrent derrière moi me confirmèrent que, pour le moment, les filles étaient de mon côté, ce qui me donna de l'assurance. Bianca avait vu juste, la meilleure façon de s'en prendre à Valencia était de viser sa peur de la concurrence.

Valencia rejeta sa chevelure noire et me foudroya du regard.

— J'ai fait un peu de chirurgie, et alors ? Puisque nous en parlons, tu devrais envisager de réduire de cinq kilos ce derrière, à moins que tu n'essaies de ressembler à une Kardashian.

Je lui souris doucement.

— Des insultes de Kardashian ? C'est vraiment le mieux que tu puisses faire ? C'est vrai, mes fesses sont plus larges que d'autres, et je sais comment les remuer comme les meilleures d'entre elles, mais j'ai aussi d'autres talents qui me permettront de bâtir une carrière qui me rapportera toute ma vie. S'il y a quelqu'un ici qui a besoin d'une bonne dose d'expertise en gestion, c'est toi, espèce de harpie. À moins que ton unique ambition soit de devenir une épave de strip-teaseuse. Je pourrais t'aider, mais je ne le ferai pas. Pas tant que tu ne changeras pas et que tu n'arrêteras pas de traiter les gens comme de la merde.

Les yeux noirs de Valencia étincelaient de colère.

— Espèce de petite pute. Je vais faire ce qui me plaît. Tu n'es pas ma patronne, peu importe quel poste Santoro t'a déniché en échange de tes talents au lit.

Je la fixai du regard.

— Je te l'ai déjà dit, je ne suis pas du genre à chercher la bagarre. Avec personne, toi comprise. Mais écoute-moi bien. Si tu continues de manquer de respect ou d'intimider qui que ce soit ici, je t'anéantirai, Valencia. Et si je m'y attelle, attends-toi au pire.

Sur ces mots, je sortis de la pièce.

19

CHAPITRE DIX-NEUF

Après ma confrontation avec Valencia, les deux nuits suivantes au club se passèrent sans incident. Le lundi soir, le dédale de dossiers empilés qui jonchaient le plancher de mon bureau s'était réduit considérablement, et j'étais persuadée qu'une autre soirée de travail suffirait à terminer la réorganisation des dossiers du club.

Après un déjeuner matinal le mardi, soit une journée avant le gala de la Croix rouge, je me préparai à partir pour un après-midi de shopping avec Bianca. Je choisis un chemisier en soie blanche et un pantalon léger beige. J'y ajoutai une écharpe, des boucles d'oreille, et une touche de maquillage avant de nouer mes cheveux en un chignon lâche et d'enfiler mes talons les plus confortables. Connaissant le perfectionnisme de Bianca, je savais que je pourrais être appelée à passer des heures debout, à essayer des dizaines de robes, mais ça ne m'empêchait pas de lui être grandement reconnaissante de son soutien. Maintenant que je comprenais l'importance du gala pour Nick, j'étais déterminée à ne pas le laisser tomber.

J'enfilai mon trench-coat marine, en serrai lâchement la ceinture et jetai mon sac à main sur une épaule, avant de me diriger vers le bureau de Nick pour lui dire au revoir.

Lorsque j'entrai, il leva les yeux et croisa mon regard.

— Tu pars ?

Je contournai le bureau, me penchai et l'embrassai sur les lèvres.

— Oui. Amira devrait frapper à la porte d'une seconde à l'autre pour m'avertir que la voiture est prête.

— Comment se passent les choses avec ta garde du corps ? demanda-t-il.

— Rocco a bien choisi, dis-je. Amira est très professionnelle, mais aussi sympathique. Les trajets entre le club et ici m'ont permis de passer du temps avec elle, et j'apprécie sa compagnie. Elle est très intelligente et a un excellent sens de l'humour.

Il m'attira sur ses genoux d'un bras et prit ma joue en coupe de l'autre main.

— Puisque je ne peux pas être là, je préférerais qu'Amira vous accompagne, Bianca et toi, dans les boutiques. Je m'inquiéterai moins si je sais qu'elle est avec vous.

— D'accord, dis-je. Je suis convaincue que Bianca appréciera autant que moi Amira.

— J'ai hâte de voir vos trouvailles, dit-il.

— Moi aussi. Lorsque Bianca et moi trouverons la robe parfaite, et connaissant Bianca, nous la trouverons, je t'enverrai une photo par texto.

Il haussa un sourcil.

— Bonne idée. Ce sera une journée morne de paperasse, alors une photo sexy sera une distraction bienvenue.

Je croisai son regard.

— Je m'occuperai de te distraire… ce soir.

Ses lèvres s'étirèrent en un lent sourire.

— Je te le rappellerai.

Je l'embrassai à nouveau.

— Te retrouver à la maison présente de réels avantages.

Il soutint mon regard.

— Comme ?

Je traçai ses lèvres pleines d'un doigt.

— Voyons voir. Tout d'abord, il y a l'anticipation. Savoir que dans quelques heures, puis dans quelques minutes, je passerai la porte et apercevrai ton visage séduisant.

— L'anticipation est une bonne chose, dit-il. J'adore entendre le bruit de la porte en sachant que c'est toi.

— Puis, il y a ce sentiment que la journée est terminée. Je ferme la porte sur cette journée et je salue la nuit… à tes côtés.

Il resserra le bras autour de ma taille.

— Il n'y a rien de mieux.

Après avoir quitté l'immeuble de Nick, accompagnée d'Amira et d'un deuxième garde du corps qui faisait office de chauffeur, nous nous arrêtâmes à l'appartement de l'East Village que je partageais normalement avec Bianca.

— Notre prochain arrêt sera Bergdorf, dis-je au chauffeur.

— Sept cent cinquante-quatre Cinquième avenue, dit Amira, assise aux côtés du chauffeur.

Lorsque Bianca sortit sur le trottoir, je vis que nous étions vêtues de façon semblable, bien que son manteau soit d'un rouge vif, avec un col à revers surdimensionné et audacieux. Sa longue chevelure blonde raide tombait en vagues chatoyantes sur ses épaules et de larges lunettes de soleil complétaient l'ensemble.

Lorsque le chauffeur l'aida à s'installer dans la limousine de Nick, je lui présentai Amira, avant de relever la vitre de communication. Bien que j'étais maintenant à l'aise en présence d'Amira, Bianca et elle ne se connaissaient pas et je voulais que ma meilleure amie se sente à l'aise pour parler librement.

— Je pourrais m'y faire, dit-elle, en s'asseyant devant moi, s'enfonçant dans l'un des confortables fauteuils en cuir qui couvraient les murs de l'espace passager. Courir les boutiques dans le confort et avec assez d'espace pour toutes nos emplettes.

— Je ne sais pas si je vais m'y faire un jour, dis-je. Nick me traite comme une princesse, mais je reste la même fille du Vermont que j'ai toujours été. J'apprécie peut-être tout ce qu'il fait pour moi, mais je l'aimerais autant s'il n'avait pas un sou.

— Évidemment, dit Bianca. Tu n'as jamais été superficielle.

— Toi non plus, dis-je. Tu aimes simplement prétendre le contraire.

Alors que le véhicule démarrait, elle retira ses lunettes de soleil et les rangea dans son sac à main.

— Probablement. Le monde de la mode est si compétitif, je dois garder mes défenses érigées. Sauf avec mes amis, et Dieu sait que je n'en ai pas beaucoup.

— C'est le cas pour tout le monde. Les véritables amis sont extrêmement rares.

— Je suis bien d'accord, dit-elle. Mais dans les arts, c'est pire. Si tu savais toutes les saloperies qui se passent dans les coulisses du défilé de mode que je prépare. Plus nous approchons de la date, plus les couteaux volent bas.

— Comment avancent les préparatifs ? dis-je.

— Bien. Comme tu le sais, j'ai pris congé du club, et je travaille tard, mais j'aime les idées qui me viennent et c'est vivifiant de me jeter dans la conception de nouvelles pièces.

— Tu me le dis si je peux faire quelque chose, dis-je. Je suis sérieuse. Si tu as besoin de moi, je serai là.

— Tu es un amour, mais ne t'inquiète pas. Tout est réglé. Et puis, aujourd'hui, c'est ta journée, pas la mienne. Nous devons tout faire pour que tu prennes d'assaut le gala de la Croix rouge.

Lorsque nous arrivâmes chez Bergdorf, Amira nous accompagna jusqu'à l'entrée en arcades de l'immeuble de marbre blanc, puis à l'intérieur. Quelques secondes après notre arrivée, une jeune femme s'approcha de nous. Grande et élancée, avec un teint de porcelaine, des traits classiques et une chevelure bouclée auburn qui effleurait ses épaules, elle aurait pu être mannequin.

— Puis-je vous être utile ? dit-elle. Mon nom est Charlotte et je suis une styliste personnelle de Bergdorf.

— Nous sommes à la recherche d'une robe de soirée pour mon amie Ilana, dit Bianca, en me pointant du doigt. Nous pensions à quelque chose de rétro, avec une touche du glamour des années trente et, idéalement, tout nouveau. La robe est pour une soirée prochaine et elle préférerait être la seule dans cette tenue.

Charlotte me sourit.

— Pouvez-vous retirer votre manteau et faire un tour sur vous-même ?

Je m'exécutai, me sentant plutôt ridicule alors qu'elle examinait ma silhouette.

— Vous semblez faire une taille trente-six, dit-elle.

— C'est généralement le cas, répondis-je, sauf si la robe est étroite aux hanches, auquel cas je suis plus près d'un trente-huit.

— J'ai plusieurs options, dit-elle. Laissez-moi vous accompagner à la salle d'essayage, puis je vous apporterai les robes.

Nous la suivîmes jusqu'à une salle d'essayage circulaire contenant une étagère pour accrocher les vêtements, un grand miroir à trois panneaux encastré dans le mur, et plusieurs fauteuils recouverts d'un tissu or pâle. Un doux éclairage blanc irradiait de quatre luminaires uniformément espacés au plafond.

— Puis-je vous offrir du thé ou du café ? demanda Charlotte. Ou de l'eau ?

Bianca et moi demandâmes du café et Amira, un verre d'eau, que Charlotte s'empressa de nous servir avant de disparaître, en nous promettant de revenir dans quelques minutes.

Lorsque nous nous retrouvâmes seules, Bianca croisa les doigts.

— Pour la chance, dit-elle. Je n'ai jamais travaillé avec Charlotte, mais nous lui donnerons sa chance. Si elle nous fait défaut, nous passerons à la section Marc Jacobs. Sa collection d'automne a une ou deux robes qui pourraient fonctionner. Et Armani a une robe bustier en dentelle qui serait sublime.

— Armani a ma préférence, dit Amira. Évidemment, tout, et je dis bien tout, doit être raccourci. À moins que ce ne soit un modèle « petite ».

— Tu dois trouver des merveilles dans les étagères en soldes, par contre, dit Bianca. Tu es si élancée, tu dois faire du trente-quatre. À côté de toi, je me sens comme une girafe.

— Et moi, comme un éléphant, dis-je. Pour moi, tout est une question de hanches et de fesses. Peu importe le nombre de kilomètres courus, j'aurai toujours un peu plus de rembourrage là.

Amira nous sourit.

— Je suppose que nous avons tous nos complexes.

— Oh, oui, dit Bianca. En ce moment, je me sens tellement sexiste. Lorsqu'Ilana m'a dit qu'elle aurait un garde du corps, je m'attendais à un colosse du nom de Biff ou Thor, même si je suis sûre que tu es tout aussi dangereuse.

Amira rit.

— Biff, Thor… c'est le stéréotype. Mais de nos jours, de plus en plus de femmes se tournent vers la sécurité. Ce qui fait ma force dans l'équipe d'Ilana, c'est que je peux l'accompagner partout, comme dans cette salle d'essayage ou aux toilettes. Des endroits où un garde du corps masculin devrait patienter à l'extérieur.

À cet instant, Charlotte revint avec une pile de robes.

— Commençons par celles-ci, dit-elle.

Bianca attrapa l'une des robes.

— Essaie celle-ci en premier. C'est l'une des nouvelles robes de Marc Jacobs que j'avais repérée pour toi.

Je me déshabillai et passai la robe par-dessus ma tête. Dès que la robe fut en place, Bianca secoua lentement la tête.

— C'est une magnifique robe, mais maintenant que je la vois sur toi, je ne crois pas que sa coupe te convienne.

La robe suivante était trop serrée au niveau des fesses.

Et l'autre en dévoilait trop, sa jupe était si transparente que mes jambes étaient visibles jusqu'à mon entrejambe.

Lorsque j'enfilai la quatrième robe, Bianca hésita.

— Pas mal, dit-elle enfin. Mais je crois que nous pouvons faire mieux.

Charlotte prit la dernière robe, coupée dans un tissu or bruni et sombre qui scintilla entre mes mains lorsque je la lui pris.

— Vous ne reconnaîtrez pas le nom de la styliste, mais cette robe est une perle, dit-elle. Yuko Morii est peut-être relativement inconnue en ce moment, mais dans quelques années, elle sera une véritable vedette.

La robe était splendide, mais je commençais à m'inquiéter. Et si c'était un autre fiasco ? Combien d'autres boutiques devrions-nous faire avant de trouver quelque chose qui répondait aux attentes de Nick ?

Mais lorsque je me regardai dans le miroir, ce que j'y vis me coupa le souffle. C'était la bonne. Elle était parfaite et, mieux encore, je savais qu'elle plairait à Nick.

En or bruni sombre et sans bretelle, avec un décolleté en cœur et un corsage ajusté, la jupe s'évasait sur mes cuisses et amincissait et contrebalançait mes hanches. Le corsage était une superposition de dentelle or métallique plus clair formant un motif floral stylisé qui se décomposait graduellement en feuilles tombantes à partir de mes hanches. L'effet était accentué par la construction de la jupe, qui était pareillement superposée, la couche supérieure translucide donnant une impression de mouvement.

— Elle complimente ta silhouette, dit Charlotte. Et le motif du corsage fait années trente.

— C'est vrai, dit Bianca. Est-elle sur le marché depuis longtemps ?

— Nous venons de la recevoir, dit Charlotte. Elle ne pourrait être plus récente. Et puisque la majorité des clientes préfèrent les grands noms, nous ne l'avons pas encore vendue.

— Je l'adore, dis-je. Bianca, tu pourrais me prendre en photo avec mon téléphone ? J'aimerais l'envoyer à Nick.

Elle me lança un regard de connivence.

— Un petit sexto, c'est ça ?

Nous éclatâmes toutes de rire, Charlotte aussi.

— Pourquoi pas ? dit Amira. J'envoie tout le temps des photos à mon copain, et il préfère sans conteste les photos sexy.

Je levai les yeux au ciel.

— *J'avais* l'intention de lui envoyer une simple photo avec la robe. Mais maintenant, vous m'avez donné des idées osées.

— Ben voyons, dit Bianca. Tu n'as que des idées osées en tête.

Elle sortit le téléphone de mon sac à main et regarda Amira et Charlotte.

— Ilana est follement amoureuse, et son homme compte parmi les bons types, si je puis dire. Les regards qu'il lui jette sont assez torrides pour faire craquer la peinture sur les murs.

— Je peux en témoigner, dit Amira.

— Félicitations, dit Charlotte en souriant.

— Merci, dis-je. Je me sens très chanceuse.

— Allez, chérie, dit Bianca. Prends la pose.

Je plaçai une main sur ma hanche, pris la pose et souris, pensant à Nick pendant que Bianca s'activait autour de moi.

— Laisse tomber ton menton, dit-elle. Voilà. Regarde-moi. Je vais prendre une photo de ta poitrine.

Je m'efforçai de rester de marbre, mais l'envie de rire était si grande que j'avais peine à respirer.

— De l'oxygène, dit Bianca. Tu es sur le point d'exploser. Même tes seins sont rouges.

— J'essaie de ne pas rire, bordel.

— Pense à quelque chose de sérieux, dit-elle en pointant le téléphone vers moi. Un jean mal placé. Du verre brisé. Des plantes mourantes.

Je réussis avec peine à me reprendre et Bianca prit encore plusieurs photos avant de me tendre le téléphone.

Après avoir fait le tour des photos, j'en choisis deux. La première me montrait en pied, mais la deuxième était une photo impudique de mon décolleté qui s'arrêtait juste au-dessus de mes lèvres entrouvertes.

J'ai trouvé une splendeur chez Bergdorf. Je pense à toi.

La réponse de Nick arriva au moment où je finissais de m'habiller.

La robe est parfaite. Mais ne t'attends pas à l'avoir sur le dos bien longtemps.

— Qu'a dit Nick ? demanda Bianca.

— Il, euh, aime la robe.

— Allons ! dit-elle. Il a dit autre chose. Je te connais. Crache le morceau !

— Bon ! Il a dit que je ne devais pas m'attendre à l'avoir sur le dos bien longtemps.

Elle me lança un regard satisfait.

— Eh bien, mission accomplie. Nous avons une robe fabuleuse, et elle a été approuvée par ton mec. Pour les chaussures, il y a une pompe de Jimmy Choo en dentelle métallique qui sera parfaite, je le sais.

— Nous l'avons ici, dit Charlotte.

— Nous les prendrons en quarante, dit Bianca. Prochain arrêt, les bijoux. Pour ça, nous irons chez Leighton.

Chez Leighton, Bianca se dirigea directement vers une vitrine arborant des parures de diamants vintage, et Amira et moi la suivîmes.

— Nous aimerions voir ce collier, dit-elle au vendeur d'âge moyen qui s'approcha de nous, en désignant un collier qui devait être excessivement dispendieux vu le nombre impressionnant de diamants qui l'ornaient.

Le vendeur ouvrit la vitrine, souleva le collier et le posa devant nous.

— C'est un Cartier, dit-il. Il a été créé en 1935, et il vient avec une armature pour le porter comme parure sur la tête.

En l'admirant de plus près, je pus apprécier davantage la beauté et la complexité du collier. Des plaques ajourées pavées de diamants, variant en taille, alternaient avec des diamants baguettes, et s'amincissaient en une simple ligne de diamants circulaires dans le dos.

— Il est splendide, dis-je. Mais il est peut-être trop cher.

Bianca leva les yeux au ciel.

— Essayons-le.

— Allez-y, dit le vendeur en m'encourageant d'un sourire. Admirez le résultat.

Bianca le prit, l'attacha à mon cou, puis défit deux boutons de mon chemisier, qu'elle arrangea approximativement comme le décolleté de la robe que je venais d'acheter. Puis, elle recula d'un pas et m'observa d'un œil critique.

— Il est magnifique, dit-elle. Et il sera fabuleux avec ta robe.

Le vendeur prit un miroir qui se trouvait sur la vitrine adjacente, le plaça devant moi et en ajusta l'angle pour que je puisse m'admirer.

— Les proportions du collier vous conviennent, dit-il. Voyez par vous-même.

Lorsque je me regardai dans le miroir, je ne pus qu'admettre que Bianca et lui disaient vrai. Le collier avait la bonne longueur pour ma robe et tout en laissant courir les doigts sur les pierres scintillantes, je sus que Nick l'aimerait, mais le prix m'inquiétait. Je n'étais peut-être pas une experte en bijoux vintage, mais j'en savais suffisamment pour m'attendre à un prix dans les centaines de milliers pour ce collier.

Bianca se tourna vers le vendeur.

— Serait-ce trop demander aux dieux des bijoux que de trouver des boucles d'oreille assorties ?

— À proprement parler, oui, dit-il gravement, un pétillement dans le regard. Toutefois, j'ai plusieurs boucles d'oreille en diamants de la même époque. Une paire en particulier compléterait magnifiquement le collier.

— Voyons voir ça, dit Bianca.

Il sortit d'une vitrine avoisinante des boucles d'oreille qu'il tint devant Bianca.

— Ce sont également des Cartier. Comme pour le collier, la monture est en platine.

Ancrées par un diamant circulaire entouré d'un anneau de diamants plus petits, les tiges étaient séparées d'un anneau de diamants en forme de larme par un unique diamant circulaire. Au centre de chaque anneau, un gros diamant en forme de larme se balançait et étincelait dans la lumière.

Bianca les prit, passa derrière moi, retira doucement mes boucles d'oreille avant de fixer les diamants à mes oreilles.

— Ces boucles d'oreille sont parfaites pour le collier, dit Amira.

— La longueur est idéale, dit Bianca en me tournant face à elle. Maintenant, il ne nous manque plus que le bracelet pour compléter l'ensemble.

— Non, dis-je en lui jetant un regard. Le bracelet de diamants que Nick m'a offert à Paris ira très bien avec ce collier et ces boucles d'oreille.

Je regardai le vendeur.

— Combien pour les deux ?

Lorsqu'il me dit le prix, la tête me tourna. Trois cent cinquante mille dollars ? D'où je venais, c'était suffisant pour acheter une maison. J'avais bien fait de mettre un terme aux recherches de Bianca avant qu'elle ne jette son dévolu sur un bracelet de quelques centaines de milliers de dollars.

Je la regardai.

— Avant de prendre une décision, je dois envoyer une photo à Nick, avec le prix.

Elle haussa les épaules.

— Vas-y. Mais nous savons toutes deux ce qu'il dira.

Je pris mon téléphone dans mon sac à main et le lui tendis.

— Ça n'a pas d'importance. Je ne dépenserai sûrement pas ce montant avant de lui en parler.

Elle prit plusieurs photos avant de me remettre le téléphone. J'envoyai une photo à Nick, accompagnée d'un court message.

Nous sommes chez Leighton. Le collier et les boucles d'oreille sont des

Cartier des années trente. Le prix est de trois cent cinquante mille dollars, ce qui me semble excessif. Qu'en penses-tu ?

Quelques secondes plus tard, mon téléphone sonna et afficha le nom de Nick.

Lorsque je lui répondis, il semblait enjoué.

— Excellente trouvaille, je n'aurais pas mieux choisi moi-même.

— Vraiment ? dis-je. C'est beaucoup d'argent.

— Rappelle-toi ce que je t'ai dit au sujet du gala de la Croix rouge, de son importance. Dans certaines situations, il faut savoir compter chaque dollar, mais ce n'est pas le cas ici. Achète le collier et les boucles d'oreille, reviens à l'appartement et si Bianca a le temps, invite-la à prendre un verre. Dis-lui qu'un pichet de martini bien froid l'attendra.

Pendant que Nick et moi parlions, une idée me vint à l'esprit. Je savais que le montant que j'allais régler avec son argent était anodin pour lui, je comprenais l'importance du gala de la Croix rouge, mais une partie de moi restait mal à l'aise à l'idée d'accepter un autre de ces cadeaux extravagants. Lui offrir un cadeau équivalent n'était pas une option, mais maintenant que je travaillais à nouveau, je pouvais me permettre de lui offrir quelque chose. Je pourrais peut-être même dénicher quelque chose dans le style Art déco que Nick aimait tant, peut-être même de la même période que les bijoux qu'il m'avait achetés.

Après avoir mis fin à notre conversation, je remis le téléphone dans mon sac à main, puis me tournai vers le vendeur.

— Nous prendrons le collier et les boucles d'oreille, dis-je. Mais avant, j'aimerais jeter un œil à vos boutons de manchettes des années trente. Ce serait un achat séparé dans une fourchette de prix beaucoup plus basse.

— Combien êtes-vous prête à mettre ? demanda-t-il.

— De mille à mille cinq cents dollars.

— Suivez-moi, dit-il.

Bianca, Amira et moi le suivîmes jusqu'à une vitrine au fond de la boutique, de laquelle il sortit un plateau de boutons de manchettes qu'il posa sur le comptoir devant moi.

— J'aime ceux-ci, dit Bianca, en pointant une paire en argent avec un motif de rayon. Ils font vraiment Art déco.

— Ils me plaisent, dis-je en balayant du regard le plateau. Je ne suis pas sûre qu'ils plairaient à Nick par contre.

À ce moment, j'aperçus des boutons qui m'intriguèrent. Rectangulaires avec des coins taillés, les faces des boutons de manchettes présentaient un motif subtil de bandes verticales alternant avec des bandes ondulées. Entre les bandes, des lignes ondulées simples avaient été inversées pour former deux colonnes étroites de losanges stylisés. L'idée simple d'utiliser uniquement deux types de lignes pour créer un motif complexe me semblait judicieusement masculine, et j'étais persuadée que Nick les aimerait.

— Ceux-ci sont très beaux, dis-je.

— Un choix excellent, dit le vendeur. Il s'agit de platine et ils sont en état quasi parfait. Le travail en est exquis. Ils ont été créés par Carrington & Company à la fin des années trente.

— Je ne connais pas ce nom, dis-je.

— C'est le cas de la plupart des Américains. Carrington est une société britannique et est un bijoutier royal depuis plus de deux cents ans. La Reine Elizabeth possède de nombreux Carrington dans sa collection privée.

— Combien ? demandai-je en soulevant les boutons pour mieux les voir.

— Taxes incluses, le prix sera d'environ mille six cent cinquante dollars.

— Vendu ! dis-je.

Je posai à nouveau les boutons sur le comptoir et tendis ma carte bancaire au vendeur. Même si le prix était un peu plus élevé que ce que j'avais pensé mettre initialement, j'étais déterminée à offrir quelque chose de réellement spécial à Nick.

Tandis que le vendeur effectuait l'achat, je décidai de ne pas offrir les boutons de manchettes à Nick dès ce soir. Ce soir, mon petit cadeau serait uniquement éclipsé par l'extravagance du sien. J'attendrais plutôt demain, le soir du gala.

Entre-temps, je placerais mon cadeau sur le plateau supérieur de la boîte en acajou où il gardait ses boutons de manchettes. Si je mettais le reste du contenu de la boîte dans le plateau inférieur, il ne pourrait pas manquer ma petite surprise. Puisque le gala de la Croix rouge était un événement habillé, je savais que Nick, après avoir enfilé sa chemise, irait droit vers cette boîte pour sélectionner des boutons. Je souris en imaginant l'expression de son visage lorsqu'il ouvrirait la boîte et apercevrait mon cadeau à l'intérieur.

Pour une fois, la surprise de la soirée ne serait pas pour moi.

Elle serait pour lui.

20

CHAPITRE VINGT

Lorsqu'Amira nous laissa, Bianca et moi, à l'appartement de Nick, il était tout juste seize heures. Nous apportâmes les sacs contenant nos trouvailles dans la pièce à vivre et les laissâmes tomber sur le canapé, suivis par nos sacs à main. Les boutons de manchettes que j'avais achetés pour Nick étaient bien cachés au fond de mon sac à main, et Bianca avait promis de garder le silence.

Nick sortit de son bureau.

— Salut Bianca, dit-il. Vu les photos qu'Ilana m'a envoyées, il semblerait que la virée shopping se soit bien déroulée.

Il traversa la pièce jusqu'à moi, déposa un baiser léger sur mes lèvres et me couvrit d'un regard qui révéla à quel point il était heureux de me voir. Puis, il se recula et tourna son regard pour inclure Bianca.

— Attends de voir la robe et les bijoux sur Ilana, dit Bianca. Elle sera la coqueluche du bal.

— Sans aucun doute, dit Nick. Merci pour ton aide.

— Remercie-moi avec un martini, dit Bianca avec un sourire. Courir les boutiques, ça donne soif.

— Assieds-toi et mets-toi à l'aise, dit Nick en se dirigeant vers la cuisine.

Je fis mine de le suivre, mais il m'en empêcha.

— C'est bon. Je reviens dans une minute avec vos verres. Comme promis, il y a un pichet dans le réfrigérateur juste pour vous.

Je m'assis sur le canapé et Bianca m'y rejoint.

— J'ai encore peine à croire à notre chance d'avoir trouvé cette robe, dit-elle. Non seulement elle est à couper le souffle, mais personne d'autre ne la portera.

— Nous avons eu beaucoup de chance avec la robe, acquiesçai-je. Sans compter le collier et les boucles d'oreille.

— Bien d'accord, dit Bianca. Les courses de dernière minute sont normalement une véritable descente aux enfers, mais aujourd'hui, les dieux de la mode nous ont bénis.

Un instant plus tard, Nick revint avec un plateau en argent où se trouvaient nos martinis, et un verre de scotch pour lui. Après avoir posé le plateau sur la table basse, il s'assit dans un fauteuil près du canapé et leva son verre.

— Santé, dit-il. Grâce à votre succès d'aujourd'hui, Ilana et moi sommes prêts pour le gala de demain.

— À toi, dit Bianca alors que nous sirotions nos verres. Ilana n'aurait jamais accepté les bijoux si tu n'avais pas insisté, même après que je lui aie dit que des Cartier vintage étaient un meilleur investissement que l'immobilier.

Nick arbora un large sourire.

— Nous y sommes arrivés tous les trois ensemble.

À cet instant, la sonnette retentit.

— Je m'en occupe, dit Nick.

Il se leva et posa son verre sur la table basse.

— C'est probablement Vance ou Amira avec une livraison. J'attends quelques livres que j'ai commandés sur Amazon.

Mais lorsque Nick revint dans la pièce, l'expression de son visage me fit comprendre que quelque chose n'allait pas. Amira était à ses côtés, portant une grande boîte toute blanche qui semblait venir d'un fleuriste.

— Amira vient de m'informer que j'ai reçu une nouvelle menace, dit-il. Elle est dans la boîte.

— Nous avons examiné la boîte soigneusement, dit Amira.

Je remarquai qu'elle portait des gants en latex translucides.

— Nous avons effectué de nombreux tests et, même si rien de la boîte ou du contenu ne semble dangereux, ne touchez à rien. Je viens d'appeler Rocco après lui avoir envoyé des photos de la boîte et de son contenu et il a dit qu'Ilana et toi aimeriez la voir avant de la remettre à la police.

— Ouvre-la sur la table basse, dit Nick. Ilana et moi ne cachons rien à Bianca et nous pouvons tous y jeter un œil ici.

Je plaçai rapidement nos verres sur le plateau avant de le déplacer jusqu'à une autre table. Amira posa la boîte au centre de la table basse.

— Avant de l'ouvrir, je dois vous mettre en garde, dit-elle. Le contenu est troublant… et dégoûtant.

Lorsqu'elle souleva le couvercle, une odeur écœurante se répandit dans la pièce.

En voyant ce qui se trouvait à l'intérieur, je m'étouffai et en eus la nausée. Nick m'attira dans ses bras et me serra contre lui jusqu'à ce que mes spasmes s'estompent.

— C'est l'un de mes corsets du club, dis-je lorsque je pus à nouveau parler.

Lacéré et tâché d'un liquide sombre et visqueux qui ne pouvait être que du sang, mon corset rouge reposait au fond de la boîte. Par-dessus se trouvait la source de l'odeur, une masse de viande veinée et violacée avec des traces de gras jaune gluant. Il s'agissait d'un cœur, comme le révélaient les épais vaisseaux fibreux qui en saillaient. Un court couteau de cuisine avait été planté en son centre, retenant un morceau de papier taché sur lequel plusieurs lignes de texte avaient été imprimées en rouge vif.

Laisse tomber Centerpost aujourd'hui, Santoro.

Sinon, je te retournerai ta salope de strip-teaseuse dans une boîte comme celle-ci. Pas tout, seulement les quelques morceaux sanglants que tu mérites.

— Quel genre de cinglé ferait une telle chose ? dit Bianca.

— Le même cinglé qui a essayé de nous descendre il y a quelques semaines, dit Nick.

Il me relâcha et alla ouvrir les portes du balcon à l'autre bout de la pièce, laissant une brise d'air frais dissiper le gros de l'odeur écœurante.

— Endicott et Fripp. Mais avec ce que nous savons sur Fripp, je dirais que c'est l'une de ses contributions.

— Dites-moi que ce n'est pas un cœur, dit Bianca. Parce que ça y ressemble drôlement.

— C'est bien un cœur, et le liquide semble être du sang, dit Amira. Selon toute vraisemblance, ils proviennent tous deux d'un animal et ont été achetés chez un boucher. Mais nous ne le saurons avec certitude qu'une fois que la police aura terminé ses tests.

Elle se tourna vers moi et, lorsqu'elle parla, sa voix était douce.

— Ilana, es-tu sûre qu'il s'agit de ton corset et pas d'un corset semblable ou identique ?

— Je le reconnais à l'étiquette, dis-je en pointant un doigt tremblant sur l'étroit bout de tissu blanc fixé à l'intérieur du corset. C'était une grande étiquette rêche. Elle m'irritait la peau alors je l'ai coupée autant que possible. C'est mon corset. Je ne sais pas comment ils ont réussi à mettre la main dessus.

Nick revint vers moi et passa un bras autour de moi. Je m'appuyai contre lui, reconnaissante de sa présence.

— Où l'as-tu vu pour la dernière fois ? me demanda Amira.

Je réfléchis longuement, puis ça me revint.

— Je l'ai porté pour la dernière fois la semaine avant l'attaque. À la fin de la soirée, je l'ai laissé dans mon casier au club.

Bianca pâlit.

— Il n'a pas pu être pris au club, dit-elle. J'ai vidé ton casier, n'oublie pas. J'ai tout ramené à la maison.

— En es-tu sûre ? demanda Amira.

— J'ai tout ramené du club et tout jeté dans le panier à linge, dit Bianca. Puis, quand j'ai fait la lessive, j'ai plié tout ce qui appartenait à Ilana et j'ai laissé la pile dans sa chambre, sur son lit.

Elle me regarda.

— Ce corset a été pris dans notre appartement.

21

CHAPITRE VINGT-ET-UN

Après la révélation de Bianca que le corset avait été pris dans notre appartement, Nick prit les commandes.

— Ferme la boîte, dit-il à Amira. Qu'elle soit livrée à la police.

Amira referma la boîte.

— Je m'en occupe tout de suite, dit-elle.

— Non. Demande à un autre garde du corps de s'en charger, dit-il. J'ai besoin que tu te rendes à l'appartement d'Ilana et de Bianca. Prends au moins un autre garde du corps avec toi. Fais le tour des piles de vêtements sur le lit d'Ilana pour confirmer que le corset n'y est plus. Vérifie s'il y a d'autres traces d'effraction, puis appelle-moi.

Il se tourna vers Bianca.

— Tu resteras ici ce soir. Et si Amira découvre que quelqu'un s'est introduit dans l'appartement, tu n'y retourneras pas.

— Je dois y retourner, dit Bianca.

Elle se laissa tomber sur le canapé et se prit la tête à deux mains.

— Mon défilé est la semaine prochaine. Toutes mes créations sont dans l'appartement.

Je m'assis près d'elle et passai un bras autour d'elle.

— Ce n'est pas prudent d'y retourner maintenant. Reste avec nous ce soir. Demain, nous en saurons plus et alors, nous pourrons trouver une solution pour que tu puisses continuer de travailler sur ton défilé.

— J'ai une idée, dit Amira. Et si Bianca retournait à l'appartement avec deux gardes du corps et moi ? L'un de nous restera avec elle dans la voiture, pendant que les deux autres prendront ses clés pour entrer dans l'immeuble et faire le tour de l'appartement pour confirmer qu'il est vide. S'il n'y a pas de danger, nous pourrons rester avec Bianca pendant qu'elle préparera ce qu'il lui faut pour demain. Puis, nous la ramènerons ici. Et comme Ilana l'a dit, s'il s'avère qu'une solution à plus long terme est nécessaire, nous pourrons nous en occuper demain.

— Ça me va, dit Nick. Bianca, que préfères-tu ?

Bianca se leva lentement du canapé, en s'aidant d'une main sur l'accoudoir. Lorsqu'elle parla, sa voix semblait creuse.

— Il y a tant de pensées qui se bousculent dans ma tête que j'en perds le nord. Mais je crois que je devrais accompagner Amira, parce que je suis la seule qui puisse savoir si quelque chose, autre que le corset d'Ilana qui n'y sera probablement plus, a été déplacé ou emporté.

— C'est vrai, dit Amira. Tu pourrais nous aider en faisant le tour de l'appartement.

Bianca sembla reprendre vie à cette idée.

— Je préparerai un sac pour la nuit et j'apporterai l'un de mes projets. Pour le reste, je suppose que ça attendra demain.

Une fois Amira et Bianca parties, Nick s'assit à mes côtés sur le canapé et passa un bras sur mes épaules.

— Comment te sens-tu ? demanda-t-il. Voir ton corset dans cette boîte m'a secoué, et c'était probablement pire pour toi.

Je m'appuyai contre lui.

— Lorsqu'Amira a ouvert la boîte, j'ai cru que j'allais vomir, mais c'est passé. Maintenant, je ne ressens plus que deux choses. Je suis terriblement furieuse, mais je m'inquiète aussi pour Bianca.

— Pareil pour moi. Je suis furieux que ces salauds se soient introduits chez toi, et la dernière chose dont nous avons besoin est que Bianca se retrouve prise dans cette situation.

— C'est le pire moment qui soit pour elle, dis-je. Avec son défilé de mode dans une semaine à peine, Bianca a besoin de tranquillité pour se concentrer sur son travail, mais sa sécurité est importante. Si quelqu'un s'est véritablement introduit dans l'appartement pour voler le corset, elle ne peut pas y retourner.

Nick posa une main sur ma joue.

— Trouver une solution pour Bianca est ma responsabilité, pas la tienne. C'est ma faute si ta vie a été menacée et si on s'est introduit dans ton appartement.

— Tu n'y es pour rien si Endicott et Fripp sont prêts à tout pour acquérir Centerpost. Mais cette situation ne peut pas continuer ainsi encore bien longtemps. Ne m'as-tu pas dit que le conseil de Centerpost voterait l'acquisition dans deux semaines ?

— Si. Lorsque le vote aura lieu, mon offre, ou celle d'un concurrent, l'emportera. Nous devons simplement passer au travers des deux prochaines semaines.

— La boîte avait pour but de nous effrayer et, quand Amira l'a ouverte, je ne te cacherai pas que son contenu macabre, sans parler de cet horrible mot, m'ont ébranlée. Mais Rocco nous a bien dit que nous étions en sécurité dans cet immeuble. Ce que j'ignore, c'est s'il est sage d'aller ailleurs.

— Ne t'inquiète pas à propos du gala de la Croix rouge de demain, dit Nick. En raison du nombre de célébrités et de diplomates qui y assistent, la sécurité au musée sera rigoureuse. Pour ce qui est de ton emploi au club, je crois qu'Amira devrait t'y suivre à partir de maintenant, et ne t'y oppose pas. Nous parlerons à Isabella avant ta prochaine soirée.

— Ça me va, dis-je. Je ne veux rien faire qui pourrait mettre ta vie en danger. Même si le mot me menaçait personnellement, ne soyons pas dupes… tu es la cible principale.

— Ces salauds savent très bien ce que tu représentes pour moi. C'est pourquoi ils te prennent pour cible. Mais je parlerai à Rocco de tes inquiétudes et je verrai à améliorer la sécurité de mon côté également.

— C'est bien. Ça me rassure un peu. Mais es-tu sûr que le gala n'est pas un risque ?

Il me caressa les cheveux, puis pressa un baiser contre mon front.

— Je ne proposerais jamais rien qui puisse te mettre en danger. Au gala, le personnel de sécurité sera aux portes et partout dans le bâtiment. Comme tout grand musée, l'entrée est équipée de détecteurs de métal et le système de surveillance est à la fine pointe de la technologie. Il n'y a rien à craindre.

— Je suis heureuse que nous puissions tout de même y aller. Surtout après tout ce que tu as dépensé aujourd'hui, je me serais sentie horriblement mal.

— Aucune somme d'argent ne vaut ta vie, dit Nick. Mais demain soir, le Musée d'histoire naturelle sera l'un des endroits les plus sûrs de New York. Hier, Rocco m'a également annoncé qu'en raison des derniers attentats, il y aura aussi beaucoup de policiers à l'extérieur du musée. D'ailleurs, je devrais appeler Rocco pour discuter avec lui de la situation de Bianca.

Je me levai.

— Vas-y. Je vais mieux. Pendant que tu parleras avec Rocco, je rangerai nos verres vides dans le lave-vaisselle et je nettoierai la table basse où Amira a posé la boîte.

— Je ne vois aucune tache, dit Nick en l'examinant. Elle est propre.

— Non, dis-je. Cette boîte se trouvait là. Je veux effacer autant de souvenirs que possible.

Après avoir nettoyé la table basse et rempli le lave-vaisselle, je retournai m'asseoir dans la pièce à vivre. Le canapé faisait face à un mur vitré à travers lequel je pouvais voir les immeubles de Midtown s'étaler à l'infini. Le soleil couchant scintillait contre les gratte-ciel et ornait les toits lointains d'un ardent éclat orange qui ce soir, pour la première fois, me semblait sinistre, comme l'expression des menaces qui pesaient sur Nick et moi.

Tandis que je contemplais la vue, un frisson me parcourut.

Avions-nous bien fait de revenir à New York ? Ou bien nous étions-nous jetés à nouveau dans les flammes qui nous avaient presque engloutis un mois plus tôt, dans la carcasse criblée de balles d'une voiture sur la Cinquième avenue ? La présence rassurante de Nick dissipait normalement mes peurs, mais dans mes moments de solitude, de sombres pressentiments hantaient mes pensées.

À cet instant, Nick sortit de son bureau, le téléphone à la main.

— J'ai parlé avec Rocco et Amira, dit-il. C'est bien ce que nous croyions. Ton corset a disparu et de nouvelles éraflures sur la serrure de la porte indiquent que l'intrus a probablement crocheté la serrure. Quelqu'un s'est sans conteste introduit dans l'appartement, mais à part le corset, il ne semble manquer qu'un seul objet.

— Lequel ?

— Bianca a dit à Amira qu'une photo qui se trouvait sur la commode de sa chambre a disparu, une photo de vous deux dans Times Square.

Mon cœur se serra quand je me souvins de cette photo.

Elle avait été prise le jour de notre arrivée à New York, un peu plus de trois ans plus tôt, deux filles du Vermont pleines d'ambition et prêtes à relever le défi de cette grande ville. Après être descendues du bus, nous avions laissé nos sacs à l'auberge de jeunesse de l'Union Square où nous avions prévu de rester en attendant de dénicher un appartement. Il était tard, mais trop excitées pour dormir, nous avions marché le long de la Cinquième avenue, nous délectant de tout ce que recelaient les vitrines des boutiques et des hôtels, admirant toutes les choses que nous convoitions sans pouvoir nous les offrir. Lorsque nous avions atteint la Quarante-sixième rue, nous nous étions dirigées vers les lumières et la frénésie de Times Square.

Devant le One Times Square, en souhaitant immortaliser le moment, j'avais demandé à une jeune femme de nous prendre en photo avec mon téléphone. Elle s'était gentiment exécutée et la photo qu'elle avait prise de nous – souriantes, nous tenant par les épaules, le visage rayonnant d'excitation – avait symbolisé notre nouveau départ dans la ville qui avait occupé nos rêves depuis notre adolescence. Une semaine plus tard, lorsque nous avions emménagé dans notre appartement, Bianca avait imprimé la photo, l'avait encadrée et placée sur sa commode, où elle trônait depuis.

Savoir que l'un des bandits d'Endicott et de Fripp avait volé cette photo me rendit malade... et me terrifia. Forcément. En plus de s'être emparés d'un souvenir irremplaçable très personnel pour Bianca et moi, ils révélaient également par leur prise un intérêt malsain envers ma meilleure amie.

— Tout d'abord toi, puis moi, et maintenant Bianca, dis-je. Je commence à sentir que nous perdons à nouveau le contrôle. Mais cette fois-ci, ça me semble beaucoup plus sinistre et personnel.

Nick s'assit à mes côtés.

— Si tu veux que je retire mon offre pour Centerpost, je le ferai. Un mot de toi, et demain matin, je me retire.

— Tu sais que ce n'est pas ce que je veux. Si tu te retires, alors Endicott et Fripp l'emportent et tout ce que nous avons enduré aura été vain. Mais qu'ils aient volé une photo de Bianca me terrifie. Elle pourrait être leur prochaine victime.

— Je suis d'accord, dit Nick. Bianca restera avec nous ce soir. Demain, je prendrai les mesures nécessaires pour sa protection, y compris son propre garde du corps.

— Quand Amira et elle seront-elles de retour ?

— Bianca fait son sac à l'heure actuelle et Amira a dit qu'elles devraient être de retour dans l'heure.

— Bien, dis-je, soulagée. Maintenant, il ne me reste plus qu'à convaincre Bianca de ne pas repartir demain. Son défilé est si important pour elle et c'est une vraie accro du travail. Demain matin, elle paniquera en voyant le retard dans son planning et insistera pour retourner à l'appartement.

— Ce n'est pas prudent d'y retourner, dit Nick. Du moins, pas pendant les deux prochaines semaines.

— Je sais. Je dois la convaincre de rester ici jusqu'à ce que nous soyons sûrs qu'il est prudent de rentrer chez elle. Même s'il y a suffisamment d'espace ici, elle aura tout de même l'impression d'envahir notre intimité.

— À sa place, je me sentirais pareil, dit Nick. Alors, pourquoi ne s'installerait-elle pas dans l'un de mes autres appartements de l'immeuble ? J'en ai déjà parlé avec Rocco et il approuve.

— Tu es un génie, dis-je. Bianca aurait son propre espace, plutôt que d'avoir l'impression de s'approprier le nôtre. Elle pourrait y installer sa machine à coudre et tout ce qu'il lui faut pour continuer à travailler sur son défilé.

— Exactement, dit Nick. Elle peut prendre l'un des deux appartements adjacents au nôtre, ceux que j'ai achetés avec l'intention d'agrandir celui-ci un jour. L'un d'eux est déjà meublé, alors elle peut le prendre.

— L'appartement meublé sera parfait ; elle n'aura pas besoin de tout déplacer. Ça ne te dérange pas, vraiment ?

Il croisa mon regard et l'amour que je vis dans ses yeux fit battre mon cœur plus vite.

— Pas du tout. Ma bonne y fait le ménage deux fois par mois, mais sinon je n'y ai pas mis les pieds depuis leur achat. Bianca restera avec nous ce soir. Nous pourrons parler et demain matin, nous lui affecterons deux gardes du corps pour l'aider à apporter tout ce qu'il lui faut.

Je l'embrassai.

— Merci d'avoir à cœur la sécurité de ma meilleure amie. C'est remarquable.

— Et si elle résiste ?

Je croisai son regard.

— Elle ne résistera pas, je m'en charge.

22

CHAPITRE VINGT-DEUX

Par chance, le lendemain fila, chargé, ce qui m'empêcha de m'appesantir sur la vraisemblance qu'au cours des deux prochaines semaines, Endicott et Fripp allaient tout faire pour que Nick ne remporte pas l'acquisition de Centerpost. Nick m'avait assuré que nous étions en sécurité, et je lui faisais confiance, mais l'arrivée de mon corset et de son carnage écœurant, suivie par la découverte de l'intrusion dans mon appartement, m'avaient ébranlée. Quelle menace démente ces deux dépravés projetaient-ils maintenant ?

Heureusement, ma meilleure amie n'était plus dans cet appartement. Bianca avait accepté la proposition de Nick de s'installer dans l'appartement meublé adjacent au sien et d'y rester jusqu'à la conclusion de l'acquisition de Centerpost. Au milieu de l'après-midi, tout ce dont elle avait besoin avait été emballé et déplacé, et nous étions maintenant dans la chambre principale de sa demeure temporaire, rangeant ses vêtements et ses chaussures dans le vaste placard.

Bianca jeta un œil à sa montre.

— Il est près de quinze heures. Tu dois laisser tout ça et commencer à te préparer pour le gala.

Je posai la boîte de chaussures que je venais de prendre.

— Tu as raison. Je dois sauter dans la douche bientôt si je veux ressembler à quelque chose ce soir.

— Vas-y, dit-elle. Je serai là dans une heure pour te coiffer et te maquiller.

Je jetai un œil sur le désordre de boîtes et de vêtements qui nous entourait.

— Ne t'en fais pas pour moi. Tu as des heures de rangement devant toi et tu dois te remettre à ton défilé.

— Mon défilé s'en sortira, dit Bianca. Le déménagement m'a pris une journée, mais l'amie que j'ai embauchée pour m'aider a accepté de me donner plus d'heures pour rattraper le retard.

— Tu en es sûre ?

Elle leva les yeux au ciel.

— Enfin. Lorsque tu m'as parlé du gala de la Croix rouge, je t'ai promis mon aide… et ça n'a pas changé.

— Mais c'était avant que ta vie soit bouleversée ainsi, dis-je.

Elle me foudroya du regard.

— Lorsque ma vie a été bouleversée, qui était là pour moi ? Toi… et Nick. Cet homme continue de m'impressionner. Nous découvrons l'intrusion et en moins de vingt-quatre heures, il m'installe *ici*.

Elle indiqua d'un geste l'appartement.

— Et ce n'est pas tout. Il a aussi recruté un gigantesque beau gosse tout en muscles nommé Levi pour me protéger pendant les deux prochaines semaines.

— Nick se sent responsable de l'intrusion, dis-je. Et moi aussi. Je suis fichtrement furieuse. Tout d'abord, Endicott et Fripp essaient de nous tuer, Nick et moi, et maintenant ils te menacent. Après l'humiliation de son arrestation, je ne m'attends pas à ce qu'Endicott soit au gala, mais si Fripp s'y trouve et qu'il ose s'approcher de moi, je ne me contenterai pas de le gifler ou de griffer son visage hideux. Je vais lui laisser des cicatrices qui lui feront regretter le jour où il s'en est pris à Nick, et maintenant à toi.

— Je suis furieuse, moi aussi, dit Bianca. Mais le but de cette intrusion était de faire peur à Nick pour qu'il laisse tomber Centerpost.

Elle serra les lèvres.

— Comme je l'ai dit à Nick ce matin, je suis totalement de votre côté. Il faut stopper Endicott et Fripp et ils doivent payer pour leurs crimes. Peu importe ce que ça implique, vous pouvez compter sur moi.

— Je t'en suis reconnaissante et je sais que c'est la même chose pour Nick, dis-je. Il se sent aussi responsable de ta sécurité.

— À sa place, je me sentirais pareil, dit-elle. Mais peu de gens auraient fait tout ce qu'il a fait pour moi. Tous les autres se seraient contentés d'installer une serrure plus solide.

— Peut-être, mais ce n'est pas ainsi que Nick raisonne. Maintenant que les menaces contre lui t'ont touchée, son premier réflexe est de t'inclure dans la bulle de sécurité que Rocco et lui ont mise en place dans cet immeuble, afin de bien te protéger.

— Nick m'a traitée comme un membre de la famille, dit Bianca. Et je veux le remercier de la seule façon que je connaisse. Ce soir, lorsque vous ferez votre entrée au gala, entre la robe, les bijoux, et ce que je vais faire avec ta coiffure et ton maquillage, il aura la femme la plus resplendissante de la pièce à son bras.

De retour dans l'appartement de Nick, je pris une douche, enfilai un peignoir et appelai Bianca pour qu'elle m'aide à me préparer. Lorsque je fus habillée, elle lissa ma tignasse rebelle avant de la coiffer en un chignon classique et élégant qui découvrait mon cou et mettait en valeur les boucles d'oreille et le collier de diamants que Nick avait achetés. J'y ajoutai le bracelet de diamants qu'il m'avait offert à Paris. Lorsque ma coiffure fut terminée, Bianca assombrit mes yeux, y ajoutant une touche dorée, et m'appliqua un rouge profond sur les lèvres qui s'accordait aux tons d'or bruni de ma robe. Cette dernière flattait ma silhouette à la perfection.

Bianca m'avait transformée comme un nouveau papillon et cette transformation me donna la force de repousser mes inquiétudes. Peu importe ce que la soirée nous réservait, je voulais soutenir Nick et, ce soir, cela signifiait être à mon avantage, garder la tête haute et ne pas perdre le moral.

Je savais comment les gens me regardaient. Pour eux, j'étais la strip-teaseuse intéressée qui avait réussi en un tour de force à mettre le grappin sur l'un des célibataires les plus en vue de New York. La presse à scandales m'avait injuriée tout au long du dernier mois. Est-ce que mes actions de ce soir y changeraient quelque chose ? Probablement pas, mais avec le temps, j'étais déterminée à leur donner tort.

Pour ce faire, j'avais l'intention d'avoir mes défenses bien en place, prête à ce qui s'annonçait comme une bataille des mots. Si quelqu'un voulait me juger, je serais prête pour eux, pas avec des paroles houleuses ou dures, mais avec une calme confiance en moi et en la force de ma relation avec Nick. Je ne m'attendais pas à passer la soirée sans quelques étalages d'hostilité, que ce soit de la presse ou des autres invités, mais je me confortais à l'idée qu'au cours des dernières semaines, Nick et moi avions surmonté bien pire.

Lorsque Bianca repartit, je fermai la porte derrière elle et me dirigeai vers la chambre principale, où Nick se préparait. Ce faisant, je m'aperçus dans le miroir accroché sur le mur opposé du vestibule, et je sus que je n'avais jamais été aussi belle. Et pourtant, alors que j'avançais vers la chambre, mon cœur battait la chamade. Je savais ce que représentait le gala de la Croix rouge pour Nick et je croisai les doigts pour que mon apparence lui plut.

Lorsque j'entrai dans la pièce, Nick me tournait le dos et tentait d'attacher sa ceinture de smoking.

— Tu veux un coup de main ? demandai-je.

Il se tourna vers moi et écarquilla les yeux en m'apercevant.

— Seigneur, Ilana. Tu es resplendissante. À couper le souffle, vraiment.

Je lui souris et portai une main à mon cou.

— Des bijoux vintage de Cartier ont généralement cet effet.

— Ils te vont à merveille, dit-il.

Je tendis le bras et fis tourner le bracelet.

— Et nous aurons toujours Paris.

— En effet, et ce ne sera pas notre dernière fois, dit-il. Tes bijoux sont sublimes. La robe aussi. Mais les vêtements et les bijoux n'accordent pas la beauté... ils ne font que la rehausser.

Je lui pris la ceinture de smoking, passai derrière lui et fixai la bande de soie noire autour de sa taille.

— En t'admirant en ce moment, je dois te donner raison. Tu es extrêmement séduisant au naturel, mais en smoking ? Si nous ne devions pas assister à une soirée, je serais en train de déboutonner ta chemise à l'heure actuelle.

Il me sourit.

— Et je t'enlèverais cette robe... mais je te laisserais peut-être les bijoux.

— Ne me parle pas comme ça, dis-je. Avant de pouvoir suivre nos pulsions, nous devons survivre à une soirée de trois heures.

Il rit et prit sa veste de smoking sur le lit.

— C'est toi qui as commencé.

— Je plaide coupable, dis-je. Au fait, avant d'enfiler cette veste, tu as besoin de boutons de manchettes.

Il jeta un œil à ses poignets.

— Tu as raison.

Il laissa tomber sa veste sur le lit avant de se diriger vers son dressing, où se trouvait la boîte en acajou où j'avais posé les boutons de manchettes que je lui avais achetés la veille. Je le suivis, m'appuyai contre le chambranle du dressing et croisai les bras, impatiente de voir la surprise sur ses traits lorsqu'il verrait mon cadeau.

Lorsqu'il ouvrit la boîte, il admira les boutons de manchettes un long moment avant de les prendre et de me lancer un regard où se reflétait sa joie.

— Merci, dit-il. Mais tu n'aurais pas dû.

— Je sais à quoi tu penses, dis-je. Mais ne dis rien. Maintenant que je travaille à nouveau, je peux offrir à mon copain un petit cadeau de temps à autre. J'espère que tu les porteras ce soir.

— Évidemment, dit-il. Et avec fierté. Ils sont parfaits, Ilana. Merci.

Je m'approchai, pris l'un des rectangles de platine qu'il tenait et l'insérai dans la manchette de sa chemise.

— Lorsque je les ai vus chez Leighton, je me suis dit qu'ils te plairaient.

Il m'embrassa.

— Me plaire ? J'adore leur motif Art déco, et ils me seront toujours précieux parce que tu me les as offerts. Tiens, aide-moi avec l'autre.

Je le lui pris et le fixai à son autre poignet.

— Voilà, dis-je avec satisfaction. Tu es maintenant prêt à enfiler ta veste et à te rendre au gala.

Il leva les poignets et admira son cadeau.

— Oui, dit-il. Grâce à toi, je le suis.

23

CHAPITRE VINGT-TROIS

Lorsque la limousine de Nick s'arrêta devant le Musée d'histoire naturelle, la nuit commençait à tomber, et l'imposante entrée de Central Park Ouest, rappelant un arc de triomphe, était illuminée dans le bleu obscur du ciel qui s'assombrissait. Des cordes en velours délimitaient une large section de l'escalier qui montait vers l'entrée et des groupes de gens en tenue de soirée avançaient dans l'escalier. Au pied de l'escalier, derrière d'autres cordes en velours, les flashs crépitaient à chaque nouvel invité. Certains s'arrêtaient dans l'escalier pour permettre à la presse de prendre quelques photos avant de continuer leur montée.

Je pris la main de Nick et me préparai à passer devant le troupeau de journalistes.

— Sois prête, dit-il. Si la presse à scandales ignorait encore que nous étions de retour à New York, ce ne sera plus le cas. Peu importe ce qui se dit, j'ai besoin que tu gardes le sourire, la tête haute et que tu ne t'arrêtes pas. Dans quelques secondes, nous serons à l'intérieur.

Mes entrailles se crispèrent et je resserrai ma prise sur sa main.

— Je peux y arriver.

Notre limousine avança quelque peu et s'arrêta directement

devant l'entrée. Nick en sortit et m'aida à le suivre. Je pris ma pochette d'une main et son bras de l'autre.

Il me sourit.

— Prête ?

— Autant que possible.

Une seconde plus tard, nous fûmes assaillis.

— Nick ! Depuis quand es-tu à New York ? cria un journaliste.

Le flash m'aveugla, puis une autre voix retentit.

— Où a eu lieu votre mariage secret ?

J'agrippai le bras de Nick et me concentrai sur chacun de mes pas alors que les flashs crépitaient et que les questions fusaient. Nous atteignîmes l'escalier et en commençâmes son ascension tandis que les questions continuaient de pleuvoir.

— Ilana ! Es-tu toujours strip-teaseuse au Club des gentlemen ?

— Où étiez-vous pendant le dernier mois ?

— Ilana ! Es-tu enceinte de l'enfant de Nick ?

À ces mots, quelque chose céda en moi et je sus que je devais les affronter. Je tirai le bras de Nick pour lui faire savoir que je m'arrêtais, puis me tournai vers les journalistes.

Je les regardai avec un sourire tandis que les flashs s'intensifiaient.

— Un de ces jours, vous me connaîtrez peut-être réellement, et alors nous pourrons mettre un terme aux suppositions. En attendant, je vous souhaite à tous une bonne soirée.

Puis, je me détournai des flashs et poursuivis la montée. Alors que nous approchions du haut de l'escalier, les voix et les flashs s'estompèrent. En atteignant l'entrée, je laissai échapper un soupir de soulagement, puis regardai Nick, dont l'expression reflétait un mélange de tension et de fierté.

— Je suis désolé de ce que tu as dû endurer, dit-il. Mais mon Dieu, tu leur as répondu avec brio.

Je lui souris.

— Ne t'en fais pas. J'ai affronté bien pire dans ma vie que ces vautours et je refuse de les laisser gâcher notre soirée.

— Bien dit. Je suis encore plus fier de t'avoir à mon bras.

— Je t'ai promis de garder le sourire et la tête haute.

— Non seulement tu l'as promis, mais tu y as mis le paquet. Je ne m'attendais pas du tout à ce que tu as fait, mais c'était fichtrement efficace. J'ai vu leur expression. Ils étaient médusés.

Je croisai son regard.

— Disons simplement que tu m'inspires.

Il indiqua d'un geste la file d'attente à la sécurité et la pièce plus vaste qui nous attendait, où le squelette d'un énorme dinosaure dressait la tête.

— Une fois la sécurité passée, allons nous chercher un verre et admirer les expositions. Le dîner ne commence pas avant une heure.

Après avoir traversé un détecteur de métal et passé ma pochette sous un appareil à rayons X semblable à ceux que j'avais vus dans les aéroports, nous pénétrâmes dans un vaste hall avec une stupéfiante voûte en berceau qui prolongeait l'arcade de l'entrée. Illuminé de façon à mettre en valeur le motif orné d'incrustations octogonales et en losange, le plafond répercutait également l'activité et les conversations tout autour, emplissant l'endroit du bruit des voix, des pas et du cliquetis des verres. Les notes d'un orchestre nous parvinrent de l'une des pièces adjacentes.

Nick nous prit des verres et nous les sirotâmes sous le squelette du dinosaure tout en observant le flux constant d'invités qui passait la sécurité.

— Regarde à ta gauche, dis-je. Lady Gaga est là dans une magnifique robe de soirée noire et des talons compensés Alexander McQueen. Son style ce soir me rappelle Marilyn Monroe. Et elle est avec Adam Lambert. J'adore leurs voix.

— J'adore l'album de Gaga avec Tony Bennett. Quant à Adam, il redonne vie à Queen, dit Nick. Regarde... Michael Bloomberg et Diana Taylor viennent de faire leur entrée.

Je m'exécutai et reconnus l'ancien maire de New York, accompagné d'une grande femme à la chevelure noire drapée d'une robe de soirée classique rouge. Puis, j'aperçus le couple derrière eux.

— Oh, mon Dieu, dis-je. Amal et George Clooney. Au lycée, j'étais totalement sous son charme.

Nick haussa un sourcil.

— Devrais-je me sentir jaloux ?

— Pas du tout. Je m'en suis remis il y a plus de dix ans. La robe d'Amal n'est-elle pas sublime ? Elle est toujours éblouissante et j'adore son goût.

À cet instant, l'expression de Nick s'assombrit.

— Tu vois qui vient de passer la porte ?

Je jetai un œil dans cette direction, mais un groupe d'hommes me bloquait la vue.

— Qui ?

— Ce salaud de Forbes Endicott. Avec sa femme, Elizabeth. Ils passeront bientôt par la sécurité.

Je me plaçai devant Nick pour voir ce qu'il voyait et reconnus les lunettes à monture d'acier et la chevelure légèrement dégarnie de Forbes Endicott. Grand et élancé, avec une touche de gris aux tempes, Endicott avait des traits distingués gâchés uniquement par un menton fuyant. Presque aussi grande que lui, la blonde à ses côtés portait une belle robe de soirée bleu foncé, et des saphirs brillaient à son cou et à ses oreilles. Comme son mari, elle semblait être à la fin de la quarantaine ou au début de la cinquantaine. Tandis qu'elle passait le détecteur de métal, tout dans l'attitude d'Elizabeth Endicott irradiait la vieille fortune. Sa posture parfaite, la simplicité de bon goût de sa robe, même la façon dont elle reprit sa pochette de l'appareil à rayons X… cette femme avait de la classe.

Elle s'immobilisa, attendant visiblement que son mari la suive à travers le détecteur de métal, mais lorsqu'il s'exécuta, une alarme retentit et de chaque côté du détecteur, des lumières rouges clignotèrent.

Les conversations s'interrompirent et même l'orchestre s'arrêta. Les invités se tournaient vers le détecteur de métal dont l'alarme retentit de nouveau et résonna dans l'immense hall.

C'est alors que, tous les regards convergeant vers elle, Elizabeth Endicott releva la tête avec hauteur, tourna le dos à son mari et reprit sa procession comme si de rien n'était. Elle disparut bientôt dans le hall à notre droite.

Comme deux gardes de sécurité convergeaient vers Endicott, il leva les mains. Un homme le palpa tandis que l'autre passait un détecteur le long de son corps et s'arrêtait à sa cheville gauche. Le visage d'Endicott rougit. Il se pencha et releva le bas de son pantalon, révélant le bracelet à sa cheville à tout un chacun.

L'un des gardes désactiva l'alarme et l'autre fit signe à Endicott de passer. Lorsqu'il passa le détecteur de métal, visiblement énervé, les gens se détournèrent et reprirent leurs conversations, dont plusieurs concernaient à présent le scandale de sa récente arrestation. Un moment plus tard, l'orchestre reprit son répertoire, alors qu'Endicott se fondait dans la foule.

Je regardai Nick.

— Quelle froideur. Tu as vu comment elle a laissé son mari derrière ?

— Oui.

— Dommage que l'orchestre ne jouait pas « Stand By Your Man ».

Il gloussa.

— Tout ce que j'entends est « Send In The Clowns ».

Au même instant, une voix à l'accent britannique résonna derrière nous.

— Des clowns ? Est-ce ainsi que vous désignez les meurtriers, de nos jours ?

Je me tournai et reconnus Portia Hammersley, que j'avais rencontrée une fois déjà à la soirée ayant précédé l'attaque et elle n'avait alors pas ménagé sa peine pour me faire sentir la bienvenue. Elle tenait un verre de vin blanc.

— Portia ! s'écria Nick, en se penchant pour l'embrasser sur les deux joues. Quelle joie de te voir.

La petite femme à la fine ossature lui sourit avec joie. Même si les traits classiques de Portia étaient creusés d'un réseau de lignes minces qui révélait son âge avancé, ses yeux bleus brillants et son énergie bouillonnante n'avaient rien perdu de leur jeunesse, tout comme sa silhouette fine. Ce soir, elle portait une robe de soirée vert émeraude, accompagnée de plusieurs rangs de perles élégants.

— Je suis heureuse de vous revoir, dis-je, en lui faisant la bise dans le vide.

— Tu es splendide, Ilana, dit-elle. Ton collier est sublime.

Puis, elle foudroya Nick de son regard.

— Où étais-tu donc passé, jeune homme ? Je me remettais à peine de la nouvelle de votre attaque que tu disparaissais sans un mot.

— Je t'ai laissé un message vocal pour te dire qu'Ilana et moi étions sains et saufs, dit Nick. L'as-tu reçu ?

— Oui, dit Portia. Mais je ne rajeunis pas et je préfère savoir où se trouve le peu d'amis à qui je tiens.

Elle frémit doucement.

— La majorité de ma génération est décédée ou forcée de manger de la gelée dans l'un de ces horribles établissements pour les vieux croulants.

— Nous étions à Paris, dit Nick. Jusqu'à ce que l'enquête de la police révèle que Forbes Endicott était responsable de l'attaque, mon consultant en sécurité nous avait conseillé de nous éloigner de New York.

— Paris, dit-elle. J'adore Paris. Si on doit quitter New York, ce que je fais personnellement rarement, rien ne vaut Paris. Et c'était sage de rester à l'écart pour laisser à la police le temps de trouver qui arrêter. Qui aurait cru que Forbes Endicott détruirait la réputation de sa famille en recourant au meurtre ?

— Il pensait s'en tirer, dis-je. Il ne s'attendait pas à être arrêté.

— Les gens, dit Portia, en secouant la tête. Malgré mon âge, parfois je crois qu'il est impossible de vraiment connaître quelqu'un. Je connais Forbes depuis son enfance et même s'il a toujours été un petit morveux déplaisant, comme sa mère qui était obsédée par son statut social, ce recours à la violence m'a prise par surprise, malgré mon profond cynisme. Ce doit être l'influence de son ami grossier.

— Tu veux dire Beardsley Fripp ? demanda Nick.

— Lui-même. La mère de Forbes a désapprouvé cette amitié dès le moment où elle a surpris le jeune Beardsley qui taquinait ses précieux Maltais. Mais le père de Forbes a encouragé leur amitié. Forbes était un fils à maman dont le passe-temps préféré était de jouer de la flûte, et son père aurait préféré un héritier plus viril et agressif.

— Pourquoi le père de Forbes voyait-il Beardsley Fripp comme une bonne influence ? demandai-je.

Portia prit une gorgée de vin.

— Dans sa jeunesse, Beardsley était un athlète de qualité. Il a joué au football américain et au baseball pour Phillips Andover et Harvard, ce qui est vraisemblablement la raison de son entrée à Harvard et ce pourquoi le père de Forbes considérait Beardsley comme une influence positive.

Elle baissa la voix.

— Lorsque Forbes a épousé Elizabeth, il était clair que son père était soulagé. Je soupçonne qu'il souffrait de cauchemars dans lesquels il voyait son unique fils se dandiner, un boa en plumes au cou, sur Christopher pendant la Marche des Fiertés.

Nick rit.

— En voilà une image.

— Ce mariage a satisfait tout le monde sauf les deux principaux intéressés, dit Portia. Je tiens de source sûre qu'après avoir fait les efforts nécessaires pour produire un héritier et un remplaçant, Forbes et Elizabeth ont fait chambre à part, et ça n'a jamais changé.

Nick secoua la tête.

— S'il ne voulait pas ma peau et s'il n'avait pas menacé Ilana, je pourrais être désolé pour ce salaud.

Sa voix s'assombrit.

— Mais en l'occurrence, j'ai bien l'intention de voir Endicott croupir en prison pour le reste de sa misérable existence, avec son copain Fripp dans la cellule voisine.

Portia leva son verre.

— Amen.

24

CHAPITRE VINGT-QUATRE

Lorsque l'heure du cocktail toucha à sa fin, Nick proposa de nous rendre au Milstein Hall, où le dîner serait servi. Après le départ de Portia, un flot continu d'amis et de connaissances de Nick l'avaient approché, voulant tous en savoir plus sur son départ et son retour à New York, sans compter le procès contre Endicott.

Même si Nick gardait une façade irréprochable, je sentais que les questions répétées commençaient à l'embêter. J'espérais que le dîner serait plus plaisant. Nick m'avait annoncé que Jason Sanders et sa femme Hae-won seraient à notre table et j'étais impatiente de les revoir. Puisque Nick et Jason parlaient régulièrement, je savais que les Sanders étaient au fait de l'enquête ; notre conversation toucherait donc probablement d'autres sujets.

Alors que nous nous frayions un chemin dans la foule, j'essayais de ne pas fixer toutes les célébrités que je reconnaissais.

Katy Perry. Madonna. Susan Sarandon.

Bruce Springsteen. Russell Crowe. Gerard Butler.

Je ne pouvais m'empêcher d'être éblouie et dépassée par toutes les vedettes qui m'entouraient. Nick était peut-être une vedette à part entière, mais je n'étais pour ma part qu'une femme bien ordinaire. Qu'est-ce que je foutais ici ?

Mais à cet instant, je jetai un œil au profil séduisant de Nick et mon cœur se gonfla d'émotions. J'étais ici parce qu'il me voulait à ses côtés, pour l'appuyer et le soutenir. J'étais ici pour que nous puissions affronter ensemble la perfidie de ceux qui s'opposaient à lui et leur montrer que, malgré tout, nous étions encore là.

Il croisa mon regard et me sourit.

— Attends un peu de voir la piste de danse. Tu vas adorer.

— Est-ce une invitation ?

— Plus que ça, dit-il. Considère que ton carnet de bal est rempli. Et ce soir, nous allons danser un tango ensemble pour la première fois, même si je dois soudoyer l'orchestre pour y arriver.

En pénétrant dans le Milstein Hall, la seule chose que je reconnus fut la maquette grandeur nature de la baleine bleue suspendue à l'immense plafond vitré. Tout le reste de l'endroit avait été transformé. Dressées avec des centres de tables et de l'argenterie soigneusement disposés, des tables rondes entourées de chaises droites occupaient quatre-vingts pour cent du plancher. Le reste de l'espace était occupé par une immense piste de danse en bois derrière laquelle l'orchestre jouait. Un intense éclairage bleuté courait sur la surface de la baleine, la baignant d'une lumière mouvante rappelant l'eau. Toute la pièce brillait de cette même lumière bleu profond, faisant scintiller le blanc impeccable des nappes et des chaises et donnant l'impression d'un royaume sous-marin exotique.

— Nous sommes à la table quatre-vingt-huit, dit Nick. Regarde, Jason et Hae-won y sont déjà.

Je jetai un œil alentour et les aperçus. Lorsque nous fûmes proches, ils se levèrent pour nous accueillir. Hae-won était magnifique dans une robe de soirée chatoyante argent qui moulait sa silhouette menue, et le smoking parfaitement coupé de Jason donnait à sa carrure trapue une dignité qui démentait sa petite stature. Même si je savais qu'Hae-won était, comme son mari, dans la mi-trentaine, sa peau parfaite la faisait paraître une bonne dizaine d'années plus jeune.

Après avoir échangé nos salutations, nous nous assîmes et pour la première fois depuis notre départ de l'appartement, je me permis de me détendre. Avec Nick à ma gauche et Hae-won et Jason à ma droite, je me sentais à l'aise et j'anticipais une heure plaisante à manger et à converser.

Pendant qu'Hae-won et moi échangions des souvenirs sur Paris, que Jason et elle avaient souvent visité, Nick et Jason parlèrent affaires. Nous interrompîmes brièvement nos conversations pour nous présenter à deux couples d'âge moyen qui s'installèrent à notre table et occupèrent le reste des places. Une fois assis, ils reprirent un bavardage aisé qui me fit comprendre qu'ils étaient amis de longue date, nous soulageant du besoin de discuter avec eux par pure politesse.

Je me tournai à nouveau vers Hae-won.

— Tu me racontais le jour où Jason et toi vous êtes perdus au Louvre.

Elle rit.

— C'était ma faute. J'avais la carte, mais j'ai dû la poser quelque part ou la laisser tomber…

C'est alors qu'une voix hautaine retentit derrière nous.

— Vraiment, Forbes ? Tu ne crois pas que je vais m'asseoir à moins d'un mètre de cet arriviste de Santoro et de sa salope de strip-teaseuse ?

Je me tournai pour regarder par-dessus l'épaule de Nick et, ce faisant, mon pire cauchemar devint réalité.

À la table voisine, Forbes Endicott et sa femme Elizabeth se tenaient debout. À la gauche d'Endicott, Beardsley Fripp s'assit. Son torse massif tendit sa veste et, en réponse aux mots cruels d'Elizabeth, il sourit comme un chimpanzé qui venait de sentir son propre derrière.

— Calme-toi, Elizabeth, dit-il. C'est le putain de gala de la Croix rouge. Même ton cher Forbesy n'a pas assez de pouvoir pour changer notre table.

Elle renifla.

— Nous avons payé pour une table entière. Ça nous confère sûrement une table à l'écart de la populace.

La colère me submergea et j'étais sur le point d'ouvrir la bouche pour informer cette salope qu'elle n'avait aucun droit de me juger, lorsque Nick se leva et se tourna vers eux. Du coin de l'œil, je vis que Jason s'était également levé et que son visage généralement enjoué était maintenant figé en un masque déterminé.

— Ça suffit ! dit Nick. Endicott, tu sais très bien qu'après tout ce que tu as fait, je n'aime pas plus cette situation. Mais cette soirée n'a rien à voir avec nous. Nous sommes ici pour recueillir de l'argent pour la Croix rouge. Ce n'est peut-être pas important pour toi, mais ça l'est pour moi, et c'est pourquoi je te donne une dernière chance de calmer tes compagnons. Pendant ce dîner, si j'entends un seul commentaire désobligeant à propos de ma copine de la part de ta snob de femme, je t'enfoncerai la tête dans ton plat tellement fort que tu verras encore des petits pois lorsque le jury te condamnera à la prison.

Endicott redressa ses épaules minces et son visage se crispa de colère.

— Pour la millième fois, je n'ai rien à voir avec l'attaque de ta voiture.

— Pour la millième fois, le bracelet que tu portes à la cheville me dit que tu mens, dit Nick. Tu sais, celui qui a déclenché les alarmes lorsque tu t'es pointé ici et qui a même interrompu l'orchestre. Celui qu'Elizabeth a essayé sans succès d'ignorer. Maintenant, assieds-toi et maîtrise ton entourage.

À ces mots, Nick revint s'installer à mes côtés, puis attrapa ma main.

— Ça va ? demanda-t-il.

Je pressai sa main et croisai son regard interrogateur.

— Après m'avoir défendue ainsi ? Je ne pourrais aller mieux. Tu as été incroyable.

— Pourquoi ne pas laisser tout ça derrière nous, dit Hae-won. Jason m'a parlé des sacrifices que tu as faits pour ta mère. Tu es très courageuse, Ilana. Je ne sais pas si j'aurais eu la force de faire de même, mais j'espère que oui.

— Merci pour tes paroles, lui dis-je. Ton soutien, et celui de Jason, me tiennent à cœur.

— Nous sommes là pour toi, dit Jason. Si Endicott ou Fripp osent même prononcer ton nom, Nick et moi leur dispenserons l'éducation que Harvard n'a pas su leur inculquer.

— J'espère que ce ne sera pas nécessaire, dis-je. N'en parlons plus et profitons plutôt du reste de la soirée.

Pendant le premier plat, une tarte aux champignons sauvages et aux oignons nappée d'une sauce hollandaise, je jetai d'occasionnels coups d'œil furtifs vers la table d'Endicott. Les voix étaient assez basses pour que je n'entende pas leurs paroles dans le brouhaha des verres qui s'entrechoquaient, de l'argenterie, de la musique et des conversations. Mais comme le premier plat fit place au deuxième sans aucun autre incident, je me détendis à nouveau. Nick avait pris ma défense et maintenant qu'il avait mis le holà aux Endicott et à Fripp, la confrontation que je craignais le plus semblait derrière nous.

Autre qu'Endicott, sa femme Elizabeth et Fripp, je ne reconnaissais qu'une seule personne à leur table, Sloan Vandervelt. Assis près de Fripp, Sloan était un homme grand et bien bâti au début de la trentaine avec une chevelure blonde lissée vers l'arrière et des traits burinés. Son smoking était impeccablement coupé et il avait la beauté d'une vedette de cinéma, abstraction faite de ses yeux aigue-marine, trop petits pour son visage. La première fois que je l'avais rencontré, à la soirée, la nuit de l'attaque, ses yeux m'avaient paru anormalement brillants en raison de sa dépendance à la cocaïne, qui m'était apparue clairement lorsqu'il avait baisé ma main et que j'avais aperçu des traces de poudre blanche près de ses narines.

— Est-ce que tout le monde à la table d'Endicott travaille chez Endicott Trumbull ? demandai-je à Nick.

— Oui. Normalement, ce ne serait pas le cas ; mais les cercles habituels des Endicott les snobent visiblement, alors ils ont rempli leur table d'employés.

— Je reconnais Sloan Vandervelt, dis-je. Qui sont les autres ?

Nick énonça cinq autres noms, dont plusieurs ne m'étaient pas inconnus.

— Endicott a choisi le pire pour remplir cette table, ajouta Nick. Elizabeth déteste Sloan.

— Pourquoi ?

— Lorsqu'il a de la coke dans le nez, ce qui est assez courant, Sloan peut être assez vicieux. Tu t'en souviens.

Je m'en souvenais. Lors de notre première rencontre, Sloan avait tout fait pour mettre Nick en colère en me comparant au premier amour de Nick, qui avait perdu la vie dans un accident de voiture. Même si l'accident n'était pas la faute de Nick, il était au volant et je savais que, d'une certaine manière, il s'en voulait encore de la mort de sa fiancée.

— Je ne peux qu'imaginer ce qu'il a dit à Elizabeth Endicott, dis-je.

— Je vais te le dire, puisque j'y étais, dit Nick. Devant plusieurs amis d'Elizabeth, Sloan l'a traitée de harpie frigide, dont les parties génitales ressemblaient sans aucun doute à une plante carnivore avec des dents de piranha. Puis, il a cité l'inscription de Dante au-dessus des portes de l'enfer : « Vous qui entrez ici, abandonnez toute espérance ».

Je le regardai.

— C'est assez dur, mais vu son comportement de ce soir, elle le méritait peut-être.

— Oh, oui, dit Nick. C'était il y a plusieurs années, à une soirée quelconque, et Sloan et moi étions encore associés. Elizabeth a fait un commentaire perfide sur la lignée entachée de Sloan, référence directe à son père qui avait déjà fait une dépression nerveuse ayant nécessité quelques mois en institution.

— C'est un coup bas, dis-je. Les dépressions nerveuses dues au stress ou au surmenage sont monnaie courante. Qui en parlerait comme d'une lignée entachée ?

— Elizabeth est une snob au sang bleu, dit-il. Ces gens considèrent tout soupçon de maladie mentale comme une preuve que la lignée est entachée.

— Je ne comprendrai jamais ces gens, dis-je.

— Ils vivent dans un monde à part, acquiesça Nick en gobant la dernière bouchée de son soufflé au chocolat. Mais, plus important, il est plus de vingt heures, l'éclairage est tamisé et la piste de danse se remplit à l'heure actuelle. Que dirais-tu de m'accorder l'une de ces danses que tu m'as promises ?

Je pris sa main et lui souris.

— Allons-y.

25

CHAPITRE VINGT-CINQ

Lorsque nous arrivâmes sur la piste de danse, Jason et Hae-won nous suivant de près, l'orchestre passa à une interprétation lyrique de *Moon River*, que j'avais entendu dans le film classique d'Audrey Hepburn, *Diamants sur canapé*.

Nick me prit dans ses bras et, alors que nous tournoyions sur la piste de danse au son des violons, je me perdis dans le bonheur de danser avec lui. Les lumières mouvantes bleutées au-dessus de nous tachetaient ses larges épaules et accentuaient les ombres de ses traits marqués. Il était si beau dans son smoking et j'avais hâte de lui faire l'amour cette nuit, et de lui montrer tout mon amour.

Nous avions traversé l'enfer ensemble, et ce n'était pas encore terminé. Mais à cet instant, je sus que nous pouvions surmonter tout ce que la vie nous réservait. Nous étions tous deux des battants et nous ferions notre chemin, poings devant, jusqu'à ce que l'acquisition de Centerpost soit derrière nous, dans deux semaines, et que nos vies reprennent leur cours normal.

Tout en dansant, les yeux dans les yeux, les épreuves de la soirée s'estompèrent. Rien d'autre n'importait que nous deux et ce que nous ressentions l'un pour l'autre. La piste de danse était bondée et les couples scintillants tournoyaient autour de nous, mais je me fichais bien de qui il pouvait bien s'agir.

J'avais rencontré l'homme de mes rêves, et en plus de toutes ses autres qualités, il était un danseur accompli. Certains hommes ne guidaient pas leur compagne avec assez d'assurance pour qu'elle puisse suivre leurs mouvements, mais Nick n'avait pas ce problème. Il me pencha vers l'arrière, m'embrassa, puis me fit tourner sous son bras, ma jupe se déployant autour de mes cuisses, avant de me ramener contre lui.

— Danser avec toi est un plaisir, dit-il. Peu importe ce que je fais, tu me suis avec facilité.

— J'aime danser, et je t'aime, toi, dis-je. Et valser sur *Moon River* avec toi ? J'ai l'impression d'être Audrey Hepburn. Je pourrais affronter des centaines d'Elizabeth Endicott pour partager un tel moment avec toi.

Il m'attira plus près.

— Je ne peux te dire ce que ça signifie pour moi… et je suis bien d'accord.

Après *Moon River*, l'orchestre passa à une salsa endiablée et Nick me mena hors de la piste de danse, vers Jason et Hae-won qui se tenaient en bordure de celle-ci.

— Reste avec Jason et Hae-won un moment, dit-il. Il est temps pour moi d'obtenir ce tango que je t'ai promis.

Il disparut dans la foule et je me tournai vers Hae-won.

— J'adore la danse, dis-je.

— Moi aussi, dit-elle. Jason et moi suivons des cours de salsa, mais nous ne sommes pas prêts à étaler nos talents en public.

— La salsa est difficile, dis-je. Du moins, pour quiconque n'a pas grandi avec ça. J'ai suivi un cours de danse latine à l'université, mais Nick dit qu'il n'est à l'aise qu'avec le tango.

— Je préfère le merengue, dit Hae-won avec un petit rire.

— Le merengue est amusant, acquiesçai-je. Dès que tu connais quelques pas et que tu détends les hanches, tu peux te lancer.

Nous parlâmes de danses latines jusqu'au retour de Nick.

— Et un tango pour nous, dit-il en souriant.

Il lança un regard interrogateur à Jason et Hae-won.

— Nous accompagnerez-vous ?

— Je ne manquerais pas ça pour tout l'or du monde, dit Jason. Hae-won préfère le merengue, mais je suis un amant du tango.

— Quel morceau as-tu demandé ? demandai-je à Nick.

Il se pencha et me murmura à l'oreille :

— Disons simplement qu'il est approprié. J'ai choisi un morceau qui exprime comment je me sentais lorsque tu es entrée dans la chambre pour me montrer ta robe plus tôt aujourd'hui.

Au même moment, la salsa prit fin et, d'un mouvement fluide, Nick m'emporta sur la piste de danse, nous immobilisant dans la figure d'ouverture du tango. Lorsque l'orchestre entama les premières notes de musique, je reconnus *Jalousie*, et fus heureuse de remarquer que la piste de danse s'était grandement clairsemée. Si l'on pouvait valser lentement pratiquement coude à coude, le tango nécessitait plus d'espace.

Au moment où les violons égrenaient l'entraînante ouverture en mineur, ponctuée de salves dramatiques, Nick exécuta quelques pas classiques et simples. Mais alors que je suivais chacun de ses pas, il commença à varier son jeu de pieds, me conduisant à travers une série de renversés et de pirouettes improvisés. Bien dansé, le tango était une conversation sensuelle, maniant les invitations et les réponses, et Nick maîtrisait assurément une vaste gamme de pas, tout comme moi.

Il me pencha vers l'arrière, bien bas, et je me laissai aller, tendant mon bras au-dessus de ma tête. En un rythme précis, il me releva, pressant ma taille contre lui. Je levai les mains, écartai les doigts et les fis doucement courir de chaque côté de son visage.

— La jalousie, dis-je, taquine. Est-ce ainsi que tu te sens ?

— Et bien plus, dit-il, avant de me faire tournoyer, interrompant le mouvement de façon à ce que mon dos soit contre son bras droit tendu. Tandis que nous dansions vers l'avant en parallèle, mon dos vers lui, il me murmura à l'oreille :

— Je brûle pour toi et de l'envie de te posséder.

Il me fit tournoyer à nouveau avant de m'attirer contre lui, face à lui. Même sous la lumière bleutée, l'ardeur dans son regard ne laissait aucun doute.

— Et, oui. Je suis un homme très jaloux.

Nous exécutâmes plusieurs pas rapides, suivis d'un lent renversé sensuel. Lorsqu'il me redressa, je lui fis face, les lèvres effleurant presque les siennes, puis il me mena dans une autre série de pas rapides. Lorsqu'il me fit tournoyer une nouvelle fois loin de lui, j'improvisai, me plaçant derrière lui, puis pressant la main droite contre son torse puissant.

— Je ressens la même chose pour toi, dis-je contre son oreille.

Il plaça sa main sur la mienne, me ramena à sa droite, et me renversa, se penchant sur moi de telle sorte que son visage ne se trouvait qu'à quelques centimètres du mien.

— Une fois à la maison, je vais faire l'amour à chaque centimètre de ton corps, jusqu'à ce que tu jouisses en criant mon nom.

Lorsqu'il me redressa une nouvelle fois, je laissai courir mes mains sur ses épaules puis sur son torse avant de croiser son regard.

— Il semblerait, monsieur Santoro, que votre plan pour la nuit soit très semblable au mien.

Ses yeux brillèrent d'amusement.

— Essaieriez-vous de calmer ma jalousie, mademoiselle Evans ? Si oui, je devrais te mettre en garde… c'est peine perdue. Lorsqu'il est question de toi, je ne me lasse jamais.

— Peut-être, dis-je. Mais lorsqu'il est question de *toi*, j'adore relever les défis.

26

CHAPITRE VINGT-SIX

Tandis que le tango prenait fin, Nick me renversa une dernière fois, me redressa face à lui et m'embrassa. Lorsqu'il prit mon bras et me guida hors de la piste de danse, j'entendis des applaudissements épars.

— Que se passe-t-il ? demandai-je à Nick tandis que l'orchestre entamait un nouveau morceau.

Il me sourit.

— Je crois qu'ils nous applaudissent. Nous leur avons offert un sacré spectacle.

Tout en assimilant l'approbation de la foule, je me demandai ce que cela signifiait. La société dans laquelle Nick évoluait commençait-elle à m'accepter ? Seul le temps nous le dirait, mais tandis que nous approchions de Jason et Hae-won, qui avaient également quitté la piste de danse, je marchais sur un nuage. Peut-être qu'avec le temps, je pourrais être moi-même dans le monde de Nick.

— Vous avez été extraordinaires, dit Jason en souriant à Nick. Tu as mis le feu à la piste de danse.

— Tout le crédit revient à Ilana, dit Nick. J'ai suivi quelques cours de danse au fil des années, mais Ilana a fait de tout, du ballet au flamenco.

— Et ça se voit, me dit Hae-won. Tu bouges avec tant de grâce.

— Je suis tombée sous le charme de la danse très jeune, dis-je. Et Nick est un excellent partenaire.

— Pourquoi ne pas trinquer à cet instant ? dit Nick. Je vais trouver un serveur et demander qu'il nous apporte un verre.

— En fait, Hae-won et moi devons partir, dit Jason. Nous commençons tôt demain matin.

Nous nous fîmes la bise et nous dîmes au revoir, nous promettant de dîner ensemble sous peu, puis ils partirent.

Lorsqu'ils se fondirent dans la foule, Nick se tourna vers moi.

— Que dirais-tu d'un martini ? Après avoir trinqué à notre premier tango, nous pourrions danser à nouveau.

Je regardai alentour, mais la périphérie de la piste de danse était bondée de couples.

— J'aimerais bien un martini, mais je ne vois pas de serveurs à proximité.

— Dirigeons-nous vers le bar, dit Nick. Il est de l'autre côté de la piste de danse. Si nous ne voyons pas de serveur d'ici là, nous pourrons commander nos verres directement.

Alors que nous nous dirigions vers le bar, la foule ne se dispersait pas et, même si des serveurs circulaient à l'opposé de la pièce, il n'y en avait pas près de nous. En approchant du bar, je fus soulagée de voir que, bien qu'occupé, il était moins bondé que la zone que nous venions de quitter. Les gens se tenaient en groupes, bavardant et sirotant leurs verres, et les serveurs allaient et venaient, des plateaux en argent chargés de tous les verres imaginables.

Lorsque nous arrivâmes au bar, j'aperçus les Endicott et Fripp, à moins de trois mètres de nous. Elizabeth sirotait un verre de vin blanc, Fripp buvait un whisky ou un scotch, et Endicott avait les mains vides.

— Ignore le groupe d'Endicott, dit Nick. Après l'avertissement que je leur ai donné plus tôt, je ne crois pas qu'ils nous chercheront à nouveau querelle ce soir.

Il se trompait. Alors que nous approchions du bar, Elizabeth

Endicott coupa le chemin de Nick, une expression de dédain sur le visage.

— Si tu sais ce qui est bon pour toi, tu laisseras mon mari tranquille, dit-elle.

Sa voix se fit tranchante.

— Sinon, une fois que Forbes sera innocenté, nous te forcerons à quitter New York. Personne d'importance ici ne voudra être vu en ta compagnie.

Nick la regarda fixement.

— Tu empestes le désespoir, Elizabeth, et les preuves contre ton mari ne font que s'accumuler. Peu importe les mensonges que Forbes t'a racontés, ou ceux que tu t'es inventés pour bien dormir le soir, au bout du compte, lorsqu'il paiera pour ses crimes, ce ne sera pas moi le paria ici. Ce sera toi. Ton mari et toi. Vous serez tous deux faits comme des rats. Mais, vu tes origines, tu ne l'as probablement même pas envisagé. Vous vous croyez invincibles, mais je peux vous assurer que vous ne l'êtes pas.

Il prit ma main, passa devant moi et tenta de me guider loin d'elle, mais elle fit un pas de côté pour le bloquer.

— Tu n'es rien de plus qu'un arriviste du New Jersey, dit-elle avec mépris. Et tu exhibes ton petit joujou vulgaire partout en ville. Mais peu importe le nombre de diamants à son cou, elle ne sera jamais rien de plus qu'une strip-teaseuse. Et tous ces gens n'oublieront jamais qu'elle n'est qu'une pute.

— N'oublie pas de le dire à ton mari lorsqu'il sera en taule, dit Nick. Parce que, crois-moi, il aura besoin de cette conversation.

Il passa son bras autour de ma taille et, ce faisant, je sentis la colère qui irradiait de lui.

— Ilana est forte, elle est intelligente, et lorsqu'elle aura terminé son master en économie, elle pourra en remontrer à tous ceux de ton espèce.

Elizabeth renifla et fit courir le bout de ses doigts le long de son cou.

— La seule chose que son espèce connaît est l'attroupement d'hommes dégénérés plus que prêts à lui jeter de l'argent.

Je fis un pas vers elle pour l'affronter, mon visage à moins d'un mètre du sien lorsque je pris la parole.

— Tu oses me juger, dis-je. Tu me donnes presque envie de rire, Elizabeth, mais le bracelet à la cheville de ton mari s'en est déjà chargé.

Je plissai le regard.

— Tu sais, je parie que tu n'as jamais travaillé un seul jour de ta vie. Tu as hérité l'argent de ton père, puis tu as épousé un autre homme pour en amasser davantage. Quel appât tu dois être pour le monde. Mais je me demande, qui veut vraiment goûter à ton hameçon calcifié ?

Elle laissa fuser un rire sec.

— Et c'est une strip-teaseuse grimée qui me dit ça ? Allons. J'ai dévoué ma vie à des organismes comme la Croix rouge, alors que tu as dévoué la tienne à danser sur un poteau.

Je ne bougeai pas.

— Oh, Elizabeth, bravo, dis-je. Félicitations ! Tu sais comment servir le thé et signer les chèques de ton mari. Quel accomplissement, et franchement, quelle bienveillance.

— Qu'est-ce que tu peux bien savoir des œuvres de charité ? Ton espèce ne donne pas la charité, je dirais plutôt que vous la recevez.

— Tu dis que tu es dévouée aux œuvres de charité, dis-je. Tu pourrais peut-être répondre à quelques questions. Commençons par la Croix rouge, pour laquelle tu te dis dévouée. Dis-moi, parce que ça m'intéresse, quelle part de l'approvisionnement en sang de notre pays provient de la Croix rouge ?

Elle souleva le menton et me regarda avec dédain.

— Les chiffres ne sont pas mon fort. Mon implication auprès de la Croix rouge est à un niveau plus élevé.

— Non, non. Soyons franches. C'est un chiffre que toute personne dans ta position devrait connaître. Mais comme tu l'ignores, laisse-moi te le donner. Quarante pour cent de l'approvisionnement en sang aux États-Unis proviennent de la Croix rouge. Tu n'es pas trop perdue ? Elizabeth ? Allez... ne me regarde pas avec cet air perdu. Est-ce trop d'information ? Quel dommage. Mais, essayons à nouveau. Tu pourrais peut-être me dire ce que fait la Croix rouge pour aider les victimes de l'inondation en Louisiane.

Elle me regarda avec mépris.

— Elle aide les victimes de l'inondation, évidemment.

— Comment ?

Son visage se durcit.

— La Louisiane n'est pas ma région. Mon travail pour la Croix rouge est basé à New York.

Je saisis l'occasion au vol.

— Alors, tu dois tout connaître au sujet des cours de santé et de sécurité offerts par la Croix rouge à New York.

Elle rejeta sa chevelure blonde.

— Évidemment. Nous offrons plusieurs cours.

— Nommes-en un. Prouve-moi que tu connais au moins une chose à propos de l'organisme que tu affirmes soutenir.

Lorsque la colère fusa dans son regard, je sus qu'elle était prise.

— Tu ne peux pas nommer un seul cours, n'est-ce pas ?

— Et alors ? dit-elle. Je collecte des fonds, je ne suis pas enseignante.

— Tu es exactement ce dont tu m'as traitée, dis-je. Une pute, seulement tu te prostitues pour une position dans ton monde doré. Tu te dis bienveillante, je dis que tu es ignorante et fausse. La seule raison pour laquelle tu signes des chèques et amasses de l'argent est parce que ça t'est facile et que ça rehausse ta vie pathétique et chouchoutée. Oh, et au fait Elizabeth, tu m'accuses de tout ignorer sur les œuvres de charité, mais tu n'imagines pas à quel point j'ai fait preuve de charité ce soir. Pour avoir réussi à ne rien dire au sujet de ce masque de botox que tu appelles un visage, je mérite un putain de prix.

Elizabeth fit mine de répondre, mais avant de pouvoir parler, Endicott plaça une main sur son bras.

— Ça suffit, Elizabeth. Discuter avec ces gens est indigne de nous.

— Et discuter avec des criminels comme toi est indigne de nous, dit Nick avant de me guider loin d'eux en direction du bar.

Lorsque nous l'atteignîmes, il se tourna vers moi.

— Qui es-tu ? dit-il avec un sourire. Seigneur, Elizabeth ne l'a jamais vu venir, et moi non plus. La façon dont tu lui as fait ravaler ses paroles. Et dont tu l'as dénoncée comme la snob superficielle et ignorante qu'elle est ? Pour la deuxième fois ce soir, je suis si fier d'être à tes côtés.

Je l'embrassai.

— Merci. Je sens que j'ai mérité ce martini.

Nick rit.

— À qui le dis-tu.

Il fit signe à un serveur et commanda deux martinis avant de se tourner à nouveau vers moi.

— Si Portia était ici, je sais exactement ce qu'elle dirait.

— Quoi donc ?

Il sourit.

— Elle dirait que les gens se régaleront de cette histoire pendant des semaines, se répétant sans cesse le moment où tu as fermé le clapet à Elizabeth Endicott.

Lorsque nos verres arrivèrent, nous nous déplaçâmes jusqu'à un espace libre près du bar et je continuai d'observer le groupe d'Endicott du coin de l'œil. Ils n'étaient pas très loin de nous et, même si Nick leur tournait le dos, je pouvais les voir et suivre leur conversation.

Endicott dit à Elizabeth :

— Partons. Je peux sentir ces gens jusqu'ici.

Fripp découvrit ses dents en un sourire simiesque.

— Pourquoi partir maintenant, Forbesy ? Après des heures d'ennui, cette pathétique soirée devient enfin intéressante.

Il indiqua d'un geste de la tête le serveur qui se tenait à sa droite, chargé d'un plateau d'argent où reposait un verre de liquide rouge cerise.

— Et puis, ton Campari et soda est enfin arrivé et cette fois-ci, cet imbécile de serveur a même réussi à y ajouter un morceau de citron vert.

— Prends ton Campari, dit Elizabeth. Nous partirons après avoir terminé nos verres. Je refuse de donner à ces gens la satisfaction de nous voir partir plus tôt.

Endicott prit son verre sur le plateau.

— D'accord, dit-il avant d'avaler la moitié du liquide.

Puis, il grimaça.

— Stupide serveur, dit-il. Il y a quelque chose qui ne va pas avec mon verre.

Il fit un pas vers l'avant, puis chancela de côté. Il leva une main jusqu'à sa gorge et ouvrit la bouche comme pour parler, mais tout ce qui en sortit fut un sifflement, suivi d'un gargouillis étouffé. Son visage prit la même couleur que son verre, qui glissa de ses doigts et s'écrasa au sol en un jet d'éclats de verre et de liquide qui éclaboussa les vêtements de tous ceux qui l'entouraient de gouttelettes rouges rappelant étrangement du sang.

Nick se tourna et nous observâmes les gens s'éloigner d'Endicott et former un cercle autour de lui.

— Qu'est-ce que... ? dit-il. Endicott ne semblait pas ivre.

— Je ne sais pas, dis-je en agrippant le bras de Nick.

Endicott chancela, puis tomba à genoux, agrippant sa gorge et luttant pour respirer. Soudain, son corps se souleva et de la salive remonta sur ses lèvres. Au deuxième soulèvement, il vomit, éclaboussant les robes et les pantalons des gens les plus près de lui. Ceux-ci reculèrent avec une expression de dégoût.

— Endicott est manifestement ivre, dit un homme bien bâti dans la cinquantaine.

— Un empoisonnement alimentaire peut-être ? dit une imposante femme à la chevelure blanche.

Pendant une seconde, je me demandai si elle avait raison, mais alors, Endicott s'écroula de côté sur le sol. Son corps s'enroula sur lui-même, puis il commença à tressauter de façon spasmodique. Il continuait de haleter, inspirant avec force, tandis que ses yeux s'écarquillaient et que son visage prenait une expression de pure terreur.

— Il convulse ! cria Nick, tentant de se faire entendre par-dessus l'orchestre, qui jouait la *Valse des fleurs* de Tchaïkovski. Il a besoin d'attention médicale tout de suite !

Dans un spasme violent, Endicott se tourna d'un coup sur le dos, et se souleva en un arc impossible, son corps s'arquant au-dessus du plancher alors que de l'écume s'accumulait aux coins de sa bouche. Tandis que les violons prenaient de l'ampleur et passaient à une clé mineure, ses membres cognèrent contre le plancher, en un rythme survolté rappelant l'agonie d'un insecte empalé sur une aiguille.

— Y a-t-il un médecin dans la salle ? hurla Fripp. Mon ami a besoin d'un médecin !

Mon cœur se serra alors que je me tenais en retrait de la foule, regardant avec horreur Fripp appeler à l'aide, les convulsions d'Endicott s'intensifiant. Était-il en train de mourir ? Était-ce même possible de survivre à des convulsions d'une telle magnitude ?

Son dos s'arquait encore et encore et ses membres tressautaient et bougeaient comme s'ils étaient contrôlés par un marionnettiste dément, jusqu'à ce que, après un dernier spasme torturé, son corps s'affaisse et cesse tout mouvement. Son visage était figé en un rictus de terreur, les yeux exorbités, la bouche ouverte, les membres grands ouverts. Lentement, une tache humide apparut sur le devant de son pantalon.

C'est à cet instant que, pour la deuxième fois de la soirée, l'orchestre s'arrêta pour Forbes Endicott.

La pièce devint silencieuse et une femme menue à la chevelure grise, drapée dans une robe de soirée rouge sombre, émergea de la foule, qui semblait figée de stupeur.

— Je suis médecin, dit-elle. Reculez ! Laissez-moi l'examiner.

Elle se pencha au-dessus de la forme immobile d'Endicott, prit son poignet et chercha son pouls.

Mais il était trop tard.

— Je suis désolée, mais il est mort, dit-elle en posant doucement la main qu'elle tenait sur son torse.

Beardsley Fripp la bouscula et se laissa tomber à genoux.

— Forbesy n'est pas mort, dit Fripp. Ce n'est pas possible. Il a besoin de réanimation cardiaque.

Fripp se pencha sur le cadavre d'Endicott et il était sur le point de poser les lèvres sur sa bouche, lorsque l'homme qui avait cru Endicott ivre plus tôt agrippa Fripp par les épaules et le releva avec force.

— Ne le touche pas ! dit-il. Juste avant qu'Endicott ne s'effondre, je l'ai entendu dire qu'il y avait quelque chose qui n'allait pas avec son verre. Et s'il avait été empoisonné ?

La foule qui s'était approchée pour observer le médecin se recula en hâte une nouvelle fois à l'évocation d'un empoisonnement, laissant un large fossé autour du cadavre. L'espace ainsi libéré autour du cadavre, luisant dans l'éclairage mouvant bleuté de la pièce, donnait au corps d'Endicott l'impression grotesque qu'il flottait, comme si, dans la mort, il restait suspendu dans les profondeurs de l'océan.

Je me tournai vers Nick, dont le visage s'assombrit.

— Est-ce qu'Endicott a vraiment pu être empoisonné ? Comment est-ce même possible dans une soirée comme celle-ci ?

— Je ne sais pas, dit-il. Ça ne semble pas possible, mais Endicott est mort.

À quelques mètres du corps de son ami, Fripp tomba à genoux. Il se prit la tête entre les mains et laissa échapper un grondement sourd. Ses larges épaules tressautèrent, et je compris qu'il pleurait.

Même si je détestais Fripp après son comportement par le passé et ses menaces envers Nick et moi, en ce moment, une partie de moi était désolée pour lui. Il venait d'assister à l'horrible mort de son ami de toujours, ce qui était l'une des pires choses à laquelle un être humain pouvait assister. Alors qu'il se balançait sur ses genoux, sanglotant pour son ami et gémissant de façon incohérente, le choc de Fripp était visible, sa douleur viscérale et bien réelle.

Elizabeth Endicott, sa robe de soirée bleu foncé éclaboussée des vomissements de son mari, s'avança jusqu'aux côtés de Fripp et plaça une main ornée de bagues sur son épaule, un geste de réconfort qui me semblait démenti par quelque chose dans son attitude.

Tout d'abord, je fus incapable de mettre le doigt dessus. La posture raide d'Elizabeth et la ligne serrée de ses lèvres cadraient avec la formalité rigide que les gens de sa classe choisissaient souvent de maintenir en public, et cet instant était on ne peut plus public.

Mais, alors que j'observais son visage, la seule note discordante dans sa performance par ailleurs impeccable me frappa.

Ses yeux.

Si l'expression faciale d'Elizabeth était parfaitement contrôlée, ses yeux exprimaient une émotion aux antipodes de la douleur, de la tristesse ou même de la compassion. Même si j'avais été témoin de la froideur entre Forbes et Elizabeth Endicott plus tôt dans la soirée, ce que je lisais maintenant dans son regard me stupéfia tout de même.

Elle n'était pas désolée qu'il soit mort, pas même après l'avoir vu se contorsionner et convulser sur le plancher, ne laissant aucun doute sur la douleur horrifiante qu'il avait ressentie dans ses derniers instants. Elle n'était pas désolée qu'il soit mort, pas même lorsqu'elle baissa les yeux vers son cadavre, sachant que le père de ses enfants leur avait été enlevé pour toujours.

Non, Elizabeth Endicott n'était pas du tout désolée. Ce qui luisait dans son regard était un croisement entre la froide assimilation de la situation et une acceptation satisfaite du résultat.

— Forbes a bien dit que quelque chose n'allait pas avec son verre, dit-elle au médecin. Notre ami Beardsley l'a entendu lui aussi.

Le médecin se pencha sur le visage d'Endicott, qui semblait étrangement bleu. Elle renifla l'air au-dessus de sa bouche ouverte, puis répéta la même chose au-dessus de la tâche de vomi sur sa chemise avant de se relever.

Elle fit signe à l'un des serveurs.

— Appelle la police, dit-elle. Si je me fie à ce vomi, qui sent les amandes, je crois que cet homme a été empoisonné au cyanure.

Nick me prit dans ses bras et me tint contre lui.

— Ce n'est pas bon, dit-il contre mon oreille.

— Je sais bien, dis-je à voix basse. Personne ne mérite une mort aussi horrible, pas même Forbes Endicott.

— Ce n'est pas ce que je voulais dire. Comme moi, Endicott essayait d'acquérir Centerpost. Sa mort suggère qu'il aurait pu être empoisonné pour la même raison que nous avons été attaqués... pour l'empêcher de réussir.

Je le regardai.

— Tu veux dire que la mort d'Endicott prouve son innocence ?

— Oui, dit-il toujours à voix basse. Nous devons discuter des réelles implications de sa mort avec Rocco. Mais le responsable de la mort d'Endicott est très probablement la même personne, ou les mêmes personnes, qui ont tenté de nous tuer.

La tête me tournait et mes pensées se bousculaient.

— Je comprends, mais ça voudrait dire que nous étions sur une fausse piste depuis le début.

Son regard s'assombrit.

— Peut-être. Le tueur responsable de tout ça est probablement bien vivant et, avec ce qui vient d'arriver à Endicott, je dirais qu'il est encore plus dangereux que nous le croyions. Il pourrait peut-être même se trouver dans cette pièce.

Un frisson de terreur glacée me parcourut et j'attirai Nick encore plus près de moi. Je jetai un œil alentour, observant tous ces gens riches et célèbres, maintenant rassemblés en groupes, bavardant à voix basse, posant sans doute leurs propres questions et formulant leurs propres hypothèses sur la mort d'Endicott.

— Qui pourrait commettre un meurtre aussi cruel et vicieux ? demandai-je.

— Je l'ignore, dit Nick. Mais si j'ai raison, le responsable n'a aucune intention d'arrêter, pas tant que l'un de nous, ou nous deux, ne serons pas morts.

LE CLUB DES GENTLEMEN, 3ÈME PARTIE

1

CHAPITRE UN

Octobre
New York

Le matin suivant le gala de la Croix rouge fut le début d'un jour d'automne parfait. Par les fenêtres qui occupaient tout le mur de la pièce à vivre de l'appartement de Nick, au dix-huitième étage, le ciel bleu éclatant, sans un seul nuage à l'horizon, surplombait les immeubles du centre de Manhattan. Au-delà des fenêtres, le vaste paysage urbain s'étendait à l'horizon, les gratte-ciel d'acier et de verre réfléchissant et dispersant les rayons du soleil. Mais, alors que Nick et moi sirotions notre café matinal ensemble, le ciel ensoleillé et clair d'automne semblait nous railler par sa beauté harmonieuse, tant ce bleu continu et éclatant était aux antipodes des nuages menaçants qui pesaient sur nous.

Dès l'instant où la police avait trouvé la mallette pleine d'argent utilisée pour payer nos agresseurs, avec les empreintes digitales de Forbes Endicott dessus, l'enquête de la police sur l'attaque de la voiture de Nick s'était concentrée sur Endicott, en plus de quelques-uns de ses collègues et collaborateurs potentiels. Mais, la nuit dernière, au gala de la Croix rouge, Endicott avait été violemment tué et Nick croyait maintenant qu'Endicott n'avait été qu'une victime innocente du même tueur qui occupait nos moindres pensées, le tueur qui nous avait attaqués et qui continuait de nous menacer.

Après avoir terminé sa deuxième tasse de café, Nick disparut dans sa salle de sport, souhaitant sans doute brûler un peu de sa nervosité. Je décidai pour ma part qu'une longue douche brûlante m'aiderait peut-être à me détendre. Lorsque ma vie semblait hors de contrôle, la familiarité sans exigence des activités quotidiennes réussissait parfois à me calmer. Je réussirais peut-être à gérer ma tension interne en m'occupant comme s'il s'agissait d'un jour normal... malgré le fait indéniable que cette journée était tout sauf normale. La nuit dernière, à notre retour du gala, j'avais mal dormi, et Nick avait lui aussi été agité.

Je pris une douche et me séchai les cheveux, avant de choisir une jupe orange brûlé en velours côtelé dans mon placard. Malgré ma fatigue et les inquiétudes qui me tiraillaient, émoussant ma détermination à rester positive, je souris tout en laissant courir les doigts sur le tissu côtelé, me rappelant la petite boutique de Paris où je l'avais dénichée et ma joie lorsqu'elle s'était révélée de longueur parfaite, s'arrêtant suffisamment au-dessus de mes genoux pour mettre mes jambes en valeur sans franchir la limite d'une mini-jupe. Les petites choses me rendaient heureuse, décidai-je en enfilant la jupe et en refermant la glissière latérale, avant de choisir un chemisier en soie bleu foncé.

Alors que je terminais de boutonner mon chemisier, Nick entra dans la chambre, m'entoura de ses bras et déposa un baiser sur mes cheveux.

— Rocco vient de m'envoyer un texto, dit-il. Il sera là dans une demi-heure.

Je caressai la barbe naissante de Nick du bout des doigts et laissai courir une main sur le t-shirt humide qui épousait son torse musclé.

— Tu sembles avoir fait une sacrée séance d'entraînement.

Ses lèvres esquissèrent un sourire, mais la lueur troublée dans son regard ne mentait pas. Il essayait de rester fort pour moi, tout comme je m'efforçais de rester forte pour lui.

— Après une séance de poids et haltères et vingt minutes sur le tapis roulant, je dois probablement sentir le vestiaire, dit-il.

Je fis mine de humer son t-shirt.

— Tu es une véritable usine de testostérone, mais c'est étrangement attirant. Si nous avions un peu plus de temps, je t'arracherais ce t-shirt humide et je m'occuperais de toi.

Il m'embrassa rapidement avant de se détourner et de se diriger vers la chambre principale.

— Après notre rencontre avec Rocco, je te prendrai peut-être bien au mot.

Lorsque Rocco arriva vers dix heures, nous nous saluâmes, puis nous assîmes dans la pièce à vivre, Nick et moi côte à côte sur le grand canapé en cuir et Rocco sur un fauteuil adjacent.

— Par où veux-tu commencer ? demanda Nick.

— Par la mort d'Endicott, dit Rocco. Tôt ce matin, le médecin légiste a examiné le corps d'Endicott et sa conclusion préliminaire est un décès par empoisonnement au cyanure. Même si cette conclusion ne sera pas officielle avant l'arrivée des résultats de toxicologie, personne ne s'attend à ce qu'elle change.

Je regardai Rocco.

— Du cyanure ! C'est ce qu'a dit le médecin au gala.

— Selon le médecin légiste, c'est probable, dit Rocco. Les témoins ont révélé à la police qu'avant sa mort, Endicott vomissait et avait des convulsions ; ce sont des symptômes caractéristiques d'un empoisonnement au cyanure, mais nous en aurons la preuve formelle, une fois les résultats de toxicologie disponibles. Comme Nick et moi en avons brièvement discuté hier soir, nous devons envisager la possibilité qu'Endicott ait été tué par la même personne qui a tenté de vous tuer. Mais avant tout, nous devons nous tourner vers les personnes les plus proches d'Endicott, dont deux au moins profiteront grandement de sa mort.

— Nous t'écoutons, dit Nick.

Rocco poursuivit :

— Avec la mort d'Endicott, Beardsley Fripp devrait être le prochain PDG d'Endicott Trumbull. C'est un mobile puissant. Il y a aussi l'aspect du tempérament de Fripp. Nous savons qu'il prend des libertés avec les lois et qu'il a fait montre de penchants violents par le passé.

Nick secoua la tête.

— Je suis d'accord avec tes arguments pour ce qui est du mobile, mais il est difficile de croire que Fripp ait tué Endicott. Endicott était son ami depuis toujours, son meilleur ami. Tu aurais dû voir Fripp la nuit dernière au gala lorsqu'il a réalisé qu'Endicott était mort. Fripp était sous le choc et anéanti. Il était submergé par la souffrance.

— C'est vrai, acquiesçai-je, en me rappelant les larges épaules de Fripp secouées par les sanglots, alors qu'il gémissait, à genoux, devant le corps sans vie d'Endicott. Au début, il a refusé de croire à sa mort. Il a affirmé qu'Endicott avait besoin de réanimation cardiaque et il était sur le point de placer sa bouche sur celle d'Endicott lorsqu'un homme près de lui l'a arrêté, affirmant que cela pouvait être dangereux.

— Fripp paraissait vraiment ravagé par la mort d'Endicott, dit Nick. Si ce n'était qu'une simulation, alors sa performance mérite un oscar.

— En plus de Fripp, il y a également la femme d'Endicott, Elizabeth, dit Rocco. Selon mes sources, leurs soucis conjugaux étaient notoires et, comme leurs deux enfants sont adolescents, son testament laisse probablement à Elizabeth la plus grande partie de sa fortune sur-le-champ, en plus de lui laisser le contrôle de l'argent en fiducie pour leurs enfants. Vu le montant en jeu, il ne fait aucun doute que la police se penchera de plus près sur le cas d'Elizabeth Endicott.

Je me rappelai la lueur dans les yeux d'Elizabeth alors qu'elle se tenait, droite comme un piquet et les lèvres pincées, aux côtés du corps de son mari, sa robe de soirée éclaboussée de vomissure. Elle n'avait pas semblé surprise, encore moins désolée, par la mort de son mari. Au contraire, son regard m'avait fait croire qu'il ne lui manquerait pas le moins du monde.

— Elizabeth ne m'a pas paru choquée par la mort de son mari, dis-je. Je dirais même qu'elle semblait satisfaite. Elle nous a aussi dit qu'elle finançait la branche new-yorkaise de la Croix rouge. Et si elle avait une connaissance chez le traiteur qui s'est occupé de l'événement hier ? Aurait-elle pu payer quelqu'un pour qu'il ajoute du poison au verre de son mari ?

— Dans la loterie cosmique, Elizabeth Endicott a remporté gros hier soir, dit Nick. Elle est débarrassée d'un mari qu'elle n'a jamais aimé et qu'elle ne semblait même pas apprécier. Je ne crois tout de même pas qu'Elizabeth ait tué son mari, peu importe combien elle souhaitait sa mort. Cette femme est une mondaine ignorante de la pire espèce. Le responsable de l'empoisonnement d'Endicott possède des compétences et des relations qu'elle n'a pas.

— Comment le poison a-t-il pu être ajouté au verre d'Endicott ? demandai-je à Rocco. La sécurité au gala semblait stricte et Nick m'a dit que le musée est aussi protégé par un système de surveillance de pointe.

— Des détecteurs de métal et des appareils à rayons X n'auraient pas relevé une fiole de plastique ou un sachet de poison, dit Rocco. Il aurait été facile pour quiconque de passer la sécurité avec le poison.

— Comment crois-tu que ça se soit déroulé ? demanda Nick.

— Je crois que c'était un boulot pour deux, dit Rocco. Un serveur se tient près du groupe d'Endicott et attend que Forbes Endicott commande son cocktail habituel. Un barman est prêt, le poison dans sa poche. Le serveur s'approche du barman et lui fait un signe. Puis, le barman laisse tomber en douce le poison dans un verre, dissimulant ses gestes derrière le bar, avant d'ajouter les liquides et de mélanger le cocktail. De nombreux poisons sont solubles dans l'eau et la couleur rouge du Campari aurait permis de camoufler toute opacité, tout comme le faible éclairage pendant la partie danse et cocktail suivant le dîner.

— Manipuler le poison n'était pas dangereux pour le barman ? demandai-je.

— Pas forcément, dit Rocco. Si nous prenons le cas du cyanure, puisque c'est le poison supposé avoir causé la mort d'Endicott, l'ingestion d'un gramme tuera un homme, mais toucher la poudre ou recevoir quelques gouttes d'une solution au cyanure sur la peau ne sera pas assez puissant pour faire quoi que ce soit. Manger des amandes ou fumer une cigarette laisse une petite dose de cyanure dans le corps, mais ce dernier est parfaitement capable de la gérer.

— Je suppose que la police interroge les barmans et les serveurs, dit Nick. Vu le nombre de personnes présentes, en plus de la vidéo de surveillance, il devrait être assez simple d'établir qui a préparé le verre d'Endicott et qui le lui a servi.

La nuit dernière, au gala, la police avait retenu tous les gens pendant plus d'une heure. Comme les autres invités, nous avions passé la majorité de ce temps dans le hall, près des squelettes de dinosaures, la police ayant rapidement délimité Milstein Hall, la pièce où Endicott avait trouvé la mort, comme scène de crime potentielle. Après avoir parlé à plusieurs témoins, la police avait envoyé un jeune policier pour prendre les noms des autres témoins potentiels, dont Nick et moi, et pour nous informer que nous pourrions recevoir des demandes de la police dans les prochains jours, pour des entretiens ou des déclarations. Vers vingt-deux heures trente, nous avions enfin tous pu quitter le Musée d'histoire naturelle.

— Selon mes sources, la police a permis aux invités et à l'orchestre de quitter le musée hier soir, mais a retenu les serveurs et les barmans, dit Rocco. L'interrogatoire du personnel de service a commencé immédiatement, et je m'attends à recevoir des nouvelles de ces interrogatoires plus tard aujourd'hui. Comme tu l'as dit, les personnes responsables de l'empoisonnement d'Endicott devraient être identifiées rapidement.

— Ce qui pourrait mener à la personne qui les a embauchés, dis-je.

Rocco me regarda.

— C'est possible. Mais si Nick a raison et si le responsable de la mort d'Endicott est la même personne qui vous a menacés, Nick et toi, et qui a tenté de vous tuer, alors ce ne sera peut-être pas aussi simple.

— Tout à fait d'accord, dit Nick. Notre agresseur s'est révélé extrêmement malin. Pour l'instant, il a réussi à échapper à notre enquête et à celle de la police.

— Si tu as raison et si Endicott n'était pas responsable de l'attaque contre nous, échapper à l'enquête n'est pas le seul tour de force du tueur, dis-je. Il a aussi piégé Endicott. Il a volé sa mallette avec ses empreintes digitales et lui a fait porter le chapeau pour notre attaque.

— Sans compter l'empoisonnement d'Endicott, dit Nick. Peu importe l'identité de notre adversaire, il est intelligent et possède des contacts et des ressources financières importantes. Il n'aurait pas pu faire tout ça, sinon.

— Nous ignorons s'il s'agit d'un homme ou d'une femme, dis-je. Nous ignorons même s'il s'agit d'une seule personne. Ça pourrait tout aussi bien être deux personnes ou plus.

— Tout ce que nous avons évoqué est possible, dit Rocco. Mais pour l'instant, évitons de tirer des conclusions. Selon mes sources, Centerpost n'est pas la seule acquisition sur laquelle travaille Endicott Trumbull et les actifs de l'entreprise sont considérables.

— C'est un bon point, dit Nick. Plus d'une personne pourrait profiter de la mort d'Endicott. Même s'il faut admettre que le timing de son meurtre est étrangement opportun, avec le conseil de Centerpost prêt à voter l'acquisition dans moins de deux semaines.

Rocco s'adossa au fauteuil.

— En raison de ce timing, il est tentant d'établir ce lien, mais pour l'instant, nous n'avons aucune preuve en ce sens.

— Que nous recommandes-tu ? dit Nick.

— Pour l'instant, nous attendrons, dit Rocco. Plus tôt ce matin, j'ai appelé Bill Garcia, le détective responsable de notre enquête et je lui ai fait part de nos soupçons concernant le lien entre la mort d'Endicott et l'acquisition de Centerpost, en plus des menaces et de l'attaque contre vous. Dès que Garcia en saura plus, il communiquera avec moi.

— Crois-tu avoir de ses nouvelles aujourd'hui ? demanda Nick.

— Oui, dit Rocco. Ce que nous apprendrons dans les vingt-quatre prochaines heures pourrait tout changer.

2

CHAPITRE DEUX

Une fois Rocco parti, Nick me lança un regard de frustration avant de se prendre la tête à deux mains et de jurer à voix basse.

— Rocco ne veut pas que nous tirions des conclusions trop rapides, mais je suis convaincu que la mort d'Endicott est liée à l'acquisition de Centerpost.

— Que tu aies raison ou non, la mort d'Endicott aura très probablement laissé une tonne d'indices, dis-je. La police identifiera les serveurs impliqués dans l'empoisonnement et les interrogera sur leur mobile. Nous saurons s'ils ont agi de leur propre chef ou si quelqu'un les a embauchés. S'ils ont été embauchés, nous découvrirons peut-être le nom du responsable. Et il pourrait aussi y avoir des preuves matérielles. Le poison se trouvait probablement dans une fiole ou un sachet. Il pourrait s'y trouver des empreintes digitales ou bien le contenant pourrait être identifiable et nous pourrions découvrir d'où il vient ou l'endroit où il a été acheté.

— Ça ne servira à rien, dit Nick.

Il se leva et se dirigea vers la fenêtre devant laquelle il se tint, dos à moi, les bras croisés, le regard perdu dans le vide. La lumière qui passait par la fenêtre dessinait son torse puissant. La tension de sa voix me révéla que la mort horrible d'Endicott l'avait affecté autant que moi, peut-être plus, car il avait la conviction que ses efforts pour acquérir Centerpost avaient mis tout son entourage en danger.

— Nous tournons en rond et le meurtrier est celui qui contrôle ce putain de carrousel, dit-il. La seule façon de nous protéger, et de protéger tous ceux qui nous entourent, est d'en descendre.

— Par descendre, tu veux dire laisser tomber l'acquisition ? demandai-je.

— Oui, dit-il. Mes efforts ont fait suffisamment de dégâts. Faisons le décompte. Mon chauffeur, Mike Sullivan, qui a perdu la vie dans l'attaque qui nous a presque tués et qui laisse dans le deuil sa femme et ses enfants. Nos blessures et notre crainte d'un autre attentat contre nous, qui nous a poussés à nous cacher pendant des semaines à Paris. Bianca, qui a dû quitter sa propre demeure parce qu'elle nous connaît. Sans parler de ce qui s'est passé au gala hier.

Il se tourna vers moi et je frissonnai sous son regard noir.

— Et si tu avais été la victime du poison ? Et si le meurtrier s'en était pris à toi ou à moi, plutôt qu'à Forbes Endicott ?

— Tu es bouleversé et je le comprends, dis-je. Ce qui s'est passé la nuit dernière m'a également terrifiée. Mais nous n'avons pas d'autres soirées comme le gala dans les deux prochaines semaines, n'est-ce pas ?

— En effet.

— Et tu as déjà discuté avec Rocco pour renforcer notre sécurité ?

— Oui.

— Alors, pourquoi laisser tomber Centerpost maintenant ? Avec l'appui de Jason, et le vote du conseil dans moins de deux semaines, tu es trop près d'atteindre ton rêve pour tout lâcher maintenant.

Son regard accrocha le mien.

— L'*un* de mes rêves. Depuis notre rencontre, j'en ai d'autres. Je rêve de jogger avec toi et Jack au Washington Square Park sans aucun souci. Je rêve de retourner à Paris et de te faire visiter Venise et Singapour. Je rêve de te faire l'amour jusqu'à l'aube, libéré du danger qui pèse sur nous depuis un mois.

Je me levai, marchai vers Nick et l'entourai de mes bras.

— Je t'aime, je veux cet avenir autant que toi, et ça me fait chaud au cœur de savoir que tu laisserais tomber Centerpost pour me protéger. Mais cette décision va plus loin que le moment présent. Ta nouvelle compagnie, Santoro International, est aussi en jeu.

— Il y aura d'autres acquisitions.

— Si le PDG de Santoro est reconnu pour laisser tomber devant les menaces, j'en doute. Si tu abandonnes maintenant, cette décision fera partie à tout jamais de ta réputation. Fais-moi confiance, Nick. Céder devant ces menaces sera une invitation à de futures menaces, ne serait-ce que pour te forcer à capituler à nouveau. Tu mettrais en branle un cercle vicieux duquel tu ne pourrais jamais sortir.

Il m'attira plus près et je sentis sa tension. Lorsqu'il parla, sa voix semblait vide.

— Tu as probablement raison. Je cherche le bon moyen de mettre fin à cette situation et n'en voir aucun me frustre terriblement.

Je pris son visage en coupe.

— Ne prenons pas de décision à la hâte. Si nous laissons un peu plus de temps à la police et à Rocco, ils pourraient nous donner une information qui changera tout.

— Peut-être, dit-il. Je l'espère réellement.

Il m'entoura de ses bras et m'étreignit avec force. Tandis que mon corps se pressait contre le sien, je sentis sa frustration se changer en autre chose. Son membre dur se pressa contre ma cuisse et un frisson me parcourut. Après tout ce que nous avions vécu dans les dernières vingt-quatre heures, il avait besoin de moi et chaque cellule de mon corps vibrait du désir d'être là pour lui et de faire mon possible pour dissiper son angoisse.

Les dangers que nous devions braver ne faisaient qu'accroître ma certitude que j'aimais Nick comme je ne l'aurais jamais cru possible. Nous étions faits l'un pour l'autre et chaque jour que nous partagions était un don, un don auquel nous devions nous raccrocher, quoi que nous réserve le lendemain.

Alors je saisis l'instant, l'étreignis et l'embrassai, mettant dans ce baiser tout ce que je ressentais : mon amour pour lui, mon envie de le réconforter et ma soif de ses caresses.

Il me rendit mon baiser avec une urgence qui aviva ma faim, alors que ses mains couraient sur mon corps, submergeant mon corps de sensations. Exigeant et possessif, son baiser était le reflet de son état d'esprit.

— Personne ne t'enlèvera à moi, dit-il. Je ne le permettrai pas.

— Pareil pour moi. Allons au lit, Nick. Laisse-moi te montrer à quel point je t'aime.

Son regard pailleté d'or s'ancra au mien.

— Le lit est trop loin. Je te veux ici, maintenant.

Entre nos baisers affamés, nous chancelâmes jusqu'au canapé et nous laissâmes tomber sur ses coussins en cuir. Ses mains et ses lèvres étaient partout, me caressant à travers le tissu soyeux et léger de mon chemisier, avant de se glisser dessous. D'un mouvement rapide, il attrapa le col de mon chemisier et l'ouvrit d'un coup, éparpillant les petits boutons bleu foncé dans la pièce. L'urgence de son désir m'excitait comme je ne l'aurais jamais cru possible et la passion courait dans mes veines. Les événements traumatisants de la veille, les décisions difficiles à prendre pour la suite… tout disparut et je me laissai submerger par le fait d'être avec lui, de le désirer, d'avoir besoin de lui.

Il déposa une traînée de baisers sur mon buste à demi nu, releva ma jupe et m'arracha mon sous-vêtement avant de plonger la tête entre mes cuisses.

Lorsque sa langue chaude et diabolique pénétra mon centre, je haletai. Ses mains remontèrent vers mes seins et en taquinèrent les pointes à travers la dentelle de mon soutien-gorge, enflammant chacune de mes terminaisons nerveuses, alors que la sensation entre mes cuisses s'intensifiait, se transformant en un brasier de désir.

— Seigneur, Ilana, dit-il, une touche d'émerveillement dans sa voix profonde. Tu es si réactive, si prête pour moi.

Muette de désir, je ne pus que laisser échapper un doux gémissement.

Il se redressa, ouvrit son jean et plongea en moi en un seul mouvement puissant. Je griffai son dos, l'exhortant à plus alors qu'il me prenait avec force, mon corps s'envolant sous lui, léger et libre.

Un éclair me transperça et je criai mon plaisir, Nick me suivant de près, criant mon nom dans la jouissance.

Pendant un long moment, nous nous cramponnâmes l'un à l'autre, tremblant sous la passion que nous venions de déchaîner.

Il souleva la tête et me caressa les cheveux d'une main.

— J'espère que je n'ai pas été trop brutal.

Je croisai son regard.

— Tu as été parfait. Tu m'as fait voir toutes les étoiles de la Voie lactée d'un seul coup.

Il laissa échapper un long soupir.

— J'en avais besoin.

Je fis courir mes doigts sur sa mâchoire.

— Nous en avions tous les deux besoin.

— Passons à la chambre, dit-il.

— La chambre, répétai-je en souriant.

— Oh oui, la chambre, ma belle. Je n'en ai pas fini avec toi.

Dans la chambre, nous nous débarrassâmes du reste de nos vêtements et nous effondrâmes sur l'immense lit. Filtré par les rideaux de la fenêtre, le soleil de midi étincelait sur les contours musclés du corps de Nick, donnant à sa peau olivâtre un éclat mordoré. Alors qu'il me prenait dans ses bras, je humai son odeur virile et boisée, et un raz de marée d'amour inonda mon cœur, m'ébranlant par sa force.

— Je t'aime, dis-je doucement. J'aime être avec toi.

Il souleva légèrement mon menton pour croiser mon regard.

— À travers toutes les épreuves des dernières semaines, tu as été mon ancre, et chaque jour qui passe, je t'aime davantage.

Mes yeux s'emplirent de larmes. Je clignai des paupières pour les chasser et passai les doigts dans son épaisse chevelure noire.

— Aimer davantage quelqu'un chaque jour... je ne croyais pas ça possible, mais tu m'as prouvé le contraire.

Il laissa courir ses doigts sur mon cou, ma clavicule et mes seins.

— Je ne peux imaginer ma vie sans toi.

— Ce n'est pas nécessaire.

Je glissai une main sur les muscles de son torse, m'arrêtant sur son sternum, où son cœur battait, fort et régulier, sous ma paume.

— Ici, près de toi, c'est là que je veux rester.

Il pressa un baiser sur ma chevelure.

— Je te protégerai, envers et contre tout.

— Je sais, mais je sais aussi que les dangers qui pèsent sur nous t'ont mis une énorme pression. N'oublie jamais que tu n'es pas seul.

Il m'observa un long moment puis son expression se détendit. Sans prévenir, il me lança un regard débauché.

— Tu sais quoi ?

— Quoi ?

— Tu es mon arme secrète.

Je lui souris, heureuse de voir qu'il n'avait pas perdu son sens de l'humour.

— Ton arme ? Je n'en suis pas si sûre, mais nous sommes ensemble, et nous avons de bonnes personnes autour de nous.

— Ce que je veux dire, c'est que tu as un bon jugement, dit-il. Mon réflexe est généralement de prendre rapidement une décision et d'agir sur-le-champ. Mais lorsque tu m'as conseillé de ne pas abandonner l'acquisition de Centerpost, tu avais raison.

— Peut-être, dis-je. Mais un esprit de décision peut être bon, surtout en affaires.

— Pas toujours, dit-il. Parfois, comme dans cette situation, il est préférable de prendre son temps, mais je ne suis pas patient. Tu dois bien le savoir maintenant.

— Je sais aussi que tu as de nombreuses qualités merveilleuses, y compris un grand cœur. Tu préfères sacrifier tes propres rêves plutôt que de voir souffrir quelqu'un qui t'est cher.

Ses lèvres esquissèrent un sourire.

— Tu me traites de mollasson ?

— Il n'y a rien de mollasse dans le fait de vouloir protéger les gens que tu aimes. Lorsque j'ai dit que nous ne devions pas prendre de décision à la hâte, je voulais dire que nous devons trouver une stratégie qui maintient notre sécurité sans te faire perdre Centerpost.

Cette acquisition est la pierre d'assise de tes plans pour Santoro International.

— Oui, dit-il. Et ce n'est pas seulement une question d'argent. C'est une question de potentiel, le futur que je peux apporter à cette entreprise. Je le vois déjà. Je dois simplement découvrir comment y arriver sans mettre qui que ce soit en danger.

— Tu y arriveras, dis-je. Je t'aiderai autant que je le peux, et Rocco aussi.

— Je sais, dit-il. Et ça me chavire de te savoir près de moi.

Il m'attira contre lui et lorsque je sentis son érection contre moi, je le pris en main et le caressai.

Doucement, mais fermement, il repoussa ma main.

— Gardons ça pour plus tard, dit-il, parce qu'en ce moment, je veux te donner du plaisir.

Puis, il commença un assaut lent et délibéré de mes sens, à l'opposé de la furie qui s'était emparée de nous plus tôt. Il déposa une série de baisers sur mon cou et mes seins, puis en taquina les pointes. Il mordilla ma lèvre inférieure, puis captura mes lèvres en un baiser tendre et lent qui transcendait toute parole.

Il n'y avait pas si longtemps, nos chemins s'étaient croisés et une attirance intense et immédiate nous avait jetés l'un contre l'autre. Mais, au bout du compte, c'est le danger qui nous avait permis de prendre conscience de la profondeur de notre amour plus rapidement que nous ne l'aurions cru possible. Maintenant, ce danger alimentait le désir qui me submergeait et intensifiait l'énergie sexuelle qui crépitait entre nous. Mon univers se réduisit à un seul point, un seul but : lui, nous, ce moment.

Les mains puissantes de Nick caressèrent mon corps, stimulant mes sens. Frémissant sous ses caresses, je m'enfonçai dans un tourbillon de sensations, alors qu'il vénérait mon corps de sa bouche et de ses mains. Lentement, avec brio et une patience qu'il venait d'affirmer ne pas posséder, il me fit l'amour. Encore et encore, nous jouîmes, insatiables dans notre besoin mutuel de ne faire qu'un, jusqu'à nous effondrer dans un enchevêtrement de membres et de draps et à tomber totalement d'épuisement.

Tandis que je me laissais aller au sommeil dans les bras de Nick, je me sentis détendue et rassurée. Même si les dangers qui pesaient sur nous étaient toujours bien présents, j'étais plus calme et plus confiante en notre capacité à les vaincre. Juste avant de sombrer dans un sommeil profond et sans rêve, une dernière pensée me frappa : un marathon de sexe était un sacré bon traitement contre l'anxiété.

3

CHAPITRE TROIS

Lorsque je m'éveillai, l'après-midi était bien avancé. Veillant à ne pas déranger Nick, je me lavai rapidement, enfilai un jean et un chemisier, et rassemblai ma chevelure emmêlée en un chignon lâche sur la nuque, avant de retourner dans la pièce à vivre, où je m'occupai de faire disparaître toute trace de nos activités antérieures.

Un sourire joua sur mes lèvres alors que je ramassais les boutons de mon chemisier qui jonchaient le sol. Lorsque j'en fis le compte, je sus qu'il m'en manquait, mais j'espérais les retrouver plus tard.

Je mis les boutons dans ma poche et me dirigeai vers la cuisine pour préparer des biscuits aux pépites de chocolat. Je n'étais peut-être pas une pâtissière accomplie, mais ma mère avait toujours aimé cuisiner et suivre les étapes familières de sa recette passerait le temps et m'aiderait à rester calme tout en attendant des nouvelles de Rocco. Les biscuits aux pépites de chocolat avaient une place de choix dans ma liste d'aliments réconfortants et Nick adorait tout ce qui était chocolaté et, même si je n'avais jamais fait de pâtisserie pour lui avant, la recette de ma mère ne me faisait jamais défaut.

Après avoir assemblé et mélangé les ingrédients, je déposai la pâte sur des plaques à biscuits non adhésives. Tandis que je glissais les plaques dans le four, mon moral était au mieux. Avec un peu de chance, les nouvelles de Rocco nous indiqueraient un plan d'action logique. Les dernières semaines stressantes m'avaient permis de mieux comprendre Nick et m'avaient montré que, parce qu'il aimait l'action, l'attente le rendait agité et inquiet. Dès que Rocco offrirait plus d'informations à Nick, il serait de nouveau à l'aise, prêt à agir rapidement et résolument.

Au même moment, j'entendis le bruit de ses pas, juste avant que ses bras m'entourent la taille et qu'il m'embrasse sur la joue.

— Il y a quelque chose qui sent bon, dit-il.

Je me tournai vers lui.

— Des biscuits aux pépites de chocolat, la recette de ma mère. Ils seront prêts dans quelques minutes.

— Tu es réveillée depuis longtemps ? demanda-t-il.

— Pas vraiment, environ une heure.

Je l'embrassai.

— Grâce à toi, j'ai fait une sieste extrêmement revigorante.

Il me lança un sourire taquin.

— Moi aussi. Je ne l'aurais pas cru possible, mais avec toi, je crois que j'ai enfin trouvé mon maître.

Il portait un t-shirt vert foncé qui moulait son torse et faisait ressortir le vert doré de ses yeux noisette. Son épaisse chevelure noire était ébouriffée de sa sieste, mais dans l'ensemble il semblait reposé et vivifié. Lorsque je croisai son regard, mon cœur se gonfla d'amour.

— Ton maître ? dis-je avec légèreté. Dans quel sens ?

Son sourire s'élargit.

— Disons simplement qu'aujourd'hui, tu as prouvé que la femelle de l'espèce est plus fatale que le mâle.

Je levai les yeux au ciel.

— Et ça, de la part du mâle qui n'a pas arrêté de relever le défi... littéralement.

— J'ai fait de mon mieux pour défendre mon honneur, dit-il. Mais lorsque tu en as enfin terminé avec moi, j'étais épuisé, sans force, plus que l'ombre de moi-même.

Je ris, l'entourai de mes bras et m'appuyai contre lui.

— Nous l'étions tous les deux. Aimerais-tu du café avec ta dose de chocolat ?

Il déposa un baiser sur le dessus de ma tête avant de me relâcher.

— Bonne idée. Je vais en préparer.

Pendant que Nick préparait le café, je retirai les plaques à biscuits du four. Alors que je les déposais sur une grille, leur arôme familier et sucré emplit la pièce, se mélangeant à l'arôme plus fort du café.

Le téléphone de Nick sonna alors. Il le sortit de la poche de son jean et jeta un œil sur l'écran.

— Rocco est en route, dit-il. Il sera là dans quelques minutes.

Lorsque Rocco arriva, Nick et lui s'installèrent dans la pièce à vivre et je les rejoignis avec une assiette de biscuits frais.

Le visage séduisant de Rocco s'éclaira.

— Est-ce bien du chocolat ?

— Oui, dis-je en déposant l'assiette et des serviettes de table sur la table basse. Tout frais sortis du four. Aimerais-tu une tasse de café ? Nick vient tout juste d'en préparer.

Nick me lança un regard reconnaissant.

— Assieds-toi et détends-toi, dit-il. Je vais m'occuper du café.

Je m'assis sur le canapé et Rocco s'installa dans un fauteuil après avoir choisi un biscuit.

— Merci pour la collation, dit-il entre deux bouchées. J'ai sauté le déjeuner aujourd'hui et ces biscuits maison sont un vrai régal.

— Prends-en autant que tu veux, dis-je en lui tendant l'assiette. J'en ai fait des tonnes.

— Je vais te prendre au mot, dit Rocco en se penchant pour prendre un deuxième biscuit.

Lorsqu'il s'installa à nouveau dans le fauteuil, une expression perplexe passa sur son visage. De sa main libre, il fouilla sous sa cuisse gauche, puis tendit la main vers moi, révélant ainsi deux petits boutons bleu foncé.

— Je suppose que ce sont les tiens, dit-il avec un sourire lent qui me révéla qu'il savait exactement comment les boutons s'étaient retrouvés sous ses fesses.

Je rougis tout en prenant les boutons et en les mettant dans ma poche.

— Merci, dis-je. Je les cherchais un peu plus tôt, mais je n'ai pas pensé à chercher sur ce fauteuil. Heureusement, tu es meilleur enquêteur que moi.

— Ne sois pas embarrassée, dit-il avec une gentillesse qui me surprit. Pas besoin d'être détective pour voir que Nick et toi êtes fous l'un de l'autre et que vous allez bien ensemble.

— Je me sens chanceuse… et reconnaissante, dis-je. Avant de rencontrer Nick, j'étais découragée par la scène amoureuse. J'étais célibataire depuis assez longtemps pour que mes amies ne cessent de vouloir me présenter quelqu'un.

— C'est une véritable loterie, dit Rocco. Les chances de rencontrer quelqu'un avec qui tu t'entends bien sont moins grandes que celles de remporter le jackpot.

— N'est-ce pas un peu cynique ? dis-je.

— C'est réaliste, dit-il. Et puis, il faudrait une femme d'exception pour pouvoir me supporter.

— Dans quel sens ? demandai-je, curieuse.

Avec ses traits séduisants, ses yeux bleus perçants et sa carrure musclée, comment pouvait-il ne *pas* trouver une femme ? En se basant uniquement sur les apparences, bien des femmes adoreraient sortir avec lui. Même si Nick le connaissait mieux que moi, dès notre première rencontre Rocco m'avait impressionnée par son intelligence et son ambition, mais également par son grand cœur et sa sincérité. En tout point, cet homme était un bon choix, mais il avait de toute évidence ses propres critères.

Rocco haussa les épaules, mais je perçus l'émotion sous sa façade extérieure.

— En raison de ce que je fais, je n'aurai jamais des horaires stables jour après jour. Et même si je ne suis pas toujours dans le vif de l'action comme les policiers ou les pompiers, mon travail reste souvent dangereux. Ce n'est pas facile de trouver une femme prête à supporter ça.

— Peut-être qu'elle te trouvera, dis-je. Elle entrera peut-être dans ta vie au moment où tu t'y attends le moins, comme pour Nick et moi.

L'expression de Rocco était sceptique.

— Ce serait une belle surprise, mais je ne me fais pas d'illusion.

À ce moment, Nick revint avec le café. Après nous avoir tendu une tasse, il s'assit près de moi et prit un biscuit. Lorsqu'il y goûta, il me lança un regard approbateur avant de se tourner vers Rocco.

— Bon, dis-nous ce que tu as pu apprendre de la police aujourd'hui.

— La nuit dernière, la police a rapidement identifié le barman et le serveur qui ont donné le verre empoisonné à Endicott, commença Rocco. Le barman et le serveur ont été interrogés séparément, et les deux ont donné la même version. Ils ont été payés par un collègue pour verser de la drogue dans le verre d'Endicott.

— Un collègue du traiteur qui s'est occupé du gala ? demanda Nick.

— Oui, dit Rocco. Un cuisinier du nom de Ricky Oliva leur a offert une chance de faire de l'argent rapide. Oliva leur a montré une photo d'Endicott et leur a offert mille dollars chacun pour verser de la drogue dans son verre, en leur disant qu'ils recevraient mille dollars de plus s'ils réussissaient. Il leur a dit que ce serait facile, puisqu'Endicott avait l'habitude de commander un Campari et soda après le dîner. Le jour précédant le gala, Oliva a donné au barman un sachet de poudre blanche qu'il a apporté au gala avant de le mélanger au verre que le serveur a apporté à Endicott.

Nick semblait sceptique.

— Seulement mille dollars chacun ? Pour tuer un homme ?

— Selon le serveur et le barman, ils ignoraient que la poudre était mortelle, dit Rocco. Oliva, qui est apparemment connu au sein de l'entreprise comme le contact pour obtenir de la drogue, leur a dit qu'il s'agissait d'un canular payé par l'un des concurrents d'Endicott, un tour pour faire passer Endicott pour un ivrogne et l'embarrasser en public.

— Alors, le serveur et le barman ignoraient que la poudre allait tuer Endicott, dis-je.

— Selon eux, Oliva leur a dit que la poudre le ferait tituber et marmonner, dit Rocco. Mais ils ne s'en tireront tout de même pas. Ils seront tous deux accusés d'homicide involontaire.

Nick prit une gorgée de café.

— Si le barman et le serveur disent vrai, ils ne sont que des pigeons et cet Oliva est le vrai tueur. Devons-nous les croire ?

— Je crois que oui, dit Rocco. Et voilà pourquoi. Oliva était censé travailler au gala hier, mais il ne s'est pas pointé. Au lieu de ça, il a pris un vol pour Miami hier matin. Son vol a atterri à Miami à treize heures, cinq heures avant le début du gala.

— Je vois, dit Nick. Il semblerait qu'Oliva soit en fuite, ce qui suppose qu'il savait exactement ce que la poudre était. La police de Miami doit déjà être à sa recherche ?

— Ce matin, un mandat d'arrêt a été lancé pour Oliva, dit Rocco. Mais je ne m'attends pas à ce que la police le trouve rapidement. Le comportement d'Oliva indique qu'il savait que l'empoisonnement d'Endicott pointerait vers lui. Le fait qu'il l'ait délibérément empoisonné signifie non seulement qu'il a été largement rémunéré, mais qu'il avait un plan pour éviter d'être arrêté.

— Alors, nous sommes au même point que ce matin, dit Nick. Nous savons que l'attaque sur ma voiture était liée à l'acquisition de Centerpost. Il semble probable que le meurtre d'Endicott soit aussi lié à l'acquisition de Centerpost et qu'il ait été commis par la même personne qui a essayé de tuer Ilana et moi.

— Il y a de nouvelles preuves pour appuyer cette hypothèse, dit Rocco. Il semblerait que la même personne, ou les mêmes personnes soient responsables des deux attaques.

— Nous t'écoutons, dit Nick.

— Ce matin, la police a interrogé Elizabeth Endicott et Fripp à nouveau. Elizabeth ne nous a rien appris de plus, mais selon Fripp, Forbes Endicott a reçu plusieurs menaces par textos au cours de la dernière semaine. Puisque le téléphone d'Endicott était sur lui lorsqu'il est mort, la police a pu faire le tour des textos et confirmer l'affirmation de Fripp. Les menaces qu'Endicott a reçues l'avertissaient d'abandonner l'acquisition de Centerpost, semblables aux menaces que Nick a reçues avant l'attaque de sa voiture.

— Quelles mesures Endicott a-t-il prises en réponse à ces menaces ? demanda Nick.

— Fripp prétend qu'Endicott l'a rencontré voilà plusieurs jours, avec quelques autres dirigeants d'Endicott Trumbull pour discuter des menaces, dit Rocco. Ils ont pris la décision de ne pas en parler le temps que l'équipe de sécurité interne tente de localiser les textos, ce qui n'a mené nulle part.

— Comme pour les menaces que Nick a reçues, dis-je. Le tueur utilise des téléphones jetables et s'en débarrasse après chaque utilisation.

— Est-ce qu'Endicott est allé plus loin ? demanda Nick.

— Endicott avait prévu une réunion de suivi aujourd'hui pour discuter des mesures de sécurité et de la meilleure manière d'impliquer la police pour enquêter sur toute personne qui pouvait être à l'origine des menaces. Évidemment, avec la mort d'Endicott, la police est maintenant activement impliquée.

— Qui était le suspect d'Endicott ? demanda Nick. Andreas Ulbrecht ?

Rocco croisa le regard de Nick.

— C'est exact.

4

CHAPITRE QUATRE

Nick fronça les sourcils.

— Avec la mort d'Endicott, il est logique de se tourner vers Ulbrecht. En tant que PDG de NextEdge, Ulbrecht n'a pas caché son intention d'acquérir Centerpost.

— Voyons voir ce que nous savons à propos d'Andreas Ulbrecht, dit Rocco.

Je me rappelai ma rencontre avec Ulbrecht à la soirée de financement le soir de l'attaque. Un homme costaud dans la quarantaine avec des épaules larges et une chevelure bouclée noire, Ulbrecht avait l'allure d'un ancien quarterback qui avait abandonné depuis longtemps la salle de sport. De loin, il restait un homme encore séduisant, mais de près, sa taille épaisse, sa mâchoire enflée et son visage plein de capillaires éclatés témoignaient d'un abus d'alcool de longue date. À la soirée, la compagne d'Ulbrecht et moi avions toutes deux fait les frais de ses tentatives maladroites de faire de l'esprit, l'humour agressif d'un homme qui faisait valoir sa dominance en rabaissant les autres.

La compagne d'Ulbrecht se trouvait être Valencia ce soir-là, et ils se voyaient encore, selon Bianca. Vu que Valencia était une salope de bas étage, sa liaison avec Ulbrecht était étrangement logique, comme un couple tordu tout droit sorti des enfers.

— Ulbrecht veut Centerpost, ce qui lui donne une raison de vouloir éliminer la concurrence, dit Nick. Mais nous n'avons pas de preuves contre lui.

— C'est vrai, dit Rocco. Les preuves initiales pointaient toutes vers Endicott et Fripp et je ne suis pas encore prêt à écarter Fripp de ma liste de suspects. Mais avec la mort d'Endicott, nous devons envisager la possibilité qu'Andreas Ulbrecht puisse être le responsable de tout ça. Et si Ulbrecht avait été derrière l'attaque, mais qu'il avait fait porter le chapeau à Endicott ?

Je croisai le regard calme de Rocco.

— Depuis le début, Endicott affirmait que quelqu'un avait volé sa mallette dans son bureau.

— Exactement, dit Rocco. À cette époque, nous croyions qu'il mentait, mais s'il disait vrai ? Cette mallette, avec ses empreintes digitales et l'argent qu'elle contenait pour payer vos agresseurs, était la pièce à conviction principale qui a mené à son arrestation. Mais si Ulbrecht avait payé quelqu'un pour entrer dans le bureau d'Endicott et voler la mallette ? Et si Ulbrecht avait alors utilisé la mallette pour donner l'argent aux tueurs, s'assurant ainsi que, si elle était trouvée par la police, Endicott serait arrêté et accusé de meurtre ?

— De nombreuses personnes pouvaient entrer dans son bureau, dis-je. Ses assistants y avaient accès.

— De même que l'équipe de sécurité interne, les techniciens qui s'occupent du réseau informatique, et le personnel d'entretien, dit Rocco. Et il est peu probable que la liste s'arrête aux seuls employés qui ont un accès légitime au bureau d'Endicott. Au sein d'une entreprise, les gens sont souvent négligents pour ce qui est de la sécurité. Ils ne vont qu'au bout du couloir quelques minutes et ne ferment pas leur porte. Ils laissent des documents à leur bureau où n'importe qui peut les voir et discutent de sujets confidentiels dans des endroits où n'importe qui peut les entendre. Tous ces comportements sont des exemples fréquents de négligence qu'aucun système de sécurité ne peut contourner.

Nick secoua la tête.

— Éliminer Endicott ou moi, sans parler de nous deux, faciliterait l'acquisition de Centerpost pour Ulbrecht. Mais ce ne sont que des suppositions, puisque nous n'avons aucune preuve contre Ulbrecht, que ce soit dans l'attaque contre ma voiture ou l'empoisonnement d'Endicott.

— Il y a une chose, dis-je. J'ignore si ça change quelque chose, mais les derniers mots de la menace que Nick a reçue quelques moments avant l'attaque, « Centerpost m'appartient », sont les mots exacts qu'Ulbrecht a lancés à Nick à la soirée qui a précédé l'attaque.

Rocco me regarda.

— Dans ce texto particulier, l'expéditeur parle de toi comme de la « nouvelle salope » de Nick, ce qui selon toi faisait référence au club.

— Je suis convaincue qu'Ulbrecht m'a déjà vu danser au club, puisqu'il y est pratiquement tous les soirs. Il fréquente l'une de mes collègues.

— Quel est son nom ? demanda Rocco.

— Son nom de scène est Valencia, dis-je. J'ignore son vrai nom, mais tu pourrais l'obtenir de Stone ou de Max au club. Son nom légal devrait se trouver dans ses documents d'embauche.

— Pas besoin, dit Nick. Le vrai nom de Valencia est bulgare et difficile à prononcer, mais je te l'écrirai tout à l'heure. Je l'ai fréquentée brièvement il y a quelques années, et en raison de cette histoire ou d'une jalousie professionnelle, elle en a contre Ilana. Toutefois, je ne la considérerais pas comme une suspecte. Elle est plus que capable de s'en prendre à une collègue, comme elle l'a fait avec Ilana, mais elle ne ferait rien d'illégal.

Plus tôt dans notre relation, il y avait un moment où l'attitude protectrice de Nick envers Valencia m'aurait rendue jalouse, mais plus maintenant. Au contraire, qu'il mentionne son nom ne faisait que confirmer combien notre relation avait évolué. Même si je ne pouvais accepter la façon dont Valencia traitait les autres, et moi en particulier, j'étais maintenant capable d'entendre Nick prononcer son nom sans en être contrariée.

J'essayai donc d'être juste ce qui, lorsqu'il était question de Valencia, était comme monter le mont Everest sans bonbonne d'oxygène.

— N'oublie pas que Valencia peut-être une véritable salope, dis-je. Tu te souviens comment elle s'en est prise à ma chaussure ? Je la crois capable de tout, surtout s'il y a un gros chèque au bout.

Nick me lança un regard.

— Je ne suis pas totalement en désaccord, dit-il. Je n'excuse pas la façon dont elle t'a traitée. Mais lorsque je la fréquentais, elle me parlait souvent de son espoir de devenir citoyenne américaine un jour. Tout problème avec la loi mettrait cette citoyenneté en péril, c'est pourquoi je doute qu'elle soit impliquée dans des activités illégales.

Je n'aurais pas pu être davantage en désaccord, mais je me tus. Lorsqu'il était question de Valencia, Nick et moi ne serions probablement jamais d'accord.

— Revenons au mobile d'Ulbrecht, dit Rocco. Selon mes sources, lors de son divorce, Ulbrecht a perdu plus que l'accès aux relations sociales de son ex-femme et à sa fortune de deux cents millions de dollars, il a aussi perdu la majorité de leur portefeuille immobilier conjoint, y compris des maisons à Manhattan et dans les Hamptons. En parallèle, parce qu'il est un salaud rancunier, il a aussi dépensé une grande partie de sa fortune personnelle pour payer les services des avocats les plus dispendieux de New York dans une vaine tentative de remporter la garde de leurs deux enfants.

— Bordel, dit Nick. L'ex-femme d'Ulbrecht est une Vanderbilt, alors il n'est pas surprenant qu'elle ait eu un contrat de mariage en béton. J'étais au fait que le divorce lui avait coûté beaucoup, mais je ne savais pas que ça s'était terminé dans un tel carnage.

— Je ne me rappelle même plus combien de fois les journaux à scandales s'en sont pris à lui pendant son divorce, dis-je. C'était intense. Jusqu'à la fin du divorce, il était l'une de leurs victimes préférées.

— La fortune personnelle d'Ulbrecht est grandement réduite, dit Rocco. Et il y a aussi la tablette qu'il a soutenue et qui a été un fiasco sur le marché. En ce moment, ses actionnaires et son conseil sont tous en rogne contre lui.

Nick se fit pensif.

— NextEdge n'a pas atteint les revenus escomptés dans les trois derniers trimestres, ce qui met Ulbrecht sur la sellette. Il doit offrir à son conseil et à ses actionnaires quelque chose d'enthousiasmant, et l'acquisition de Centerpost aura certainement cet effet. S'il obtient Centerpost, la presse économique se pâmera devant les milliards potentiels, les actions de NextEdge prendront de la valeur et Ulbrecht sera le héros de l'histoire. S'il perd, alors il devra trouver un autre moyen de convaincre tout le monde que l'avenir de NextEdge est prometteur.

— La réputation d'Ulbrecht pourrait ne pas survivre à un autre échec, dit Rocco. S'il ne réussit pas un tour de force important bientôt, le conseil de NextEdge pourrait décider qu'il est temps de nommer un nouveau PDG. Si le conseil met Ulbrecht à la porte, il est peu probable que quelqu'un d'autre lui offrira un poste semblable. Ulbrecht n'a pas eu de réussites importantes depuis quelques années et il ne faut pas oublier la mauvaise presse à propos de son divorce, le fiasco de son appareil technologique, et une série de litiges et d'associés enragés qui s'étend sur près de vingt ans.

— Alors, Ulbrecht a sans conteste un mobile, dit Nick en regardant Rocco. Et je ne fais toujours pas confiance à Fripp. Nous devrions nous concentrer sur ces deux-là. Mais, avant de discuter des prochaines étapes de l'enquête, j'aimerais avoir tes idées pour accroître notre sécurité personnelle.

Il me prit la main.

— Aucune acquisition ne vaut la vie d'Ilana, ou de son amie, Bianca.

— Évidemment, dit Rocco. Voici comment nous vous garderons tous en sécurité.

5

CHAPITRE CINQ

Lorsque Rocco partit, Nick et moi préparâmes un dîner simple, puis Nick se dirigea vers son bureau pour travailler, alors que je passais à l'appartement voisin pour voir Bianca, qui travaillait avec acharnement sur les préparatifs de son défilé de mode prochain, dans quelques jours à peine. J'avais essayé de la convaincre de se joindre à nous pour dîner, mais lorsqu'elle avait refusé mon invitation, affirmant qu'elle avait déjà mangé, la tension dans sa voix m'avait tracassée.

Alors, après avoir rempli un sac de nourriture, je l'avertis par texto que j'étais en route et je quittai l'appartement de Nick, traversai le couloir et sonnai à la porte de l'appartement qu'elle occupait jusqu'à la conclusion de l'acquisition de Centerpost et des dangers qui pesaient sur nous.

Lorsqu'elle ouvrit la porte, le stress sur ses traits et les cercles noirs sous ses yeux me révélèrent tout ce que je voulais savoir.

— Entre, dit-elle. Mais je te préviens, c'est le bordel.

— Rien que je n'aie pas déjà vu, dis-je en lui tendant le sac. Je t'ai apporté à manger, au cas où tu aurais faim plus tard. Je sais que tu travailles tard dernièrement.

Elle m'étreignit rapidement avant de prendre le sac.

— Merci, dit-elle. Je vais déposer ça dans la cuisine, puis nous pourrons parler. Tu veux un martini ? J'étais sur le point d'en préparer un, dans l'espoir qu'une bonne dose de vodka raviverait ma créativité.

— Parfait, dis-je. Nous pourrons nous détendre et bavarder avec un verre.

Lorsque Bianca eut préparé nos martinis, nous nous installâmes dans la pièce à vivre, qui avait été transformée en pièce de travail. La machine à coudre de Bianca trônait à une extrémité de la table. Des morceaux de tissus, des bobines de fil et tout le bazar nécessaire à la couture étaient éparpillés sur le reste de la table, et des vêtements partiellement terminés étaient drapés sur le reste du mobilier.

— Comment avancent tes préparatifs pour le défilé ? demandai-je.

— Ça va être serré, dit-elle. Mais du moment que je m'en tiens à mon planning pendant les cinq prochains jours, tout ira bien.

— Dis-moi si je peux t'être utile, dis-je.

— Merci, mais tout est sous contrôle. M'avoir installée dans cet appartement était déjà quelque chose.

Elle leva son verre vers moi.

— À mon nouveau garde du corps, le beau Levi. En plus d'être agréable à regarder, il est un ange, vraiment. C'est grâce à lui que nous pouvons siroter ces martinis.

Je ris.

— Tu l'as envoyé acheter de l'alcool ?

— Ce matin, il m'a offert d'aller faire des courses pour moi. Évidemment, j'ai inclus de la vodka dans la liste.

— Évidemment. La vodka est un aliment de base.

— Les Russes ne l'appellent pas « ma chère petite eau » pour rien, dit-elle. Maintenant, dis-m'en plus. En savons-nous davantage sur la mort d'Endicott ?

— Dis donc, tu passes du coq à l'âne.

Elle leva les yeux au ciel.

— Je suppose, mais raconte-moi tout de même.

Je lui racontai tout ce que Rocco nous avait dit plus tôt.

— Alors, Andreas Ulbrecht est maintenant notre principal suspect, dit-elle. Et Ulbrecht saute Valencia. Je me demande si cette harpie n'est pas impliquée, elle aussi.

— Nick ne le croit pas. Selon lui, Valencia ne participerait à rien de criminel qui pourrait mettre en danger sa citoyenneté potentielle.

— Il a probablement raison, dit Bianca. Au bout du compte, il n'y a qu'une seule chose qui compte pour Valencia : elle. Quoique, dans un sens, elle s'occupe aussi de sa cousine, Lucrezia.

— En effet, acquiesçai-je. Valencia est une salope de glace, mais sous la glace, elle tient à sa cousine. La question qui me taraude, c'est à quel point elle tient à Ulbrecht, et ce qu'elle serait prête à faire pour lui.

— Elle le désire de toute évidence, dit Bianca. Je les ai vus ensemble, et le corps ne ment pas… c'est passionnel entre eux. Pour ce qui est de l'amour, je n'en sais rien. J'aimerais pouvoir t'aider à les surveiller au club, mais comme tu le sais, j'ai pris congé cette semaine pour le défilé.

— Ne t'en fais pas. Je travaille les deux prochaines nuits, et je ferai mon possible pour les avoir à l'œil. Et je ne serai pas seule, n'oublie pas. Avec les nouvelles mesures de sécurité de Rocco, Amira me suivra partout.

— Ça me soulage, dit Bianca. Même si je sais que le club est vraiment sûr, depuis ton appel hier pour me dire qu'Endicott avait été tué, je ne peux m'empêcher de souhaiter que tu t'enfermes dans l'appartement de Nick jusqu'à ce que l'acquisition de Centerpost soit une chose du passé.

— Ce n'est pas nécessaire. Même Rocco affirme que le club est sûr. Et demain matin, nous aurons droit à un autre dispositif de sécurité.

— Qui est ?

— Des montres GPS. Nick, toi et moi aurons tous des montres qui permettront à l'équipe de Rocco de suivre nos pas. L'idée est que l'équipe sache où nous devrions nous trouver, et si nous ne sommes pas où nous devrions être, elle nous appellera. Si nous ne répondons pas, elle supposera que quelque chose cloche et enverra quelqu'un vérifier la situation.

— Des montres GPS, dit Bianca en secouant sa tête blonde. Ça semble tout droit sorti de James Bond.

— Plus maintenant, dis-je. Bien des familles en offrent à leurs enfants.

— Tu sais ce que je veux dire. Lorsque nous sommes arrivées à New York, nous étions à la recherche de nouvelles occasions et de sensations fortes. Mais des voyous qui tirent sur la voiture de Nick, qui entrent par effraction dans notre appartement et qui t'envoient un corset sanglant... c'est plus que tout ce que j'aurais pu imaginer. C'est plus de sensations fortes que je ne peux en supporter.

Elle soupira.

— Oublie ce que je dis. Je suis fatiguée et stressée et ça me rend complètement déprimante.

— Tu n'es pas déprimante, dis-je. Tu es l'une des personnes les plus fortes que je connaisse. Mais, comme tu l'as si bien dit, tu vis un stress atroce en ce moment.

— Toi aussi, dit-elle. Tout comme Nick.

— Et nous avons tous deux eu nos moments de crise.

— J'imagine que c'est mon tour. Étrangement, maintenant que je le reconnais, je me sens mieux.

— Tu avais peut-être seulement besoin de dire comment tu te sens.

— Peut-être.

Elle pencha la tête vers moi.

— Ou j'avais peut-être seulement besoin de me détendre et de boire un martini avec ma meilleure amie.

Je lui souris.

— Tu as toujours été là pour moi, et je serai toujours là pour toi. Maintenant, tu n'as vraiment pas besoin de mon aide pour le défilé ? Je travaille les deux prochaines soirées, mais j'ai un peu de temps pendant la journée. Et je suis disponible toute la journée dimanche, lundi et bien sûr mardi, le jour du défilé.

— Je crois que ça ira. Mais tu le sauras si ça change.

— Promis ?

Elle plaça une main sur son cœur.

— Promis.

6

CHAPITRE SIX

L'après-midi suivant, l'un de nos gardes du corps conduisit Amira et moi au Club des gentlemen, situé dans l'ancien Meatpacking District. Lorsque notre voiture s'approcha de l'immeuble de trois étages, un entrepôt rénové en briques rouges avec un auvent industriel en métal qui protégeait son entrée à doubles portes, je dirigeai le chauffeur vers l'entrée latérale.

— C'est ici ? demanda Amira. Je ne vois pas d'enseigne.

— Cet endroit n'en a pas besoin, dis-je. Le Club des gentlemen est un terrain de jeux haut de gamme pour les hommes prospères, dont plusieurs sont mariés. Le club est reconnu par sa clientèle pour sa discrétion et son côté exclusif.

— Je vois, dit Amira, en coinçant sa chevelure foncée coupée aux épaules derrière une oreille.

Comme moi, elle portait un tailleur noir qui flattait sa petite silhouette. Même si elle ne faisait guère plus d'un mètre cinquante, Amira avait une présence forte qui démentait sa petite stature, peut-être en raison de l'intelligence qui brillait dans son regard foncé expressif. Dans le peu de temps qu'elle avait été ma garde du corps, j'en étais arrivée non seulement à la respecter, mais à apprécier sa compagnie. Nous avions le même âge et, en plus de partager mon amour de la mode et de la musique pop, Amira avait un sens de l'humour irrévérencieux qui rendait chaque moment agréable.

— Ton travail t'a-t-il déjà amené dans de tels endroits ? lui demandai-je.

— À l'occasion, dit-elle. Il y a quelques années, je travaillais à Los Angeles en sécurité, et l'un de mes clients fréquentait un club semblable.

Je jetai un œil à la nouvelle montre que Nick m'avait fixée au poignet avant mon départ. Une Omega Constellation avec de minuscules diamants pour marquer les heures et un cercle de diamants plus gros autour de son cadran nacre subtilement gravé, la montre était plus qu'un bel ornement. Dans son boîtier, elle avait été modifiée pour contenir un GPS qui permettait à mon équipe de sécurité de suivre mes pas.

— Nous avons vingt minutes d'avance, dis-je. Que dirais-tu que je te montre le club avant de me mettre au travail ?

— Ce serait parfait, dit-elle alors que nous sortions de la voiture. Même si Rocco m'a donné une idée de la sécurité du club, j'aimerais voir le tout par moi-même.

Lorsque nous arrivâmes à la porte latérale, je pris ma carte-clé dans mon sac à main, la glissai dans le lecteur, puis ouvris la lourde porte en métal.

Tandis que la porte se refermait derrière nous, Amira jeta un œil dans le vestibule où nous nous trouvions.

— Je ne vois aucune caméra, dit-elle.

— Que je sache, il n'y en a pas dans ce vestibule, dis-je. L'entrée est uniquement utilisée par les employés. Toutes les portes pour les bureaux et les loges utilisent un accès par carte-clé, comme la porte latérale derrière nous.

— Donc, tu as besoin d'une carte-clé pour entrer de l'extérieur ?

— Exactement. Les portes principales, par où les clients entrent, sont gardées par des videurs, en plus des caméras et des détecteurs de métal. Toutes les zones où les clients se rendent sont surveillées par des caméras et les images sont vues par le personnel de sécurité.

Elle fit un geste vers l'escalier près de nous.

— Et cet escalier ?

— Il mène aux premier et deuxième étages. Au premier étage, il y a les loges, où les danseuses s'habillent et se préparent. Nous les visiterons dès que je t'aurai montré le rez-de-chaussée.

— Est-ce que les danseuses sont les seules employées à utiliser cet escalier ?

— C'est surtout les danseuses, mais aussi certains autres employés, surtout ceux qui fument. Ils prennent leurs pauses cigarette où nous sommes entrées. Les clients ont le droit de fumer dans certaines parties du club, mais les membres du personnel ne peuvent pas fumer en travaillant ou devant l'entrée principale.

— Je comprends, dit Amira.

Je la guidai dans le couloir bondé de portes.

— Les pièces que nous passons sont des bureaux et des placards, dis-je, avant de lui montrer ma propre porte.

— Voici mon bureau, où nous reviendrons dès que je t'aurai fait faire le tour.

Lorsque nous atteignîmes la dernière porte du couloir, je l'ouvris.

— Et voici le *lounge*.

Amira admira le bar et les panneaux en acajou, les fauteuils en cuir noir, et le haut plafond duquel pendaient des chandeliers étincelants.

— Je ne m'attendais pas à ça, dit-elle. Cet endroit ressemble à une version chic du Harvard Club, avec du mobilier qui ne semble pas y être depuis le dix-neuvième siècle.

— Lorsque j'ai vu cette pièce pour la première fois, j'ai eu l'impression de me retrouver sur un décor de film, dis-je. Le *lounge* est l'endroit où les membres peuvent papoter ou faire des affaires, un verre et un cigare à la main, avec l'attrait ajouté de belles femmes en robes de cocktail osées pour les servir.

— Je pensais bien avoir senti une note de fumée, dit Amira en humant l'air. Mais rien de plus qu'un soupçon.

— Le système de ventilation est de qualité supérieure, dis-je. Lorsqu'il est en marche, tout ce qui transparaît est le parfum caractéristique du club, un peu boisé avec une touche d'encens. Cette zone est aussi insonorisée du premier étage, qui sera le prochain arrêt de notre visite.

Je guidai Amira du *lounge* à un hall spacieux, où je lui montrai l'entrée principale à doubles portes, avant de prendre l'ascenseur industriel jusqu'au premier étage.

Après être sorties de l'ascenseur, nous parcourûmes le périmètre de l'immense pièce principale, qui était dans l'immédiat vide et faiblement éclairée. Au-devant de la pièce, la scène était sombre, tout comme le bar en forme de L au fond.

— Dans quelques heures, lorsque le club ouvrira ses portes et que les danseuses monteront sur scène, cet endroit se remplira rapidement, dis-je. Vers minuit, c'est bondé, surtout le vendredi et le samedi.

Amira balaya du regard les fauteuils qui occupaient le deux tiers de l'espace près de la scène.

— La personne qui a conçu cet endroit a fait un travail extra, dit-elle. Avec tout le bois sombre, les rouges pourpres et les confortables canapés et fauteuils en cuir, c'est luxueux et masculin, avec une charge sexuelle. Et c'est grand, il doit bien rentrer plusieurs centaines de personnes juste dans cette pièce.

Je désignai le deuxième étage, où se trouvaient le DJ et les zones VIP.

— En plus de là-haut. Des zones VIP, les clients ont une vue de choix sur la scène et les danseuses. Le deuxième étage a aussi des pièces privées.

Amira me regarda avec un air entendu.

— C'est sans doute là où le plus d'argent est fait.

— Exact, même si les filles qui travaillent ici peuvent faire pas mal d'argent juste avec les danses. La clientèle du club n'a pas seulement de l'argent à flamber, elle adore aussi la dépenser.

Amira haussa les épaules.

— Ça ne me surprend pas. Après tout, l'argent n'est rien d'autre qu'une forme de pouvoir.

Je croisai son regard.

— C'est sans conteste le moteur de cet endroit.

Après avoir montré le reste du club à Amira, en terminant notre visite dans les loges où se préparaient les danseuses avant leurs performances, nous descendîmes l'escalier jusqu'aux bureaux du rez-de-chaussée, où je la présentai à Max et à Stone. Ils savaient tous deux qu'Amira m'accompagnerait et ils l'accueillirent avec prévenance. Après avoir tous convenus que, pendant qu'Amira serait au club, elle passerait pour un membre du personnel de sécurité, Max prit le temps de nous montrer la pièce de vidéosurveillance du club qui se trouvait à côté de son bureau.

Lorsque Max termina de montrer le système de pointe à Amira, nous retournâmes à mon bureau, où je repris ma réorganisation des dossiers du club, qui était maintenant pratiquement terminée. Pendant la première demi-heure, je travaillai seule, jusqu'à ce qu'Amira m'offre son aide.

— Je peux t'être utile ? demanda-t-elle.

— Ce n'est pas nécessaire, dis-je. Même si, à certains moments, j'ai l'impression que ces dossiers seront ma mort, me protéger contre eux ne fait pas partie de tes tâches.

— Allez, dit Amira. J'aimerais bien faire quelque chose. Pendant que nous sommes ici, te protéger n'est pas vraiment difficile, et ce que tu fais ne me semble pas trop compliqué.

— Ça ne l'est pas.

Je pris une pile de dossiers et les lui tendis.

— Tu peux m'aider en les plaçant par ordre alphabétique, si tu veux.

— Génial, je m'en occupe.

Avec l'aide d'Amira, nous avançâmes rapidement et, plus vite que je ne l'avais espéré, nous avions terminé. Assise à mon bureau et observant la pièce, maintenant vide de toutes les piles de dossiers qui s'y étaient trouvées, je me sentis satisfaite. J'étais reconnaissante à Stone et à Max pour mon travail et j'espérais que ma réorganisation leur rendrait la vie plus facile.

Lorsque je vérifiai l'heure, je réalisai qu'il était près de vingt-deux heures.

— Nous devrions passer à l'étage sous peu, dis-je à Amira qui se trouvait devant moi. Je travaille sur le terrain de vingt-deux heures à minuit ce soir.

— Qu'est-ce que ça implique ? demanda Amira.

— Je dois me déplacer dans la pièce et garder un œil sur les filles, dis-je. Elles doivent se promener dans la salle jusqu'à ce qu'un client demande une danse ou leur offre un verre. L'idée générale est qu'elles ne doivent pas parler trop longtemps avec le même homme à moins qu'il ne sorte son portefeuille.

— Que fais-tu si l'une d'elles parle trop longtemps avec un homme ? demanda Amira.

— Je me rends à la table, les salue et leur demande comment se passe leur soirée. Elles savent qu'il s'agit d'un signal pour trouver un moyen poli de laisser cet homme et de passer à un autre client.

— Comme un code, dit Amira.

— C'est ça, dis-je. Et, quand il y a foule, ce qui sera probablement le cas ce soir, si toutes les filles sont occupées, j'indique par texto à Stone qu'elle doit envoyer sur le terrain quelques filles de l'équipe de danse.

— Alors, nous allons passer les deux prochaines heures à nous promener à travers une foule d'hommes en chasse, dit Amira. Est-ce que certains te font parfois des avances ?

— Parfois, un client fait une remarque, dis-je. Mais, du moment que nous ne sommes pas vêtues comme des strip-teaseuses, ils savent que nous ne sommes pas au menu. Si quelqu'un te fait un commentaire, je te conseille de l'ignorer et de continuer d'avancer. Si un problème se pose, ce qui est rare ici, l'un des videurs de Max s'interposera rapidement.

— Ça me semble assez simple, dit Amira. Je suis prête.

Je jetai un œil à ma montre et me levai.

— Plus que cinq minutes avant vingt-deux heures. Mieux vaut y aller.

7

CHAPITRE SEPT

Lorsqu'Amira et moi atteignîmes l'étage, le vaste espace devant nous était bondé de groupes d'hommes et de personnel du club vêtu de noir. Devant nous, au milieu de la pièce, des filles aux costumes éclatants offraient des danses aux hommes assis sur des fauteuils ou des canapés entourant des tables. À notre gauche, le bar s'étendait le long du mur arrière de l'espace. Sur la scène à ma droite, les lumières clignotèrent et la voix de Rihanna s'éleva au-dessus du morceau entraînant « This Is What You Came For », alors que Valencia s'avançait sur la scène dans un corset rouge, un string en dentelle assorti, des jarretelles et des talons de quinze centimètres. Elle prit alors d'assaut la foule avec sa chorégraphie provocante et impeccable.

La brunette exotique et voluptueuse se pavanait, remuait les fesses et tournait autour du poteau, son timing parfait, et ses mouvements étaient salués par des acclamations enthousiastes de la foule.

— C'est Valencia qui est sur scène, dis-je à l'oreille d'Amira. La copine d'Ulbrecht.

— Rocco l'a mentionnée lorsqu'il m'a parlé d'Ulbrecht, dit Amira. Crois-tu que nous le verrons ici ce soir ?

Je balayai du regard les tables les plus proches de la scène où s'installait normalement Ulbrecht et aperçus ses épaules de *linebacker* et ses courts cheveux noirs bouclés. Il était assis auprès d'un homme dans la quarantaine que je ne reconnus pas. Alors que j'observais Ulbrecht, quelque chose sur ses traits me semblait différent de la dernière fois que je l'avais vu, mais il se trouvait à au moins une dizaine de mètres de moi et, n'arrivant pas à mettre le doigt sur ce qui me donnait cette impression, je l'écartai. Ulbrecht avait peut-être changé sa coupe de cheveux ou bien ce n'était que le jeu des lumières sur la scène.

— Il est assis dans la première rangée, dis-je. Regarde la troisième table.

Amira s'exécuta.

— C'est bien lui, dit-elle.

— Lorsque Valencia danse, il est généralement présent. Bianca m'a dit que Valencia et lui étaient très proches.

Valencia chevaucha le poteau, bougeant son bassin en rythme, tout en détachant avec grâce l'une de ses jarretelles, elle la fit tournoyer autour de son doigt, tout en faisant mine de baiser le poteau. Lorsqu'elle lança la jarretelle dans la masse d'hommes près de la scène, la foule hurla de plaisir.

— Quelle danseuse, dit Amira. La foule est folle d'elle.

— Valencia est la grande vedette du club, dis-je. Je déteste peut-être sa façon de traiter les gens, mais pour ce qui est de mettre le feu à une foule, elle est la meilleure. Ses chorégraphies valent toujours la peine d'être regardées, mais je dois commencer à me déplacer dans la pièce.

— Je me tiendrai à quelques pas derrière toi, dit Amira.

— Parfait.

Je me mis alors à suivre mon trajet habituel à travers la pièce. Me frayant un chemin entre les groupes d'hommes, je fis le tour de la pièce, m'arrêtant de temps à autre pour m'assurer que les danseuses suivaient les règles du club. Je n'avais que rarement besoin d'intervenir auprès des danseuses chevronnées, mais certaines nouvelles avaient parfois besoin de mon aide.

Au fil de la soirée, la foule du vendredi soir se fit plus dense, le niveau sonore s'éleva au-dessus de la musique, et sous les projecteurs, l'ambiance de la pièce passa d'entraînante à tapageuse. Comme je l'avais prédit plus tôt, un homme faisait occasionnellement une remarque salace en voyant Amira et moi marcher, mais personne n'essaya de nous retenir.

Vers vingt-trois heures, toutes les danseuses étaient occupées avec des clients, alors je m'arrêtai près du bar pour envoyer un texto à Stone. Comme le reste de l'endroit, le bar était bondé d'hommes. Certains hommes étaient assis le long du bar, alors que d'autres étaient perchés sur des tabourets en acajou autour de tables rondes assorties, se pressaient près du bar pour commander des verres ou se tenaient debout en tas où ils le pouvaient. Puisque le bar était à l'opposé de la scène, la musique qui tonnait sur scène était moins bruyante ici. Le bruit des conversations et des rires se mêlait au cliquetis des verres et se fondait avec la musique, un remix dance de « Rise » de Katy Perry. La fumée des cigares que certains hommes fumaient s'élevait autour de nous. Derrière le bar, quatre barmaids vêtues de bikinis argentés travaillaient d'arrache-pied pour répondre aux commandes incessantes d'un soir de week-end chargé.

Quelques secondes après avoir envoyé mon texto, la réponse de Stone apparut sur l'écran de mon téléphone. Une fois son message lu, je remis mon téléphone dans la poche intérieure de mon veston et me tournai vers Amira qui se tenait près de moi.

— Tout va bien, dis-je. Stone envoie trois autres filles sur le terrain.

— La danseuse sur scène est fabuleuse, dit Amira. En tant que garde du corps, j'ai vu bon nombre de danseuses, mais cette femme sort du lot.

Je me tournai vers la scène et reconnus le grand corps élancé de Lucrezia et sa chevelure blonde brillante.

— C'est Lucrezia. Elle est un peu tête en l'air, mais elle fait des merveilles avec un poteau.

— Elle doit être super souple, dit Amira.

— On m'a dit qu'elle a étudié la gymnastique pendant des années. Elle est en fait la cousine de Valencia. Elles viennent toutes deux de Bulgarie.

— De la gymnastique, dit Amira. Ça explique tout.

Devant nous, Lucrezia sauta sur le poteau, remonta le long de ce dernier, puis se laissa glisser lentement, balançant ses deux jambes loin du poteau, puis autour de celui-ci, en n'utilisant que le haut de son corps pour se retenir.

— Elle est incroyable, dis-je. Aussi élancée qu'un roseau, mais avec une force fascinante dans le haut du corps. Si tu veux rester ici et continuer de l'observer avant de me rejoindre, tu peux, mais je dois reprendre mon tour de salle.

Amira secoua la tête.

— Je vais où tu vas. C'est mon boulot.

Je lui souris.

— D'accord. Alors, allons-y.

Je repris mon tour de salle, mais lentement, essayant de me frayer un chemin à travers la foule qui était pratiquement à plein rendement. Lorsque le club était aussi bondé, la densité de la foule à elle seule rendait tout déplacement difficile, sans compter le fait de garder l'œil sur les danseuses. Un homme imposant me bouscula lorsque j'essayai de le dépasser et je me tournai pour voir si Amira se trouvait encore derrière moi, mais ne la vis pas. Je regardai d'un côté, puis de l'autre. Où était-elle ?

À cet instant, sa petite stature surgit derrière un homme large dans la cinquantaine portant un costume gris.

— Désolée, dit-elle lorsqu'elle fut assez proche pour être entendue. Un embouteillage. J'étais coincée derrière ce type imposant.

— Je suis retenue de partout moi aussi, dis-je. Lorsque le club est aussi bondé, je me sens comme dans un océan de gens, et tout ce que je peux faire, c'est surfer les vagues.

Amira rit.

— Bonne métaphore.

— Prête à continuer de surfer ?

— Autant que toi, répondit-elle.

Je me frayai un chemin à travers la foule dense, m'éloignant de la scène en direction du bar. Non loin de ce dernier, je passai près de la sortie marquée d'une enseigne à LED rouge et flanquée de deux videurs impressionnants vêtus de noir. Je continuai et arrivai près du bar.

J'avais presque dépassé le bar, prête à tourner à droite vers la scène, lorsqu'un groupe d'hommes me coupa le chemin. Lorsque je le contournai, j'évitai avec peine une collision avec la dernière personne à New York que je m'imaginais voir, ou que je souhaitais voir : Beardsley Fripp, un verre de ce qui me sembla du whisky à la main.

— Eh bien, si ce n'est pas la furie de strip-teaseuse de Santoro, dit Fripp, ses mots brouillés par l'alcool. Quelle surprise de te voir ici, et dans un club de strip-tease, rien de moins.

Il ricana de son propre humour, puis fit un pas maladroit vers moi. Il était maintenant assez près pour que je sente l'odeur d'alcool de son haleine.

Une partie de moi avait envie de griffer son visage bourré et ricanant, comme je l'avais fait la première fois qu'il m'avait menacée. Mais, à peine deux jours plus tôt, il avait vu son meilleur ami, Forbes Endicott, mourir horriblement, et cette réalisation m'arrêta. Manifestement, Fripp noyait son chagrin dans un océan d'alcool, et dans ce contexte, sans compter mon intention de garder mon travail, il me semblait plus avisé de me sortir de cette situation, plutôt que d'aggraver les choses. Alors, au lieu de répondre à l'insulte de Fripp, j'essayai de le contourner.

Avec un méchant gloussement, il se jeta de côté et me bloqua le chemin.

— Pas si vite, chaton, marmonna-t-il, me transperçant de son regard injecté de sang. J'ai quelques mots à te dire.

Rapidement, je jetai un œil alentour et réalisai que j'étais coincée de tous côtés. Où se trouvait Amira ? Et où étaient donc les videurs ? La foule était si dense qu'ils pouvaient se trouver à quelques pas et je ne serais toujours pas à même de les voir, et vice-versa.

J'étais seule.

Lorsque j'essayai à nouveau de le contourner, Fripp ricana tout en se mettant en travers de mon chemin, avant d'avancer son gros menton vers moi. Il était maintenant assez proche pour que j'aperçoive une veine épaisse qui palpitait sur son front.

— Écoute-moi bien, salope, dit-il. Santoro est fini. Tous tes privilèges sont sur le point de mordre la poussière.

À la mention de Nick, j'arrêtai mes efforts pour le contourner et lui fis plutôt face, le foudroyant du regard.

— Si tu crois que tu peux m'effrayer assez pour que je force Nick à abandonner Centerpost, tu as tort. Je ne demanderais jamais à l'homme que j'aime d'abandonner ses rêves. Pas pour moi ni pour personne d'autre.

Fripp se pencha vers moi et plissa son regard injecté de sang. Je pouvais voir les pores de son nez bulbeux et violacé. Sa voix se fit menaçante.

— Les rêves de Santoro sont sur le point de disparaître, chaton. Et *tes* cauchemars ne font que commencer.

Son souffle chaud me frappa au visage en une vague fétide d'alcool et de cigares, et je me reculai, levant instinctivement la main droite devant mon visage.

Ce faisant, les traits lourds de Fripp se tordirent en un masque de rage. Avec une vitesse impressionnante pour un homme visiblement ivre, il attrapa mon avant-bras d'une main et me jeta son whisky au visage de l'autre.

Je hoquetai tandis que des filets d'alcool coulaient sur mon visage, me brûlant les yeux et la peau.

— Bordel, mais qu'est-ce qui te prend ! lui criai-je, tout en battant des paupières pour repousser le liquide.

Fripp m'attira plus près et laissa tomber son verre vide qui éclata au sol.

— Ne crois pas pouvoir me griffer à nouveau, stupide pute, grinça-t-il en me postillonnant au visage. C'était un coup de chance la dernière fois, mais maintenant tu ne m'auras plus.

C'est alors qu'Amira apparut, me repoussant d'un bras et interposant son petit corps entre Fripp et moi.

Surpris par l'arrivée soudaine d'Amira, Fripp relâcha mon bras et recula d'un pas, sa rage se transformant en confusion temporaire.

Il secoua sa grosse tête comme pour l'éclaircir.

— Mais qu'est-ce que... ?

— Je fais partie du personnel de sécurité du club. Laissez Ilana tranquille, dit Amira. Votre comportement est inapproprié.

Fripp la détailla du regard et son visage se fendit d'un sourire railleur.

— Toi ? Membre de la sécurité ?

— C'est bien ça, dit Amira. Maintenant, laissez-nous passer.

— Et pourquoi je ferais ça, salope ?

Il lorgna son corps et tendit une main vers sa poitrine.

— Tu veux qu'on se prenne une pièce privée ? Si tu es assez vilaine, papa pourra te donner une bonne fessée.

Au moment où sa main touchait la poitrine d'Amira, cette dernière bougea. Ses mains se soulevèrent d'un coup et attrapèrent la main tendue de Fripp. Elle lui tordit le poignet, le pressa vers lui et le força à s'agenouiller. Lorsque les hommes qui nous entouraient réalisèrent ce qui se passait, ils se reculèrent, formant un petit cercle autour de Fripp et d'Amira.

— Regarde ça, dit un homme derrière moi. Fripp est à terre.

— Ce salaud s'en est pris à la mauvaise fille, dit un autre homme.

— Lâche-moi, salope, hurla Fripp à Amira. Tu vas me briser le poignet.

— Lâche-le, dit une voix forte. Maintenant.

Je me tournai vers la voix et reconnus les traits burinés et la chevelure blonde lissée vers l'arrière de Sloan Vandervelt. Un homme grand et bien bâti dans la trentaine, Sloan portait un smoking impeccable qui laissait supposer qu'il arrivait d'un événement chic, comme le gala où je l'avais vu pour la dernière fois, assis à la table de Forbes Endicott.

L'attention de Sloan passa d'Amira à moi et, lorsque son regard étrangement brillant se fixa sur moi, un frisson me parcourut. Alors que Fripp était agressif et méchant, il y avait quelque chose de troublant chez Sloan. Cette étrange impression était sans doute liée à sa dépendance à la cocaïne. De ce que Nick m'avait raconté, Sloan avait sniffé assez de coke pour remplir une boîte de nuit new-yorkaise.

— Rappelle ton chien de garde, dit Sloan.

Contrôlée et volontaire, sa voix avait une note menaçante.

— Mon ami a peut-être un peu trop bu, mais ce n'est pas une raison pour l'humilier.

Je ne bougeai pas.

— Ton ami est ivre, il a touché de façon déplacée deux membres du personnel et m'a jeté son verre au visage. D'autres membres de la sécurité nous rejoindront bientôt et escorteront Fripp hors du club. Si tu ne veux pas que ça arrive, je t'encourage à l'inviter à partir de lui-même.

— C'est une bonne idée, dit un homme près de nous. Sors ton ami d'ici, avant que les videurs ne s'en occupent.

Sloan ignora l'homme et fit un pas vers moi. Il ferma les poings et sa voix se fit tranchante.

— Je suis un membre important de ce club, et tu n'es rien de plus qu'une petite employée qui a gravi les échelons en baisant Nick Santoro. Dis à ta salope de la sécurité de lâcher Fripp maintenant, ou bien je ferai parler mes propres relations et te ferai virer.

Un homme costaud à la chevelure marron dans la quarantaine s'approcha de moi. Il tenait un Manhattan à la main et son visage aux traits larges semblait sympathique.

— J'ai tout vu, me dit-il. Mon nom est George Stevens. Si tu as besoin d'un témoin contre le comportement déplacé de Fripp, je suis là.

— Merci, dis-je à George alors que Max sortait de la foule, suivi par un membre de la sécurité. Le chef est là. J'apprécierais si vous pouviez lui raconter les faits.

— Ne t'en fais pas, dit George avec un sourire rassurant. Je m'en occupe.

Lorsque Max nous rejoignit, je laissai échapper une respiration que j'ignorais retenir. Max à lui seul pouvait arrêter la plupart des hommes d'un regard, et le videur qui le suivait était encore plus imposant, avec assez de muscles pour arrêter un tank.

— Qu'est-ce qui se passe ici ? me demanda Max.

— Monsieur Fripp a trop bu, dis-je. Il m'a d'abord insultée, m'a agrippé le bras et m'a jeté son verre au visage. Lorsqu'Amira est intervenue, il ne l'a pas seulement insultée, mais il a essayé de la tripoter. C'est à ce moment-là qu'elle l'a maîtrisé.

En remarquant l'arrivée de Max, Amira relâcha Fripp, qui se remit sur pied en chancelant et brandit un doigt vers elle.

— Cette petite salope, grogna-t-il. Elle m'a attaqué. Elle a presque brisé mon foutu poignet.

— Sa réaction a été excessive, dit Sloan. Il n'était pas nécessaire de le blesser.

Amira se tourna vers Max.

— La façon dont Ilana a décrit le comportement de monsieur Fripp est exacte, mais je ne l'ai pas blessé. Ça n'a pas été nécessaire. Une fois son poignet bien en main, il s'est laissé aller sans problème.

George prit une gorgée de son Manhattan avant de s'adresser à Max.

— Fripp était en tort, dit-il calmement. Ces femmes n'ont rien fait de mal.

— Merci, George, lui dit Max. Je crois Ilana et Amira, mais j'apprécie ta volonté d'appuyer leurs dires.

— Pas de problème, dit George.

Il me fit un geste de la tête et me sourit avant de reculer, de se tourner et de disparaître dans la foule.

Max jeta un regard à Sloan, puis regarda froidement Fripp.

— Comme vous le savez, monsieur Fripp, ce club ne tolère aucun comportement non consenti. Amira a réagi comme tout autre membre de mon personnel de sécurité.

— Ce n'est pas ma putain de faute ! hurla Fripp.

Il se jeta vers Max.

— Cette salope m'a attaqué !

Max agrippa les avant-bras de Fripp et le maîtrisa.

— Vous êtes ivre, monsieur Fripp. Si vous partez maintenant, je vous bannirai de mon club pendant seulement un mois. Si vous posez encore problème, j'en ferai une décision permanente.

Il croisa le regard de Sloan.

— En raison de la perte récente de monsieur Fripp, je fais preuve de magnanimité. Si vous me poussez davantage, je vous bannirai tous les deux.

Pendant un long moment, Fripp fixa Max, mais alors, ses épaules s'affaissèrent et il laissa retomber le menton.

— Et puis quoi, lança-t-il à Max. Nous étions sur le point de partir de toute façon.

— En effet, dit Sloan. Partons.

Max relâcha Fripp et parla au videur à ses côtés.

— Accompagne-les jusqu'à la sortie. Je ne veux pas d'autres ennuis.

Alors que Fripp et Sloan se dirigeaient vers la sortie, le videur les suivit de près. La foule était dense et leur avancée lente, mais tout en les observant s'éloigner, je soupirai de soulagement. Non seulement Max avait-il arrêté Fripp, mais il l'avait aussi banni du club pour un mois complet, ce qui signifiait que j'avais peu de chances de le recroiser de sitôt.

Fripp était à mi-chemin de la sortie lorsque George Stevens, l'homme qui avait corroboré nos dires plus tôt, émergea de la foule d'hommes, s'arrêta devant Fripp et lui jeta le reste de son Manhattan au visage.

— Ça, c'est pour avoir manqué de respect aux femmes, dit George à voix haute, alors que le liquide rouge dégoulinait sur le visage et la chemise de Fripp. Rentre chez toi, espèce d'ivrogne, et cherche le mot « consentement » dans le dictionnaire.

Alors que plusieurs hommes alentour applaudissaient, Fripp rejeta sa grosse tête d'un côté et de l'autre, le visage tordu, et se jeta vers George, mais le videur lui mit une main puissante sur l'épaule, le tira vers l'arrière et le repoussa vers la sortie.

Une fois que Fripp et Sloan quittèrent la pièce, Amira se tourna vers Max.

— Tu es arrivé juste au bon moment, dit-elle. Sloan était sur le point de s'en prendre à Ilana. J'étais à quelques secondes de me retrouver dans une bagarre à deux contre un.

Max lui sourit.

— De ce que j'ai vu, tu aurais pu t'en occuper avec facilité.

— Heureusement, ça n'a pas été nécessaire, dis-je en montrant George, qui était de retour à mes côtés. Juste avant ton arrivée, ce gentleman s'est approché pour nous venir en aide.

— Ce fut un plaisir, dit George avec un grand sourire. Beardsley Fripp est un putain de salaud. Depuis des années, je rêve de lui jeter un verre au visage, ou mieux encore, de lui mettre mon poing au visage.

Max lança un clin d'œil conspirateur à George.

— Je comprends tout à fait la tentation. Mais ne lance pas de coup de poing, ou d'autres verres, ici, je t'en prie.

8

CHAPITRE HUIT

Plus tard cette nuit-là, Amira et moi quittâmes le club et je retrouvai l'appartement de Nick. Nick et moi nous installâmes alors dans la pièce à vivre et je lui racontai les événements de la soirée.

Tandis que je lui décrivais comment Fripp m'avait malmenée et jeté son verre au visage, le regard de Nick s'assombrit et, lorsqu'il prit la parole, sa voix était pleine de rage contenue.

— C'est la deuxième fois que ce salaud s'en prend à toi, dit-il. Dès demain matin, je parlerai à mes avocats pour une ordonnance restrictive contre ce salopard.

— Est-ce nécessaire ? demandai-je. Max a banni Fripp du club pour un mois et à la fin de ce mois, l'acquisition de Centerpost appartiendra au passé.

— Évidemment que c'est nécessaire, bordel !

Nick se leva d'un coup et se dirigea vers les fenêtres. Pendant un long moment, il regarda l'horizon, et je sentis les efforts qu'il déployait pour maîtriser la fureur qui émanait de son corps par vagues.

Lorsqu'il se tourna vers moi, son regard était houleux, et sa voix, tendue par l'émotion.

— Tu m'as promis, Ilana. Tu m'as promis de me laisser te protéger.

— Et c'est ce que tu as fait, dis-je. C'était ton idée qu'Amira m'accompagne au travail et elle a fait face à la situation avec brio. Une seconde après qu'elle se soit emparée de la main de Fripp, il était à genou, hurlant qu'elle allait lui casser le poignet.

— Je lui en suis reconnaissant, dit Nick. Mais n'oublie pas qu'elle a uniquement arrêté Fripp après qu'il ait mis ses sales pattes sur toi, après qu'il t'ait jeté un putain de verre au visage. Je vais entreprendre la procédure pour cette ordonnance restrictive demain, et j'ai besoin de ton approbation.

Je me levai, m'approchai de lui et l'entourai de mes bras. En me pressant contre lui, je sentis la colère qui pulsait en lui. Vu l'impressionnante sécurité que Nick avait déjà mise en place autour de nous, je ne me sentirais pas davantage en sécurité avec une ordonnance restrictive contre Fripp, mais ça ne ferait pas de tort non plus. Et faire quelque chose contre Fripp apaiserait peut-être Nick, calmant ainsi ses peurs quant à ma sécurité.

— Ça me va, dis-je. Après ta conversation avec les avocats, dis-moi simplement ce que je devrai faire.

Nick m'enveloppa de ses bras, m'attira plus près, et je sentis sa colère se résorber.

— Demain, je remercierai Amira pour ce qu'elle a fait. Et Max pour avoir banni Fripp du club.

— Est-ce que les événements de ce soir font à nouveau porter tes soupçons sur Fripp ? demandai-je. Ou considères-tu toujours Andreas Ulbrecht comme le suspect principal ?

Il me relâcha, prit ma main et me ramena vers le canapé.

— Les équipes de Rocco continuent de surveiller Fripp et Ulbrecht, dit-il. Mais mes soupçons se portent encore sur Ulbrecht. La personne responsable de notre attaque a aussi empoisonné Forbes Endicott, et je ne peux pas imaginer qui que ce soit, pas même ce salaud de Beardsley Fripp, assassiner son meilleur ami.

— À ce propos, tu ne m'as jamais dit que Fripp et Sloan Vandervelt étaient si proches, dis-je. Ce soir, Sloan a tout fait pour prendre la défense de Fripp.

— Ils n'ont jamais été particulièrement proches par le passé, dit Nick, songeur. Mais les derniers événements ont peut-être changé les choses.

— Tu parles de la mort d'Endicott ?

— Oui. Endicott tolérait Sloan sur le plan social, mais ça n'a jamais été le grand amour entre ces deux-là.

— Tu veux dire que, par le passé, Fripp n'aurait pas pu se lier d'amitié avec Sloan sans mettre en péril son amitié avec Endicott ?

— Plus que ça, dit Nick. Endicott n'était pas seulement le meilleur ami de Fripp, il était aussi son patron. Passer du temps avec Sloan aurait pu causer des ennuis à Fripp.

— Si Endicott et Sloan ne s'aimaient pas, alors pourquoi Sloan travaillait-il pour Endicott ? Les problèmes de drogue de Sloan à eux seuls n'auraient-ils pas été suffisants pour que n'importe quel employeur le mette à la porte ?

— Ce n'est pas si simple, dit Nick. Comme la majorité des dirigeants d'Endicott Trumbull, Sloan vient d'une vieille fortune. Ces New-yorkais au sang bleu sont tous liés par le mariage, sans compter les écoles prestigieuses qu'ils ont fréquentées, et ils veillent sur les leurs. Il est donc très probable que quelqu'un de la famille de Sloan ait fait des pressions sur Endicott pour qu'il offre un poste à Sloan. Mais Endicott n'a jamais accueilli Sloan dans son cercle intime et n'en a jamais fait un partenaire, où les grandes décisions sont prises et les grosses sommes sont accumulées.

— Je commence à comprendre, dis-je. La mort d'Endicott a fait de Fripp le nouveau PDG d'Endicott Trumbull, avec le pouvoir de nommer Sloan partenaire. Alors maintenant, Sloan flatte Fripp pour atteindre une nomination qui lui offrira de l'argent et du pouvoir.

— C'est ce que je crois, dit Nick. Non que ça change quelque chose pour Sloan. En raison de l'ascension de Fripp au poste de PDG d'Endicott Trumbull et du pouvoir qui accompagne ce rôle, je suis convaincu que bien des cadres ambitieux rivalisent pour devenir le nouveau meilleur ami de Fripp. En ce moment, Endicott Trumbull doit être le cadre d'une énorme compétition de lèche-cul.

— Ça n'a pas l'air beau, dis-je en frissonnant.

J'avais toujours tiré beaucoup de satisfaction de ma capacité à travailler et à me débrouiller, mais je détestais les intrigues de bureau.

— C'est rarement le cas lorsqu'il y a de l'argent et du pouvoir en jeu, dit Nick. Tu connais mon passé avec Sloan et mon ancienne entreprise, FlexMap, et même si les choses se sont mal terminées entre nous, je suis désolé pour le Sloan d'antan. Avant qu'il ne se grille le cerveau avec toute cette coke, il était un type bien. Et lécher l'énorme cul de Beardsley Fripp pour le reste de ses jours ? Ça, ce n'est pas un boulot que je souhaiterais à qui que ce soit.

J'appuyai la tête contre l'épaule de Nick.

— Tu es un homme généreux. Même après tes problèmes avec Sloan, tu ressens encore de l'empathie pour lui.

Nick prit ma main et emmêla ses doigts aux miens.

— Tant que tu seras dans ma vie, je peux me permettre d'être généreux.

Je levai la tête et embrassai sa mâchoire rugueuse.

— Si tu n'es pas trop fatigué, j'aimerais bien profiter un peu de cette générosité.

En comprenant mon intention, il sourit lentement, avant de se lever et de me tirer debout.

— Passons à la chambre, dit-il. Là-bas, nous verrons qui profite de qui.

9

CHAPITRE NEUF

L'après-midi suivant, je retournai au club pour ma journée du samedi avec Amira. Mon différend de la veille avec Fripp m'avait peut-être chamboulée, mais puisqu'il était banni du club pour un mois, je ne craignais pas de le recroiser. Et après ce soir, j'attendais avec impatience mes trois jours de congé.

Tout en passant en revue la pile de paperasse que Stone m'avait laissée, des images d'un dimanche matin paisible avec Nick me trottaient dans la tête, et je laissai échapper un soupir de contentement. Puisque nous étions tous les deux des oiseaux de nuit, nous savourions chaque occasion de faire la grasse matinée, et nous avions une compétition informelle à savoir qui trouverait le moyen le plus exquis de réveiller l'autre. Je souris à l'idée de ce que j'avais en tête pour le lendemain. Si je m'éveillais avant Nick, il allait être un homme très heureux !

Après plusieurs heures de travail à mon bureau, j'étais plus que prête à me rendre dans les loges pour vérifier les préparatifs des danses de vingt heures.

Je jetai un œil vers Amira, assise de l'autre côté de mon bureau avec une liseuse.

— Que lis-tu ? lui demandai-je.

Elle rougit.

— Tu ne veux pas savoir.

— Dis-moi. À moins que tu lises quelque chose impliquant du sexe avec des tentacules d'extraterrestre. Dans ce cas, je ne veux *vraiment* pas savoir.

Amira écarquilla les yeux.

— Du sexe avec des tentacules d'extraterrestre ?

— C'est prétendument un sous-genre érotique. C'est un genre de fantasme, comme les vampires ou les loups-garou.

Elle rit.

— Ceux qui se métamorphosent en ours sont populaires aussi. Qui aimerait baiser un ours ? Qu'est-ce qui peut bien être excitant dans un tas de fourrure ?

Je grimaçai.

— Zut, quelle image dégoûtante.

Elle me sourit.

— C'est toi qui as commencé avec les tentacules d'extraterrestre. Maintenant, dis-moi, est-ce qu'un ours se transforme dans les bois ?

Je levai les yeux au ciel.

— Je ne suis pas psychologue. Peu importe ce qui t'excite, ça me va.

— Bien dit. Maintenant, parle-moi des tentacules.

— Tout ce que je sais, c'est que c'est un fantasme d'enlèvement par un extraterrestre. Bianca l'a croisé en ligne et lorsqu'elle m'en a parlé, je ne pouvais pas croire qu'une telle chose existait. Une recherche rapide sur Google m'a immédiatement détrompée. Bref, qu'est-ce que *tu* aimes lire ?

— Aucun tentacule ici, dit Amira. Mes goûts sont un peu plus calmes.

Elle appuya sur sa liseuse et la tourna vers moi. L'écran affichait la couverture d'un livre montrant un homme musclé, torse nu, un fusil d'assaut à la main.

— Un suspense romantique ? demandai-je.

— Je plaide coupable, dit-elle. Tout ce qui a des hommes sexy et des fusils.

— Bianca aime aussi les suspenses romantiques. Vous devriez vous échanger des recommandations de lecture. Au fait, j'espère que tu n'étais pas à un moment plein de suspense de l'histoire, parce qu'il est temps pour moi de me rendre dans les loges pour voir les filles.

Les yeux sombres d'Amira brillèrent de curiosité.

— Ça va me changer, dit-elle. Je n'ai jamais vu que des strip-teaseuses sur scène.

— Ça ressemble beaucoup aux loges d'un théâtre. Pour l'instant, les filles se préparent et se maquillent, alors ce ne sera probablement pas aussi intéressant que tu pourrais le croire. Si près de vingt heures, personne ne se promènera nue.

Elle rit.

— Tant mieux. Si je dois regarder des gens nus, alors j'opte pour le calendrier des pompiers.

— On a un faible pour les pompiers ? la taquinai-je.

Elle me fit un grand sourire.

— Je sais bien que tu aimes Nick et tout... mais toute fille au sang chaud a besoin de son exemplaire du calendrier des pompiers de New York. Certains de ces gars sont tellement chauds... je les laisserais m'éteindre avec leur tuyau n'importe quand.

Lorsqu'Amira et moi pénétrâmes dans les loges, nous nous tenions au milieu de la pièce, des stations de maquillage bordant les murs de chaque côté. Les stations étaient occupées par de belles femmes de toutes les couleurs, avec des corps de tous les genres, de la plus mince à la plus voluptueuse. Elles étaient toutes belles à leur façon, et la plupart semblaient prêtes à une nuit de danses, ou presque. Certaines étaient assises, penchées vers leur miroir, appliquant les dernières touches à leur coiffure ou à leur maquillage, alors que d'autres se tenaient en petits groupes. Les bavardages et les rires résonnaient dans la pièce tandis que les danseuses se préparaient à leur soirée. Devant nous, à l'autre extrémité de la pièce, de lourdes portes doubles donnaient sur les coulisses de la scène, où plusieurs danseuses se tiendraient bientôt, attendant leur tour pour émerger de l'obscurité sous les projecteurs de la scène.

— N'hésite pas à t'installer sur une chaise, dis-je à Amira. Je dois rester ici environ une demi-heure.

Elle marcha d'un pas vif jusqu'à la station vide la plus proche et prit une chaise qu'elle plaça près de l'entrée principale.

— C'est bon, dit-elle en s'asseyant. Je peux tout voir d'ici.

Je parcourus la pièce, marchant entre les rangées de stations, m'arrêtant pour vérifier les danseuses qui commenceraient les danses de ce soir, et je confirmai du regard qu'elles étaient toutes prêtes, sauf Lucrezia.

— Où est Lucrezia ?

— Aux toilettes, me répondit l'une des filles.

Puisque plusieurs autres filles précédaient la chorégraphie de Lucrezia, je n'étais pas particulièrement inquiète. Même si Lucrezia pouvait avoir la tête ailleurs, Valencia gardait un œil sur sa jeune cousine et je savais par expérience que lorsque Lucrezia sortirait des toilettes, elle serait vêtue d'un costume approuvé par Valencia, prête à monter sur scène.

Lorsque je jetai un œil vers Valencia, qui devait commencer les danses de vingt heures, la brunette voluptueuse me sembla étrangement effacée, et elle ne me retourna pas mon regard avec son arrogance dédaigneuse habituelle. Son comportement était inusité, mais je ne m'y attardai pas. Du moment qu'elle faisait son boulot et qu'elle ne sortait pas ses griffes, j'étais déterminée à garder une attitude professionnelle. Puisque nous étions toutes deux employées au Club des gentlemen, nous devions nous côtoyer et il était préférable pour toutes les parties concernées que nous agissions comme les professionnelles que nous étions censées être.

Lorsque j'eus établi qu'il n'y avait aucun problème immédiat, je parcourus à nouveau toute la pièce, passant d'une station à l'autre. Je saluai chaque danseuse et, de temps à autre, m'arrêtai pour adresser quelques paroles amicales. Lorsque de la musique dance retentit par les portes menant à la scène, je sus qu'il était vingt heures et que le spectacle était commencé.

— Ta coiffure est fabuleuse ce soir, Ember, dis-je à la rousse voluptueuse à la peau ivoire, qui retouchait son rouge à lèvres. Ses épaisses boucles rousses brunies lui arrivaient un peu en bas des épaules et complimentaient son corset doré brillant, sa mini-jupe en cuir doré et ses bottes à talons aiguille.

Les yeux d'Ember s'éclairèrent à mon compliment.

— Merci, Ilana.

Elle déposa son rouge à lèvres, se leva et tourna sur elle-même.

— Que penses-tu de mon nouvel ensemble ?

— Il est parfait, dis-je. Ce soir tu vas mettre le feu à la baraque.

Elle claqua des doigts et se trémoussa les hanches.

— Comme la chanson « Burning Down the House ». Je l'adore.

Je ris.

— Qui n'aime pas ? C'est un classique.

À ce moment, Lucrezia sortit des toilettes. Sa chevelure lisse blonde brillait sur ses épaules, mais une expression de détresse assombrissait ses jolis traits délicats. Grande et mince, avec de longues jambes bien définies, elle portait un haut de bikini noir, assorti d'une mini-jupe à carreaux et de plates-formes en cuir verni noir. Elle avait manifestement opté pour un look d'écolière coquine. Elle s'étira le cou et tourna la tête d'un côté et de l'autre. Je supposai qu'elle cherchait sa cousine Valencia, qui était dans l'immédiat sur scène.

Je m'approchai d'elle.

— Si tu cherches Valencia, elle est montée sur scène il y a quelques minutes. Tu as besoin d'aide ?

Les grands yeux bleu pâle de Lucrezia s'emplirent de larmes.

— Ma bretelle, dit-elle. Elle est brisée.

Je jetai un œil aux bretelles de son bikini et vis que l'une d'elles était détachée. La bretelle pouvait sans conteste être recousue, mais de préférence avec une machine à coudre, vu les acrobaties spectaculaires sur le poteau de Lucrezia. Mais comme les filles apportaient toujours un deuxième ensemble pour parer à tout problème de garde-robe, une bretelle détachée n'était vraiment pas une raison de pleurer.

— Pourquoi n'enfiles-tu pas ton ensemble de rechange ? proposai-je.

L'expression de Lucrezia se fit apeurée.

— Madame Stone va me mettre à la porte, dit-elle avec son accent prononcé.

— Et pourquoi ?

— Je l'ai oublié. Tout est à la maison.

À ces mots, je compris ses larmes. Elle avait oublié un ensemble de rechange et celui qu'elle avait était abîmé. Lorsque je l'avais aperçue, elle cherchait sa sauveuse habituelle, sa cousine Valencia. Lucrezia était souvent sujette à des mésaventures, mais Valencia était toujours là pour la sauver d'elle-même, même si son aide était souvent accompagnée d'une réprimande épique.

— Ne t'en fais pas, dis-je. Va chercher ton peignoir, retire ton bikini et donne-le-moi. Je n'ai rien d'une couturière, mais je peux raccommoder la bretelle pour qu'elle reste en place ce soir.

Pendant que Lucrezia retirait son bikini et enfilait son peignoir sur ses petites épaules, je me tournai vers les trois filles qui bavardaient à l'autre station.

— Est-ce que l'une d'entre vous a une aiguille ? Et un peu de fil noir ?

— Oui, dit une fille eurasienne. Je te l'apporte tout de suite.

C'était l'une des nouvelles filles de Stone, Trinity, et elle était rapidement devenue une préférée des clients pour ses talents de danseuse, de même que ses jolis traits et son corps souple à la peau fauve. Ses costumes arboraient souvent des motifs de peau d'animal, comme le corset et le string au motif léopard qu'elle portait aujourd'hui.

Trinity se rendit à sa station et prit un petit étui en cuir rouge qu'elle me tendit. Lorsque je l'ouvris, je vis que tout s'y trouvait, jusqu'à une petite paire de ciseaux.

— Merci, Trinity, dis-je. Jolie trousse de couture, au fait. Je n'en ai besoin que pour quelques minutes.

Trinity fit un geste de la main.

— Garde-la aussi longtemps qu'il le faut. Si je ne suis pas là lorsque tu auras terminé, laisse-la à ma station.

Je m'assis à la station de Lucrezia, coupai une bonne longueur de fil noir et l'enfilai sur l'aiguille.

— Donne-moi ton bikini, lui dis-je.

Rapidement, je rattachai la bretelle du bikini puis repassai plusieurs fois sur la couture pour la renforcer. Bianca aurait sans conteste fait un meilleur boulot, mais mes talents en couture étaient très limités.

Alors que j'attachais le fil, une voix voilée familière retentit derrière moi.

— Que fais-tu ?

Je me tournai vers Valencia. La brunette exotique venait manifestement de quitter la scène. Un peignoir en soie noire était lâchement drapé sur ses épaules, sous lequel elle portait un bustier chartreux scintillant, avec des jarretelles, un string assorti, et des talons transparents. Alors qu'elle marchait vers moi, son expression était indéchiffrable.

— J'aide ta cousine avec un petit problème de garde-robe, dis-je d'une voix calme, ne sachant pas comment elle allait réagir.

Normalement, je me serais préparée à une remarque vache, mais plus tôt ce soir, avant qu'elle ne monte sur scène, elle n'avait pas semblé elle-même, et je ne savais pas à quoi m'attendre maintenant.

Mais, tandis que je coupais le fil que je venais d'attacher, Valencia resta silencieuse. Lorsque j'eus terminé, je le tendis à Lucrezia, dont l'expression se fit pleine de gratitude.

— Merci, dit-elle. Merci beaucoup. Tu m'as sauvée de madame Stone.

Valencia leva les yeux au ciel, mais sa voix était résignée.

— Tu as encore oublié ton costume de rechange ?

Lucrezia prit une expression de défi.

— Bon, j'ai oublié. Tout le monde oublie parfois.

Une note de frustration perça dans la voix de Valencia.

— Si tu n'étais pas une aussi bonne danseuse, je jure que je te renverrais en Bulgarie. J'en ai assez de m'en faire à l'idée que tu perdes ton boulot pour un oubli comme ça.

Lucrezia mit les mains sur les hanches et regarda sa cousine.

— Arrête de t'en faire. C'est tout ce que tu fais. Si c'est pas pour un truc, c'est pour un autre.

— J'ai mes raisons, dit Valencia. Et tu es l'une d'elles.

— Ben voyons, dit Lucrezia en rejetant sa chevelure blonde. Tu as commencé à t'en faire à ta naissance.

Je me levai, déposai la trousse de Trinity sur sa station, et me tournai à nouveau vers Lucrezia et Valencia.

— Pas besoin de s'en faire, et personne ne perdra son boulot. La bretelle est réparée. Elle devrait rester en place ce soir, mais si tu as une machine à coudre à la maison, je te recommande de la recoudre.

— Laisse-moi voir, dit Valencia en tendant la main vers le bikini que Lucrezia lui remit.

— Ce n'est rien de professionnel, dis-je. Mais personne ne le remarquera et ça devrait survivre à la soirée.

Lorsque Valencia releva les yeux, était-ce de la gratitude que je vis dans son regard ? Je n'en étais pas sûre. Mais je ne sentais pas l'hostilité caractéristique de notre relation habituelle.

— Ça va, dit-elle. Ça tiendra le coup pour la soirée.

Ce n'était pas vraiment un compliment, mais de la part de Valencia, c'était plus que je n'espérais. Était-ce possible que son opinion ait changé ou qu'elle tente une trêve ? Ou bien était-elle simplement à une autre étape de sa vie, peut-être en raison de sa relation avec Ulbrecht ?

Valencia tendit le bikini à Lucrezia.

— Enfile-le, dit-elle. Et rends-toi dans les coulisses. Vite. Dans quelques minutes, c'est ton tour.

Lucrezia laissa tomber son peignoir sur la chaise, enfila le bikini et se regarda dans le miroir.

— Tout va bien, dit Valencia. Allez, vas-y !

Lucrezia rajusta vite sa jupe, puis sortit rapidement par les portes qui donnaient sur la scène.

Alors que les portes se refermaient derrière elle, je jetai un œil dans la pièce et me préparai à partir. Maintenant que la soirée était en branle, je devais retourner à mon bureau et me mettre sur les autres projets que Stone m'avaient laissés.

C'est alors que Valencia me prit par surprise.

— Merci d'avoir aidé ma cousine, dit-elle. J'essaie de m'occuper d'elle, mais elle est si jeune et naïve ; elle est beaucoup trop insouciante.

Je regardai Valencia. Même si sa voix était sincère, son expression ne laissait rien voir. Mais si elle souhaitait une trêve, alors j'étais prête à faire mon bout de chemin.

— Ça me fait plaisir, dis-je. Veiller sur les filles fait partie de mes tâches.

Et sur ces mots, je me détournai, fis signe à Amira de me suivre et quittai la pièce.

10

CHAPITRE DIX

Le reste du samedi soir passa sans incident et, le dimanche matin, je fus réveillée par une chaleur croissante entre mes cuisses, accompagnée de délicieuses sensations qui m'apprirent que Nick avait pris les devants dans notre compétition.

— Mmmm, gémis-je, en ouvrant les yeux et en arquant le dos contre le matelas. Qu'est-ce que tu me fais ?

Il souleva la tête et me regarda.

— Te réveiller a pris un peu plus de temps que d'ordinaire. Il y a quelques secondes, je pensais que tu étais sur le point d'ouvrir les yeux, mais tu as alors grogné quelque chose qui aurait pu passer pour mon nom, bougé les jambes et marmonné quelque chose qui ressemblait à une prière de continuer.

Il sourit.

— Tu faisais manifestement un rêve érotique, pour lequel je m'attribue tout le mérite.

Je me soulevai et réarrangeai mes oreillers, avant de m'appuyer contre eux et d'admirer le corps nu de Nick.

— Tu es un rêve érotique, dis-je. Je ne sais pas comment tu arrives à avoir l'air aussi sexy le matin. Même avec les cheveux en bataille, tu restes incroyablement séduisant.

Il s'allongea à mes côtés et la lumière du matin qui filtrait par les rideaux donna un éclat doré à son torse musclé à la peau olivâtre.

— Tu es pas mal incroyable toi-même, dit-il en souriant, tout en enroulant une boucle de ma chevelure autour de son doigt. Même s'il te faut un peu d'aide pour te réveiller.

Mon regard descendit le long de son corps magnifique, des muscles définis de ses hanches et de ses cuisses, et s'arrêta sur son membre imposant partiellement en érection.

— En parlant d'aide, je vois quelque chose qui pourrait profiter de la mienne, dis-je en lui lançant un regard. Voyons voir ce que je peux faire.

Après avoir passé la matinée au lit, Nick et moi prîmes une douche, nous vêtîmes et partageâmes un petit-déjeuner tardif de café, d'œufs et de pain grillé. Tout en mangeant, je ressentis une vague de reconnaissance devant la normalité du moment. Malgré le danger qui pesait sur nous, la sécurité que nous offrait l'appartement de Nick nous permettait de nous détendre et de profiter du simple plaisir d'être un homme et une femme amoureux.

À quatorze heures ce jour-là, Rocco nous rejoignit et nous échangeâmes les dernières nouvelles des deux jours précédents. Nous nous installâmes alors dans la pièce à vivre et je lui racontai ma rencontre du vendredi soir avec Fripp. Rocco avait déjà été informé de ma mésaventure par Nick et Amira, mais il souhaitait également entendre ma version de ce qui s'était passé.

Lorsque je terminai mon récit, Rocco regarda Nick.

— Tu ne devrais pas avoir de difficulté à obtenir une ordonnance restrictive contre Fripp. Amira a vu Fripp agripper le bras d'Ilana et lui jeter son whisky au visage. Sans parler de ce George qui a confirmé la version d'Ilana.

— Son nom est George Stevens, dis-je, en me remémorant l'homme à la chevelure marron qui avait corroboré mes dires et jeté son propre verre au visage de Fripp. Il a fait preuve de bienveillance et, au besoin, je suis convaincue qu'il serait prêt à faire une déclaration.

— Et Max ? demanda Nick. Qu'est-ce qu'il a vu ?

— Il en a vu assez pour intervenir, dis-je. Sinon, je ne sais pas. Le club était bondé, alors je ne suis pas sûre que Max ait vu Fripp m'agripper. Je ne sais pas non plus si l'une des caméras près du bar a bien capturé ce qui s'est passé.

— J'appellerai Max plus tard, dit Rocco. Si l'une des caméras a enregistré Fripp en train de poser les mains sur Ilana ou de lui jeter son verre au visage, et si Max est prêt à partager la vidéo avec nous, notre demande d'ordonnance restrictive sera réglée en deux temps, trois mouvements.

— J'ai déjà parlé à mes avocats, dit Nick. Ils vont présenter une requête pour l'ordonnance restrictive dès demain matin.

— Parfait, dit Rocco. Même si nous penchons actuellement vers l'innocence de Fripp dans la mort d'Endicott et votre attaque, nous ne pouvons tout de même pas l'écarter de notre liste de suspects. Si son comportement violent est rapporté, cela pourrait nous être utile par la suite, en plus de le tenir à distance d'Ilana.

Nick regarda Rocco.

— Passons maintenant à notre suspect principal, qu'est-ce que la surveillance d'Andreas Ulbrecht a donné pour l'instant ?

— Moins que je ne l'espérais, dit Rocco. Ulbrecht passe ses journées à son bureau de NextEdge et ses soirées au Club des gentlemen, en plus du temps passé dans sa maison de ville dans l'Upper East Side, souvent avec sa copine Valencia. Ces deux-là passent la majorité de leur temps libre ensemble. Ma seule nouvelle information est qu'Ulbrecht est un ancien alcoolique.

— Un *ancien* alcoolique ? dis-je.

Je jetai un œil à Nick qui semblait aussi surpris.

— Ulbrecht a toujours aimé boire, dit Nick. Je ne me rappelle pas la dernière fois où je l'ai vu sans un verre à la main. Je l'ai toujours pris pour un alcoolique fonctionnel, l'un de ces types qui s'enivrent chaque soir après le travail, mais pas au point de ne pas pouvoir retourner travailler le lendemain.

— Ce n'est peut-être plus le cas, dit Rocco. Mon équipe l'a suivi jusqu'à plusieurs déjeuners-rencontres des AA.

Je me rappelai avoir aperçu Ulbrecht au club le vendredi soir. L'homme aux larges épaules et à la chevelure frisée était assis à une table près de la scène, observant Valencia pendant qu'elle dansait.

— J'ai vu Ulbrecht au club vendredi, dis-je. Quelque chose m'avait semblé différent dans son visage, mais je n'étais pas assez proche, et je n'ai pas pu mettre le doigt sur ce que c'était. Je croyais qu'il avait peut-être changé sa coiffure, mais c'était peut-être aussi une perte de poids ou le fait qu'il ne boit plus, ce qui aurait pu amincir son visage.

— L'as-tu vu boire ? demanda Nick.

Je fouillai dans ma mémoire.

— Il y avait une bouteille sur la table, mais elle aurait pu être pour l'homme qui l'accompagnait.

— Qui était assis avec lui ? demanda Rocco. Nous le connaissons ?

— Un type de Wall Street dans la quarantaine, de taille moyenne, avec des cheveux blond foncé courts. Je ne l'ai pas reconnu.

— Cette description ne me dit rien non plus, dit Nick. Ulbrecht se trouvait-il également au club samedi soir ?

— Oui, dit Rocco. L'as-tu vu hier, Ilana ?

— Non. Mais Valencia est montée sur scène, alors Ulbrecht se trouvait probablement à une table près de la scène. D'ailleurs, la nuit dernière, Valencia n'était pas aussi désagréable que d'habitude. Elle m'a même remerciée d'avoir réparé le costume de sa cousine Lucrezia.

— J'en suis heureux, dit Nick. Valencia est souvent sa pire ennemie, et c'est probablement ma faute si elle s'en est prise à toi.

— Il est passé pas mal d'eau sous *ce* pont, dis-je. Je comprends que Valencia ait pu se sentir jalouse ou menacée, mais ça n'excuse pas la manière dont elle m'a traitée.

— Non, en effet, dit Nick. Je dis seulement que sous ses paroles et son comportement méchants, Valencia a de bonnes qualités : elle est travailleuse et profondément loyale envers sa famille.

— La façon dont une personne traite sa famille en dit beaucoup sur sa personnalité, dit Rocco.

— Je suis d'accord, dit Nick. Valencia travaille dur et je sais qu'elle envoie régulièrement de l'argent à sa famille en Bulgarie. Elle a passé son enfance dans la pauvreté et sa vie n'a pas été facile, ce qui explique ses abords rugueux.

— Des abords rugueux ? dis-je. Cette femme est un véritable rouleau compresseur, du moins lorsqu'elle le veut. Mais je ne doute pas que Valencia soit plus qu'elle ne le laisse paraître et aussi longtemps qu'elle se tiendra bien, je n'ai rien contre une trêve.

— Si Valencia continue de bien se tenir avec toi, fais de même, dit Rocco. Vois si tu peux discuter avec elle, peut-être même l'amener à parler de son copain. Lorsqu'il est question d'Andreas Ulbrecht, toute information est importante.

Au même moment, l'iPhone de Nick sonna. Il le sortit de la poche de son jean et regarda l'écran.

— Qui peut bien m'appeler de NextEdge Systems un dimanche après-midi ? C'est l'entreprise d'Ulbrecht.

— Un informateur, dit rapidement Rocco. Ou quelqu'un qui est prêt à dénoncer Ulbrecht. Réponds et écoute-le, mais s'il demande de l'argent ou autre chose, ne t'engage pas… demande un peu de temps.

Nick appuya sur l'écran et l'approcha de son oreille.

— Nick Santoro.

Une seconde plus tard, ses yeux s'agrandirent.

— Quoi ? Et pourquoi ferais-je une telle chose ?

Le temps se suspendit pendant que la personne au bout du fil continuait de parler, et Nick écouta, son expression passant de la surprise à l'incrédulité, puis à la perplexité.

— Avant de pouvoir dire oui, je dois prendre les mesures nécessaires de mon côté, dit-il. Je suis convaincu que tu comprends pourquoi.

Un autre silence s'ensuivit et Rocco et moi ne lâchâmes pas Nick du regard, à l'écoute de tout signe qui apaiserait notre curiosité croissante. Qui était au bout du fil, et que voulait son interlocuteur ?

— C'est compris, dit Nick. Je t'appellerai sous peu. Si je décide d'accepter, nous pourrons nous pencher sur les détails.

Plusieurs secondes plus tard, il mit fin à l'appel avant de nous regarder.

— C'était Andreas Ulbrecht. Il veut me rencontrer aujourd'hui.

11

CHAPITRE ONZE

— Raconte-nous tout ce qu'Ulbrecht t'a dit, dit Rocco. Commence par le début et prends ton temps.

Nick se passa une main dans la chevelure.

— Lorsque j'ai répondu, Ulbrecht s'est nommé et m'a dit que nous devions nous parler en personne d'un sujet d'intérêt commun. Je lui ai alors demandé de me dire pourquoi je ferais une telle chose.

— Qu'a-t-il répondu ? demandai-je.

— Il a dit qu'il ne voulait pas en parler au téléphone, parce qu'il se croit sous surveillance, et qu'il ignore les moyens que possèdent ceux qui le surveillent.

— Il a peut-être aperçu notre équipe, dit Rocco. Mais j'en doute. L'équipe est très expérimentée. Mais il y a tout de même une chance qu'il l'ait remarquée, ou que nous ne soyons pas les seuls à le surveiller.

— C'est ce que j'ai pensé, acquiesça Nick. Ulbrecht a donc refusé de me donner les raisons de cette demande, affirmant simplement que lui et moi profiterions de ce qu'il a appelé une « conversation franche ».

— Et c'est là que tu as affirmé avoir besoin de temps pour mettre en place les mesures de sécurité nécessaires si tu décides de le rencontrer, dit Rocco.

— Oui, dit Nick. Ulbrecht a proposé de nous rencontrer dans un lieu public, un endroit où nous nous sentirons tous deux à l'aise et où notre conversation ne pourra pas être facilement entendue.

Un frisson me parcourut.

— Cette demande pourrait-elle être une embuscade ? demandai-je à Rocco. Pourrait-il vouloir entraîner Nick quelque part pour le menacer ou pire ?

— Nous devons envisager toutes les possibilités, dit Rocco. Pendant la conversation, Ulbrecht est resté vague, ce qui pourrait signifier une stratégie pour piquer la curiosité de Nick et le forcer à le rencontrer, ou bien une volonté de vouloir garder votre conversation privée.

— Je vais aller droit au but, dit Nick. Je veux le rencontrer. Si nous choisissons le lieu et mettons les mesures de sécurité nécessaires en place, tout risque pourra être contenu. Et même si je n'ai pas confiance en Ulbrecht et que j'ai des doutes sur l'importance de ce qu'il a à me dire, qu'ai-je à perdre ? De mon point de vue, dans le meilleur des cas, j'apprendrai quelque chose d'utile et, dans le pire, je perdrai une heure ou deux de mon temps.

— Je ne m'opposerai pas à cette rencontre à une seule condition, dit Rocco.

— Je t'écoute.

— Si tu veux le rencontrer aujourd'hui, ce doit être au Club des gentlemen.

— J'étais sur le point de proposer le bar du St Regis, dit Nick. Ulbrecht a parlé d'un endroit public, et le club est privé, même si Ulbrecht en est membre.

— En raison du poste d'Ilana, mon équipe connaît déjà bien le club, dit Rocco. Le responsable de la sécurité d'Ulbrecht lui a probablement parlé d'un lieu public, car ces endroits offrent la sécurité relative d'une foule et de caméras, mais le club offre la même chose, et même plus. Nous pourrions rencontrer Ulbrecht dans un endroit comme le St Regis, mais le temps requis pour faire le tour de cet endroit exigera de remettre la rencontre à demain.

— Alors, c'est décidé, dit Nick. Je ne veux pas attendre ; la rencontre se fera donc au club. Je demanderai à Ulbrecht de nous rejoindre au *lounge*. C'est assez tranquille pour que nous puissions parler, mais assez bruyant pour que personne n'entende notre conversation.

— Avant que tu n'appelles Ulbrecht, j'aimerais aborder d'autres points, dit Rocco. Lorsque tu lui parleras, dis-lui que je t'accompagnerai à la rencontre et qu'il peut amener l'un de ses propres gars s'il le souhaite.

— J'aimerais aussi t'accompagner, dis-je à Nick.

Vu les instincts protecteurs de Nick, je m'attendais à ce qu'il refuse et je préparai mes arguments en conséquence. Nous étions tous d'accord que le club était bien protégé, alors il ne pouvait rien dire. Avancerait-il que le fait de m'amener avec lui mettrait en évidence notre relation et que ses ennemis pourraient y voir l'occasion de me prendre pour cible ? Si oui, j'avais l'intention de lui rappeler que notre relation était plus que publique à ce stade. Mon nom et ma relation avec Nick avaient été étalés à la une des journaux à scandales et certaines des menaces qu'il avait reçues m'avaient mentionnée tout particulièrement. Dans ce contexte, me tenir loin de cette rencontre ne ferait rien pour ma protection et je voulais être auprès de Nick pour le soutenir, quel que soit ce qui l'attendait.

J'attendis, me préparant à son refus.

Mais il ne vint pas.

— J'aimerais beaucoup, dit Nick. Nous pourrions y aller tous les trois, et je dirai à Ulbrecht qu'il peut amener deux personnes s'il le souhaite. Peu importe ce qu'il veut me dire, je veux que vous y soyez et que vous m'aidiez à y voir plus clair par la suite.

Qu'il accepte si facilement mon offre me fit plaisir, tout comme le fait qu'il veuille mon évaluation de sa rencontre avec Ulbrecht. Chaque jour, nous devenions de plus en plus proches et notre confiance en l'autre et en notre jugement ne faisait que croître.

— Au cours de la rencontre, pendant qu'Ulbrecht et toi discuterez, Ilana et moi nous concentrerons sur le langage corporel d'Ulbrecht, dit Rocco. Nous pourrons tous nous faire une opinion quant à savoir s'il ment ou non, puis nous pourrons en parler par la suite.

Nick prit le téléphone sur la table basse.

— C'est bon, dit Nick. J'appelle Ulbrecht immédiatement.

12

CHAPITRE DOUZE

À vingt heures trente ce soir-là, Nick, Rocco et moi pénétrâmes dans le Club des gentlemen. Lorsque je passai les portes doubles flanquées des videurs vêtus de noir et pénétrai dans le hall familier aux panneaux en acajou, une partie de moi eut l'impression de voir le club pour la première fois.

Et d'une certaine façon, c'était le cas. Même si j'avais passé bien des soirées au club, je le faisais en tant qu'employée, et y entrer en tant qu'invitée changeait les choses.

Pour notre rencontre avec Andreas Ulbrecht, j'avais choisi ma petite robe noire préférée, qui était ajustée, sans trop en dévoiler. Des perles à l'éclat chaud et subtil ornaient mon cou et mes oreilles et j'avais lissé mes boucles indisciplinées en des vagues brillantes qui tombaient bas sur mes épaules. Nick avait tout l'air d'un homme d'affaires prospère dans son costume anthracite à la coupe parfaite et le costume classique noir de Rocco ne réussissait pas à camoufler sa carrure puissante et musclée. Ensemble, les deux hommes avaient une présence imposante.

Nous pénétrâmes dans le *lounge* qui, comme le hall, était couvert de panneaux en acajou foncé. Des chandeliers scintillants étaient suspendus au haut plafond. Derrière le long bar, deux barmaids séduisantes vêtues de robes courtes argentées au dos nu attrapaient des bouteilles, remplissaient des shakers et versaient des cocktails dans des verres étincelants.

Plusieurs dizaines de tables étaient entourées de fauteuils en cuir noir. La plupart des tables étaient occupées par des hommes et quelques femmes, un verre ou parfois un cigare à la main, mais certaines étaient encore libres. Des serveuses en robes de cocktail circulaient dans la pièce pour servir des verres et prendre les commandes.

Je fis le tour des tables du regard, mais ne vis pas Ulbrecht.

Nick jeta un œil à sa montre.

— Ulbrecht est en retard, dit-il. Installons-nous à la table dans le coin là-bas.

Il indiqua d'un geste une table pour six personnes dans le coin opposé de la pièce.

Nous traversâmes la pièce et nous assîmes face à l'entrée. Nick s'assit à ma droite, et Rocco à ma gauche.

Une blonde canon s'approcha rapidement de nous et je la reconnus comme l'une des nouvelles recrues, Star.

— Bienvenue au Club des gentlemen, dit-elle avec enthousiasme. Qu'est-ce que je vous sers ce soir ?

Elle me sourit.

— Salut, Ilana.

Le décolleté plongeant de la robe bleu vif de Star ne laissait pas grand-chose à l'imagination et lorsque le regard de Rocco se promena sur son corps, je crus apercevoir un éclat appréciateur.

Rocco appréciait-il les blondes bien roulées ? Si oui, je devrais peut-être élaborer un plan pour lui présenter Bianca. Pas maintenant, puisqu'elle était prise par les préparatifs de son défilé de mode, mais peut-être dans une semaine ou deux, lorsque le défilé serait derrière elle et qu'elle aurait eu le temps de se reposer et de s'en remettre. Même si ma meilleure amie n'avait pas exactement de type, elle penchait davantage vers les hommes imposants et bien bâtis, ce qui était manifestement le cas de Rocco. Et puis, ni l'un ni l'autre ne fréquentaient qui que ce soit en ce moment.

— Salut, Star, dis-je. Je vais prendre un verre de champagne.

Nick haussa un sourcil.

— Et ton martini habituel ?

— Pas ce soir, dis-je. Je veux garder les idées claires.

— Bonne idée, dit-il avant de se tourner vers Star. Je prendrai une Guinness.

— Et un café pour moi, dit Rocco.

Lorsque Star nous laissa, Nick jeta à nouveau un œil à sa montre.

— Ulbrecht doit être pris dans un embouteillage, dit-il.

— Peut-être, dit Rocco. Ça, ou bien il a changé d'idée et ne se pointera pas.

Un nœud se forma dans mes entrailles. La demande d'Ulbrecht était-elle réellement une embuscade ? Même si je nous croyais en sécurité dans le club, est-ce qu'il avait simplement voulu nous faire quitter l'appartement de Nick et avait un plan sinistre en tête ?

Sur le point de partager mes pensées, je me tournai vers Nick et, ce faisant, j'aperçus les larges épaules et la chevelure noire bouclée d'Andreas Ulbrecht près de l'entrée.

— Ulbrecht vient d'arriver, dis-je. Il est près de l'entrée ; il porte un costume gris.

Je m'étirai le cou pour tenter d'apercevoir ceux qui l'accompagnaient, mais un groupe de quatre hommes se tenait devant lui et me bloquait partiellement la vue.

— L'homme derrière lui est probablement son chef de sécurité, dit Rocco.

Ulbrecht disparut derrière un homme imposant en smoking, puis réapparut. Je vis alors qu'en plus de l'homme à la chevelure brune et au costume noir qui le suivait, Ulbrecht était accompagné de quelqu'un d'autre.

Valencia.

Vêtue d'une robe dos nu rouge qui moulait ses courbes et mettait en valeur ses jambes bien définies, Valencia avait laissé les boucles brillantes de sa chevelure noire tomber sur ses épaules olivâtres. Des bijoux en or scintillaient à ses oreilles et à son cou. Je n'avais pas prévu qu'elle serait avec Ulbrecht, mais sa présence ne me surprenait pas non plus. Je ne doutais pas que la brunette était là pour soutenir son copain. Je pouvais le comprendre et décidai d'écarter mes problèmes personnels avec elle. Cette rencontre ne nous concernait pas ; nous étions ici pour Nick et Ulbrecht.

Lorsque Ulbrecht et ses deux compagnons atteignirent notre table, ils s'assirent devant Nick, Rocco et moi.

— Désolé du retard, dit Ulbrecht à Nick. La circulation était pire que je ne le croyais.

— Ça arrive, dit Nick. Mais nous sommes maintenant tous présents.

Ulbrecht indiqua l'homme au costume noir à ses côtés.

— La plupart d'entre nous connaissent déjà le reste de l'assemblée, mais voici mon chef de sécurité, Michael O'Hara.

Nick désigna Rocco d'un signe de tête.

— Mon propre chef de sécurité, Rocco Moretti.

Rocco tendit une grande main vers O'Hara et les deux hommes échangèrent une poignée de main ferme. De taille et de carrure moyennes, O'Hara semblait petit à côté de Rocco, mais son regard perçant laissait voir son intelligence. Son front dégarni et les rides qui accentuaient ses traits tranchants lui donnaient l'air d'un quinquagénaire.

Star revint alors avec nos verres et s'adressa aux trois nouveaux venus.

— Je peux vous offrir quelque chose ?

Valencia demanda un verre de Pinot Noir et Ulbrecht et O'Hara commandèrent de l'eau minérale. Tandis qu'ils passaient leur commande, j'en profitai pour observer Ulbrecht et remarquai que l'homme massif avait sans conteste perdu entre cinq et huit kilogrammes. Sa mâchoire carrée était plus définie qu'avant et son visage était moins rouge.

L'apparence d'Ulbrecht, comme l'eau minérale commandée, appuyait la suggestion de Rocco qu'il avait probablement arrêté de boire. Mais ses yeux enfoncés semblaient hantés, son visage était crispé et il y avait quelque chose dans ses larges épaules qui me donnait l'impression que l'homme devant moi était sous forte pression, un homme qui avait le poids du monde sur les épaules et qui semblait incertain de sa capacité à survivre à cette pression.

Lorsque la serveuse repartit, Nick se tourna vers Ulbrecht.

— Tu as demandé de me rencontrer pour discuter d'un sujet d'intérêt commun. Puisque nous avons tous les deux le même but, obtenir une part majoritaire de Centerpost, tu comprendras mon incrédulité que l'un de nos intérêts puisse être considéré comme commun.

— Il y a quelques jours, j'aurais dit de même, dit Ulbrecht. Mais les événements m'ont permis de constater que la lutte pour Centerpost est en fait divisée en deux luttes. La première est la soumission de nos offres à Centerpost et, dans cette lutte, j'ai l'intention de l'emporter en toute équité. La seconde est la guerre détestable et déloyale des menaces et des attaques anonymes menée contre nous deux par Beardsley Fripp, et dans cette lutte nous sommes du même côté.

Il regarda Valencia, puis reporta son attention vers Nick.

— Je ne te connais pas, Santoro ; je prends un gros risque de te faire confiance avec ce que je suis sur le point de te dire, et j'aimerais fichtrement ne pas avoir besoin de me trouver à cette table, mais j'y suis.

— Tu dis avoir décidé de me faire confiance, dit Nick. Pourquoi ? Et pourquoi devrais-je te croire ? Par le passé, nous avons été des rivaux en affaires, et pas de bons rivaux. Tu affirmes avoir été menacé et attaqué comme moi et, pour autant que je sache c'est peut-être vrai, mais contrairement à mon attaque qui a fait la une, je n'ai rien entendu à propos d'attaques semblables contre toi. De mon point de vue, je dois envisager la possibilité que tu sois le responsable de ces menaces anonymes et le commanditaire des types qui ont fait feu sur ma voiture.

À ce moment, la serveuse revint avec la commande et posa les verres sur la table. Lorsqu'elle repartit, Ulbrecht fit mine de prendre la parole, mais Valencia posa une main sur son bras.

— Vous devez vous faire confiance, dit-elle en regardant Nick. Nick, tu es un homme bien. Andreas aussi. En affaires, vous misez sur la victoire, mais vous n'êtes pas des meurtriers. Je vous connais tous les deux et c'est pourquoi je sais aussi qu'aucun de vous ne s'abaisserait à de tels crimes. Fripp est derrière chaque menace et atrocité qui a été commise contre vous, en plus de la mort de Forbes Endicott. C'est pourquoi j'ai persuadé Andreas de t'appeler pour te rencontrer.

En entendant ces mots, je fus incrédule.

Elle avait persuadé Ulbrecht de contacter Nick ?

Nick, Rocco et moi nous étions attendus à ce qu'Ulbrecht clame son innocence en faisant porter le chapeau à Fripp ou à une autre personne, mais la révélation de Valencia sur son rôle dans cette rencontre était une réelle surprise. Qui était-elle, vraiment ?

La Valencia que je connaissais était souvent mesquine et vindicative, parfois même cruelle. Et même si je savais qu'elle pouvait aussi être loyale et soutenir les gens qui lui importaient, elle n'avait jamais fait montre de beaucoup plus qu'une trace de chaleur ou d'affection envers qui que ce soit, même sa cousine Lucrezia. En oubliant mon expérience personnelle avec Valencia, comment pouvait-elle être si convaincue de la culpabilité de Fripp ? Qu'est-ce qui aurait poussé Fripp à tuer Endicott, un homme qui était selon toute vraisemblance son plus cher ami ?

Puis, Valencia tourna son regard intense vers moi et j'y vis les mêmes peurs qui m'accablaient.

— Si Nick et Andreas unissent leurs forces, leurs efforts combinés auront une meilleure chance de mettre un terme au cauchemar que sont devenues nos vies. Ilana, toi et moi avons eu nos différends, et j'assume entièrement ma part dans ceux-ci, mais j'espère que nous pouvons nous accorder sur un point. Aucune de nous ne souhaite assister aux funérailles de l'homme qu'elle aime.

Alors que j'absorbais ses paroles, mes problèmes personnels avec Valencia pâlirent devant la peur terrible que nous vivions toutes les deux et je vis la danseuse sous un jour nouveau. Malgré notre hostilité mutuelle, la femme devant moi aujourd'hui se battait pour son homme et parlait avec son cœur. Elle se trompait peut-être au sujet de Fripp, mais même si c'était le cas, elle pensait ce qu'elle disait.

— Nous avons eu nos différends, dis-je. Mais je crois que tu nous as rassemblés à cette table pour une bonne raison.

— Moi aussi, dit Nick.

Il tendit une main vers Ulbrecht, et les deux hommes se serrèrent la main.

— Maintenant, Andreas, parlons, dit Nick. J'aimerais comprendre pourquoi tu crois être suivi et comment tu en es arrivé à la conclusion que Fripp est responsable de la mort d'Endicott.

13

CHAPITRE TREIZE

Rocco posa son verre et regarda le chef de sécurité d'Ulbrecht, Michael O'Hara, qui avait gardé le silence jusque-là.

— Commençons par le commencement, dit-il. Pour le moment, mettons de côté la question de l'innocence ou de la culpabilité de Fripp et concentrons-nous sur les menaces que Nick et monsieur Ulbrecht ont reçues. Quand monsieur Ulbrecht a-t-il commencé à recevoir des menaces, et sous quelle forme ?

— Pas besoin d'être aussi formel, dit Ulbrecht à Rocco. Appelle-moi Andreas.

— Même chose pour moi, dit Nick en jetant un œil autour de la table. Nous travaillerons ensemble, alors mieux vaut utiliser nos prénoms.

Tout le monde acquiesça, puis Nick fit un geste vers Michael O'Hara.

— Nous t'écoutons, Michael.

Michael s'éclaircit la gorge.

— Pour répondre à la question de Rocco, Andreas a commencé à recevoir des menaces par textos en août. Certains de ces textos incluaient des images d'Andreas et de ses deux enfants. Chaque menace avait le même objectif : effrayer Andreas pour qu'il abandonne Centerpost.

Les deux professionnels de la sécurité échangèrent d'autres détails sur les différentes menaces que Nick et Andreas avaient reçues, puis Nick revint aux raisons qui avaient poussé Andreas à vouloir le rencontrer en personne.

— Tu as dit penser qu'on te surveillait, dit Nick. Qu'est-ce qui te le fait croire ?

— La personne responsable connaît mon planning et mes activités, dit Andreas. Quelqu'un de mon entourage m'espionne, soit au bureau ou à la maison. Et toi ? Est-ce qu'on te surveille ?

— Si on me surveille, je ne crois pas que ce soit par quelqu'un de proche, dit Nick. Aucune des menaces reçues ne suggérait une connaissance poussée de mon emploi du temps. Même lorsque ma voiture a été attaquée sur la Cinquième avenue, Ilana et moi revenions d'une soirée où bien des gens s'attendaient à me voir. Qu'est-ce qui te fait croire que quelqu'un de ton entourage est impliqué ?

L'expression d'Andreas se fit sombre.

— Il y a deux jours, un salaud s'est fait passer pour mon chauffeur et a essayé de kidnapper mon fils et ma fille à leur école.

J'en restai bouche bée.

— Oh, mon Dieu. Les enfants vont bien ?

— Les enfants n'ont rien, heureusement, dit Valencia. Andreas a pris des mesures pour les protéger.

— Je suis heureux de l'apprendre, dit Nick.

— Merci de vous inquiéter, dit Andreas. Mon ex et moi avions convenu que les enfants passeraient le week-end avec moi quelques jours avant cette tentative. C'est pourquoi je crois que quelqu'un qui travaille chez moi ou à mon bureau m'a trahi. Comment sinon le kidnappeur aurait-il su qu'il devait se faire passer pour mon chauffeur, plutôt que celui de mon ex-femme ? Puisqu'elle a la garde des enfants, c'est elle qui va chercher les enfants à l'école presque tous les jours.

Pas étonnant que le regard d'Andreas soit aussi hanté. Il y a deux jours, il avait vécu un cauchemar qu'aucun parent ne devrait vivre, le calvaire de savoir que ses enfants auraient pu lui être enlevés. Je me rappelai l'étrange attitude de Valencia le samedi soir et compris que la tentative du vendredi était probablement responsable de son état. Pas étonnant qu'elle ne m'ait pas semblé dans son état habituel lorsque j'avais reprisé le bikini de Lucrezia. Dans ces circonstances, j'étais même surprise qu'elle ait trouvé la force de se pointer au travail.

— Raconte-nous ce qui s'est passé, dit Rocco. Comment la tentative de kidnapping s'est-elle déroulée ?

— Le vendredi après-midi, environ une heure avant la fin de l'école, un homme que nous n'avons pas pu identifier a arrêté une limousine semblable à celle d'Andreas devant l'école privée que fréquentent ses enfants, dit Michael. L'homme est entré dans l'école, s'est rendu à l'accueil, s'est présenté comme le chauffeur d'Andreas et a affirmé qu'Andreas l'avait envoyé pour récupérer les enfants. Il a ajouté qu'Andreas attendait dans la voiture et qu'il était en avance puisqu'Andreas souhaitait faire la surprise à ses enfants d'un tour à l'exposition de dinosaures au Musée d'histoire naturelle.

— Le salaud avait pensé à tout, dit Andreas. Il savait que les enfants passeraient le week-end avec moi. Il savait même que j'avais promis de leur montrer les dinosaures. Heureusement, l'école a senti qu'il y avait anguille sous roche, a refusé de laisser partir les enfants, puis m'a appelé.

— Qu'est-ce qui a éveillé les soupçons de l'école ? demanda Rocco. Était-ce parce que le type n'était pas ton chauffeur habituel ?

Andreas regarda Michael.

— Vas-y. Explique-leur tout ce que nous avons raconté à la police, dit-il. Lorsqu'il est question des exploits de mon ex-femme pour faire de ma vie un enfer, j'ai dépassé le stade de l'embarras.

— D'accord, dit Michael. En résumé, l'entente de garde stipule que, à l'exception de l'ex-madame Ulbrecht elle-même, seul Andreas a l'autorisation d'aller chercher les enfants à leur école et que, lorsque c'est le cas, il doit le faire personnellement. L'ex-femme d'Andreas a bien informé les membres de l'école de cette restriction.

— Je crois que je comprends, dit Rocco. Le kidnappeur s'est fait passer pour le chauffeur d'Andreas. Mais l'école avait reçu comme directive que personne ne pouvait aller chercher les enfants au nom d'Andreas.

— Exact, dit Michael. Les deux membres du personnel à l'accueil ont supposé que l'ex-femme d'Andreas mettait à l'épreuve le respect des restrictions par l'école, comme elle l'a fait plusieurs fois depuis leur mise en place. Le personnel a poliment informé le kidnappeur qu'Andreas devait entrer pour venir chercher les enfants lui-même. Le kidnappeur a insisté, mais le personnel est resté ferme et il a alors quitté le bâtiment, affirmant qu'il allait chercher Andreas.

— Qu'est-ce qui s'est passé alors ? demanda Rocco.

— Après une quinzaine de minutes, lorsque ni mon ex-femme ni moi ne sommes apparus, le personnel s'est inquiété et m'a appelé, dit Andreas. Michael et moi nous sommes rendus immédiatement à l'école, avons raccompagné les enfants chez mon ex-femme, puis avons déposé un rapport de police.

Nick secoua la tête.

— Quel genre de salaud s'en prend à des enfants ?

— Le genre qui ne recule devant rien, dit Valencia. Je n'aurais jamais cru être aussi reconnaissante à l'ex-femme d'Andreas d'être une telle salope paranoïaque.

Un muscle joua sur la mâchoire d'Andreas et sa voix se fit amère.

— Quelle ironie. Mon ex a bien fait comprendre au personnel de l'école que si mon chauffeur, ou n'importe lequel de mes employés, partaient avec mes enfants, elle le leur ferait payer cher. Elle l'a fait pour me rendre la vie difficile et m'embêter. Elle affirmait qu'elle devait protéger les enfants contre moi, et maintenant il semblerait qu'elle avait raison.

Valencia lança un regard vers Andreas. Lorsque leurs yeux se croisèrent, son visage s'adoucit et leur amour ne fit aucun doute.

— Les enfants sont en sécurité maintenant, dit Valencia. C'est tout ce qui importe.

— Les enfants, et toi, lui dit Andreas. Tout le reste est secondaire.

— Pour ce qui est de la personne qui surveille Andreas, la tentative de kidnapping devrait limiter les possibilités, dit Rocco. Il s'agit de quelqu'un qui peut avoir accès à son emploi du temps, mais pas aux détails de l'entente de garde.

— Malheureusement, ça n'aide pas beaucoup, dit Michael.

— Beaucoup de mes employés ont accès à mon planning, dit Andreas. Mais seuls mon ex, mes avocats et l'école connaissent les détails de l'entente de garde, à part Valencia bien sûr. La situation m'embarrassait tellement, alors je n'en ai pas parlé, ce qui est probablement la raison pour laquelle le kidnappeur n'en savait rien. Mais il savait que je devais prendre les enfants ce week-end-là et que je leur avais promis d'aller voir les dinosaures.

Il passa une main sur son front.

— Lorsque j'ai raconté à mon ex la tentative de kidnapping, elle a fait une crise. Elle m'a dit qu'elle espérait que la personne qui voulait ma peau réussisse, pour qu'elle n'ait plus affaire à moi. Mais elle a alors fait ses bagages, affrété un avion et est partie avec les enfants chez son oncle en Suisse. Nous ne nous entendons peut-être pas sur grand-chose, mais nous aimons tous deux nos enfants.

Nick regarda Andreas.

— Peu importe qui est derrière tout ça, il doit être arrêté.

— À ce stade, ça me semble fichtrement évident de qui il s'agit, dit Andreas. Fripp est responsable de tout.

14

CHAPITRE QUATORZE

— Fripp est derrière les menaces, dit Valencia. L'attaque de la voiture de Nick. La tentative de kidnapping des enfants d'Andreas. La mort de Forbes Endicott.

— J'aimerais te croire, dit Nick. Bordel, je veux te croire. Mais même si Fripp n'est qu'un salaud de la pire espèce, je ne comprends pas pourquoi il aurait tué Endicott. Ils étaient amis depuis toujours et partenaires en affaires.

— Nick et moi étions présents lorsqu'Endicott est mort, dis-je. Fripp a essayé de le ranimer et lorsque le médecin a dit qu'Endicott était mort, Fripp était fou de douleur. Il pleurait, en se balançant d'avant en arrière à genoux, et gémissait.

— Alors, Fripp a donné une bonne performance, dit Valencia. Qui te dit qu'il ne l'avait pas répétée avant ?

— Peut-être, dis-je. Mais si ce n'était qu'un rôle, Fripp a réussi. Il m'a convaincue.

— Moi aussi, dit Nick. Et puis, Endicott était le meilleur ami de Fripp.

— Fripp n'est l'ami de personne, rétorqua Valencia. Il baise la femme d'Endicott depuis un an. Il semblerait qu'Elizabeth aime se faire prendre par-derrière.

Pour la deuxième fois ce soir, j'étais sous le choc. Une reine de glace hautaine comme Elizabeth Endicott, avoir une liaison torride avec un rustre comme Fripp ? Si c'était vrai, et j'avais peine à le croire, alors les contraires s'étaient attirés d'une drôle de façon.

— Elizabeth, une liaison avec Fripp ? Nick regarda Rocco, qui secoua la tête, confirmant ainsi que son équipe n'avait rien trouvé qui appuyait l'affirmation de Valencia.

— Qu'est-ce qui te fait croire que Fripp et Elizabeth Endicott ont une liaison ? demanda Rocco.

Valencia croisa le regard calme de Rocco.

— Fripp s'en est vanté à un ami, devant ma cousine Lucrezia.

— Quand ? demanda Nick.

— Une semaine avant la mort d'Endicott, dit Valencia. Lucrezia ne sait rien à propos des problèmes d'Andreas avec Fripp et il n'y avait rien de très inhabituel dans les propos de Fripp. Après tout, un homme qui se vante de ses conquêtes sexuelles n'a rien d'étonnant. Mais, vendredi soir, lorsque la rumeur s'est répandue dans le club que Fripp s'en était pris à Ilana et que Max l'avait banni du club pendant un mois, Lucrezia et moi nous trouvions dans les loges. C'est là qu'elle a mentionné ce qu'elle avait entendu une semaine avant.

— Et comment l'a-t-elle entendu ? demandai-je.

— Qu'est-ce qu'elle a entendu exactement ? dit Rocco.

— Lucrezia dansait pour un ami de Fripp, pendant qu'une autre fille s'occupait de Fripp, dit Valencia. Fripp s'est vanté à son ami que les femmes ne pouvaient pas lui résister et qu'il baisait la femme de son patron depuis des mois.

— Par la femme de son patron, Fripp voulait manifestement dire Elizabeth, dit Nick. Mais Fripp est une brute et un vantard. Et s'il avait tout inventé pour impressionner son ami ? Et qui était cet ami, d'ailleurs ?

— Lucrezia ne l'a pas reconnu, dit Valencia. Elle a dit qu'il avait la cinquantaine, avec un peu d'embonpoint et des cheveux gris.

Nick soupira.

— Après cette révélation, je ne sais pas quoi penser. Si Fripp baisait Elizabeth, alors je me trompais peut-être à propos de sa relation avec Endicott. L'amitié entre les deux n'était peut-être pas aussi forte qu'elle le paraissait. Mais je crois aussi que Fripp est bien capable d'inventer une supposée liaison avec Elizabeth.

Il se tourna vers Rocco.

— Nous avions une équipe en place pour suivre Fripp depuis notre retour à New York. Si Fripp avait une liaison avec Elizabeth, ne le saurions-nous pas à l'heure actuelle ?

— Pas nécessairement, dit Rocco. Ils n'ont vu aucun signal, comme une rencontre entre les deux dans un hôtel, mais Fripp était un invité régulier chez les Endicott, au point qu'il était pratiquement un membre de la famille. Les visites fréquentes de Fripp correspondaient à son passé d'ami de toujours de la famille d'Endicott, mais parfois Fripp et Elizabeth étaient seuls dans la maison, mis à part le personnel.

— Donc, nous n'avons aucune preuve qu'ils ont une liaison, dit Nick. Mais c'est une possibilité.

— Oui, dit Rocco. Et si nous nous engageons dans cette voie, nous devons envisager la possibilité qu'Elizabeth était au fait du plan de Fripp depuis le début.

15

CHAPITRE QUINZE

— Tu es sérieux ? demanda Nick à Rocco. Elizabeth est une mondaine de Park Avenue. Même en admettant que Fripp soit le cerveau derrière tout ce qui s'est passé, pourquoi impliquerait-il quelqu'un comme elle ? Il n'y a rien de plaisant chez cette femme, mais accepterait-elle vraiment de tuer le père de ses enfants ?

— Elizabeth déteste Endicott depuis des années, dis-je. Et lorsque je l'ai rencontrée au gala, elle ne m'a pas semblé très altruiste. Et si elle avait mis ses propres intérêts avant ceux de ses enfants ? Et qu'en est-il de ses mobiles financiers ? Tu as bien dit que la mort d'Endicott lui donnait tout contrôle sur leur fortune ?

— Nous devrions suivre l'argent, dit Andreas. Il n'y a aucun doute qu'Elizabeth profite financièrement de la mort de son mari. À moins d'une preuve qui établisse son innocence, je l'ajouterais à notre liste de suspects.

Le chef de sécurité d'Andreas, Michael, avait gardé le silence tout au long de la discussion sur la liaison possible entre Fripp et Elizabeth, mais il prit alors la parole.

— Avant de discuter des possibles acolytes de Fripp, mettons une chose au clair, dit-il.

Il balaya Nick, Rocco et moi de son regard perçant.

— Maintenant que nous avons partagé ce que nous savions, êtes-vous d'accord avec notre conclusion que Fripp est très probablement le responsable des menaces et des attaques contre Andreas et Nick ?

Nick regarda Rocco et moi, et nous hochâmes tous deux la tête.

— Vous m'avez convaincu, dit Nick. Mais il y a une chose que je veux mettre au clair. Pour ce qui est d'arrêter Fripp, je suis prêt à partager ce que je sais. Mais ça ne change rien à mon intention d'acquérir Centerpost.

Andreas dévoila ses dents en un sourire de défi.

— Je suis prêt, dit-il. J'ai fait une offre du tonnerre à Centerpost et je suis convaincu qu'ils l'accepteront.

Nick s'adossa à son fauteuil et regarda Andreas.

— Ce ne sera pas la première fois que je l'emporterai sur toi, dit-il froidement. Dans une semaine, Centerpost annoncera sa décision, et je m'attends à gagner une nouvelle fois.

Le regard d'Andreas se fit tranchant et il ouvrit la bouche pour parler, mais Valencia le prit de vitesse.

— Ça suffit ! dit-elle en regardant les deux hommes. Vous êtes rivaux et vous voulez Centerpost. Mais gagner n'est pas tout. Parfois, le prix à payer est trop élevé. Centerpost rapportera des milliards à l'un de vous deux, mais cette tonne d'argent ne vaudra pas un centime si vous êtes morts.

— Valencia a raison, dis-je. Centerpost ne vaut pas la vie de qui que ce soit à cette table. Notre meilleure chance d'arrêter Fripp est de continuer à travailler ensemble.

Nick soupira et regarda Andreas.

— En ce qui concerne Centerpost, nous restons rivaux, mais je suis prêt à collaborer avec toi pour ce qui est de Fripp. Si je découvre quelque chose qui pourrait mettre Fripp derrière les barreaux ou qui est pertinent pour ta sécurité et celle de ta famille, je t'en ferai part. Je ne promets rien de plus.

Pendant plusieurs secondes, Andreas garda le silence.

— Ça me va, dit-il finalement. Je ferai de même pour toi.

Nick tendit une main vers Andreas et pour la deuxième fois ce soir, les deux hommes se serrèrent la main. Ce faisant, la tension qui avait monté autour de la table commença à se dissiper.

— Maintenant que Nick et Andreas ont décidé de continuer à travailler ensemble, discutons de ce qui nous attend, dit Rocco. Si nous voulons avoir une chance d'arrêter Fripp, nous devons trouver un moyen de nous approcher de lui. Le suivre à travers Manhattan n'a pas donné grand-chose.

— Nous pourrions faire surveiller Elizabeth, proposai-je. Elle pourrait peut-être nous mener vers quelque chose, ou quelqu'un, que nous pourrions utiliser contre Fripp.

— C'est une bonne idée, dit Rocco. Nous ne savons pas si Elizabeth est impliquée, mais nous savons qu'elle a une liaison avec Fripp. Peu importe qu'elle soit impliquée ou non, nous pourrions tout de même découvrir quelque chose d'utile en la surveillant.

— Occupe-t'en, dit Nick à Rocco. Mets en place une équipe dès que possible.

— J'aimerais contribuer à cette équipe, dit Andreas, bourru.

Il regarda son chef de sécurité.

— Michael, collabore avec Rocco et seconde-le de la manière qui vous semble à tous les deux le mieux.

— J'ai hâte de travailler avec toi, dit Michael.

— Pareillement, dit Rocco.

Andreas plongea la main dans la poche intérieure de son veston et en sortit un cigare.

— Ça vous dérange si je fume ? Quelqu'un veut un cigare ?

Nous secouâmes tous la tête.

Il sortit de la poche de son veston un coupe-cigare doré et trancha le bout de son cigare. Puis, il déposa le coupe-cigare sur la table et sortit un briquet de la poche de son pantalon.

— Laisse-moi faire, dit Valencia.

Les traits larges et séduisants d'Andreas se détendirent et il sourit. Il tendit le briquet à Valencia et porta le cigare à ses lèvres. Alors qu'elle allumait le cigare avec le briquet, protégeant la flamme de ses mains, ils échangèrent un regard intime qui ne laissait aucun doute sur leurs sentiments.

Une fois son cigare allumé, Andreas se tourna à nouveau vers nous.

— Merci de me permettre cette pause, dit-il en soufflant la fumée au-dessus de nos têtes.

Je humai l'odeur riche et épicée du cigare avant que la fumée ne soit aspirée par le système de ventilation de pointe du club.

Andreas lança un regard affectueux vers Valencia.

— Grâce à elle, j'ai arrêté de boire, mais je ne laisserai jamais tomber mes cigares. Fumer m'aide à réfléchir.

— C'est un coupe-cigare intéressant, dit Nick. Est-il vintage ?

Andreas fit glisser le coupe-cigare vers Nick.

— C'est un Tiffany des années cinquante. Il appartenait à mon père qui était aussi un adepte de cigares.

Le coupe-cigare était un traditionnel modèle à guillotine à une lame. La portion centrale où se trouvait la lame arborait une subtile texture en épi, à l'exception d'un cercle central lisse où apparaissaient les initiales AJU.

— Puisque je porte le même nom que mon père, le monogramme correspond à mes initiales également.

Nick prit le coupe-cigare et fit fonctionner la lame quelques fois avant de le tendre à Andreas.

— Il semble fonctionner à merveille.

— Je fais aiguiser la lame à l'occasion, dit Andreas. Sinon, il est en aussi bonne condition que le jour de sa fabrication.

Il souffla un autre nuage de fumée.

— Mais revenons à Fripp et à notre plan pour nous rapprocher de lui. Et si nous faisions appel à nos contacts au sein d'Endicott Trumbull ? Nous pourrions leur parler de nos soupçons envers Fripp et voir si l'un d'eux pourrait nous en dire plus.

— J'ai parlé avec la plupart de mes contacts de l'entreprise, dit Nick. Mais il y a deux autres personnes que je pourrais contacter et ça ne devrait pas faire de tort.

— À qui as-tu déjà parlé ? demanda Andreas. Ça ne sert à rien que je parle aux mêmes personnes.

Nick énuméra quelques noms.

— Lorsque je leur ai parlé, je suspectais à la fois Endicott et Fripp, mais personne ne semblait au courant de quoi que ce soit.

Après avoir discuté de quelques autres contacts potentiels, Andreas et Nick s'arrêtèrent sur quatre noms, dont deux noms ne m'étaient pas inconnus : Bob Bentley et Sloan Vandervelt.

— J'ai vu Bentley au club avec Fripp quelques fois, dit Valencia. Les deux semblaient proches, alors Bentley pourrait bien savoir quelque chose.

— Je suis en bons termes avec Bentley et Carver, dit Nick. Je les appellerai demain.

— Je parlerai avec Sloan Vandervelt et Chuck Sutton, dit Andreas. Ça ne donnera peut-être rien, mais c'est notre seule option.

— Pas nécessairement, dit Rocco. Je suis d'accord pour que vous parliez avec vos contacts chez Endicott Trumbull, mais je propose aussi une plus grande offensive.

— Qu'est-ce que tu as à l'esprit ? demanda Nick.

— Il est temps de faire bouger les choses. Depuis le début, Fripp a planifié chacun de ses gestes soigneusement et utilisé des intermédiaires pour se couvrir. À chaque tournant, il avait toujours une longueur d'avance sur nous. Et si nous le prenions par surprise et faisions foirer ses plans ? Et si nous le forcions à agir et à se dévoiler ?

— Le prendre par surprise pourrait être une bonne stratégie, réfléchit Andreas, tout en tirant sur son cigare.

— En effet, dit Michael.

— Nous t'écoutons, dit Nick à Rocco. Quel est ton plan ?

— La date limite pour les offres de Centerpost est demain en fin de journée, n'est-ce pas ?

— Oui, dit Nick.

— Et le conseil de Centerpost devrait se réunir une semaine après pour prendre une décision.

— Exact.

— Et si vous pouviez convaincre Centerpost de devancer la réunion ? Disons, jeudi ou vendredi de cette semaine ? J'ai peut-être tort, mais je doute que modifier la date de la réunion change leur décision.

Le visage de Nick s'éclaira.

— Rocco, tu es génial. Devancer la réunion ne changerait rien pour Andreas et moi, mais ça pourrait très bien bousiller les plans de Fripp.

— Ça lui donne moins de temps pour menacer Andreas et Nick et les forcer à abandonner l'acquisition, dit Michael.

— Attendez un peu, dis-je. Ça ne pourrait pas se retourner contre nous et enrager Fripp au point de mettre encore plus en danger Andreas et Nick ?

— Ilana a raison, dit Valencia. Fripp a tué son supposé meilleur ami. Il est prêt à tout pour gagner.

— Voyons voir notre situation, dit Rocco. Pour l'instant, nous croyons que Fripp a un plan pour éliminer ses rivaux, Nick et Andreas. D'après nos informations, ce plan implique de les menacer pour qu'ils abandonnent, ou de tenter de les tuer. Ma stratégie diminuerait le danger en forçant Fripp à abandonner son plan initial. Sans ce plan, il n'a que deux options : laisser tomber ou improviser.

Nick prit ma main et la serra.

— L'idée de Rocco pourrait faire pencher la balance de notre côté, dit-il. Rien n'a arrêté Fripp jusqu'à maintenant, alors je m'attends à ce qu'il frappe d'une façon ou d'une autre, quelle que soit notre décision. Notre meilleure chance de déjouer son plan est de lui laisser moins de temps pour agir.

— Bien dit, approuva Michael. S'il a moins de temps, Fripp sera forcé de prendre des risques qui pourraient le mener à échouer et à se dévoiler.

Mes entrailles se nouèrent à la pensée de ce que la stratégie de Rocco pouvait signifier. Certes, forcer la main de Fripp pouvait bousiller ses plans ou le forcer à se trahir, mais cela pouvait aussi le mener vers un nouveau paroxysme de violence.

Je me rappelai l'attaque de la voiture de Nick, la réception de mon corset sanglant et l'agonie horrible d'Endicott, et un frisson me parcourut. Si nous forcions Fripp dans un coin, quelle serait sa réaction et jusqu'où irait-il ? La stratégie de Rocco pouvait fonctionner, mais elle pouvait aussi être un désastre.

Nick me regarda.

— Ça va ? dit-il doucement. Tu serres ma main drôlement fort.

— Désolée, dis-je, en me forçant à détendre ma main aux jointures blanches. Je ne m'en étais pas rendu compte. Je suis juste vraiment nerveuse à l'idée de forcer la main de Fripp.

— Dis-nous ce que tu penses, dit-il. Avant de prendre une décision, je veux connaître ton opinion.

— Je comprends que la stratégie de Rocco soit notre meilleure chance de stopper Fripp. Mais ce que nous envisageons de faire, c'est de donner un bon coup sur un nid de guêpes et nous pourrions bien finir piqués.

Valencia croisa mon regard et j'y vis la même appréhension que celle que je ressentais. Malgré nos différends passés, nous nous comprenions lorsqu'il était question de soutenir les hommes que nous aimions.

— Je ressens la même chose, dit-elle à voix basse. La stratégie de Rocco est pertinente, mais elle pourrait aussi se retourner contre Andreas et Nick, et par extension contre nous tous.

— Notre situation est dangereuse, quelles que soient les mesures que nous prenons, dit Nick. Sans aucune preuve de la culpabilité de Fripp, il nous est impossible d'éliminer les menaces qui pèsent sur nous. Toutefois, la stratégie de Rocco a le potentiel de bousiller le plan de Fripp, ce qui augmente les chances de son échec et de notre réussite.

— Je suis d'accord, dit Andreas. C'est risqué, mais c'est également notre meilleure option.

Nick pressa mon genou, puis s'adressa au groupe.

— Nous sommes donc d'accord. Demain, Andreas et moi demanderons que la réunion du conseil soit avancée autant que possible. Centerpost pourrait refuser notre demande, mais nous ferons de notre mieux.

~

Lorsque nous nous levâmes de nos fauteuils, prêts à quitter le club, Valencia fit le tour de la table et s'approcha de moi.

— Avant de partir, j'ai quelque chose à te dire, dit-elle. Lorsque tu as commencé à danser au club et que Stone t'a donné le genre d'emploi du temps que j'ai mis des années à obtenir, j'ai tiré des conclusions sur toi et j'ai laissé ma nature compétitive prendre le dessus. Je t'ai mal jugée, j'ai été injuste avec toi et, surtout après ce soir, je veux que tu saches que je reconnais non seulement mes erreurs, mais que je suis réellement désolée de la manière dont je t'ai traitée.

La sincérité dans la voix de Valencia et le regret sur son visage étaient indubitables et, après la conversation de ce soir, je savais que je m'étais trompée sur son compte également. La danseuse avait peut-être été horrible avec moi par le passé, mais je n'avais jamais fait d'efforts pour raccommoder les choses. Chaque fois qu'elle était salope avec moi, je ne faisais que répondre pareillement.

Mais ce soir, j'avais découvert un autre aspect de Valencia. La femme que j'avais vue ce soir était chaleureuse envers l'homme qu'elle aimait manifestement. Et elle avait participé à la conversation d'une façon qui m'avait non seulement révélé son côté fougueux, que je ne connaissais que trop bien, mais aussi sa loyauté et son intelligence.

Je décidai donc de suivre mon intuition et fis mon bout de chemin.

— Peut-être avons-nous toutes deux mal jugé l'autre.

— C'est très généreux de ta part, dit-elle en soupirant. Si nous sommes encore en vie dans une semaine, nous devrions nous offrir un verre ou quelque chose pour célébrer l'occasion.

Son invitation me prit par surprise. Valencia et moi pouvions-nous devenir amies ? Ce n'était pas pour aujourd'hui, mais pour la première fois depuis notre rencontre, je sentais que nous avions atteint un respect mutuel et un certain degré de confiance.

— J'aimerais beaucoup, dis-je. Et après ce soir, j'aimerais aussi apprendre à te connaître.

— Moi aussi. Si Andreas et Nick survivent à ce que Fripp leur réserve cette semaine, toi et moi aurons mérité une sacrée fiesta.

16

CHAPITRE SEIZE

Les deux jours suivant notre rencontre avec Andreas passèrent en un clin d'œil. Entre la soumission de son offre pour Centerpost et ses conversations avec ses contacts, Nick passa l'essentiel du lundi et du mardi dans son bureau, pendant que j'aidais Bianca à finaliser les préparatifs de son défilé.

Même si les préparatifs obsessifs de ma meilleure amie se terminèrent à la dernière minute, je n'aurais pu être plus fière d'elle lorsque j'assistai au défilé du mardi soir et aperçus les mannequins arborant les créations de Bianca. Malgré l'intrusion dans notre appartement et le temps perdu par cet événement, Bianca avait relevé le défi et, avec son talent, j'étais convaincue que ce défilé n'était que le début d'une carrière emplie de succès.

Lorsque le défilé prit fin, Nick et moi félicitâmes Bianca, mais refusâmes son invitation pour la soirée. Avec tout ce qui s'était passé ces derniers jours, Nick et moi étions tous les deux épuisés et je devais travailler au club le soir suivant. Bianca avait elle-même à peine dormi ces derniers temps, mais l'adrénaline qui coulait encore dans ses veines lui permettrait de faire la fête toute la nuit et je faisais confiance aux gardes du corps que Rocco lui avait affectés.

Lorsque nous arrivâmes à l'appartement de Nick, escortés par notre équipe de sécurité, je m'assis sur le canapé, me déchaussai et soupirai de soulagement.

— C'est bon d'être à la maison, dis-je. Le défilé de Bianca était super et je suis enchantée du succès de ses créations, mais je suis épuisée.

— Moi aussi, dit Nick. J'ai besoin de cinq minutes pour vérifier ma boîte de réception et ma boîte vocale, puis je nous préparerai un verre.

Je me levai.

— Je m'en occupe. Tu veux un scotch ou une vodka tonic ?

— Une vodka tonic, dit-il en se dirigeant vers son bureau. Je reviens dans un instant.

Je pénétrai dans la cuisine, pris deux verres et y laissai tomber plusieurs glaçons. Puis, j'ajoutai la vodka, du Schweppes et des rondelles de citron vert.

Alors que j'apportais les verres dans la pièce à vivre, Nick sortit de son bureau.

— Enfin, de bonnes nouvelles, dit-il. En réponse à la demande qu'Andreas et moi avons déposée, Centerpost a accepté de déplacer leur réunion à ce vendredi. Le courriel est arrivé plus tôt dans la soirée pendant que nous étions au défilé.

Un frisson me parcourut et une partie de la peur que je ressentais dut paraître sur mon visage, car Nick me prit les verres des mains, les posa sur la table basse et m'attira dans ses bras.

— Dans quelques jours, tout ça sera derrière nous, dit-il. Ça pourrait même déjà être terminé. Andreas et moi n'avons peut-être rien appris de nouveau auprès de nos contacts et notre surveillance de Fripp et d'Elizabeth n'a peut-être rien donné, mais au moins nous aurons peut-être ainsi réussi à lui faire perdre ses moyens. Comme dit Rocco, déplacer la réunion est notre meilleure chance de mettre un frein au plan de Fripp.

— J'espère que tu as raison.

— Nous avons fait pencher la balance de notre côté, dit-il. Dans quelques jours, nos vies reprendront leur cours normal et, si Centerpost accepte mon offre, j'aimerais que tu envisages de quitter le club et de travailler avec moi.

Je croisai son regard.

— Tu veux que je travaille avec toi ?

Nick me sourit et je sentis son enthousiasme, même si je ne pouvais pas totalement le partager. Il pensait déjà au futur, alors que les dangers du présent dominaient mes pensées. J'étais convaincue que Fripp frapperait à nouveau et, le temps lui étant compté, ce tueur cruel ne reculerait devant rien. Lorsque Fripp frapperait, ce serait pour tuer, et Nick serait sa cible. Et même si Nick réussissait à remporter l'acquisition, les choses s'arrêteraient-elles vraiment là ? Avec un homme comme Fripp, avec l'argent et sa fierté en jeu, comment pouvions-nous être sûrs qu'il ne tenterait pas de se venger, surtout si Nick l'emportait ?

— J'adorerais travailler avec toi, dit Nick. Centerpost devra agrandir son équipe de marketing et je veux que cette équipe soit composée de vétérans et de nouveaux talents. Il y a une place pour toi, si tu le veux, et je suis convaincu que nous pouvons nous arranger pour que tu puisses terminer ton MAE en même temps.

Alors que Nick parlait, une chape de plomb pesa sur moi. Son offre m'allait droit au cœur, mais avec tout ce qui était en jeu, je n'avais pas la force de penser à ce que demain nous réservait, et encore moins de penser à une possible option de carrière.

Mais Nick n'avait reculé devant rien pour nous protéger, lui, moi et plus récemment Bianca. Il avait tout fait pour s'assurer qu'aucun agresseur ne s'approche de lui, ou de quiconque de son entourage. J'essayai donc d'écarter mes peurs et de rester forte pour lui.

— Travailler à nouveau dans le marketing technologique serait incroyable, dis-je. Et le fait que tu aies pensé à moi me fait chaud au cœur. Mais ne parlons pas de ça tant que Centerpost n'aura pas pris une décision. Pour l'instant, tout ce que je veux, c'est être avec toi.

— Moi aussi, dit-il en capturant mes lèvres en un baiser possessif.

Alors que ses lèvres et sa langue me taquinaient, ses mains puissantes caressèrent mon corps, émoustillant et faisant monter le désir qui frémissait toujours sous la surface.

— Allons au lit, Nick, dis-je. Laisse-moi te faire l'amour.

Cette nuit-là, nous fîmes l'amour avec une tendresse qui révéla tout ce que les mots ne parvenaient pas à dire. Le danger qui pesait sur nous alimentait notre faim de l'autre, et nous fîmes l'amour jusque tard dans la nuit, caressant et dévorant le corps de l'autre, dans un dialogue muet, mené par la chair, un dialogue qui comprenait ce que nous ne souhaitions pas aborder.

En devançant la date de la réunion de Centerpost, Nick et Andreas avaient mis le feu à un nid de guêpes vindicatif. Nick survivrait-il à ce que Fripp lui réservait ? Lorsque Nick avait suggéré d'abandonner l'acquisition de Centerpost, je l'avais encouragé à continuer, et même si je savais que c'était la seule manière de mettre fin aux menaces pour toujours, une partie plus instinctive de moi voulait uniquement le garder près de moi, comme si mon corps et mes baisers pouvaient le protéger du danger.

Après plusieurs puissants orgasmes, nous nous effondrâmes, satisfaits et épuisés, et même si rien ne pouvait totalement effacer mes inquiétudes, un profond sentiment de satisfaction fourmillait en moi alors que je me laissais lentement aller au sommeil dans les bras de Nick.

Contre toute attente, nous étions là. Et maintenant, avec la réunion du conseil dans moins de trois jours, la promesse d'un avenir ensemble était si proche que je pouvais presque y goûter. Nous serions à nouveau libres, libres de profiter des simples plaisirs de la vie, comme un jogging au parc ou un dîner de dernière minute au Village. Et si Nick remportait l'acquisition de Centerpost, je pourrais même commencer une nouvelle carrière passionnante.

Nick m'entoura la taille d'un bras et m'attira plus près, collant son corps contre le mien.

— Plus que trois jours, murmura-t-il contre ma chevelure. Vendredi, que je l'emporte ou non, nous pourrons tourner la page sur toute cette histoire et les choses reprendront leur cours normal.

— Tu lis dans mes pensées, dis-je. Je nous imaginais justement en train de jogger ensemble.

— J'ai tellement hâte d'aller chercher Jack chez ma sœur, dit-il. Mon petit curieux me manque.

— Il n'est plus si petit, dis-je en me rappelant les dernières photos du Dalmatien que la sœur de Nick lui avait envoyées.

Il avait beaucoup grandi dans les dernières semaines.

Nick laissa échapper un petit rire rauque.

— En effet. Jack est en pleine croissance. Il faudra courir plus vite pour ne pas nous laisser distancer.

Je posai une main sur celle de Nick et entremêlai mes doigts aux siens.

— J'ai hâte. Le tapis roulant de ta salle de sport est bien, mais rien ne vaut un jogging dehors.

— Tout à fait d'accord, dit-il en pressant ma main. Jogger dehors est ce qui nous a réunis.

Mes lèvres esquissèrent un sourire au souvenir de cette journée au Washington Square Park, ce jour où j'avais découvert Nick et étais doucement tombée amoureuse de lui.

— Le jogging nous a réunis, dis-je, tout comme le moment où Jack a uriné sur tes chaussures.

— Un moment embarrassant, dit-il, un sourire dans la voix. Mais ça t'a convaincue de déjeuner avec moi.

Je me blottis contre lui.

— Rappelle-moi d'aller acheter une gâterie pour Jack. Je lui dois bien ça. Et une fois que l'acquisition de Centerpost sera derrière nous, promets-moi une chose.

— Quoi donc ?

— J'aimerais te réserver pour un tête-à-tête amoureux.

— Un tête-à-tête amoureux ? À quoi penses-tu ?

— Un jogging dans le Village, suivi par un croissant au chocolat de notre boulangerie préférée.

Il pressa un baiser dans le creux de mon cou.

— C'est promis, ma belle. Je joggerai toujours avec toi.

17

CHAPITRE DIX-SEPT

Le lendemain après-midi, je partis travailler au club avec Amira, heureuse de la distraction que m'apportait généralement le travail. Nick avait fait tout son possible pour nous protéger, et j'avais confiance en son jugement, mais les heures entre le moment présent et vendredi ne passeraient jamais assez vite pour moi.

Lorsqu'Amira et moi atteignîmes le club et mon bureau, Stone me laissa une liste de tâches qui me garda à mon bureau jusqu'à pratiquement vingt-deux heures, moment où je devais monter à l'étage. Quelques minutes avant vingt-deux heures, Amira et moi quittâmes mon bureau, montâmes l'escalier secondaire jusqu'à l'étage et nous dirigeâmes vers l'entrée du personnel donnant sur la pièce principale. Je m'arrêtai pour jeter un œil alentour.

Au milieu de la pièce, des fauteuils et des canapés étaient occupés par des hommes, dont certains accompagnés de danseuses. Le bar semblait raisonnablement rempli pour un mercredi soir. Sur la scène, les projecteurs clignotaient et la musique résonnait tandis que la rousse Ember se frottait contre le poteau, secouant sa longue chevelure bouclée et ses fesses en rythme sur un remix de « Justify My Love » de Madonna.

— Ce sera une soirée facile pour nous, dis-je à Amira.

Elle acquiesça.

— Le club est animé, sans être bondé.

Pendant les deux heures suivantes, je fis le tour de la pièce, m'arrêtant de temps à autre pour parler aux danseuses. Amira suivait derrière, une tâche aisée, un soir comme celui-ci. Mes tâches sur le terrain les soirs de semaines étaient plus simples que les soirs de week-end, lorsque le club était bondé d'hommes et de danseuses.

D'un autre côté, n'ayant pas grand-chose à faire, les heures passaient lentement. Lorsque je jetai un œil à ma montre pour la millième fois et vis qu'il était enfin minuit, je fus heureuse d'avoir terminé. Une fois de retour à mon bureau, Amira appellerait la voiture et en moins d'une demi-heure je serais de retour à la maison auprès de Nick.

— Il est l'heure de partir, dis-je à Amira en me dirigeant vers la porte des employés, cette dernière me suivant de près.

Je pris ma carte d'accès et la glissai pour déverrouiller la porte avant de l'ouvrir et de faire signe à Amira de me précéder. Amira passa devant moi et descendit l'escalier. Je suivis à quelques pas derrière elle.

Je venais d'atteindre le bas de l'escalier et me dirigeais vers mon bureau lorsque j'entendis des pas derrière moi. Je me retournai et vis deux hommes vêtus de costumes sombres qui descendaient l'escalier vers moi.

Mentalement, je levai les yeux au ciel. Ce n'était pas la première fois que des clients faisaient l'erreur de me suivre par la porte des employés qui, même si elle se verrouillait de l'extérieur, était pourvue d'un mécanisme hydraulique qui prenait quelques secondes pour se refermer.

Le plus imposant des deux hommes faisait plus d'un mètre quatre-vingts et était bâti comme l'un des videurs de Max, avec un crâne bien rasé, alors que son compagnon, plus petit et à la peau basanée, portait ses cheveux foncés courts, avait des pommettes proéminentes et une carrure élancée et nerveuse. Une barbiche bien taillée encadrait ses lèvres et son menton. Vu leurs costumes de marque et leur allure branchée, je supposai qu'ils étaient probablement des cadres dans une industrie créative, comme le secteur musical ou la réalisation vidéo.

— Désolée, leur dis-je. Mais cette zone est interdite à la clientèle. Puis-je vous être utile ? Quelle partie du club cherchez-vous ?

— Toutes mes excuses, dit l'homme à la chevelure foncée tout en continuant de descendre l'escalier. Mon nom est Eddie Marks, je suis nouvellement membre. Mon compagnon Gus et moi cherchons le *lounge*.

— Vous n'êtes pas dans la bonne direction, dis-je. Si vous remontez l'escalier jusqu'à l'étage principal, l'ascenseur pour le *lounge* se trouvera à votre gauche.

Je m'attendais à ce qu'Eddie et Gus retournent sur leurs pas, mais ils n'en firent rien. Eddie atteignit le bas de l'escalier le premier, puis s'approcha de moi et je remarquai qu'il portait des gants chirurgicaux. Un frisson me parcourut. Qui était-il, et pourquoi était-il vraiment ici ?

Dans un mouvement si rapide que je ne vis rien, Eddie m'agrippa les épaules et me poussa contre le mur du couloir.

— Nous sommes ici pour toi, salope, dit-il. Tu viens avec nous.

Je me figeai de terreur alors que les questions tourbillonnaient dans ma tête.

Qui étaient ces hommes ? Ceux de Fripp ? Qui d'autre ?

Ils avaient manifestement l'intention de m'enlever, mais à quelle fin ? Allaient-ils m'utiliser pour menacer Nick ou bien allaient-ils me tuer ?

Puisqu'ils étaient probablement passés par la porte principale, équipée de détecteurs de métal, il était peu probable qu'ils soient armés, ce qui signifiait qu'ils devraient se contenter de leurs poings pour maîtriser Amira et moi.

— Amira ! criai-je. À l'aide !

Je tentai d'échapper à la poigne d'Eddie et donnai un coup de pied vers son tibia avant d'essayer de lui écraser le pied. Quelques faibles coups atteignirent son visage et son torse, mais l'homme nerveux se révéla plus fort qu'il ne le semblait et il maintint sans problème sa prise sur moi.

Du coin de l'œil, je vis Amira se diriger vers Gus, qui s'était placé devant Eddie et moi, empêchant ainsi Amira de m'atteindre.

— Ne te mêle pas de ça si tu veux t'en sortir en un seul morceau, dit Gus. Il n'y a aucune raison pour que tu t'en mêles. Nous voulons ta copine, rien de plus.

Amira tourna d'un côté et envoya son pied vers l'abdomen de Gus, mais malgré sa taille, il se révéla plus rapide et esquiva agilement son coup de pied.

— Mauvaise décision, salope, grogna-t-il. Tu aurais dû t'éloigner pendant que tu le pouvais encore.

La seule réponse d'Amira fut un rapide coup de pied vers ses genoux, qu'il esquiva à nouveau, bien que le coup de poing qui suivit effleura son épaule puissante.

Tandis qu'Amira et Gus continuaient à échanger une volée de coups, je redoublai d'efforts pour me libérer d'Eddie. Je ne perdis pas d'énergie à crier, sachant qu'il était peu probable que quelqu'un m'entende. Les lourdes portes insonorisées du club étouffaient tous les bruits. Mais le couloir où nous nous trouvions menait à la fois vers l'escalier et la porte latérale du club, celle qu'utilisaient les employés pour entrer et sortir du club. C'était aussi par là que les employés prenaient leurs pauses cigarette. Même s'il y avait peu de filles qui fumaient, c'était le cas de beaucoup des hommes de Max.

Chaque seconde à occuper Eddie augmentait mes chances que l'un des hommes de Max prenne le couloir pour une pause cigarette. En plus de donner plus de temps à Amira pour s'occuper de Gus. Si elle pouvait le mettre hors d'état de nuire, cela ferait pencher la balance de notre côté. Si je pouvais réussir à distraire Gus, Amira pourrait alors profiter de l'occasion pour s'en occuper.

Je levai mon genou droit vers l'entrejambe d'Eddie, mais il fit un pas de côté, esquivant mon genou, et me lorgna avec amusement.

— Laisse tomber, salope, dit-il. Comme je disais, tu viens avec nous… que ça te plaise ou non.

Je réussis à planter mon talon aiguille sur son pied et appuyai dessus de tout mon poids.

— Bordel ! grogna-t-il.

Il me poussa contre le mur et recula d'un demi-pas, tentant de me maîtriser tout en éloignant son pied de moi. Profitant de l'occasion, je reculai la tête et la propulsai contre lui de toutes mes forces. Lorsque ma tête heurta son épaule gauche, une douleur cuisante se propagea dans mon cou, mais je sentis sa poigne sur mon bras se relâcher. Profitant du moment, je lui arrachai mon bras, sortis mon iPhone de la poche de mon pantalon et le jetai vers Gus, visant l'arrière de son crâne rasé. Ce ne serait certainement pas assez dur pour lui faire perdre connaissance, mais cela pourrait du moins le distraire assez longtemps pour donner à Amira la chance de l'attaquer.

Le téléphone décrivit un arc jusqu'à Gus, mais plutôt que de le frapper derrière la tête, il rebondit sur son large dos et le surprit. Eddie me repoussa alors contre le mur avec assez de force pour que je me morde la langue. Je me sentis étourdie et le goût métallique du sang emplit ma bouche. Mais lorsque j'entendis Gus crier de douleur, je sus que ma distraction avait eu l'effet escompté et qu'Amira en avait profité pour lui infliger autant de dommage que possible. L'homme imposant se laissa tomber sur le sol entre Amira et moi, en agrippant son genou.

— La chienne vient de me bousiller le genou ! hurla-t-il.

Pendant un court instant, l'espoir resurgit en moi. Avec Gus incapable de marcher, Amira pouvait le mettre hors d'état de nuire. Puis, elle et moi pourrions nous en prendre à Eddie ensemble.

Amira envoya un coup de pied rapide vers la tête de Gus, mais avec des réflexes rapides comme l'éclair, il lui attrapa le pied et tira vivement dessus, l'envoyant par terre. Alors qu'Amira atterrissait sur le sol, sa tête heurta avec force le mur en acajou du couloir. Puis, elle s'effondra, les membres inertes, et mes entrailles se nouèrent de peur.

J'étais seule.

18

CHAPITRE DIX-HUIT

Sans Amira, quelle chance avais-je ? Je n'avais aucune technique d'autodéfense et l'homme à la chevelure noire avait prouvé qu'il était beaucoup plus fort que moi.

— Pourquoi fais-tu ça ? demandai-je à Eddie. Travailles-tu pour Beardsley Fripp, Eddie ? C'est ça ?

— Je ne suis pas là pour répondre à tes questions, salope, gronda-t-il. Tu le découvriras bien assez tôt.

À ces mots, je fus prise de panique et une seule pensée emplit mon esprit.

Je devais continuer de me débattre de toutes mes forces aussi longtemps que possible. Je devais tout faire pour gagner du temps, dans l'espoir que l'un des hommes de Max se pointe avant qu'Eddie et Gus n'arrivent à me faire sortir d'ici. Je donnai donc un autre coup de tête à Eddie, lui arrachant mon bras gauche pour lui griffer la joue jusqu'au sang.

— Tu te crois forte ? ricana-t-il. Prends ça, salope.

Il leva son poing droit et me frappa au visage avant de propulser ma tête contre le mur. Une douleur cuisante se propagea à mon œil gauche et dans mon crâne, et un éclair blanc aveuglant emplit ma vue, suivi par une masse floue de couleurs que mes yeux ne purent figer en une image nette. Tandis que ma vision se recentrait, ce qui m'entourait me semblait flou et double, de telle sorte qu'Eddie semblait avoir deux têtes ricaneuses et sanglantes.

Je propulsai mes mains vers les deux.

Eddie me prit à la gorge et serra avec force. Je hoquetai, tentant de respirer, et des taches sombres dansèrent devant mes yeux. Alors que ma vision s'amenuisait et s'assombrissait, mes jambes commencèrent à céder sous moi et je griffai désespérément ses mains, arrachant sa peau couverte de latex dans mes efforts pour éloigner ses mains de mon cou.

Étais-je sur le point de mourir ? Était-ce la fin ?

Je ne pouvais pas l'accepter. Alors que ma vision s'estompait, je rassemblai mes dernières forces et lançai mes deux mains vers son visage, tentant d'atteindre ses yeux noirs. Mais, tandis que les ténèbres se refermaient sur moi, sa prise sur ma gorge ne fit que s'affermir et aucun de mes coups ne sembla avoir d'effet sur lui.

Soudainement, la pression sur mon cou disparut. Désespérément, je respirai à pleins poumons et chancelai vers l'arrière, tentant avec peine de garder l'équilibre. Mon épaule gauche heurta le mur tandis que le couloir se mettait à tourner autour de moi. Puis, quelque chose de pointu se pressa contre ma gorge.

— Tu sens ça ? gronda Eddie contre mon oreille.

Lentement, je réalisai qu'il s'était déplacé derrière moi et qu'il me retenait maintenant par la taille, tout en pressant de son autre main une arme contre ma gorge.

— C'est un stylo, salope, et je le tiens pressé contre ta putain de gorge. Un seul geste et je le planterai bien profond dans ton cou, t'ouvrirai et te regarderai te vider de ton sang ici même.

Il pressa davantage le stylo dans ma peau et la peur me submergea lorsque je compris que je n'avais vraiment aucune porte de sortie. À ce stade, je n'avais d'autre choix que de le suivre. C'est alors que je me rappelai la montre GPS à mon poignet. Si les hommes de Fripp réussissaient à m'enlever, l'équipe de Rocco réaliserait rapidement que je n'étais pas là où je devrais. Alors, elle ferait immédiatement ce qu'il fallait pour suivre mon GPS, et Nick et Rocco feraient tout ce qui était en leur pouvoir pour me sauver.

Mais j'ignorais où les hommes de Fripp avaient l'intention de m'amener ou ce qui m'attendait. Tout ce que je pouvais supposer, c'était que mon enlèvement faisait partie d'un plan pour menacer Nick et le forcer à abandonner l'acquisition de Centerpost. Puis, une pensée sinistre me frappa. Et si l'intention de Fripp n'était pas simplement de menacer, mais de tuer ? Et si Fripp avait l'intention de m'utiliser pour attirer Nick vers sa mort ?

Je ne pouvais pas le permettre. Depuis notre rencontre, je n'étais pas seulement tombée sous son charme. Je l'aimais de tout mon être. Après la mort d'Endicott, Nick avait prouvé son amour en m'offrant d'abandonner l'acquisition de Centerpost pour me protéger.

Même si c'était mon destin de mourir ce soir, j'avais encore une façon de sauver Nick. Si Nick ignorait où je me trouvais, il ne pourrait pas risquer sa vie en volant à mon secours. Est-ce qu'en retirant ma montre, je pouvais le protéger de la vengeance de Fripp ?

S'il existait même une petite chance, je devais trouver un moyen d'y arriver. Je pouvais peut-être profiter d'un moment où mes agresseurs seraient distraits pour ouvrir le fermoir de ma montre et la laisser tomber au sol.

Mais alors, une deuxième pensée me frappa. Il était minuit passé et Nick s'attendait à me voir arriver dans l'heure. Si le GPS de ma montre révélait que j'étais encore au club, Nick tenterait de m'appeler pour savoir pourquoi je m'y trouvais encore. En voyant que je ne répondais pas, il appellerait Amira, puis Rocco. En quelques minutes, l'équipe de Rocco localiserait ma montre et supposerait que j'avais été enlevée.

Connaissant Nick, il exigerait que Rocco agisse immédiatement, tout en lui confiant le soin d'élaborer un plan pour venir à mon secours. Et Rocco, qui était un professionnel chevronné, utiliserait mon emplacement pour façonner son plan et éviter tout risque superflu. Je décidai donc de ne pas me départir de ma montre, sachant que l'opération de Rocco serait moins risquée s'il connaissait mon emplacement exact. Lorsque son équipe et lui viendraient à ma rescousse, ils le feraient avec un plan et en grand nombre.

Ils viendraient pour moi, mais serais-je alors encore en vie ? Je regardai le petit corps inerte d'Amira étendu sur le sol et mes yeux s'emplirent de larmes.

Était-*elle* encore en vie ?

Depuis le jour de notre rencontre, j'avais apprécié et respecté cette professionnelle agréable et fougueuse, et au cours des dernières semaines, nous étions devenues proches. Amira avait risqué sa vie pour me protéger et à cause de sa loyauté, elle était peut-être morte ou à l'agonie. Elle ne bougeait pas et je ne l'entendais pas, alors je ne pouvais être certaine de rien, et c'était pour moi une véritable source d'angoisse.

Gus se releva, ses traits larges creusés par la douleur. Il boita jusqu'au corps d'Amira, le prit par les épaules et le tira jusqu'à une porte indiquant « Réserve de l'équipe d'entretien ».

— La salope respire encore, mais elle n'est pas prête de se réveiller, dit-il en ouvrant la porte. Si je la laisse ici, avec le fatras de nettoyage, personne ne devrait la trouver avant demain.

À ces mots, le soulagement m'envahit. Amira était encore en vie, Dieu merci. Même si elle était inconsciente, l'équipe de l'entretien la trouverait en commençant leur journée.

Mais je me rappelai alors que l'équipe de l'entretien n'arriverait pas avant encore huit heures et mon soulagement s'évapora. La tête d'Amira avait heurté le mur avec une telle force que son crâne était peut-être fracturé ou son cou brisé. Survivrait-elle jusqu'au matin sans soins médicaux ?

— C'est bon, dit Eddie. Laisse la salope s'étouffer avec des produits chimiques. Mais dépêche-toi. Nous devons ficher le camp d'ici.

Gus ouvrit la porte, repoussa quelques serpillières et seaux et tira le corps inerte d'Amira à l'intérieur. Alors que Gus refermait la porte, Eddie me poussa vers la sortie du personnel, une porte que j'avais utilisée tant de fois pour entrer ou sortir d'ici. Normalement, lorsque je quittais le club par cette porte latérale, j'étais en chemin vers la sécurité de mon foyer, vers la chaleur des bras de Nick.

Mais ce soir, j'étais en route vers un lieu inconnu et terrifiant. Où m'amenaient les hommes de Fripp et qu'est-ce qui m'attendait ? Pouvais-je les persuader de me laisser partir ? J'en doutais, mais avec mon désespoir croissant, je tentai ma chance.

— Je sais que Beardsley Fripp vous paie pour m'enlever, dis-je à Eddie. Mais, il y a une autre option. Si c'est une question d'argent, je vous donnerai tout ce que vous voulez.

— Tais-toi, salope, dit-il en pressant avec plus de force le stylo contre mon cou. Si tu tiens à la vie, ferme ta putain de gueule et continue d'avancer.

19

CHAPITRE DIX-NEUF

Lorsqu'Eddie ouvrit la porte latérale du club et me poussa à l'extérieur vers le trottoir, je jetai désespérément un œil alentour, sachant que c'était ma dernière chance que quelqu'un me voie et se porte à mon secours.

Mais il n'y avait personne en vue. La sortie du club ouvrait sur une petite rue transversale et l'obscurité de la nuit n'était repoussée que par quelques lampadaires qui laissaient voir peu de choses, dont un quatre-quatre bleu foncé aux vitres teintées arrêté un peu plus loin dans la rue. La vitre côté passager était ouverte et de celle-ci s'échappait un mince filet de fumée de cigarette.

À un peu plus de cinquante mètres à ma droite, la rue où je me trouvais croisait la rue plus large qui passait devant l'entrée principale du club. La circulation de fin de soirée était faible, mais quelques voitures passaient tout de même. Si je réussissais à échapper à mes ravisseurs, je pourrais courir jusqu'à la rue et crier à l'aide. À l'intersection, je pourrais tourner à droite vers l'entrée principale du club. Si je pouvais seulement atteindre l'intersection, les hommes de sécurité qui se tenaient aux portes entendraient sûrement mes cris et viendraient à mon secours.

— Fais le moindre bruit et je te coupe, grogna Eddie en me propulsant vers le quatre-quatre. Avance !

Je lui résistai, freinant notre avancée autant que possible, tentant de gagner du temps et espérant que l'un des hommes de Max sorte par la porte latérale pour une pause cigarette ou qu'une voiture passe sur la rue où nous nous trouvions. L'homme imposant nous dépassa en boitant et ouvrit la porte arrière côté passager du quatre-quatre, sans doute prêt à me pousser à l'intérieur.

Au moment où Eddie et moi atteignions la voiture, mes prières furent exaucées. Du coin de l'œil, je vis la porte latérale s'ouvrir et un videur musclé vêtu de noir sortit, une cigarette à la main. Je reconnus l'homme imposant comme Jax, un culturiste latino qui travaillait souvent comme videur dans la pièce principale du club. Malgré sa taille et sa force, Jax était un gentil géant qui avait toujours un sourire et une blague à partager.

Lorsque Jax aperçut Eddie qui me tirait vers la voiture, il laissa tomber sa cigarette et avança vers nous.

— Qu'est-ce qui se passe ici ? dit-il.

— Recule, salopard, dit Eddie en me tournant de façon à ce que je me retrouve entre lui et Jax.

Lorsque Jax fut assez proche pour voir le stylo contre ma gorge, ses yeux s'agrandirent et il recula d'un pas.

— Vieux, tu joues avec le feu, dit-il. Son copain est plein aux as et il connaît tout le monde en ville. Si tu t'en prends à sa copine, Santoro fera tout pour te retrouver et il te fera regretter d'être né. Allez, vieux, si tu tiens à ta peau, lâche-la.

Eddie resserra sa prise sur moi.

— Elle vient avec moi, connard. Et si tu tiens à ta peau, éloigne-toi.

Une voix masculine retentit par la vitre côté passager du quatre-quatre, à quelques mètres derrière nous.

— Recule, *maintenant*.

Le choc se peignit sur les traits de Jax et il recula de plusieurs pas.

— Hé, vieux, dit-il en levant les mains. Lâche ce pistolet.

Au même instant, un claquement retentit derrière moi et un point sombre apparut au milieu du front de Jax, juste au-dessus de ses yeux stupéfaits. Des morceaux sanglants d'os et de cervelle éclaboussèrent le trottoir derrière lui et je me figeai d'horreur tandis que Jax tombait à genou et s'effondrait sur le côté, du sang jaillissant de ce qui avait été l'arrière de sa tête. Ce qui restait de son crâne s'affala contre le trottoir. Le sang qui coulait de son crâne dévasté s'accumula autour de son visage tourné vers moi et figé en un rictus de surprise, ses yeux grands ouverts me fixant avec une innocence choquée.

Jax était mort. Et c'était ma faute. Un homme gentil et bon avait perdu la vie simplement parce qu'il avait voulu m'aider.

Terrifiée et certaine d'être la prochaine, je me tordis contre mon ravisseur et criai de toutes mes forces.

— À l'aide ! Au secours !

— Ferme-la, salope, gronda Eddie contre mon oreille en me frappant avec le stylo avec force.

Le bout du stylo perça ma peau et une douleur cuisante se répandit dans mon cou. Eddie m'attira contre son corps et me tourna face au tireur, qui se pencha par la vitre du quatre-quatre. C'était un homme musclé avec de courts cheveux blonds et des traits grossiers. Le côté gauche de son visage était marqué d'une cicatrice qui semblait avoir été laissée par une lame. La balafre blanche s'étendait de sa pommette au coin de sa bouche aux lèvres minces. Dans sa main droite gantée, il tenait un pistolet, un silencieux fixé sur celui-ci. C'était l'arme qui avait tué Jax et elle était maintenant pointée vers moi. Ses yeux bleu clair se plissèrent alors qu'il fixait son regard sur moi par-dessus le canon de son arme.

— J'adorerais te faire sauter la cervelle, dit-il. Tu veux me donner une raison ?

Muette, je le fixai.

— À moins que tu souhaites mourir, monte dans le véhicule, ajouta-t-il. Maintenant.

Les genoux affaiblis par la terreur, je ne résistai pas lorsqu'Eddie me propulsa sur le siège arrière du véhicule avant de s'installer, en me poussant contre Gus qui grogna de douleur en se soulevant à mes côtés. Lorsque je m'assis, je jetai un regard dans le rétroviseur et réalisai que la peau autour de mon œil gauche, où j'avais été frappée, avait enflé au point que mon œil ne pouvait plus complètement s'ouvrir. Du sang coulait sur mon visage d'une entaille près de mon sourcil gauche et un autre filet de sang coulait de ma blessure au cou.

Dans le rétroviseur, les yeux sombres plissés du chauffeur m'observaient. Le tireur releva la vitre avant de se déplacer dans son siège. Il tourna son corps vers moi, pointa son arme entre les deux sièges avant et riva son arme sur mon visage.

— Un geste et j'appuie sur la gâchette, dit-il. Compris ?

Je hochai la tête, trop terrifiée pour parler. Prise entre mes ravisseurs, une arme à feu à quelques centimètres de mon visage, qu'est-ce que je *pouvais* faire ? Mon seul espoir maintenant était que ma montre GPS permette à l'équipe de Rocco de me localiser. Rocco avait l'expérience de ce genre de situation, tout comme les membres de son équipe. Si quelqu'un pouvait me sauver, c'était Rocco.

Eddie fit claquer la portière et, dans un crissement de pneus, la voiture démarra, se dirigeant jusqu'au coin de la rue avant de tourner vers le sud et le West Village.

— Joli coup, dit Eddie au tireur.

Le tireur lui sourit.

— Ton visage est affreux, vieux. On dirait que cette salope ne s'est pas laissé faire.

Eddie toucha son visage ensanglanté.

— Ce n'est rien, quelques éraflures, c'est tout.

— Dès que ta copine t'apercevra, elle saura que tu as recommencé, dit le tireur. Tu vas devoir lui offrir un sacré cadeau pour qu'elle ferme sa gueule… ou bien te payer une pute si tu veux baiser prochainement.

Eddie souleva mon avant-bras gauche et examina ma montre.

— Rien de plus simple. Cette montre lui plaira et elle ne me coûtera rien du tout.

Mon cœur se serra. Si Eddie prenait ma montre, comment l'équipe de Rocco allait-elle pouvoir me localiser ? Puis, je me calmai. Même s'il prenait la montre, il était toujours dans le véhicule avec moi. Je ne savais pas où mes agresseurs m'amenaient, mais nous allions probablement tous au même endroit, ce qui signifiait que Rocco pouvait encore me trouver.

Eddie ouvrit le fermoir en acier inoxydable de la montre, la retira brutalement de mon poignet et la montra au tireur.

— Je sais pas si ce sont de vrais diamants, mais je vais lui dire que oui. Elle ne verra pas la différence.

— Prends-la, dit le tireur. Je m'en fous.

Eddie laissa tomber la montre dans la poche de son veston et pencha la tête vers Gus.

— Une fois ce boulot terminé, il va avoir besoin d'un médecin. La garde du corps lui a bousillé le genou.

— Je peux marcher, dit Gus. Le médecin peut attendre la fin du boulot.

— En ce qui vous concerne, c'est déjà fini, dit le tireur. Changement de programme. Vous ne venez pas au prochain point de rencontre.

Il regarda le chauffeur.

— Nous sommes assez loin du club. Trouve un endroit pour t'arrêter.

Tandis que la voiture ralentissait, ma dernière lueur d'espoir s'évanouit. Eddie m'avait pris ma montre et il était sur le point de sortir du véhicule. En partant avec ma montre, l'équipe de Rocco ne pourrait plus me localiser.

— Pourquoi ce changement de programme ? demanda Eddie.

— On vous a vus au club, dit le tireur. Et si le videur que nous avons soudoyé pour vous laisser passer décide de vous dénoncer ? N'oublie pas que vous êtes entrés par la porte principale qui est équipée de caméras de sécurité. Les images de ces caméras vous connectent au club et donc vous devez rentrer chez vous.

De mes quatre ravisseurs, le tireur était manifestement aux commandes et ses paroles expliquaient comment mes agresseurs s'étaient introduits dans le club.

— La seule trace qu'on retrouvera ce soir est le videur mort que tu as laissé sur le trottoir, dit Eddie. J'avais la situation en main. Le tuer ne faisait pas partie du plan.

— Le videur a vu mon visage, dit le tireur alors que le véhicule s'arrêtait en bordure du trottoir. Et il t'a vu aussi, alors tu devrais me remercier. Grâce à mon Glock et moi, il existe un connard de moins qui peut te foutre en tôle.

— Si tu le dis, dit Eddie en s'emparant de la poignée de la portière. Je suis curieux, pourquoi ce changement de programme ?

— Ce n'était pas mon idée, dit le tireur. Comme je te l'ai dit avant, le patron veut compartimenter les choses. Allez-y, maintenant. Vous avez été payés, c'est tout ce qui importe. Sortez de la voiture et rentrez chez vous. Si vous avez un peu de jugeote, vous quitterez New York demain, comme moi. Trouvez-vous une plage ensoleillée et tenez-vous tranquilles quelques semaines.

Lorsqu'Eddie et Gus sortirent du quatre-quatre et claquèrent les portières, je m'approchai subrepticement de la portière près du trottoir. Je pourrais peut-être ouvrir la portière et sauter avant que la voiture ne prenne trop de vitesse.

Le tireur se pencha vers moi et pressa le bout du silencieux contre mon buste.

— Ne t'avise pas de sauter, dit-il. Pas si tu veux survivre.

Le chauffeur appuya sur un bouton de la portière et, avec un cliquetis métallique, les portières de chaque côté se verrouillèrent.

Les lèvres minces du tireur se tordirent en un rictus vicieux.

— Profite de la promenade, dit-il. Le reste de la soirée ne sera pas aussi plaisant.

La peur m'envahit. Une fois à destination, qu'est-ce qui m'attendait ? Je me rappelai la boîte qui avait été envoyée à Nick, avec mon corset sanglant à l'intérieur. Étais-je sur le point d'être torturée et mutilée ?

Lorsque la voiture repartit, nous dépassâmes Eddie et Gus qui marchaient lentement dans la rue. Alors que leurs silhouettes s'estompaient dans la nuit, ma dernière lueur d'espoir s'évapora avec elles.

J'avais perdu ma montre GPS et, avec elle, mon dernier lien avec Nick. Comment l'équipe de Rocco allait-elle bien pouvoir me retrouver maintenant ?

Le cœur lourd, je connaissais la réponse à ma question. Il n'y aurait pas de salut pour moi. Le tireur avait tué Jax parce que ce dernier avait vu son visage. Pourquoi mon sort serait-il différent ?

Mes yeux s'emplirent de larmes tandis que je regardais les immeubles et les lampadaires qui défilaient, sachant que cette nuit serait ma dernière. Comment croire que je ne verrais plus jamais Nick, que je ne verrais plus son visage s'éclairer d'affection pour moi, que je n'entendrais plus son rire ou que je ne sentirais plus ses bras autour de moi ? Comment était-ce possible que le futur que nous souhaitions passer ensemble se termine ce soir, nos espoirs et nos rêves anéantis dans un éclair de violence ?

Je clignai des yeux pour repousser mes larmes, ne souhaitant pas donner au tireur la satisfaction de voir à quel point j'étais terrifiée et anéantie. En ce moment, Nick avait sans doute appris que j'avais disparu et je priai pour que Rocco le protège.

Alors que je me représentais le visage de Nick, une vague d'amour me submergea et je sentis revenir la force qu'il m'avait toujours inculquée.

Tant que j'étais en vie, je ne pouvais pas baisser les bras.

Je ne pouvais me permettre de laisser tomber, pas si je voulais le voir à nouveau.

Alors, pendant que la voiture traversait le West Village, je rassemblai les morceaux éparpillés de mon être et me résolus à utiliser chaque parcelle de ma force et de mon intelligence pour survivre ou du moins, si ma survie se révélait impossible, pour protéger Nick de mon mieux.

Je ne doutais pas que Fripp et ses hommes avaient l'intention de me tuer.

Mais je n'étais pas encore morte.

20

CHAPITRE VINGT

Une fois que la voiture traversa Houston et entra dans Soho, le chauffeur prit plusieurs virages qui me désorientèrent. J'étais relativement certaine que nous étions encore dans Soho, mais je ne savais pas exactement où nous nous trouvions.

La voiture tourna dans une ruelle étroite et sombre et s'arrêta derrière ce qui semblait être un immeuble industriel en briques, haut d'une dizaine d'étages avec de larges fenêtres à carreaux.

— Et après ? demanda le chauffeur au tireur.

Je jetai un œil par les vitres teintées de la voiture, tentant de m'orienter, mais dans l'obscurité de la ruelle, je n'apercevais que les silhouettes inconnues des immeubles et les contours d'une benne à ordures, ce qui ne m'aidait pas. Si j'avais toutefois une chance de m'échapper, le manque d'éclairage pourrait être à mon avantage en rendant la tâche de me descendre plus difficile au tireur.

— Sors et passe du côté passager, répondit le tireur, en gardant son arme pointée sur moi. Laisse les portes arrière verrouillées. Je les déverrouillerai lorsque tu seras prêt à la sortir de la voiture.

Aussi discrètement que possible, je glissai mes pieds hors de mes talons. Si j'avais une chance de m'enfuir, je devais la saisir et courir pieds nus dans la ville me permettrait d'avancer plus vite qu'en talons.

Le tireur devrait se détourner de moi à un certain moment pour sortir de la voiture. Alors, pendant quelques secondes, son arme ne serait pas pointée vers moi et je pourrais en profiter pour m'enfuir. Lorsque les portières de la voiture se déverrouillèrent, mon souffle s'accéléra. Si j'avais une chance de fuir, je devais la saisir et courir plus vite que jamais.

Mais lorsque la portière à ma droite s'ouvrit, le chauffeur me fixa du regard, ses petits yeux noirs ne lâchant pas mon visage. Il tenait une arme à feu à la main et mes espoirs de pouvoir m'enfuir s'effacèrent, remplacés par la réalisation brutale qu'avec deux armes pointées sur moi, je pouvais difficilement être davantage piégée.

Le chauffeur recula d'un pas et pointa son arme vers ma poitrine.

— Sors, dit-il. Lentement.

Je sortis, le sol dur et froid sous mes pieds qui n'étaient maintenant plus protégés que par mes bas en nylon.

Le tireur sortit de la voiture et pressa le canon de son arme contre le bas de mon dos.

— Tu vois cette porte ? dit-il.

De sa main libre, il désigna une porte peinte en gris à environ trois mètres de nous, sa poignée en acier inoxydable brillant faiblement dans l'ombre de la ruelle.

— C'est là que nous allons. Maintenant, avance.

Tout en approchant de la porte, je levai les yeux vers le ciel nocturne, d'un bleu profond et étrangement serein. Dans quelque six heures, le soleil se lèverait, inondant Manhattan de ses rayons chaleureux.

Sans ma montre, allais-je survivre à un autre lever de soleil ? Allais-je vivre et revoir le visage de Nick ? Cet immeuble quelconque, semblable à tant d'autres à Manhattan, allait-il devenir ma tombe ?

Je l'ignorais. Mais, tandis que le chauffeur glissait une carte d'accès pour ouvrir la porte et que le tireur me poussait à l'intérieur, je me concentrai sur ce qui m'entourait, enregistrant dans mon esprit le plan de l'immeuble et l'emplacement des portes et des fenêtres par lesquelles je pourrais m'enfuir.

Lorsque le chauffeur alluma les lumières, je vis que la pièce était vide et d'une superficie d'environ cinquante mètres carrés, avec des murs peints en blanc et un plancher en carrelage de composite gris tacheté recouvert d'une couche de poussière.

Le tireur me poussa vers une deuxième porte et le long d'un couloir flanqué de portes vitrées sales, par lesquelles j'apercevais les ombres de bureaux et de chaises.

Lorsque nous atteignîmes le bout du couloir et émergeâmes dans un vaste espace haut de plafond, nos pas résonnèrent sur le sol. L'éclairage provenant des lampadaires à l'extérieur filtrait par la porte tournante et les arcades vitrées qui la flanquaient, projetant une faible lueur sur la pièce.

À ma gauche, un bureau d'accueil en demi-cercle se trouvait devant l'entrée vitrée et la rue déserte. À ma droite, deux ascenseurs aux portes ouvertes ressemblaient à des gueules béantes. Plusieurs gros seaux en plastique et une pile de bâches empilées reposaient près d'un mur, donnant l'impression de rénovations en cours.

Le tireur me poussa vers une porte pleine entrouverte derrière le bureau d'accueil.

— Nous la laisserons ici pour l'instant, dit-il en repoussant la porte de son pied et en activant l'interrupteur sur le mur adjacent. C'est l'une des seules pièces qui n'a pas de fenêtre.

Ne faisant pas plus de dix mètres de superficie, la pièce contenait deux chaises décrépites, l'une en bois et l'autre en plastique. La trieuse de lettres vide qui occupait un mur et l'étagère en métal sur un autre me laissèrent supposer que cette pièce avait probablement servi de salle de courrier et de télécopie. Des rouleaux de corde et de ruban adhésif se trouvaient dans un coin de la pièce.

— Assieds-toi sur la chaise en bois, dit le tireur, en me poussant du bout de son arme.

Lorsque je m'assis, il jeta un œil vers le chauffeur.

— Garde ton arme sur elle pendant que je l'attache à la chaise.

Le chauffeur passa derrière moi et, un moment plus tard, je sentis l'acier froid de son arme contre ma tempe gauche. Pendant ce temps, le tireur rangea sa propre arme sous son veston, prit le rouleau de corde et s'arrêta devant moi. Il sortit quelque chose de la poche de son jean, le tint devant lui et, dans un cliquetis métallique, une lame brillante en acier inoxydable apparut.

Il utilisa le couteau pour couper un morceau de corde avant d'approcher la lame de mon visage, si proche que l'image distordue de mon visage tuméfié et ensanglanté se refléta sur la surface éclatante.

— Ne t'avise pas de tenter quoi que ce soit, dit-il. Le patron te veut en vie pour l'instant, mais à part pour cette petite restriction, je suis aux commandes. Si tu bouges d'un centimètre, je t'arracherai les yeux. Et si tu oses faire le moindre bruit, je trancherai tes jolies lèvres. Compris, salope ?

Terrifiée, je le regardai, paralysée, puis hochai la tête silencieusement.

Avec une arme pressée contre ma tête, que pouvais-je bien faire ? Mais la menace du tireur m'avait aussi donné une nouvelle information.

Le patron te veut en vie pour l'instant.

J'assimilai cette révélation et je sentis l'espoir renaître. Pour l'instant, Fripp me voulait en vie. Avait-il l'intention de m'échanger contre Centerpost ? Était-ce le plan de Fripp ? Si c'était le cas, alors je survivrais. Je savais que Nick sacrifierait Centerpost pour moi. Ce n'était pas ce que j'avais souhaité pour lui, mais du moins en réchapperais-je, et nous serions réunis.

Le tireur s'agenouilla devant moi et m'attacha méthodiquement à la chaise. Il commença par me fixer les chevilles aux pattes avant de la chaise. Puis, il passa derrière moi, me tira les bras derrière le dossier de la chaise, et m'attacha les poignets ensemble.

Lorsqu'il en eut terminé avec mes poignets, il se dirigea vers le coin de la pièce, prit le rouleau de ruban, en arracha un long morceau et m'en recouvrit la bouche. Puis, il se recula pour admirer son travail.

— Elle n'ira nulle part, dit-il en regardant le chauffeur. Garde l'œil sur la porte de derrière. Je garderai la porte de devant et j'appellerai le patron.

— C'est bon, dit le chauffeur.

Quelques secondes plus tard, la porte se referma derrière eux, la lumière s'éteignit et je me retrouvai seule dans la pièce obscure, la seule source de lumière provenant des contours de la porte.

Attentive à ne pas faire le moindre bruit, je forçai la corde qui retenait mes poignets. La corde rêche m'érafla la peau, mais ne céda pas. Puis, je testai ma cheville droite et la gauche, tentant de les éloigner de la chaise, sans plus de succès.

Le tireur m'avait bien ligotée. Mes mains et mes pieds palpitaient après ma brève tentative et il me faudrait probablement des heures d'effort pénible pour desserrer les cordes qui retenaient mes chevilles et mes poignets, si c'était seulement possible. Découragée, je m'affaissai dans la chaise. À chaque seconde qui passait, mes chances de m'enfuir me semblaient de moins en moins grandes.

Seul Nick pouvait me sauver maintenant. Il devrait choisir entre ma vie et Centerpost. Devant ce choix, je savais que Nick n'hésiterait pas, et je remerciai le ciel d'avoir trouvé un homme qui m'aimait avec une telle intensité.

Seule et piégée dans la pièce sombre, ensanglantée et endolorie par mes blessures, et dévastée par la violence de mes agresseurs, je m'accrochais à une vérité, la seule qui puisse m'aider à ce moment.

Nick ferait tout pour me sauver. Mais je devais aussi essayer de me sauver moi-même et même si je n'y arrivais pas, il n'était pas question que je meure sans lutter.

Je tirai sur les cordes qui retenaient mes chevilles et tordis mes poignets l'un contre l'autre, tentant de trouver une position me permettant de relâcher les cordes. Tandis que je luttais, la chaise chancela sous moi, puis vers l'avant.

Pouvais-je bouger la chaise avec mes pieds ?

Je jetai un œil au rai de lumière qui filtrait sous la porte. Mes yeux s'étaient ajustés à l'obscurité et je pouvais percevoir les contours des murs autour de moi. Soigneusement, j'appuyai les pieds contre le sol, avançant le plus possible mes fesses jusqu'à ce que les muscles de mes épaules soient étirés à leur maximum, puis balançai la chaise vers l'avant, faisant basculer mon poids sur mes pieds. En me penchant vers l'avant et en me tordant les hanches, je pouvais me traîner les pieds de quelques centimètres à la fois.

Pouvais-je tourner le dos au mur et essayer de fracasser les pattes arrière de la chaise contre celui-ci ? La chaise était en bois et au moins une patte était bancale. Écraser la chaise contre le mur pourrait me permettre de la briser et si je réussissais à la détruire, mes pieds seraient libérés. Ensuite, je pourrais me tenir dos à l'étagère qui occupait un mur et tâtonner à la recherche d'un rebord coupant, quelque chose que je pourrais utiliser pour effilocher et couper la corde retenant mes poignets.

Au même moment, des pas s'approchèrent de la porte et je remis la chaise en place, ne voulant pas divulguer ma nouvelle mobilité. J'ignorais combien de temps s'était écoulé dans la pièce sombre, mais si c'était le tireur, il revenait peut-être pour me tuer. J'étais prête à lutter jusqu'à la fin et à lui infliger autant de dommage que possible. Si le tireur levait son arme pour me viser, je baisserais la tête, basculerais la chaise vers l'avant pour prendre appui sur mes pieds, avant de me jeter sur lui.

Puisque je n'avais aucune arme, je me servirais de mon corps comme d'une arme et me battrais jusqu'à mon dernier souffle.

Sachant que les prochaines secondes pourraient être mes dernières, mes pensées se tournèrent vers Nick.

Je suis désolée, Nick. Désolée que nous n'ayons pu vivre plus longtemps ensemble et que tu aies à faire face à ma mort. J'espère simplement que tu sais à quel point je t'aime et que tu survivras à la folie et à la destruction que Fripp a déchaînées contre nous.

Le bruit des pas s'arrêta devant la porte et je tendis les muscles de mes jambes, me préparant à l'arrivée du tireur et à mon assaut.

Mais lorsque la porte s'ouvrit et que la lumière jaillit, m'agressant les yeux, la silhouette qui sortit de l'ombre me stupéfia.

Mais qu'est-ce qu'*il* fichait ici ?

21

CHAPITRE VINGT-ET-UN

— Eh bien, salut, Ilana, dit Sloan Vandervelt. Quelle joie de te revoir.

Impeccablement vêtu d'un costume bleu marine à fines rayures, l'homme grand et bien bâti tenait une arme dans sa main droite. Tout comme mes ravisseurs, ses mains étaient couvertes de gants chirurgicaux. Dans la trentaine, sa chevelure blonde lissée vers l'arrière dévoilant ses traits burinés, Sloan avait de beaux traits uniquement gâchés par ses petits yeux enfoncés, dont l'éclat étrange évoquait sa dépendance à la drogue.

Alors que le choc initial de l'apparition inattendue de Sloan s'estompait, je fus envahie de questions. Aidait-il Fripp ? C'était évident. Était-ce possible qu'il ait aidé Fripp depuis le début ?

Sloan ferma la porte derrière lui, prit la chaise en plastique bancale, la seule autre chaise dans la pièce, et la tira sur le sol, la plaçant à environ deux mètres de moi. Il s'assit face à moi et glissa nonchalamment son arme dans la ceinture de son pantalon.

— Quelle tête tu as, dit-il en regardant mon visage tuméfié et ensanglanté. Tu peux remercier ton copain pour ça.

Je tentai de demander à Sloan pourquoi il aidait Fripp, mais le ruban sur ma bouche ne laissa passer que des grognements étouffés et incohérents.

Les yeux aigue-marine de Sloan se plissèrent et brusquement, il se leva de sa chaise, s'avança et arracha le ruban qui recouvrait ma bouche. Une douleur vive irradia de mes lèvres et fut lentement remplacée par un engourdissement là où le ruban s'était trouvé.

— Qu'est-ce que tu as dit ? grogna-t-il, son visage à quelques centimètres du mien. Tu as dit Fripp ?

Instinctivement, je me recroquevillai sur la chaise. Dès l'instant où j'avais rencontré Sloan à la soirée qui avait précédé l'attaque de la voiture de Nick, il m'avait troublée. J'avais attribué cet étrange courant à sa dépendance bien connue à la cocaïne, mais sa soudaine fureur et la lueur démente dans son regard m'amenèrent à me demander si sa consommation de drogue n'avait pas détruit son équilibre mental.

Puis je me repris. Sloan était peut-être fou et Fripp l'avait peut-être envoyé ici pour me tuer, mais je n'étais pas encore morte. Jusqu'à maintenant, je n'avais réussi à convaincre aucun de mes ravisseurs de me laisser partir, mais Sloan serait peut-être différent. Qu'avais-je à perdre ?

Je croisai le regard de Sloan.

— Bien sûr que j'ai dit Fripp. Pourquoi l'aides-tu ? Qu'est-ce que tu en retireras ?

Sloan éclata de rire avant de s'asseoir à nouveau.

— Moi ? Aider ce putain d'imbécile ? Qu'est-ce qui te fait dire une telle connerie ?

Son soudain passage de la colère à l'amusement me déconcerta. Il mentait évidemment en niant sa relation avec Fripp. Pensait-il vraiment que j'allais le croire ?

— Ne perds pas ton temps à essayer de protéger ton patron, dis-je. Fripp a commis crime après crime dans sa quête pour s'approprier Centerpost. Il a commencé par tenter d'effrayer ses rivaux, Andreas Ulbrecht et Nick, en leur envoyant des menaces anonymes. Et quand ça n'a pas fonctionné, il a recruté des tueurs à gages pour tirer sur la voiture de Nick et des kidnappeurs pour s'emparer des enfants d'Andreas. Depuis des semaines, il essaie de s'approprier Centerpost et les milliards qui en découleront à force de menaces ou de meurtre. Ta présence ici, sans parler de l'arme que tu portes, ne me laisse aucun doute sur la personne qui te donne tes ordres.

Les traits de Sloan se tordirent de mécontentement.

— Tu ne sais rien, dit-il. Personne ne me dit quoi faire. Personne.

— Sauf Fripp, dis-je. Et le PDG criminel d'Endicott Trumbull est justement ton patron.

— Plus maintenant, dit Sloan, ses lèvres se tordant en un sourire sardonique. Depuis quelques heures à peine, Endicott Trumbull a un nouveau PDG, et il se trouve devant toi.

22

CHAPITRE VINGT-DEUX

Je fixai Sloan, incrédule.

— Tu es le PDG ?

— Oui, dit-il. Hier, Fripp a démissionné de son poste et m'a recommandé en tant que remplaçant. Cet après-midi, le conseil a voté ma nomination.

— Fripp a démissionné ? dis-je. Pourquoi aurait-il fait une telle chose ?

Sloan me lança un sourire suffisant.

— Disons simplement que sa démission était dans son intérêt.

J'avais peine à croire ce qu'il me disait.

— Tu veux dire que tu l'as fait chanter ?

— Je lui ai donné le choix, dit Sloan. Renoncer à son poste ou faire face à la diffusion d'un enregistrement que j'avais fait un an plus tôt.

— Ce devait être un sacré enregistrement, dis-je.

— Oh, oui, dit Stone. Le soir de l'enregistrement, Fripp et moi buvions ensemble chez moi et nous partagions des histoires de femmes. Lorsque les histoires de Fripp ont commencé à devenir intéressantes, j'ai eu la présence d'esprit d'utiliser mon téléphone pour l'enregistrer. Quelques minutes plus tard, il m'avouait que, dans ses années à Harvard, il a accidentellement tué une fille. Il a étranglé la salope un peu trop longtemps, apparemment. Heureusement pour lui, les morts reliées aux fantasmes pervers ne sont généralement pas associées aux bons garçons de l'Ivy League. Fripp s'est débarrassé de la pute morte dans une benne à ordures de Cambridge et personne ne l'a jamais relié à sa mort.

— Tu aurais dû remettre l'enregistrement à la police, dis-je, accablée par sa description insensible du crime de Fripp. Cette femme mérite d'obtenir justice et sa famille mérite de connaître la vérité sur sa mort.

Sloan haussa un sourcil.

— Justice ? Et qu'est-ce que ça me rapporterait ? Je voulais devenir PDG d'Endicott Trumbull et connaître les secrets de Fripp m'a permis d'atteindre mon but.

La tête me tourna alors que la révélation de Sloan faisait son chemin dans mon esprit. Depuis au moins un an, il avait travaillé dans l'ombre avec l'objectif de devenir le PDG d'Endicott Trumbull.

Nick, Rocco, Andreas, Valencia et moi… comment avions-nous pu passer à côté de la possibilité que Sloan soit derrière tout ça depuis le début ?

Dès le commencement, notre enquête s'était arrêtée sur les personnes à qui l'acquisition de Centerpost profiterait le plus en apparence, les PDG des entreprises impliquées. Jusqu'à maintenant, Sloan ne faisait pas partie de ces PDG, et rien ne nous avait donné matière à croire qu'il était capable d'atteindre un tel poste.

Mais maintenant, c'était chose faite… et ça changeait tout.

Le plan meurtrier de Sloan m'apparut soudainement avec clarté. Il consistait en deux objectifs, dont l'un avait déjà été atteint. Devenir PDG d'Endicott Trumbull lui donnait le contrôle sur cette entreprise. Et éliminer ses rivaux, Nick et Andreas, assurerait la victoire d'Endicott Trumbull dans l'acquisition de Centerpost, remettant ainsi à Sloan Centerpost et tous ses profits.

Sloan avait été responsable de toutes les menaces et attaques contre nous, et nous n'avons rien vu venir.

23

CHAPITRE VINGT-TROIS

— C'était toi depuis le début, dis-je. Tu as tué Forbes Endicott pour faire de Fripp le PDG d'Endicott Trumbull, puis tu l'as fait chanter pour qu'il renonce à son poste et te recommande à sa place.

Sloan s'adossa à sa chaise, leva ses mains gantées et applaudit lentement.

— Bravo, dit-il. Félicitations. Ça t'a pris un moment pour comprendre, mais je suppose que même les strip-teaseuses ont un ou deux neurones fonctionnels.

— Tu étais l'expéditeur des menaces anonymes, dis-je. Tu as recruté les tueurs à gages pour attaquer la voiture de Nick. Tu as essayé d'enlever les enfants d'Andreas. Tu t'es introduit dans mon appartement pour voler mon costume et tu me l'as renvoyé ensanglanté. Et c'est aussi toi qui m'as fait enlever ce soir.

— Pas besoin de le nier, dit-il. Puisque tu seras bientôt morte, je peux bien m'attribuer le mérite de mes exploits.

Après tout ce que j'avais enduré ce soir, j'accueillis l'intention de Sloan de me tuer comme une chose assez inévitable. J'avais vu le visage de mes ravisseurs, et ce simple fait impliquait que leurs plans, quels qu'ils soient, excluaient que je sorte d'ici en vie. Et même si je réussissais à me détacher et à lutter, je ne me croyais pas capable de repousser un homme armé, encore moins trois.

Ma meilleure défense était donc de gagner du temps et de continuer de faire parler Sloan. Sans ma montre GPS, Nick et Rocco auraient de la difficulté à me trouver, mais avec assez de temps, ils pourraient localiser l'homme qui m'avait pris la montre et le forcer à leur dévoiler l'emplacement du bâtiment où j'étais retenue. Si Nick et Rocco trouvaient cet homme, ils se précipiteraient ici pour me secourir.

J'incitai donc Sloan à continuer de parler.

— Maintenant que tu es devenu le PDG d'Endicott Trumbull par le meurtre et le chantage, je suppose que tu as l'intention de remporter l'acquisition de Centerpost par des moyens tout aussi criminels.

— Je suis prêt à tout pour obtenir Centerpost, dit Sloan. Cette société me fournira la fortune et la position qui auraient dû être miennes il y a bien des années.

— Et que se passera-t-il lorsque la police t'arrêtera ? demandai-je. Tu as déjà commis une longue liste de crimes, et tu en prévois encore plus. Même si tu prends le contrôle de Centerpost, tu ne pourras pas effacer toutes les preuves de ce que tu as fait. Un jour, quelqu'un fera le rapprochement et alors, tu passeras le reste de tes jours sous les verrous.

— Je suis foutrement plus intelligent que la police, dit Sloan. Je les ai fait tourner en bourrique pendant des mois. Et à la tête d'Endicott Trumbull et bientôt de Centerpost, mon pouvoir et mes ressources ne feront que croître. Peu d'hommes oseront s'attaquer à moi.

— Je n'en serais pas aussi sûre, dis-je. Gagner n'est pas tout, pas si tu dois passer le reste de tes jours à regarder par-dessus ton épaule, par crainte du jour où on découvrira tes crimes.

— Gagner *est* tout, dit Sloan. Remporter Centerpost fera de moi l'un des hommes les plus riches de cette ville et personne ne pourra remettre en question mon succès. Tout le monde devra me traiter avec le respect qui m'est dû.

Le plan meurtrier de Sloan pouvait-il réussir ? Pourrait-il lui donner le contrôle de Centerpost et de la fortune et du pouvoir qui iraient de pair avec l'acquisition ? À ce stade, Nick et Andreas étaient les seuls obstacles entre Sloan et ce qu'il désirait.

Si Sloan détruisait Nick et Andreas, il obtiendrait Centerpost. Et vu ce que ce tueur impitoyable avait déjà fait, rien ne garantissait qu'il serait découvert et puni pour ses crimes.

Sloan s'était avéré un adversaire retors et rusé, capable de détourner les soupçons vers d'autres. Son ambition de prendre le contrôle de Centerpost avait laissé au moins trois morts dans son sillage : le chauffeur de Nick, Mike Sullivan, Forbes Endicott et Jax, le videur du club. Je me raccrochais à l'espoir qu'Amira était encore en vie, malgré ses blessures.

Si j'étais la prochaine victime de Sloan, Nick et Rocco découvriraient-ils que Sloan était responsable de mon meurtre et pourraient-ils mettre un frein à ses crimes ? Ou bien deviendraient-ils les victimes de la volonté de Sloan à tuer quiconque se tenait entre lui et Centerpost ?

Je l'ignorais. Depuis le début de notre enquête, nous avions fait fausse route et, jusqu'à présent, Sloan avait dupé tout le monde, mais sa soudaine ascension au poste de PDG d'Endicott Trumbull pourrait semer le doute et révéler sa culpabilité. J'espérais que ce serait le cas et que, même si je devais mourir ce soir, justice soit faite.

Mais le tueur qui avait déchaîné un raz de marée de menaces et de violence sur nos vies n'était pas l'un des hommes sur lesquels nos soupçons, en raison de leurs mobiles évidents, pesaient. Le coupable était plutôt un homme qu'aucun d'entre nous n'avait même envisagé, quelqu'un que nous considérions tous comme un drogué fini, quelqu'un qui devait tout ce qu'il possédait à la chance d'être né dans une famille prospère.

Mais derrière la façade de sa fortune familiale et de sa réputation de tombeur, Sloan était un sociopathe cruel qui ne reculerait devant rien pour obtenir ce qu'il convoitait.

Mon enlèvement ce soir ne pouvait que signifier une chose et cette pensée m'effrayait plus que tout au monde.

Nick était le prochain sur sa liste.

24

CHAPITRE VINGT-QUATRE

Avec la vie de Nick en jeu, je continuai de gagner du temps, tout en réfléchissant désespérément à un moyen de le sauver. Pouvais-je convaincre Sloan qu'il ne pourrait jamais s'en tirer s'il me tuait ? J'en doutais, mais continuer de le défier me donnerait peut-être plus de temps.

— Tu prends un risque immense, dis-je. Si tu me tues, Nick te traquera et te détruira. Son équipe de sécurité et lui n'auront de répit que tu sois sous les verrous… ou mort.

— Pourquoi devrais-je craindre ce salaud de traître ou quiconque qui travaille pour lui ? dit-il. J'ai été plus malin que vous depuis le début.

— Nick n'est pas un traître, dis-je. C'est l'une des personnes les plus loyales et honnêtes que j'aie jamais connue.

Les traits de Sloan se tordirent de colère.

— Lorsque nous étions dans les affaires ensemble, Santoro m'a trahi. Il m'a jeté hors de FlexMap, une société que j'ai aidée à démarrer. Elle n'aurait jamais vu le jour sans mon investissement.

— Je connais toute l'histoire, dis-je. Nick ne t'a pas volé. Tu as reçu la juste valeur de tes actions de FlexMap et tu as fait un bon profit.

— De la menue monnaie, oui, gronda Sloan. Si Santoro ne m'avait pas laissé tomber, toi et moi ne serions pas ici ce soir. Je n'aurais pas besoin de Centerpost, parce que je serais déjà un putain de milliardaire avec le monde à mes pieds. Mais à cause de la trahison de Santoro, il a fait fortune, alors que je n'ai presque rien gagné. C'est lui, le génie des affaires milliardaire. C'est lui que tout le monde vénère comme un putain de dieu. Il a tout ce que j'aurais dû avoir, tout ce que j'aurais eu s'il ne me l'avait pas volé.

— Nick ne t'a rien volé, dis-je. Tu n'étais pas son seul partenaire chez FlexMap. Il en avait d'autres, et ceux-ci voulaient te voir partir pour des raisons que nous connaissons bien, ta dépendance à la drogue et la mauvaise presse que ça créait à la société. Avec l'avenir de FlexMap en jeu, il a dû choisir entre toi et tous les autres : les investisseurs, les employés, tout le monde. Nick a choisi ce qui était le mieux pour la majorité des gens touchés par sa décision.

— Santoro a choisi de me trahir, dit Sloan. Et ce soir, il en paie le prix. En ce moment, il doit être comme fou à essayer de te retrouver. Son personnel de sécurité fait très probablement le tour du Club des gentlemen pour découvrir où tu es passée, mais grâce à la minutie de mon plan, ils ne trouveront rien du tout.

— Les voyous que tu as envoyés pour m'enlever sont passés par la porte principale du club, dis-je. Ils apparaîtront sur plusieurs caméras de sécurité.

Sloan dévoila ses dents en un sourire cruel.

— Même s'ils découvrent qui sont les coupables, la police aura besoin d'une journée ou plus pour les identifier, et alors ils seront bien loin. Entre-temps, tu seras morte et Santoro pleurera sur ton corps. Il perdra à la fois Centerpost et toi le même jour. J'avais envisagé de le tuer lui aussi, puis j'ai réalisé que l'ampleur de sa trahison demandait une vengeance beaucoup plus importante. La mort est trop facile, tu ne trouves pas ? Une balle dans la tête, un jet de cellules agonisantes, puis plus rien d'autre que l'inexistence.

Je ne répondis pas. Depuis mon enlèvement, mes espoirs de m'échapper ou d'être secourue s'étaient effrités. Mais confrontée à ma mort imminente, la pensée que Nick survivrait me réconforta.

Même si me perdre serait traumatisant pour lui, il était un homme fort et solide et sa famille et ses amis lui donneraient l'amour et l'affection dont il aurait besoin. Puis, je me rappelai à quel point il avait souffert de la mort de sa fiancée, Alicia, et de celle de ses parents.

Nick pourrait-il endurer une autre perte terrible ? Et comment ma mort affecterait-elle ma mère et Bianca ? Elles seraient toutes les deux dévastées, mais je m'inquiétais davantage pour ma mère. Elle n'était plus jeune, avait de graves problèmes de santé et j'étais son seul enfant. Comment supporterait-elle ma mort ?

Puis je me rassurai quelque peu. Même si je mourais, Nick prendrait soin d'elle.

Sloan pencha sa tête blonde.

— En ce moment, Santoro doit être au bord de la folie à essayer de te trouver. Le connaissant, il est déjà anéanti. Lorsque je lui enverrai un lien vers une vidéo en direct de toi, ligotée à cette chaise, il sera prêt à tout et obtempérera à toutes mes exigences.

— Nick est plus intelligent que tu ne le crois, dis-je. Lorsque tu le contacteras, il comprendra ce que tu as fait et trouvera une façon de t'arrêter.

— Lorsque je le contacterai, il ne verra pas mon visage et n'entendra pas ma voix, dit Sloan. Il ne verra que toi dans cette chaise avec du ruban adhésif sur la bouche. Il n'entendra qu'une voix modifiée numériquement lui offrant un simple échange : ta vie en échange d'une rançon de vingt-cinq millions de dollars... *après* qu'il aura retiré son offre pour Centerpost, en gage de bonne foi.

Je secouai la tête en tentant de comprendre. Quelques minutes plus tôt, Sloan avait affirmé avoir l'intention de me tuer, et maintenant il parlait d'une rançon ?

— Est-ce de l'espoir que je vois ? se moqua Sloan. Ne crois pas que tu sortiras réellement de cette pièce en vie, parce que ça n'arrivera pas. La rançon n'est qu'une ruse. Je n'ai aucune intention d'aller la chercher. Une fois que Santoro aura retiré son offre pour Centerpost, il sera occupé à rassembler les vingt-cinq millions de dollars en argent et à établir un plan pour te protéger. Ce qui me donnera plus de temps pour sortir d'ici, après t'avoir mis une balle dans la tête.

— Nick n'acceptera aucune de tes exigences, pas sans de solides garanties que je ne serai pas maltraitée.

— Tu te trompes, dit Sloan. Je connais Santoro et je m'en prends à sa plus grande faiblesse... sa stupide obsession pour toi. Il laissera tomber Centerpost sans hésitation pour sauver sa strip-teaseuse. Il ne se concentrera pas sur Centerpost, mais sur la rançon.

— Tu ne t'en tireras pas comme ça, dis-je. Même si tu me tues, la police relèvera chaque petit indice que tes hommes et toi laisserez ici. Les gants que tu portes ne t'empêcheront pas de laisser des cheveux et des pellicules derrière toi. Lorsque la police trouvera ton ADN dans la pièce, Nick comprendra ce que tu as fait et, alors, il te détruira.

— Il ne me cherchera pas, dit Sloan. Il ne me soupçonnera même pas.

— Tu te fais des illusions, dis-je. Lorsque Nick apprendra que tu es le nouveau PDG d'Endicott Trumbull, il te soupçonnera immédiatement.

Sloan mit la main dans la poche intérieure de son veston et en sortit un petit sac plastique. Alors qu'il tendait le sac vers moi, l'objet à l'intérieur brilla dans la lumière.

— Pas s'il croit qu'Andreas Ulbrecht t'a tuée.

25

CHAPITRE VINGT-CINQ

Hébétée, je fixai l'objet doré reconnaissable dans le sac.

— Le coupe-cigare d'Andreas, dis-je. Tu le lui as volé.

— Oui, dit Sloan. Lorsque je l'ai rencontré il y a deux jours, Ulbrecht l'a laissé tomber au sol par accident. En pensant à ce soir, je l'ai gardé. Une fois que je t'aurai tuée, je le laisserai près de ton corps… une jolie touche, tu ne crois pas ?

Il haussa un sourcil.

— Et devine qui est propriétaire de cet immeuble ?

Mes entrailles se nouèrent.

— Pas Andreas.

— Presque, dit Sloan. Son entreprise en est propriétaire. Il a été acheté il y a un an en prévision d'une croissance qui n'a jamais eu lieu, ce qui explique pourquoi il est vide.

Il remit le sac avec le coupe-cigare dans sa poche.

— L'un de mes hommes a payé un pirate pour me fournir une carte d'accès clonée de cet immeuble, l'endroit parfait pour que Santoro et la police découvrent ton corps. Lorsqu'ils te trouveront morte dans l'immeuble d'Ulbrecht, avec son coupe-cigare à côté de ton corps, la police l'arrêtera pour meurtre. Et lorsque *cette* nouvelle fera la une de tous les journaux de New York, Ulbrecht sera foutu. Comme ton copain, il ne sera plus dans la course pour Centerpost.

— Nick ne sera pas dupe de tes tentatives pour reporter les soupçons sur Andreas, dis-je. Nick et Andreas se font confiance.

Mais alors même que je prononçais ces mots, je doutai de ma propre affirmation. La confiance fragile que Valencia avait établie entre Nick et Andreas survivrait-elle à un tel défi ? Je n'en étais pas certaine.

Sloan jeta un œil à sa montre et je me rappelai la montre GPS qui m'avait été prise. Si mon ravisseur n'avait pas quitté la voiture, l'équipe de Rocco aurait su où me trouver, et elle serait là maintenant. Mais sans ma montre, je n'avais aucune idée du temps que cela prendrait à l'équipe de Rocco pour localiser l'homme et encore moins s'ils pouvaient le faire parler.

Le temps m'était compté et ma mort semblait susceptible d'attirer d'autres innocents dans la duperie de Sloan. Si Sloan faisait accuser Andreas de mon meurtre, Valencia ferait tout son possible pour prouver l'innocence d'Andreas, mais après ma mort, Nick et Rocco la croiraient-ils ?

Sloan se leva de la chaise, marcha jusqu'au coin de la pièce et prit le ruban adhésif sur le sol.

— Je connais bien Santoro, dit-il en déchirant un morceau de ruban. En ce moment, la pression monte et lorsqu'il verra ton visage abîmé sur la vidéo que je lui enverrai, il surchauffera. En te trouvant morte, il pétera les plombs. Il croira n'importe quoi, y compris la culpabilité d'Ulbrecht ; il voudra seulement un coupable à punir.

— Nick ne croira jamais qu'Andreas m'a tuée, dis-je. Peu importe la quantité de fausses preuves que tu laisseras, il ne se laissera pas prendre.

Sloan s'arrêta devant moi et recouvrit ma bouche du ruban, me réduisant au silence.

— C'est mieux, dit-il. J'en ai marre de tes efforts pathétiques pour te sauver. Santoro n'est pas assez intelligent pour voir plus loin que ça et tu es encore plus stupide que lui.

Tout en regardant Sloan se diriger vers la porte pour sortir de la pièce, mes pensées revinrent à la chaise en bois branlante. Si Sloan me laissait seule quelques minutes, j'essaierais de fracasser la chaise contre le mur et de me libérer des cordes qui retenaient mes mains et mes pieds. Tant que je respirais, je lutterais pour avoir une chance de revoir le visage de Nick et pour ma propre vie.

Mais je savais qu'il était peu probable que l'équipe de Rocco me trouve à temps et, avec Sloan et deux hommes armés contre moi, j'avais peu de chance de m'enfuir d'ici en vie. Des larmes amères me montèrent aux yeux tandis que je me faisais à la réalité cruelle que mes rêves d'un avenir avec Nick étaient sur le point de mourir avec moi.

Avant que Sloan ne ferme la porte derrière lui, il se tourna vers moi et me sourit avec malveillance.

— Cinq minutes avant le lever du rideau, strip-teaseuse, dit-il. Prépare-toi à danser.

26

CHAPITRE VINGT-SIX

Dès que les pas de Sloan s'éloignèrent, je repoussai mes larmes, me penchai vers l'avant dans la chaise et commençai à la déplacer laborieusement, un centimètre à la fois, vers le mur à ma gauche. Sachant que mon meurtrier serait de retour à tout moment, je n'avais pas beaucoup de temps.

Heureusement, Sloan avait laissé les lumières allumées, sans doute en prévision de son tournage vidéo. Je pouvais voir de mon œil intact que quatre luminaires sur le plafond suspendu baignaient la pièce miteuse d'un dur éclat bleuté.

Même si ma mort était inévitable, je pouvais peut-être entraver le plan de Sloan avant qu'il ne me tue. Une lutte laisserait des preuves, des preuves que la police trouverait, des preuves qui pointeraient vers Sloan ou du moins qui innocenteraient Andreas. Si je réussissais à me libérer et à attaquer Sloan, je pouvais lui griffer le visage et ainsi son ADN se retrouverait sous mes ongles.

Mais avant tout, je devais me dépêtrer de ces cordes. J'avançai la chaise jusqu'à ce qu'elle soit à un peu plus d'un demi-mètre du mur, puis je commençai à me tourner dos contre le mur pour pouvoir briser les pattes arrière de la chaise contre ce dernier.

Un coup de feu retentit alors dans l'immeuble silencieux et je me figeai. Qu'est-ce qui pouvait bien se passer ? Sloan avait-il exécuté ses hommes de main pour éliminer tout témoin de mon meurtre ? Rocco ou la police avaient-ils réussi à me localiser par je ne sais quel moyen ?

Plusieurs coups de feu étouffés se succédèrent, suivis par deux coups plus bruyants. Comme les armes des hommes de Sloan étaient munies de silencieux, les coups plus bruyants pouvaient venir de Rocco ou de la police.

Une étincelle d'espoir s'alluma dans mon cœur. Quelqu'un était-il venu à mon secours ? J'imaginai le visage familier de Nick et espérai vivre assez longtemps pour le revoir.

Une seconde plus tard, la porte s'ouvrit et Sloan apparut.

Une arme à la main, il entra dans la pièce et claqua la porte derrière lui. Rapidement, il éloigna la chaise du mur, la tourna face à la porte, puis passa derrière moi. Lorsque l'acier froid de son arme se pressa à l'arrière de mon crâne, je me tendis dans l'attente de la balle qui mettrait fin à ma vie. Mais, alors que de longues secondes s'écoulaient sans que rien ne se passe, je laissai échapper le souffle que je retenais inconsciemment et me concentrai sur ce qui se passait à l'extérieur.

Tout d'abord, je n'entendis rien de plus que les battements effrénés de mon cœur, mais alors un autre échange de coups de feu se répercuta à travers l'immeuble, suivi par une voix d'homme criant quelque chose d'inintelligible.

Alors que les coups de feu se rapprochaient de la pièce et prenaient de l'ampleur, mon cœur battit la chamade et une goutte de sueur glissa le long de mon cou. L'attitude de Sloan ne laissait aucun doute sur le fait que, contre toute attente, Rocco ou la police m'avaient localisée et essayaient maintenant de m'atteindre.

Lorsqu'ils arriveraient jusqu'à moi, Sloan marchanderait-il ma vie pour la sienne ? Ou bien me tuerait-il pour se venger de Nick, même si sa vengeance menait à sa propre mort ?

Je l'ignorais.

Mais pour l'instant, j'étais l'otage de Sloan.

27

CHAPITRE VINGT-SEPT

Quelques secondes plus tard, la porte s'ouvrit pour révéler l'espace obscur au-delà de la pièce. Le canon d'une arme dépassa du cadre de la porte, son cylindre miroitant dans l'obscurité.

— Lâche ton arme, cria Sloan. À moins que tu ne souhaites voir mourir cette salope, lâche-la et fais-la glisser sur le sol vers moi.

Brusquement, l'arme fut jetée au sol à l'intérieur de la pièce, où elle atterrit avec un claquement métallique.

Une seconde plus tard, Nick apparut dans l'encadrement de la porte. Vêtu d'un pull-over noir et d'un jean, il avait les bras à hauteur d'épaules, ses paumes vides face à Sloan. Le regard hanté et épuisé de Nick croisa le mien et je le contemplai, mon âme s'emplit alors de tout mon amour pour lui. Le calvaire qu'il avait vécu ce soir était inscrit sur ses traits et, à cet instant, je sus que son enfer avait été aussi terrible que le mien.

— Envoie ta putain d'arme vers moi, dit Sloan. Tout de suite.

Nick baissa les yeux vers l'arme, puis l'envoya valser vers Sloan. L'arme traversa la pièce et s'arrêta près de mes pieds.

Lorsque Nick regarda Sloan au-dessus de ma tête, son regard avait une dureté que je ne lui avais jamais vue.

— Relâche Ilana, dit-il d'une voix calme. Si tu lâches ton arme et la laisses partir, je dirai à mes hommes de se retirer. Je te laisserai même sortir d'ici en vie.

— Et pourquoi ferais-je une telle chose ? dit Sloan. Si je la relâche, alors tu gagnes. Mais si je lui fais exploser la tête, j'aurai au moins la satisfaction de te faire payer tout ce que tu m'as fait.

— Que veux-tu ? dit Nick. De l'argent ?

— Tu sais fichtrement bien ce que je veux, dit Sloan. Je veux Centerpost.

— Je n'ai pas le pouvoir de te donner Centerpost sur un putain de plateau, lança Nick. Même si je retire mon offre, je ne peux pas forcer Ulbrecht à faire de même. C'était stupide de ta part de te laisser entraîner là-dedans par Fripp.

Le pistolet pressé à l'arrière de ma tête glissa quelque peu vers le bas et je sentis Sloan se tendre de rage.

— Espèce de putain d'imbécile, jeta-t-il à Nick. Fripp n'a rien à voir avec ça. C'est moi qui tire les ficelles depuis le début.

Si la révélation de Sloan surprit Nick, il ne le montra pas. Son visage ne se départit pas de son masque déterminé.

— Tu ne me crois pas, hein ? grogna Sloan.

De sa main libre, il prit le ruban sur ma bouche et l'arracha.

— Dis-lui, salope. Dis-lui la putain de vérité.

Je croisai le regard de Nick.

— Fripp n'a rien à voir là-dedans. Sloan était derrière tout ça depuis le début. Je t'aime Nick et…

— Tais-toi ! hurla Sloan en pressant le canon de son arme contre ma nuque. Ça suffit !

Alors que l'acier dur de l'arme de Sloan appuyait douloureusement contre ma colonne, mon cœur s'emballa, se logeant dans ma gorge. Était-il sur le point de tirer ?

— Calme-toi, bordel, dit Nick à Sloan. Voici ta situation. Mon équipe de sécurité s'est occupée de tes deux gars. Il n'y a plus que toi et tu es encerclé de professionnels armés. Ta seule façon de sortir d'ici est de marchander avec moi, et ta part du marché est de relâcher Ilana.

— Et si je préfère la tuer ? ricana Sloan. Tu as déjà détruit ma vie, pourquoi ne pourrais-je pas détruire la tienne ?

Tandis qu'il se concentrait sur Nick, je sentis l'arme de Sloan glisser vers la droite, appuyant maintenant contre la partie supérieure de mon épaule. Même si je ne pouvais voir Sloan, il était évident que le tueur était agité et, dans son agitation, il faisait de grands signes de ses mains, y compris celle qui tenait une arme.

Ne voulant pas prendre la parole, je fixai Nick, en espérant qu'il lirait dans mes pensées. Avec Sloan qui devenait de plus en plus dément et les négociations pour ma vie dans une impasse, je devais peut-être agir. Si Sloan continuait de gesticuler, il pourrait arriver un moment où son arme ne serait plus sur moi. À cet instant, je pourrais pousser ma chaise vers l'arrière, contre son corps. Avec un peu de chance, je pourrais même le faire tomber.

Puis, je changeai d'idée. Et si Sloan appuyait sur la gâchette en tombant ? Je ne pouvais prédire la cible de la balle. Elle pouvait aussi bien finir dans le plafond ou un mur, mais elle pouvait aussi atteindre Nick et je ne pouvais pas courir ce risque.

— Discuter du passé est inutile, dit Nick à Sloan. C'est fini et bien fini. Maintenant, discutons de l'avenir... de ton avenir. Tu peux encore sortir d'ici en vie, si tu fais le bon choix.

— Le bon choix pour qui ? lança Sloan, en ouvrant les bras avec rage. Pour toi ? Pour ta nouvelle salope ?

L'arme n'étant plus pointée vers moi, Nick s'élança et fonça sur Sloan, me poussant avec force hors du chemin. Ma chaise grinça et tournoya sur le plancher, avant de heurter le mur.

Le corps de Sloan s'écrasa au sol et Nick atterrit sur lui. Utilisant toute sa force et son poids, Nick épingla Sloan au sol avant d'écraser son poing droit sur le visage de Sloan. Sloan cria et pointa son arme vers le torse de Nick. Mais Nick fut plus rapide que lui. De sa main gauche, Nick attrapa le poignet droit de Sloan et écrasa la main du tueur contre le sol. Sloan glapit, mais réussit tout de même à s'accrocher à l'arme.

— Laisse tomber, salopard, gronda Nick. Tu as perdu et tu le sais.

Sloan cracha du sang sur le visage de Nick.

— Va te faire foutre.

Nick pressa son avant-bras droit contre le cou de Sloan et écrasa sa tête contre le plancher, mais ce faisant, Sloan réussit à soulever son bras droit et à appuyer son arme contre le côté gauche de Nick.

L'arme tonna et le corps de Nick tressaillit. Il déplaça son poids et l'utilisa pour ramener le bras armé de Sloan vers le plancher.

La balle avait-elle atteint Nick ?

Je ne pouvais pas en être sûre, mais je devais faire quelque chose.

Je devais me libérer. Je devais lui venir en aide.

Alors que les deux hommes roulaient et luttaient sur le plancher, je balançai la chaise vers l'avant et pris appui sur mes pieds. Tandis que je reprenais mon équilibre, je vis que sous les deux corps qui luttaient, une mare de sang s'élargissait sur les carreaux gris.

Était-ce le sang de Nick ?

Désespérée, j'orientai les pattes arrière de ma chaise vers le mur derrière moi et m'écrasai contre lui. Dans un craquement, les pattes arrière cédèrent et j'avançai de quelques centimètres avant de m'écraser à nouveau contre le mur, tentant de fracasser complètement la chaise.

C'est alors que j'aperçus Rocco.

Accroupi à ma droite, dans l'encadrement de la pièce, Rocco tenait une arme à la main et arborait une expression concentrée. Son regard accrocha le mien et il posa un doigt sur ses lèvres. Sans un mot, il pencha la tête à gauche vers le mur opposé de la pièce et je compris ce qu'il voulait de moi. Rocco attendait l'ouverture pour tirer sur Sloan et, en ce moment, j'étais dans sa ligne de mire. Je commençai donc à bouger.

Avec la chaise brisée encore attachée à moi, je traînai un pied nu vers l'avant, puis l'autre. Mes mains étaient encore ligotées derrière mon dos, mais je me penchai vers l'avant autant que possible, étirant mes bras jusqu'à leur limite pour pouvoir déplacer mes pieds plus facilement. Mes épaules me faisaient un mal de chien alors que je m'efforçais d'avancer rapidement, fixant mon œil valide sur le sol devant moi. Les bruits de lutte de Nick et Sloan s'intensifièrent. Des grognements alternaient avec le craquement des poings contre les os et, alors que j'atteignais le centre de la pièce, un deuxième coup de feu tonna derrière moi.

Surprise, je chancelai et faillis m'écrouler. Dès que je réussis à me stabiliser, je tournai la tête à gauche autant que possible, mais avec mon œil gauche enflé, je ne pouvais voir que le bas des corps de Nick et Sloan qui luttaient encore et la mare de sang qui s'élargissait sous eux. Une tache assombrissait la cuisse gauche de Nick et une vague de nausée me frappa lorsque je réalisai que le sang sur le sol était le sien et que le temps nous était compté pour lui venir en aide.

Nauséeuse et étourdie, je tentai de me reprendre et tournai la tête vers Rocco qui se tenait dans l'encadrement de la porte. Ce faisant, une vision terrifiante se profila devant moi et, le cœur au bord des lèvres, je réalisai que la deuxième balle de Sloan avait dû percuter Rocco, le repoussant sous l'impact. Je ne voyais maintenant plus que ses jambes inertes étendues dans l'encadrement de la porte, le haut de son corps disparaissant dans l'obscurité à l'extérieur de la pièce.

Rocco était-il évanoui… ou mort ?

Est-ce que l'un de nous réchapperait à ce cauchemar ?

Une fois de plus, je me penchai vers l'avant avec l'intention d'atteindre le mur devant moi. La chaise sur mon dos était comme une ancre qui pesait sur moi, mais je me refusais à abandonner.

C'est alors que mon orteil se prit dans une crevasse du plancher au moment où un coup de feu tonnait derrière moi. Surprise, je perdis l'équilibre et chancelai d'un côté et de l'autre avant de m'écraser au sol, l'impact se réverbérant dans ma tête.

Un éclair blanc emplit ma vision avant de se concentrer en un tunnel lumineux. Où étais-je... et où se trouvait Nick ?

Le tunnel se transforma en une explosion étoilée et éblouissante qui scintilla avant de décroître jusqu'à devenir un minuscule point lumineux solitaire.

Puis, les ténèbres emplirent mon monde.

28

CHAPITRE VINGT-HUIT

Deux semaines plus tard

Le long des larges sentiers bordés d'arbres qui traversaient le Washington Square Park, les arbres étaient nus et leurs branches s'élevaient vers le ciel clair. Chaude pour un début novembre, la journée ensoleillée avait attiré la majorité de la population du Village à l'extérieur et des gens qui joggaient ou promenaient leurs chiens passaient devant le banc où j'étais assise, à une trentaine de mètres de l'arche de triomphe marquant l'entrée principale du parc.

Près de l'arcade, un guitariste vêtu d'un pull à capuche péruvien coloré grattait sa guitare. Un jeune couple s'arrêta pour l'écouter, puis l'homme sortit un billet de sa poche et le laissa tomber dans le vieil étui de guitare noir ouvert sur le pavé aux pieds du musicien.

Sur le banc devant moi, un homme plus âgé dans un pardessus et un feutre noirs lançait de petits morceaux de pain à une volée bruyante de pigeons. Une jeune femme dans un manteau rouge éclatant poussait une poussette vers son banc et j'y aperçus un bambin bien emmitouflé aux joues rosies. Lorsque la femme s'approcha du banc, les pigeons s'éparpillèrent, mais lorsqu'elle arrêta la poussette et s'assit près de l'homme, les oiseaux retournèrent rapidement à leur repas.

Alors que j'absorbais la scène paisible autour de moi, une brise légère agita les branches au-dessus de moi et je réajustai mon foulard. Je portais un foulard et des verres fumés principalement pour cacher les ecchymoses sur mon cou et mon visage.

Mes doigts effleurèrent la petite cicatrice où l'un de mes ravisseurs avait pressé un stylo contre ma peau avec assez de force pour la percer et mes pensées retournèrent, comme c'était souvent le cas, à cette nuit terrible, deux semaines plus tôt, la nuit où j'avais été enlevée et où j'avais presque perdu la vie. Physiquement, j'étais en voie de guérison, mais psychologiquement, les cicatrices de mon expérience traumatisante étaient encore bien présentes. Les journées étaient un peu plus faciles, mais lorsque je dormais, mon subconscient me ramenait souvent à cette nuit et à la pièce miteuse où Sloan m'avait tenue captive.

Dans mes cauchemars, je regardais, horrifiée, les balles de Sloan percuter le torse de Nick, l'homme que j'aimais tombant à genoux, le sang jaillissant de ses blessures. Lorsque le corps de Nick s'effondrait sur le sol, mes cris me ramenaient à la réalité, une réalité que j'avais parfois encore de la difficulté à croire.

Le guitariste passa à une ballade latine rythmée et mes pensées se tournèrent vers des souvenirs plus heureux. Je me rappelai cette journée d'août, trois mois plus tôt, lorsque j'étais tombée sur Nick dans ce parc et comme cette rencontre fortuite avait changé ma vie plus que je ne l'aurais jamais soupçonné. Prise dans mes déboires financiers, tentant d'amasser assez d'argent pour payer l'opération de ma mère et mon MAE, je ne songeais aucunement à fréquenter quelqu'un et encore moins à me lancer dans une relation.

Mais cette rencontre estivale avait tout changé. Quelque part entre le nouveau chiot de Nick qui avait uriné sur ses chaussures et un pique-nique impromptu sur un banc du parc à déguster les meilleurs sandwiches complets de New York, j'avais eu un aperçu du véritable Nick Santoro et j'étais tombée amoureuse. Et en découvrant petit à petit l'homme qui se trouvait derrière la fortune et les réussites impressionnantes, mon amour n'avait fait que grandir.

Lorsque les menaces anonymes contre lui avaient escaladé jusqu'à l'attaque de sa voiture, Nick avait tout fait pour nous protéger. Nous avions quitté New York pour Paris où nous étions restés sous bonne garde jusqu'à ce que tout danger semble écarté. Avec une tendresse douce-amère, je me rappelai notre nuit romantique sur la Seine. Enthousiastes après la nouvelle que Forbes Endicott avait été arrêté pour tentative de meurtre contre nous, nous avions prévu notre retour à New York et avions fait l'amour pour la première fois cette nuit-là.

Cette nuit-là à Paris, nous avions relâché des semaines de désir inassouvi et avions fait l'amour jusqu'à l'aube, ignorant totalement la violence qui nous attendait et la véritable identité du tueur sans pitié qui nous avait forcés à fuir New York. Nos derniers jours à Paris avaient été emplis de souvenirs inoubliables, de sexe déchaîné et de visions optimistes de notre avenir ensemble.

Mais nous ignorions alors les dangers que ce futur nous réservait et les terribles menaces qui nous attendaient encore.

Quelque chose de froid et d'humide toucha mes doigts et je baissai le regard. De grands yeux bruns en adoration me fixaient. La queue battant frénétiquement, le chien me poussa la main du bout de son nez une nouvelle fois avant de lécher mes doigts en une caresse humide.

— Tout doux, lança une voix grave. Laisse-m'en un peu.

Je levai les yeux vers Nick qui se tenait à quelques mètres du banc. Séduisant dans son survêtement gris, ses chaussures de course et son blouson molletonné vert foncé, il tenait un sac en papier dans une main, et la laisse rétractable de Jack dans l'autre.

Alors que les yeux de Nick croisaient les miens, ses lèvres s'étirèrent en un sourire lent. Ma gorge se serra et une vague d'amour me submergea, et mes yeux s'emplirent de larmes, brouillant ma vue. Une partie de moi ne pouvait toujours pas croire que nous avions survécu à la violence que Sloan avait déchaînée sur nos vies et chaque matin, lorsque je m'éveillais dans les bras de Nick, je pensais avec émerveillement à notre survie miraculeuse, et remerciais le ciel que nos vies aient été épargnées.

À l'exception d'une cicatrice sur sa cuisse gauche où l'une des balles de Sloan l'avait atteint, Nick s'était remis de sa lutte contre le tueur, un témoignage de sa force et de la fureur qu'il avait déchaînée contre Sloan pour me sauver la vie. Amira et Rocco avaient également survécu à leurs blessures et étaient tous deux en bonne voie de guérison. Pour ma part, mes ecchymoses s'estompaient tranquillement et ma cheville gauche, que j'avais foulée lorsque j'étais tombée cette nuit-là, était presque guérie.

— Salut, ma belle, dit Nick. J'espère que Jack et moi ne t'avons pas trop fait attendre.

À la mention de son nom, Jack sautilla vers Nick, manifestement heureux d'être avec son maître. Même si le Dalmatien, maintenant âgé de cinq mois, avait beaucoup grandi depuis que Nick l'avait adopté, c'était encore un chiot, avec une énergie inlassable et d'énormes pattes trop grandes pour lui.

— C'est une journée idéale pour regarder les passants, dis-je en souriant et en repoussant mes larmes. La semaine prochaine, lors de ma consultation avec mon médecin, je m'attends à ce qu'elle me donne l'autorisation de recommencer à jogger avec Jack et toi.

— J'ai hâte, dit Nick.

Il s'assit à mes côtés sur le banc et appuya sur le loquet de la laisse. Jack gambada alors vers un arbre près de nous, leva la patte et urina.

— Je vois que nous avons encore du travail à faire pour ce qui est des bonnes manières de Jack, dis-je.

— Tout à fait d'accord, dit Nick, en tirant Jack loin de l'arbre. Pour l'instant, aucun arbre, aucune jambe ou aucun lampadaire n'est en sécurité. Il m'a arrêté en chemin au moins cinquante fois aujourd'hui. Par contre, il a appris un nouveau truc pendant son séjour chez ma sœur.

— Ah bon ?

— Lorsque j'ai parlé avec Jana ce matin, elle m'a dit que les enfants avaient appris à Jack à rapporter les balles et les bâtons. Selon elle, il est pas mal doué.

— Oh, c'est merveilleux ! dis-je. Nous devrons lui acheter quelques balles de tennis.

— Je crois que j'en ai quelques-unes à la maison, rangées dans un placard, dit Nick. Mais il y a des bâtons partout dans ce parc. Pourquoi n'irions-nous pas au parc à chiens ? Nous pourrons lui enlever sa laisse et lui lancer un ou deux bâtons.

Je me levai.

— Allons-y. J'ai hâte de le voir rapporter.

Lorsque Nick se leva, je glissai mon bras au creux du sien et nous nous dirigeâmes ensemble vers le parc à chiens, Jack gambadant devant nous, manifestement heureux à l'idée de rencontrer les quelques chiens qui s'y trouvaient déjà.

Alors que nous approchions de la barrière du parc à chiens, Nick s'arrêta, relâcha mon bras et me tendit le sac en papier qu'il tenait.

— Des croissants au chocolat frais pour plus tard, dit-il. Directement de notre boulangerie préférée.

Je me soulevai sur la pointe des pieds et l'embrassai.

— Non que j'aie besoin de plus de raisons pour t'aimer... mais tu viens de m'en donner une nouvelle.

Il m'attira contre son corps et plongea son regard dans le mien.

— C'est l'un des avantages de vivre avec moi.

Je posai les mains sur ses hanches et lui souris.

— Même si ce n'est officiel que depuis une semaine, nous vivons ensemble depuis Paris, et tu continues de me gâter.

— Ça ne te fera pas de mal, dit-il.

— Tu dis toujours la même chose, avant de me gâter encore plus.

— Je fais de mon mieux, dit-il. Mais tu n'es pas gâtable.

Je lui lançai un regard.

— Est-ce seulement un mot ?

Il me sourit.

— Ça l'est maintenant.

29

CHAPITRE VINGT-NEUF

Cet après-midi-là, Bianca se présenta à l'appartement de Nick, qui était maintenant officiellement ma demeure. Après deux mois ensemble, ni Nick ni moi n'avions vraiment envisagé de reprendre nos distances.

Une semaine plus tôt, après l'acquisition de Centerpost par Nick et le danger de Sloan derrière nous, Bianca était retournée au minuscule appartement d'East Village que nous avions partagé pendant plus de trois ans. Je lui avais assuré que je continuerais de payer ma part du loyer jusqu'à la fin du bail.

Bianca avait entièrement appuyé ma décision de vivre avec Nick et, même si ma meilleure amie et moi ne partagions plus un appartement, notre amitié était restée forte, alimentée par des conversations quotidiennes au téléphone et des rencontres fréquentes.

Lorsque j'ouvris la porte, Bianca portait une veste bleu pâle chic par-dessus un pull marine au col bénitier et un jean. Sa chevelure blonde brillante rebondissait sur ses épaules tandis qu'elle pénétrait dans le vestibule, et Jack, qui était arrivé à la porte avant moi, lui sauta dessus aussitôt.

Elle rit.

— Seigneur, il a doublé de taille depuis la dernière fois que je l'ai vu !

Je me penchai, pris son collier pour le tirer loin d'elle.

— Assis. Jack, assis !

Avec réticence, Jack obéit. Sa queue tambourinait rapidement sur le sol et je caressai sa tête soyeuse pour le récompenser de son bon comportement.

— Je suis impressionnée, dit Bianca.

— Nick et moi travaillons les bases avec lui. Il s'assit sur demande la plupart du temps maintenant et Nick lui apprend aussi à rapporter.

— Il faut que je trouve un homme comme ça, dit-elle en s'approchant de moi pour m'étreindre.

— Un jour, tu le trouveras, dis-je en lui rendant son étreinte.

— C'est bon de te voir, dit-elle. Ça me terrifie toujours autant de me rappeler à quel point je suis passée près de te perdre.

— Je ne peux pas imaginer ma vie sans toi non plus.

— Heureusement, ce psychopathe est mort.

— À qui le dis-tu, dis-je. Je ne peux toujours pas croire qu'après avoir reçu une balle dans le bras droit, Rocco ait réussi à se relever. Il a tué Sloan en le visant de sa main gauche, tu sais. Il nous a tous les deux sauvés.

— Ce qui fait de Rocco mon héros, dit Bianca. Un jour, j'aimerais beaucoup le rencontrer et le remercier de ce qu'il a fait.

— Il vient dîner vendredi, dis-je. Tu veux te joindre à nous ?

Elle secoua la tête.

— Je dois travailler vendredi, alors une autre fois. J'adorerais pouvoir remercier Rocco en personne d'avoir tué Sloan et de vous avoir protégés, Nick et toi. Ce qu'il a fait était remarquable.

— Oh, oui, dis-je. Savoir que Sloan est mort est la seule chose qui me permette de dormir la nuit, du moins lorsque j'y arrive.

Bianca me lança un regard pénétrant.

— Tu as encore des cauchemars ?

— Je ne te le cacherai pas, dis-je alors que nous passions à la pièce à vivre, Jack s'agitant autour de nous. Les cauchemars sont encore bien présents. Mais Nick est merveilleux. Lorsque je gémis et m'agite assez pour le réveiller, il ne se plaint jamais et se contente de me réconforter.

Nous nous assîmes sur le canapé et Jack s'installa un peu plus loin sur le sol pour une sieste. Je pris le pichet glacé sur la table basse et nous versai chacune un martini.

— Nick est un ange, dit Bianca en levant son verre. À Nick et Rocco, les héros qui ont sauvé ma meilleure amie.

Je fis tinter mon verre contre le sien.

— À Nick et Rocco, et à la vie. Lorsque Sloan m'a ligotée dans cette pièce, j'ai cru à certains moments que je ne verrais pas le lever du soleil. Je ne peux te dire à quel point je me sens reconnaissante et chanceuse.

Bianca acquiesça.

— Je ne peux pas imaginer tout ce que tu as vécu dans cette pièce, et à quel point tu devais être terrifiée.

— Ce qui m'a permis de tenir, c'est l'espoir de revoir les gens que j'aimais, dis-je. Toi, ma mère, Nick. Tout le reste s'est effacé et n'avait plus d'importance. Même si je souhaite ne plus jamais devoir passer par là, cette expérience affreuse m'a au moins appris une chose. Rien n'a plus d'importance dans la vie que les gens que nous aimons.

Son visage s'adoucit.

— Je ne te le fais pas dire, mais lorsque ma vie est trop occupée, j'oublie parfois de profiter de mes amis et de ma famille.

— C'est pareil pour tout le monde, dis-je. J'ai fait cette erreur bien des fois. Mais je ferai mieux à l'avenir. Peu importe à quel point je serai occupée, je garderai du temps pour toi.

Elle se pencha vers moi et posa sa main sur la mienne.

— Même chose pour moi. Notre amitié m'est tellement importante.

Je levai mon verre.

— À bien d'autres après-midi comme celui-ci. Emménager avec Nick a changé beaucoup de choses dans ma vie, mais notre amitié ne fait pas partie de la liste.

Bianca me lança un regard avant de faire tinter son verre contre le mien.

— À l'amitié, dit-elle. Mais avant de trinquer, il y a quelque chose que je dois te dire. Depuis l'entrée de Nick dans ta vie, pas une fois il ne m'a fait sentir de trop. Au contraire, il m'a accueillie et traitée comme un membre de la famille. Lorsque vous avez commencé à vous fréquenter, j'avais peur de perdre mon amie, mais je me suis plutôt fait un nouvel ami.

Je sirotai mon martini et lui souris.

— Je savais depuis le début que Nick et toi vous entendriez bien, dès que tu apprendrais à le connaître sans te fier aux ragots du club.

Elle leva les yeux au ciel.

— Je sais. Je t'ai tellement compliqué les choses lorsque tu as commencé à le fréquenter.

— Tu essayais de me protéger, dis-je. Un de ces jours, tu rencontreras quelqu'un. Et ce jour-là, je réagirai peut-être de la même façon.

Elle fit un geste de la main.

— Ne t'inquiète pas, dit-elle. Après neuf mois à travailler au club, lorsqu'il est question des hommes, je suis une irréductible cynique.

— Un jour, l'homme idéal se présentera et te fera changer d'avis, dis-je. Comme Nick pour moi.

Bianca me lança un regard sceptique et changea de sujet.

— Où est Nick aujourd'hui, d'ailleurs ? Vous êtes normalement collés l'un à l'autre.

— Il est au bureau de Centerpost aujourd'hui pour rencontrer les cadres supérieurs. Maintenant que l'acquisition est terminée, les prochains mois seront très chargés pour lui.

— As-tu pris une décision au sujet du poste en marketing que Nick t'a offert ? demanda-t-elle.

Je lui souris.

— Oui. Je commence officiellement lundi prochain et j'ai vraiment hâte de travailler à nouveau en marketing technologique.

— Tu vas me manquer au club, dit Bianca. Tu vas manquer à tout le monde. Même Valencia a dit qu'elle était triste de te voir partir.

— Nick avait raison à propos de Valencia, dis-je. Elle a un sacré caractère et elle réagit trop promptement, ce qui signifie qu'elle est souvent sa pire ennemie. Mais sous tout ça, elle est une bonne personne. Nick et moi avons prévu de dîner avec Andreas et elle la semaine prochaine.

Bianca haussa les sourcils.

— Vraiment ? Que Valencia et toi puissiez régler vos différends, soit, mais Nick et Andreas ne sont-ils pas concurrents depuis des années ?

— Si, dis-je. Mais lorsque Valencia les a convaincus de travailler ensemble pendant l'enquête, ils en sont venus à se respecter. Maintenant, Nick veut lui proposer un partenariat potentiel.

— Eh bien, dit Bianca en secouant la tête. Qui aurait pu le croire ?

— Je sais. Mais tant de choses se sont passées dans les derniers mois. En août, lorsque tu m'as convaincue de passer une audition au Club des gentlemen, je n'aurais jamais cru que travailler là-bas changerait ma vie, mais c'est bien ce qui s'est passé.

Elle acquiesça.

— Si tu n'avais pas travaillé au club, tu n'aurais peut-être jamais rencontré Nick. Et tu n'aurais certainement pas pu payer l'opération de ta mère.

— Le club a été bon pour moi, dis-je. Mais il est temps pour moi de partir. Lorsque j'ai annoncé à Stone et à Max que je ne retournerais pas travailler, ils étaient déçus, mais pas surpris.

Bianca fit un bruit de gorge.

— Après que ces connards aient assommé Amira, t'aient enlevée et aient tué Jax, même Stone pouvait difficilement s'attendre à ce que tu retournes à l'endroit où *tout ça* s'est passé.

— Le club m'a offert un travail lorsque j'en avais besoin, dis-je. Je te serai toujours reconnaissante de m'avoir dégoté ce poste, sans compter Stone et Max qui m'ont donné une chance. Mais le poste en marketing à Centerpost est fait pour moi. Je ferai ce que j'aime et la paye est géniale. Et les horaires sont assez flexibles pour que je puisse reprendre mon cursus en janvier.

— Tu as pris la bonne décision, dit Bianca.

Elle me lança un regard.

— Je ne travaillerai peut-être pas très longtemps au club moi-même.

J'attendis qu'elle poursuive, mais elle se contenta de siroter son martini, un sourire aux lèvres et ses yeux verts brillant d'enthousiasme.

— Assez de mystère, dis-je. Crache le morceau. Dis-moi ce qui se passe.

— D'accord, mais seulement si tu promets de ne pas me juger.

— Je ne te jugerai pas.

— Promis ?

Je levai les yeux au ciel.

— Promis.

— J'ai posé ma candidature pour une télé-réalité le mois dernier, dit-elle. Ça s'appelle « La réalité des défilés » et c'est tout nouveau. Ça présentera des stylistes prometteurs. Le gagnant remporte cinq cent mille dollars et une année de mentorat avec un détaillant de mode important.

— C'est fantastique ! dis-je. Pourquoi ne m'en as-tu pas parlé ?

— Je n'en ai parlé à personne, dit-elle. Puisque n'importe qui dans ce pays peut poser sa candidature, je ne m'attendais pas à atteindre la deuxième phase. Mais ce matin, les responsables de la distribution m'ont contactée et m'ont invitée aux demi-finales des auditions.

Je levai mon verre.

— Félicitations. Personne ne le mérite plus que toi.

— Ne me félicite pas tout de suite, dit-elle. Le processus de sélection est très difficile et il n'y a aucune garantie que je serai choisie comme participante.

— Quand aura lieu l'audition ? demandai-je.

— La semaine prochaine, dit Bianca. À Los Angeles. Je devrai prendre quelques jours de congé pour m'y rendre en avion.

— T'ont-ils dit à quoi t'attendre ?

— Oui, dit-elle. L'audition sera essentiellement un test de sélection où je serai filmée devant un comité de juges et de réalisateurs. Si je suis choisie comme finaliste, je devrai faire un deuxième test avec le directeur de la distribution. À la fin du processus d'audition, environ un tiers des finalistes seront sélectionnés comme participants.

— Tu dois être tellement excitée, dis-je. Est-ce que tu tourneras à Los Angeles ?

— Oui, dit-elle. Et je suis excitée, mais je suis aussi vraiment nerveuse. Je n'ai jamais rien fait de tel auparavant.

— Au contraire, dis-je. En tant que danseuse, tu t'es produite devant un public depuis ton enfance. Tu sais comment on se sent devant une salle bondée qui te regarde et tu sais comment canaliser cette énergie dans ta performance. Et tu as une personnalité du tonnerre, ce qui est crucial, surtout pour les télé-réalités. Crois-moi, c'est dans la poche.

— Je ne suis pas habituée à être suivie par une caméra, dit-elle.

— Comme la plupart de tes concurrents. Peu d'entre eux auront beaucoup d'expérience de la scène, alors que tu as déjà fait la promotion canapé. Si tu peux offrir une danse à un homme de soixante-dix ans et le renvoyer chez lui avec le sourire aux lèvres, tu vas totalement charmer ces gens. Tu as plus de chance que la plupart de gérer ce que les juges te balanceront et d'impressionner le directeur de la distribution avec ta personnalité.

Bianca repoussa une mèche de cheveux.

— J'espère que tu as raison, dit-elle. Cette occasion pourrait changer ma vie. Elle pourrait être un tremplin pour lancer ma carrière dans la mode, ou bien ça pourrait se finir en flop.

— Quelque chose de bien en sortira, dis-je. J'y crois.

— Tu sais, tu as raison, dit-elle. Me voilà en train de penser à tout ce qui pourrait mal tourner alors que je devrais me préparer à remporter ce truc.

— Ça, c'est bien ma meilleure amie. Je n'ai qu'une question.

— Quoi donc ? demanda Bianca.

— Comment puis-je t'aider à faire un tabac à cette audition ?

Elle sourit.

— Crois-moi, en améliorant ma confiance en moi, tu m'as déjà aidée.

30

CHAPITRE TRENTE

Lorsque Bianca partit, je passai les deux heures suivantes sur le canapé à lire *La fille du train*, un roman policier psychologique qu'Amira et Bianca m'avaient toutes les deux recommandé. Nick m'avait envoyé un texto un peu plus tôt pour me dire qu'il ramènerait quelque chose à manger et qu'il serait de retour vers dix-huit heures.

Quinze minutes avant dix-huit heures, j'entendis la porte de l'appartement s'ouvrir, puis le froissement de sacs, suivi par le cliquetis des griffes de Jack sur le plancher en bois franc alors qu'il courait jusqu'au vestibule pour accueillir Nick.

— Chérie, je suis rentré, lança Nick d'une voix légère.

Je gloussai, sachant qu'il faisait l'idiot.

— Laisse-moi t'aider avec les sacs, lui répondis-je.

Je me levai du canapé et me dirigeai vers le vestibule. En m'approchant de lui, l'odeur du pain frais me monta au nez et j'aperçus une longue baguette croustillante sortant de l'un des sacs qu'il tenait.

— Calme-toi, dit-il à Jack qui s'agitait autour de lui et lui sautait sur les jambes.

J'embrassai rapidement Nick.

— Ce pain sent divinement bon. Merci d'avoir rapporté quelque chose à manger.

Je fis mine de prendre une partie des sacs qu'il tenait, mais il les éloigna.

— Bas les pattes, dit-il en souriant. Ce soir, je m'occupe du dîner.

Je fronçai les sourcils.

— J'aurais pu préparer quelque chose. J'ai passé les deux dernières heures à lire sur le canapé. Je croyais que tu rapporterais des plats à emporter.

Il se pencha et pressa un baiser contre mon front.

— Je voulais cuisiner pour toi. Pourquoi ne pas aller te reposer et continuer à lire ? Tu as beaucoup marché au parc ce matin et ta cheville doit être endolorie. Le dîner sera prêt dans une heure.

— Ma cheville ne me fait pas mal, dis-je. Si tu veux cuisiner, je peux préparer une salade et mettre le couvert.

— Pas ce soir, dit-il. Crois-moi, tout est sous contrôle.

La sollicitude de Nick me réchauffa le cœur et me rappela à nouveau à quel point j'étais chanceuse qu'il soit dans ma vie. Puisqu'il voulait manifestement que je me repose, j'allais obtempérer et savourer le repas qu'il allait préparer. Plus tard ce soir, je pourrais à mon tour lui montrer à quel point je l'aimais.

J'effleurai donc sa joue de mes doigts.

— Est-ce que tu me bannis de la cuisine ?

Il me sourit.

— Vous avez bien compris, mademoiselle Evans. Ce soir, c'est moi le chef.

Je croisai son regard.

— Pendant que vous cuisinerez, chef Santoro, n'oubliez pas une chose.

— Quoi donc ?

— Après le dîner, *vous* serez mon dessert.

Pendant l'heure suivante, je lus sur le canapé, Jack lové à mes pieds, tandis que des arômes savoureux flottaient de la cuisine. Lorsque

Nick m'invita à le rejoindre à la table, je réalisai qu'en plus d'avoir préparé à dîner, il n'avait ménagé aucun effort.

Au centre de la table, un bol en cristal empli de roses blanches était flanqué d'une paire de longues chandelles qui jetaient un éclat chaleureux sur la porcelaine exquise que Nick utilisait pour les occasions spéciales. L'argenterie brillait et miroitait sous la lueur des chandelles et la rangée de verres rutilants devant chaque assiette me révélait que Nick avait choisi différents vins pour accompagner chaque plat.

— Tu t'es surpassé, dis-je. La table est époustouflante.

Il m'attira dans ses bras et m'embrassa profondément.

— Tu le mérites, dit-il, lorsqu'il me relâcha. *Nous* le méritons. Maintenant, assieds-toi, et je reviens dans une minute avec notre premier plat.

Je m'assis, pris la serviette vert foncé près de mon assiette et la posai sur mes genoux. Quelques moments plus tard, Nick ressortit de la cuisine et plaça un bol fumant de soupe crémeuse devant moi.

— Tu as préparé ma soupe préférée ! m'exclamai-je.

— La bisque de homard est facile, dit-il en souriant. Du moins, si le homard est déjà décortiqué.

Il posa un bol devant sa propre chaise, puis nous versa chacun un verre de Pinot Grigio. Puis, il s'assit à la table, face à moi, leva son verre et me regarda.

— Je peux porter un toast à ton honneur ? demanda-t-il.

Je levai un sourcil.

— En suis-je digne ?

— Crois-moi, tu l'es, dit-il. Plus qu'un peu.

— Alors, vas-y.

— Je t'aime plus que je ne pourrai jamais le dire. Ce soir, je veux souligner ce moment, parce que je n'aurais pas pu surmonter les derniers mois sans toi.

Émue, je fis tinter mon verre contre le sien.

— Je t'aime aussi, et ça me fait chaud au cœur que tu aies voulu rendre cette soirée spéciale. Après le repas, nous pourrions peut-être nous pelotonner sur le canapé et regarder l'un de nos films préférés, du moins jusqu'à ce que je cède à la tentation et t'arrache tes vêtements.

Il me jeta un regard et l'amour que j'y vis envoya un flot de désir à travers mon corps.

— Un dîner, un film et toi, dit-il. Ça, c'est ce que j'appelle une soirée parfaite.

Après la bisque de homard, Nick revint avec une salade de roquette garnie de tomates cerises, de pignons et de fromage parmesan, qu'il servit avec du pain croustillant et délicieux, suivi par le plat principal composé de filet mignon et de pommes de terre nouvelles. Ce n'est que lorsque nous terminâmes de manger qu'une pensée me frappa.

— Où est Jack ? dis-je. Je ne peux pas croire que nous ayons pu manger de la viande sans qu'il se tienne près de la table avec ses petits yeux tristes.

Les yeux de Nick brillèrent d'amusement.

— Jack a eu droit à son propre morceau de viande.

— Vraiment ?

— Je le lui ai donné avant de servir les nôtres.

— Cuit ou cru ?

— Cru, dit Nick, mais je le lui ai coupé.

Au même moment, Jack sortit de la cuisine et trottina vers Nick, espérant manifestement une deuxième portion de viande.

— Désolé, mon grand, dit Nick en lui caressant la tête. Après avoir ramassé ces assiettes, je te lancerai quelques balles de tennis, d'accord ?

Je me levai et aidai Nick à débarrasser la table et à remplir le lave-vaisselle. Lorsque ce fut terminé, Nick se tourna vers moi.

— Que dirais-tu d'un café ? dit-il.

— Excellente idée, dis-je. Je m'occupe des tasses.

En quelques minutes, Nick et moi nous retrouvâmes sur le canapé de la pièce à vivre.

Jack poussa le genou de Nick et laissa tomber une balle de tennis à ses pieds.

— Tu vois à quel point il est intelligent ? dit Nick. Lorsque je lui ai dit que je lui lancerais quelques balles après le dîner, il a compris.

Il prit la balle jaune et la jeta doucement à travers la pièce.

Alors que Jack s'élançait vers elle, la queue battant avec frénésie, je pris nos tasses et en tendis une à Nick.

— Mieux vaut ne pas les laisser sur la table, dis-je. Un coup de queue et elles finiront par terre.

— Merci, dit Nick.

Lorsqu'il prit la tasse sans croiser mon regard, je sentis qu'il était distrait. Au moment où j'allais lui demander à quoi il pensait, Jack revint avec la balle et Nick la lança à nouveau, visant soigneusement un coin sans rien de cassable.

Alors que Jack dérapait sur le plancher, courant après la balle, je ris de son exubérance.

— C'est bon de l'avoir à nouveau avec nous, dis-je. Je t'aime tellement, mais cet appartement n'est pas pareil sans Jack.

Nick me pressa le genou.

— Ce ne serait pas pareil sans toi non plus. Avant que j'adopte Jack et que je te rencontre, cet appartement me semblait vide. Avant, il n'était qu'un endroit où dormir, mais Jack et toi en avez fait un foyer.

J'étais sur le point de lui dire à quel point notre décision de vivre ensemble m'avait comblée de joie, lorsque Jack réapparut avec quelque chose de foncé dans la gueule.

— Viens ici, Jack, dit Nick. Bon chien !

— Qu'est-ce qu'il a dans la gueule ? dis-je. Aucun de ses jouets n'est de cette couleur.

Le Dalmatien s'approcha de Nick et laissa tomber son trophée dans la main de Nick. C'était un petit boîtier bleu foncé. Nick allait me demander en mariage, j'en étais sûre. Je pouvais voir l'espoir sur ses traits.

Dans un brouillard d'incrédulité, je regardai Nick se lever, poser sa tasse et s'agenouiller devant le canapé.

J'étais si surprise, j'en étais sans voix. Je n'avais rien vu venir.

Il ouvrit le boîtier et le tendit vers moi. Nichée au creux du velours bleu se trouvait une bague de diamants époustouflante qui reflétait la lumière. Entourée de diamants en pavé, la pierre centrale coupe coussin devait être d'au moins quatre ou cinq carats ; je n'avais jamais vu de bague aussi magnifique.

— Je sais que nous ne nous connaissons que depuis trois mois, dit Nick. Et certains pourraient croire que c'est trop rapide. Mais depuis notre rencontre, nous avons traversé l'enfer ensemble. Nous avons été confrontés à la peur, à la violence et à la mort, et nous nous en sommes sortis plus forts que jamais.

Des larmes de joie emplirent mes yeux alors que Nick continuait.

— Chaque jour qui passe, je t'aime davantage et je n'ai pas besoin de plus de temps pour savoir que tu es la femme pour moi. Je n'ai pas besoin de plus de temps pour sonder mon cœur… il t'appartient déjà.

Je me sentis soudainement légère comme si la gravité avait perdu toute emprise sur moi. Étouffée par la joie, je caressai la joue de Nick. Après tout ce que nous avions vécu, je connaissais aussi mon cœur, et je ne désirais rien de plus que de passer le reste de mes jours à l'aimer.

— Veux-tu m'épouser ? dit-il. Feras-tu de moi l'homme le plus heureux qui soit en devenant ma femme et la mère de nos enfants ?

À travers mes larmes, je plongeai mon regard dans les yeux noisette de l'homme que j'aimais.

— Je t'aime, Nick Santoro, et oui, je le veux.

Il soupira de soulagement et ses traits se détendirent alors qu'il retirait la bague du boîtier et prenait ma main droite dans la sienne. Tandis qu'il glissait la bague à mon doigt, un énorme sourire étira ses lèvres séduisantes. Il s'assit à nouveau sur le canapé et m'attira dans ses bras.

Nous échangeâmes un long baiser tendre, puis je baissai les yeux vers la bague qui étincelait à mon doigt et admirai la façon dont ses facettes captaient la lumière.

— Elle est tellement belle, dis-je. Parfaite.

Nick me prit la main et la souleva pour examiner la bague.

— Lorsque je l'ai vue chez Harry Winston, j'ai su que c'était la bonne. Elle est aussi parfaite que toi, Ilana. Je pouvais la voir à ton doigt alors, et je suis tellement heureux qu'elle s'y trouve maintenant.

Je me penchai et l'embrassai à nouveau avant de prendre son visage en coupe.

— J'ai peine à y croire, dis-je. Je suis si heureuse.

— Moi aussi, dit-il. Après tout ce que nous avons vécu, tu ne soupçonnes pas à quel point je suis heureux de savoir que, bientôt, tu seras ma femme.

— Ce qui importe encore plus que la bague elle-même est ce qu'elle symbolise, dis-je. C'est une déclaration de notre amour. Regarde comme elle brille, tout comme nous.

Nick plongea son regard dans le mien et, lorsqu'il parla, sa voix profonde était empreinte de joie et d'émerveillement.

— Nous sommes fiancés, dit-il.

— Nous le sommes, acquiesçai-je.

— Laisse-moi te faire l'amour, dit-il. Notre futur ensemble ne fait que commencer.

CONCLUSION

Merci d'avoir lu *Le Club des gentlemen* !

Je sais que votre temps est précieux et je vous remercie d'avoir terminé ce livre ! Si vous pouviez prendre quelques minutes pour retourner où vous avez acheté le livre, chacun de vos commentaires sera bienvenu.

Les commentaires aident les nouveaux lecteurs à trouver mes œuvres et à décider avec précision si le livre leur convient, en plus de me fournir un retour important pour mes autres projets.

Cette page de mon site web comprend une liste de tous mes livres, en plus de liens vers les vendeurs qui les proposent. Vous n'aurez donc pas à chercher la page du livre pour laisser votre commentaire.

Merci encore et n'oubliez pas de jeter un œil à mes autres livres ici !

Découvrez les dernières nouvelles et les prochaines parutions !

Retrouvez-moi sur Facebook à https://www.facebook.com/ErikaRhys.Author.

Je suis souvent sur Facebook et j'adore converser avec mes lecteurs.

Joignez-vous à ma liste de diffusion à http://erikarhys.com/arc-signup/. Les membres reçoivent un courriel par mois, comprenant des exemplaires de livre gratuits, des cadeaux et des annonces de publication.

Votre adresse courriel NE sera PAS partagée avec quiconque et vous pouvez vous désabonner à tout moment, même si j'espère que vous resterez des nôtres bien longtemps.

Printed in Poland
by Amazon Fulfillment
Poland Sp. z o.o., Wrocław